»Wer im Jahre 1523 nicht stirbt,
1524 nicht im Wasser verdirbt,
1525 nicht wird erschlagen,
der mag von Wunder sagen!«

Prolog

An einem Nachmittag im Mai 1500 öffnete der Fluss seine Augen. Zwischen den Wellen tanzte ein rosiges Blatt.

Im Lauf der Jahrtausende hatte der Fluss allmählich aufgehört, zuzusehen, wenn zwei sich im Uferlaub liebten oder einer in seinen Fluten versank. Ewig das Gleiche, dachte er nur, wobei sich die Menschen nach seinem selbstgerecht überheblichen Urteil kaum unterschieden von Fuchs oder Gans.

Deshalb galt seine Aufmerksamkeit auch weder der Frau, die auf der Uferwiese die Wäsche bleichte, noch dem kleinen Jungen, der mit einer Holzschaufel nach Schätzen im Schlamm wühlte. Nein, sie galt seinem Geschöpf. Mit Stolz betrachtete er das winzige Ding, nicht anders als menschliche Eltern, die ihre Kinder für göttlich begabte Geschenke hielten, ganz gleich, ob sie wie Engel oder von teuflischer Bosheit waren.

Unterdessen entfernte der Junge sich immer weiter vom mütterlichen Rockzipfel. Dabei stieß er am Ufer auf ein nacktes, faltiges Tier. Dass es kein Ferkel war, merkte Moritz sofort, obwohl er ansonsten ein eher Bedächtiger war.

»Ein Froschkind«, murmelte er und betrachtete andächtig die Schwimmhäute zwischen den Fingern und Zehen. Als das Ding, nachdem er es angestupst hatte, auch noch zu wimmern begann, rief er verängstigt nach seiner Mutter. »Es ist aus dem Fluss gekrochen«, behauptete er, während sie entsetzt auf den schreienden Säugling sah. In einem Anflug von Mitleid bückte sie sich und wickelte ihn in ihren Rock. »... und es hat Froschfüße.«

Nach einem zweifelnden Blick auf ihren Buben schlug Thina Benzer den Stoff nochmals auf.

»Unsinn.«

Zu ihrer Erleichterung fand sie nichts an dem Kind, was es von anderen Neugeborenen unterschieden hätte. Allerdings gab es am linken Bein nahe der Leiste ein rötliches Mal. Es sah ein bisschen ekelhaft aus, tatsächlich fast wie ein Froschfuß.

Auf dem Weg zum Haus kam ihr ihr Mann entgegen.

»Schau dir das an, ein kleines Mädchen! Wahrscheinlich erst ein paar Stunden alt. Aber ich habe den ganzen Tag niemanden in der Nähe gesehen ...« Ihre Taverne lag viel zu weit ab, als dass sie gut besucht war.

»Du hättest den Wechselbalg besser gleich zurück in den Fluss geworfen.« Paulin Benzer hätte am liebsten ausgespuckt, aber dann zog er es vor, sich zu bekreuzigen.

Drinnen, wo der einzige Raum zugleich Gaststube, Küche und Schlafkammer war, wusch Thina das Froschkind, dann packte sie es warm ein und legte es neben den Herd. Wie magisch zog es die Blicke von Moritz an.

Währenddessen redete sein Vater unentwegt auf die Mutter ein.

»Willst du damit etwa zum Gericht laufen? Und was ist, wenn man uns selbst verdächtigt?«, fragte er, woraufhin der einzige Gast, ein Fremder, der bislang schweigend gegessen hatte, sich einmischte.

»Wenn Ihr mir das Kind gebt, kümmere ich mich darum«, sagte der Mann, der wie ein Händler aussah.

Thina war sofort bereit, anzunehmen, dass das für die Kleine das Beste wäre. Als der Fremde sich wenig später mit dem schlafenden Kind auf den Weg machte, hatten sie ihn, in stummem Einvernehmen, nicht einmal nach seinem Namen gefragt.

»Wer im Jahr 1523 nicht stirbt ...«

Eins

Es war eine sternklare Frühsommernacht, friedlich und still. In der Luft lag ein Hauch süßer Arglosigkeit. Selbst die ewig knarzenden Alkoven in den besseren Bürgerhäusern schienen leiser als sonst zu seufzen. Nur sanftes Schnauben drang aus den Gänsedaunen, wie schon seit Generationen. Kein ehrlicher Bürger wachte um diese Zeit.

Auch im Hof des Kolmanschen Anwesens, unweit von Kemptens Kirchhof St. Mang, schien alles ruhig zu sein. Nur dem Blick eines streunenden Katers konnte es nicht verborgen bleiben, dass aus der dunklen Tiefe des Ziehbrunnens, zwischen Hauswand und Stall, etwas Lebendiges kroch.

Es atmete Stalldunst, Gestank von Abortgruben, den unverhofften Duft früher Rosen ein. Und einen Hauch von Verwesung, den die Mauern und Balken der schlafenden Reichsstadt ausströmten. Alles war gut. Die Reihen umfriedeter Höfe und Gärten sahen verlassen aus und rundherum blieb alles still. Endlich huschte das Wesen so leise wie möglich zum Tor, sah sich noch einmal um und verschwand rasch im Haus.

Gelangweilt zog der Getigerte wieder die Krallen ein. Er gähnte und ließ seinen Kopf auf die Pfoten sinken. Ein Geschöpf, das wie ein Mädchen aussah, konnte ihn nicht aus der Ruhe bringen, selbst wenn es direkt aus dem Wasser kam.

Da er nicht hinterherschlich, konnte er auch nicht sehen, wie es sich drinnen vorantastete. Wie es an der Treppe nach oben stehenblieb. Und wie es lauschte und wartete und sich dabei zwang, nicht einfach kehrtzumachen und wegzulaufen.

Ein schmächtiges Ding. Es mochte kaum älter als zwanzig sein.

Während der ganzen vergangenen Wochen hatte die Diebin Kolmans trauriges Schicksal aufmerksam mitverfolgt, und wenn nicht der Hunger an ihr genagt hätte, wäre sie niemals an diesen Ort zurückgekehrt. Leider wurden in anderen Häusern Türen und Tore weit sorgsamer abgesperrt, und die zarte Blüte des Leichtsinns, die sich während der Kemptener Kirchweihtage so viel versprechend entfaltet hatte, war pünktlich mit deren Ende verwelkt.

Dass sie nichts zu erhoffen hatte, wenn sie sich erwischen ließ, wusste sie. Zwar stand außer Zweifel, dass jede Ausrede gut genug war, wenn man vornehm gekleidet auftrat. Hätte sie ein hübsches Kleid getragen, das Haar schön frisiert und einen Rosenkranz an der Gürteltasche, so hätte man mit ihr Geduld gehabt. Einem kritischen Blick hätte zwar kaum entgehen können, wie fürchterlich blass sie war, und der Betrachter hätte wohl daraus schließen mögen, dass sie das Tageslicht mied. Doch ihr reizvolles, ein wenig unregelmäßiges, schmales Gesicht, die großen Augen unter dunklen Wimpern und Brauen und ihre schlanke Gestalt wären mit Wohlgefallen betrachtet worden.

Sie hätte jedoch ihre Augen nicht aufschlagen dürfen.

Ihr Blick wirkte nämlich alles andre als sanft, sondern war auf eine nicht näher zu bezeichnende Weise beunruhigend. Vielleicht lag es an dem eigenartigen Grün ihrer Iris. Oder an dem, was sich dahinter verbarg.

Und wie sollte sie wohl erklären können, dass sie, obwohl es nicht regnete, nass wie ein Biber war? Dazu die Kleiderfetzen und der aufdringliche Hunger, der aus jedem Blick, jeder ungeduldigen Bewegung sprach – nein, eine Hand, die die ihre fasste, würde sie niemals nachsichtig aus irgendwelchen Schwierigkeiten herausführen, sondern misstrauisch festhalten und, nach unerbittlicher Erhellung der Hintergründe, dafür Sorge tragen, dass sie in die Obhut des Scharfrichters kam.

Die Turmuhr schlug Mitternacht. Ein neuer Tag brach an. Mehrmals war die Diebin schon hier im Haus gewesen, vor zehn Tagen das letzte Mal. Sie schätzte die Nachlässigkeit der Kolmanschen Haushaltsführung. Dennoch hatte sie immer darauf geachtet, nur wenig mitzunehmen, damit ihre kleinen Raubzüge niemandem auffielen. Das zwang sie allerdings, öfter heraufzukommen. Inzwischen kannte sie sich gut aus. Im Dunkeln tastete sie sich die Wendeltreppe hinauf und weiter voran, bis sie vor der Küche stand. Von dort ging es in den gesegneten Vorratsraum, der meistens nicht einmal verschlossen war. Ansonsten hing der Schlüssel an einem Holzbord neben dem Herd statt am Gürtel der Hausfrau, was sich glücklich traf.

Aber heute kam ihr die Stille im Haus nicht natürlich vor. Und wonach roch es hier? Unangenehm. Anders als sonst...

Beunruhigt schob sie die Küchentür auf. Sie brauchte nicht lange zu suchen. Die Leiche lag auf dem Boden neben dem Herd. Durch das offen stehende Fenster drang silbernes Mondlicht ein und enthüllte die Spuren des Todeskampfs. Zusammengekrümmt lag sie da. Jung, fast noch ein Mädchen, und schrecklich zugerichtet. Nur das Gesicht wirkte unversehrt, Arme und Beine jedoch waren von eitrigen Wunden und blauschwarzer Haut scheußlich entstellt.

Auch wenn sie die Tochter des Weinhändlers bisher nur von weitem gesehen hatte, wusste die Diebin, dass sie es war.

Seit bald zwei Jahren sorgte die Pest wieder für Angst und Schrecken im Land. Allein in der Stadt Augsburg wurden wohl 5000 Tote gezählt. Auch hier in Kempten sprach man inzwischen davon, dass weit mehr als 1000 Menschen dem jüngsten Ausbruch der Seuche erlegen waren.

Mitten in dieser schwierigen Zeit, im Herbst 1522, war Jakob Kolman, der Weinhändler, mit seiner Tochter nach Kempten gezogen, in sein neu erworbenes Haus. Ob es die Flucht vor der Krankheit war oder ob andere Gründe ihn dazu bewogen hatten, darüber sprach der Kaufmann mit niemandem. Mit vier Pferden, zwei Fuhrwerken, einem Stallknecht und einer betagten Magd kamen sie an. Die Nachbarn konnten beobachten, wie er sich einrichtete. Seine Tochter hingegen sahen sie kaum. Außer zur Messe verließ sie nie das Haus. Stattdessen saß sie tagtäglich über einer Nadelarbeit an ihrem Hoffenster und blickte dabei kaum jemals auf.

Obwohl der Weinhändler immer geschäftig wirkte, viel in der Stadt unterwegs war und sich mit anderen Händlern im Zunfthaus traf, war nicht zu übersehen, dass nur wenige Waren durch seine Hände gingen. Doch er wahrte den Schein und begegnete seinen Mitmenschen stets gut gelaunt.

Von der alten Bediensteten wurde das Hauswesen mit immer müderen Augen und Händen versorgt. Gegen Ende des Winters konnte man Kolman manches Mal hören, wenn er sie schalt, dass sie zu viel verschwendete.

So kam es nicht überraschend, dass im März 1523 der Vertreter einer Handelsgesellschaft beide Wagen und zwei der Pferde vom Hof holte. Wenig später zog auch noch der Stallknecht mit den übrigen Rossen ab. Allmählich drohten Kolman die Probleme über den Kopf zu wachsen. Er schrieb und rechnete oft bis spät in die Nacht.

Mitte Mai, als die Pest den Zenit schon überschritten hatte, brach er eines Morgens zu einem Geschäftsgang auf, der ihn aus der Stadt führte. Erst am Spätnachmittag kehrte er heim, erschöpft und mutlos, wie man ihn noch nie gesehen hatte.

Nun, als die Stadt bereits wieder aufatmete, wurde er krank, ebenso wie seine Magd, die kurz darauf noch vor ihm starb. Am gleichen Tag wie sie musste auch der regierende Fürstabt von Kempten sein Leben lassen. Johann Rudolf von Raitnau wurde jedoch vom Volk nicht betrauert. Stattdessen stritten die Leute darüber, ob es denn möglich wäre, dass auch ein Fürstabt zur Hölle fuhr – oder zumindest ins Fegefeuer. Bei dem Gedanken daran, dass der hohe Herr für seine Sünden nun würde büßen müssen, lächelte man und machte drei Kreuzzeichen.

Wenig später befreite die Krankheit auch Jakob Kolman von allen irdischen Leiden. Gemietete Leichenknechte schafften ihn in ein eilig geschaufeltes Grab bei St. Mang, nachdem ein entsetzter Zunftgenosse in der Eingangshalle des Hauses über den Toten gestolpert war. Nur ein paar armselige Kerzen verschönten den Leichenzug, während Kolmans trauernde Tochter wie immer in ihrer Kammer saß.

Die Diebin hatte manche Gespräche belauscht. Sie erinnerte sich, dass die Leute sich fragten, warum die Kaufmannstochter niemals mit einem Besucher oder mit einer Nachbarin sprach. Vielleicht hatte das Mädchen nur Angst vor der Seuche gehabt.

Aber nun war auch sie tot. Die Pest hatte ein weiteres Opfer gefunden.

Es war nicht die erste Leiche, auf die sie bei ihren Streifzügen stieß und manche hatten noch schrecklicher ausgesehen. Mit einer Mischung aus Neugier und Grauen trat sie näher heran und kauerte sich neben die blaue Gestalt. Doch dann stutzte sie.

Es war schon eine geraume Weile vergangen, seit sie das letzte Mal in einen Spiegel geschaut hatte. Aber wenn sie ihrer Erinnerung trauen konnte, dann sah diese Tote genauso aus wie sie! Das heißt, etwas starrer natürlich ... und ziemlich verfärbt. Niemals hätte sie sich vorstellen können, dass jemand auf der Welt ihr dermaßen ähneln konnte.

Aufmerksam sah sie sich um. Vermutlich hatte die Kranke sich in die Küche geschleppt, um ihren quälenden Durst zu löschen. Neben ihr auf dem Boden lag ein zerbrochener Wasserkrug. Dem schmutzverkrusteten Hemd – ihrer einzigen Bekleidung – entströmte ein ekelhafter Gestank nach fauligem Eiter, Exkrementen und Schweiß. Selbst das lange, offene Haar war davon verklebt.

Um ihren Geruchssinn zu schonen, trat die Diebin zurück in den Flur. Gegenüber, in der Schlafkammer des Mädchens, sah es nicht besser aus. Nur ein in weißes Leinen gehülltes Paket, das am Fenster lag, wirkte sauber und unberührt. Ein weiterer Raum, den offenbar Jakob Kolman bewohnt hatte, war zwar auch nicht aufgeräumt, doch wenigstens ohne sichtbare Krankheitsspuren. Die Kammer der Magd mochte im Dachgeschoss sein. Neben der Küche gab es nur noch eine holzvertäfelte Prunkstube.

Zögernd kehrte das Mädchen zu der Toten zurück. Eine Weile tappte es hin und her, dann sah es sich die Leiche noch einmal an. Schließlich merkte die Kolman ja nichts mehr davon. Und wenn man das gleiche Gesicht besaß, durfte man sich das Recht wohl herausnehmen.

Der Blick wanderte weiter über den zierlichen Körper bis

zu den blauschwarzen Zehenspitzen und blieb schließlich an den kindlich wirkenden Lippen hängen, die, zusammen mit den starr aufgerissenen Augen, der Toten einen Ausdruck ungläubigen, doch keineswegs erschrockenen Staunens gaben.

Man hätte sie wirklich verwechseln können. Die gleiche Fülle von kastanienfarbenem Haar, das gleiche Gesicht mit den feinen Wangenlinien, die gleiche, fast ebenso schmale Gestalt, sogar die Form ihrer Hände und Füße schien gleich. Nur bei der Farbe der Augen konnte sie nicht ganz sicher sein. Und natürlich wusste sie nicht, wie die Stimme der Kaufmannstochter geklungen hatte, und auch nicht, was sie bei dieser oder jener Gelegenheit wohl gesagt hätte ... Nachdenklich starrte sie auf ihr Ebenbild.

In den nächsten Tagen würde das Pesthaus vermutlich gemieden werden. Erst wenn der Gestank unerträglich wurde, würde man nachsehen kommen. Während der schlimmsten Wochen war kein Viertel verschont geblieben. Einmal hatte die Diebin sogar in den unterirdischen Kammern einen Pestkranken aufgespürt. Nur mit Mühe hatte sie ihn herausgebracht. Er hatte sich angstvoll gewehrt. Wäre er nicht so schwach gewesen, er hätte sich losgerissen. Doch sie wusste, dass er dann ertrunken wäre. Das konnte sie einfach nicht zulassen.

Inzwischen gab es allerdings nur noch vereinzelte Krankheitsfälle. Dass so wie hier alle Hausbewohner auf einmal starben, war eher ungewöhnlich.

Ein Hund bellte. Draußen schlug krachend ein Laden auf. Man hörte einen zornigen Schrei, dann klirrte unten etwas aufs Steinpflaster. Das Tier jaulte auf. Unwillkürlich beugte die Diebin sich zum Marktplatz hinaus.

»Auch noch wach?« Zwei Häuser weiter sah sie einen Schädel aus einer Luke ragen. Sofort fuhr sie zurück, aber er hatte sie wohl für die Kolman gehalten, denn eine Weile lang kicherte er noch vor sich hin, dann wurde es wieder still.

Mit klopfendem Herzen kauerte sie auf dem Küchenboden. Sie dachte an feuchtkalte Brunnenschächte, an modrige Wände, Gewölbe und Algenschleim. Das Wasser, die endlosen Gänge. Dort unten gab es nur Dunkelheit.

Die Kolman war noch nicht lange in Kempten. Sie lebte zurückgezogen, empfing keinen Besuch. Ihr Vater war tot.

Unentschlossen sah die Diebin sie an. Dabei wanderten ihre Gedanken um Jahre zurück.

Bis zu dem Tag, an dem sie, durchfroren und nass, auf einer Wiese aufgewacht war. Sie sah einen leuchtenden Sternenhimmel, der kurz darauf strahlend blau wurde. Später hörte sie Stimmen, die näherkamen. Sie wusste noch, dass es nach Honig roch.

Das war ihre erste Erinnerung.

Kinder, die sich wie sie auf der Straße durchschlugen, gab es genug. Ein Lateinschüler hatte ihr den Namen »Rana« gegeben, was so viel wie Frosch oder Kröte bedeutete. Er hatte nämlich beobachtet, wie sie durch einen Tümpel tauchte und vom Grund einen Karpfen holte. Damit hatte sie sich Achtung verschafft, obwohl sie noch keine neun Jahre alt und eine Bande umherziehender Schüler nicht leicht zu beeindrucken war.

Solche Gruppen von Jungen waren im ganzen Land unterwegs. Es kam durchaus vor, dass Eltern dem Sohn von Nachbarn oder Bekannten den eigenen Buben bereitwillig anvertrauten, ihn bei dem älteren Schüler sozusagen in die Lehre gaben. Dahinter stand die Erwartung, dass das Lernen an anderen Orten wohl leichter wäre. So zog mancher Zehnjährige als so genannter »Schütze« des Älteren los und fand sich dann bettelnd und stehlend in völliger Freiheit wieder.

Für Rana gab es kein Versteck unter der Erde, das sie nicht fand. Einmal, nach einem ihrer gemeinsamen Diebeszüge, hatte sie ihren Freunden erklärt, dass unterirdische Wege weit in den Norden führten und auch nach Süden, durch das große Gebirge, bis nach Venedig sogar. Als sie sie fragten, woher sie das wisse, konnte sie nur mit den Achseln zucken. Trotzdem hatte keiner sie ausgelacht.

Von den Jungen hatte sie Lesen und Schreiben gelernt. Einer brachte ihr bei, wie man rechnete und wie ein Kaufmann die Bücher führte. Er war bei einem Gewürzgroßhändler in Dienst gewesen, bis man ihn einer Unterschlagung bezichtigte und aus dem Haus jagte – unschuldig, wie er bei allen Heiligen schwor. Sie glaubte ihm. Er war schon etwas älter gewesen, mager und nicht sehr stark. Sie erinnerte sich an seinen hüpfenden Adamsapfel und an die furchtsamen Augen, die um ihn herum nur Unheil sahen. Die Winter draußen waren erbarmungslos hart und er war an der Kälte und einer Krankheit gestorben, obwohl sie ihm immer zu essen gebracht hatte.

Manche der Jungen kehrten zu ihren Familien zurück. Die, die nirgends zu Hause waren, erzählten wahre Wundergeschichten von Städtern, die einst wie sie Rüben und Hafer gestohlen hatten und jetzt Juristen, Theologen und Ärzte waren.

Als man Rana erwischte, und mit ihr zwei Buben, die schon mit allen Wassern gewaschen waren, war sie etwa zwölf Jahre alt, stumm vor Angst und darauf gefasst, dass man sie grausam bestrafen würde.

Stattdessen wurde sie in die Reichsstadt Kaufbeuren in ein Frauenkloster gebracht, zu den Schwestern des regulierten Dritten Ordens des heiligen Franziskus. Dort erklärte man ihr, dass sie bereuen müsse und dass man dazu kniete und betete und erfundene Schuldbekenntnisse vor sich hin murmelte, demütig und mit gesenktem Kopf. Rana erhielt die Grundbegriffe einer religiösen Erziehung, gutes Essen, Kleidung und ein warmes, trockenes Bett.

Nach einigen Wochen sagte man ihr, dass die beiden Buben gehängt worden seien, so lange, bis ihre Seelen die Körper verließen. Sie rührte gerade in einem Kessel mit kochendem Zwetschgenmus. Der Holzlöffel fiel ihr aus der Hand, und als sie hastig in die Masse griff, um ihn zu erwischen, verbrannte sie sich beide Arme bis zu den Ellenbogen.

Danach waren fünf Jahre vergangen, bis eines Abends die Oberin, Schwester Benigna, sie zu sich rief.

»Es tut mir sehr leid, mein Kind«, sagte sie und betrachtete das Mädchen mit einem Blick, dem kein erkennbares Gefühl innewohnte. Sie erklärte ihr, dass sie das Kloster leider verlassen müsse. Das Geld, das ein Bürger testamentarisch für die Erziehung einer Waise gestiftet hatte, sei aufgebraucht. »Morgen früh musst du gehen«, sagte sie abschließend. »Wir werden weiterhin für dich beten, mein Kind.«

Rana ging aus der Stadt und hinunter ans Flussufer. Von da aus machte sie sich in Richtung Süden auf. Von den Straßen hielt sie sich fern. Mal konnte sie ein paar Krautköpfe aus einer Miete holen, mal ein Stück Schinken aus einer Räucherkammer oder gar ein unbewacht gelassenes Wäschestück.

Im November 1521 hustete sie. Es war nass und sehr kalt für die Jahreszeit. Wegen des Hustens hätte man sie beinahe bei einem Diebstahl ertappt. Zitternd war sie mit einer Hand voll Korn in ihre Zuflucht zurückgekrochen, in einen halb eingestürzten, feuchtkalten Keller, der unter einem verfallenen Hof unweit von Schönberg lag. In dieser Nacht fror sie so sehr, dass sie kaum schlief. Endlich war sie tiefer in eine der Kammern gekrochen und hatte hinter einem Stapel von lose geschichteten Steinen einen gemauerten Gang entdeckt.

Am nächsten Morgen kam sie jenseits der Iller bei Kempten ans Tageslicht. Dort gab es Kavernen unter der Stadt, das machte es leicht.

Doch bis zu diesem Tag Ende Mai, als sie Kolmans tote Tochter fand, hatte sie keine Hoffnung gehabt, dass sie dem Rattenleben einmal entkommen könnte.

Schließlich hob sie den Kopf. Wenn die Kolman entdeckt wurde, war es zu spät. Doch bis es dämmerte, blieb ihr noch viel Zeit.

Neben dem Herd fand sie ein halb volles Wasserschaff, ein Handtuch am Haken darüber. Das dreckige Hemd riss sie einfach auf. Sie atmete möglichst flach dabei. Erst wusch sie die Tote, dann suchte sie nach einem würdigen Kleid. Offenbar war die Truhe in der gegenüberliegenden Kammer seit Tagen nicht mehr geöffnet worden, denn nichts darin sah besudelt aus. So wählte sie ein Gewand von dunkelstem Rot, üppiger Samt, besetzt mit Paspeln aus Goldbrokat.

Als sie es wider Erwarten geschafft hatte, die Leiche ordentlich anzukleiden, alle Bänder zu schließen, ohne dass etwas zerrissen wäre, streckte sie sich erleichtert aus. Jetzt allerdings kam der schwierigste Teil, denn Kolmans Tochter musste begraben werden.

Inzwischen war der Mond längst untergegangen. In einen weiten Mantel gehüllt, den sie sich in Kolmans Kammer gegriffen hatte, verließ sie das Haus durch das vordere Tor. Das Anwesen stand in einer Reihe von wohlhabenden Bürgerhäusern, auf der südlichen Seite des Kemptener Rathausplatzes. Wie üblich schlossen sich an der Rückseite Höfe und Gärten an. Weitere Gebäude nach Osten und Westen, entlang eines Abschnitts der Reichsstraße sowie der vornehmen Vogtgasse und eine durchgehende Mauer hinter den langgezogenen Gärten ergänzten den Häuserblock.

Vor sich auf dem Platz nahm sie undeutlich den Waagstadel, weiter westlich den Marktbrunnen sowie das massige Rathaus wahr. Sie wandte sich in die andere Richtung und schlich an krummen Häuserfronten entlang. Licht brauchte sie nicht. Nach rechts ging es in die Reichsstraße. Sie durchzog die Stadt mit mehrfachen Biegungen von Osten nach Westen, verband das Metzgertor direkt an der Illerbrücke zur östlichen Vorstadt mit dem Klostertor am gegenüberliegenden Ende der Reichsstadt und führte auch über den Marktplatz. Eine wehrhafte Mauer, durchbrochen von nächtens geschlossenen Toren und mit zahlreichen Türmen besetzt, lief rings um die Stadt. Selbst am Ufer der Iller im Osten hatte man größtenteils auf diesen Schutz nicht verzichten mögen. Entlang des Pfeilergrabens ragten die Mauern gleich in zwiefacher Trutzigkeit auf.

Schon nach wenigen Schritten bog die Straße vor ihr nach links, und gleich am Eckhaus öffnete sich ein Durchgang zum Kirchplatz St. Mang.

Die Neigung der Kemptner, sich nächtens in ihren finsteren Gassen, unter spitzen Giebeln und tiefen Söllern herumzudrücken, war nicht allzu ausgeprägt. Dennoch bemerkte Rana jemanden hinter sich. Kaum war sie mit rascher Bewegung in einen Torbogen getreten, als die Gestalt sie auch schon eingeholt hatte.

»Nass's Mädchn.... Muss woll geregnt ham.«

Sie sah, dass es zwei Männer waren, und offensichtlich betrunken. Einer blieb schwankend stehen und glotzte blöde, dann drehte er sich einmal herum, besann sich, wobei seine Augen nach oben schielten, und wankte dann weiter hinter dem anderen her. Hinter einem der Fenster wachte ein

Kind weinend auf. Aus einem anderen drang der röchelnde Atem eines Schwerkranken.

Noch einmal sah Rana sich um, dann trat sie entschlossen auf jenen freien Platz, in dessen Mitte eine Kapelle, St. Michael, stand. Dahinter ragte der Turm der Pfarrkirche auf. Dort war auch der Stadtfriedhof.

Doch schon nach wenigen Schritten sanken ihre Füße im Boden ein. Es dauerte einige Augenblicke, bis sie begriff, dass fast der gesamte umfriedete Raum von St. Mang inzwischen ein großes Totenfeld war. Als vor kurzem noch hunderte Pestkranke in einer Woche starben, hatte man riesige Gruben ausgehoben. Zwar waren die Massengräber inzwischen wieder geschlossen worden, dennoch war es kein schönes Gefühl, im Dunkeln hier barfuß zu sein. Über ihr verlor sich der Nachthimmel, doch von den Köpfen und Leibern der Leichen drunten trennte sie nur eine kärgliche Erdkrume.

Während sie, so rasch sie konnte, über den Acker lief, hoffend, dass sie über nichts Menschliches stolperte, sah sie sich nach einem Pestkarren um. Zwischen Kapelle und Kirche fiel sie schließlich über ein Totenbrett, das am Rad eines Wagens lehnte. Den konnte sie leider nicht nehmen, er war zu groß und zu schwer. Aber dort hinten, im Schatten ...

Wieder stieß sie ein Brett um, was einen höllischen Lärm machte. Beunruhigt wartete sie, doch in den umliegenden Häusern rührte sich nichts. Also schlich sie gebückt weiter und hatte Glück. Für den Transport einer einzelnen Leiche war dieser Karren gerade recht. Allerdings würde sie damit wohl kaum geräuschlos vorankommen. Doch wenn sie einen der Umhänge hätte, die die Pestknechte trugen ... Fast jeder machte schaudernd einen weiten Bogen um sie.

Um ein Haar wäre sie in ein frisch geschaufeltes Grab gestürzt. Man hatte es noch nicht zugeschüttet und die Bohlen, die es notdürftig bedeckten, ließen am Rand einen Spalt offen. Neugierig spähte sie in die Grube hinein: Vielleicht lag sogar Jakob Kolman darin.

Schließlich fand sie einen Umhang. Er hing über der Deichsel des schwereren Leichenwagens. Als sie hineinschlüpfte, kroch ihr der fade Geruch nach Tod in die Nase, und wenig später spürte sie Flohbisse. Dafür blieb sie auf dem Rückweg zum Marktplatz von neugierigen Kemptnern verschont.

Vor Kolmans Haus wanderte ihr Blick zunächst über die Fensterreihen der Nachbarschaft. Nichts war zu sehen, nicht einmal der Schädel des Hundefeinds.

Den Karren ließ sie gleich hinter der Eingangspforte. Oben wickelte sie die Tote in Kolmans Mantel ein und nähte ihn zu. Den Umgang mit Nadel und Faden fürchtete sie, denn endloses Sticheln war schon im Kloster die schlimmste Geduldsprobe gewesen. Dazu kam, dass es in der Küche inzwischen beinahe stockfinster war. Doch endlich steckte die Kolman in einem Leichentuch. Nun musste sie sie über die Treppe nach unten tragen. Bei dem Gedanken, Kopf oder Füße der Toten könnten auf die steinernen Stufen schlagen, wurde ihr beinahe schlecht. Daher hielt sie sie so vorsichtig wie einen Sack roher Eier. Zwar war sie leider nicht auch so leicht, doch wenigstens klang die Totenstarre bereits wieder ab.

Inzwischen verschwand der Sternenhimmel unter immer mehr Wolken, und ein kräftiger Wind kam auf. Rana hoffte, dass er die meisten Geräusche verschlucken würde. Aber als sie wieder in die Reichsstraße einbog, hörte sie jemanden auf sich zukommen, mit entschlossenem Tritt, an der Hüfte offenbar ein Schwert. Ein Mann von der Stadtwache! Natürlich hatte der eine Laterne dabei. Noch während sie zögerte, hatte der Hüne Karren und Umhang erspäht. Wie eine Jungfer, die sich vor einer Maus fürchtet, tat er einen zierlichen Satz, schlug einen Haken und verschwand unverzüglich in einer Seitengasse. Rana musste trotz aller Anspannung lächeln.

Im Dunkeln die Bohlen des offenen Grabes so weit zur Seite zu schieben, dass sie die Kolman hindurchbekam, war dann mühsamer, als sie erwartet hatte. Ziehend und zerrend hoffte sie inständig, dass niemand das Scharren hörte oder den dumpfen Schlag, als sie die Tote ins Loch fallen ließ. Eine Zeitlang kämpfte sie gegen den Brechreiz an, den das Geräusch bei ihr auslöste, dann ging es wieder, und mit bloßen Händen schaufelte sie noch etwas Erde über das Leichentuch. Immerhin lag die Kolman in geweihtem Boden begraben, ihre Seele mochte in Frieden ruhen.

Als die Diebin anschließend schwer atmend aufblickte, stellte sie fest, dass es bereits dämmerte. Daraufhin streifte sie eilig den Pestumhang ab, schob den Leichenkarren zurück und huschte hinüber zum Kirchenschiff. Dort war eine Seitentür unversperrt. Es war jetzt kurz vor Sonnenaufgang.

In der Apsis trat sie hinter eine bewegliche Grabplatte. Ein paar Stufen ging es nach unten, dann weiter durch einen Gang zu einer Eisenpforte. Hinter der Tür befand sich wieder ein Brunnenschacht. Ohne Zögern kletterte sie darin nach unten, wobei ihr als Halt ein paar überstehende Steine genügen mussten. Schließlich tauchte sie in das Wasser ein.

Zwei

Mit kritischem Blick musterte der Stiftsherr von Freiberg den Mann in dem fleckigen Lederkittel. Das kurze, weißblonde Haar erinnerte an das Fell eines Hundewelpen. Wie immer blickten die auffallend hellen Augen des Boten ein wenig mürrisch drein, doch von Freiberg entdeckte darin keinerlei Ungehorsam. Das wäre ihm nicht entgangen. Ob Hunde, ob Knechte, er kannte sich aus.

»Was hast du eben gesagt?«, fragte er. »Ich denke doch, dass ich mich auf dich verlassen kann?«

Moritz Benzer hatte gemurmelt: »Manche laufen halt blind und taub durch die Zeit.« Doch Freiberg hatte nicht zugehört, auch nicht bei den vorangegangenen Sätzen, und Benzer wusste das wohl. Er biss sich auf die Zunge und schwieg, da Freiberg ohnehin keine Antwort erwartete. Als das Schreiben versiegelt war, verbeugte er sich, bevor er es entgegennahm.

»Nur an den Kanzler persönlich. Und nur aushändigen, wenn niemand sonst in der Nähe weilt.«

Benzer nickte stumm, ohne darauf hinzuweisen, dass dies nicht der erste Brief war, den er für von Freiberg beförderte. Stets war Dr. Leonhard von Eck, der bayerische Kanzler und führende Kopf im Schwäbischen Bund, der Empfänger der heimlichen Botschaften.

Dieser Bund war im Jahre 1488 ursprünglich als Vereinigung von 22 schwäbischen Städten und der »Gesellschaft vom St. Georgenschild« gegründet worden. Er sollte den von Kaiser Friedrich III. verkündeten Landfrieden wahren. Bald hatten sich zahlreiche weitere kirchliche und weltliche Fürsten dem Schwäbischen Bund angeschlossen, darunter die Bischöfe von Augsburg und Konstanz, die Kurfürsten von der Pfalz, Mainz und Trier sowie Hessen und Bayern. Tatsächlich verstanden die Mächtigen ihn als ein Instrument ihrer Interessen, und nicht nur die Habsburger bedienten sich des Bundesrats und seiner Truppen.

Natürlich wusste Benzer, was er zu tun hatte. Wenn er etwas begriffen hatte, dann saß es, für alle Zeit. Das von zusammengezogenen Brauen und einem kantigen Kinn geprägte Gesicht Freibergs zeigte nur selten einen Anflug von freundlicher Stimmung. Doch jetzt lächelte er. Benzer blieb auf der Hut.

»Also, Kolman ist tot?«, fragte der Stiftsherr, wobei er die kräftigen Schultern straffte, als habe er sich einer Last entledigt.

»Ja, an der Pest gestorben. Vorgestern ist er begraben worden.«

»Weiß jemand, dass er bei Raitnau war?«

»Das kann ich mir nicht vorstellen. Er hat es sicher nicht an die große Glocke gehängt.«

»Seine Tochter?«

»Ich glaube nicht, dass er mit ihr über Geschäftsdinge redete. Man sagt, sie soll nicht die Gescheiteste sein.«

»Schwachsinnig?«

Benzer zögerte. »Das nun wohl nicht gerade. Hat nur ihre Stickereien im Kopf, soviel ich gehört habe. Eigentlich verkehrt sie mit niemandem. Möglicherweise ist sie ja ebenfalls krank geworden ...«

Von Freiberg lächelte, als ob ihm der Gedanke gefalle. »Noch etwas anderes. Du weißt schon, dass Sebastian von Breitenstein neuer Fürstabt ist?« Stumm, mit einem verdrießlichen Zug um den Mund, nickte Benzer. Es kränkte ihn, wenn man ihn für schlecht unterrichtet hielt. Freiberg hätte nur spöttisch darüber gelächelt. Da er jedoch mit seinen Gedanken nicht bei Moritz Benzer weilte, fuhr er in strengem Ton fort: »Ich möchte ein wenig genauer wissen, wie im Moment die Stimmung ist. Du wirst über Leubas und Obergünzburg reisen.« Mehr sagte er nicht. Benzer verstand und verbeugte sich noch einmal.

Nachdem der Bote das Zimmer verlassen hatte, stand Eberhard von Freiberg auf und trat in die Fensternische. Ohne den strahlenden Frühlingstag wahrzunehmen, sah er hinaus.

Das Stift mit der Klosterkirche lag im Nordwesten von Kempten, vor den Toren der Stadt. Von den Römern einst Cambodunum genannt und am Ufer der Iller eingebettet in die blaugrünen Hügel des Allgäuer Alpenvorlands, hatte sie sich über die Jahrhunderte aus der Abhängigkeit des stiftkemptischen Benediktinerklosters zur – fast – freien Reichsstadt entwickelt.

Freibergs Blick wurde finster. Respektlos und zäh rangen die Bürger um Freiheit und Rechte. Doch immer noch hatte der Fürstabt ein Wörtchen mitzureden.

Inzwischen baute er seine Macht als Territorialherr des stiftkemptischen Landes aus. Doch auch hier gab es Widerstände, so wie es im ganzen Reich gärte: der Aufstand des Armen Konrad in Württemberg, am Oberrhein der gefürchtete Bundschuh, Luthers Thesen, verblendete Prediger. Im vergangenen Jahr hatte dieser Franz von Sickingen Trier belagert. Seine Freunde träumten schon von einem Volkskaiser, Burgen der Gerechtigkeit nannten sie ihre Raubnester.

Im Oktober hatte Kaiser Karl dann endlich die Reichsacht über den wild gewordenen Ritter verhängt, und dann wurde der Aufstand blutig niedergeschlagen. Freiberg lächelte. Der Trierer Erzbischof hatte im Verein mit Kämpfern des Schwäbischen Bundes ganze Arbeit geleistet. Vor zwei Wochen war Sickingen schließlich seinen schweren Verletzungen erlegen, am Tag der endgültigen Kapitulation.

Derart ereignisreich war es in der Umgebung von Kempten noch nicht. Zwar hatte es vor gut dreißig Jahren einmal einen harmlosen Aufstand der Bauern gegeben, aber außer verbrannten Höfen und rund 200 vertriebenen Anführern war dabei nichts für sie herausgekommen. Beruhigt hatte die feindselige Stimmung sich dadurch nicht, und wenn von Breitenstein bei seiner Absicht blieb, die Steuern so anzuheben, wie es ihm vorschwebte ... Freiberg runzelte nachdenklich die Stirn. Seine eigenen Pläne reichten über den Tag hinaus.

Er kehrte an sein Schreibpult zurück. Hoffentlich war Benzer überhaupt in der Lage, die Aufträge auszuführen. Ihm waren die Schweißperlen auf seiner Stirn nicht entgangen. Vielleicht hätte er noch etwas warten sollen. Nicht, dass der Kerl etwas verpatzte. Die Pestträume hatten irgendetwas in ihm aufgerührt, obwohl es zuerst so ausgesehen hatte, als ob Benzer, der mit seinem Saumpferd Waren und vertrauliche Nachrichten durch ganz Süddeutschland trug, die verfluchte Krankheit gut überstanden hätte.

Während jener drei Tage, in denen Moritz Benzer spurlos verschwunden war, hatten alle ihn tot gewähnt. Man hatte angenommen, dass er sich zum Sterben verkrochen habe. Aber dann war er abgemagert und mit schreckensstarrem Gesicht wieder aufgetaucht. Wie man Freiberg berichtet hatte, hatte Benzer wirres Zeug über Höhlen und Gänge, über ein unterirdisches Meer und eine Frau erzählt.

Unwillkürlich verzog Freiberg angeekelt die Mundwinkel. Frauen. Sie steckten hinter jeglichem Ungemach. Wenn es nach ihm ginge, konnten sie alle zur Hölle fahren.

Donnernd stürzten die Kalkfelsen ein. Das Wasser war listig und schnell. Es sprang, es brauste in einen endlosen Raum. Dann fing etwas Großes sie auf. Das Meer unter der Welt ... Aber wo waren die anderen? ... Dieses Meer ...

Entsetzt fuhr sie auf. Dann wurde ihr Atem ruhiger, sie fand sich langsam wieder zurecht. Oben war es jetzt Nacht.

Drei

Erst als es wieder ganz dunkel war, kehrte Rana zurück in das Haus des verstorbenen Weinhändlers. Es war die Nacht von Freitag auf Samstag, genau einen Tag, nachdem sie die Kolman begraben hatte. Während sie sich in der Eingangshalle vorsichtig umsah, versuchte sie ruhig zu bleiben. Wer soll denn schon hier sein?, fragte sie sich. Aber konnte sie sich tatsächlich darauf verlassen, dass niemand sich um die Tochter des Verstorbenen kümmern würde? Zum einen konnte ihr Vater sich nach dem Tode der alten Magd noch um neue Dienstboten bemüht haben. Oder die Frau irgendeines Zunftgenossen dachte daran, dass das Mädchen ganz auf sich gestellt war. Lieferanten und Käufer konnten vorbeischauen. Womöglich war ihr Verschwinden bereits mit Besorgnis entdeckt worden. Vielleicht wartete man schon auf sie ... Waren da Stimmen oben? Hörte sie Schritte im Flur?

Sie lauschte. Vom Leben im Dunkeln waren ihre Sinne geschärft. Aber ihr eigenes Herz schlug so laut, dass sie nichts unterscheiden konnte. Wie sie die aufkommende Panik hasste! War da jemand?

Endlich zwang sie sich, ruhig zu sein. Niemand war da. Es war alles still, genau wie in der vergangenen Nacht. Dennoch blieb sie instinktiv vorsichtig und vermied zunächst jedes laute Geräusch.

Von der Eingangshalle mit den Durchfahrtstoren zum Hof kam man direkt ins Kontor – Kreuzrippengewölbe, Boden und Türstürze aus kunstfertig behauenem Stein. Das einzige Fenster ging nach hinten hinaus. Durch eine weitere Tür gelangte sie in das gemauerte Weinlager. Besonders üppig schien Kolmans Warenbestand nicht zu sein. Nur ein einziges, klägliches Fass lag darin, und als sie hoffnungsvoll daran rüttelte, fand sie es zu zwei Dritteln leer. Dann hob sie in unguter Vorahnung die Bodenfalle und untersuchte den aus Ziegeln gewölbten Kellerraum. Keine Mohrrübe hatte sich hier hinunter verirrt, in diese unterirdische Wüste der Vorratshaltung.

Über die Wendeltreppe tastete sie sich wieder in das obere Stockwerk, wo durch die offenen Türen von Küche und Prunkstube etwas Grau in den Hausflur sickerte. Wieder schien der Mond hell durch das Küchenfenster. Wasserschaff, Scherben und Handtuch lagen genauso, wie sie es verlassen hatte. Sie schaute in die beiden Schlafkammern und in den Aborterker am Ende des Gangs. Dabei fand sie keinen Hinweis darauf, dass jemand in der Zwischenzeit das Gebäude betreten hatte.

Weiter hinauf führte nur eine Holzstiege. Hier fingen bereits die Dachböden an. Wie sie es vermutet hatte, befand sich dort oben die Mägdekammer. Das Totenbett der alten Bediensteten war nicht gerichtet worden, aber ansonsten wirkte der karge Verschlag erstaunlich sauber und aufgeräumt, so als hätte die Frau vor ihrem Sterben noch Ordnung gemacht.

Bis auf diesen einen Raum war der Dachboden leer. Der Stallknecht hatte im Hofgebäude geschlafen. In einer Regung von Gründlichkeit wollte Rana jeden Fußbreit des Hauses sofort erkunden. Also schob sie sich, obwohl durch die Luken und Lüftungsgauben kein Lichtfaden drang,

Stockwerk um Stockwerk über Leitern hinauf. Einmal stieß sie an eine ausladende Holzkiste. Der Geruch, der durch die Ritzen drang, mochte von Mehl kommen. Da fiel ihr der Vorratsraum ein.

»Hast du das auch gehört?«

Mit einem erschöpften Grunzen drehte sich Stadthauptmann Flach im Bett seiner Geliebten herum. Sie hatte sich aufgesetzt. Er legte den Kopf in ihren Schoß und brummelte: »Nein.«

Dieses Gespräch konnte er in seinem Ehebett auch haben. Ständig weckte seine Frau ihn wegen irgendwelcher Geräusche auf.

»Da ... schon wieder. Was ist da drüben bloß los?« Katherin zog die Knie an, legte den Kopf zur Seite und lauschte. Ihr hübsches rundes Gesicht sah zum Küssen aus. Deswegen war er schließlich auch hergekommen.

Im Haus nebenan konnten sie Schritte hören. Seufzend fand er sich zu einer Antwort bereit. »Da kann jemand nicht schlafen, na und?«

Nachsichtig zog er sie an sich, doch bevor er ihre Lippen berühren konnte, krachte drüben etwas zu Boden, begleitet von einem ersticktem Schrei. Als habe sie nur darauf gewartet, machte sich Katherin los, lief zum offenen Fenster und lehnte sich neugierig so weit hinaus, dass sie das Nachbarhaus sehen konnte. Zu ihrer Enttäuschung war jedoch schon wieder alles ganz still. Nachdem sie eine Weile lang geduldig gewartet hatte, schlüpfte sie endlich unter die Seidendecke zurück.

»Findest du das denn nicht merkwürdig? Immerfort hört man etwas, und dabei ist alles stockdunkel drüben. Die Kolman ist ganz allein in dem Haus. Meinst du nicht, man sollte mal nachsehen?«

Flach unterdrückte den Fluch, den er auf den Lippen hatte. Er dachte gar nicht daran.

Kaum hatte die Diebin die Speisekammer betreten, meinte sie, in ihrem Rücken habe sich etwas bewegt. Hastig fuhr sie herum. Der Honigtopf krachte herunter, zersplitterte, während zwei Tauben aufflatterten, in ihrer Panik das offene Fenster nicht fanden und mehrmals gegen Balken und Wände stießen. Zwar rutschte ihr der Aufschrei nur zur Hälfte heraus, aber sie wusste sofort, dass man ihn gehört hatte.

Während sie starr vor Schreck lauschte, fiel ihr endlich ihr Fehler auf. Eilig lief sie zum Herd, stocherte aufgeregt in der Glut, die natürlich längst ausgebrannt war, suchte nach Spänen und Scheiten und fachte ein Feuer an. Sie schaute sich um. Talglichter, Wachskerzen und eine Laterne waren zur Hand. Als das Licht schüchtern brannte, war es keinen Moment zu früh.

Denn eben in diesem Augenblick beugte sich Flach nebenan aus dem Fenster. Vor Katherins beharrlichem Drängen hatte er resigniert. Zunächst hatte er sich vergewissert, dass die Höfe der Nachbarn verlassen waren. Er legte keinerlei Wert darauf, dass ihn jemand hier sah. Dann wandte er seine Aufmerksamkeit den rückwärtigen Fenstern von Kolmans Haus zu. Das Licht war schwach, es mochte aus einem der vorderen Räume kommen, aber es gab immerhin Licht – glücklicherweise. Selbst wenn nebenan einer ermordet würde, wäre er nicht erpicht darauf, alle Nachbarn aufzuwecken.

»Alles in Ordnung.«

Danach war Katherin mit ihren Gedanken noch immer nicht leidenschaftlich bei ihm. Aber sie hielt wenigstens still.

Nachdem sie etwas Honig von den Scherben gekratzt und mit vertrocknetem Weißbrot gegessen hatte, fing Rana mit ihrer Arbeit an. Den Ekel erregenden Dreck, den die Pest hinterlassen hatte, wollte sie wegschwemmen, egal wie spät es schon war. Nach den Ereignissen der vergangenen Monate wusste jeder, dass das Verhalten der Überlebenden in jenen Häusern, in denen die Seuche gerade gewütet hatte, oft mehr als nur merkwürdig war. Sie vertraute darauf, dass man auch Kolmans Tochter ein paar Verirrungen zugestand.

Also schleppte sie Eimer um Eimer voller Wasser aus dem Brunnen ins Haus, als wäre es heller Tag. Tische, Bänke und Stühle, Truhen und Bettladen wurden geschrubbt und abgewaschen, dann wischte sie auch die Dielenbretter, Fliesen und Steinböden auf. Die Spannbetten, Federkissen und Dekken trug sie ausnahmslos in den Hof.

In einer Ecke der Schlafkammer fand sie einen Badezuber und leerte zwei Ledereimer voll kalten Wassers hinein. Einen weiteren schüttete sie in den Kessel über dem Herd. Anschließend lief sie in den Garten und folgte dem Rosenduft bis zu den hinteren Schuppen, die sich an die Mauer zum Mehlmarkt lehnten. Etliche Kräuter zerrieb sie zwischen den Fingern, bis ihre Nase das Richtige fand.

Nachdem die Diebin das inzwischen dampfende Wasser in die Wanne geschöpft hatte, streute sie eine Hand voll Blütenblätter und Knospen hinein. Dann endlich stieg sie aus den zerschlissenen Resten ihres Kleides. Plötzlich, in einem Anflug von Leichtsinn, beugte sie sich aus dem Fenster und ließ es los. Ein Luftzug blähte das Tuch und es fiel aus dem Mondlicht und landete auf dem hochgeschichteten Pesthaufen.

Danach zog sie ein Leinentuch wie ein Zelt über sich und den Badezuber. Im Wasser war alles leicht.

So lag sie den Rest der Nacht, bis sie fror. Dann schlüpfte sie in ein schönes, sauberes Kleid und band sich ein Seidennetz in ihr noch feuchtes Haar. Noch niemals hatte sie so etwas Feines auf ihrer Haut gespürt. Sie wollte es gründlich auskosten, denn jetzt, gegen Morgen, zur Zeit der Zweifel und Alpträume, schwand ihre Zuversicht. Langsam strich sie mit ihren Fingerspitzen über den dünnen Stoff und die Blütenborten. Leicht, weich und duftend …

Immer noch gab es Spuren des üblen Geruchs im Haus. Noch einmal sah sie sich in der Kammer mit Vorräten um und fand schließlich, was sie gesucht hatte. Während draußen die ersten Vögel sangen, streute sie einen ganzen Sack voller Kamillenblüten ins Herdfeuer. Ihr süßlicher Duft würde den Pesthauch endgültig aus dem Haus treiben.

Langsam dämmerte es und im Morgengrauen verbrannte Rana die Totenbetten im Hof. Sie wartete so lange, bis alles zu Asche geworden war. Währenddessen wurde es hell. Mitten im Hof blieb sie stehen, überwältigt vom Sonnenschein, und kämpfte gegen das Schluchzen in ihrer Kehle an.

Später spülte sie gerade einen Teller mit Mehlbrei vom Frühstück aus, als ihr einfiel, dass jedes Christenkind einen Namen besaß. Dummerweise hatte sie keine Ahnung, wie Kolmans Tochter genannt worden war. Vor sich sah sie plötzlich einen Berg von Schwierigkeiten, der immer weiter in die Höhe wuchs.

Sie musste ruhig überlegen. Dies war nicht das Haus eines Bauern, der nicht lesen und schreiben konnte. Irgendwo würde es Briefe geben, womöglich auch eine Abschrift des Bürgerrechts, das der Weinhändler sicherlich bald nach seinem Einzug in Kempten erworben hatte. Sie stellte den Teller beiseite und lief ins Kontor.

Anscheinend hatte Kolman über die Jahre hinweg fast alles

aufgehoben, denn die Truhe neben dem Schreibpult quoll beinahe über von Schriftstücken. Das Hauptbuch … Geschäftskorrespondenz … Fieberhaft überflog sie die Seiten, ohne den Inhalt recht wahrzunehmen. Geschäftlich … alles geschäftlich … Mit fliegenden Händen legte sie die Blätter zur Seite, später, natürlich, später würde sie jeden Brief durchlesen.

Doch hier fand sie nichts, was ihr weiterhalf. Enttäuscht sah sie auf. Wo würde ein Bürger private Briefe und Urkunden aufbewahren? In der schweren Truhe des Prunkzimmers lag nur ein Stapel Tafelwäsche. Vergilbt. Offenbar hatte niemand viel Wert darauf gelegt. Auf dem Dielenboden neben dem Bett in Kolmans Schlafkammer gab es eine Kassette aus Kirschbaumholz. Die Diebin klappte den Deckel zurück. Eine Hand voll Briefe, gesiegelte Urkunden und obenauf … ein Testament.

Hatte Kolman damit gerechnet zu sterben? Oder war er nur so gewissenhaft, dass er für jeden Fall Sorge trug? Alles, womit er zu tun gehabt hatte, zeugte von eigenwilliger Ordnungsliebe. Dabei standen das teure Patrizierhaus und dessen eher spärliche Einrichtung in einem offensichtlichen Widerspruch.

Wenn das ein Rätsel war, dann fand sie in Kolmans Testament jedenfalls keine Antwort darauf. Beim Lesen der wenigen Zeilen spürte sie eine seltsame Scheu, ähnlich wie seinerzeit, als sie den ersten Apfel vom Baum eines Bauern stahl.

Das Testament war nicht von einem Notar verfasst, es trug allein Kolmans Unterschrift. Und da stand es.

Madlen Kolman, »meinem einzigen Kind«, vermachte er alles, was er besaß. Offenbar gab es keine Verwandten, die als weitere Erben in Frage kamen, und auch keine wohltätigen Stiftungen. Der Blick der Diebin blieb am Datum hängen. Das Testament war erst einen Monat alt. Nachdenklich legte sie es wieder zurück.

Madlen Kolman. Magdalena also. Freie reichsstädtische Bürgerin. Ein eigenes Haus. Aber wann und wo war Madlen Kolman geboren worden? Wie mochte das Leben der Bürgerstochter verlaufen sein? Was war mit ihrer Mutter? Wo hatten die Kolmans früher gelebt? Gab es keinen Briefwechsel? Konnte es sein, dass Jakob Kolman vor seinem Tod jemandem Nachricht hatte zukommen lassen? War man womöglich schon auf dem Weg?

Die Diebin wusste nur, wie das Mädchen ausgeschaut hatte, von ihren Wesenszügen wusste sie nichts. Die Schriftstücke waren ihr einziger Anhaltspunkt. Jede Zeile, die sie im Haus fand, musste sie durchlesen.

Sie gähnte. Nach der durchwachten Nacht sehnte sie sich auf einmal nach Schlaf. Ihr fiel ein, dass sie das Bettzeug verbrannt hatte. Also musste sie sich einen Strohsack suchen. Am besten fing sie bei der Kornschütte am Dachboden an.

Zu dieser Stunde, am helllichten Tag, fand sie die Bretterböden unter den Dachziegeln lichtbesprenkelt und beinahe anheimelnd. Tatsächlich lagen einige Rupfensäcke gleich neben dem Mehlvorrat. Zwei davon schüttelte sie kräftig aus und zwischen den Sonnenstrahlen tanzte der Staub. Von draußen drangen die Geräusche des Vormittags zu ihr ins Haus.

Jetzt, wo alle wach waren, traute sie sich kaum mehr hinaus auf den Hof. Sie dachte an Madlen Kolmans dümmliches Lächeln, wie sie es einmal von weitem gesehen hatte. So zu lächeln, das würde zu weit gehen. Lieber glaubte sie daran, dass niemand auf die Idee kommen würde nachzufragen, da sie der Toten glich wie ein Ei dem anderen – zumindest, wenn man nicht genauer hinsah.

Im leeren Stallgebäude roch es noch immer ein wenig nach

Pferdemist. Eine Leiter führte nach oben, dorthin, wo Heu und Stroh lagerten. Hier dürfte der Knecht auch geschlafen haben. Aber er hatte nichts von sich zurückgelassen.

Da war das Stroh, sauber und trocken. Besser als das, worauf sie bisher geschlafen hatte. Sorgfältig stopfte sie ihre Säcke und schleppte sie dann ins Haus.

Stimmengewirr. Das Rollen von Karren auf Steinpflaster. Lautes Hämmern von einem Baugerüst. Jemand schimpfte, dann kam eine unwirsche Antwort darauf. Ein Pferd wieherte. Die warme Sonne lockte Fliegen in ihre Schlafkammer. Sie konnte sie summen hören. Irgendwo klopfte es in einem Rhythmus, der beruhigend eintönig war.

Am nächsten Morgen wachte sie mit Kopfschmerzen auf. Während der Nacht war sie ein paar Mal aufgestanden, einmal hatte sie etwas Wasser getrunken, aber sie war dabei gar nicht ganz wach geworden und hatte sich gleich wieder hingelegt.

Was war mit ihr los? War jemand im Haus? Irgendwie hatte sie das Gefühl, als müsse sie sofort nach unten gehen. Aber ihr war gar nicht gut. Das Licht tat ihr weh, ihr ganzer Körper schmerzte. Hatte sie etwas gehört?

Ihr fiel ein, dass heute Pfingstsonntag war. Jakob Kolman war tot. Und Madlen... Sie musste unbedingt daran denken, dass Madlen jetzt ihr Name war...

Sobald sie sich aufgesetzt hatte, fing sie an zu zittern. Frierend wickelte sie sich in den pelzgefütterten Umhang, den sie sich aus Kolmans Kammer geholt hatte. Immerhin hatte der Mann sich teure Mäntel und Rauchwerk gegönnt, wenn das auch das Einzige war – oder das Einzige, was noch übrig war. Wenn sie sich nur nicht so schwach fühlen würde! Sie war wohl erschöpfter, als sie geglaubt hatte.

Da, wieder Geräusche. Sie musste sich irren... Wer sollte ...? Doch. Im Gang kamen Schritte näher. Diesmal war es kein Hirngespinst.

»Madlen!«, hörte sie jemanden rufen, »Madlen, seid Ihr da?«

Es war eine Männerstimme, jung, selbstbewusst und ein wenig ungeduldig. Ein Ton, der darin mitschwang, machte deutlich, dass sein Bemühen um eine Antwort eher eine lästige Pflicht für ihn war. Bevor sie noch einen klaren Gedanken fasste, pochte es schon an ihrer Tür.

»Was ist denn?«, rief sie erschrocken und hoffte, dass ihre Stimme dabei nicht zitterte. Warum nur hatte sie auch solche Kopfschmerzen? Draußen verstummte das Klopfen sofort.

»Madlen? Ist alles in Ordnung mit Euch?«

»Geht weg von der Tür!« In ihrer Verwirrung reagierte sie ungehaltener, als sie beabsichtigte.

»Was?«

Sie spürte geradezu, wie er verblüfft auf die Tür starrte. Weil sie sich fürchterlich elend fühlte, fiel ihr nichts besseres ein als die Wahrheit.

»Ich bin ...« – sie stockte kurz – »also, es könnte sein, dass ich krank bin ...«

Draußen rührte sich nichts. War er gegangen? Nein, sie konnte hören, wie er sich räusperte. »Dann wird es das Beste sein, wenn ich den Stadtarzt zu Euch schicke. Habt keine Angst, es wird nicht lange dauern.«

Die Aussicht, einer Frau gegenüberzutreten, die womöglich die Pest hatte, schien ihn nicht gerade zu reizen. Das war gut. Aber ein Arzt? Was, wenn der die Kolman schon einmal untersucht hatte?

»Nein! Wartet!« Warum konnte der Kerl sie nicht einfach in Ruhe lassen? Ungeschickt versuchte sie aufzustehen. Es half nichts, sie musste die Dinge selbst in die Hand nehmen, wenn sie nicht wollte, dass man sie überrumpelte. »Geht einfach bis an die Treppe zurück und wartet da.«

Sie lauschte. Nach kurzem Verharren konnte sie Schritte hören, so als ob er zögerlich rückwärts ging. Wenn sie ihn loswerden wollte, durfte sie keineswegs hilflos scheinen. Besser war, sie brachte ihn in Verlegenheit. Mit offenen Haaren und nur in Kolmans Mantel gehüllt trat sie hinaus in den Flur.

Er stand auf der ersten Stufe der Treppe, mittelgroß, blond und von eher schmaler Statur. Ein paar Jahre älter als sie. Das jungenhafte Gesicht mit den leicht schräg stehenden Augen und den sehr breiten Wangenknochen war auf den ersten Blick von anziehender Offenheit. Etwas darin wirkte ungebärdig und wild. Trotz des nur schwachen Lichts konnte sie deutlich erkennen, wie überrascht er war. Im Bruchteil eines Momentes weiteten sich seine Pupillen und der herausfordernde Ausdruck verschwand. Aber er fing sich sofort wieder.

»Tut mir sehr leid, wenn ich Euch gestört habe. Ich habe unten geklopft und sogar gerufen und als ich nichts von Euch hörte ...« – er trat einen Schritt auf sie zu – »Ihr seid ja entsetzlich blass ... und Ihr zittert. Lasst mich ...« Offenbar dachte er nicht mehr an die Ansteckung, sondern schickte sich an, ihr den Arm zu reichen.

»Bleibt, wo Ihr seid! Was wollt Ihr denn? Auf Besuch bin ich wirklich nicht eingerichtet.« Es klang so abweisend, dass sie schon befürchtete, sie wäre zu weit gegangen, doch er akzeptierte den harschen Ton und blieb stehen.

»Ich wollte nur ... Wie geht es Euch? Wenn Ihr krank seid ... Also, wir waren nicht in der Stadt und haben erst gestern davon erfahren, dass Euer armer Vater ...«

Wenn er so stammelte, wirkte er zugleich verlegen und aufrichtig. Leider fiel ihr nichts Unverfängliches ein, das sie erwidern konnte, und diese Unsicherheit in ihrem Blick fing er auf.

Unvermittelt fragte er: »Sagt, Madlen, Ihr schaut mich an, als ob Ihr mich gar nicht erkennen würdet? Ich bin Thoman Becherer, Ihr erinnert Euch doch ...«

Du meine Güte. »Natürlich. Natürlich weiß ich, wer Ihr seid!« Das kam viel zu hastig. »Ich bin nur etwas durcheinander, nach allem, und ich habe Kopfschmerzen ...«

»Dann lasst mich doch den Arzt holen!«

»Das ist vollkommen unnötig.« Sie hielt sich an der Türklinke fest, was er natürlich bemerkte. »Das habe ich öfter«, log sie beherzt und es gelang ihr sogar, ein wenig dabei zu lächeln.

Offenbar war er durchaus erpicht darauf, zu glauben, dass es sich nur um eine harmlose Schwäche handelte. Aber er machte noch keine Miene, sie endlich allein zu lassen. Je länger er sie unverwandt ansah, desto nervöser wurde sie.

Sein Blick blieb an den Strohhalmen hängen, die ihren Mantel zierten.

»Nun«, sagte er, »dann würde ich vorschlagen, dass Ihr Euch wieder hinlegt.« Er dachte kurz nach. »Ich schicke Euch ein Mädchen, das sich um Euch kümmern soll. Wenn Ihr Euch besser fühlt ...« Offenbar fiel ihm die Pestgefahr wieder ein. »Aber, wenn Ihr doch einen Doktor braucht ...«

Nur noch verschwommen nahm sie ihn wahr. In ihrer Schwäche lehnte sie sich gegen die Fachwerkbalken der Küchenwand.

»Nein danke, ich möchte lieber allein sein.« Warum war er so hartnäckig? Was führte ihn überhaupt her? Sie konnte nicht fragen, denn er schien vorauszusetzen, dass sich das von selbst verstand.

»Also gut. Dann komme ich gegen Abend wieder vorbei.«

Bevor sie noch widersprechen konnte, lief er schon die Treppe hinab.

Wer zum Teufel war Thoman Becherer? Sie konnte sich nicht entsinnen, jemals gesehen zu haben, wie er Kolmans Haus betrat. Sah er aus wie ein Händler? Oder war er...? Nein... So wie seine Stimme geklungen hatte, konnte es keine zärtliche Regung sein, die ihn zu Madlen Kolman getrieben hatte, nicht einmal Freundschaft... Es hatte eher geklungen, als ob es ihm lästig wäre, sich vergewissern zu müssen... Als Erstes musste sie unbedingt die Geschäftsbriefe durchlesen. Nur, ihr Kopf tat so weh! Sie musste sich alles gut überlegen... aber nicht jetzt. Jetzt würde sie sich erst noch einmal hinlegen. Sie war so müde. Wenn sie ein wenig geschlafen hatte, würde sie weitersehen.

Vier

Erst als es schon dunkel wurde, wachte sie das nächste Mal auf. In ihrer Schlafkammer war es stickig und heiß und sie hatte einen furchtbaren Durst. Wovon war sie geweckt worden?

Diesmal kam das Klopfen von unten, vom Tor. Augenblicklich war sie hellwach. Noch einmal würde sie niemanden hereinlassen. So rasch sie es vermochte, schlüpfte sie in ihr Kleid, ohne es zuzuschnüren, und strich die Haare zurück. Dann lief sie hinüber zur Küche und beugte sich dort aus dem Fenster. Unten stand Thoman Becherer und legte die Hand auf die Pforte im Tor.

»Thoman!«

Er sah zu ihr herauf. Weil es bereits dämmerte, blinzelte er, bis er erkannte, woher ihre Stimme kam.

»Darf ich hinaufkommen?«

»Gern ein anderes Mal.«

»Aber …« Allmählich schien er ärgerlich zu werden. Wenn er hier Lärm machte … Behutsam versuchte sie einzulenken. »Bitte versteht, dass ich noch niemanden sehen möchte. Im Übrigen braucht Ihr Euch über meine Gesundheit keine Sorgen zu machen, meine Kopfschmerzen sind schon wieder fort. Es geht mir gut. In ein paar Tagen …«

Sie sah, dass er zögerte. Offenbar wog er den Schaden, den

er mit seinem Beharren anrichten mochte, mit der Dringlichkeit seines Anliegens ab. In seinem Blick lagen weder Verständnis noch Freundlichkeit, doch er entschloss sich zu einem verbindlichen Ton.

»Natürlich«, gab er ihr schließlich nach. »Verzeiht mir, dass ich Euch gestört habe.« Er wandte sich ab und ging.

Sonntagabends war der Marktplatz um diese Stunde belebt. Daher zog sie eine ganze Reihe von Blicken auf sich. Eilig trat sie vom Fenster weg. Dann fiel ihr endlich ein, unten abzusperren. Rasch lief sie die Treppe hinunter und schob an der Pforte den schweren, eisernen Riegel vor. Mit einem Querbalken versperrte sie auch das Innentor. Danach war sie etwas beruhigter.

Erst jetzt merkte sie, dass sie sich tatsächlich viel besser fühlte als noch am Morgen. Keine Kopfschmerzen mehr, und auch sonst tat ihr nichts mehr weh. Ihr war nicht mehr kalt und sie fühlte sich hungrig, aber nicht krank. In der Speisekammer fand sie ein wenig Käse und altbackenes Dinkelbrot. Dazu trank sie Wein, den sie aus dem Fass im Lager holte. Gleich danach legte sie sich wieder hin und schlief tief und traumlos bis zum kommenden Morgen durch.

Später fragte sie sich, wie sie es hatte versäumen können, sofort in den Unterlagen nachzuforschen, wer Thoman Becherer war und was ihn am Pfingstsonntag zu ihr geführt hatte. Tatsächlich war sie noch mit der Absicht aufgestanden, den Tag zu nutzen, indem sie sorgfältig Kolmans private und geschäftliche Korrespondenzen las. Eine Entschuldigung für ihr Versäumnis gab es nicht. Sie hätte ausreichend Zeit gehabt. Stattdessen vertrödelte sie den ganzen Tag.

Es fing damit an, dass die Sonne schien und dass die neue Madlen sich zugleich matt und behaglich fühlte. Vielleicht hatte irgendetwas in ihr die ständige Wachsamkeit satt. Vielleicht machte die gerade noch abgewehrte Krankheit sie träge. Vielleicht aber gab es auch tief in ihr Gefühle, die sie überlisteten. Jedenfalls leistete sie sich einen Tag lang die Freiheit, es nicht so genau zu nehmen.

Das Licht und die Wärme berauschten sie. Den Vormittag über saß sie in einem mit blauen Polstern versehenen Stuhl am Fenster der Schlafkammer und blinzelte nur in die Sonne. Neben ihr, in einem Korb, lag das seidene Stickgarn und eine angefangene Decke mit einem Muster verschlungener Fabelwesen und Blumen. Aber sie hatte weder Lust noch Geschick, die kunstvolle Arbeit der Stickerin fortzuführen. Gefangen in einem trägen Entzücken sah sie hinaus. Zwischen den Pflastersteinen hinter dem Haus wuchsen wilder Hafer und Gras, über dem Brunnendach wucherten Weinranken, die Rosen und der Kräutergarten hinter dem bogenförmigen Durchgang beim Stallgebäude sahen verwahrlost aus und in den Gemüsebeeten vertrockneten Bohnen und Erbsenranken. Nichts regte sich, außer Hummeln und Bienen.

Später ging sie hinunter. In den Schuppen am Ende des Gartens lagerte Brennholz, daneben entdeckte sie zerschlagene Weinfässer, ein paar Hacken und eine Axt. Statt, wie sie es vorgehabt hatte, die Beete zu gießen, legte sie sich in den Schatten eines blühenden Apfelbaums. Da es Pfingstmontag war, ruhten die lauten Werktagsgeräusche. In den Nachbarhäusern schien niemand zu Hause zu sein.

Abends nahm sie doch noch halbherzig einige Briefe aus Kolmans Truhe zur Hand, aber dann sagte sie sich, dass das ruhig noch einen Tag warten konnte. Dass sie wertvolle Zeit verschenkte, kam ihr nur kurz in den Sinn.

Unglücklicherweise stand sie schon am nächsten Morgen vor einem Problem, das zunächst einmal alles andere aus ihren

Gedanken verdrängen sollte. Erwartungsvoll war sie aufgestanden und hatte sich vorgenommen, das Haus zu verlassen, um einiges einzukaufen. Der Rest Milch in der Speisekammer war längst geronnen, Käse und Brot aufgegessen, alles andere roch endgültig ungenießbar.

Für eine Weile hatte sie hinter dem Küchenfenster die Frauen beobachtet, die mit Körben und Tragen über den Marktplatz liefen oder am Stadtbrunnen Wasser holten. Die Läden der Handwerker waren geöffnet, die verschiedenen Märkte von Bauern des Umlands bereits mit Lebensmitteln beliefert worden. In Zweierreihen standen die Karren und Wagen am Rathaus, das im Erdgeschoss zugleich als Warenlager und Kaufhaus diente. Wer die Wellen der Pest heil überstanden hatte, widmete sich wieder den Geschäften des Alltags, beinahe, als ob nichts geschehen wäre.

Sorgsam hob sie jedes einzelne Kleidungsstück aus der Truhe in ihrem Schlafraum heraus. Schließlich wählte sie ein einfaches, aber sicher nicht billiges Kleid aus blauem Barchent sowie ein Haarnetz, das sie über ihr geflochtenes Haar streifte. Als sie die Schuhe anzog, fühlte sich das Sämischleder ungewohnt, aber angenehm an.

Niemand nahm von ihr Notiz, als sie aus der Pforte trat und mit hausfraulich prüfenden Blicken Buden und Auslagen musterte. Sie ging bis zum Metzgertor, wo das städtische Schlachthaus stand. Illerabwärts gab es einen Holzlagerplatz und die städtische Mühle. Das Wasser schimmerte in der Sonne und sie konnte dem Drang nicht widerstehen, auf die Brücke zu treten, die von der östlichen Vorstadt herüberführte, und in den Fluss zu sehen, der unweit von hier über ein Wehr strömte und danach zwei Felsen umfloss. Eben rasselte ein Gabelfuhrwerk über die Holzbohlen. Es war mit Fässern beladen. Da fiel ihr das leere Weinlager ein.

Mit Kolmans Geschäft konnte etwas nicht stimmen. In der

Kassette in seiner Schlafkammer hatte sie Geld gefunden, aber nur eine sehr kleine Summe, gerade so viel, um damit Lebensmittel für ein paar Wochen zu kaufen. Hatte er Außenstände? Das musste sie so schnell als möglich herausfinden.

Ohne die Freude, die sie sich davon versprochen hatte, besorgte sie Brot, gepökeltes Fleisch, Quark, Käse, Eier und etwas Milch, dazu einen neuen, blau glänzend glasierten Honigtopf. Zuletzt kam sie an dem Laden vorbei, der unmittelbar an Kolmans Haus angrenzte. Die Handschuhmacherin, die sie im Halbdunkel hinter der Auslage entdeckte, wandte ihr das Profil zu. Sie war noch jung und ihr hübsches Gesicht, in das blonde Locken fielen, wirkte auf eine gewinnende Weise munter und lebenslustig. Mit einem Mal sehnte sie sich nach Gesellschaft. Ob das Geld wohl noch für Handschuhe reichte? In Gedanken versunken sperrte sie ihre Pforte auf.

»Madlen Kolman?«

Der Mann, der sie ansprach, machte einen Schritt rückwärts, als wolle er ihr auf gar keinen Fall zu nahe treten. Ihr Wunsch nach Gesellschaft verflog. Er war vornehm gekleidet, trotz der fast sommerlichen Wärme hatte er sogar einen knielangen Mantel an. Sein Gesicht wirkte merkwürdig glatt, bis hinauf zu der Halbglatze. Er war mindestens fünfzig Jahre alt und lächelte in einer Weise, die sie als alles andre als freundlich empfand.

»Ja«, antwortete sie.

Musste sie ihn etwa erkennen? Nein, zum Glück stellte er sich vor.

»Ich bin Veit Spengler. Vielleicht hat Euer Vater meinen Namen einmal erwähnt?«

Sie antwortete vorsichtig: »Ich weiß nicht ... ich fürchte ...«

Er nickte, als überrasche es ihn keineswegs. »Tut mir sehr leid, dass ich, so bald nach Eurem Verlust, zu dem ich Euch mein aufrichtiges Mitgefühl ...«

Er stockte, und sie sah ihm an, dass er ungern mit Floskeln die Zeit vertat. Dennoch war sie unangenehm berührt, als er gleich darauf in einem ganz anderen Tonfall weitersprach. »Wir werden uns kurz unterhalten müssen.« Sein abschätziger Blick musterte sie. Damit und mit seinem Befehlston wollte er sie offenbar einschüchtern.

»Aber weshalb?«

Ohne zu antworten stieß er die Eingangstür zu Kolmans Halle auf und nickte ihr in einer Weise zu, die ihr nur die Wahl ließ, vor ihm einzutreten oder zu riskieren, dass die Vorübergehenden aufmerkten. Also fügte sie sich und führte ihn ins Kontor. Er sah sich am Eingang kurz um. Sein Blick blieb an der Truhe neben dem Schreibpult hängen, dann ging er rasch weiter, als wolle er ihre Aufmerksamkeit nicht gern in diese Richtung lenken. Als Madlen sah, wie er sich straffte und seine Arme anwinkelte, dachte sie: Er lässt keinen Zweifel daran aufkommen, wer hier das Sagen hat.

»Euer Vater hat sich bei mir Geld geliehen.« Und nachdem sein prüfender Blick ihm nur ein unbewegtes Gesicht zeigte, fuhr er fort: »120 Gulden, genau gesagt.«

Natürlich. Kolman steckte in Schwierigkeiten, was sein Geschäft und Vermögen betraf. Da konnte das Haus noch so vornehm scheinen ...

Da sie weiter schwieg und Spengler nur abwartend ansah, fuhr er geschäftsmäßig, wenn auch leicht irritiert fort: »Eigentlich war der Betrag bereits Anfang Mai fällig, aber Euer Vater erwartete einen größeren Zahlungseingang, und ich habe das Geld gegen Zinsen gestundet, bis zum vergangenen Donnerstag. Leider ... Nun, das war wohl der auf das Begräbnis folgende Tag.« Er sah sie scharf an. »Es ist mir nicht angenehm, aber ich muss natürlich zusehen, dass ich die Summe zurückbekomme. Schließlich habe ich selbst Verpflichtungen. Wer beerbt Euren Vater, Madlen?«

Also deswegen war er zu ihr gekommen! Er wollte sie ausrauben. Sie seufzte und setzte sich. Ein wenig Zeit, um nachzudenken, brauchte sie schon.

»Bitte«, sagte sie und deutete auf einen Stuhl.

Mit sichtlichem Widerwillen nahm Spengler das Angebot an. Warum war er so ungeduldig? Sie wollte sich Zeit lassen und beobachtete ihn. Das Barett, das er aufgehabt hatte, knetete er zwischen den teigigen Händen, beugte sich zu weit vor und wirkte dabei beinahe unsicher. Warum, wenn sein Anspruch so eindeutig war? Um den Hals trug er eine Goldkette und sein Mantel, den er nicht ablegte, war zobelverbrämt. Also musste er wohlhabend sein.

»Erbin bin ich allein.« Ihre Stimme klang ungerührt.

»Ihr wisst, dass Ihr damit nicht nur das Vermögen, sondern auch alle Verpflichtungen erbt?«

Jetzt hatten die Worte, die er rasch ausspuckte, etwas Metallisches.

»Natürlich.« War dies sanft genug? Sie schlug jetzt besser die Augen nieder.

»Also werdet Ihr mir die 120 Gulden zurückzahlen?«

»Ja.«

Überrascht kehrte sein Blick, der inzwischen erneut zur Truhe gewandert war, zu ihr zurück. Noch bevor er etwas sagen konnte, fuhr sie fort: »Ich bin allerdings noch nicht dazu gekommen, die Geschäftsunterlagen durchzusehen. Aber Ihr habt den Schuldschein sicher dabei?«

Sichtlich verblüfft zog er aus einer Innentasche des Mantels zwei Pergamentrollen. Vier Siegel hingen an einer davon. Sorgfältig drehte er die farbigen Hanfschnüre auseinander und rollte die Schreiben auf.

»Vielleicht wollt Ihr mit mir ans Licht gehen?«

Er legte drei Blätter auf Kolmans Pult, ließ sie aber nicht los. Hatte er etwa Angst, dass sie ihm seine Dokumente entreißen würde? Was für ein Pfeffersack! Sein kleiner Mund sah jetzt aus, als wolle er nach frischer Luft schnappen.

Es handelte sich um zwei Schuldscheine über 90 und 30 Gulden sowie um einen Brief, ausgestellt über eine Grundrente von 150 Gulden. Die Hypothek war von Zeugen beurkundet und gesiegelt worden.

»Die Grundrente lautet über 150 Gulden?«

»Das war der ursprünglich entliehene Betrag. 30 Gulden hat mir Euer Vater fristgerecht zurückgezahlt.« Dabei deutete Spengler auf den Darlehensablauf, der auf den 1. Mai datiert war. »Ihr werdet die Quittung bei seinen Papieren finden.«

Die Unterschriften stimmten mit jener auf Kolmans Testament überein.»Ich habe Euch ja schon gesagt, dass ich mich noch nicht damit befasst habe.« Sie sah ihm direkt in sein glattes Gesicht. »Ich werde mich darum kümmern und schicke Euch dann eine Nachricht.«

»Nein.« Jetzt war er wieder entschlossener, so als habe er eben eine Klippe umschifft. Womöglich, dachte sie sich, hätten Tränen und ein hysterischer Anfall bei ihm mehr ausgerichtet. Zumindest mochte er damit gerechnet haben.

»Die Beträge sind fällig, und ich kann nicht länger warten. Schaut Euch alles an, ich werde morgen Nachmittag wiederkommen. Und ...« – er zögerte kurz – »falls Ihr Euch nicht in der Lage seht zu zahlen, verwerte ich die Grundrente auf das Haus. Das Ganze dürfte etwa 200 Gulden wert sein.« Damit war alles gesagt. Geschickt rollte er die Papiere wieder zusammen und steckte sie ein. Mit großen Schritten durchmaß er die Eingangshalle und trat nach einer knappen Verbeugung rasch auf die Straße hinaus.

Am liebsten hätte sie das Tor hinter ihm zugeschlagen. Mit einem Mal fühlte sie sich überschwemmt von Mutlosigkeit. War das schon das Ende der Sonnentage? Solange sie sich auf vertrautem Terrain bewegt hatte, wusste sie, dass es immer noch einen Schlupfwinkel gab. Aber hier oben... In ihrer Erinnerung tauchten Begriffe aus dem Geschäftsleben auf, die sie vor mehr als zehn Jahren einmal gehört hatte... und lange Zahlenreihen. Damals war ihr das wie ein spannendes Spiel erschienen.

Sie ging zurück ins Kontor. Vor dem Fenster zankten sich Spatzen um ein paar trockene Samenkörner. Weit über ihnen ließ sich der helle Schrei eines Falken hören.

120 Goldgulden. Wenn Kolman sie nicht gezahlt hatte, dann deshalb, weil er sie nicht aufbringen konnte. Im Haus waren sie jedenfalls nicht. Andererseits hätte Spengler die Frist nie um drei Wochen verlängert, wenn er nicht erwartet hätte, dass der Weinhändler imstande war, das Geld irgendwo aufzutreiben.

Den Nachmittag und den Abend verbrachte sie im Kontor. Dann holte sie die Kassette aus Kolmans Schlafkammer, setzte sich in die Küche, aß etwas Weißbrot und las am Küchentisch weiter.

Am Ende formte sich das Mosaik aus Handelsbuch, Briefen und Rechnungen zu folgendem Bild: Schon in seiner Heimatstadt Augsburg hatte Kolman wirtschaftliche Probleme gehabt. Es gab Mahnungen bündelweise, sogar mit dem Schuldturm hatte man ihm einmal gedroht. Schließlich hatte er wohl keinen anderen Ausweg gewusst, als sein dortiges Haus sowie ein weiteres Stadtgrundstück für insgesamt 450 Goldgulden aufzugeben. Mit dem Erlös hatte er seine Schulden beglichen und mit 350 Gulden das Anwesen am Kemptener Marktplatz, den Zunfteintritt und die hiesigen Bürgerrechte bezahlt. *Dafür* also hatte er die Hypothek nicht gebraucht.

Im Übrigen war das Kemptener Haus nicht nur 200 Gulden wert, wie Spengler behauptet hatte – das entnahm sie dem Kaufvertrag. Selbst wenn Kolman zu teuer gekauft hatte, brachte ein Verkauf wenigstens das Eineinhalbfache.

Wie sie aus den Unterlagen ersah, war das geschäftliche Unglück dem Jakob Kolman auch weiterhin treu geblieben. Seit seiner Ankunft im Allgäu waren seine Handelsaktivitäten kaum noch der Rede wert gewesen. Aber hier ... Anfang des Jahres hatte er ein großes Geschäft gemacht. Dabei lieferte er etliche Fuder Tiroler Wein sowie Gewürze und einen Posten, der nur mit »Diverse« bezeichnet wurde, an das Stift Kempten, genauer an Fürstabt Johann Rudolf von Raitnau, der später, wenige Tage vor Kolman, den Pesttod gestorben war. Die Rechnung summierte sich auf den schönen Betrag von 170 Goldgulden. Unter der Bezeichnung »Diverse« mussten sich wahre Schätze verborgen haben.

Geliefert wurde im Januar. Anfang April gab es ein kopiertes Mahnschreiben von Kolman an den Kemptener Abt, so vorsichtig formuliert, dass man die Bitte, die Ware doch zu bezahlen, kaum noch darin erkennen konnte. Darauf folgten einige Zeilen des Kastenvogts der Abtei, der Kaufmann solle sich gefälligst gedulden, selbstverständlich werde das Geld gezahlt, aber den Zeitpunkt habe er abzuwarten. Das Schreiben datierte von Ende April. Da stand Kolman das Wasser wohl schon bis zum Hals. Unter Veit Spenglers Quittung vom 1. Mai, die den erhaltenen Teilbetrag betraf, fand sich ein abgekürzter Vermerk, dass er den Rest von 120 Gulden noch bis zum 21. Mai stunden würde.

Nachdem sie bei ihren Nachforschungen so weit gekommen war, stand sie auf und ging hin und her. Wenn sie alles richtig verstanden hatte, musste der Erbe des verstorbenen Fürstabts noch 170 Gulden an sie zahlen. Also beschloss sie, zu tun, was am nächsten lag.

Es war spät geworden. Sie zündete ein billiges Talglicht an, holte sich einen Becher mit Milch und etwas Käse und setzte sich wieder an den Küchentisch. Die dunklen Waldglasscheiben zum Marktplatz hin hatte sie zugezogen, jedoch nicht verriegelt, sodass sie durch den verbliebenen Spalt die Geräusche von draußen verfolgen konnte.

Sie dachte an das Gesicht der Toten, das dem ihren so ähnelte, und ihr Herz klopfte rascher, als sie beschloss, endlich auch alle privaten Schriftstücke durchzulesen. Doch mit jedem Papier, das sie beiseite legte, wuchs ihre Enttäuschung.

Einige wenige Briefe, die mit »Lieber Vetter« überschrieben waren und von denen der letzte schon vor zehn Jahren abgelegt worden war. Eine kleine Notiz mit einem Sterbedatum und dem Namen des Vetters drauf. Haushaltsausgaben, penibel untereinander notiert. Namen und Daten von Knechten. Nichts von der verstorbenen Magd.

Erst ganz unten in der Privatkassette lag ein Papier mit bereits verblassten Daten und Geldbeträgen, die in Kolmans Handschrift notiert waren. Im Frühjahr des Jahres 1500 waren Kosten für eine Hebamme aufgeführt, dann, ab Dezember 1502, mehrere Summen für den Augsburger Stadtarzt, für einen Bader und für einen Priester, der erst nach zwei Mahnungen im April 1503 für eine letzte Ölung entlohnt worden war.

Hinter dem letzten Datum befand sich ein Kreuz sowie der Name Elisabeth Kolman, geborene Wagner, des Jakob Kolman gehorsame Ehefrau. Es folgten die Rechnungen einer Beerdigung. Danach wurden für die Verstorbene jährlich vier Messen gezahlt. Dann gab es noch einen Zettel mit kleinen Beträgen, die an eine Amme gegangen waren, und dem Zusatz »für den Säugling, auf den Namen Magdalena getauft«.

Aus all dem konnte sie schließen, dass Elisabeth Kolman zwei Jahre nach der Geburt ihrer Tochter im Jahr 1500 erkrankte und später an ihrem Leiden gestorben war. Um 1500 war auch Rana zur Welt gekommen. Jedenfalls hatten die Nonnen ihr Alter entsprechend geschätzt. Lange starrte sie auf den Namen Elisabeth Kolman, aber er blieb nur ein Schriftzug auf einem Papier.

Etwas riss sie aus ihren Gedanken. Im Nachbarhaus klang es, als liebten sich zwei. Nach einer Weile konnte sie die Handschuhmacherin und ihren Mann oder Liebhaber flüstern hören. Es war nicht laut genug, dass sie etwas verstanden hätte, sie merkte nur, dass die beiden in ausgelassener Stimmung waren. Ab und zu drang Gelächter herüber. Zögernd legte sie die Papiere in die Kassette zurück. Erst jetzt fiel ihr auf, dass Thoman Becherers Name darin nirgends auftauchte.

Da plötzlich traf ein Steinchen ihr Fenster und sie schreckte hoch. Wieder prasselten Kiesel, diesmal aber ein Stück weiter rechts. Also hatte das Signal wohl nicht ihr gegolten. Neugierig spähte sie zwischen den Scheiben hinaus. Bevor sie unten etwas erkennen konnte, hörte sie ein Geräusch, das unverkennbar von der Rückseite des Hauses her kam. Eilig lief sie in ihre Schlafkammer. Bei den hinteren Fenstern hatte man die geölten Leinwandflächen für die Dauer der Sommermonate entfernt. Plötzlich empfand sie das dunkle Viereck als unheimlich. Dennoch spähte sie in die Nacht hinaus.

Hof und Garten lagen so regungslos, als hielte alles den Atem an. Sie schaute nach links auf das Nachbargrundstück, dann glitt ihr Blick an der Hauswand hinauf und sie erschrak. In einer Maueröffnung auf halber Haushöhe, nur wenige Ellen entfernt, kauerte jemand. Als er sie entdeckte, stieß er sich ab und sprang. Mit einem leisen Knirschen kam er im Hof der Handschuhmacherin auf. Also war es kein Alb.

Der Mann zog sich sofort zurück, bis er im Hausschatten stand. Er lauschte genau wie sie. Aus dem Fenster, das jetzt schräg über ihm war, drang eine männliche Stimme, dann ein nervöses Lachen der jungen Frau. Bei ihr hatte er selbst wohl noch vor ein paar Augenblicken gelegen. Der Mann eilte zum Haustor, da er offenbar hoffte, durch Werkstatt und Laden auf den Marktplatz hinauszukommen. Doch wie die meisten Städter hatte die Handschuhmacherin für die Nacht alles verriegelt und abgesperrt. Ihr Hof mit dem dahinter gelegenen Garten grenzte wie Kolmans an die Mauer zum Mehlmarkt hin. Sie zu übersteigen, war für einen Mann kaum ein Problem. Doch offenbar wollte der Dunkle nicht gern von dem anderen Mann entdeckt werden und zu dieser Stunde lagen Mauer und Grundstück im hellen Mondlicht, sodass er sich nirgends verbergen konnte.

Dann entdeckte er nahe beim Haus eine Tür in dem geflochtenen Holzzaun zwischen den Nachbarhöfen. Sofort schlich er dorthin. Madlen konnte den Riegel auf ihrer Seite des Zaunes erkennen, der auch diesen Ausweg verschlossen hielt. Resigniert blickte der Mann zur Kammer hinauf. Es blieb ihm nichts anderes übrig, als darauf zu warten, dass oben Ruhe einkehrte. Aber danach sah es nicht aus. Schritte bewegten sich hin und her, die männliche Stimme erzählte unentwegt und die Frau unterbrach ihn mit keinem Wort.

Ohne zu zögern, huschte Madlen über die Treppe nach unten und lief so leise wie möglich am Zaun entlang. Sie schob den Riegel zurück und zog die Pforte vorsichtig auf. Da stand er schon neben ihr. Ohne einen Laut schloss er das Gatter wieder und eilte mit ihr ins Haus.

Jetzt, da er unter der von ihr entzündeten kleinen Laterne stand, konnte sie ihn kurz betrachten. Er war wie ein Knecht gekleidet, doch er zeigte keine Verlegenheit, wie man sie von seinem Stand vielleicht erwartet hätte. Sein dunkles, lockiges Haar und die sonnenverbrannte Haut erinnerten an einen Südländer. Sein Lächeln, der selbstsichere Blick, mit dem er Madlens Augen begegnete, erklärten ihr mühelos, wie ihre Nachbarin in diese verfängliche Lage geraten war.

Nachdem sie stumm die Pforte zum Marktplatz geöffnet hatte, nickte er nur und murmelte: »Danke.« Dann trat er hinaus. Unwillkürlich folgte sie ihm einen Schritt, während er über den nächtlichen Platz verschwand. Dann drehte sie sich um und schaute zum Nachbarhaus. Für einen winzigen Augenblick erkannte sie dort, am Fenster im ersten Stock, die Augen der Frau aus dem Laden. Dann zogen sie beide sich wieder ins Dunkel der Häuser zurück.

Noch zwei Stunden später, als der Bleichermeister und Stadthauptmann Michael Flach längst wieder gegangen war, lag Katherin Wassermann in ihrem Bett wach. Sie starrte ins Dunkel, dorthin, wo die Balkendecke der Kammer tagsüber in Rot, Grün, Gelb und Blau prangte. Jetzt waren nur schwach einige Umrisse jener Chimären zu sehen, die ihren Schlummer vor nächtlichem Schrecken beschützen sollten. Zumindest hatte Flach – dem das Haus gehörte, in dem sie Werkstätte, Laden und Wohnung gepachtet hatte – die Bemalungen so erklärt. Doch fraß kein Drache die Furcht, die sie ergriffen hatte, als sie den Stadthauptmann eine Stunde vor Mitternacht an ihrer Haustür hörte.

Auch nachdem sie den Jörg sicher aus dem Haus nebenan hatte kommen sehen, hatte sie sich kaum beruhigen können. Seit Flach wieder weg war, liefen ihre Gedanken im Kreis. Der Stadthauptmann hatte an diesem Abend an einer Ratssitzung teilnehmen müssen und ihr mitgeteilt, dass er danach nicht mehr kommen werde. Normalerweise trennten die

Räte sich nicht vor Mitternacht, um dann, leicht angetrunken, ins häusliche Bett zu wanken. Doch heute hatte es Streit gegeben. Statt noch gemütlich zusammenzubleiben, waren die Herren gleich nach der Sitzung hinausgestürzt. Flach, dem seine Frau schon lang nicht mehr zuhörte, hatte den Wunsch verspürt, sich seinen Groll von der Seele zu reden. Seine süße kleine Geliebte würde geduldig lauschen und ihm dann Recht geben. Leider war ihr Haustor versperrt. Er traute sich nicht, laut zu klopfen und womöglich jemanden aufzuwecken. Also hatte er ein paar Hand voll Kiesel genommen und sie ans Fenster im ersten Stock geworfen.

Im letzten Moment war Jörg aus dem Fenster gesprungen, und dass ihm die Kolman half... Wenn Katherin ehrlich war, war es gerade das, was sie beunruhigte. Weshalb hatte die Frau das getan? Seit dem Moment, als sich ihre Blicke trafen... Wovor hatte sie eigentlich Angst? Sich so zu fürchten war sonst nicht ihre Art.

Katherin dachte an das törichte Wesen, das von der Früh bis zum Abend an seinem Fenster saß, ohne auch nur ein einziges Mal aufzublicken, ohne zu grüßen oder zu sehen, was draußen vor sich ging. Diese Idiotin, die stickte und stickte und nicht einmal mitbekam, wie ihr Vater tot in der Halle des Hauses lag... Wie passte das mit der Kolman von heute Nacht zusammen? Und würde sie ihren Mund halten? Vor Furcht wurde es Katherin ganz kalt.

Abwartend schaute Madlen sich um. Direkt an die Eingangstür schloss sich ein rundbogiges Fenster an, das nachts mit einem eisenbeschlagenen Laden verschlossen wurde. Jetzt, am frühen Vormittag, war das Eichenholz so heruntergeklappt, dass es auf der Brüstung des Fensters lag. Wie üblich hatte die Handschuhmacherin einen Teil ihrer Waren darauf arrangiert.

Auf einer Seite neigte sich aus einem Krug ein Bund Rosen, die, da sie sich bereits in ihrer ganzen Fülle entfaltet hatten, einige weiche Blätter zwischen die noch weicheren Seiden vor ihnen fallen ließen. Neben den Handschuhen aus Leinen und Seide, bestickt mit Perlen, Silber- und Goldfäden, wie sie nur wohlhabende Damen trugen, gab es Männerhandschuhe aus Sämischleder und sogar ein gewirktes Paar, wie es der Klerus vorzog. Quer zu der Auslage stand ein weiterer Tisch aus poliertem Buchenholz, der ebenfalls zur Ansicht der Waren diente. Die Rückwand des Raumes schmückte ein Wandteppich mit einer Jagdszene. Daneben befand sich ein Türbogen, durch den man in die Werkstatt und – durch ein weiteres offenes Tor – in den Hof hinaus sah. So erhielten Werkstätte und Laden von zwei Seiten Tageslicht.

Die Handschuhmacherin hatte Madlen abgepasst, als sie aus der Haustür trat. »Wärt Ihr so freundlich, kurz zu mir hereinzukommen?« Sie sprach so leise, als frage sie etwas Vertrauliches. Sie sah wohl, wie Madlen zögerte. »Ich bin Katherin Wassermann«, fügte sie daher hinzu. Von einer Nachbarin, mit der sie noch niemals gesprochen hatte, erwartete sie offenbar nicht, dass sie ihren Namen kannte.

Ihr rundlich hübsches Gesicht, das am Tag zuvor so heiter gewirkt hatte, sah übernächtigt aus. Madlen hatte den Eindruck, als ob sie sich fürchtete. Sie wünschte, sie hätte sich der unwillkommenen Bitte einfach entziehen können. Je länger die Wassermann schwieg, desto peinlicher wurde es. Nach der nächtlichen Szene hätte Madlen es bei weitem vorgezogen, wenn man das Ganze hätte stillschweigend übergehen können. Die Verlegenheit der Handschuhmacherin, die geradezu körperlich spürbar wurde, machte sie noch befangener, als sie eh schon war.

Die Wassermann suchte nach Worten. »Ich wollte nur ... Ich meine, es war sehr hilfsbereit ...«

Obwohl sie die Beklommenheit der Handschuhmacherin als übertrieben empfand, tat diese ihr leid. »Das ist gar nicht der Rede wert«, versuchte sie abzuwiegeln. »Wir sollten es beide einfach vergessen. Reden wir gar nicht davon.«

Aber die Wassermann sah sie verständnislos an. Dann griff sie nach einem Paar grüner Seidenhandschuhe, um den faltenlosen Stoff nochmals glatt zu streichen. Offenbar hatte sie sich vorgenommen, ihre Nachbarin für sich einzunehmen.

»Es ist nicht so, wie es vielleicht ausschaute ... Ich möchte nicht, dass Ihr einen falschen Eindruck bekommt«, hob sie zaghaft an.

»Macht Euch keine Gedanken. Von mir erfährt niemand etwas. Weder Euer Mann ...«

Eilig fiel Katherin Wassermann Madlen ins Wort: »Das war nicht mein Mann. Ich bin nicht verheiratet.« Sie schnappte ein wenig nach Luft bei diesen Worten.

Es war einfach aussichtslos. Aus irgendeinem Grund wollte die Frau von ihr beruhigt und getröstet werden. Wovor, wenn sie nicht verheiratet war, hatte sie solch eine Angst?

Ihre nächtlichen Streifzüge hatten Madlen manchen Einblick gewährt. Zwar schrien die meisten Menschen in Kempten wie an jedem anderen Ort bei sittlichen Fehltritten mit lautem Abscheu auf. Und doch arrangierte man sich im tagtäglichen Leben mit all den sinnlichen Sehnsüchten. Es gab Menschen mit untadeligem Lebenswandel – und es gab andere. Solange man unvermeidliche Schwächen niemandem aufdrängte, sondern sie unter der Decke hielt und dafür sorgte, dass man sich und andere nicht bloßstellte, gab es keine Anklagen. Und sollte das Gewissen sich allzu belastet fühlen, wurde gebeichtet oder diskret ein Ablass gekauft.

Es hatte keinen Sinn, um die Sache herum zu reden. Madlen sagte in festem Ton: »Wenn Ihr wollt, schwöre ich Euch, dass von mir niemand etwas darüber erfährt.« Wenn das nicht genügte ... Schließlich konnte sie der Frau keine Absolution geben!

Anscheinend drang der beruhigende Inhalt des Vorschlags allmählich in das Bewusstsein der Wassermann ein. Denn mit einem Seufzer sagte sie endlich: »Danke. Ihr braucht nicht zu schwören. Ich glaube Euch.« Dann drückte sie Madlen die teuren Damenhandschuhe aus silbern bestickter venezianischer Seide in die Hand.

»Aber ... das möchte ich nicht. Ich habe doch schon gesagt, es ist nicht der Rede wert.« Unangenehm berührt wollte sie das Geschenk wieder zurückgeben, doch Katherin schüttelte den Kopf. Sie lächelte unvermittelt, wobei sich reizende Grübchen zeigten. Von einem Augenblick auf den anderen fand sie zu ihrem sorglosen Wesen zurück. Offenbar gehörte sie zu den Menschen, die nichts annehmen konnten ohne eine Gegengabe. Also nahm Madlen die Handschuhe.

»Sie sind wunderschön«, sagte sie, wobei sie bewundernd über die Arabesken fuhr.

»Auf Gold- und Silberstickereien habe ich mich besonders verlegt. Wenn es Euch interessiert ...?« Stück für Stück zeigte die Handschuhmacherin ihre Waren. »Gewirkte und lederne Handschuhe kaufe ich zu.«

Als sie Madlen einlud, sich auch in der Werkstatt umzusehen, musste diese jedoch höflich ablehnen. Wenn sie Spenglers angekündigtem Besuch klug begegnen wollte, würde sie sich beeilen müssen. Sie war auf dem Weg zur Abtei.

Beim Abschied fragte Katherin Wassermann unvermittelt: »Hat Euch Euer Vater so eingesperrt?« Sie schien gar keine Antwort zu erwarten, sondern fuhr fort: »Manche Väter sind wirklich merkwürdig.«

Und obwohl dieser Satz weit von der Wahrheit entfernt war, war Madlen ihr dafür dankbar, weil er manches erklären würde.

Fünf

Eine Zeit lang schaute Madlen sich zwischen den eindrucksvollen Abteigebäuden nur um. Dann erst wagte sie es, jemanden anzusprechen. Der Mann, an den sie sich wandte, war einer der Sekretäre des Stifts. Ein wenig befangen schilderte sie ihm ihr Anliegen, doch er schüttelte sofort den Kopf.

»Der Kastenvogt ist gerade in Betzigau. Ich kann Euch nicht zu ihm führen.«

»Dann muss ich den Fürstabt sprechen.«

»Den Fürstabt?« Der Stiftsbeamte hob seine Brauen. »So einfach ist das nicht.« Er überlegte. Sein Mund erinnerte an einen Entenschnabel – vor allem, wenn er gedankenvoll eine Schnute zog. Das Mädchen war vornehm gekleidet und hübsch. Also fand er sich nach kurzem Schweigen zu einem Zugeständnis bereit. Er streckte die Hand aus. »Gebt mir Eure Rechnung. Ich schaue, dass ich sie weitergebe.«

»Nein, die Sache ist dringend. Außerdem liegt die Rechnung schon seit Januar in der Abtei.«

Duldsam seufzte er. »Also gut. Ich frage, wer Euch helfen kann. Wartet hier.« Er ließ Madlen in dem belebten Innenhof stehen und trat in die Stiftskanzlei, einen mächtigen, dreigeschossigen Bau.

Beladen mit Körben voller Eier, mit gackernden Hühnern

und schnatternden Enten oder mit Dinkel- und Hafersäcken stand eine lange Reihe von Menschen vor der stiftischen Waage an. Einige hatten auch Leinwandballen geschultert, die sie während des Winters gewebt hatten. Mit unbewegtem Gesicht, was seiner geliehenen Würde entsprach, wog und maß der Bevollmächtigte des für die Steuern zuständigen Kastenvogts zusammen mit seinen zwei Helfern die Abgaben und raunte dem daneben sitzenden Schreiber die zu notierenden Namen und Zahlen zu.

Gerade rief jener Bauer, der an der Reihe war, in unziemlich lautem Ton: »Was soll das denn sein?« Dabei deutete er mit hochrotem Kopf auf das Hohlmaß, das sich soeben in seinen Sack mit der Korngilt senkte. »Womit misst du denn den Hafer?«

Der Knecht, der das angelieferte Korn bedächtig in den stiftischen Fruchtkasten umfüllte, sah auf. Da der Beamte es nicht für notwendig hielt, einem leibeigenen Bauern Rede und Antwort zu stehen und dem Sekretär mit gleichgültiger Miene weiter diktierte, murmelte der Knecht: »Das ist das neue Maß, das jetzt gilt.«

Von weiter hinten drängte sich einer nach vorn. Mit mühsam gezügeltem Ärger runzelte er seine Stirn.

»Und warum wird das Korn, das ihr dort draußen verkauft, mit dem kleineren alten gemessen?«

Jetzt hielt es der Beamte doch für angebracht einzugreifen. In barschem Ton bellte er: »Weil das für euch weiter gilt, wenn ihr von uns etwas kauft!«

Bei denen, die die Antwort gehört hatten, sorgte sie zunächst für ein Raunen. Von hinten kamen ungeduldige Rufe, was es da vorn zu bereden gebe, und die verblüffende Neuigkeit pflanzte sich fort. Daraufhin blieb es in der Reihe nicht mehr still. Empörte Ausrufe waren zu hören und plötzlich brüllten alle durcheinander. Die Ordnung löste sich auf.

Angesichts der näher drängenden Menge wurde der verantwortliche Beamte ein wenig blass.

Die Drohrufe ließen einen der Stiftsherren ans Fenster im ersten Stock treten. Kurz darauf liefen bewaffnete Stiftsknechte in den Innenhof ein. Ihr bloßer Anblick genügte und die Bauern verstummten wieder. Erst zögernd und mit scharrenden Füßen, dann leiser und rasch traten sie in die Reihe zurück. Äußerlich ungerührt fuhr der Beamte in seiner Arbeit fort.

Bei seinem Blick in den Hof hatte Eberhard von Freiberg auch die wartende Frau bemerkt. Etwas an ihrer Haltung machte ihn aufmerksam. Nebenan hörte er einen der Sekretäre über irgendwelche Zahlungen reden und aus einem plötzlichen Impuls ging er hinüber und fragte: »Was ist los? Um was geht es denn?«

Den kurzen Bericht nahm er ohne Regung zur Kenntnis. Dann, nach einem weiteren Blick aus dem Fenster, befahl er streng: »Schick sie fort. Ich kenne den Sachverhalt. Der Wein ist schon längst bezahlt. Ihr Vater wird nicht mehr dazu gekommen sein, alles zu regeln. Also sag ihr, dass sie kein Geld mehr erhält.«

Äußerlich unbewegt hörte Madlen die Erklärung an. Damit, dass man sie vertrösten würde, hatte sie natürlich gerechnet, nicht aber damit, dass man die Schuld einfach leugnete. Entschlossen sah sie dem Sekretär in die Schweinsäuglein. »Dann muss ich unbedingt mit dem Fürstabt selbst reden.«

Ob dieser Hartnäckigkeit schüttelte der Mann den Kopf. Allerdings ... Sie war eine hilflose Frau, und wie sie ihn anschaute ... Wenn sie tatsächlich in einer Notlage war ...

»Mit Sebastian von Breitenstein? Um solche Dinge kümmert er sich gewöhnlich nicht. Aber ...« – noch einmal zögerte er – »am Sonntag wird er im Münster seine erste

Messe als Fürstabt lesen und anschließend aus der Kirche zur Kapelle St. Lorenz ziehen. Bei solch einem Anlass wird er eine Bittstellerin nicht abweisen ... Wenn Ihr ihm dabei ein Schreiben überreichen könnt, das Euer Anliegen geziemend schildert, dann wird er dem nachgehen ... das war bisher immer so, auch bei von Raitnau ...« Stammelnd brachte er diesen Ratschlag hervor, weil er wusste, dass er ihn besser für sich behalten hätte.

»Danke.« Madlen lächelte auf eine bezaubernde Art. Ein wenig aus der Fassung gebracht, sah er ihr nach.

»Sie sind grenzenlos habgierig. Am meisten lieben sie Gold und diese grünen Edelsteine ...«

Es donnerte und die Hebamme sah besorgt auf. Durch das dichte Laub, das den Hohlweg beschattete, konnte sie die Gewitterwolken nicht sehen, doch von einem Moment auf den anderen verschwanden die tanzenden Sonnenstrahlen und es wurde so dunkel, als nahte der Abend schon. Dabei war es erst um die Mittagszeit. Der Wind frischte kräftig auf.

»Wir sollten zusehen, dass wir unter ein Dach kommen«, sagte sie. Dabei richtete sie ihre Zöpfe, die sie wie eine Krone am Kopf festgesteckt trug. Barbel hatte im Nachbarort bei einer Geburt geholfen. Jetzt schritt sie noch etwas rascher aus. Das Bündel mit ihrer Entlohnung hing über dem Rücken des Saumtiers, das Moritz Benzer am Zügel führte.

Er war auf dem Rückweg, nachdem er die Ware – Papier aus den Kotterner Mühlen – dem Ulmer Druckermeister geliefert und Freibergs Brief an den bayerischen Kanzler, der sich in der Stadt aufhielt, weisungsgemäß übergeben hatte. An einer Quelle, wo er kurz gerastet hatte, hatte die Frau sich ihm angeschlossen.

Sie kamen rasch ins Gespräch. Später erinnerte Moritz sich

nicht mehr daran, wie sie auf das spezielle Thema gekommen waren. Aber dass sie ihm aufmerksam zuhörte, hatte ihm gut getan.

»Du bist auch sicher, dass dieser Fluss unter der Erde fließt?«, fragte sie in einem Ton, der besagte, dass sie keineswegs daran zweifelte. Nein, sie reagierte nicht ungläubig oder mit jener Ungeduld, die er von denen kannte, denen er anfangs von der Wasserfrau und dem Grundmeer erzählt hatte. Bei ihnen war er bald wieder verstummt und hatte sie damit darin bestärkt, dass er nur fantasierte, in seinem Pestfieber.

Danach hatte er sich geschworen, sich niemals mehr jemandem anzuvertrauen, der in das Geheimnis nicht eingeweiht war. »Sie war wunderschön«, fuhr er fort und Barbel Haywanger nickte, als ob sie nichts anderes erwartet hätte.

»Das sind sie immer«, murmelte sie. »Du kannst von Glück sagen, dass sie dich nicht mit hinunternahm.« Beschwörend sah sie ihn an, bevor sie, dicht an seinem Ohr, flüsterte: »Sie sind grausam, sie morden gern. Manche haben zwar menschliches Blut in sich, doch auch wenn Gewissensbisse sie quälen, sie werden immer auf der Seite des Bösen sein.«

Benzer schauderte. In dem Augenblick öffnete der Himmel die Schleusen, es blitzte und donnerte, die Baumkronen neigten sich über die beiden. Ein Haus würden sie nicht mehr erreichen. Kurz entschlossen hieb er einen Ast von einem Baum, drückte ihn mit einem Ende tief in die Erde und zog eine Lederhaut, die sonst seine Waren schützte, wie ein Zelt über den Pfahl. Darunter kauerten sie nebeneinander. Während der Regen daraufprasselte, spürte er neben der Haywanger Wärme und eine jähe Anziehung. Er strich sich das nasse Haar aus der Stirn. Seine Begleiterin sah ihn aufmerksam an.

»Wusstest du, dass sie ganz verrückt nach Licht und nach Sonne sind? Aber sie müssen sich vorsehen... Manchmal erscheinen sie auch als Wechselbalg. Doch wenn sie sich verraten, müssen sie wieder zurück. Dann bleiben sie unter der Erde, bis sie wieder in die Haut eines Menschen schlüpfen können.« Sie legte ihre Hand auf sein Knie.

»So einen Wechselbalg habe ich einmal gefunden«, flüsterte Benzer, dessen Stimme jetzt heiser war. »Ich war noch ein Kind. Es hatte Schwimmhäute zwischen den Fingern und Zehen. Als meine Mutter kam, sind sie verschwunden. Ich kann dieses Mädchen jederzeit erkennen. Es hat ein rötliches Mal am Bein. Sieht wie ein Froschfuß aus.« Sein Blick ruhte auf Barbels Schoß.

»Woher willst du wissen, ob nicht ich es bin?«, kicherte sie mit einem Mal albern. Nach kurzem verlegenem Zögern entschloss sich Benzer nachzuschauen.

Sechs

Nachdem Madlen wusste, dass sie mit einer Bezahlung der Schulden des Fürstabts nicht vor der festlichen Messe am kommenden Sonntag rechnen konnte, machte sie sich Gedanken darüber, wie sie den Kaufmann Veit Spengler zu einer weiteren Stundung bewegen sollte. Das war nicht leicht, denn ein weiches Herz war dem Mann sicherlich nicht zu Eigen.

Als Spengler am Tag nach seinem ersten Besuch kurz nach Mittag erneut an ihr Tor pochte, war ihr nur undeutlich klar, wie sie sich verhalten sollte. Sie öffnete und sah, dass er in Begleitung eines dicklichen Mannes kam, der einen Kopf kleiner war als er und dessen runder Schädel mit den rot glänzenden Wangen ihr freundlich erschien.

»Mein Zunftgenosse Hörmann«, stellte Spengler ihn knapp vor.

Sein Begleiter verbeugte sich, dann sah er Madlen mit unbefangener Neugier an. Nach ein paar Beileidswünschen, während deren sie nebeneinander über die Steinplatten der Eingangshalle liefen, hatte er das Bedürfnis, erläuternd hinzuzufügen:

»Mein Zunftgenosse hat mich gebeten, das Geschäft zu besiegeln, auf das Ihr Euch geeinigt habt.« Er sagte es gut gelaunt, als läge der Gedanke, dieses Geschäft könnte Madlen Kolman benachteiligen, ihm völlig fern.

Spengler war ihnen ungeduldig vorausgeeilt. In seinen Augen war die Sache bereits erledigt. Den Kaufvertrag für das Kolmansche Grundstück hatte er mitgebracht, 80 Goldgulden wollte er ihr zudem auf den Tisch zählen. Dass sie ihre Schulden nicht zahlen konnte, setzte er als sicher voraus. Als die beiden anderen eintraten, hatte er den Vertrag bereits ausgerollt.

»Ich will Euch nicht lange aufhalten«, murmelte er, als ob ihm nichts mehr am Herzen läge als ihre Bequemlichkeit. »Ihr habt Feder und Tinte doch sicherlich hier?«

»Natürlich«, sagte Madlen, doch sie rührte sich nicht, um sie herbeizuholen. Ihr Zögern fiel auch dem anderen auf. Mit einem fragenden Ausdruck schaute er Spengler an, der sich, gegen seine Absicht, zu einer zusätzlichen Erklärung genötigt sah. »200 Gulden sind meines Erachtens ein guter Preis.«

Statt ihm zu antworten, wandte Madlen sich an Hörmann, der sich gerade aufatmend setzen wollte.

»Wenn Ihr, als ehrlicher Kaufmann, mir raten könnt, zu diesem Betrag zu verkaufen, und mir versichert, dass ich für das Haus nicht mehr bekomme, wenn ich es öffentlich anbiete, sage ich ja.«

Bei Madlens Worten stockte der Mann kurz über der Stuhlfläche. Die Formulierung schreckte ihn regelrecht auf. Dann, um etwas Zeit zu gewinnen, nahm er doch Platz.

Madlen täuschte sich nicht in ihm. Er war im Grunde ein redlicher Krämer und für seinen Seelenfrieden war es nicht unwichtig, dass er nie ausgesprochen betrügerisch handelte. Spengler war auf ihn als den notwendigen Zeugen für den Vertrag verfallen, weil Zweifel an der Anständigkeit eines Geschäftes gar nicht erst aufkamen, wenn man seinen Namen erwähnte.

»Öffentlich?«, brachte Hörmann endlich heraus, so gepresst, dass es wie ein Seufzer klang. »Aber ich dachte, Ihr wolltet so schnell als möglich verkaufen, und ohne Aufsehen, da Euer Herr Vater … und deshalb …« Unsicher schweifte sein Blick von ihr zu Veit Spengler hinüber.

»Ich meine, es ist natürlich ein großer Unterschied … Euer Gläubiger braucht dieses Haus ja nicht. Er wollte Euch nur eine Lösung bieten, Euch entgegenkommen. Aber wenn Ihr jemanden finden solltet …«

Inzwischen hatte Spengler sichtlich Mühe, ihm nicht über den Mund zu fahren.

Madlen lächelte. »Ihr meint also, das Anwesen ist mehr als 200 Gulden wert?«

»Nun ja« – der feiste Hals ruckte hin und her – »selbstverständlich könnte es sein …«

Hier hätte Spenglers Blick seinen Zunftgenossen am liebsten aufgespießt, aber der bemerkte das nicht einmal und setzte stattdessen noch etwas drauf.

»Ich bin mir ganz sicher, dass es Eurem Gläubiger auf eine Woche nicht ankäme. Oder?«, fragte er treuherzig, an Spengler gewandt.

Der nickte, da ihm im Augenblick kaum etwas anderes übrig blieb. Doch seine Stimme klang schneidend.

»Wenn Ihr das Haus selbst verkaufen wollt, dann soll es mir natürlich nur recht sein. Hauptsache, die 120 Gulden werden bezahlt. Aber mehr als eine weitere Woche kann ich Euch leider nicht zugestehen. Wie ich Euch schon sagte, ich bin in meiner Entscheidung auch nicht ganz frei.«

Vielleicht, dachte Madlen, erleichtert über den Aufschub, vielleicht habe ich bis in einer Woche das Geld. Oder ich werde einen anderen Ausweg finden …

Daran, das Haus zu verkaufen, dachte sie keineswegs.

Der Laden der Dachluke schwang auf und helles Sonnenlicht strömte herein. Unter dem Spitzgiebel im Haus seines Vaters breitete sich ein Aroma von Staub und altem Sägemehl aus. Vorsichtig trat Thoman Becherer auf. Durch breite Spalten zwischen den nur lose verlegten Bohlen konnte er in das Lager darunter schauen. Auf allen vier Dachböden standen Totenbahren und Särge eng aneinander gereiht. Auch die Tischlerwerkstatt unten war noch mit Leichenholz zugestellt. Diesmal hatte die Pest ihr Geschäft doch rasch wieder aufgegeben.

Er kniete sich hin und betastete nacheinander jedes einzelne Klangholzstück, das seit Jahren hier lagerte. Unter seinen Fingerspitzen fühlten die Blöcke sich spröde an. Nichts davon würde er mehr für eine Laute verwenden können. Wozu war er überhaupt hier heraufgekommen?

In ihm wühlte eine ziellose Wut. Es war die Ungewissheit, die ihm zu schaffen machte und vor Ungeduld fand er keine Ruhe mehr. Die Zeit lief ihm davon. Kolmans Tod kam äußerst ungelegen, doch er konnte seine Pläne deswegen nicht aufgeben. Er hatte keine Wahl, es ging um zu viel. Dass er nur warten konnte, machte ihn krank.

Er packte ein Teil und schleuderte es unbeherrscht aus der Dachöffnung. Unten gackerte erschrocken ein Huhn. Dann trat er an die Luke und hielt sich am Balken des Lastenzugs fest. Am Nachbarhaus hing ein Frauenkleid über dem Misthaufen und im offenen Fenster sah er die Frau des Tuchhändlers, die gerade ihr Hemd schnürte.

Einer der Gründe, warum er sich schlecht fühlte, war das morgige Hochzeitsmahl. Sein Freund und Vertrauter Anthoni Hall hatte ihn eingeladen. Bei dem Gedanken daran verspürte er Übelkeit. Hall würde die hässlichste Frau, die es in Kempten gab, heiraten. Kein Außenstehender konnte begreifen, weshalb seine Wahl gerade auf dieses großköpfige, stülpnasige Mädchen gefallen war. Sie hatte weder einen vornehmen Namen noch Geld. Und Anthoni hätte fast jede der hiesigen Bürgertöchter bekommen können.

Thoman dachte an jenen Augenblick, als die Entscheidung gefallen war. Sie hatten getrunken. Etwas in Anthonis Augen hatte ihn aufgestachelt – und er war zu einem Plan verleitet worden, der ihm mittlerweile mehr als aberwitzig erschien. Zum ersten Mal schauderte ihn, wenn er daran dachte, wovon sie sich lenken ließen. Doch er durfte in seinem Entschluss nicht schwankend werden.

Sein Blick wanderte weiter zum Blumengarten. In der hintersten Ecke, zwischen Holunder und Heckenrosen, entdeckte er Anna, seine jüngere Schwester. Sie war acht Jahre alt. Obwohl es ihr strengstens verboten war, hatte sie alle Hühner aus dem Stall gelassen und sie zerscharrten nun eifrig die Blumenbeete. Auf einem Fichtenholzstapel hatte die Kleine sich vor ihnen aufgebaut. Hören konnte Thoman sie auf die Entfernung hin nicht, aber er sah, wie sie die Lippen bewegte. In der Hand hielt sie einen Stock. In ihrer Hühnerschule fand Unterricht statt.

Nebenan holte die Tuchhändlerin ihr Gewand herein. Er konnte die Brüste sehen, wie sie rund in ihrem Mieder lagen. Dabei fiel ihm die Kolman ein. Seit er sie, totenblass und mit offenen Haaren, im Gang ihres Hauses getroffen hatte, beunruhigte ihn irgendetwas. Aber er konnte es einfach nicht benennen. Er fand, dass sie sich verändert hatte. Weshalb?

Im Grunde war es nicht wichtig. Trotzdem trug es zu seiner Unruhe bei. Doch es blieb ihm nichts anderes übrig, als ihr noch etwas Zeit zu geben.

Sobald Madlen anfing nachzudenken, war es, als ob sie durch eine fremde, hinter Nebeln verborgene Gegend ging. Ringsum gab es nur Schemen. So lief sie bei jeder Begegnung

Gefahr, dass sie sich verriet. Um durchzuhalten, musste sie über ihr neues Leben mehr in Erfahrung bringen. Zudem fühlte sie, dass es etwas gab, was Spengler ihr verschwieg.

Am Morgen nach ihrer ersten unglückseligen Begegnung entschloss sie sich daher, Katherin Wassermann noch einmal aufzusuchen.

Erfreulicherweise war sie in dem Moment die einzige Kundin. Als sie die Tür öffnete, kam die Handschuhmacherin aus der Werkstatt nach vorn. Ihr Gesicht wirkte freundlich, aber zurückhaltend. Sie hatte sich wieder ganz in der Hand.

»Guten Morgen«, sagte sie lächelnd.

Während Madlen zurückgrüßte, schaute sie sich schon suchend um. »Ich hoffe, dass ich Euch nicht umsonst störe. Ich wollte im Garten ein wenig aufräumen und kann keine Handschuhe finden, die dafür grob genug sind. Habt Ihr vielleicht etwas für mich?«

Angesichts der zarten Waren im Laden rechnete sie gar nicht damit, sondern erwartete, dass die Wassermann sie bedauernd zu einem Kürschner schicken würde. Doch wider Erwarten täuschte sie sich. Die Handschuhmacherin war auch in dieser Richtung sortiert. Während sie in der Werkstatt einige Paare zusammensuchte, rief Madlen einfach hinter ihr her:

»Seit Tagen nehme ich mir schon vor, ein paar Beete zu richten und das Unkraut im Hof endlich auszureißen. Aber jedes Mal, wenn ich anfangen möchte, kommt etwas andres dazwischen. Gestern habe ich Besuch bekommen, und heute finde ich keine Arbeitshandschuhe.«

Die Wassermann tauchte bereits wieder auf, eine ganze Auswahl verschiedener Größen und Festigkeit in der Hand.

»Sicherlich ist es nicht einfach für Euch«, sagte sie zögernd.

»Da habt Ihr Recht, es wäre leichter, wenn mein Vater mir manchmal etwas von seinen Geschäften erzählt hätte...«

»Hatte er viel zu tun?« Die Wassermann hielt ihr den ersten Handschuh aus steifem Rindsleder hin. »Ich hatte immer den Eindruck, er hätte sich schon aus dem Handel zurückgezogen. Wollte er sich hier nicht zur Ruhe setzen?«

Das war die freundliche Umschreibung eines darniederliegenden Kaufmannsbetriebs.

»Ja, vielleicht...« Madlen hielt es für das Beste, sich ahnungslos anzustellen.

»Ihr hattet gestern Nachmittag Besuch? Es war Veit Spengler, nicht wahr?«, fuhr die Wassermann beiläufig fort, während sie nach einem kundigen Blick auf den zu weiten Handschuhschaft ein anderes Paar über Madlens weiße Finger streifte. »Ich habe ihn vor Eurem Haus gesehen.«

»Kennt Ihr ihn?«, fragte Madlen hoffnungsfroh.

»Nicht persönlich. Aber er ist natürlich in der Stadt sehr bekannt. Er ist sehr reich und Mitglied in der Gesellschaft zum Straußen und in der Bürgerzunft. Dort sind nur die Großhändler zugelassen und die, die von ihrem Vermögen leben.«

»Ein Zunftgenosse war mit ihm da. Habt Ihr ihn gesehen? Ist der auch so wohlhabend?«

»Nun, vielleicht ist er nicht ganz so reich. Aber er gehört natürlich zu einer von den Familien, die in der Stadt das Sagen haben. Hier in Kempten ist es vor allem wichtig, dass man in eine gute Familie geboren wurde. Aber das ist ja wohl überall so.«

Madlen kam es vor, als schwinge in diesen Worten ein Unterton mit. Dabei konnte die Wassermann damit kaum Probleme haben. Wer keine einwandfreie Herkunft belegen konnte, kam nie in die Zunft. Und um einen solch vornehmen Laden am Marktplatz zu halten, brauchte man Kapital und Beziehungen. Allerdings hatte Madlen den Eindruck, dass die junge Frau auch nicht in Kempten geboren war. Sie sprach mit einer etwas anderen Färbung, was aber kaum auffiel und niemanden stören konnte.

»Wisst Ihr, was für einen Ruf Spengler als Kaufmann hat?«

»Wollt Ihr mit ihm Geschäfte machen?«

Der zweifelnde Ton entging Madlen nicht. Da sie nicht gleich antwortete, fuhr die Wassermann fort: »Also, er steht in dem Ruf, stets Erfolg zu haben, und das ist schon etwas ungewöhnlich ... in der heutigen Zeit, meine ich. Manches soll früher ja leichter gewesen sein, als noch alle Wege durch Schwaben liefen. Nicht allein nach Venedig, sondern auch in den Orient. Ich habe mir das nur erzählen lassen ... Jetzt sagt man ja, dass das Glück am Atlantik liegt. Aber bevor die Spanier zu den westindischen Inseln fuhren und bevor der Seeweg nach Ostindien gefunden wurde, soll alles viel besser gewesen sein. In letzter Zeit sollen sogar schon Handelshäuser aus der Gegend alles verloren haben. Allerdings tun hier viele, als nagten sie bloß noch am Hungertuch. In Wahrheit horten sie Gold und Silber in ihren Geldtruhen ...«

»... anstatt sie in Handschuhen anzulegen«, gab ihr Madlen lächelnd Recht, wobei sie auf ein passendes Paar zeigte. »Ich werde diese nehmen.« Während sie bezahlte und Katherin Wassermann die übrige Ware zur Seite schob, blickte sie auf die gewirkten Priesterhandschuhe. »Verkauft Ihr auch ans Kloster?«

»Ja, ab und zu. Allerdings eher an die Kapläne und Pfarrvikare als an die Konventsherren. Denen steht der Sinn sowieso mehr nach anderem ...«

Madlen sah sie fragend an und Katherin fuhr bereitwillig fort: »Sagt bloß, Ihr habt noch nichts davon gehört, wie es in der Abtei zugeht? Aber Ihr wisst, dass es lauter Adelige sind, die sie aufnehmen? Jüngere Söhne, die hier in angenehmer Umgebung altern dürfen. Sie hocken in eigenen Häusern und Wohnungen, die sie nach und nach auf dem Stiftsgelände gebaut haben. Manche haben kostspielige Zeitvertreibe. Teure Pferde, Mätressen ...«

»Mätressen?«

»Aber natürlich, was glaubt Ihr denn! Auch der von Breitenstein, den sie gerade zum neuen Fürstabt gewählt haben. Einen Sohn hat der sogar anerkannt. Pelagius heißt er. Das ist ganz sicher, auch wenn natürlich viel getratscht wird. Die Kemptener hassen die Stiftsherren nun einmal. Seit einer Ewigkeit streiten sie bereits. Einmal, aber das ist jetzt schon sehr lange her, da haben sie sogar die Burg vom Kloster gestürmt. Dort, wo jetzt die Ruinen sind, auf der Burghalde am südlichen Stadtrand, am Hügel oben. Inzwischen liegt das alles ja innerhalb von den Stadtmauern. Und dann das heilige Öl! Bis zum Papst sind sie deswegen gereist, sogar mehrmals, weil den Äbten immer gleichgültig war, was die Päpste anordneten. Zum Schluss musste die Bürgerschaft 1500 Dukaten zahlen, damit der Fürstabt zu Ostern das Öl an St. Mang gibt und man die Pfarrleute von St. Lorenz auch in der Nacht, wenn die Tore zu sind, mit der letzten Ölung versehen kann. Wer weiß, wie lange ... Man sagt, das Stift halte sich ungern an Verträge und Anordnungen. Jeder regt sich ganz furchtbar darüber auf. Allerdings stehen die Kemptener ihnen darin auch nicht viel nach. Wo immer ein Zins zu bezahlen wäre ... Na, das ist Politik und die interessiert mich eigentlich nicht. Obwohl, wenn man mal nachfragt, dann stellt man schnell fest, dass es meist auch nur um Gulden geht.«

Madlen hätte gern noch mehr erfahren, aber in diesem Moment kam eine Frau zur Tür herein, gefolgt von einem dicken Mädchen. Also zog sie es vor, sich zu verabschieden.

Was die Wassermann ihr berichtet hatte, ergab nicht viel: Veit Spengler bewies bei seinen Geschäften eine ungewöhnlich glückliche Hand und kemptische Fürstäbte hielten sich nicht immer an Abmachungen. Für diese Erkenntnisse durfte sie nun mit ihren neu erworbenen Handschuhen Unkraut jäten.

Nachdem Madlen den Laden verlassen hatte, fiel es Katherin schwer, ihre Gedanken den wartenden Kundinnen zuzuwenden. Die Kolman wäre zu blöde, um auch nur fehlerlos ›guten Morgen‹ zu sagen, so war bisher behauptet worden. Und irgendetwas an der jungen Frau kam ihr tatsächlich merkwürdig vor. Aber das war keine Dummheit – im Gegenteil.

Ob sie wirklich mit Spengler Geschäfte machte? Nun, Katherin hatte den Eindruck, als wäre die Warnung verstanden worden.

Die Reihen vertrockneter Beete boten ein trauriges Bild. Nachdem Madlen den Nachmittag hackend und jätend verbracht hatte, kaufte sie am folgenden Morgen zwei Körbe voller Steckpflanzen und Samenkörner. Die Sonne schien und zwischen den schützenden Mauern war es schon vormittags sommerlich warm.

»Ihr müsst sie vorher einweichen.«

Madlen schaute auf. Im Garten rechts – nicht bei der Wassermann, sondern auf der anderen Seite drüben – stand eine ältere Frau am Zaun.

»Die Bohnen. Bei diesem trockenen Wetter müsst Ihr sie vorher in Wasser legen.«

Natürlich. Das hatte sie auch im Kloster gelernt. »Danke. Ich weiß gar nicht, warum ich nicht daran gedacht habe.«

»Sonst hat Eure Magd das gemacht, nicht wahr? Aber ich

habe Euch gestern schon zugeschaut. Ihr habt Geschick dafür.«

Die Haarsträhnen unter der locker gebundenen Haube waren grau, aber die Haut der Frau zeigte kaum Runzeln. Ihr molliger Körper steckte zwar in einem einfachen Leinenkittel, doch ließ ihr Ton keinen Zweifel daran, dass man es nicht mit einer Magd zu tun hatte.

»Ist es nicht merkwürdig, dass wir noch nie miteinander gesprochen haben?«, fuhr sie fort. »Schon lange habe ich zu meinem Mann gesagt, dass das unter Nachbarn nicht richtig ist... Wartet! Ich bringe Euch ein paar von meinen Holzschälchen. Darin keimen die Bohnen, bevor Ihr Euch umseht.«

Kurz darauf öffnete sich ein Gatter im Zaun und die Frau trat mit einem Stapel flacher Schalen ein.

»Ihr wisst wahrscheinlich nicht einmal, wer ich bin«, sagte sie und ihr Lächeln wirkte ein wenig zerstreut, da sie sich gleichzeitig umschaute. »Ich bin Elsa Adam, aber Ihr könnt Els zu mir sagen, wie alle anderen auch, und mein Mann heißt Mathis. Er handelt vor allem mit Tuchen und ist entsprechend viel unterwegs. Zurzeit ist er in Brügge, schon seit zwei Wochen. Und Ihr seid Madlen Kolman, aber das weiß ich natürlich. Auch wenn jemand wie Ihr kaum unter Menschen geht, wird über ihn natürlich geredet...« Sie kniff die Augen zusammen. Obwohl Madlen nicht hoch gewachsen war, musste die Frau zu ihr aufsehen.

»Ihr seht eigentlich ganz vernünftig aus.« Bei diesen Worten lachte sie mit einer Schärfe, an der nichts Heiteres war. »Habt Ihr Wasser?«

Els Adam packte die Bohnen, als wolle sie sie ersäufen. Bevor sie wieder in ihren Garten zurückging, deutete sie erst auf Madlens Handschuhe, dann auf Katherin Wassermanns Haus.

»Habt Ihr die bei ihr gekauft? Erstaunlich, was man in dem Laden so alles finden kann. Obwohl man meinen könnte, sie hat nur vom Allerfeinsten. Ein tüchtiges Ding. Dabei hat sie den Laden damals von heute auf morgen übernehmen müssen. Kaum war sie da und hat ihn geheiratet, ist er gestorben ... Ich meine den alten Wassermann. Aber den habt Ihr natürlich nicht mehr gekannt, das ist ja jetzt auch schon lange her. Es ist alles sehr schnell gegangen. Wir haben uns damals sehr gewundert. Kommt aus Nürnberg und wird die junge Frau Wassermann. Na, viel hat er ja nicht mehr davon gehabt ... Aber damit will ich nichts Schlechtes sagen. Er war schon vor der Hochzeit nicht mehr gesund. Hat jedoch immer noch seinen Laden geführt. War zu der Zeit vielleicht ein wenig heruntergekommen, der Handschuhladen, aber sie hat das Ganze innerhalb kurzer Zeit bestens im Griff gehabt.«

Nachdem sie gesagt hatte, was ihr am Herzen lag, zog sie sich wieder zurück. Bevor sie das Gatter schloss, fügte sie noch hinzu: »Ich hoffe, dass wir jetzt öfter ein wenig miteinander plaudern werden.«

Mit einer Mischung aus Besorgnis und dem plötzlichen Drang, wie eine Idiotin zu kichern, schaute Madlen auf den Gartenzaun. Gott sei Dank war die Adam wenigstens kurzsichtig.

Sieben

Am Sonntagmorgen wachte Madlen schon früh auf. Die ersten Vögel sangen und durchs Fenster schimmerte graublau der Morgenhimmel. Sie schob die Decke zurück und stand auf.

Im Raum war es kalt. Zitternd trat sie in die Maueröffnung. Die Welt draußen ruhte im frühen Nebel wie ein dunkler und stiller Teich. Mit den Fingern fuhr sie sich langsam durchs Haar. Ihre Haut, dünn und weiß wie die Milch, die die Armen kauften, fing das schwache Tageslicht auf. Madlen drehte sich um und griff nach dem Zahnpulver, bröselte einige Fingerspitzen von der Mixtur in ein sauberes Leinentuch. Das Wasser, mit dem sie den Mund spülte, duftete nach Nelken und Zimt. Nachdem sie sich gewaschen hatte, schlüpfte sie in ihr Kleid. Tiefblaue Seide, unter den Ärmelschlitzen aprikosenfarben ein bauschiges Unterfutter. Sie ließ sich beim Ankleiden Zeit. Es war noch zu früh, um aufzubrechen.

Sie griff nach dem Silberspiegel, der neben dem Mörser lag, und musterte ihr junges Gesicht. Nach kurzem Zögern trug sie einen Hauch hellroter Paste auf Wangen und Lippen auf. Ihr Haar schlang sie zu einem lockeren Knoten, darüber band sie ein Netz, in dem Perlen wie Tropfen glänzten.

Die Möglichkeiten, sich dem Fürstabt zu nähern, hatte sie

sorgfältig überlegt. Sie war sogar im Münster gewesen und hatte sich umgeschaut. In jedem Fall würde es ein großes Gedränge geben, deshalb durfte sie nicht zu lange zögern. Und sie durfte auf keinen Fall Demut zeigen. Eine demütige Frau weckt Grausamkeit, sagte sie sich.

Gedämpft drang das Morgenläuten vom Münster zu ihr. Bald würden sich die Goldfäden der aufgehenden Sonne über die Stadt legen. Diesen Augenblick liebte sie.

In der Sakristei von St. Gordian und St. Epimachus drängten sich die Kapläne und Messdiener. Schon jetzt war es heiß und die Luft in dem kleinen Raum roch stickig nach Weihrauch und Schweiß. Der Abt wurde angekleidet. Bis zum Beginn der heiligen Messe blieb nicht mehr viel Zeit.

Gerade besah Sebastian von Breitenstein mit größtem Unmut einen hässlichen Blutfleck auf seinem Schuh. Alle Aufmerksamkeit im Raum wandte sich augenblicklich dorthin. Sein Kaplan bückte sich rasch und rieb mit einem in Weihwasser getauchten Schweißtuch auf dem Leder herum. Dann winkte er atemlos einem Messdiener.

»Weiter. Was kommt als Nächstes dran?« Es war kein leeres Gerücht, dass von Breitenstein zum Abt gewählt worden war, ohne Priester zu sein. Übellaunig streckte er seine Arme aus und vier Hände gleichzeitig streiften ihm eine Albe über. »Der Koch soll her!«

Auf dem Weg zur Kirche hatte er noch bei den Fischgruben nach dem Rechten geschaut. Vermutlich war er dabei von einem der Knechte mit Fischblut besudelt worden. Unfähig, wie die meisten hier. Die zwei Kannen Wein, die er am Abend zuvor getrunken hatte, waren auch viel zu wenig gewürzt. Während man ihm das Zingulum umband, entspannten sich seine eckigen Züge wieder. Er wollte Aal zum vierzehnten Gang. Zusammen mit dem Wildbret sollte man die Forellen auftragen, nach den Fasanen und Gänsen. Und er wollte mehr Safran daran als beim letzten Mal. Die gezuckerten Erdbeeren …

»Pass doch auf!« Breitenstein trat nach dem Messdiener, der schleunigst auf allen Vieren entfloh. Er hatte am Schuh so lange herumgeputzt, bis Wasser durchs Leder drang.

Hoffentlich waren wenigstens ausreichend Lebkuchen für die Tafel bestellt worden.

»… Kasel … und Stola …«, gab der Kaplan mit leiser Stimme seine Anweisungen.

Nachdem Breitenstein ungeduldig einen Spiegel verlangt hatte, stellte er fest, dass ihn der Seidendamast vorteilhaft kleidete. Sechzig Jahre war er nun alt, und bei besten Kräften. Auf Bildung hatte man bei seiner Erziehung verzichtet und er hatte sie auch nie vermisst. Der Adelsstand genügte ihm. Er war in der Oberpfalz geboren und 1494 in den Konvent des Kemptener Fürststiftes eingetreten. Alsbald wurde er Pfarrer von Lauben, was von Bedeutung für seine Einkünfte war, und 1508 Dekan der Abtei. Weiter als bis zum Fürstabt würde er es nicht mehr bringen können.

Missmutig roch er am Messwein. Dann nahm er die silberne Kanne und goss sie über dem Steinboden aus.

Das dunkle Kirchenschiff glänzte im Schein hunderter Kerzen und im Mittelgang gab es kaum noch ein Durchkommen. Ganz gleich, wie sehr manche Kemptener den Fürstabt und seine Klosterbrüder verwünschten, wenn Festmessen und Prozessionen lockten, waren sie alle da, geputzt und im besten Kleid. Vorn im Chor wurden die Stühle der kirchlichen Würdenträger unter der Faltenfülle begraben. Die Köpfe der Bürger und stiftischen Untertanen reckten sich höher. Eben nahm hinter dem Lettner der geladene Adel Platz.

Als die hölzernen Orgeln zum Introitus losbrausten, kniete

Madlen neben dem Zugang zum Chor. So würde sie beim Auszug des Abtes in dessen unmittelbarer Nähe sein. Den blonden Mann, der unentwegt in ihre Richtung sah, bemerkte sie nicht.

Auch Moritz Benzer suchte nach einem günstigen Platz. Einerseits wollte er sie im Gedränge auf gar keinen Fall aus den Augen lassen, andererseits wurde ihm beim Gedanken, dass sie ihn entdecken könnte, eiskalt. Schließlich drückte er sich zwischen ein Grabmal und einen Seitenaltar. Notfalls konnte er sich dort auf die Stufen stellen.

Noch immer war er wie im Schock. Im ersten Moment hatte er das Gefühl gehabt, einen unguten Traum zu durchleben. Aber seine Sinne waren gesund und hellwach. Er hatte auf der Brüstung der Brücke gesessen, die vom Klostertor über den Graben zum Stift führte, und hatte die zur Kirche strömende Menge an sich vorbeifließen lassen. Und dann sah er sie. So nahe, dass er nur den Arm hätte strecken müssen. Sie war fast so schön wie in seiner Erinnerung, nur dass sie hier oben nicht dieser düstere Glanz wie unter Wasser umgab. Er meinte, ein Pfeifen gehört zu haben, und hatte auf der Suche nach Ratten auf ihre Füße geblickt. Irgendwo in der Nähe mussten sie sich versteckt haben. Sie konnte sie rufen, das wusste er. Und die Pest konnte ihresgleichen nichts anhaben.

In der Kirche hatte er es nicht gewagt, zu weit zurückzubleiben. Er hatte schließlich gesehen, wie das geweihte Wasser ihr nicht von den Fingern perlte, sondern ohne ihr Zutun vom Becken nach oben stieg! Und wie der glatte Spiegel im Taufkessel zitterte und in konzentrischen Kreisen nach außen lief, während ihr Ärmel den Stein streifte! Als sie den Kopf neigte, als betete sie, schauderte ihn. Wie mächtig musste das Böse sein! Sie stand doch wahrhaftig unter dem Kreuz, ohne Schaden zu nehmen.

Als dann die Orgeln wie Wasser aufrauschten, hatte er eine Vision. In einer Zackenlinie zerbrach die ganze Länge des Kirchenbodens. Dann klafften die Steinplatten auf und er blickte hinunter in jene Tiefe, die er schon einmal gesehen hatte. Da begriff er, dass die Mauern des Gotteshauses auf einer gigantischen Höhlung errichtet waren. Sie würden zittern und einstürzen, wenn erst das Grundmeer nach oben stieg. Für einen Augenblick meinte Benzer, die Türme schwankten schon über ihm. Ihn schwindelte.

»Ist Euch nicht gut?«

Die Frau neben ihm musterte ihn mit deutlichem Misstrauen. Er schüttelte den Kopf und tat einen Schritt rückwärts, um ihren Blick loszuwerden. Dann schaute er wieder unverwandt zu der andern nach vorn.

Er würde es ihnen nicht sagen können. Sie waren zu blind, um zu erkennen, was offensichtlich war. Doch wenn er das Böse entlarvte? Wenn er Beweise hätte? Wenn er sie zur Strecke brachte? Das Wasser stieg ihm beim Gedanken daran in die Augen.

Auch der Konventsherr von Freiberg streifte Madlen mit einem unguten Blick. Was wollte die Kolman hier? Und weshalb musste sie derart auffällig vorn am Chor knien?

Dann sah er zur Seite, dorthin, wo der Pfarrvikar von St. Lorenz am Berge saß. Wie immer aufs Äußerste angespannt, die schmalen Lippen noch fester als sonst aufeinander gepresst, wirkte er unnatürlich fromm. Nach Freibergs Meinung hätte der Abt, der diesen Bauernsohn zum theologischen Studium nach Wien geschickt und ihm dann die Pfarrstelle gegeben hatte, sein Geld kaum dümmer investieren können. Dieser Matthias Waibel war ein Mensch mit starren Überzeugungen, ein grässlicher Eiferer mit reformatorischen Neigungen. Seit einiger Zeit predigte er immer lutherischer. Wirklich, es gab Ärger, wohin man sah.

Laut niesend setzte sich Breitenstein. Wenn er sich wenigstens leidlich geschickt verhielte, Würde zeigte! Ein paar wohlfeile Versprechungen, gut überlegte Vergünstigungen ... Freiberg verachtete ihn. Heute glänzte der Teint des viereckigen Holzkopfs noch röter als sonst. Mit Widerwillen schaute Freiberg auf das Netz der blauen und roten Äderchen. Dann reckte er seine kräftigen Schultern und setzte sich aufrechter hin.

Neben Madlen unterhielten zwei Bürger sich ungeniert miteinander. Verstohlen sah sie zu ihnen hin. »... einstimmig«, hörte sie und nahm an, dass es um die Abtwahl ging. Der ältere, ein braun gebrannter, faltiger Mann, kniff die Augen zusammen und schaute zu Breitenstein hin. »Wahrscheinlich, weil er der Beschränkteste ist«, fuhr er flüsternd in seiner Erzählung fort, ohne dass er sich von den Lesungen stören ließ. »Wie auf einem Jahrmarkt ist da gefeilscht worden. Raitnaus Barschaft, der Wein und das Getreide gingen natürlich an Breitenstein. Aber über alle bedeutenden Posten und die einträglichen Güter darf er nicht allein entscheiden ...«

Er senkte die Stimme nochmals, sodass Madlen ihn nicht mehr verstehen konnte, doch nach einer Weile vergaß er die Vorsicht wieder. Nacheinander wies er auf die Stiftsherren, während der andere sie interessiert musterte. Auch Madlen folgte neugierig seinem Blick.

»Heinrich von Stetten«, murmelte er und sie sah in ein Gesicht, das vom Mund wie von einem Messer durchschnitten wurde. »Daneben sitzt Wernau«, sagte der Mann. Die folgenden Namen entgingen Madlen. Schließlich blieben noch zwei Männer übrig. »Und das sind die beiden Ehrgeizigen«, hörte sie. »Eck von Reischach, den die Bauern am meisten fürchten, und Eberhard von Freiberg, der überall rumspioniert. Die beiden hassen sich übrigens gnadenlos.« Mit denen werde ich es also zu tun haben, dachte Madlen.

Inzwischen war Waibel in die Kanzel hinaufgestiegen. Er fixierte die Stiftsherren und richtete dann seinen Blick auf den Abt. Seine Verbitterung war unverkennbar. Den ersten Satz spie er geradezu aus.

»Wohin ich blicke, sehe ich Gold, Silber, alle Farben von Edelsteinen. Gürtet sich jemand in Leinen und einfache Wollstoffe? Folgt jemand Christus in Armut nach? Ich sehe die Diener des Herren hoffärtig eingehüllt. In Samt und in Seiden räkeln sie sich, ja, selbst in Damast sind sie gewickelt worden. Ein neuer Baldachin. Rubine am Ringfinger...«

Seine Stimme war immer leiser geworden und verstummte jetzt ganz. Im Kirchenschiff war es mit einem Mal still. Dann, plötzlich, brüllte er: »Preisen wir etwa Gott damit?« Sein anschließendes Schweigen ließ diese Worte düster im Raum nachhallen.

Und dann donnerten seine Vorwürfe wie ein Unwetter über den Chor. Die Prachtentfaltung des Stiftes schimpfte er unchristlich, den Fürstabt stolz, übermütig, verschwendungssüchtig. Er versündige sich gegen Gottes Gerechtigkeit. »Aber schließlich wird Christus, wie es geschrieben steht, die Reichen und Satten der Verdammnis anheim geben!«

An dieser Stelle fingen einige der Adeligen leise an zu murren. Madlen senkte belustigt den Kopf. Die Bürger und Bauern unterhielten sich wunderbar, doch vorn ging das unmutige Raunen langsam in einen Tumult über. Entzückt richteten sich zahlreiche Blicke auf den gedrungenen Hans von Breitenstein, einen Bruder des Abtes, der aufsprang und Waibel mit seiner Faust drohte. Daraufhin hörte man laute Protestrufe. Die Festmesse übertraf eindeutig die Erwartungen der Besucher.

Freiberg glättete seine bereits makellos fallende Kutte und schaute zur Kanzel auf. Heute schoss dieser Bauer den Vogel ab. Seine Anklagen trug er mit solchem Nachdruck und drastischen Beispielen vor, dass die Gefühle im Kirchenschiff regelrecht aufloderten. Inzwischen glühte der Kopf des Fürstabts in dunkelstem Rot und nur noch gewaltsam konnte sein Bruder daran gehindert werden, zur Kanzel vorzudringen. Dann, nach dem dramatisch hervorgestoßenen Schlusssatz des Predigers, brach das Kirchenvolk auch noch in Jubel aus.

Beim Abstieg von der Kanzel musterte Freiberg den Waibel mit einem eisigen Blick. Die Botschaft war unmissverständlich.

Als wieder Ruhe einkehrte, wanderten Freibergs Gedanken zu dem neuen Bericht, den er noch heute an Eck schreiben würde. Er teilte die Einschätzung des bayerischen Kanzlers, dass all die Empörungen keine Gefahr waren, wenn die, die die Macht in den Händen hielten, sie nur klug und bedenkenlos einsetzten. Dr. Leonhard von Eck kannte kein gefühlgeleitetes Zögern. Freiberg bewunderte ihn. Solange es Männer wie Eck gab, waren solche Predigten nicht mehr als Schmus. Im Übrigen gierte der Pfarrvikar selbst nur nach Anerkennung.

Der anschließenden Eucharistiefeier folgte Waibel vollkommen ausdruckslos. Manchmal schloss er die Lider und bewegte die Lippen wie in stillem Gebet. Er war mit sich zufrieden. Heute hatte keiner gelächelt – über den Bauernjungen.

Endlich erfüllte der laute Klang des Tedeums den Kirchenraum und der Sitz des Fürsten wurde von sechs Messdienern angehoben. Auf dieser Sänfte trugen sie ihn bis zum Hochaltar. Es war seit eh und je Brauch, dass dort einem neuen Kirchenfürsten von seinen Untertanen gehuldigt wurde. Wenn Breitenstein auch aus politischer Einsicht darauf verzichtet hatte, vor dem Kloster alle auf einmal zusammenströmen zu lassen – in dieser Zeit war ein Aufstand wahrscheinlicher als eine Respektsbezeugung –, so wollte er wenigstens in seiner Kirche die Unterwerfungsgeste ganz auskosten.

Dröhnend übertönten die Orgeln das Ächzen der Träger, die Gespräche der Bürger und das Knacken des Abtstuhls. Als Breitenstein fühlte, wie der Sitz unter ihm schwankte, klammerte er sich an den Lehnen fest. Er schwitzte. Sie sollten sich endlich bewegen und ihn auf den Altar setzen!

Die Messdiener machten einen weiteren Schritt, einen dritten und vierten ... Rechts hinten der Kleine drohte einzuknicken. Von Stetten gab ihm einen unauffälligen Stoß. Langsam wurde der Fürstabt erst nach oben gehoben, dann, vor aller Augen, noch langsamer abgesenkt. Die Muskeln der Messdiener zitterten von der Anstrengung. Nur eine Handbreit schwebte der Kirchenfürst noch über dem Tuch und immer weiter schwollen die Orgeltöne. Jetzt kam das Zeichen zum Absetzen. Im gleichen Moment spürte der Abt ein plötzliches Nachgeben. Die Stuhlfläche brach und er saß am Altar.

Vor Schreck waren die Nasen der Messdiener weiß geworden. Der Fürst gab einen Laut von sich, der dem Raunzen einer Katze glich. In sein Gesäß hatte sich ein Splitter gebohrt.

Ergriffen schnäuzte sich ein Frommer, der den Grund für die starre Miene des Abtes nicht ahnen konnte. Kniend erwarteten die Gläubigen ihren Schlusssegen. Die meisten Köpfe blieben gesenkt, bis ein Aufatmen durch das Kirchenschiff ging und die Menge sich von den Knien erheben durfte. Schon wurden die Kirchentore weit aufgerissen.

Madlen spürte, dass ihr Mund vor Aufregung ganz trocken war. Ungehindert stand sie am Durchlass zum Chor, den Blick auf den Abt gerichtet, und nestelte ihr Schreiben aus ihrer Gürteltasche.

Derweil formierten sich Würdenträger und geistliche Helfer bedächtig zur Festprozession. Mäntel wurden gerafft, Talare glatt gestrichen, Ketten zurechtgerückt und Köpfe in den Nacken geworfen, damit der ernststolze Blick gut zur Geltung kam.

Doch gerade als sich der Zug würdevoll in Bewegung setzte, kam wie ein plötzlicher Windstoß Unruhe auf und alles stockte wieder. Eine Art Wirbel entstand und in dessen Zentrum drang Hans von Breitenstein auf Matthias Waibel ein. Rücksichtslos schob er sich zwischen den Geistlichen durch, einer stolperte, es entspann sich ein Handgemenge. Geistesgegenwärtig setzten ihm einige Kemptener nach, aber er war nur noch wenige Meter von Waibel entfernt, als die Bürger ihn einholten. Dann hörte man Schreckensrufe. Der Adelige schwang einen Dolch. Noch immer schaute Matthias Waibel verständnislos, doch er ließ sich in Richtung Sakristei wegdrängen. Der Angreifer stürmte ihm nach. Im Altarraum brach Panik aus. Würdige Pfarrherren flatterten mit ihren Talaren, als wären es Vogelflügel. Das war der unumstrittene Höhepunkt dieses Festtages.

Als Madlen erkannte, dass Fürstabt und Konvent einfach durch eine Nebentür verschwinden würden, schlüpfte sie durch die Chorschranken. Im Gewühl versuchte sie, doch noch an ihn heranzukommen.

Mitten in dem Tumult gelang es dem Kemptener Bürgermeister und seinem Stadtschreiber, Hans von Breitenstein trotz wütender Gegenwehr festzuhalten. Dazu wickelten sie ihn in seinen Mantel ein, worauf er sich bückte und wie ein Stier mit dem Kopf zustieß. Unterdessen hatte der städtische

Schulmeister den sprachlosen Pfarrer endlich beim Ärmel gepackt und ihn in die Sakristei geschoben.

Bis auf wenige Schritte war Madlen jetzt an den Fürstabt herangekommen. Umständlich suchte er nach seinem Stab. Da drückte von Stetten ihm das Insignum der Würde in die Hand und lief mit ihm zur offenen Tür. Im Luftzug flackerten einige Kerzen hell auf. Nur einen Lidschlag lang zögerte Madlen, doch das sollte zu lange sein. Breitenstein drehte sich um und verschwand.

In dem Moment trat von Freiberg rasch auf sie zu und nahm ihr das Schreiben ohne ein Wort aus der Hand. Verblüfft ließ Madlen es geschehen und schaute auf die hinter ihm zufallende Tür.

Der Vorplatz des Münsters lag jetzt im gleißenden Sonnenschein. Überall drängten sich Menschentrauben, trafen sich Freunde, Verwandte und Nachbarn, von dem soeben genossenen Schauspiel wohlig erregt. Alle gaben sich natürlich betroffen und betonten mehrmals ihre Besorgnis, die der Sicherheit des Pfarrvikars Waibel galt. Alle plapperten wild durcheinander und jeder wusste von weiteren unerhörten Begebenheiten. Sogar die entgangene Festprozession war da kaum ein Bedauern wert.

Als Madlen aus der Kirchentür trat, fühlte sie sich von ihrem Misserfolg wie betäubt. Ihr Schreiben würde den Abt nicht erreichen. Und selbst wenn – eine Geste von seiner Seite wäre dann für ihn nicht mehr notwendig. Ganz versunken in ihre düsteren Überlegungen hatte sie für ihre Umgebung kaum einen Blick. Deshalb traf es sie völlig unerwartet, als plötzlich Thoman Becherer vor ihr stand.

»Schön, dass Ihr Euch erholt habt!«

Es konnte ihm nicht entgehen, dass sie bei seinen Worten zusammenschrak. Noch immer hatte sie keine Ahnung, wer er eigentlich war. In Wahrheit hatte sie an ihn überhaupt nicht mehr gedacht.

Er hatte den Augenblick günstig gewählt. Madlen war so durcheinander, dass sie ihm ohne Widerstand folgte, als er im freundlichen Plauderton sagte: »Wir sind dort drüben. Kommt.«

Während sie neben ihm herging, sah sie ihn nachdenklich an, als könne das Studium seines Gesichts und seiner Kleidung ihr Aufschluss geben, wie sie sich verhalten sollte. Ein gut aussehender Bursche, der wusste, dass er auf Frauen wirkte. Das dunkelblonde Haar trug er kurz geschnitten und offenbar legte er auf vornehme Kleidung Wert. An seinem venezianischen Gürtel hing neben der Börse auch ein Futteral für einen Dolch.

Er steuerte auf ein Paar mittleren Alters zu, das sich eben von anderen verabschiedete. Zwei Mädchen standen bei ihnen, die Madlen auf etwa sieben bis acht Jahre schätzte. Sie nahm an, dass diese Menschen Thomans Familie waren... Ja, die Frau sprach er als Mutter an. Thoman gab sich unbekümmert. Aber etwas an seiner Geste und in dem Ton, mit dem er sich ihr wieder zuwandte, ließ Madlen vermuten, dass er sehr angespannt war.

»Wie geht es Euch, Madlen?«, fragte die Frau mit einer leicht gekünstelten Herzlichkeit. »Es hat uns allen sehr Leid getan. Kommt Ihr denn allein zurecht? Thoman hat gesagt, dass Ihr noch keine Besuche bekommen wollt. Aber es wäre mir lieb, wenn ich etwas für Euch tun könnte.«

Damit war einer konventionellen Anteilnahme Genüge getan. Inzwischen war sich Madlen ziemlich sicher, dass es sich bei den Becherers um Bekannte von Jakob Kolman handeln musste. Nicht allzu vertraut, aber doch so, dass sie sich verpflichtet fühlten.

Die Frau redete schnell und mit sehr hoher Stimmlage, so,

als sei sie stets etwas aufgeregt. Unwillkürlich fühlte Madlen sich ins Kloster zurückversetzt. Es gab Bürgerinnen, die sich darin gefielen, dass sie einmal jährlich irgendwelche Wohltaten zuwiesen, etwa, indem sie einer Waise ein Kleid schenkten. Diese Frauen sprachen auch in dem Ton, ein paar kurze Sätze nur, dann ließen sie sich nie mehr sehen und fragten auch nicht mehr nach ihr.

Obwohl die Becherer ihre Haube am Kinn eng gebunden hatte, fiel ihr das rotblonde Haar in die Stirn. Ihre Gestalt wirkte weich und ihr Blick, mit dem sie Madlen musterte, eher unsicher. Sie fuhr, ohne dass Madlen etwas erwidern konnte, gleich fort: »Es ist schade, dass wir uns nur immer beim Kirchgang sehen. Außerdem …« – sie stockte und warf ihrem Mann einen Seitenblick zu, den dieser mit einem Nikken erwiderte – »möchten wir Euch gern einladen. Zu einem einfachen Mittagessen.«

Ratlos sah Madlen die Frau an, doch keiner schien sich darüber zu wundern, dass sie nichts antwortete.

Auch der Vater des jungen Becherer war nicht sehr hoch gewachsen und dabei hager. Er sah aus, als könne er selbst im fortgeschrittenen Alter noch kräftig zupacken. Sein Mantel wirkte schmucklos und grau, doch das Tuch war aus teuerstem Zwirn. Thomans Züge ähnelten seinen nicht sehr. Der Alte sah kantiger aus. Dennoch lag eine unverkennbare Verwandtschaft in ihrer Haltung und ihren Bewegungen.

»Das ist sehr freundlich von Euch«, sagte Madlen endlich.

Ungeduldig zog das kleinere Mädchen seine Mutter am Ärmel und quengelte, dass es nach Hause wolle. Als niemand darauf einging, zeigte es auf Madlens perlenbesetztes Haarnetz und rief immer wieder: »Mutter, ich möchte auch so eins!«

»Wir haben an Mittwoch gedacht«, fuhr die Becherer fort.

Mittwoch. Da lief ihre Frist endgültig aus. »Ich komme gern.«

Alle lächelten. Offenbar war es das, was sie hören wollten. Thoman atmete hörbar aus. Verlegen suchte Madlen, sich zu verabschieden, und sie ließen sie ohne Widerstand gehen.

Der Mann, der Madlen über die Brücke zum Stadttor folgte, fiel niemandem auf. Am blauen Himmel schwebten jetzt Wolkenschiffe und der warme Wind wirkte angenehm.

Den Rest des Sonntags zerbrach Madlen sich den Kopf. Wieder einmal saß sie in ihrer Kammer am Fenster. Diesmal schaute sie blicklos hinaus. Es war erst gut eine Woche vergangen, seit sie vor dem brennenden Stapel im Hof unten gestanden hatte.

Kurz vor Mitternacht fing es an zu regnen. Obwohl Moritz Benzer vom Haus kaum noch etwas sehen konnte, gab er seinen Beobachtungsposten nicht auf, sondern zog sich nur etwas tiefer in den von einem Fliederbusch halb verdeckten Eingang des Stalls zurück. Das Fenster, hinter dem ihre Kammer lag, verlor er dabei nicht aus dem Blick. Es war noch nicht lange her, dass das letzte Licht dort erloschen war. Während er regungslos dasaß, lauschte er aufmerksam.

Er hörte Millionen von Wassertropfen, die in Erdporen, Rissen, in Spalten und Klüften, Gängen und Höhlen versickerten. Er spürte das Strömen, ein leises Fließen und ein sich sammelndes Rauschen, das durch Molasse und Schotter drang. Es floss durch Sand oder Kies, über Tonflächen, in Felsschrunden. Er spürte das Drängen, das tief hinunter ging. Vor diesen verborgenen Fluten, die wie gierige Münder und Kehlen jeden Flecken der Erde zu schlucken suchten, grauste ihm.

Seit langem schon wusste er, dass alles Böse sich in der Tiefe der Erde versammelte. Dort unten wartete das, was sie zu vernichten suchte. Doch er würde listiger sein.

Acht

Auch am Morgen nach der Festmesse kamen die Chorherren wie jeden Montag zusammen, um sich zu beraten. Eberhard von Freiberg ging gerade auf die Tür des Kapitelsaales zu, als von Reischach ihn einholte.

»Kann es sein, dass Ihr dem Fürsten den Brief noch nicht gegeben habt?«, fragte er so laut, dass Freiberg nicht anders konnte, als sich ihm zuzuwenden.

»Welchen Brief?«, fragte er, scheinbar zerstreut.

»Den Ihr aus der Hand der jungen Frau in der Kirche genommen habt. Sie wollte ihn offensichtlich von Breitenstein reichen. Ich habe ihn danach gefragt ...«

»Ich bin noch nicht dazu gekommen. Im Übrigen ist es nichts Wichtiges.« Natürlich hatte Eck von Reischach ihn dabei beobachten müssen. Der Mann legte es darauf an ...

»Kann ich ihn sehen?« Sebastian von Breitenstein hatte die letzten Sätze gehört.

Äußerlich unbewegt hielt ihm Freiberg das Schreiben hin. Während es der Abt überflog, beeilte er sich mit Erklärungen: »Ihr Vater ist plötzlich gestorben. Offenbar ist der Nachlass noch ungeordnet. Das Mädchen vermisst das Geld und behauptet, dass es nicht gezahlt wurde.«

»Und?«, fragte Breitenstein knapp. Dass es so aussah, als ob von Freiberg ihm etwas vorenthielt, stimmte ihn ungnädig.

»Die volle Summe wurde in einem Betrag bar bezahlt. Es war eine der letzten Handlungen, die von Raitnau veranlasst hat. Ich selbst habe die 170 Goldgulden dem Jakob Kolman ausgehändigt.«

»So? Dann solltet Ihr der Tochter dies schonend beibringen. Ich möchte nicht, dass gleich zu Beginn meiner Regentschaft über unschöne geschäftliche Dinge geredet wird.«

Breitenstein drückte ihm den Brief in die Hand und begab sich an seinen Platz.

Verstimmt und übellaunig hockte Freiberg im düsterkalten Kapitelsaal, und es kam ihm so vor, als ob er auf Nadeln säße. Nicht nur, dass sein Stuhl schlecht gepolstert und unbequem war – Eck von Reischach trug Schreiben auf Schreiben vor …

»Was soll das heißen?« Die Stimme des Fürstabts, noch heiser vom Vortag, ging in ein Schnarren über.

Reischach wiederholte den Inhalt des Briefes, den Obergünzburger Bauern an ihren gnädigen Herren gerichtet hatten. »Sie weigern sich, Treue zu schwören.«

Breitenstein brummte hörbar. Er hatte sich noch nicht vom gestrigen Festessen erholt und litt unter Verstopfung und schmerzhaften Blähungen. Den Tag hätte er lieber im Bett verbracht.

»Sie beschweren sich wieder, wir hätten ihre Gerichtsbarkeit an uns gezogen, und klagen über den Diebstahl von Freiheitsbriefen …«

Reischach wollte fortfahren, doch der Abt winkte ab. Er hatte es satt. Die Buchenberger klagten, man habe ihnen verboten, Weiden und Wald zu nutzen, die Kimratshofener hatten Knechte des Vogtes sogar mit der gespannten Armbrust bedroht. Es war eine endlose Reihe von Beschwerden, die ihm herzlich egal waren. Schließlich geschah es nicht aus Versehen, dass seit der Vereinbarung von 1492, als Fürstabt von

Riedheim sich dazu verpflichtete, alle bei ihrem Stand zu lassen, wieder 1200 Bauern von Freien zu Zinsern oder von Zinsern zu Leibeigenen gepresst worden waren. Das beruhte auf dem gleichen kalten Kalkül wie die kleinen Verbesserungen, die seine Börse füllten. Inzwischen nahm die Abtei den halben Nachlass an sich, wenn ein Verheirateter starb, dazu das beste Stück Vieh und sein Festtagsgewand. Die Leute sollten sich freuen, dass es ihnen nicht wie den Ledigen ging. Denn wenn so einer starb, kassierte der Fürstabt alles, was er besessen hatte.

»Ohne den Treueeid zahlen die Bauern auch keine Abgaben.«

Freiberg reckte sich ungeduldig. Das, was von Reischach hier umständlich vortrug, hatte ihm Benzer schon vor drei Tagen erzählt. Das Risiko, alle Untertanen an einer Stätte zusammenzurufen, damit sie den Eid auf den Fürstabt leisteten, war der Konvent diesmal nicht eingegangen. Stattdessen wurde für jeden Flecken ein eigener Tag anberaumt. Bisher hatten sich die Leute dem auch gebeugt. Aber die Günzburger...

Breitenstein unterdrückte ein Stöhnen über die Bewegungen seiner Eingeweide. »Und? Irgendwelche geeigneten Maßnahmen?«

»Ich würde den Günzburgern einfach zusagen, auf ihre Beschwerden einzugehen. Sie haben ja selbst erklärt, dass sie dann schwören werden. Danach verhandeln wir. Und das wird sich hinziehen.« Es war von Stetten, der aussprach, was alle dachten. Die Taktik war altbewährt.

»In Ordnung«, beschied von Breitenstein abschließend. Seine Leibkrämpfe zwangen ihn, sich hochzuwuchten und aus dem Saal zu eilen. Damit war die Sitzung aufgehoben.

Zufrieden mit dem Ergebnis seiner Bemühungen ging Eck von Reischach vom Kapitelsaal aus direkt zu den Stiftskontoren. Bevor er eintrat, sah er sich um. Niemand war ihm gefolgt. Einer der Sekretäre suchte ihm das, was er wünschte, heraus und zog sich dann respektvoll an sein Schreibpult zurück.

Die Unterlagen waren schnell durchgeschaut. Lächelnd blickte von Reischach am Ende auf. Es war genau, wie er es vermutet hatte. Freiberg musste sich reichlich sicher fühlen. Aber mit dieser Information ließ sich etwas anfangen.

Ein trüber, verregneter Montag verging. Am folgenden Morgen, kurz nach Sonnenaufgang, klopfte es unten am Tor. Madlen stellte den Milchbecher weg und lief nach unten, um zu öffnen. Vor der Tür stand ein magerer Rothaariger, der in seiner zu groß bemessenen Kutte aussah wie ein Füchschen in einem Kartoffelsack. Der Stiftsschüler brachte die Nachricht, auf die sie nicht mehr gehofft hatte: Der Konventsherr von Freiberg bitte sie, gleich in die Abtei zu kommen.

Mit einem Mal schien ihr der Tag wunderschön. Sie schlug das Tor hinter sich zu und folgte dem Buben quer durch die Stadt zum Stift. Nebelschwaden stiegen aus den modrigen Gassen hinauf in den Morgenhimmel, alles sah frisch gewaschen und glänzend aus. Der Schüler, ein schüchterner Knabe, schwieg auf dem ganzen Weg.

Am Münster und den Klostergebäuden vorbei ging es durch zwei große Höfe bis zu einem der Häuser, die die Klosterherren bezogen hatten. Dort empfing sie ein gleichgültig wirkender Sekretär, dem sie über eine unbeleuchtete Treppe nach oben folgte. Er hieß sie, in einen dunkel getäfelten Raum einzutreten, begleitete sie aber nur bis zum Eingang und schloss die Tür hinter ihr.

Stehend, mit dem Rücken zum einzigen Fenster, wartete Freiberg auf sie. Als sich ihre Blicke trafen, wusste Madlen, dass sie nichts Gutes erwartete. Die Ablehnung, die sie spürte, ging über einen unpersönlichen Ärger hinaus. Vielleicht war dieser Hass immer um ihn, vielleicht gab es einen Grund dafür, den sie nicht kannte. Instinktiv wich sie zurück und stieß an die Türfüllung – eine Reaktion, die ihm zu gefallen schien. Das ärgerte sie.

Er hielt den Brief, den sie dem Abt zugedacht hatte, zusammengerollt in seiner Hand. Ohne eine höfliche Floskel vorab fragte er: »Warum habt Ihr diesen Brief geschrieben?«

Äußerlich unbeeindruckt antwortete sie: »Ich denke, dass Ihr das dem Inhalt entnehmen konntet. Fürstabt Sebastian von Breitenstein schuldet mir 170 Goldgulden.«

»Da irrt Ihr Euch. Der Betrag wurde an Jakob Kolman gezahlt, was man Euch im Übrigen bereits mitteilte.«

Also wusste er von ihrem ersten Besuch in der Abtei. »Ja, das hat man behauptet. Aber es ist nicht wahr.«

»Ihr solltet vorsichtig sein.« Sein Ton wirkte nur mühsam beherrscht. »Ich selbst habe das Geld Eurem Vater gegeben. Ihr solltet mich nicht der Lüge zeihen.«

»Ist es nicht üblich, einen solchen Betrag zu quittieren?«, fragte Madlen ruhig.

War das die Frau, die Moritz Benzer ihm als dumm geschildert hatte? Freiberg lachte unangenehm. »Wir sind ordentliche Geschäftsleute.«

Er trat einen Schritt zur Seite und hob ein Papier vom Tisch neben ihm. Dabei ließ er sie nicht aus den Augen.

Jetzt fiel das Tageslicht vom Fenster auf ihn. Seine weltliche Kleidung unterstrich den athletischen Körper und die gut geschnittenen Züge. Die Selbstsicherheit, die er ausstrahlte, ließ Madlens Überzeugung für einen Augenblick ins Wanken geraten. In dem Moment hielt er ihr das Schriftstück hin und sie war gezwungen näherzutreten. Ohne zu zögern überließ er ihr das Papier. Nichts entging seiner Beobachtung, es war, als habe er jede Bewegung vorhergesehen.

Die Quittung lautete über 170 Goldgulden, die der Kaufmann Jakob Kolman am 13. Mai dieses Jahres für die Lieferung diverser Waren vom Konventsherrn Eberhard von Freiberg entgegengenommen hatte. Kolmans Unterschrift entsprach exakt jener, die Madlen auf dem Testament und den Schuldscheinen gesehen hatte. Nichts daran ließ auf ein Zögern oder ein Absetzen der Feder schließen. Der Beweis, dass an Kolman gezahlt wurde, lag in ihrer Hand.

»Genügt das?« Freibergs Stimme war leise geworden. Während sie das Schriftstück auf den Tisch zurücklegte, fuhr er kalt fort: »Wenn Ihr Eure falsche Behauptung noch einmal erhebt, werde ich wegen Verleumdung gegen Euch klagen, Madlen.«

Es war sein Tonfall, der sie herausforderte. Ohne jede Vernunft antwortete sie: »Und weshalb hat mein Vater, als er an jenem Tag nach Hause kam, zu mir gesagt, dass er abermals keinen Erfolg hatte?«

Es war eine unverschämte Lüge, und dennoch traf seine Reaktion sie vollkommen unerwartet.

»Du Miststück«, zischte er und hob seine Hand, als ob er sie schlagen wolle, »wenn du es wagst...«

Doch er beherrschte sich. Nur für einen Moment waren seine Gefühle offen in seinen Augen zu lesen und Madlen erkannte erstaunt, dass sie Recht hatte.

Aber er machte den verlorenen Boden sofort wieder gut. Es war eine plötzliche Eingebung, die ihn zu sagen bewog: »Man kann das Ganze auch anders sehen. Worauf gründet sich denn Euer angeblicher Erbanspruch? Ist er etwa überprüft worden? Das lässt sich leicht einrichten.« Er hatte keinerlei Grund gehabt, anzunehmen, dass ihr diese Worte Angst machten. Aber der Ausdruck auf ihrem Gesicht sagte ihm, dass es da etwas geben musste... Er lachte schallend auf. Sie hatte den Kampf gewählt. Dieses törichte Frauenzimmer! Nun, im Augenblick konnten sie sich nur sinnlos umkreisen. Keiner kannte den Punkt, auf den er zu zielen hatte. Aber er würde ihn schon bald herausfinden, und dann gnade ihr Gott. Der Gedanke, dass sie ihn treffen könnte, kam ihm gar nicht. Eine Frau würde ihn niemals verwunden können.

Madlen widerstand seinem Blick. Sie hätte sich gern auf die Zunge gebissen, doch jetzt war es zu spät.

Nach längerem Schweigen ergriff er als Erster wieder das Wort. »Ich denke, dass sich unser Problem damit erledigt hat?«

Sie konnte es nicht riskieren... sie hatte einen dummen Fehler gemacht. »Nun«, sagte Madlen daher, »Ihr habt die Quittung. Damit ist doch alles geklärt.«

Durchs Fenster sah er ihr nach. Er kannte nur Frauen, die sich fromm gaben oder die käuflich waren. Als Kind war er von rasch wechselnden Ammen und Mägden versorgt worden, seine leibliche Mutter hatte selten auch nur ein paar Worte mit ihm gesprochen. Er atmete tief durch. Wie mühsam es war, auch nur den kleinsten Schritt auf dem Weg zu Reichtum und Macht voranzukommen! Aber er musste ihn gehen, sonst hatte er ein armseliges Leben in ständiger Geldnot vor sich.

Damit, dass er nur der Zweitgeborene war, hatte alles angefangen. Außer dem Namen blieb ihm damit Sämtliches vorenthalten, was für die Stellung, die er sich ausmalte, wichtig war. Mit der Abnahme seines ohnehin nur geringen Vermögens hatte sich sein Unglück fortgesetzt. Dabei war Geld der Schlüssel zu allem, was er erreichen wollte. Er sah sich als Kirchenfürsten, als Mann mit politischen Einflüssen und von feiner Lebensart...

Seine Gedanken kehrten zu Kolmans Tochter zurück. Konnte sie ihm womöglich gefährlich werden? Ihm am Ende beweisen, dass er ihren Vater betrogen hatte? Dann musste er gut gerüstet sein. Sie fürchtete etwas, das hatte er vorhin deutlich gespürt. Und wenn er dahinter kam ... Seine Miene hellte sich auf.

Niedergeschlagen und zugleich voller Wut lief Madlen durch den Stiftshof zurück. Dabei bemerkte sie, halb hinter einem Stapel von Bauholz versteckt, einen Mann von auffallend heller Augen- und Haarfarbe, der sie beobachtete. Als sie ihn ansah, erschrak er derart, dass er wie vor dem Scharfrichter erstarrte. Nachdem er sich wieder gefasst hatte, bückte er sich, als habe er etwas zu tun. Und als Madlen sich noch einmal umwandte, sah sie, wie er auf Freibergs Haustür zuging.

Dieses weißblonde Haar und die Augen ... sie kannte den Mann. Aber woher ...? Im gleichen Moment, als er durch das Tor in den lichtlosen Hausflur trat, fiel es ihr ein. Das war doch der Pestkranke, den sie tief unter den städtischen Kellern gefunden hatte! Sie konnte es ihm nicht verdenken, dass er erschrocken war. Wahrscheinlich war sie für ihn ein Gesicht aus einem Fiebertraum. Dennoch reagierte er merkwürdig. Und wenn er mit Freiberg zu tun hatte ...

Von dem Gedanken entsetzt, blickte sie unwillkürlich zu Freibergs Fenster hinauf – und sah direkt in sein Gesicht, das zu ihr herunterstarrte. Mit aller Macht musste sie sich zusammennehmen, damit sie nicht einfach davonrannte.

Interessiert hatte von Freiberg die kleine Szene im Hof verfolgt. Es war offensichtlich, dass die Kolman und Benzer einander schon einmal begegnet waren. Aber sie grüßten sich nicht. Stattdessen hatten sie beide im höchsten Maße erschrocken gewirkt. Was steckte hinter der Angst der beiden?

Mit zögernden Schritten stieg Benzer derweil die Treppe zu Freibergs Räumen hinauf. Ab und zu blieb er stehen. Er brauchte ein wenig Zeit, um wieder ruhig zu werden. Ihr Anblick traf ihn ebenso unerwartet wie vor zwei Tagen schon. Nur weil er so überrascht war, hatte er sich dermaßen ungeschickt angestellt. Und deshalb war er auch von ihr entdeckt worden.

Zwei Tage und Nächte hindurch hatte er sie beobachtet, doch sie hatte sich nicht aus dem Haus fortgerührt. Nach zwei durchwachten Nächten im Stall, hungrig und von der klammen Kälte des Regens erschöpft, war er am Morgen vor Sonnenaufgang über die Mauer gesprungen, um in seine Herberge zurückzukehren. Er hatte nur ganz kurz bleiben wollen, etwas essen, sich säubern und vielleicht für ein Stündchen schlafen wollen. Aber der Wirt fing ihn schon am Hoftor ab. Fragen stellte er nicht – ein Grund, warum Benzer seit Jahr und Tag bei ihm Quartier nahm, und auch wenn ihm der abgerissene Anblick des Säumers nicht entgangen war, so ließ er es doch dabei bewenden, ihm das, was ihm aufgetragen worden war, mitzuteilen: Moritz Benzer solle sich bei von Freiberg melden. Und jetzt war er hier und sah sie aus dessen Haus kommen! Was hatte der Stiftsherr mit einer wie ihr zu tun?

Als Moritz Benzer unsicher eintrat, beendete Freiberg gerade ein Schreiben, indem er es siegelte. Dann schaute er auf. Die Miene des Säumers verriet keine Gefühle mehr.

»Diesmal gibt es für dich eine Menge zu tun«, sagte Freiberg und deutete auf den Stapel von Briefen vor sich. »Komm her.« Indem er Benzer einzeln die versiegelten Schriftstücke gab, erklärte er ihm für jeden Empfänger das notwendige Vorgehen, und nachdem der Säumer sich alles eingeprägt hatte, wiederholte er es. Zufrieden nickte Freiberg.

Dann musterte er Benzer mit einem scharfen Blick und

fragte ganz unvermittelt: »Sagtest du nicht, dass du dich über die Kolman erkundigt hast? Du hast nicht erwähnt, dass du sie persönlich kennst.«

Benzer verstand ihn nicht. »Die Kolman? Wieso? Die kenne ich nicht. Ich habe Euch berichtet, was ich über sie gehört habe...«

»Was soll das?«, fragte von Freiberg plötzlich in scharfem Ton. Dass Benzer ihn anlog... »Du bist ihr unten begegnet. Wage nicht zu behaupten, dass du sie vorher noch niemals gesehen hast. Ich habe euch beide beobachtet.«

»Im Hof eben? Aber das war doch... Ihr meint, dass das Madlen Kolman gewesen sein soll?«

Seine Verwirrung war entweder sehr gut gespielt, oder er wusste wirklich nicht...

»Natürlich. Die Tochter des Weinhändlers. Sie ist eben bei mir gewesen...«

»Das soll...« Benzer bremste sich gerade noch. Natürlich. Es war Kolmans Haus, in dem sie sich versteckt hatte. Sie trat als Madlen Kolman auf! Und Freiberg wusste es nicht. Mit einem Mal verspürte er ein völlig unbekanntes Triumphgefühl. Der Klosterherr hatte sich von ihr täuschen lassen.

»Also, ich will kein Gefasel hören. Woher kennst du die Frau?«

Benzers Entzücken verflog. Ihm fiel so rasch keine überzeugende Ausrede ein. Und die Wahrheit... Niemals mehr würde er sich deswegen verspotten lassen. Diese Idioten, die keine Ahnung hatten! Freibergs Blicke wühlten in ihm. Was sollte er sagen? Der Stiftsherr war für seinen Jähzorn bekannt.

»Nun?«

Für eine Lüge war schon zu viel Zeit vergangen. Also stammelte er: »Ich habe sie einmal gesehen... während ich krank war... ich fieberte... und da habe ich dieses Gesicht gesehen... aber ich schwöre Euch« – es war wie ein tonloses

Schluchzen, das sich seiner Kehle entrang – »ich kann mich nicht mehr daran erinnern, wo es gewesen ist ... und warum sie da war. Ich war so erschrocken! Für mich war sie bisher nur ein Traum ... Ich hatte keine Ahnung, dass sie Madlen Kolman ist.«

Freiberg musterte die plötzlich wieder fiebrig aussehenden Augen des Mannes und fand, dass die Erklärung so unsinnig war, dass sie schon wieder glaubhaft klang. So etwas würde sich Benzer nicht ausdenken. Aber das passte alles nicht zusammen. Wie kam Madlen Kolman in Benzers Pestträume? Und was quälte den Mann? Was hatte man damals erzählt, als er noch halb krank wieder aufgetaucht war? Fantasiert habe er, über ein Meer. Und über eine Frau ... Ein Fiebertraum. Dennoch gab es da einen unbekannten Zusammenhang. Schließlich hatte die Kolman ihn zweifellos auch erkannt. Und sie fürchtete sich. Was wusste der Mann von ihr? Etwas, das er im Fieber vergessen hatte?

»In Ordnung«, gab er sich verständnisvoll. »Du bist sehr krank gewesen. Aber vielleicht fällt dir ja doch noch etwas ein. Leider werde ich mich mit der Kolman befassen müssen. Sie macht uns Schwierigkeiten und ich habe den Eindruck, dass sie etwas verbergen will. Falls du dich also irgendwann doch noch an Einzelheiten aus deinem Fiebertraum erinnern kannst, lass es mich wissen. Es könnte wichtig sein.« Mit einem flüchtigen Nicken entließ er ihn.

Erleichtert kehrte Benzer auf dem schnellsten Weg in seine Taverne zurück. Freibergs Aufträge eilten, auch wenn sie ihm gerade jetzt nicht sehr gelegen kamen. Doch das zusätzliche Einkommen, das sie für ihn bedeuteten, erlaubte ihm, Geld für später zurückzulegen.

Die Briefe würden ihn diesmal für längere Zeit aus Kempten fortführen. Zwar widerstrebte es ihm, seinen Beobachtungsposten gerade jetzt aufzugeben, wo er noch nichts gegen sie in der Hand hatte, dennoch fühlte er sich zugleich von einer Last befreit. Er hatte Angst vor dieser Frau. Und nachdem sie ihn nun einmal entdeckt hatte ... Doch er würde nicht nachgeben. Sobald er zurück war ...

Für einen Moment tauchte ein spöttisches Lächeln in seinen Mundwinkeln auf. Dass er mehr wusste als der kluge von Freiberg, war eine Genugtuung. Damals hatte der ihm gar nicht zugehört, und jetzt fragte er ihn ... Nun, er fand, er hatte sich ziemlich geschickt verhalten. Mit seiner gestammelten Antwort behielt er alles in der Hand ... Er würde es mit mächtigen Kräften aufnehmen müssen. Vielleicht war ein Mann wie Freiberg dabei kein schlechter Verbündeter.

Madlen stand über den Brunnen im Hof gebeugt. Bis zu diesem Moment hatte sie ihre Angst vor Entdeckung in sich begraben gehabt. Aber jetzt traf sie die Panik mit solch einer Macht, dass sie aufstöhnte. Der Blonde war ohne Zweifel erschrocken, weil er sie erkannt hatte. Sobald er von Freiberg die Geschichte erzählte, war sie in Gefahr. Womöglich waren sie schon auf dem Weg hierher! Ihr blieb nur der Brunnen ... wenn sie ihn dann noch erreichen konnte. Ob sie nicht besser sofort gehen sollte?

»Ist etwas hineingefallen?«

Madlen fuhr herum. Katherin Wassermann kam durch das offene Gatter herüber. Vor Erleichterung wären ihr beinahe die Tränen in ihre Augen geschossen. Sie lächelte mühsam.

»Nein. Ich habe bloß vor mich hin geträumt.«

»Geht Euch das auch manchmal so? Also heute ist wirklich kein Tag, um zu arbeiten. Habt Ihr vielleicht Lust, mit mir zu Mittag zu essen? Ich habe nämlich eine neue Köchin. Sie ist es noch nicht gewöhnt, nur für eine Person zu kochen und bereitet immer viel zu viel zu.«

»Das ist nett von Euch.« Madlen war in der Stimmung,

sich einer Seele anzuvertrauen, aber sie beschloss, sich zurückzuhalten.

Während sie der Wassermann nach nebenan folgte, sagte sie sich, dass es für niemanden hier einen Zweifel gab, dass sie Madlen Kolman war. Selbst wenn Freiberg nachforschte ... Sie sah nun einmal genau wie die Tochter des Weinhändlers aus und sie brauchte nicht zu fürchten, dass es nahe Verwandte gab. Außerdem konnte sie ein Testament vorweisen. Der Blonde hatte die Pest gehabt. Alles, was er behauptete, ließ sich als Folgeerscheinung des Fiebers abtun. Irgendeine Erklärung, weshalb sie ihm – über der Erde – begegnet war, würde sie sich leicht ausdenken können. Wenn sie bei dem, was sie behauptete, blieb, würde der Stiftherr ihr nichts tun können. Im Übrigen: Hier in der Reichsstadt war die Macht des Stiftes begrenzt. Solange sie sich nicht auf Fürstengebiet bewegte ...

»Das sieht ja köstlich aus«, lobte Madlen beim Anblick des Mittagstischs. Solch eine Mahlzeit hatte sie zuletzt bei den Franziskanerinnen genossen. Ihr glückliches Lächeln freute die Gastgeberin.

Während sie aßen und sich unterhielten, vergaß Katherin ganz, was sie eigentlich vorgehabt hatte. Plötzlich hatte sie keine Lust mehr, die Kolman auszufragen. Stattdessen sprach sie von sich.

»Es ist nicht ganz einfach, wenn man hier fremd ist. Dabei sind jetzt schon mehr als fünf Jahre vergangen, seit ich aus Nürnberg gekommen bin.« Mit einem verschmitzten Blick fragte sie: »Hat Euch die Adam schon über meinen erstaunlichen Werdegang und meine Witwenschaft unterrichtet?«

Als Madlen nickte und Els Adams Worte zitierte – »Wir haben uns schon sehr gewundert damals. Aber damit will ich nichts Schlechtes sagen« –, lachte Katherin.

»Nein, das will sie natürlich nie. Na, die Leute sind eben

überall gleich. Wahrscheinlich könnte man ebenso gut nach Rom oder Konstantinopel gehen.«

»Was hat Euch überhaupt nach Kempten gebracht?«, fragte Madlen, während die Wassermann ihr den Fisch reichte.

»Kennt Ihr Michael Flach?«, gab sie statt einer Antwort zurück, und als Madlen ihren Kopf schüttelte, fuhr sie ein wenig zögernd fort: »Er ist einer der Kemptener Stadthauptleute, ein ziemlich vermögender Bleichermeister. Ihm gehört dieses Haus. Er hat vermittelt, dass ich hier herunterkam.«

Ein Blick in ihr rundes Gesicht, aus dem die Grübchen verschwunden waren, mahnte Madlen, nicht weiter nachzufragen. Und Katherin wechselte auch schon das Thema.

»Habt Ihr Euch mit Spengler schon einigen können?«

»Nein. Ich habe bis morgen Nachmittag Zeit.« Ein paar Augenblicke lang aßen sie schweigend weiter, dann fand Madlen sich doch noch zu einer Erklärung bereit. »Er will mein Haus kaufen.«

»Euer Haus? Oh… Das hätte ich mir eigentlich denken können. Im letzten Sommer war er schon dahinter her. Und er war nicht der Einzige. Die Lage gehört zu den besten der Stadt. Im vergangenen Jahr, als das Haus zu verkaufen war, ging es wochenlang hin und her. Bloß haben Spengler und andre den Preis drücken wollen. Das ging so lange gut, bis Euer Vater kam. Der hat nicht lange gehandelt, aber das wisst Ihr ja. Hat einiges böses Blut gegeben. Die Adams waren übrigens auch daran interessiert. Aber weshalb wollt Ihr das Haus überhaupt hergeben? Geht Ihr wieder nach Augsburg zurück?«

Sie fragte das in einem bedauernden Ton, der Madlen für sie einnahm, noch mehr als die Einladung zum Essen. Sie war es nicht gewohnt, dass jemand nett zu ihr war. Es verleitete sie dazu, offen zu sein.

»Ich muss verkaufen. Die Geschäfte meines Vaters gingen nicht gut. Ich brauche das Geld.«

Katherin nickte ernst. Dann stand sie auf und holte aus ihrer Küche einen duftenden, süßgelben Butterkuchen.

»Meine Magd ist nicht da«, sagte sie entschuldigend. »Ich habe ihr freigegeben, weil ihre Schwester heiratet. Einen leibeigenen Stiftsbauern aus Waltenhofen. Die Köchin kann ich mir leider nur für ein paar Stunden leisten. Außer für mich kocht sie auch für den Alten, der neben den Adams wohnt. Vielleicht habt Ihr ihn schon einmal am Fenster gesehen?«

Madlen nickte. »Ein Kopf wie ein Totenschädel.«

»Genau. Und auch der Rest des Gerippes sieht aus wie Freund Hein. Dabei, sagt meine Köchin, isst er für zwei.«

Auch Madlen genierte sich nicht zuzugreifen. Dabei sah sie sich um. Die Stube der Handschuhmacherin gefiel ihr weit besser als Kolmans Prunkzimmer, das trotz Renaissanceschnitzereien und Kachelofen merkwürdig kalt wirkte. Hier sorgten bunte Tischtücher, Tapisserien und Polster, ein paar Holz- und Tonschalen mit Nüssen und frühen Erdbeeren für ein Behagen, das anziehend war wie ein Honigtopf.

Madlen überlegte. »Ihr habt gesagt, dass es im vergangenen Jahr für mein Haus gleich mehrere Interessenten gab? Wisst Ihr noch jemanden, außer Adam und Spengler, der vielleicht als Käufer in Frage käme?«

»Die Adams haben inzwischen in der Fischergasse etwas gekauft. Ich glaube nicht, dass die noch mehr Geld in Häuser stecken. Aber Flach hat damals auch mitgeboten.«

Schlagartig war Madlen wieder misstrauisch. War diese Einladung hier womöglich Flachs Idee? Hatte er mitbekommen, dass sie vielleicht verkaufen musste?

Die Wassermann wirkte jedoch ganz unbefangen, als sie von seinem Interesse berichtete. Sie überlegte noch einmal kurz, dann fiel ihr ein weiterer Name ein. »Und natürlich die Becherers. Der Tischlermeister.«

»Thoman Becherer?«, fragte Madlen überrascht.

»Nein, sein Vater, Joß Becherer. Der Sohn ist erst seit dem vergangenen Winter wieder hier in der Stadt. Ist über fünf Jahre lang fortgewesen. Er ist doch Lautenmacher und hat seine Gesellenzeit in Italien verbracht.«

Die Becherers waren also an ihrem Haus interessiert! Jetzt brauchte sie sich wohl nicht mehr zu fragen, wie sie zu der morgigen Einladung kam. Allerdings, was hatte der Sohn mit der Sache zu tun? Und woher wussten sie, dass das Haus wieder zu haben war? Madlen hatte es ja bis gerade eben selbst nicht geplant …

»Soll ich Flach fragen, ob er Euch ein Angebot macht?«

»Wie? Ach so, Ihr meint … Nein, bitte wartet noch. Ich bin mir noch nicht ganz sicher. Kann ich es Euch bis morgen Nachmittag sagen?«

»Natürlich. Ich hoffe, es hat Euch geschmeckt? Leider muss ich den Laden schon wieder aufmachen.«

»Vielen Dank. Es war ein ganz ausgezeichnetes Mittagessen.« In Katherins Abschiedslächeln entdeckte Madlen eine Spur freundschaftlicher Zuneigung. Sie wollte gern glauben, dass sie von der Nachbarin nichts zu fürchten hatte.

Am Nachmittag fing es wieder an zu regnen. Die Tropfen rannen über Fachwerkbalken und Steine, fielen von Simsen, Erkern und Auskragungen, liefen in Gräben und Pfützen und sickerten zwischen Gräsern und Moosen in die durchfeuchtete Erde ein. Gegen Morgen des Mittwoch zerriss endlich die Wolkendecke. Zwischen Regenfetzen glänzte der Himmel hellblau.

Joß Becherers großes Haus mit der Tischlerwerkstatt im Erdgeschoss stand an der Reichsstraße, dort wo die Fischersteige über zahlreiche Stufen zum höher gelegenen Teil der Stadt führte. Früher einmal hatte ein Arm der Iller sich hier um die Siedlung gewunden, doch dann hatte das Wasser sich vor den Menschen zurückgezogen.

Der Weg, den Madlen am Marktbrunnen erfragte, war nicht weit, nur über den Platz und am Rathaus vorbei. Vor dem breiten Eingang, in dem einige Bretter und Platten lehnten, wartete Thoman bereits. Über eine ausladende Steintreppe führte er sie in die Stube im ersten Stock hinauf. Dort war für vier Personen gedeckt. Durch eine offene Tür sah Madlen in die Küche, wo an einer größeren Tafel ein Geselle, ein Lehrbub, ein Knecht und zwei Mägde schon beim Essen waren. Bei Madlens Anblick sprang eines der Mädchen auf, um der Hausfrau zu helfen, den ersten Gang aufzutragen.

Die sommersprossige Haut leicht gerötet vom Herdfeuer, die Bänder der Haube geöffnet und den aufmerksamen Blick überall gleichzeitig, begrüßte Clara Becherer ihren Gast.

In der geräumigen Stube erhob sich der Tischlermeister und bat sie, seinem Sohn gegenüber Platz zu nehmen. Haus, Familie und Stube strahlten gediegenen Wohlstand aus. Die nächsten zwei Stunden muss ich hinter mich bringen, ohne ein falsches Wort zu sagen, dachte Madlen. Ihr klopfte das Herz bis zum Hals.

»Die Mädchen sind noch nicht aus der Schule zurück«, erklärte Clara gerade, während sie hin und her eilte, »sie werden dann drüben essen.« Die letzten Worte hatte sie an ihren Mann gerichtet. Er nickte. Offenbar wollte man ungestört sein.

»Wir schicken sie auf die städtische Schule«, begann Clara die Konversation. Ab und zu flocht ihr Mann einen Satz ein, während Thoman nur schweigend aß. Allerdings stellte Madlen jedes Mal, wenn sie aufschaute, fest, dass er seinen Blick auf sie gerichtet hatte. Konzentriert wie bei einem Kartenspiel. Es fiel ihr schwer, aufmerksam zuzuhören.

»Kennt Ihr Immenthal vielleicht?«, fragte Clara gerade,

wobei ihr Mann an Madlens Stelle antwortete: »Wie soll sie denn? Sie ist doch aus Augsburg und so viel Euer Vater, Madlen, mir berichtet hat, seid Ihr praktisch noch gar nicht aus Kempten hinausgekommen?«

»Nein, leider. Selbst hier in der Stadt kenne ich mich nicht allzu gut aus. Solange mein Vater am Leben war, hat er sich um alles gekümmert. Ist das ein schöner Ort, dieses Immenthal?«, wandte sie sich an die Hausfrau, die das Gespräch sofort weiterführte.

»Nun ja, es ist nur ein Dorf. Ich habe gefragt, weil Thoman dort bei Endres Gerle gelernt hat. Das ist einer der besten Lautenmacher im Stiftsland – und darüber hinaus.« Bei dieser Bemerkung veränderte sich ein wenig ihr Tonfall, fast so, als ob sie plötzlich verlegen wäre. Aufmerksam studierte Madlen das Gesicht der Frau, die etwas Unangenehmes mit diesen Jahren verbinden mochte.

Tatsächlich dachte Clara daran, was für ein schwieriger Junge Thoman gewesen war. Als er noch bei seinem Vater die Grundbegriffe des Handwerks lernte, tat er das mit einem Eifer und mit einer Leidenschaft, die zur Besorgnis Anlass gab. Nie war er mit seiner Leistung zufrieden. Kein Stück schien ihm gut genug hergestellt und immer gab es noch etwas, was er hätte verbessern können. Dabei machte sein Jähzorn den anderen Lehrbuben und sogar manchen Knechten Angst. Manchmal zerschlug er etwas, woran er viele Stunden gearbeitet hatte …

»Seid Ihr danach viel herumgekommen?«, wandte Madlen sich höflich an ihn.

Thoman lächelte.

»Nach der Gesellenzeit bin ich zuerst für eine Weile nach Nürnberg gegangen, zu Verwandten von meinem Lehrherrn. Aber natürlich wollte ich noch etwas anderes sehen. Darum habe ich mich dort sehr bald wieder verabschiedet. Ich wollte nach Süden, über den Brenner nach Oberitalien. Zunächst war ich in Bologna und Padua. Anschließend bin ich nach Venedig gezogen. Dort habe ich bei Sigismund Maler arbeiten können, den die Italiener ›Il Magnifico‹ nennen« – Madlen konnte den Stolz in seiner Stimme hören – »und dann bin ich in Ulrich Tieffenbruckers Werkstätte eingetreten. Wusstet Ihr, dass der auch hier aus der Gegend kommt? Die Arbeit bei ihm war großartig.« Thomans Augen leuchteten bei der Erinnerung. Venedig, Stadt wie aus Goldbrokat. Damals tanzten das Meer und die Stadt...

»Mehr als fünf Jahre lang war er fort.«

Nachdem Clara das Wort wieder ergriffen hatte, schleppte die Unterhaltung sich hin. Während des zweiten Gangs erstarb das Gespräch schließlich ganz. Irgendwelche Beziehungen zwischen Joß Becherer und Jakob Kolman waren noch mit keiner Silbe erwähnt worden. Jeder schien in seine eigenen Gedanken versunken zu sein. Auf Joß Becherers Stirn glänzten winzige Schweißperlen.

Schweigend aßen sie weiter, bis sie zu den Makronen und Lebkuchen kamen. Dann erkundigte Clara sich mit überzuckerter Anteilnahme: »Ihr wirkt ein wenig bedrückt, Madlen. Dass Euer Vater gestorben ist, war sicher ein schwerer Schlag für Euch. Aber Ihr seid so jung. Ihr solltet nach vorn sehen...« Als fehle es ihr an der rechten Überleitung zu dem, was sie eigentlich sagen wollte, brach sie wieder ab.

Madlen, die allzu sehr mit sich beschäftigt war, um das Signal richtig einzuordnen, sah nervös auf. Die Sätze, die sie hatte sagen wollen, um ihr Anliegen vorzubringen, waren wie fortgeblasen. Sie meinte, es in dieser bedrückenden Atmosphäre keinen Augenblick länger auszuhalten.

»Heute Nachmittag will mir ein Mann namens Veit Spengler mein Haus wegnehmen«, platzte sie unvermittelt heraus.

Das war wie ein Zauberwort. Staunend erlebte sie, was für eine Wirkung ihr Ausbruch hatte.

Joß Becherer riss es vom Stuhl. Er sprang auf und lief um den Tisch. Dann beugte er sich so nah über sie, dass sie zurückzuckte.

»Veit Spengler? Was soll denn das?«, ächzte er in bestürztem Ton.

»Um Himmels willen, was habt Ihr denn ...«, begann Clara anklagend, wobei sie ihre gesunde Farbe von einem Moment auf den anderen verlor.

Nur Thoman schien nicht überrascht. Er fing laut an zu lachen. Vorsichtig schob Madlen ihren Stuhl zurück und wollte aufstehen, als der Tischlermeister sie mit beiden Händen an den Schultern fasste, sie festhielt und sich zu ihr hinunterbeugte.

Atemlos redete er auf sie ein. »Bleibt bitte, Madlen, das muss doch geklärt werden! Ich fürchte, dass da irgendein Fehler ... Ich weiß, es ist nicht Eure Schuld! Wenn Euer Vater nur nicht ... Aber sagt, wusstet Ihr denn nicht ...«

Einen vernünftigen Grund für die ganze Aufregung konnte sich Madlen beim besten Willen nicht vorstellen. Daher schaute sie den alten Becherer nur mit großen Augen an, bis Thoman sich ihrer erbarmte und seinen Vater beiseite zog. Was er flüsterte, verstand Madlen nicht. Bevor sie endgültig aufspringen konnte, hatte Thoman sich vor sie hingekniet und ihre Hände gefasst. Er lächelte immer noch, als habe jemand einen köstlichen Witz gemacht.

»Also, Madlen«, sagte er, »jetzt mal der Reihe nach. Wenn wir Euch richtig verstehen, hat Spengler Euch aufgesucht, ja?«

Wie eine Idiotin nickte sie nur.

»Was hat er gesagt?«

Während sie in seine Augen sah, dachte sie kurz nach.

Dann gab sie ihm einen präzisen Bericht über Spenglers Besuche und ihre Verhandlungen.

»Ich hatte gehofft, dass Ihr Euch vielleicht noch für das Haus interessieren würdet«, sagte sie abschließend. »Ihr habt es ja wohl schon vor einiger Zeit kaufen wollen. Ich hoffte, dass Ihr vielleicht Spengler zuvorkommen und Euch mit mir über einen guten Preis einigen würdet.«

Das Echo war Stille. Selbst Thoman sah in dem Moment fassungslos aus.

»Aber Madlen«, sagte er dann, mühsam beherrscht, als ob er mit einem kleinen Kind oder einer Schwachsinnigen redete, »weshalb sollten wir denn Euer Haus kaufen wollen? In unserem Heiratsvertrag steht doch, dass der unbelastete Teil davon Eure Mitgift ist, und dass wir auf der anderen Seite die Hypothek ablösen ...«

Madlen verschluckte sich. Während sie hustete, eilte Clara nach einem Becher mit Wasser, ihr Mann lief durch die Stube und fluchte stumm, und Thoman tätschelte Madlens freie Hand.

Es gab einen Heiratsvertrag. Sie war mit diesem Mann hier verlobt.

»Wisst Ihr denn gar nicht, was Euer Vater für Euch unterschrieben hat?«

Sie schüttelte nur den Kopf.

»Dieser Spengler versucht prompt, uns hereinzulegen!«

Während der Alte nach einem Mantel schrie, machte Thoman sich an Erklärungen. Langsam und überdeutlich. Du meine Güte, dachte Madlen, er glaubt, ich sei auf den Kopf gefallen.

»Spengler weiß natürlich von dem Vertrag. Er hat sich Eurem Vater und uns gegenüber bereit erklärt, auf sein Geld noch bis zur Hochzeit zu warten. Dafür hat er einen höheren Zinssatz erzielt. Er muss vermutet haben, dass Ihr über diese

Dinge nicht unterrichtet wart, und wollte sich billigst in Besitz Eures Grundstücks bringen ...«

Joß und Thoman begleiteten Madlen nach Hause, ohne zu fragen, ob es ihr recht sei.

»Wir machen das schon. Ihr braucht gar nichts zu sagen, Madlen.« Joß' Ton machte deutlich, dass er ihr das angelegentlich raten wollte. Aber ihr fiel sowieso nichts mehr ein.

Zwei Stunden später hatten sich Joß' und Thomans Mienen wieder entspannt. Sie streckten die Beine unter dem Tisch der Kolmanschen Prunkstube aus. Madlen holte Wein. Als sie zurückkam, bat Joß sie, bei ihnen Platz zu nehmen.

»Also, das ist jetzt wirklich ein Anlass für einen kräftigen Schluck«, sagte er.

Da Madlen nicht recht wusste, ob es sich schickte, mit den beiden Männer Wein zu trinken, hatte sie ihren Becher mit Wasser gefüllt.

»Dieser Veit Spengler!«, begann Thomans Vater nach einem langen Schluck. »Wer ihn nicht ganz genau kennt, würde Stein und Bein schwören, dass er dieses ›Missverständnis‹, wie er es nennt, ehrlich bedauerte. Wie der sich aus der Sache herausschlängelte! Nun ja, er hat sich entschuldigt und wir haben den Hypothekenbrief und die Schuldscheine. Hat es ganz schön eilig gehabt, meine 120 Gulden zu zählen und einzustecken. So eilig, dass er die Quittung für mich fast vergessen hätte.«

Thoman sah die Papiere rasch noch einmal durch. Dann rollte er alles zusammen und steckte es ein. Erst anschließend griff auch er nach seinem Weinbecher. In dem Blick, mit dem er seinem Vater begegnete, lag eine stumme Aufforderung.

Der Alte stieß einen Seufzer aus. »Nun, Madlen«, begann er zögernd und kam dann endlich darauf zu sprechen, was der eigentliche Grund für die Einladung gewesen war. »Wir hatten Euch fragen wollen ... wegen des Hochzeitstermins ... Es war ja geplant, dass ihr Mitte des Monats zur Kirche geht, und was uns betrifft, wir hätten das sehr gern beibehalten. Aber falls der Tod Eures Vaters eine längere Wartezeit notwendig macht ...«

In Thomans Augen konnte Madlen lesen, dass ihm ein rascher Hochzeitstermin überaus wichtig war. Das konnte doch nicht wegen ihr der Fall sein? Nein, es musste einen anderen Grund geben ... Und sie hatten bereits für ihren Teil des Vertrages bezahlt.

»Können wir noch bis zum Monatsende warten?« Sie lächelte blass.

Thomans Erleichterung war unverkennbar. »Aber natürlich, zum Monatsende also. Jeder wird dafür Verständnis haben, dass es kein großes Fest geben wird, da Ihr um Euren Vater trauert. Aber da Ihr jemanden brauchen werdet, der für Euch sorgt, Madlen ...« Thomans Hand in der ihren war schlank und kühl und sein Lächeln war unbekümmert. Alles lief für ihn wunschgemäß.

»Bist du dir sicher, dass es das ist, was du willst?«

Joß Becherer nahm seinen Sohn beim Arm und wich mit ihm einem Antoniusschwein aus, das, die Füße schräg in den Boden gestemmt, jedem Versuch trotzte, es von seinem Abfallhaufen wegzuschieben. Es war Antoniterbesitz und stand damit in höheren Diensten. Seine Gefräßigkeit war eine Art fromme Gabe, da sie seinen Wert für wohltätige Zwecke mehrte. Mit dem Erlös seines Fleisches wurden die am Antoniusfeuer Erkrankten versorgt. Hingebungsvoll, als wäre es mit diesem Lebenszweck zutiefst einverstanden, wühlte es sich durch den Unrat hindurch, wobei das Glöckchen an seinem Schweinehals bimmelte.

»Das Haus ist natürlich ein Glücksgriff«, fuhr Joß gedankenvoll fort, »aber das Mädchen... So was von unbedarft... Ich will nicht sagen, dass sie völlig ohne Verstand ist. Aber dass sie nicht die Gescheiteste ist, damit hat Kolman auch nicht hinter dem Berg gehalten. Und als wir damals dort waren, hat sie kein einziges Wort gesagt... So was von unbeholfen...«

»So unbeholfen ist sie nun auch wieder nicht. Schließlich hat sie Spengler ganz schön geschickt hingehalten«, lächelte Thoman, der sehr zufrieden schien.

»Kolman hat ihr nicht mal den Inhalt des Heiratsvertrags anvertraut!«

»Ich habe dir doch schon versichert, dass mich Dummheit nicht stört. Mir ist es lieber, sie mischt sich nicht ein. Je beschränkter ihr Kopf ist, desto leichter hält sie den Mund.« Als er den prüfenden Blick seines Vaters gewahr wurde, merkte er, dass er beinahe zu weit gegangen war.

Doch der Tischlermeister ließ seine Besorgnis lieber nicht zu. Schließlich – auch er liebte Clara, sie war eine großartige Frau, aber niemand konnte behaupten, dass sie viel von Geschäften verstand oder gesellschaftliches Geschick hatte. Für das Mädchen würde die Ehe mit Thoman das Beste sein. Bei dem Gedanken fiel Joß etwas ein.

»Nun... manchmal täuscht man sich auch in jemandem«, sagte er nachdenklich. Auf Thomans fragenden Blick ging er jedoch nicht ein.

Als die Tür hinter den beiden Männern ins Schloss gefallen war, war Madlens erste Regung, zusammenzupacken und sich aus dem Staub zu machen. Sie spürte keinerlei Neigung, zu heiraten, damit Thoman Becherer billig ein Haus bekam. Doch als sie nach oben ging, wurden ihr die Schritte schwer. Gab es denn gar keine andere Möglichkeit?

Zwar war ein Heiratsvertrag beinahe wichtiger als das

Jawort, das in der Kirche gesprochen wurde, aber noch war diese Ehe ja nicht geschlossen worden. Wenn sie ihnen das Haus so überließ? Ein paar Gulden würden sie ihr vielleicht auszahlen, schließlich gehörte die unbelastete Grundstückshälfte noch ihr. Und sie war nicht gefragt worden, ob ihr die Sache gefiel. Aber dann? Wovon sollte sie leben? ›Ihr werdet jemanden brauchen, der für Euch sorgt, Madlen.‹ Da konnte sie genauso gut gleich gehen, das ersparte ihr die Auseinandersetzung. Ihr fiel wieder ein, wie hilflos sie vorhin gewesen war.

Dann fragte sie sich, wieso sie eigentlich diesen Heiratsvertrag im Haus nicht gefunden hatte. Schließlich hatte sie jedes Fetzchen Papier umgedreht. Auch jetzt durchsuchte sie noch einmal jeden Winkel. Am Ende fiel ihr Blick durch die offene Tür zu ihrer Schlafkammer auf ein weißes Paket. Es lag noch auf dem Fenstersims, wie sie es am ersten Abend gefunden hatte. Weißes Leinen. Stickmaterial, hatte sie sich gedacht und es nie angerührt. Jetzt nahm sie es in die Hand, löste behutsam das Band, das den Ballen zusammenhielt, und wickelte den Stoff auseinander. Zwei Hemden waren in dem Paket zusammengelegt, und unverarbeitete Seidengarne. Eine Braut musste ihrem Verlobten zur Hochzeit selbst gefertigte Hemden schenken.

Ganz innen fand Madlen eine Pergamentrolle. Sie las die Bedingungen, die ihr Thoman bereits genannt hatte. Als Morgengabe stand ihr ein größerer Geldbetrag zu. Der Heiratsvertrag war von Joß Becherer und Jakob Kolman am 10. Mai unterschrieben worden, am »Herrentag«, wie man ihn in Kempten nannte, am Anfang des Kirchweihfestes. Zehn Tage später war Jakob Kolman begraben worden.

Als sie das erste Mal hier hereingekommen war, war alles im Zimmer der Toten beschmutzt gewesen, nur nicht das weiße Paket. Kolmans Tochter hatte das Tuch nicht einmal aufgeschlagen.

Madlen schaute vom Fenster hinaus in den Garten, wo das Gemüse, das sie eingepflanzt hatte, bereits zu wachsen begann. Dann ging sie langsam von einem Raum in den anderen. Und wenn sie es tat? Wenn sie ihn heiratete? Es war nicht so, dass sie ihn abstoßend fand. Sobald sie Thoman Becherers Frau war, konnte sie unbehelligt wie alle andern leben. Wer würde noch fragen, was vorher gewesen war? Ein paar Wochen Galgenfrist hatte sie für sich herausgeschlagen. Aber sie sah keinen Weg.

Später am Nachmittag erklärte sie Katherin Wassermann, sie denke nun nicht mehr an einen Hausverkauf. Die Handschuhmacherin hatte soeben eine vornehm gekleidete Dame verabschiedet. Vor ihr lagen Stapel der feinsten Waren, die alle mit hochgezogenen Brauen gemustert, betastet, umständlich anprobiert und mit gequältem Ausdruck wieder von spitzen Fingern gezerrt worden waren. Als die Kundin über die Schwelle trat, ohne dass sie etwas gekauft hatte, drehte sie sich noch einmal um, und Madlen bemerkte einen Blick auf die Handschuhmacherin, der so feindselig war, dass es sie fror.

Ohne dass sie sich etwas anmerken ließ, räumte Katherin alles zusammen. In Gedanken schien sie nicht bei Madlen zu sein. Sie nickte nur und meinte: »Wenn Ihr es Euch noch überlegt, braucht Ihr es nur zu sagen. Meine Güte, war das ein furchtbarer Tag!«

Jetzt, mit Beginn des Juni, zog der Sommer endgültig in Kempten ein. Bald stöhnte die Stadt über eine ganz außergewöhnliche Hitze und Trockenheit. Wer vor kurzem noch schimpfend bis zu den Knöcheln im Straßenmorast gewatet war und seinen Holzkarren kaum durch ungepflasterte Gassen bekommen hatte, der lief jetzt durch Staubwolken, die bis zu den Giebeln der Stadthäuser stiegen und durch alle

Öffnungen in Lager und Wohnungen eindrangen. Die Fenster wurden mit nasser Leinwand oder dünn gegerbten Häuten verhängt, dennoch hörte man bis auf die Straßen das Husten der Alten und Kranken. Im heißen Staub wurde ihnen das Atmen zur Qual.

Tag für Tag zeigte sich der brennende Himmel wolkenlos. Nur der städtische Staubschleier schob sich noch zwischen die schwitzenden Leiber und das ewige Sonnenfeuer. Harmlose Düfte blähten sich auf, bis sie stanken, und die Metzger weigerten sich zu schlachten, da ihnen das Fleisch unter den Händen verdarb. Mittags schliefen die Lehrbuben im Schatten der Ladentische und die Meister streckten sich in ihren Alkoven aus. Auch die Nächte brachten kaum Kühlung. Nach und nach verbreitete sich eine bebende Unruhe.

Je mehr alles Feuchte verdunstete, desto öfter ertappte Madlen sich dabei, dass sie an die schattige Kühle unter der Erde dachte, ja dass sie sich sogar danach sehnte, dass alles ganz still und ganz dunkel wäre. Seit sie bei Freiberg gewesen war, lag sie nachts häufig wach, schreckte hoch, weil sie meinte, ein Klopfen am Tor zu hören, oder, wenn sie sich aus dem Fenster beugte, Schatten zu sehen, die sie belauerten. Dabei verging Tag um Tag, ohne dass tatsächlich etwas geschah. Allmählich war sie fast davon überzeugt, dass sie den Stiftsherrn nicht mehr fürchten müsse. Sie brauchte nur stillzuhalten.

Lediglich in den Morgenstunden, wenn sie endlich in einen unruhigen Schlummer fiel, aus dem sie von Träumen gequält wieder hochfuhr, gab es nichts, was ihre Furcht dämpfte. Dann raste ihr Herz und mehr als einmal lief sie hinunter zum Brunnen, um nach einer Weile langsam zurückzukehren.

Während der ersten drei Juniwochen gewöhnte sie sich an einen eintönigen Rhythmus häuslicher Tätigkeiten und merkte erstaunt, wie die Zeit darüber voraneilte. Stunden verbrachte sie damit, den Garten zu gießen, während die Sonne das Wasser in Handumdrehen wieder verdunsten ließ. Oft erschien die Adam am Zaun. Unverhohlen versuchte sie, Madlen auszufragen. Diese entwickelte einen heimlichen Ehrgeiz, so wenig wie möglich zu sagen, oder sie reagierte gleich mit einer Gegenfrage. Es war ein ständiges Spiel, das die Adam nicht zu durchschauen schien. Stattdessen erzählte sie jedem, der es gar nicht hören wollte, dass die junge Kolman ein wenig durcheinander und offenbar wirklich so töricht war, wie man schon immer vermutet hatte.

Auf der anderen Seite sah Madlen Katherin Wassermann gern. Einige Male aßen sie gemeinsam zu Abend, saßen plaudernd im Garten und nutzten wie die meisten Kemptener Bürger die Zeit der Dämmerung für einen Spaziergang durch die aufgeheizten Gassen der Stadt. Dabei mieden sie in ihren Gesprächen sorgsam jede Vertraulichkeit. Sie gingen vorsichtig miteinander um, und wie in einem unausgesprochenen Einvernehmen gewährte keine der beiden der anderen einen Blick in die Vergangenheit.

Sonntags besuchte Madlen in St. Mang die Frühmesse. Beim ersten Mal gelang es ihr noch, den Becherers, die sie vor sich entdeckte, unbemerkt auszuweichen. Doch am zweiten Junisonntag fing Claras Blick sie rechtzeitig ein.

»Wir haben gedacht, Ihr werdet sicherlich nichts dagegen haben, wenn wir uns um alles kümmern« – ein prüfender Blick ließ sie in Madlens Miene keinen Widerspruch wahrnehmen – »und daher haben wir mit dem Pfarrvikar schon gesprochen. Ihr werdet am Dienstag, dem letzten Junitag, um zehn Uhr vor den Altar treten, danach gibt es bei uns im Haus ein angemessenes Mittagessen – selbstverständlich sind enge Freunde von Euch dazu herzlich eingeladen – aber mit Rücksicht auf Eure Trauer werden wir auf Musikanten und Tanz natürlich verzichten müssen. Gegen Abend möchten wir euch zu eurem gemeinsamen Haushalt begleiten und nach einem Imbiss werden die jungen Eheleute zum Brautbett gebracht und verabschiedet. Ich bin der Meinung, dass das in diesem Fall schicklich ist.« Bei diesen Worten schaute die Becherer Madlen fragend an.

Sogleich erklärte Madlen sich einverstanden, worauf Clara sich doch etwas Vorfreude gestattete und sich strahlend an ihren Mann wandte: »Es bleibt dabei, wie wir es besprochen haben. Madlen wird direkt zur Kirche kommen ...«

Während Claras Wortkaskaden richtete sich Madlens Aufmerksamkeit immer wieder auf jenes Grab, in das sie vor wenigen Wochen die Leiche von Kolmans Tochter gelegt hatte. Man hatte die Stelle inzwischen zugeschüttet und eine Steinplatte darüber gelegt. Madlen tat einen Schritt darauf zu. Wie man der eingemeißelten Inschrift entnehmen konnte, gehörte das Grab einem jungen Mann. Den Weinhändler Kolman musste man irgendwo anders verscharrt haben. Womöglich in einer der Massengruben ...

»Soll ich Euch dafür ein Mädchen schicken?« Clara stellte die Frage zum zweiten Mal. Ein wenig begriffsstutzig war die Braut ihres Sohnes schon!

»Entschuldigung ... ich habe gerade ... Aber nein, danke, nicht nötig. Darum kann ich mich selbst kümmern.«

Zweifelnd sah Thomans Mutter sie an. »Wenn Ihr meint ...«

»Ja. Also ... wir sehen uns dann ...«, sagte Madlen und ging einfach davon. Mit einem Seufzer sah Clara Becherer ihr nach.

Eines Nachmittags streifte Madlen durch die Illerauen. Dabei kam sie auch an einer Bleiche vorbei. Der Tuchhandel war Kemptens wichtigster Wirtschaftszweig. Überall auf den Allgäuer Hügeln wurde der blau blühende Flachs angebaut und die Weber waren mit 800 Seelen die bei weitem größte Zunft in der Stadt. Für die Leinwandbleiche hätte das Wetter nicht besser sein können. Im dauernden Sonnenschein strahlten die Wiesen in blendendem Weiß. Den Knechten lief der Schweiß in Strömen über die Haut, denn um die gewaltigen Tuchstücke feucht zu halten, schleppten sie in einer endlosen Folge Wassereimer um Wassereimer.

Im Vorübergehen bemerkte Madlen unter den Bleicherknechten den Mann, der Katherin Wassermanns Haus damals heimlich durchs Fenster verlassen hatte. Nein, sie täuschte sich nicht. Es war das südländisch anmutende, hübsche Gesicht, das, als er ihrer ansichtig wurde, unbefangen lächelte. Sie senkte den Blick.

Eben kam mit gewichtigem Bürgerschritt der Bleichermeister über den Platz gelaufen. Einer fragte ihn etwas und deutete auf einige Leinwandballen. Dabei bekam Madlen den Namen des Meisters mit. Es war der Stadthauptmann Michael Flach, den Katherin ihr gegenüber erwähnt hatte. Statt einer Antwort winkte er den dunklen Knecht zu sich und die beiden begannen, den Ballen aufzuschlagen. Während sie weiterging, dachte Madlen über Katherin Wassermanns Liebhaber nach. Die Turmuhr schlug fünf, als sie über den Marktplatz kam. Am Haus des Totenschädels öffnete sich gerade die Tür. Von einem Dienstboten gestützt, tastete sich der Alte umständlich über die Eingangsstufe. Madlen grüßte und wollte vorbeigehen, doch der Kahle stieß ein paar Worte aus: »Schönes Wetter heute!«

Also blieb sie stehen und wartete, bis er die Schritte zu der Steinbank neben der Pforte gemacht hatte. Der Dienstbote half ihm, sich zu setzen, und machte sich wieder davon. Der Alte beachtete ihn kaum. Aus seinen wimperlosen Augen blinzelnd, maß er vielmehr Madlen mit einem langen Blick. Der wirkte alles andere als müde, sondern prüfend und eindringlich. Dann deutete er auf den Platz neben sich. »Ihr braucht vor mir keine Angst zu haben.«

Aus Höflichkeit setzte sie sich, was ihm, nach seinem zittrigen Nicken zu schließen, gut zu gefallen schien.

»Ihr glaubt jetzt wohl, dass ich keine Tiere mag«, fing er wieder an. Also erinnerte er sich noch an die Nacht, als er sie erschreckt hatte. Madlen sah ihn abwartend an, und nach einigem Räuspern ließ er seine froschähnliche Stimme mit einem Quaken hören: »Doch das ist keineswegs so. Ich bin ein Freund von Tieren ... zumindest im Allgemeinen ...« Er schwieg ein Weilchen und sah vor sich hin. Madlen wollte sich schon wieder erheben, da griff er mit seiner Knochenhand nach ihrem Arm.

»Heute habe ich mir gedacht, dass ich ein wenig mit meiner kleinen Nachbarin plaudern will. Es ist so ein schöner Tag ... und es wäre doch schade, wenn ihn ihr jemand verderben sollte ... Schließlich ist sie so ein ausnehmend hübsches, schüchternes Ding ...«

Verstohlen rutschte Madlen zur Seite. Vorübergehende grüßten freundlich und leutselig nickte der Totenschädel.

»Und wahrscheinlich ganz ahnungslos, dachte ich mir. Also, falls Ihr es noch nicht wisst, dann sage ich es Euch: Es gibt Leute, die hinter Euch herschnüffeln ... Ah, Ihr werdet ganz aufmerksam ... Das ist gut, kleine Madlen, das ist sehr lobenswert. Ja, es sieht so aus, als ob Ihr es Euch mit einem mächtigen Herren verdorben hättet. Der Konventsherr von Freiberg holt Erkundigungen über Euch ein ...«

Jetzt war es Madlen, die sich räuspern musste. »Was für ... was für Erkundigungen?«

»Na, na, warum denn so kleinlaut, Mädchen? Was für Erkundigungen? Ob Ihr tatsächlich die Erbin Eures Herrn Vater seid ... und ob Ihr noch Verwandte habt ... und wer gebürgt hat für ihn ...«

»Woher ...«

»Woher so eine Zitterpuppe wie ich, der nie aus dem Haus kommt, das weiß? Weil ich Freunde habe ... Wusstet Ihr nicht, dass ich ein schwerreicher Mann bin, Madlen? Ja, ja, schwerreich. Solchen Leuten wird immer alles erzählt ...« Er kicherte, bis er sich verschluckte. Behutsam tätschelte sie seinen papierdünnen Rücken, bis er wieder zu Atem kam.

Dann fuhr der Alte fort: »Aber es braucht kein Stiftsherr zu glauben, wenn er seine vornehmen Herrn Sekretäre schickt, dass wir über Kemptener Bürger irgendwas ausplaudern ... Der Zunftmeister hat es mir selbst berichtet« – undeutlich wies er in Richtung der Haustür – »und den Kopf hat er geschüttelt dabei. Ganz empört ist er gewesen. ›Wem sonst wohl hätte er alles vererben sollen?‹, hat er mich gefragt, ›schließlich ist dieses Mädchen sein einziges Kind ... Wer weiß, was diese Klosterbrüder wieder für eine Gemeinheit aushecken. Bei Waisen sind sie immer schnell bei der Hand ...‹ Jetzt schaut doch nicht so unglücklich drein, Madlen Kolman. Aber ...« Er fixierte den zittrigen Blick wieder und betonte das Folgende sehr eindringlich: »Ihr werdet schön aufpassen! Lasst Euch von diesen Chorherren nicht übers Ohr hauen! Ihr braucht nicht zu glauben, dass das tatsächlich Männer der heiligen Mutter Kirche sind ... nur Schmarotzer ... Schmarotzer und Ablasshändler ... kennen sämtliche Winkelzüge. Aber bei mir sind sie da immer an den Falschen geraten ...« Wieder fing er an zu kichern. »Ja, ja ... was ich sagen wollte ... Ihr seid gewarnt, mein Kind.« Das Kinn sank ihm für einen Augenblick auf die eingefallene Brust. Dann schüttelte er den Kopf. »Würdet Ihr mir meinen Knecht rufen? Zu viel frische Luft ist nicht gut für mich.«

Während er am Arm des Dienstboten zurück in sein Haus schlurfte, hob er noch einmal warnend die Hand.

Neun

Die Hitze lähmte jeglichen Unternehmungsgeist. Freiberg langweilte sich. Stundenlang ritt er täglich durch Stiftsgelände. Stets dunkel gekleidet, schien er dabei unempfindlich gegen die sengende Sonne zu sein. Wie ein übel riechender Dunst war der Missmut um ihn, wenn er die Knechte bei ihrer Arbeit beobachtete. Wen sein Blick streifte, der wandte sich hastig ab. Manchmal gab er unsinnige Anordnungen. Die Männer nickten, nur um weiterzumachen wie vorher, sobald er außer Sichtweite war.

Eines Morgens nahm er den Weg, der vorbei am gemauerten Kornspeicher zwischen dem Lorenzberg und der Lateinschule zu den Custereigärten führte. Er folgte den Reihen von frisch gehackten Gemüsebeeten. Hinter ihm ragte das gotische Münster auf, rechter Hand lag der Baumgarten.

Diesmal ritt er zur Fischzucht hinaus. Dabei kam er zunächst an den trocken gelegten Gruben vorbei, die in diesem Jahr beackert wurden, um im nächsten neu befüllt zu werden. Am Himmel zeigte sich wieder kein Federchen. Den Wassergräben, die das Gelände als Zu- und Abflüsse für eine Vielzahl von Teichen durchzogen, war die austrocknende Witterung bereits ungünstig anzumerken. Durch den niedrigen Wasserstand waren die über die Jahre entstandenen Mängel im Unterhalt freigelegt.

Prüfend glitt Freibergs Blick über die Wasserflächen, die vor allem von Süden her kein Baum oder Strauch kühlend beschatten durfte. Kleine Laichteiche, warme Streckteiche, Abwachsteiche und jene tiefen, die für das Überwintern der Karpfen geeignet waren, reihten sich aneinander wie Perlen auf einer verwickelten Schnur. Dämme umgaben sie. Mit Hacken und Schaufeln besserten Fischknechte die Gräben und Dämme aus. Jedes der teilweise schon freiliegenden Ablasstore wurde vom Zuchtmeister aufmerksam untersucht.

Im Schritt lenkte der Stiftsherr sein Pferd durch das Areal, bis er an dessen nördlichem Ende auf einen besonders ungepflegt wirkenden Tümpel stieß. Dahinter schloss sich ein Wäldchen verwilderter Eschen an, deren junge Triebe bereits die Uferdämme eroberten. Freiberg saß ab. Hier waren Gras und Gestrüpp seit langem nicht mehr geschnitten worden und Büschel von Wasserlinsen schwammen im Teich. Das von den Eschen gefilterte Licht wirkte trübe. In dem flimmernden Grün sah er Karpfen, die ohne Scheu an die Oberfläche des Weihers kamen. Ihre Größe erstaunte ihn. Offenbar hatte hier schon seit Jahren niemand mehr abgefischt.

Wenig später sprengte von Freiberg im Galopp auf den Zuchtmeister zu. Bis zu den Knien im Schlamm stehend, den die unnatürliche Hitze in eine Kloake verwandelt hatte, war der von dem hohen Besuch nicht allzu erfreut. Du hast uns gerade noch gefehlt, dachte er, als Freiberg hoch zu Ross neben dem Schmutzgumpen auftauchte.

»Was ist dort hinten eigentlich los?«, hörte er jene verhaltene Stimme, die die Dienstleute fürchteten.

»Mit dem nördlichen Teich?« Sein Blick folgte der Richtung, in die Freiberg wies. »Der hat keinen Wert.« Obwohl Völk seit fast zwanzig Jahren schon Zuchtmeister war, fiel es ihm immer noch schwer, bei Freibergs Ton ruhig zu bleiben.

»Keinen Wert, sagst du? Hast du dir die Karpfen dort schon einmal angeschaut?« Das Unbehagen, das er mit seiner Frage auslöste, entging Freiberg nicht. »Wieso wurde er nicht schon längst abgelassen?« Er wurde noch einen Deut leiser dabei. »Wollt ihr etwa das Stift betrügen?«

»Bei allen Heiligen ...«

»Und lass Gottes Gerechtigkeit aus dem Spiel!«

»Also, ich meine, was ich damit sagen wollte, ist Folgendes: Man hätte den Weiher damals am besten gar nicht erst angelegt. Aber der Fleck vor dem Wäldchen sollte genutzt werden. Es war feuchter Grund und man hat den Teich ausgehoben. Alles ganz richtig und ordentlich, dafür verbürge ich mich. Doch als wir versucht haben, das Wasser zum ersten Mal abzulassen, haben wir feststellen müssen, dass es nicht ging.«

»Was soll das heißen, es ging nicht?«

»Nun, je mehr abfloss, desto mehr strömte von irgendwo nach. Der Weiher dort muss einen unterirdischen Zufluss haben.«

»Und wo ist der Abfluss, wenn die Quelle so kräftig ist?«

»Das weiß eben keiner, Herr, also das heißt ...« – Völk zögerte – »es gibt welche, die sagen, dass dieser Teich mit dunklen Strömen verbunden sein soll.«

»Dunkle Ströme?« Freiberg maß Völks Züge sehr aufmerksam. »Du musst schon etwas genauer werden.«

Dem Fischmeister behagte das Thema nicht. Daher sagte er ausweichend: »Es ist nicht so, dass ich das glauben würde ...«

»Du sollst meine Frage beantworten!«

Um sich ein besseres Aussehen zu geben, zog Völk seine Stiefel aus dem Schlammloch heraus. Ihm war nicht entgangen, dass seine Knechte neugierig lauschten, auch wenn sie immer noch vorgaben, ihre Arbeit zu tun.

»Nun, das sind alte Geschichten, Herr. Es heißt, dass sich tief unter uns ein riesiges Grundmeer verbirgt.«

Freiberg horchte auf. Das war doch das Wort gewesen, das Moritz Benzer in seinen Fantasien genannt hatte ... Er hatte nicht Meer gesagt, sondern den Ausdruck »das Grundmeer« gebraucht. Unter der Erde wollte er dieser Frau damals begegnet sein. Jetzt fiel es ihm wieder ein. Benzer hatte von einem unterirdischen Meer und einer Frau erzählt. Hatte der Mann kürzlich womöglich nur vorgegeben, dass er sich an den Ort der Begegnung nicht mehr erinnern könne? Als er erfahren hatte, dass diese Frau Madlen Kolman war?

»Ein Grundmeer, sagst du?« Freiberg war im höchsten Maß interessiert.

»Es gibt welche, die sagen, das ganze Land sei davon unterhöhlt. Manche behaupten, dass dort unten die Reste der Sintflut begraben sind. Gott hatte die Wassermassen verschwinden lassen und sie sammelten sich tief unter der Oberfläche. Es soll Menschen gegeben haben, die so listig waren, dass sie auch ohne Noahs Arche die große Flut überlebt haben. Doch dann sind sie mit in die Tiefe gerissen worden und dürfen das Licht nicht mehr sehen, weil sie gesündigt haben. Aber manchmal, so sagt man, nehmen sie die Gestalt toter Menschen an.« Völk bekreuzigte sich.

»Die Gestalt toter Menschen, sagst du?«

»Nur ein uralter Aberglaube«, beeilte sich Völk festzustellen. Es gab Priester, die bei solchen Geschichten in heftigen Zorn gerieten. Aber Freiberg schien eher begierig darauf zu sein.

Während der Zuchtmeister Rede und Antwort stand, war einer der Fischknechte, die neben dem Schlammloch Steine aufschichteten, Schritt für Schritt näher herangekommen. Mit naivem Blick war er dem Gespräch gefolgt. Es drängte ihn, sich dabei einzumischen, eine Kühnheit, die einem leibeigenen Knecht normalerweise nicht im Traume einfiel. Er war ein Mann mittleren Alters, schmächtig und barfuß, in einem zerschlissenen Kittel aus allerbilligstem Stoff.

»Das reicht ganz tief hinunter, das Wasser vom nördlichen Teich. So wie ein grundloser Brunnenschacht. Da unten sind viele verborgene Wasserwege. Rinnsale, Bäche und Flüsse, die durch tiefe Klüfte fließen. Gewaltige Ströme sogar, die sich durch Lehm und durch Felsen den Weg bahnen.« Der Knecht atmete rasch bei diesen Worten.

»Und wohin fließen sie?« Freiberg beschloss, über die Dreistigkeit des Mannes, sich einfach einzumischen, hinwegzusehen.

Verlegen malte der mit einem Ast auf dem Erdboden. »Das Grundmeer nimmt alles auf. Dort unten verbergen sich Gold, Silber und Edelsteine im Überfluss. Man könnte hinuntersteigen, wenn man nur den Weg wüsste. Es gibt viele dunkle Verbindungen ... auch nahe der Oberfläche.« Er deutete in Richtung des Eschenwäldchens. »Sogar von dem Weiher dort in die weltliche Stadt.«

»In die Stadt, sagst du?«

»Zu einigen Brunnenschächten.«

»Woher willst du das wissen?« Freibergs Ton wurde so streng, dass der Mann ängstlich zusammenzuckte.

Dennoch fuhr er fort: »Mein Bruder, der ist in den Teich getaucht ...« – jetzt stockte er und hob unsicher seinen Blick. Im Gesicht des Zuchtmeisters konnte er keinen Hinweis entdecken, ob es in Ordnung war ... und den Stiftsherrn traute er sich nicht anzuschauen.

»Nun, weiter«, drängte Freiberg ihn ungeduldig.

Der Fischknecht schluckte hörbar. »Ich selbst kann bezeugen, dass er hier nicht mehr nach oben kam ... Aber nach vielen Stunden ist er aus einem Brunnen nahe beim Kemptener Marktplatz herausgekrochen.«

Längst regten sich die Hacken und Schaufeln der Männer nicht mehr. Mit ernsten Gesichtern lauschten sie Jäcks Erzählung. Die meisten von ihnen kannten sie schon. Nicht nur einmal hatte er sie ihnen erzählt. Völk senkte den Blick auf seine schmutzverkrusteten Stiefelspitzen, als ob er sich jeder Stellungnahme enthalten wolle. Selbst Freiberg, den gewiss keine Feinfühligkeit in einer Entscheidung beeinträchtigte, spürte den Unterton in Jäcks Stimme.

»Und was hat dein Bruder von dort unten erzählt?«, trieb er den Mann voran.

Am Mundwinkel des Leibeigenen zuckte ein Muskel. »Nichts. Er hat nichts mehr sagen können. Er hat dort unten seinen Verstand verloren.« Dabei sah er ins Leere und nahm unwillkürlich den Ausdruck eines geistig Verwirrten an.

Freiberg dachte kurz nach. Womöglich konnte man, mit etwas Nachdruck, doch noch etwas aus dem Narren herausbekommen. Aber zunächst gab es ja direktere Maßnahmen. »Du wirst den nördlichen Karpfenteich ablassen«, wandte er sich an den Zuchtmeister, »so lange, bis man die Tiere problemlos abfischen kann. Und wenn es Tage dauert. Sobald ihr etwas wie einen unterirdischen Zufluss entdeckt, will ich Bescheid bekommen, und zwar unverzüglich. Dafür bist du mir verantwortlich, Völk.«

Resigniert nickte der Zuchtmeister. Als Freiberg sich abwandte, fragte er noch: »Können wir zuerst die anderen dringenden Arbeiten fertig machen? Ich meine ... der Teich ist in solch schlechtem Zustand ... Er wird wohl einige Zeit in Anspruch nehmen.«

»In Ordnung«, gab ihm der Stiftsherr gnädig nach. »Aber ich will die Sache noch vor Ablauf des Monats beendet haben.« Mit einem Lächeln versuchte er seine wahre Absicht zu verbergen. »Ich möchte die Karpfen gern zappeln sehen.«

Während er langsam zurückritt, fing es in ihm an zu arbeiten. Ein verborgenes Meer. An seinen Gestaden Gold, Silber und Edelsteine. Die Karavellen voller Silber fielen ihm ein, die aus dem Westen unvorstellbaren Reichtum nach Spanien trugen. Vor sich sah er Segel im Sonnenlicht. Das Blau von Himmel und Ozean vermischte sich ...

Er musste sich Benzer unbedingt noch einmal vorknöpfen. Jetzt wollte er doch genauer wissen, was es mit dessen Gerede vom Grundmeer und einer Frau auf sich hatte ... Madlen Kolman, der Moritz Benzer am dunklen Ort seiner Zuflucht begegnet war ... Gab es da einen Zusammenhang? Doch so ungeduldig er ihn auch befragen wollte – allzu bald würde der Säumer nicht wieder in Kempten sein. Schließlich hatte er selbst den Mann fortgeschickt, mit seinen Briefen reiste er weit übers Land.

Auf der Suche nach Kleidungsstücken, die sie an einem der Stände vor den Kemptener Toren verhökern konnte, wühlte Madlen in Jakob Kolmans schäbiger Kleidertruhe. Am Tag zuvor hatte sie die letzten im Haus gefundenen Heller für Vorräte ausgegeben. Es war genau eine Woche vor dem angesetzten Hochzeitstermin. Einige Hemden, ein Wams und einen Mantel hatte sie schon zum Verkaufen bereitgelegt. Am Grund der Holztruhe lag nur noch ein leinenes Tuch, ähnlich dem auf dem Fenstersims. Als sie es heraushob, fand sie darin etwas eingewickelt. Es war ein Kleid, Ärmel und Mieder versetzt mit Brokat – Kolmans Überraschung für die ahnungslose Braut. Madlen konnte nicht widerstehen und schlüpfte hinein.

»Ihr seht wunderbar aus.«

Erschrocken fuhr sie herum und sah Thoman Becherer in der Tür stehen. Unwillkürlich errötete sie. »Wie kommt Ihr denn hier herein?« Ihre Verlegenheit verstärkte die Unsicherheit, die sie bei seinem Anblick empfand.

»Über die Gartenmauer. Ich wollte es nicht riskieren, dass Ihr mich wieder davonschickt. Meine Mutter meint, dass ich mich um meine Braut kümmern sollte.« Er lächelte unverbindlich.

»Sehr aufmerksam.«

»Wie ich sehe, habt Ihr Euch mit dem Gedanken an unsere Heirat bereits vertraut gemacht.« Ohne dass Madlen ihm einen Platz anbot, setzte er sich und schaute sich ungeniert um. Offenbar gab ihm die Tatsache, dass er das halbe Haus schon bezahlt hatte, das Gefühl, dass er das Recht dazu habe.

Madlen sah darüber hinweg.

»Ich habe den Hochzeitsvertrag inzwischen übrigens durchgelesen. Mein Vater hat ihn mir noch vor seinem Tod gegeben, leider ohne zu sagen, was darin steht. Ich muss zugeben, dass ich ihn völlig vergessen hatte ...«

Bei diesen Worten erschien in Thomans Gesicht ein Ausdruck gespannter Aufmerksamkeit. »Sagtet Ihr eben, dass Ihr ihn gelesen habt? Ihr meint, jemand hat ihn Euch vorgelesen?«

»Nein, ich meinte, dass ich ihn gelesen habe. Stört Euch etwas daran?« Der finstere Ausdruck, mit dem er sie anstarrte, ließ wohl keine andere Erklärung zu.

Thoman begriff, was sein Vater gemeint hatte, als er sagte, man täuschte sich manchmal in jemandem.

»Ihr meint, dass Ihr lesen und schreiben könnt?«, fragte er ungläubig nach.

»Aber natürlich. Was ist daran ungewöhnlich?«

Zu Madlens Verwunderung wurde ihr Bräutigam blass. Ohne auf ihre Frage einzugehen, drang er in sie: »Weiß außer mir jemand davon?«

Verwirrt dachte Madlen nach. »Nun, Spengler hat mir die Schuldscheine gezeigt, und ich habe gesagt, dass ich mich mit den Geschäftsunterlagen befassen würde. Also muss er wohl davon ausgehen, dass ich dazu in der Lage bin.« Und natürlich von Freiberg ... aber wie kam sie dazu, Thoman davon zu erzählen? Was wollte er überhaupt? Es gab doch wohl kaum eine Kaufmannstochter, die nicht lesen und schreiben konnte. Wieso bestürzte ihn diese Tatsache so?

Endlich merkte Thoman, dass er sich nicht sehr geschickt verhielt. Er war zu sehr davon ausgegangen, dass es nicht darauf ankäme ... Doch jetzt gab es ein ganz neues Problem. Nachdenklich sah er die Frau vor sich an. Er bemerkte ihre Zurückhaltung. Und zum ersten Mal fiel ihm auf, wie reizvoll sie war.

»Entschuldigt meine Unhöflichkeit«, lenkte er ein und sein Lächeln verwandelte sich. »Irgendjemand hat wohl behauptet ... Aber das ist vollkommen unwichtig. Es wird wohl einige Zeit brauchen, bis wir uns kennen lernen ... Ach, bevor ich es vergesse, ich habe Euch eine Kleinigkeit mitgebracht.«

Aus seiner Gürteltasche zog er ein Seidentuch, in das etwas eingewickelt war. »Darf ich?« Er nahm Madlens Hand und drehte sie so, dass ihre Handfläche nach oben zeigte. Dann legte er sehr behutsam zwei kleine Schmuckstücke darauf.

Es war ein goldenes Ohrgehänge mit Smaragden wie Tropfen daran. Fasziniert schaute Madlen das Geschmeide an. Unwillkürlich seufzte sie auf.

»Gefallen sie Euch? Ich dachte, sie würden gut zu Euren Augen passen. Obwohl ich zunächst eigentlich glaubte, dass sie eher braun wären ...«

Das helle Grün ihrer Iris glich den schimmernden Edelsteinen. Madlen drehte die Ohrringe entzückt hin und her. Dann ließ sie sich dabei helfen, sie anzulegen.

»Übrigens«, fuhr Thoman fort, »seid nicht überrascht, wenn in den nächsten Tagen Daunenbettzeug und Seidendecken geliefert werden. Ich habe uns ein paar Sachen anfertigen lassen. Ehrlich gesagt wäre es nicht nach meinem Geschmack, wenn ich die Hochzeitsnacht auf einem Strohsack verbringen müsste.«

Das glaubte Madlen ihm sofort. Ihr fielen die Hemden ein, die sie noch besticken sollte. Bis zu diesem Augenblick hatte sie keinen Entschluss gefasst. Den Vertrag zu erfüllen und Thoman zu heiraten... In Wahrheit dachte sie möglichst wenig daran. Aber nun war es Zeit, dass sie sich um einiges kümmerte.

An diesem Abend drängten die Kemptener sich in den Gassen und auf den Plätzen der Stadt. Gewitterwolken wuchsen hinauf in den Abendhimmel und es grollte von fern, doch noch zogen die Unwetter weiter und nur ein heftiger Wind fuhr den Bürgern durchs Haar.

Das von der Stadtmauer rötlich zurückgeworfene Licht glühte unwirklich. Die meisten Höker packten schon den Kram zusammen, den sie seit dem Morgen nahe beim Waisentor anpriesen. Nachdem sie Kolmans Sachen zu Geld gemacht hatte, schaute Madlen sich um. Normalerweise mied sie belebte Plätze wie diesen hier.

An einer Bude entdeckte sie lederne Männerkleidung. Sie zögerte, dann trat sie näher heran. Die Dicke, die damit handelte, war in ein Palaver vertieft, mit dem sie ihren ungeduldig dreinblickenden Nachbarn dran hinderte, einzupacken. Erst als Madlen nach den obenauf liegenden Hosen griff, fuhr sie herum und setzte ein Lächeln auf. Wenn es sie befremdete, dass eine Frau aus unverkennbar guten Verhältnissen nach Sachen fragte – »so wie sie die Fischer tragen, du weißt schon, hohe Stiefel, Hosen und einen Kittel, für einen Burschen. Meine Größe etwa...« – so ließ sie sich nichts davon anmerken.

»Der Junge soll also nicht nass werden?«, fragte die Dicke nur und wühlte bereits in einer roh gezimmerten Truhe, bis sie leicht außer Atem wieder auftauchte. »Seht ... das ist das Richtige. Geschmeidig und fest, dabei leicht wie 'ne Vogelfeder. Das ist nichts, was schnell reißt ...«

Und mit beinahe elegant anmutenden Bewegungen legte sie Stück für Stück aus. Madlen prüfte das Leder zwischen den Fingern. Dann nickte sie.

»Wie ihr jetzt wohl zumute ist?«

»Wem?«, fragte Jörg und griff nach der Schale mit Erdbeeren. An Katherins rotem Mund zitterte ein Tröpfchen des Fruchtsafts. Er beugte sich zu ihr hinüber und küsste es weg.

»Madlen. Morgen Nacht liegt sie mit diesem Becherer nebenan im Bett.« Unwillkürlich flüsterte sie. »Sie hat mich zur Hochzeit eingeladen. Aber es wird keine richtige Feier geben. Wegen dem Todesfall.« Dann lachte sie. »Weißt du, dass ich für sie die Bräutigamhemden bestickt habe? Sie hat mich gefragt, ob ich jemanden wisse, der es gut kann und verschwiegen wäre, sie hat Angst, dass ihre Schwiegermutter erfährt, dass sie es nicht selber macht. Du wirst es doch nicht weitersagen? Und da habe ich ihr erklärt, dass es mir ein Vergnügen wäre ... sie sind bildschön geworden.« Katherin seufzte. »Seit ihr Vater tot ist, kann sie kein Stickgarn mehr sehen, sagt sie. Ich möchte wirklich gern wissen, was tatsächlich dahinter steckt.«

Jörg streckte sich. »Ist das eine Hitze ... Ich habe gehofft, dass es bei dir etwas kühler ist als in meinem Verschlag.«

»Na, wenn du nur deshalb gekommen bist ...«

Er lachte. »Brauchst du Beweise, dass das nicht der Grund ist?«

Katherin zuckte die Achseln, und als sie sich wegdrehen

wollte, hielt er sie fest. »Also gut ...«, flüsterte er. Von fern donnerte es.

»Ist das ein gutes oder ein schlechtes Zeichen?«

»Hm?«

»Wenn es heute Nacht noch ein Gewitter gibt.«

»Zeichen? Wofür?«

»Na, für ihre Ehe.«

»Du meine Güte«, Jörg hob den Kopf, »ich kann dir auch so sagen, unter welchem Zeichen Madlen Kolmans Ehe steht.«

Von seinem Tonfall merkwürdig berührt, schob Katherin ihn zur Seite. »Was heißt das? Weißt du etwas über den Becherer?«

Katherins forschender Blick war ihm unangenehm. »Na ja, dem sind die Mädchen immer schon hinterhergelaufen. Du kannst ganz beruhigt sein, da wird er sich morgen Nacht wenigstens nicht allzu ungeschickt anstellen.« Ablenkend lutschte er an ihren Erdbeerfingern.

Aber Katherin war nicht dumm. »Du hast doch auf etwas anderes angespielt. Ich glaube, Madlen ist der Meinung, dass das Haus der Grund für die Heirat ist.«

Jörg seufzte. »Na, damit mag sie Recht haben.«

»Aber du glaubst das nicht?«, insistierte Katherin hellsichtig.

»Was ich glaube, ist doch völlig egal.«

»Also weißt du etwas ... Bitte, komm, sag es mir! Hast du etwa versprochen, dass du es nicht weitererzählst? Nein? Also bist du nur der Meinung, dass man so etwas nicht ausplaudert ...«

»Hm ...«

Wenig später wusste Katherin Wassermann, was es mit Madlens Hochzeit wirklich auf sich hatte. Jetzt wünschte sie, sie hätte nicht nachgefragt. Sie spürte die Wahrheit wie einen üblen Geschmack im Mund. Draußen fuhr ein heftiger Wind in die Nussbäume. In der Hoffnung auf einen kühlenden Luftzug trat Jörg in die Fensternische und schaute hinaus. Die Nacht war fast vollkommen schwarz. Im Süden, in Richtung Gebirge, leuchteten Wolken für Augenblicke rot auf.

Später in dieser Nacht drehte er sich behutsam herum. Während er seine Geliebte im Kerzenschimmer betrachtete, lauschte er auf die Geräusche im Hof. Seit Flach ihn beinahe überrascht hatte, sah er sich mehr vor. Zwar war der Stadthauptmann an diesem Morgen nach Isny geritten, wo er als Vertreter von Kempten in einem Streitfall vermittelte, aber man konnte nie wissen... Jörg sah, dass Katherin schlief, und strich ihr sanft über die offene Hand. Unten raschelte es. Er stand auf und wandte sich leise dem Fenster zu.

Erst erkannte er nichts. Aber dann hörte er wieder ein Scharren, so als ob nebenan jemand sehr vorsichtig über das sandige Pflaster lief. Daher beugte er sich weiter hinaus. Aus Madlens Fenstern drang kein Lichtschein mehr. Eulenschwingen strichen fast lautlos an der Hauswand entlang. Schon wollte er sich wieder zurückziehen, da fuhr durch den nächtlichen Himmel ein Blitz. Gleich darauf donnerte es. Im nächsten Moment fing es an zu schütten. Ein Gewittersturm fegte über die Stadt. Für einen Augenblick waren die Höfe und Gärten erleuchtet, und ebenda sah Jörg Madlen, schmal und dunkel, die sich über den Rand ihres Brunnens beugte.

Als der nächste Blitz aufflammte, war niemand mehr da.

Zehn

Es war eine Furcht einflößende Nacht.

Seit Sonnenaufgang des vorangegangenen Tages arbeitete eine Gruppe von Knechten des Stifts am nördlichen Karpfenteich. Schon am Nachmittag hatte sich das schwere Gewitter angekündigt. Nun, als es losbrach, war der Weiher gesäubert und das Holztor am Ablass war bereits vor Stunden geöffnet worden. Ununterbrochen strömte das Wasser heraus, doch der Karpfenteich wurde nicht leer.

Erst hatte sich das Tor am Durchstich verklemmt, dann war man darangegangen, tiefer hinab zu graben. Doch obwohl sich die Wassermenge im Ablauf ständig vergrößert hatte, sank der Spiegel des Teiches nicht eine Handbreit.

Bei Einbruch der Nacht hätte Völk seine Männer am liebsten zurückgeschickt. Doch dann war von Freiberg auf seinem Rappen herangesprengt. Ihn störte kein Unwetter. Er ließ die Männer nicht gehen, selbst jetzt noch nicht.

Sie hatten Fackeln angezündet und manch einer fröstelte, nachdem sich die Oberfläche des Weihers verdunkelt hatte. Kälte schien daraus aufzusteigen. Es war, als spürten alle den Widerstand.

Nur der Stiftsherr von Freiberg nicht. Allein schon der Schrecken, der sich auf manchen Gesichtern beim Grollen des Donners und dem Zucken der Blitze zeigte, bewog ihn, sie festzuhalten.

»Was soll das?«, fragte er laut. »Ihr habt doch das Tor ganz herausgeholt! Und bei so vielen Knechten, die stundenlang graben, kann es kein Schlamm mehr sein, was den Abfluss hemmt. Da muss endlich einer ins Wasser und nachsehen!«

»Können wir es denn nicht aufschieben? Bei diesem Unwetter …«, versuchte der Zuchtmeister zu vermitteln.

Aber der Stiftsherr unterbrach ihn sofort. »Weitergraben!«, fuhr er die zögernden Knechte an. »Nun?«, rief er dann, nachdem Völk noch immer nichts tat, »wer von den Männern kann schwimmen? Oder müssen wir es erst einem beibringen?«

Daraufhin legte ein kräftiger Junge die Schaufel weg und zog seinen Kittel aus. Am liebsten hätte Völk ihn zurückgehalten, aber er sah die Erleichterung auf den Gesichtern der anderen. Benedikt schwamm und tauchte hervorragend. Unter normalen Umständen wäre es gar keine Frage, dass er hinunterging … Endlich nickte Völk ihm aufmunternd zu, und ohne zu zögern glitt der Junge in das finstere Wasser. Keiner schaufelte mehr. Selbst Freiberg starrte selbstvergessen hinab.

Beim ersten Mal kam der Junge schnell wieder hoch.

»Kaum was zu sehen!«, rief er zum Uferdamm.

»Laternen!«, befahl der Zuchtmeister daraufhin, »und bringt lange Stangen mit!« Als ob sie mit Lichtern das Wasser in Schach hielten …

Benedikt tauchte abermals. Ihm war keine Furcht anzumerken. Jäcks verrückte Geschichten glaubte er nicht, doch die Scherze, die er darüber machte, waren stets gutmütig. Wenn er die Ursache des nachströmenden Wassers tatsächlich finden würde, war ihm der lautstarke Beifall von allen gewiss. Keiner rührte sich mehr. Nur das Licht flackerte.

Flach an den Rändern, fielen die Teiche zum Abfluss hin in eine Kuhle ab. Wenn man die Fischgruben leerte, nahm die Vertiefung die Karpfen auf. Zunächst untersuchte der Junge die Uferseiten. Regelmäßig tauchte er auf, schüttelte im blassen Licht der Laternen den Kopf und verschwand wieder. Windböen wühlten das Wasser immer kräftiger auf. Alle vier Uferdämme waren schon abgesucht. Endlich befahl ihm der Zuchtmeister, wieder herauszukommen. Benedikt winkte, er wolle noch einmal hinuntergehen. Bevor Völk ablehnen konnte, war er schon abgetaucht.

Diesmal dauerte es. »Der hält es wirklich lange aus!«

»Aber er ist schon ...«

»Da hat sich etwas bewegt! Oder?« Immer unruhiger wurden die Männer am Ufer und Völk wollte schon selbst nachsehen. Er zog die Stiefel aus.

»Dort!« Wirklich ... in Richtung Ufer bewegte sich was.

Diesmal war Benedikt so erschöpft, dass sie ihm helfen mussten. Gemeinsam zogen sie ihn aus dem Wasser.

»Hast du was entdeckt?«

»Ja ... in der Kuhle unten ...«, brachte der Junge keuchend heraus, »da ist so was wie ein Loch im Grund. Ein Stück weit habe ich mich hineingetastet. Aber es geht zu tief runter.«

»Irgendetwas gespürt? Eine Strömung?«

Benedikt zögerte. »Eigentlich nicht. Obwohl ... Nein, es war alles ganz still.«

Wieder krachte ein Donner. Freibergs Vollblüter tänzelte unruhig und legte die Ohren an. Als der Stiftsherr ihn fester am Zügel nahm, hoffte Völk schon, er würde davonreiten. Aber das hatte Freiberg nicht vor.

»Geht einer freiwillig?«, fragte er. Mit bösem Lächeln schaute er langsam von einem zum anderen. Den Blick zu erwidern wagte keiner.

Völk packte der Zorn. »Ich werde tauchen«, sagte er. »Aber im Dunkeln geht das nicht ohne Seil.«

»Vernünftig«, nickte Freiberg, »holt, was ihr habt. Wer weiß« – er verzog spöttisch den Mund – »welcher Höllenschlund dort unten sein Maul aufmacht. Aber du wirst nicht gehen, Zuchtmeister. Da gibt es andere ... die entbehrlicher sind.«

»Lasst mich noch einmal. Ich finde es leicht.« Benedikt atmete schwer.

»Du bist müde und ausgekühlt«, widersprach Völk ihm mit Festigkeit.

»Ja«, nickte der Adelige und wies mit dem Kopf auf den schmächtigen Jäck, »aber hier haben wir jemanden, der sich unter der Erde gut auskennt. Wenn du am Seil hängst, musst du nicht einmal schwimmen können ... Wir ziehen dich heraus, wenn es Zeit ist.«

Er meinte es ernst. Die Augen des Leibeigenen weiteten sich vor Furcht.

»Na los doch!« Freiberg selbst nahm den Knechten das Seil aus der Hand und verknotete es über Jäcks mageren Hüften. »Ihr solltet gleich ein paar von den Leinen hier aneinander hängen. Wer weiß, wie tief das Loch ist.«

Stumm warfen die Männer sich Blicke zu, doch sie gehorchten. Zwar konnte Jäck schwimmen, aber am Rand der finsteren Grube fiel er in sich zusammen, ein zitterndes Nervenbündel. Schrecklicher als in diesem Moment, wo ein Blitz grell und von Donner begleitet durch den schwarzgelben Himmel fuhr, war eine Nacht kaum vorstellbar. Der Sturm peitschte ihnen die Äste der Eschen in ihre Gesichter und der Regen glich einem gurgelnden Wasserfall.

»Los jetzt!«, schrie Freiberg und Jäck rutschte mit merkwürdig steifen Bewegungen über den glitschigen Damm, tauchte ein und verschwand. Die Männer am Seil spürten

Schwimmzüge. Stetig lief ihnen der Hanf durch die Hand. Nur kurz hing das Seil einmal durch.

»Jetzt sucht er das Loch!« Dann ging es immer schneller hinab.

»Langsam sollte er umkehren.«

»Er muss doch mal Atem holen!«

Auf einmal nahm die Geschwindigkeit zu, fast als fiele der Mann. Sie gaben nach, nach und nach... Alles lief ohne Widerstand, es gab kein Zerren, keinen einzigen Ruck. Sie warteten.

Endlich ertrug Völk es nicht mehr. »Holt ihn herauf!«

Freiberg schwieg. Vorsichtig zogen die Knechte am Seil. Kurz darauf schrie der vorderste auf: »Der hängt nicht mehr dran!«

»Was?«

»Viel zu leicht!«

Rasend schnell holten sie jetzt die Leinen ein. Ein letzter Zug, und das Seil schnellte über den Wasserspiegel.

»Weg! Er ist wirklich weg!«

Mit verzerrtem Gesicht beugte sich Völk über das Seilende.

»Es ist abgeschnitten!«

»Der Jäck hat doch gar kein Messer gehabt.«

»Weshalb hätte er...«

»Es ist sicher gerissen.«

»Das hätten wir merken müssen. Es hat nie festgehangen...«

Völk griff als erster zu einer der Stangen. Einer nach dem anderen stießen sie suchend damit ins Wasser hinein. Schließlich streifte der Zuchtmeister wiederum seine Stiefel ab, doch seine Leute hielten ihn zurück.

»Das hilft ihm auch nicht mehr.« Sinnlos liefen sie weiter am Damm auf und ab und stocherten mit den Stecken im

Dunkel, bereits nass bis auf die Haut. Endlich warf Völk seine Stange verzweifelt zur Seite. Als er sich umsah, war Freiberg schon nicht mehr da.

Das Wasser war überall. Warum war es so kalt? ... Der Felsenhimmel ... das Meer ... das dunkle Meer unter der Welt. Wo waren die anderen? Alles war kalt und so still. Rasend schnell ging es hinab ... ihr Gesicht war von Tränen ganz nass ...

Weinend erwachte Madlen. Nach und nach wusste sie alles wieder. Sie drehte sich um und starrte zur Decke hoch. Es war nicht ihr Alptraum, der sie bekümmerte. Den Traum hatte sie schon als Kind oft geträumt. Wenn sie daran dachte, hörte sie auch die Stimme wieder ... Das Grundmeer ... Lange hatte sie Angst davor gehabt.

Die ganze Nacht vor der Hochzeit regnete es, als wolle die Sintflut über Kempten hereinbrechen. Später behauptete Clara, dass Thomans Hochzeit von Anfang an unter einem schlechten Vorzeichen gestanden hatte.

Da war zum Beispiel das Nachbarhaus. Wie an jedem Morgen stand Thomans Mutter als Erste auf. Sie hörte Hühner gackern und warf einen Blick hinaus. Es waren zwei von ihren eigenen.

Also lief sie nach unten, fand das Eingangstor nicht richtig zugezogen und trat hinaus. Eben wollte sie in die Hände klatschen, um das Federvieh zurückzuscheuchen, als ihr Blick auf die Hauswand nebenan fiel.

Einen Moment lang war sie verwirrt, dann sah sie die frisch gekalkte Fassade von oben bis unten mit Blut verschmiert. Sie schrie laut auf.

Joß fand den Nachbarn auf dessen Dachboden, wie er ein tropfendes Brettchen betrachtete. Er hatte sein Dach neu gedeckt, mit Holzschindeln, die er rot anstrich, damit es nicht gleich jedem ins Auge fiel, dass er die Bauvorschriften missachtete. Seit langem wurden nämlich anstelle von Holz oder Stroh zum Schutz gegen verheerende Feuersbrünste in den engen städtischen Gassen Dachziegel verlangt. Die waren dem Mann aber zu teuer. Leider hatte er auch noch an der Farbe gespart und nun hatte der Regen das schöne Rot abgewaschen.

Ungeachtet dieses Tatbestands betete Clara zwei Rosenkränze wegen des »Blutregens«, bevor sie sich auf den Weg nach St. Mang machen konnten. Fast hätten sie sich deswegen verspätet. Es schlug bereits zehn, als sie die Kirchentür öffneten.

Den ganzen Morgen hatte sich Katherin schlecht gefühlt. Sie wusste nicht, was sie tun sollte. Wäre Madlen strohdumm und von stumpfem Gemüt gewesen, hätte sie nicht gezögert, den Mund zu halten. Aber sie wusste inzwischen, dass sie das nicht war.

Katherin zweifelte nicht an Jörgs Darstellung. Er wusste immer, wovon er redete.

Sie war die Einzige, die Madlen an diesem Morgen zur Kirche begleitete. Als sie über den Friedhof liefen, kämpfte Katherin noch immer mit sich. Auch die Braut wirkte blass und zerstreut. In einer Geste, die ihr gar nicht ähnlich sah, legte Madlen Katherin eine Hand auf den Arm. Es wirkte, als ob sie Schutz suchte.

Im halbdunklen Kirchenschiff wartete noch niemand auf sie. Ein Hauch von Weihrauch, in den sich der Geruch feuchter Erde mischte, schwebte im Raum. Nichts war zu hören außer ihrem eigenen Schritt.

Bei den vorderen Kirchenstühlen blieben sie stehen. Madlen wirkte verlegen und blickte unbehaglich auf den Altar.

Katherin war es sogar, als ob sie sie seufzen hörte. Auf einmal wusste sie, dass sie nicht schweigen durfte, und zögernd begann sie zu sprechen.

Als sie Jörg erwähnte, glitt zum ersten Mal an diesem Tag ein Lächeln über Madlens ernstes Gesicht. Wahrscheinlich dachte sie daran, wie der Bleicherknecht aus Katherins Fenster gesprungen war. Doch bei Katherins folgenden Worten verdüsterte sich ihr Blick rasch wieder.

Jörg hatte erzählt, es sei ein Streit zwischen Thoman und seinem Freund Anthoni gewesen, der Thoman bewogen habe, Madlen zu heiraten. Sie hätten darüber gestritten, welches Los für einen Mann wohl unerträglicher sei: die Ehe mit einer Frau, die so hässlich war, dass jeder unangenehm berührt seine Augen von ihr wandte, oder die lebenslange Verbindung mit einer Schwachsinnigen. Anthoni hatte angeblich versichert, jede Missgestalt zu ertragen, wenn er mit dem Mädchen nur angenehm reden könne. Thoman habe ihn ausgelacht. Mit einer Hässlichen das Lager teilen zu müssen, würde ihn umbringen, Dummheit dagegen sei letztlich nur vorteilhaft.

Es habe damit geendet, dass sie gewettet hätten – nicht wie sonst üblich um einen Geldbetrag. Es ging diesmal nicht um einen Streich, einen Kampf oder um eine Mutprobe. Anthoni hatte geschworen, er würde das hässlichste Mädchen von Kempten nehmen, und Thoman schlug ein. Er würde eine Bürgerstochter ohne einen Funken Vernunft wählen. Unter dem Gelächter ihrer Kumpane hagelte es sogleich Vorschläge. Für Thoman suchte man die Tochter des Weinhändlers aus.

Es kostete Katherin Mühe, dies auszusprechen. »Ich weiß nicht, Madlen, wie sie darauf gekommen sind«, sagte sie dann. »Vielleicht ist dein Vater schuld. Er hat dich nun einmal von allem abgeschirmt ...«

Wer bis zur Jahresmitte die Wette nicht einlöste, verlor alles, was er einmal erben sollte, an den jeweils anderen.

»Jörg konnte nicht sagen, ob sie betrunken waren. Aber sie haben es jedenfalls ernst gemeint. Anthoni Hall hat diese Frau vor kurzem geheiratet und Thoman hatte bis heute Zeit. Wenn die Hochzeit nicht stattfindet, hat er sein Erbe bei dieser Wette verspielt.«

Madlen wusste nicht, was sie darauf sagen sollte. Jeden Augenblick konnte die Hochzeitsgesellschaft im Portal der Kirche erscheinen. Trotz allem traf es sie wie ein Schlag. Dass der Grund für ihre Ehe eine hässliche Wette war ... Thoman Becherer war offensichtlich ein Spieler, der über seiner Leidenschaft alles andere vergaß. Wie gelähmt stand sie in der Mitte der Kirche und schwieg.

Die Kirchturmuhr schlug. Aus der Sakristei kam ein Greis im Priesterornat, gefolgt von zwei Messdienern. Der Geistliche wirkte hinfällig, einmal stolperte er sogar. Zugleich wurde die Kirchentür aufgezogen und Thoman Becherer trat mit seiner Familie ein. Madlen drehte sich um. Diesmal rang sie sich kein Lächeln ab.

Wieder musste Thoman sich eingestehen, dass er überrascht von ihr war. Die Entdeckung, dass sie lesen und schreiben konnte und auch sonst keinen törichten Eindruck machte, hatte ihn ein paar Nächte lang um den Schlaf gebracht. Wenn das Anthoni mitbekam, oder einer der anderen ... Aber was konnte er schließlich dafür? Man konnte ihm keinen Betrug vorwerfen. Der Vorschlag »die Kolman« war nicht von ihm gekommen. Dennoch würde es besser sein, wenn sie nicht allzu viel unter die Leute kam, genauso, wie sie bisher gelebt hatte. Den Gedanken, wieso sich alle offenbar in ihr getäuscht hatten, streifte er nur.

Sie gefiel ihm, wie sie ihn dort reglos erwartete. Der Goldbrokat ihres schmal geschnittenen Kleides umfing ihren Körper wie eine Kostbarkeit. Die smaragdenen Ohrringe spiegelten das Grün ihrer Augen wider. Er nahm ihre Hand und fühlte, wie ihn die Berührung beunruhigte.

Neben Thoman stand eine blonde Frau. Joß Becherer stellte sie Madlen flüsternd als seine älteste Tochter vor.

»Engel ist gestern aus Obergünzburg gekommen. Leider hat ihr Mann Johan sie nicht begleiten können.«

Thomans Schwester war ein bildschönes Wesen, mit Augen von einem Blau, in dem die meisten Männer seufzend versinken wollten. Auch der Mund mit den vollen, ein klein wenig aufgeworfenen Lippen betonte die sinnliche Ausstrahlung, die ihren Körper wie ein verlockender Duft umgab. Madlen sah sich von ihr mit einem seltsamen Lächeln begrüßt.

Thoman Becherer hatte seinem Hang zu kostbarer Kleidung nachgegeben. Über dem Hochzeitshemd trug er ein nachtschwarzes und tiefgrünes Wams, mit Silberfäden durchwoben und besetzt mit einer von kleinen Juwelen verzierten Seidenborte. Eine schillernde Feder schmückte das Samtbarett.

Mittlerweile hatten sich auch eine Gruppe von Nachbarn und einige weitläufige Verwandte des Tischlermeisters eingefunden, und als sich der Geistliche räusperte und das Brautpaar vor ihn trat, öffnete sich nochmals die Kirchentür, und der Zunftmeister erschien. Seine Frau hatte zuvor den Kopf geschüttelt und gesagt: »Der alte Kolman ist noch kaum unter der Erde ... Eine Hochzeit ohne jegliche Feierlichkeit! Also ich verstehe Clara nicht.« Aber der Zunftmeister hatte sich der Bitte von Joß nicht verschließen wollen, als der ihn von dem Termin unterrichtete. Nun, immerhin hatte er vor Kolmans Tod den Ehevertrag der beiden bezeugt. Nichts an der Heirat war ungut, außer vielleicht dem Zeitpunkt.

»In nomine patris ...« Der Pfarrvikar hustete. Seine angegriffenen Lungen hatten unter der Hitze der letzten Wochen gelitten. Und jetzt dieser Wetterumschwung… Nur mit Mühe würgte er Silbe um Silbe heraus.

Einige Mitglieder der Hochzeitsgesellschaft verdrehten unwillkürlich die Augen und die Kinder kicherten. Engel hingegen wirkte bewegt.

Das Band des Priesters legte sich über Madlens und Thomans ineinander verschlungenen Hände. Stockend sprach er die lateinischen Formeln. Klar und deutlich kamen die Antworten. Der Geistliche beugte sich vor. Nur noch einige Sätze. Er keuchte vor Atemnot, aber er kam zum Schluss. Jetzt waren sie Mann und Frau.

Danach musste der Priester wieder husten. Erschrocken blickte Clara auf Thomans Taufkerze. Die Flamme erlosch. Alle, die es bemerkten, bekreuzigten sich. Angesichts des düsteren Omens wurden Stoßgebete gesprochen. Auch über Thomans Gesicht glitt ein Schatten, doch gleich darauf ging er lächelnd mit seiner Frau durch das Kirchenschiff, den andern voraus. Madlens blasses Gesicht zeigte dabei keine Regung.

Als sie ihrem Ehemann die Hand reichte, war Katherin eingefallen, was Jörg ihr am Morgen berichtet hatte: Madlens Gestalt im nächtlichen Unwetter über dem Brunnen. »Ich habe sie wirklich genau gesehen. Und das Seltsamste: Sie war wie ein Mann gekleidet«, hatte er gesagt. Katherin hatte Madlen nicht danach fragen wollen.

Vor der Kirchentür hielten sie sich nicht lange auf. Da es nach wie vor regnete, hüllte sich jeder rasch in seinen Mantel ein und legte die Strecke zu Joß Becherers Haus im Laufschritt zurück. In plötzlichem Übermut zog Thoman Madlen mit sich fort und sie liefen voraus. Im Hausflur achtete er nicht auf die Mägde, die ihnen neugierig entgegenkamen, sondern streifte ihr die Kapuze vom Haar, drängte sie rasch in die Nische neben dem Eingang und küsste sie. Es war nicht unangenehm. Madlen sah zu ihm auf.

Nach ihnen trat Engel ein. Beim ihrem Anblick stutzte sie. Ihr Mund lächelte zwar, doch Madlen hatte den Eindruck, als ob darin etwas Bitteres lag.

Dass Kolmans Tod ihr auch noch eine große Hochzeitsfeier ersparte, erfüllte Madlen mit einiger Dankbarkeit für den Mann. Zwar gehörten die Becherers nicht zu den Reichen der Stadt, aber sie waren bedeutend genug, dass es ein Spektakel mit wenigstens einhundert Gästen, zweitägigem Festgelage, Musikanten und allerhand Späßen geworden wäre. Stattdessen saßen sie nur zu acht am Tisch. Freunde, Nachbarn, Verwandte und Honoratioren waren nicht eingeladen, nur Katherin war gebeten worden, »damit sie wenigstens nicht völlig allein dasteht«, wie Clara sagte.

Madlen merkte kaum, was sie aß. Jetzt war es zu spät. Nach ihrem Gespräch neulich konnte Thoman kaum glauben, dass sie tatsächlich schwachsinnig war, doch es lag gar nicht in seinem Interesse, da weiter nachzugraben ... Sie achtete nur wenig darauf, was man am Tisch redete.

»Ich habe sowieso schon immer in Obergünzburg gelebt.« Thomans Schwester unterhielt sich mit Katherin. »Ich bin bei meiner Großmutter aufgewachsen.« Ununterbrochen bettelten Anna und Ursula ihre Mutter um Lebkuchen an. »Mein Vater hat das so haben wollen«, hörte Madlen Engel wieder, »weil das Landleben angeblich gesünder sein soll. Er fürchtete hier die Epidemien. Ich war wohl nicht allzu kräftig. Nachdem ich die ersten Lebensjahre bei der Großmutter verbracht hatte, wollte sie mich nicht mehr hergeben.«

»Und Thoman?«

»Er ist zwei Jahre älter als ich. Bei ihm ist wohl niemand auf die Idee gekommen, die Stadt könnte ihm nicht zuträglich sein. Von klein auf war er schon in der Werkstatt. Aber gelernt hat er in Immenthal, das ist nur eine Wegstunde von Obergünzburg entfernt.«

Während sie sprach, schaute Engel zu ihrem Bruder hinüber. Der schwieg. Die Hand an seinem silbernen Weinbecher wirkte angespannt. Er hörte so wenig zu wie Madlen. Nach der Mahlzeit ging er hinaus und kam mit einer Laute wieder. Den befremdeten Blick seiner Mutter ignorierte er, und auch als sie mahnte: »Keine Musik, Thoman«, tat er, als habe er nichts gehört. Den Fuß auf einen Schemel gesetzt, fing er an zu spielen. Er hatte kein fröhliches Lied ausgewählt. Zart und zurückhaltend erklangen die Töne Orlando di Lassos: »Madonna mia pietà...« Wider Willen war Madlen von Thomans Kunst angerührt. Als er in ihre Augen sah, lächelte er.

Gegen Abend begleitete man sie hinüber in Kolmans Haus. Katherins Magd und die Köchin reichten ein Abendessen und Joß sprach dem Wein reichlich zu, ohne auf Claras vorwurfsvolle Blicke Rücksicht zu nehmen. Der Gedanke, was für eine vergnügliche Hochzeit es hätte werden können, wenn der alte Kolman sich besser benommen hätte, machte ihn sentimental. Schließlich wurde er von seiner Frau zum Aufbruch gedrängt.

Madlen sah von dem Glas auf, das sie Joß eben noch hingestellt hatte, und schaute direkt in Engels tiefblaues Augenpaar. Unwillkürlich war sie erschrocken. Für einen Moment hatte sie das Gefühl gehabt, als ob Thomans Schwester ihr etwas Böses wünschte. Doch dann sagte sie sich, dass dieser Blick nichts als Besorgnis ausdrückte.

Ihr Mann schloss das Tor hinter den Gästen und schob den Riegel vor. Dann nahm er sie bei der Hand und zog sie wortlos zur Schlafkammer. Nachdem er sich seines Hemdes entledigt hatte, löste er die Bänder an ihrem Kleid. Er streifte es ihr über ihre Schultern und Brüste, dann hob er sie auf und trug sie ins Bett.

Am nächsten Morgen tönte der schwache Klang einer Totenglocke mit dem Wind von St. Lorenz über die Stadt. Man hatte die Suche nach dem ertrunkenen Leibeigenen endgültig aufgegeben. Das Ablasstor war nicht mehr geschlossen worden, das Wasser des Weihers floß weiterhin ab. Dennoch zeigte sich keine Veränderung an der Höhe des Wasserspiegels. Der Teich ruhte still, nur die Regentropfen rührten an seine reglose Oberfläche.

Innerhalb weniger Tage war Thomans Werkstatt im Erdgeschoss von Kolmans Haus eingerichtet. Um Licht in die Eingangshalle zu bringen, wurde das Tor zur Straße durch ein neues ersetzt. Nunmehr ließ sich der obere Teil des linken Flügels als Laden herunterklappen, im rechten befand sich die Tür und ein weiteres Schiebefenster. Auf der anderen Seite, zum Hof hin, sollte der Durchgang während des Sommers tagsüber offen bleiben.

Werkbank und Hobel standen an ihrem Platz, daneben stellte man einfache Tischplatten zum Leimen, Grundieren, Lackieren und Trocknen auf. Als Lager für Firnisse, Lacke und sonstige Rohstoffe sollte der Raum mit dem Weinfass dienen.

Madlen war zufrieden damit. Thomans Gegenwart störte sie nicht. Bereits nach der ersten Nacht waren sie miteinander auf eine körperliche Weise vertraut, als ob sie sich schon lange gekannt hätten. Das Vergnügen, das sie sich schenkten, brauchte keine Erklärungen, und jede andere Nähe vermieden sie. Im Grunde war es ihr Schweigen, das alles einfach machte. Thoman vermied es, zu sehen, dass sie keineswegs dem Bild von einer Frau entsprach, die zu heiraten er sich verpflichtet hatte. Und Madlen ... Trotz der Wette mochte sie ihn. Aber instinktiv wusste sie auch, dass sie sich besser davor hütete, ihn allzu genau kennen zu lernen.

Wie man es von ihr erwartete, kümmerte sie sich um das Haus und den Garten und willigte ein, eine Köchin und eine Magd zu nehmen. Außer den Becherers sah sie nur Katherin. Dass sie sich so abschottete, erleichterte Thomans Stand. Nach dem, wie man die Tochter des Weinhändlers einschätzte, erwartete niemand, dass sie in Gesellschaft ging. Und da Madlen weder Tanzereien noch sonstige Lustbarkeiten jemals gekannt hatte, vermisste sie nichts – im Gegenteil. Von Tag zu Tag wuchs ihre Sicherheit. Selbst der Gedanke an Freiberg verblasste dabei.

So verlebte sie diesen Sommer wie ein zufriedenes kleines Tier, das sich nach gleichförmig blaugoldenen Tagen spätnachts satt zusammenrollte, um einzuschlafen. Dabei träumte sie nie.

Elf

Insgeheim musste Freiberg sich eingestehen, dass es ein Fehler gewesen war, seiner Grausamkeit nachzugeben. Hätte er sich beherrscht, hätte er über das Grundmeer mit seinen verborgenen Schätzen womöglich noch mehr erfahren. Der Gedanke daran bewegte ihn Tag und Nacht. Gold, Silber und Edelsteine, hatte der Fischknecht gesagt. Wenn er sie fände, müsste die Welt ihm zu Füßen liegen. Doch jetzt war Jäck tot und mit der Suche nach dessen Bruder, der unter der Erde verrückt geworden war, kam er nicht weiter. Völk behauptete, nicht zu wissen, wo der Verwirrte geblieben war. Verwandte hatte Jäck sonst keine mehr. Die leibeigenen Knechte, die Freiberg ausfragte, schwiegen trotz aller Drohungen. Stets war ihre Antwort dieselbe: Keiner kannte den Aufenthalt, Jäck hatte seit Jahren nichts mehr von seinem Bruder erzählt. Er war vermutlich längst nicht mehr am Leben. Aber Freiberg spürte genau, dass das gelogen war.

Dann verfiel er darauf, tagelang durch das Land zu reiten und wahllos Bauern und Handwerker auszufragen. Er erntete fast nur Verwunderung. Und fast immer stieß er auf Misstrauen, obwohl er weltliche Kleidung trug und kaum einer ihn mit der Abtei in Verbindung bringen konnte. Jedenfalls gaben die meisten vor, noch niemals etwas von einem Meer unter der Erde gehört zu haben.

Ein altes Weib, das er mit einer Hucke voller Brennholz im Kemptener Wald erwischte, berichtete von Wassermännern, die kleine Kinder stahlen. Ein versoffener Landstreicher wusste eine Geschichte von einem Karpfen zu erzählen, den ein Bauer mit seiner Mistharke getroffen habe. Der sei mit der Gabel im Rücken zum Grund des Wassers verschwunden und in einem anderen See wieder aufgetaucht, in einer Fischreuse gefangen. Mit der Harke.

Es war reine Zeitverschwendung. Dann aber brachte der Zufall Freiberg auf eine andere Spur.

Bei einem gemeinsamen Abendessen im Kloster, nach einer Sitzung, in der stundenlang über den Kauf eines Gutes sowie eines Waldstücks gestritten wurde – schließlich machte von Stetten einen trickreichen Vorschlag, mit dem man den Preis kräftig drücken würde –, spielte von Wernau den Unterhalter. Diesmal war er nicht völlig betrunken und in diesem Zustand war er als Anekdotenerzähler ganz angenehm. Obwohl er kaum aus seinen vier Wänden herauskam, kannte er eine Unzahl Geschichten, die sich, wie Freiberg des Öfteren schon festgestellt hatte, stets als im Kern wahr erwiesen.

Diesmal mokierte er sich über die städtischen Pfarrherren, »diese Besitzer der wahren Moral. Doch vor zwei Tagen hat ein braver Bürger zu seinem Entsetzen entdecken müssen, dass eine Grabstelle, die er von ihnen für reichlich Entgelt am Kirchplatz erworben hatte – ausdrücklich als sein privates Familiengrab, was natürlich nicht wenig kostet –, gleich noch einmal belegt worden war. Im Mai hat er seinen jüngeren Sohn in die Grube gelegt, jetzt starb seine Frau. Fast noch mehr als ihr Tod hat ihn getroffen, dass man in dem wieder geöffneten Grab die sterblichen Überreste des jungen Mannes nicht mehr allein fand. Er hatte Gesellschaft erhalten – soviel man von der verwesten Leiche erkennen konnte, war es eine junge Frau, ebenso tot wie er selbst, sodass die Frage der Schicklichkeit wenigstens nicht zur Debatte stand. Vor Empörung erlitt der brave Bürger zuerst einen Schwächeanfall, dann stürmte er kurzerhand in die Kirche, mitten in eine heilige Messe hinein, und beschuldigte den zittrigen Pfarrvikar, für das Grab doppelt kassiert zu haben. Die Aufregung kann man sich vorstellen. St. Mang schwört Stein und Bein, dass so etwas niemals geschehen sei – im Übrigen wisse man gar nichts von der Sache. Die Leiche sei eindeutig überzählig. Indirekt hat man sogar den Sohn der Familie selbst in Verdacht gebracht: er habe verfügt, man solle eine kranke Geliebte bei ihrem Ableben ihm zugesellen. Der Vater hat vor Wut regelrecht aufgeheult. Nun ist die Tote leider nicht mehr in einem Zustand, in dem man sie noch präsentieren könnte, man wird den Namen also wohl nicht mehr erfahren ... Da hat man sie kurzerhand in eine eigene Grube gelegt. Und der brave Bürger hat noch ein paar Gulden herausgeschlagen – was seinen Schmerz sogleich betäubt haben soll.«

»Wann war das?«, fragte von Freiberg in das Gelächter hinein.

»Nun, erst vor ein paar Tagen. «

»Ach was... ich meine, wann ist dieser Sohn verstorben?«

»War es etwa Eure Freundin?«, juxte von Wernau, und sogar Breitenstein verschluckte sich vor Lachen am Wein. »Also, er verblich Mitte Mai... Vermisst Ihr seitdem ein Mädchen?«

Eck von Reischach beobachtete Freiberg, der sich mühsam ein Lächeln abrang. Aber er wusste keine Erklärung für dessen Interesse an dieser Frauenleiche.

Abrupt stand Freiberg auf und verließ die fröhliche Tafelrunde. ›Möglicherweise ist sie ja ebenfalls krank geworden‹, hatte Benzer gesagt. Ja, vielleicht. Er brauchte nur einen Weg …

Ende August brach Thoman zu einer Reise nach Füssen auf. Nur ein bewaffneter Knecht begleitete ihn. Wochenlang hatte er jedes kleine Detail der Laute geplant, die er als Meisterstück bauen würde. Akribisch hatte er Lautenrücken und Korpus sowie die zarte Rosette der Fichtendecke gezeichnet. Zahllose verworfene Pläne bedeckten den Werkstattboden. Er war wie besessen davon. In Füssen, wo sich seit den Besuchen Maximilians I. der Lautenbau zu einem blühenden Handwerk entwickelt hatte, wollte er Klangholz kaufen und einige kostbare Lacke finden. Er brauchte auch Ahorn- und Eibenspäne und hoffte auf günstiges Elfenbein.

Nach zehn Tagen war er zurück. Gut gelaunt lud er den Wagen ab.

»Mich wundert, dass er überhaupt dazu gekommen ist, etwas einzukaufen«, bemerkte Wolff, der Knecht mit der melancholischen Miene, später zu Elsa, die ihm in der Küche sein Leibgericht vorsetzte. Die junge Magd, die der Köchin half, spitzte die Ohren. Doch Elsa schaute nur kurz zu ihr hin und Wolff verstand ihren Wink. Er schwieg, solange er aß. Als das Mädchen Asche nach draußen brachte, wurde er deutlicher: »Der hat sich die Hörner noch lange nicht abgestoßen …«

Die Tür öffnete sich und Thoman Becherer rief der Köchin zu: »Sag meiner Frau, dass ich noch einmal fortmusste. Sie soll nicht auf mich warten. Es wird wohl spät werden.«

Wolff sah Elsa bedeutungsvoll an.

Als Moritz Benzer sich schwer atmend herumwälzte, hasste er sich schon dafür. Schließlich hatte er sich geschworen, diesmal nicht wieder schwach zu werden. Wie brachte sie ihn nur jedes Mal erneut dazu? Die Hebamme war bereits aufgesprungen und strich sich den Kittel glatt. Dann flocht sie ihr Haar. Er blinzelte in die Sonnenstrahlen, die ihn zwischen den Ästen gefunden hatten. Das nächste Mal würde er seinen Weg nicht mehr über Günzburg nehmen. Jedes Mal passte die Haywanger ihn ab – kurz vor dem Ort, oder ein Stück dahinter. Sie musste so etwas wie einen sechsten Sinn haben. Aber jetzt wollte er nicht mehr.

Sie sah zu ihm hin. Mit ihrem beängstigend klaren Instinkt schien sie zu merken, was in ihm vorging, denn von einem Augenblick auf den anderen wechselte sie ihre Taktik. Sie begann zu reden, und wiederum konnte er dem, was sie sagte, nicht widerstehen. Tag und Nacht drehten sich seine Gedanken um dieses Thema.

»Ich glaube nicht, dass es ehemals Menschen waren ... sie stammen von Zwergen ab ... oder von Elfen. Doch sie können sich vollkommen verwandeln ...«

Längst hatte er ihr von dem Mädchen erzählt, das in Wirklichkeit eine Wasserfrau war und das er beobachtete ... Während der letzten Monate war er für Freiberg durch ganz Süddeutschland sowie nach Sachsen und Trier gereist. Er hatte die Kolman seit so vielen Wochen nicht mehr gesehen ... Barbel verschlang ihn mit ihren Augen. Den Namen hatte er ihr nicht verraten – er wollte Madlen für sich haben. Die Luft flirrte vor Hitze, und aus dem sumpfigen Boden stiegen Wolken von Mücken auf.

Aber sie ließ ihn nicht fort. »Hörst du das Wasser?« Der ganze Hang sprudelte von zahllosen Quellen. »Es sieht sauber aus. Willst du davon trinken?« Mit beiden Händen schöpfte sie aus der felsigen Spalte. Ihn schwindelte. Sie redete ... redete ... und dabei liebkosten ihn ihre Lippen. »Der Fluss spuckt die Wechselbälger der Nixen aus ...« Aber er mochte nicht mehr. Als er sie wegstoßen wollte, hielt sie ihn fest. »Du bist in diese Nixe verliebt!«, zischte sie eifersüchtig.

Erschrocken sah er sie an. »Nein ... wie kannst du so etwas glauben?! Ich gebe doch meine Seele nicht her ... sie ist ein Dämon ...«

Nur um die Frau zu beschwichtigen, gab er ihr aufseufzend nach.

Wohlwollend musterte Freiberg Thoman Becherers elegante Erscheinung. »Und wie lange, meint Ihr, dauert es, bis Ihr sie fertig habt?«

»Die Arbeit nimmt nur noch einige Wochen in Anspruch. Ich habe ja alles schon soweit vorbereitet. Nur, es soll, wie ich schon gesagt habe, mein Meisterstück werden. Und damit hängt es nicht nur von mir allein ab. Ich muss die Laute der Zunft vorlegen. Sobald ich es einrichten kann, suche ich meinen ehemaligen Lehrmeister auf. Bis zum Spätherbst müsste alles erledigt sein.«

Freibergs Schweigen deutete eine gewisse Unzufriedenheit an. Unwillkürlich biss Thoman sich auf die Lippen. Ein gutes Geschäft. Es würde doch nicht im letzten Moment daran scheitern ...

»Spätherbst ... nun ja ...«, sagte Freiberg endlich. »Da werde ich mich gedulden müssen. Ich habe mir sagen lassen, Eure Lauten seien etwas Besonderes. Und der Kunst muss man ja Opfer bringen.«

Da Freiberg sich bei diesen Worten erhoben hatte, machte Thoman Miene, sich zu verabschieden. Doch er war noch nicht entlassen. »Ihr habt die Tochter von Jakob Kolman vor kurzem geheiratet?«, hielt ihn der Stiftsherr mit scheinbar höflicher Anteilnahme zurück. »Eine interessante Familie ...« Da der Lautenmacher ihn nur verständnislos anblickte, drückte er sich direkter aus: »Sicherlich habt Ihr die Verwandten des Mädchens schon kennen gelernt?«

»Nein ... sie hat keine Angehörigen mehr. Ihre Mutter ist schon vor vielen Jahren gestorben, und ihr Vater ... Er starb an der Pest, kürzlich erst. Vielleicht habt Ihr davon gehört. Ansonsten ...«

»Ist denn aus Augsburg niemand zur Hochzeit gekommen?«

»Nein, meine Frau ist in Trauer, und daher haben wir keine große Feier gehabt. Außerdem gibt es niemanden ...« Wie immer, wenn die Rede auf seine Frau kam, war es Thoman unangenehm.

Freiberg tat einen Schritt auf ihn zu und legte ihm eine Hand auf den Arm, eine Geste, die ungewöhnlich vertraulich wirkte. »Wenn das so ist ... Sagt, Thoman, wer hat eigentlich damals, als Kolman hierher zog, für ihn gebürgt?«

»Gebürgt? Nun, ich nehme an, irgendwelche anderen Kaufleute. Ich bin damals noch in Venedig gewesen – aber ich kann meine Frau fragen.«

»Nein ... nein, das ist nicht notwendig. Es war nur ein Gedanke ...« Thoman wartete, aber der Adelige gab keine Erklärung. Stattdessen musterte er den jungen Mann nochmals mit Interesse, dann wandte er sich lächelnd ab.

»Sehr schön«, sagte er. »Falls sich unser Zusammenwirken in meinem Sinne entwickelt ... Also, ich bin der Meinung, dass die Kirche die Künste in jeglicher Hinsicht fördern sollte.«

Auf dem Heimweg schaute Thoman bei seinem Vater vorbei. Er fand ihn im Hof vor dem Lager, wo er eine Ladung Bretter begutachtete.

»Nun?«, fragte Joß, »Erfolg gehabt?«

»Er kauft die Laute. Ich denke, dass ich zufrieden sein kann.«

Joß nickte. Für ein außergewöhnliches Stück gab es in Kempten nicht viele mögliche Interessenten. Preiswerte Instrumente konnte man immer absetzen, aber Thoman hatte sich das Allerteuerste in den Kopf gesetzt. »Was hältst du davon?«, fragte er, indem er auf das Holz vor sich deutete. Bereitwillig prüfte sein Sohn Brett für Brett und sie erörterten ausgiebig mögliche Nachteile.

Bevor Thoman ging, fragte er seinen Vater noch nach den Leuten, die für Kolman gebürgt hatten.

»Wieso interessiert dich das?«

»Nur so... Freiberg hat mich danach gefragt. Keine Ahnung, weshalb er es wissen wollte.«

Joß zuckte die Achseln und nannte zwei Namen. »Aber ganz sicher bin ich mir nicht... Du kannst sie ja selbst fragen.« Dann wandte er seine Aufmerksamkeit wieder der Arbeit zu.

Wenige Stunden nachdem der Stiftsherr von Freiberg den jungen Becherer gnädig entlassen hatte, meldete sein Sekretär Moritz Benzer an. Endlich! Monatelang hatte der Säumer auf sich warten lassen, nun war er endlich zurück in Kempten.

Als Benzer eintrat und ihm zunächst von der Reise berichten wollte – die schriftlichen Antworten, die er von verschiedenen Herren erhalten hatte, legte er ehrerbietig vor sich auf den Schreibtisch –, schüttelte von Freiberg den Kopf.

»Darüber reden wir später. Komm mit!« Sein Tonfall war streng.

Wenn Benzer erwartet hatte, der Stiftsherr werde sich dafür erkenntlich zeigen, dass jeder Auftrag sorgsam erledigt war, so sah er sich getäuscht. Stattdessen eilte Freiberg mit finsterer Miene voraus in den Hof, wo sie ein Knecht mit zwei Pferden erwartete.

»Aufsitzen! Du wirst mich begleiten«, sagte der Stiftsherr und ritt bereits los. Er nahm den Weg zu den Fischteichen, bis zum nördlichen Weiher hinaus. Dort, neben dem unveränderten, finsteren Wasserspiegel, begann das Verhör. Von Freibergs Fragen vollkommen überrumpelt, leistete Benzer keinerlei Widerstand.

»Es stimmt«, sagte er. »Es war unter der Erde, wo ich das Mädchen, das Ihr Madlen Kolman nennt, damals gesehen habe. Als ich Euch das erste Mal über die verborgenen Gänge und über das Grundmeer berichtete, habt Ihr mir nicht zugehört.« Benzer zuckte die Achseln. »Daher habe ich angenommen, dass Ihr nichts davon wissen wollt. Ich habe mich nicht mehr getraut, es zu erwähnen, und habe daher behauptet, dass ich mich nicht daran erinnern kann.«

»Du hast mich belogen«, erwiderte Freiberg kalt. »Und was soll das heißen – ›das Mädchen, das ich Madlen Kolman nenne‹?«

Benzer schwankte noch zwischen Trotz und dem Wunsch, alles mitzuteilen. Wenn er Freiberg überzeugen könnte ... Er holte tief Luft.

»Sie ist eine Wasserfrau. Wenn ich ihr nicht glücklich entkommen wäre, hätte sie mich hinunter zum Grundmeer gezogen und dort ertrinken lassen. Nach Kolmans Tod hat sie einfach Madlens Platz eingenommen. Wer kannte die schon? Vielleicht hat sie sie dafür töten müssen. Oder sie hat sie auf andere Weise beiseite geschafft. Aber ich schwöre Euch: Die Frau, die Euch damals in Eurem Kontor aufsuchte, war nicht die Tochter des Weinhändlers. Wie könnte ein menschliches Wesen zugleich eine Nixe sein?«

Freiberg starrte ihn an. War tatsächlich die fremde Tote am Kirchhof die echte Madlen? Er schluckte. Und die, die ihn in die Irre führte? Wer immer sie wirklich war, Benzer war offensichtlich davon überzeugt, dass sie wusste, wie es zum

Grundmeer hinunter ging ... und dort lag das Gold ... all seine Pläne ... Ja, es musste ganz einfach so sein.

»Erzähl mir vom Grundmeer.« Mit einem Mal wirkte der Stiftsherr sachlich und ruhig.

Benzer atmete auf.

Als die beiden später zurückritten, waren sie immer noch in ihr Gespräch vertieft. Ein Fischknecht, der grüßte, ohne dass sie ihn bemerkt hätten, hörte den Säumer sagen: »... sie ist kein Geschöpf Gottes. Man muss sehr vorsichtig sein.«

Zwölf

Von einem Tag auf den anderen war der Sommer vorbei. Als Madlen eines Morgens Anfang September erwachte, fror sie trotz ihrer Seidendecken. Sie wandte den Kopf. Das Bett neben ihr sah unberührt aus. Ob Thoman überhaupt darin geschlafen hatte, wusste sie nicht. Sie hatte ihn weder kommen noch gehen gehört.

Auf bloßen Sohlen tappte sie bis zur Fensternische und beugte sich fröstelnd hinaus. Es war seit vielen Wochen das erste Mal, dass die Sonne nicht schien. Eine bleigraue Stille schien auf der Stadt zu lasten. Kalte Luft drang von außen herein, dabei roch es nach Herbst und nach Feuchtigkeit. Die Düsternis draußen streifte ihr Herz.

Auch Madlen hatte von der überzähligen Frauenleiche am Kirchhof gehört. Kurz darauf hatte sie durch Zufall erfahren, dass Thoman die Meisterlaute dem Konventsherrn von Freiberg verkauft hatte. Ihr gegenüber hatte er nichts davon erwähnt, wie er auch sonst nie mit ihr über Geschäfte sprach. Doch sie war im Kontor gewesen, als er nebenan in der Werkstatt mit einem Kunden darüber geredet hatte. Von ihrer Auseinandersetzung mit Freiberg wusste er anscheinend nichts, auch nichts von dem Geld, um das man Kolman gebracht hatte, und sie hatte nicht vor, ihn darüber aufzuklären.

Als sie stattdessen naiv wissen wollte, ob ein Stiftsherr sich ein so teures Instrument überhaupt leisten könne, hatte Thoman nur leise gelacht. »Er hat mich im Voraus bezahlt. Die Abtei schwimmt doch im Geld.«

Madlen wunderte sich. Warum legte der Chorherr wohl so viel Wert darauf, die Laute von ihrem Mann zu kaufen? Worüber hatten die beiden dabei noch gesprochen? Fragte er Thoman über sie aus?

Zudem hatte der tierliebe Nachbar Madlen eine Nachricht zukommen lassen, dass der Stiftsherr von Freiberg zwei Kemptener Handelsherren zu sich gebeten habe. Seinerzeit hätten die beiden für ihren Vater gebürgt. Ihr Nachbar, glaube nicht, dass das ein Zufall sei. Madlen war entschlossen, nicht darüber nachzudenken. Dennoch fühlte sie Angst. Was suchte Freiberg herauszufinden?

Und dann, an diesem herbstlichen Morgen, entdeckte sie den Mann neben der Stalltür. Normalerweise hätte sie ihn gar nicht wahrgenommen. Das Grün seines Kittels verschwand zwischen den Blättern des Flieders und dem verwitterten Holzstadel. Doch er hatte eine Bewegung gemacht, sich gestreckt, womöglich war er genau wie sie eben aufgestanden, und das Weiß seiner Hände blitzte für einen Moment auf. Im nächsten Augenblick nahm Madlen die hellblonden Haarsträhnen wahr und wusste, wer sie beobachtete. Offenbar hatte er eins und eins richtig zusammengezählt. Und wenn er auch Freiberg darüber berichtet hatte …

Drei Tage später schien der Spitzel wieder verschwunden zu sein. Doch Madlen ahnte, dass er zurückkehren würde.

Es war kurz vor Einbruch der Nacht und die Tiefen der Ulmer Druckerwerkstatt verschwanden bereits im Dunkeln. Eben wollte Moritz Benzer den letzten Ballen der sorgsam verschnürten Einblattdrucke vom Boden aufnehmen, da bemerkte er unter seinen Füßen ein Rascheln. Ein Flugblatt war von einem Stapel am Tisch gefallen. Er bückte sich, um es zurückzulegen.

Nach einem flüchtigen Blick auf den Holzschnitt, der das obere Drittel der Seite zierte, sah er genauer hin. Der Druck zeigte ein von einer riesigen Woge bedrohtes, fruchtbares Tal. Darunter befand sich ein Vers, dessen Sinn ihm verschlossen blieb, da er nicht lesen konnte. Das Blatt in seiner Hand bebte leicht. In der kunstvoll gestalteten Welle schienen Nymphen zu tanzen und unter dem Tal brach ein Hohlraum auf... Seine Zunge fuhr über die trockenen Lippen. Verstohlen sah er sich um. Die Gesellen waren bereits beim Abendessen und der Druckermeister... Eben kam er aus dem hinteren Lagerraum.

»Gefällt es dir?«, fragte er, als er das Blatt in Benzers Händen bemerkte. »Du kannst es mitnehmen. Ich habe ein paar mehr davon gemacht, als bestellt waren. Die Leute reißen sich drum.«

»Liest du mir vor, was drunter steht?«

Gutmütig nahm ihm der Meister das Blatt aus der Hand, um gleich darauf festzustellen, dass es im Raum bereits zu dunkel zum Lesen war. Es half auch nichts mehr, vor die Tür zu treten. »Warte einen Moment.«

Umständlich zündete er eine Lampe an. Im Lichtschein fuhr Benzer mit einem Finger die Zeilen nach. Der andere las:

»Wer im Jahr 1523 nicht stirbt,
1524 nicht im Wasser verdirbt,
1525 nicht wird erschlagen,
der mag von Wunder sagen!«

»Nicht im Wasser verdirbt?«

»Ja. Hast du davon denn noch nichts gehört? Es gibt Voraussagen, dass der Weltuntergang nahe sei. Berühmte Sterndeuter haben erklärt, dass es eine gewaltige Sintflut geben wird, da im kommenden Jahr Saturn, Mars und Jupiter gemeinsam in den Fischen stehen.«

»Eine Sintflut?«

»Genau. Riesige Wassermassen. Ich kenne Bauern, die schon Bäume für Flöße fällen – und einige Reiche hier lassen sich Archen bauen. Gestern erst hat mir einer erzählt, und er schwört bei der Jungfrau Maria, dass es die lautere Wahrheit sei, dass die Berater des Kaisers an Plänen für Fluchtburgen, Truppenlager und Magazine arbeiten, die sie auf Bergkuppen verlegen wollen. Alles geheim, natürlich. Sie wollen nicht, dass ihnen jemand dabei in die Quere kommt – die einfachen Leute sollen getäuscht werden. Aber wir bringen die Wahrheit unter das Volk! ... Gute Darstellung, nicht?«

Benzer nickte. Vor Aufregung brachte er keinen Ton mehr heraus. Schließlich deutete er auf die Zeilen, die sich an den gereimten Vers anschlossen. Der Drucker rückte noch etwas näher ans Licht und fuhr fort vorzulesen. Der Verfasser des Flugblatts erinnerte an die Skorpion-Konstellation von 1496 – bekanntlich kündigte sie die Verbreitung der Syphilis an – und an die beiden Kometen, die kurz vor der jüngsten Pestwelle am Himmel erschienen waren. Dann legte er seine Argumente für die drohende Sintflut dar.

Benzer lauschte gebannt, ab und zu mit großem Ernst nickend. Alles kam, wie er es schon lange erwartet hatte ... Doch was, wenn einer die dunklen Mächte der Tiefe ans Licht zerrte? Sein Blick verlor sich in der Nacht.

»Willst du wirklich heute noch aufbrechen?«, holte ihn der Druckermeister wieder in die Wirklichkeit zurück.

»Nur bis zur Floßlände. Ich habe Laternen ... Wenn ich

morgen früh genug da bin, bekomme ich einen sicheren Platz. Ich muss etwas Zeit aufholen.«

»Du musst es wissen, Säumer. Aber sieh gut zu, dass du nicht ins Wasser fällst – wir haben erst 1523. Für einen nassen Tod ist es noch zu früh!« Dröhnend lachte der Mann und Benzer stimmte gezwungen mit ein.

Nachdenken. Er musste gehen und darüber nachdenken. Sorgsam faltete er das Flugblatt zusammen und steckte es in seine Gürteltasche. Vierzig Tage und Nächte regnete es in der biblischen Zeit, bis die Fluten höher und höher stiegen und alles Leben fraßen. Diesmal aber würden die Wassermassen aus der Tiefe der Erde kommen... Benzer dachte an die gewaltigen Kräfte des Grundmeers, das nur darauf wartete... Und an die Nixen... Dabei schauderte ihn.

Vergeblich suchte Madlen, hinunter bis auf den Talgrund zu sehen. Vor sich erblickte sie nur schäumende Wellen von Baumkronen. Wie Gischt stiegen daraus die Abendnebel zu ihnen auf. Die Weggabelung, an der Thoman hielt, befand sich weit im Norden von Kempten, auf der westlichen Höhe über der Günz, einem Fluss, der hier, noch nahe der Quelle, nur ein friedlicher Bachlauf war. Rechter Hand führte die Straße steil bergab. Dort unten, von den Wäldern verborgen, lag Immenthal.

»Jetzt ist es nicht mehr weit.« Aufmunternd nickte Wolff Madlen zu, die sich neben ihm auf dem Kutschbock des Wagens aufrichtete. Sie streckte vorsichtig die Beine aus. Seit Stunden mühte sie sich, nicht von dem schwankenden Brett zu rutschen. Der Weg von Kempten über Leubas und Börwang war ausgefahren und von Schlaglöchern dicht übersät. Ihr Hinterteil schmerzte und sie hatte Hunger und Durst, Regungen, die sie in den vergangenen Monaten beinahe vergessen hatte. Alles fühlte sich feucht und klamm an vom Nieselregen. Und rasch schritt die Dämmerung fort. Mit der Dunkelheit wuchs Madlens Furcht. Je weiter sie sich von ihrer sicheren Zuflucht entfernte, desto befangener wurde sie. Im ganzen Umkreis waren die Ländereien stiftkemptisch. Hier hatte das Kloster die Macht.

Als Thoman ihr gesagt hatte, er wolle zu seinem ehemaligen Lehrherrn, um seine Aufnahme als Meister zu klären, war sie noch ahnungslos gewesen. Erst am Tag vor der Abreise hatte er sie ganz beiläufig gefragt: »Willst du nichts einpacken? Wir werden vielleicht ein paar Wochen lang bleiben müssen.«

»Wieso? Soll ich etwa mitkommen?«

»Was dachtest du? Ich werde dich doch nicht solange allein lassen. Du kannst ganz unbesorgt sein, es wird keine anstrengende Reise, du musst nicht einmal reiten. Wir werden den Wagen mitnehmen.«

»Aber ...«

Er hatte ihr gar nicht zugehört. Im ersten Moment dachte sie daran, eine plötzliche Krankheit vorzutäuschen. Doch je besser Thoman sie nach und nach kannte, desto sorgsamer achtete er darauf, dass sie nicht ohne seine Begleitung mit Bekannten zusammenkam. Seinem Freund Anthoni Hall hatte er sie nur ein einziges Mal präsentiert und sie dann schon nach fünf Minuten unter einem Vorwand hinausgeschickt. Womöglich würde er die Reise eher verschieben, als sie allein in Kempten zu lassen.

Noch am gleichen Abend entdeckte sie wieder den Blonden, der diesmal am Marktplatz herumlungerte. Mit einer Mischung aus Furcht und hilfloser Wut starrte sie zu ihm hinunter. Niemand würde hier für sie einen Finger rühren. In einem Anflug von Überdruss fing sie an zu packen.

... und fand sich dann in dieser Wildnis wieder. Auf eine ungute Weise schien ihr das Gelände von früheren Jahren vertraut zu sein.

Thoman ritt neben sie. »Ich habe es mir überlegt, Madlen. Es ist vielleicht besser, wenn du nicht mit zu Meister Gerle kommst. Endres hat wenig Platz und noch weniger an Bequemlichkeiten …«

Er lächelte dabei so verlegen, als wäre ihm das eben erst eingefallen. Doch Madlen wusste inzwischen, dass er ein Schauspieler war. Was dachte er sich bloß dabei? War es nur eine der Launen, wie er sie häufig hatte? Oder steckte dahinter Absicht? Wolff war offensichtlich nicht eingeweiht. Es schien ihm schwer zu fallen, nichts dazu zu sagen, aber er war nur ein Knecht, er hielt seinen Mund.

»Und was wird bequemer sein? Soll ich im Wagen schlafen?«, fragte Madlen, bemüht, keinen allzu unfreundlichen Ton anzuschlagen.

»Du fährst hier weiter« – Thoman deutete auf den schmaleren Weg, der halblinks abzweigte. »In spätestens einer Stunde bist du in Habersberg. Engel wird dich gern aufnehmen. Ich bleibe heute bei Gerle, und sobald ich weiß, wie lange wir bleiben müssen, komme ich rüber zu euch.«

»Das ist doch unsinnig, in einer Stunde wird es stockfinster sein! Deine Schwester erwartet mich nicht. Ich kann doch nicht einfach dort auftauchen und um ein Bett bitten!«

»Warum denn nicht? Stell dich nicht an, es sind Verwandte und keine Fremden. Wolff kennt den Weg.«

»Und warum hast du dir das nicht schon längst überlegt? Und deine Schwester benachrichtigt? Heute früh hast du noch gesagt, dass wir beide, solange wir wollen, bei Gerle bleiben können.«

Doch Thoman lenkte sein Pferd bereits fort. »Mach, was ich sage, Madlen. Wolff, du kommst mir am besten morgen früh mit dem Wagen nach!« Ohne ein weiteres Wort ritt er bergab in den düsteren Hohlweg ein.

Sprachlos sah Madlen ihm nach. Der Knecht schnalzte nur

mit der Zunge. Gehorsam setzte das Zugpferd sich wieder in Gang. Eine Weile lang konnten sie die Umrisse des Weges, der sich weiter über die Höhe wand, noch ganz gut erkennen, doch endlich sprang Wolff vom Wagen ab, entzündete eine Laterne und führte das Pferd zu Fuß weiter. Bei jedem Geräusch blieb das Tier ängstlich stehen und er musste der Mähre gut zureden, bis sie sich zu ein paar weiteren Schritten bewegen ließ. Schließlich war es endgültig Nacht.

Mehrmals hielten sie an verschlossenen Dorfzäunen an. Wolff kannte die Ortsnamen. In Ostenried, Ullenberg und in Eschers dauerte es kaum ein paar Minuten, bis einer der Bauern sein Rufen hörte, sie über den Etter weg mit einem Windlicht neben dem Kopf misstrauisch musterte und schließlich das geflochtene Gatter brummend und kopfschüttelnd öffnete. Doch bis sie nach Hartmannsberg kamen, schliefen dort alle schon tief.

Die atmende Stille des Weilers weckte Erinnerungen. Wie hatte sie es jemals wagen können, in solch lauernde Höfe nachts einzudringen?

Lautes Hundegebell weckte ein junges Mädchen auf, das sogleich in Geschrei ausbrach, als drohten Wölfe oder ein Zug plündernder Landsknechte. Wenn sie sich vorher ausgedacht hätten, wie sie wohl für das meiste Aufsehen sorgen konnten – sie hätten es kaum besser machen können. Außer sich zu entschuldigen konnte Madlen nichts gegen die allgemeine Aufregung tun.

Als Wolff endlich »Da unten!« sagte und in ein düsteres Tal deutete, war Madlen so erschöpft, dass es ihr gleichgültig war, ob man ihr ein Bett bieten würde oder ob sie im Wagen schlafen musste.

Bis zu Johan Melosers Anwesen sollte es nicht mehr weit sein. Doch gleich nachdem sie das Dorf hinter sich hatten, wurde der Weg zu einem noch schmaleren Pfad, der so steil talwärts führte, dass es schon merkwürdig anmutete. Kaum hatte Wolff das Zugtier zwischen die Bäume gelenkt, deren tief hängende Zweige den Wagen streiften, als er schon wieder stehen blieb. Trotz der Dunkelheit bemerkte Madlen, wie er unsicher um sich blickte.

»Was ist denn?«, fragte sie.

Zögernd sah er zu ihr hinauf. »Ich kann mir nicht helfen, aber der Weg sieht ganz anders aus als in meiner Erinnerung. Vielleicht täusche ich mich, bisher bin ich erst einmal bei Meloser gewesen – aber das ist doch hier höchstens ein Trampelpfad! Vielleicht ein Fußweg. Da muss es doch noch eine Straße geben. Macht es Euch etwas aus, wenn ich nachsehe?«

Madlen schüttelte nur verneinend den Kopf. Sorgsam band er die Stute an einen Baumstamm, dann verschwand er noch einmal in Richtung Dorfetter. Aber schon kurz darauf war er wieder zurück.

»Nichts zu sehen. Vielleicht am anderen Ende – aber ich möchte die Leute ungern noch einmal wecken.«

»Nein, wirklich nicht«, bestätigte Madlen. »Eigentlich sollte man annehmen, dass man hier fahren kann, sonst hätte man uns doch nicht hier heruntergeschickt.«

Achselzuckend schritt Wolff von neuem voran. Und wider Erwarten rumpelte der Wagen auch schwerfällig fort. Zwar musste der Knecht sich kräftig dagegenstemmen, denn das Gefälle überforderte das müde Tier im Geschirr, dennoch ging eine Weile lang alles gut. Längst war auch Madlen vom Wagen gestiegen und folgte dem Fuhrwerk zu Fuß. Dann kam eine Kurve, die im schwach durch die Hecken dringenden Mondlicht zuvor nicht zu sehen gewesen war. Das Pferd strauchelte erst, dann tat es einen erschrockenen Satz. Der Wagen geriet über die Hangkante, schwankte und kippte krachend um. Da lag er, zwischen Ebereschen und Vogelbeerbäumen verkeilt.

Mit einem Sprung auf die andere Seite hatte sich Wolff retten können. Er näherte sich behutsam dem scheuenden Tier und es gelang ihm auch, es zu beruhigen. Im Licht der Laterne tastete er Flanken und Fesseln ab. Erleichtert sah er dann auf. »Scheint in Ordnung zu sein. Glück gehabt.«

»Was machen wir jetzt?«

»Das Beste wird sein, wenn Ihr hier beim Wagen bleibt. Ich gehe weiter, um Hilfe zu holen. Es kann nicht weit sein. Eigentlich hätte der Hof von Meloser schon auftauchen müssen. Macht Euch keine Sorgen, ich bin bald wieder da.« Gleich darauf war er fort.

Madlen streichelte im Dunkeln das Pferd, bis es ganz still stand und mit hängendem Kopf ruhig zu schlafen schien. Das Unterholz war zu nass, als dass sie sich einfach hätte hineinlegen können. Mit ein paar Handgriffen zog sie sich daher eine Lederplane in die gewölbte Seitenwand des kleinen Gabelfuhrwerks und baute sich dort ein Nest. Eingewickelt in ihren Mantel rollte sie sich zusammen. Kaum lag sie, da schlief sie auch schon ein.

Das Knacken von Ästen und raschelndes Laub weckten sie. »Wolff?« Nichts. Keine Antwort. Besorgt lauschte Madlen. Es waren keine Stimmen zu hören, nur das Knacken von Zweigen – plötzlich stand ein Fuchs neben ihr. Irritiert tat das Tier zwei, drei Schritte zur Seite, dann lief es schleunigst davon.

Wie lange mochte sie eingenickt sein? Über dem Laubdach begann sie den nächtlichen Himmel abzusuchen, doch das Mondlicht war fort. Es schien viel kälter geworden zu sein, noch feuchter... Nebel... es war dichter Nebel, der über den Berghang nach oben kroch. Einige Augenblicke lang konnte sie zusehen, wie er den Wagen beleckte und dann die Stute umfing. Schließlich hüllte er sie endgültig ein, feucht und dunkel, schwärzer noch als die Nacht. Wie sollte Wolff sie je wiederfinden? Wo blieb er? Wie viel Zeit war vergangen, seit er sie verlassen hatte? Die Nässe auf ihrer Haut wirkte beruhigend. Mit geschlossenen Augen wartete sie. Alles blieb still ... noch stiller ... Sie schlief wieder ein.

Erst schien ihr der steinerne Himmel so schwarz wie die Nacht zu sein, dann sah sie das Licht, das sich im Wasser verbreitete, und etwas, das näher kam. Schlafen ... wenn sie einfach nur schlafen dürfte, aber sie musste hinunterschauen, dorthin, wo die anderen ... Das Grundmeer reichte unendlich tief hinein ... sie hatte vergessen, dass sie laut schrie. Und schrie ... und niemand antwortete ... sie würde sterben müssen. Wo waren sie?

Erst sah er das Pferd, dann den verunglückten Wagen, dessen Ladung verstreut auf dem Weg und unter den Büschen lag. Fast wäre er auf das nasse Bündel getreten, das sich dazwischen verkrochen hatte. Als er sich bückte, um nachzusehen, schreckte es auf. Die Augen geweitet vor Furcht, blickte ein Mädchen ihn an. Noch bevor er etwas sagen konnte, schnellte es hoch und suchte blitzschnell, seitlich davonzukommen. Er war so überrascht, dass er ums Haar zu spät reagiert hätte. Doch im letzten Moment erwischte er es bei der Hand und zwang es dazubleiben.

Bei der raschen Bewegung verlor es den Mantel. Nicht nur sein Haar, sein Gesicht und die Arme waren so nass, als ob es geradewegs aus dem Wasser käme, auch das Kleid, das es trug, tropfte vor Feuchtigkeit. Sie starrten sich an. Die Furcht in den Augen des Mädchens wich einem Ausdruck, den er nicht deuten konnte. Es sah so zart aus und schutzbedürftig, dass er sich beherrschen musste, um es nicht augenblicklich an sich zu ziehen und festzuhalten.

Madlen brauchte Sekunden, bis sie wieder wusste, wo sie

sich befand. Der Mann ließ ihre Hand los und ohne nachzudenken hätte sie am liebsten einen Schritt auf ihn zu getan. Stattdessen schaute sie sich verlegen nach ihrem Mantel um, und als er ihn aufhob, mit einem ihm eigenen Lächeln kurz auswrang, um ihr dann seinen eigenen trockenen Umhang anzubieten, dankte sie mit einem Nicken und senkte den Blick wieder. Sie war verwirrt, und als er neben sie trat, hatte sie kurz das Gefühl, als wolle er sie in die Arme nehmen.

Unsicher sah sie ihn an. Er war hoch gewachsen und schlank, gekleidet wie einer, der körperlich arbeitete. Allerdings schien das Tuch des Umhangs zu teuer für ein Bauerngewand und seine Haltung zu selbstsicher. Offensichtlich war er es gewohnt, dass man ihm nicht widersprach. Unter der Kapuze des abgenommenen Mantels trug er keine Kappe. Kurzes, dunkles Haar, ein geschnittener Bart... Sein ruhiges Gesicht gefiel ihr sofort.

Madlen schluckte. Endlich brachte sie ein paar Worte heraus: »Hat Wolff Euch geschickt? Wo ist er?« Während sie sich langsam wieder zurechtfand, sah sie sich nach allen Seiten hin um.

»Wolff?« Er zögerte. »Ist das Euer Mann?«

»Nein, nein. Mein Mann ist gar nicht dabei gewesen, das heißt, er ist nach Immenthal weitergeritten, und Wolff, das ist sein Knecht, er sollte mich nach Habersberg begleiten.«

»Nach Habersberg?«

»Zu Verwandten. Meine Schwägerin... Engel Meloser... sicherlich kennt Ihr sie... Ihr seid doch von hier?«

Er sah in ihr hübsches Gesicht, während er ruhig antwortete: »Ich bin Johan Meloser.«

»Oh...« Es war wohl nicht angemessen, derart erschrocken zu sein.

»Aber...« – seine Stimme veränderte sich – »Ihr könnt doch nicht Thomans Frau sein?«

»Doch. Ich bin Madlen Becherer.«

Einen Moment lang sah er ungläubig drein. Dann war er mit einem Mal wachsam. »So ... ja dann, also ... ich ... ich freue mich.« Als fiele ein Tor ins Schloss.

»Tut mir Leid. Wir haben unseren Besuch nicht angemeldet.« Madlen hielt sich am Wagen fest. Rasch fuhr sie fort: »Ist Wolff gar nicht bei Euch gewesen? Hat er nicht gesagt, dass wir Hilfe brauchen? Er ist losgegangen, nachdem der Wagen umgekippt war. Wir haben nicht mehr weitergewusst, der Weg schien nicht der richtige ...«

»Ich bin zufällig hier. Ich habe dort oben zu tun. Sonst hätte ich Euch ... dich ... nicht gefunden.«

Bei diesen Worten bekam Madlen Angst. »Wir müssen ihn suchen, ihm muss etwas passiert sein! Das gibt es doch gar nicht ... Selbst wenn er sich verirrt hat ... Das ist doch schon Stunden her.«

»Erst bringe ich dich nach Hause. Du wirst dir den Tod holen, so nass, wie du bist.«

»Nein. Das macht mir nichts aus. Ich habe ihn gehen lassen ...« Ohne auf Johan zu achten, lief Madlen bergab. An diesem düsteren Morgen war unter den dichten, tropfenden Zweigen ein Weg so wenig auszumachen wie am Abend zuvor. Es blieb ihm nichts übrig, als ihr zu folgen, bevor er sie zwischen den Bäumen aus den Augen verlor.

Auf dem nassen, glitschigen Boden rutschte Madlen mehrmals aus und einmal wäre sie beinahe hingefallen. Sie hielt sich eben noch fest. Der Abhang schien immer steiler zu werden, dann führte der Pfad aus dem dichten Gestrüpp auf eine von Wald umgebene Viehweide und endete dort an einem Zaun. Von Wolff keine Spur. Nach kurzem Zögern kletterte sie über das Gatter und überquerte die Wiese, auf der weder Kühe noch Schweine zu sehen waren. Am anderen Ende wuchs dichtes Unterholz. Mühsam kämpfte sie sich hindurch. Dort vorn sah es lichter aus, noch ein paar Schritte... sie strauchelte, rutschte und hielt sich gerade noch am Stamm einer Esche fest. Unter ihr brach der Hang ab. Madlen blickte erschrocken in einen steilen, unwegsamen Tobel – eine Art düsterer, bewaldeter Schlucht – hinein. Zwischen dem Grün sah sie Steine schimmern, Wasser rauschte... dann hörte sie noch etwas. Vornüber gebeugt lauschte sie auf einen heiseren Ton. Das war doch kein Eichelhäher? »Wolff!... Woolff!!« Noch einmal: »Wo bist du, Wolff?«

Endlich konnte sie schwach eine Antwort hören: »Hier unten...«

»Wir kommen! Wir helfen dir!«, rief sie, dann fiel ihr ein, dass sie dazu Johan Meloser brauchte. Ohne ihn würde sie nicht sehr viel ausrichten. Da sah sie, wie ein gutes Stück unter ihr jemand sich schräg über den Steilhang voran bewegte.

»Madlen?« Es war Johan.

»Ja?«

»Ich bin bei ihm. Nach unten können wir nicht, der Bach führt zurzeit zu viel Wasser. Ich werde mit ihm hinaufkommen. Geh ganz ans westliche Ende der Viehweide, da gibt es eine Art Trampelpfad. Wenn du kannst, komm uns entgegen. Zu zweit wird es leichter sein.«

Trotz ihres zwanghaften Drangs, sich auf dem Weg nach unten an allem festzukrallen, was ihr zwischen die Finger kam, dauerte es nicht lange, bis sie die beiden erreichte. Im ersten Augenblick glaubte sie, Wolff wäre ohne Bewusstsein, und ihre Furcht wuchs wieder. Meloser hatte ihn über die Schulter genommen – glücklicherweise war der Knecht zaunlattendürr. Er sah einer Leiche ähnlicher als einem Geretteten. Behutsam fasste Madlen nach seinem Gesicht, da schlug er die Augen auf und brachte es fertig, sie anzulächeln.

»Alles in Ordnung«, murmelte er, doch dann stöhnte er auf.

Handbreit um Handbreit arbeitete sich Meloser mit ihm durch den Hang. Um die beiden davor zu bewahren, von neuem abzurutschen, stützte Madlen Wolff und stemmte sich gegen die dicht wachsenden Laubbäume. Sie waren ein reichlich groteskes Gespann. Als sie es endlich geschafft hatten und Madlens Schwager den Verletzten langsam ins Gras gleiten ließ, waren sie alle vor Anstrengung blass. Wolff blinzelte. Sein rechtes Bein hielt er in einem unnatürlichen Winkel abgespreizt.

»Scheint gebrochen zu sein. Ich möchte ihn jetzt nicht weiter quälen. Wir kommen mit einer Bahre und Branntwein wieder. Wenn er genug davon getrunken hat, kümmern wir uns um den Fuß. Wir nehmen die Haywanger mit, die hat ein gutes Geschick.«

»Es wird nicht lange dauern, oder?«, fragte Madlen.

»Nein. Er wird es kaum merken ... er ist ja kaum wach. Komm jetzt. Es wird Zeit, dass du ins Trockene kommst.«

»Ich warte hier.«

Nach einem Blick in ihr Gesicht versuchte Johan nicht weiter, sie umzustimmen. »Ich bin bald wieder da.«

Es war eine muntere Prozession, die sich kurz darauf näherte. Männer und Frauen, Burschen und Mädchen, eine Horde von Kindern dazu. Ganz Habersberg schien begierig darauf, zu helfen – oder wenigstens zuzuschauen.

Madlens Schwägerin war nicht unter den Leuten.

Johan, der Madlens suchenden Blick bemerkte, sagte kurz: »Engel ist nicht mitgekommen.« Dann schickte er einige Männer weiter bergauf. Sie sollten sich um das Pferd und den Wagen kümmern.

Mit kundigen Händen tastete eine der Frauen über Wolffs Bein. Anschließend ließ sie sich die mitgebrachten Holzlatten reichen und schaute zu Johan Meloser hin. Er gab ihr eine Flasche aus Ton. Den ersten Schluck kippte sie rasch in die eigene Kehle, dann füllte sie einen Becher halb voll. Als sie ihn Wolff unter die Nase hielt, schlug der prompt seine Augen auf. Er begriff und wurde noch einen Deut blasser, dann trank er gehorsam in einem Zug aus.

Madlen starrte auf die schwarze Haarkrone, die die Frau aus ihren Zöpfen gewunden hatte. Dann drehte sie sich um, ging ein paar Schritte zur Seite und atmete tief. Während die Haywanger den gebrochenen Knochen neu einrichtete, sahen ihr alle mit gespannter Aufmerksamkeit zu. Nur Johan folgte Madlen, die den Anblick mied.

Wolff ließ kaum einen Seufzer hören. Dafür ächzten und stöhnten die Zuschauer. Als der Fuß geschient und verbunden war, fiel er in Ohnmacht.

»Das ist auch besser für ihn.« Barbel Haywanger streckte sich und griff noch einmal nach der Schnapsflasche.

Die anderen murmelten beifällig. »Bei dir kann sich der Bader was abgucken!«

Nachdem sie mit kräftigen Schlucken getrunken hatte, stand die Haywanger auf. Ihr Blick folgte Johan Meloser und ging dann von ihm zu seiner Schwägerin. Völlig durchnässt war das Ding. Sie prostete in Richtung Meloser und deutete dann auf die junge Frau neben ihm. »Sie macht ganz den Eindruck, als ob sie heut Nacht aus dem Tobel unten gestiegen wäre ...«

Einige lachten. Doch Madlens Augen weiteten sich. Auch wenn die Schwarzhaarige dem Verletzten geholfen hatte ... sie fühlte eine jähe Abneigung gegen sie. Es lag nicht an ihrem derb wirkenden Ton. Nein. Diese Frau wollte gar keinen Scherz machen ...

Mittlerweile hatten die Nebel sich aufgelöst und aus dem Himmelsblau tauchte weit im Süden die Kette der Alpen auf.

Auf den Bergspitzen lag bereits Schnee. Wie Silber glitzerte er in der Sonne.

Nachdem sie Wolff vorsichtig auf eine Bahre gehoben hatten, machten sie sich auf den Weg, Johan Meloser und einer der Pächter mit dem Verletzten voraus. Auf den Vorschlag der Haywanger, ihn in ihr Haus zu bringen, ging Meloser nicht ein. »Du kannst bei uns nach ihm sehen«, sagte er nur.

Augenzwinkernd schauten ein paar der Männer zur Haywanger hin. »Der ist doch halb tot, Barbel. Mit dem kannst du doch eh nicht viel anfangen.«

»Vielleicht braucht sie einen, der stillhält dabei.«

Die Hebamme antwortete mit einer obszönen Geste, die Männer brüllten vor Lachen und sie stimmte ohne Zögern mit ein. Madlen drückte sich an ihr vorbei. Ein wenig verlegen traten die Männer beiseite. Die meisten starrten ihr neugierig nach. Nur die Haywanger tat, als ob sie sie gar nicht bemerkt habe.

Habersberg bestand nur aus wenigen Häusern, ein Weiler am westlichen Hang über der Günz, zwischen Hartmannsberg auf der Höhe und Obergünzburg, dem Flecken im Tal. Außer Johan Melosers Anwesen gab es noch einige Pächterhöfe.

An einer Wegkehre wich der Laubwald zurück. Ein Stück unterhalb, inmitten einer flachen Kuhle im Hang, sah Madlen ein Wohnhaus mit einem kleineren Steingebäude daneben sowie Ställen und Scheunen im Westen, Osten und Süden davon. Alles war verbunden mit einer Mauer aus Tuffsteinen. Nur ein Tor, das jetzt offen stand, unterbrach das rundum geschlossene Viereck. Es hätte an eine Burganlage erinnert, wenn nur die Mauern ein wenig wehrhafter, das Wohnhaus um einiges stattlicher und die Schuppen und Viehställe nicht so geduckt und in Flicken erschienen wären. Selbst aus der Entfernung sah man die blätternde Patina. Nur an einigen Stellen, wie einer erst kürzlich gekalkten Fachwerkwand, einem frisch gerichteten Strohdach oder ein paar jüngst gehauenen Holzbalken, glänzte das Gemäuer, so wie ein Kessel glänzt, der nachlässig poliert wurde.

Die Geschichte des Hauses reichte einige hundert Jahre zurück. Damals war es als Sedelhof einer Burg ein Stück hangaufwärts im Nordwesten des Anwesens gebaut worden, von der nur noch zerfallene Mauern geblieben waren. Melose wurde der Ort von den Leuten genannt und davon rührte der Name Meloser. Der alte Adelstitel war längst vergessen worden. Wie viele Landadelige war die Familie in jenen Zeiten, als das Korn billig und Arbeit teuer wurde, verarmt. Den Rittern blieb die persönliche Freiheit – nur dem Kaiser waren sie untertan – und etwas Land, wenn sie nicht an Kirchenfürsten, Stadtbürger oder eine wohlhabende Stiftung verkaufen mussten. Viele traten in ausländischen Sold, andere zogen in aufstrebende Reichsstädte um. Wer auf dem Land blieb, gab seine Burgen auf, verlegte sich auf Pferde- und Rinderzucht und betrieb etwas Waldwirtschaft.

Beim Näherkommen tauchten zwei Fischteiche auf, in denen sich der blaue Himmel spiegelte, und eine Reihe von Bienenkörben lehnte sich außen an die südliche Einfriedung. Bewachsen von Unkraut, niedrigem Buschwerk und Blumen, bröckelte der obere Mauerkranz still vor sich hin. Unter dem Dach einer Scheune, die seitlich ans Tor grenzte, bemerkte Madlen einen verlassenen Taubenschlag.

Während die Männer den Verletzten ins Haus brachten, sah sie sich im Innenhof um. Das Pflaster mochte aus lange vergangenen, besseren Zeiten stammen. Winden und Streugraspolster hatten die Fugen gesprengt, die schadhaftesten Stellen waren mit Flussschotter aufgefüllt worden. In der

Mitte des Hofes wuchs eine Kastanie und vor den Ställen und Scheunen eine Reihe knorriger Apfelbäume. Die südliche Hauswand wurde von einem Birnbaum verdeckt. Das Wohnhaus war auf Grundmauern aus behauenen Steinen errichtet worden, das Fachwerk darüber schien zwar des Öfteren ausgebessert, doch an allen Ecken und Enden lugten Weidenruten und Stroh unter den Lehmwänden vor. Genau wie die mannshohe Mauer ringsum war das kleine Waschhaus aus Steinen der einstigen Burg gebaut. Es gab einen Ziehbrunnen, im Schatten der jungen Kastanie, und in der südöstlichen Ecke des Hofes einen beeindruckenden Misthaufen.

Erst als Madlen aus der Sonne in den düsteren Hausflur trat, begann sie zu frieren. Im Dämmerlicht tastete sie sich voran. Linker Hand zog sich eine Holzwand mit gotischen Spitzen ein Stück in den Raum hinein. Am Ende stand ein mächtiger Träger aus Eichenholz, daneben ein gemauerter Herd. Der Rauch konnte in einen nachträglich gebauten Kamin ziehen. Wenn man näher kam, entdeckte man auf dessen anderer Seite einen mit Kacheln versehenen Ofen und merkte, dass die Holzwand nur dazu diente, die Diele im vorderen Teil von dem Raum abzutrennen, der die ganze westliche Länge des Hauses einnahm. Die niedere Balkendecke war vom Feuer geschwärzt.

Bis auf ein Fenster im Süden zum Innenhof gab es nur schießschartenartige Öffnungen, die zudem verschlossen waren. Unwillkürlich entstand das Gefühl, in eine flache Höhle geraten zu sein. Da Johan Meloser mit Rücksicht auf Wolff das Feuer hell brennen ließ, mutete die Hitze in der Nähe des Ofens fast unerträglich an. Auf der anderen Seite des Hauses war die Zwischenwand aus gutem Fachwerk gebaut, die Balken geschnitzt und mit leuchtenden Farben bemalt. Von hier aus führten drei Türen in abgeschlossene Wohn- oder Vorratsräume.

Schweigend blickte Madlen auf den schlafenden Wolff, den man auf eine Bettstatt hinter dem Ofen gelegt hatte. Eine Magd, die sich trotz ihrer Körperfülle behände bewegte, hatte ihn ausgezogen, abgetrocknet und in gewärmte Tücher gehüllt. Nichts davon hatte ihn wecken können. Doch er atmete gleichmäßig.

»Du meine Güte«, sagte die Frau bei Madlens tropfnassem Anblick. »Da muss ich gleich noch ein paar Decken holen.«

Am späten Nachmittag erst wachte Madlen vom Lärm eines Fuhrwerks auf, das in den Hof rollte. Trotz ihrer überraschenden Ankunft und all der Umstände, die Wolffs Verletzung verursachte, hatte ihre Schwägerin Engel sie wie selbstverständlich in ihrem Haus aufgenommen. Der Besuch schien ihr keinerlei Last zu sein und Madlen war ihr dafür dankbar. Man hatte sie in einer der kleinen Kammern im ersten Stock untergebracht, die hier und in einem Teil des Speichers darüber wie geschlossene Vogelkäfige nebeneinander lagen. Sie zog sich rasch an, um nach dem Wagen zu schauen.

Der Schaden am Wagen war weniger groß als befürchtet. »Wir haben ihn wieder einigermaßen zusammengeflickt. Sonst ist kaum was kaputtgegangen«, beruhigte einer der Männer sie, als sie die Bescherung schweigend betrachtete. Was würde Thoman sagen? Wenigstens war die Laute nicht bei dem Gepäck. Als Thoman davonritt, hatte er sie über den Rücken gehängt.

Sofort nach ihrer Ankunft hatte Meloser einen Buben mit der Nachricht vom Unglück nach Immenthal laufen lassen. Dennoch traf Thoman erst am darauf folgenden Morgen in Habersberg ein.

Zuerst besah er die gerettete Ladung. Anschließend dankte

er Engel und Johan. Madlen begrüßte er lächelnd, als wäre alles in bester Ordnung. Dann richtete er das Wort erneut an seine Verwandten.

»Ich hatte gehofft, ich könnte bei Gerle alles sehr rasch erledigen. Aber so, wie es aussieht, gibt es noch ein paar Formalitäten zu erledigen, bevor ich den Meisterbrief bekomme. Das wird mich länger in Immenthal halten. Nichts Bedenkliches«, sagte er rasch, als er die Besorgnis in Engels Miene bemerkte. »Aber mein guter Gerle hat mich darauf vorbereitet, dass es Ende Oktober werden kann, ehe alles erledigt ist.« Der Seufzer, den er bei diesen Worten ausstieß, wirkte nicht allzu bedauernd.

Als Johan Meloser ihm versicherte, sie seien so lange sie wollten willkommen, nickte er unbeschwert. Dann folgte er seiner Schwester ins Haus, um sich um Wolff zu kümmern.

Es war Benzers Flugblatt mit den holprigen Reimen und der alles verschlingenden Flutwelle, das Freiberg auf den Gedanken brachte, sich in der Klosterbibliothek eingehend umzuschauen. Außerdem wies er den Säumer an, künftig jedes Fetzchen Papier, das einen Hinweis auf die Welt unten versprach, auf seinen Reisen aufzutreiben und mitzubringen.

Was Madlen Kolman anging – oder die Frau, die sich für sie ausgab –, so hatte er bisher noch keine Beweise für Benzers Behauptung gefunden. Eines Morgens kam der Säumer ohne Anmeldung in Freibergs Kammer gestürzt.

»Sie ist nicht mehr da! Seit zwei Nächten schon brennt kein Licht mehr in ihrer Schlafkammer und sie hat sich weder im Garten noch an ihrem Fenster blicken lassen...«

»Was soll das? Was fällt dir ein, einfach hier hereinzuplatzen?«

Benzers eingefallene Wangen wurden noch eine Spur grauer. »Außerdem habe ich dir doch gesagt, dass ich nicht haben will, dass du um die Kolman herumschleichst. Wenn sie erst gewarnt ist, wird sie wirklich untertauchen. Sie ist nicht mehr allein im Haus, es gibt Dienstboten ... Glaubst du im Ernst, dass du da unentdeckt bleibst? Wenn ihr Mann dich auf dem Grundstück erwischen sollte ... Ich will keinerlei Aufsehen. Und was glaubst du überhaupt, was du mit deinem Schnüffeln erreichen wirst? Meinst du, dass sie so dumm ist und nachts in Brunnen und Teiche steigt?« Das Elend in Benzers fiebrigen Augen stieß Freiberg ab. »Ist denn ihr Anblick so aufregend?«

Er überlegte kurz. Der Kerl war von ihr besessen. Solang er nicht wusste, wo sie sich aufhielt, würde er keine Ruhe geben.

»Sie ist nach Obergünzburg gereist«, lenkte er daher etwas nachsichtiger ein. »Ihr Mann hält sich für einige Zeit in der Gegend auf. Und ich erzähle dir das keineswegs, damit du ihr nachreist. Sieh zu, dass du dich zusammennimmst. Und im Übrigen, wenn jemand hier in das Zimmer tritt, ist es das Mindeste, dass er nicht stinkt wie ein Iltis.«

»Aber worauf warten wir eigentlich?« Benzer zeigte keine Verlegenheit. »Ich weiß, sie wird uns zum Grundmeer führen.«

Ob dieses Unverstands erhob Freiberg sich seufzend, um im Raum auf und ab zu laufen. Es war vermutlich sinnlos, und dennoch versuchte er es. Er wollte nicht, dass Benzer auf eigene Faust handelte. »Weshalb sollte sie das tun? Meinst du, sie macht das freiwillig?«

Freiberg hatte nicht vor, Gewalt anzuwenden. Die Frau war keine Leibeigene, bei der es niemanden kümmern würde. Es gab andere Wege. Er brauchte sowieso noch Zeit, um Geld für die Expedition aufzutreiben. Manchmal träumte er sogar von Schiffen ...

»Vertrau mir, sie wird sich ohne Widerstand fügen. Wir

müssen nur den Weg zurückverfolgen, den sie bisher genommen hat. Es muss Beweise geben für ihren Betrug. Und damit packen wir sie. Es wird ein einfacher Handel sein, spurlos und ohne Grausamkeiten. Ich bin nicht der Fürstabt. Glaubst du, dass ein Verschwinden der Frau ungesühnt bliebe? Willst du am Rad enden?«

Unsicher benetzte Benzer mit seiner Zunge die trockenen Lippen. Der Stiftsherr tat ihm Unrecht. Im Übrigen war diese Frau kein menschliches Wesen. Fast hatte er den Verdacht, das interessierte Freiberg gar nicht. »Und wo werden wir diese Beweise finden?«, fragte er, scheinbar fügsam.

Freiberg lächelte. »Setz dich. Warte, ich lasse dir eine Erfrischung kommen.« Im Vorbeigehen streifte er Benzers Schulter. Der Mann wandte den Kopf und sah zu ihm auf. Manchmal wünschte sich Freiberg, dass er ihm ganz vertrauen könnte...

Während Benzer ein gebratenes Huhn zernagte und dicke Brotfetzen in fette Soße tauchte, unterrichtete Freiberg ihn über die Schritte, die anstanden. »Ich habe mit zwei Kaufleuten gesprochen, die seinerzeit für Jakob Kolman gebürgt haben. Leider hat sich herausgestellt, dass es keine persönliche gute Bekanntschaft war, die sie dazu bewogen hat, sondern sie haben nur einem Kaufmann aus Augsburg damit einen Gefallen getan. Der hatte sie darum gebeten, und da er ihnen versichert hatte, dass Kolmans Leumund ohne jeglichen Makel wäre, haben sie hier geschworen, damit er das Kemptener Bürgerrecht kaufen konnte. Also sieht es so aus, als ob es in der ganzen Stadt tatsächlich niemanden gäbe, der Madlen Kolman von früher kennt. Doch wenn wir beweisen wollen, dass sie nicht die ist, für die sie sich ausgibt, brauchen wir jemanden, der sie bloßstellt. Deshalb werden wir es nun in Augsburg versuchen. Ich habe den Brief an Hans Manlich, Kolmans Augsburger Gönner, schon aufgesetzt. Er vermittelt Beteiligungen am Ostindienhandel – und wir sind an gut gefüllten Geldsäckeln natürlich stets interessiert. Ich hoffe, ihn bald als meinen Gast hier begrüßen zu können. Manlich ist viel unterwegs.«

Und er galt als Experte für Flottenexpeditionen, die in fremde Welten führten. Womöglich würde er ihn für seine Pläne gewinnen können und so zwei Fliegen mit einer Klappe schlagen. Zum mindesten brauchte er Madlens Wissen um Kolmans 170 Gulden nicht mehr zu fürchten, wenn er etwas Greifbares gegen sie in die Hand bekam. Und falls Benzer nicht halluzinierte und sie tatsächlich vertraut mit den unterirdischen Wegen war …

Nachdem er gewartet hatte, bis Benzer die fettigen Finger erst abgeschleckt, dann am Kittel getrocknet hatte, erläuterte er ihm die anstehende Reiseroute. »Kann sein, dass du in den Winter kommst. Wenn die Wege zu schlecht sind, richtest du dich unterwegs irgendwo ein. Wichtig ist nur, dass du möglichst bald bei dem Augsburger Kaufmann vorstellig wirst.« Und er fügte noch hinzu, dass Benzer fernab von Obergünzburg bleiben sollte.

Madlen lief einfach dem Hämmern nach, das gedämpft durch den Nebel drang. Während hoch droben die Sonne schon über die Kronen der Buchen streifte, dampfte der Hang noch von nächtlicher Feuchtigkeit. Es war düster zwischen den urwaldartigen Baumstämmen und mit jeder ihrer Bewegungen schien der rhythmische Klang, dem sie folgte, sich wieder ein Stück weiter entfernt zu haben. Sie glaubte, dass sie in nördlicher Richtung lief, doch dann merkte sie, dass das Tageslicht nicht mehr von der Seite kam. Vor sich sah sie nur Wolken von Grau und Grün. Moospolster. Ein Garten aus Schachtelhalm. Efeuschleier. Ein wilder Birnbaum trug eine Perlenkrone aus Misteln. Und dann konnte

Madlen wieder das Plätschern von Wasser hören. Sie nahm an, dass es der Tobel war, in dem sie Wolff vor Tagen gefunden hatte. Doch alles war fremd und verwirrend hier.

Das Geräusch eines Riegels, der vorsichtig und leise bewegt worden war, hatte sie aufgeweckt. Wieder hatte sie allein in der Schlafkammer gelegen, Thoman zog es immer noch vor, bei Gerle zu nächtigen. Auch an den Tagen zuvor hatte Madlen schon dieses verstohlene Öffnen der Haustür bemerkt. Draußen hatte man erst eine Ahnung der Dämmerung verspürt. Und mit einem Mal hatte sie Lust bekommen, sich ein wenig umzuschauen.

Im Hof war niemand. Der schwere Balken, mit dem man nachts das Tor von innen verschloss, lehnte neben der Maueröffnung. Draußen war es sehr still. Ziellos begann sie, ein Stück bergauf zu gehen. Und dann hatte das Hämmern angefangen.

Statt umzukehren, kletterte sie nun am Rand des Tobels bergauf. Einmal meinte sie die Viehweide in der Nähe des Hohlwegs wiederzuerkennen, aber hier lag der Nebel noch dichter als unter den Waldbäumen. Etwas später sickerte blasser Glanz von oben ins Dickicht ein. Das Hämmern verstummte wieder. Eigentlich musste die Hochfläche bereits recht nahe sein. Madlen sah den gegenüberliegenden Abhang des Tobels vor sich. Noch zwei, drei Schritte. Etwas lenkte sie jäh von den Brombeerranken zu ihren Füßen ab. Irritiert sah sie nach oben.

Und staunte. Denn über ihr ragte der Rumpf eines Schiffes auf.

Dreizehn

Je länger sie hinstarrte, desto deutlicher wurden die Umrisse. Das Schiff über ihr löste sich nicht in eine Täuschung auf. Madlen sah, wie sich sein Bug langsam hob und senkte, so als segle es durch ein Luftmeer und schrammte knapp über die Kronen der Bäume wie über gefährliche Untiefen der Ozeane. Allmählich erkannte sie, dass es nur der Nebel war, der zwischen Erde und Luft dümpelte. Das Schiff selbst lag regungslos still und nur sein hölzerner Vorsteven mit der Galion ragte wie eine Nase über die Hangkante. Dahinter tat sich eine Mulde auf, eine recht tiefe Wanne, wo das Schiff, gehalten von Stützbalken, breit auf dem Kiel ruhte.

Neugierig kroch Madlen weiter bergauf. Kurz darauf bog sie die aufdringlichen Zweige einer Esche beiseite und blickte staunend in eine natürliche Werft hinein. Es sah gerade so aus, als sei das Schiff hier gewachsen, so wie eine Buchecker wuchs. Oder wie eine Nuss. Nur der künstliche Boden der Baustelle, aus vielfach verkeilten Buchenstämmen, ließ etwas von einer ungewöhnlichen Anstrengung ahnen. Wasser quoll darunter hervor und stürzte als schäumender Bach in den Steiltobel.

Ein wenig benommen kämpfte Madlen sich in der Mulde nochmals nach oben. Farngrün, Flechten und Moose bedrängten die sauber geglätteten Außenplanken des Schiffsbauches. Noch war kein Teer zum Schutz aufgetragen, doch als sie sich näher zur Bootshaut beugte und ihre Hand danach ausstreckte, blieb Werg an den Fingern hängen. Dann hatte sie die Höhe der Reling erreicht und sah auf das Deck hinüber. Es wirkte verlassen. Auch aus dem Bootsinneren drang kein Geräusch. Fast fing Madlen an zu zweifeln, dass sie ein Hämmern aus dieser Richtung gehört hatte. Nichts ließ darauf schließen, dass jemand hier arbeitete.

Lange Zeit wartete sie. Unterdessen hatte die Sonne den Hang erobert und ihr Goldglanz zerstreute die Nebelschwaden. Jetzt bemerkte Madlen auch einige Bretter, die als provisorische Brücke von der anderen Seite des Tobels hinüber aufs Schiff reichten, und ahnte den schmalen Pfad, der zwischen hohen Fichten dort hinführte. Noch einmal ließ sie den Blick über den Rumpf, das Heck und die verschlossenen Deckluken wandern, dann wandte sie sich zögernd um. Langsam ging sie zurück.

Natürlich wollte sie nach dem Schiff fragen, doch sie fand an diesem Tag keine Gelegenheit. Engel war erst spät in die Stube heruntergekommen und wirkte so geistesabwesend, dass Madlen sich scheute, sie anzusprechen. Nach ein paar Bissen, die sie lustlos gegessen hatte, verschwand Engel sogleich wieder in ihrer Kammer, ohne dass jemand ein Wort darüber verlor.

Johan Meloser tauchte den ganzen Tag über nicht auf. Erst als es schon dunkel war, betrat er die Wohndiele. Außer einem kurz angebundenen Gruß beachtete er seine Schwägerin mit keinem einzigen Blick. Eine Weile saß er neben dem schlafenden Wolff und wechselte, als der aufwachte, ein paar Worte mit ihm. Dann besprach er die Arbeit des folgenden Tages mit seinem Großknecht, bis zwei seiner Pächter ins Haus traten. Während des restlichen Abends vertrieben die Männer sich mit Würfeln und Kartenspielen die Zeit.

Derweil saßen die Mägde neben dem Ofen an ihren Spinnrädern, nur Engels Jungfer war nicht dabei. Sie hieß Margret, galt als Vertraute der Hausfrau und ließ sie nur selten allein. Ab und zu kam sie herein, um etwas Wasser zu holen, Nüsse oder einen Krug Wein. Dann folgten ihr alle Blicke, bis sich die Tür zu Engels Kammer wieder hinter ihr schloss.

Madlen blieb noch eine Weile lang still sitzen und blickte ins Herdfeuer. Eine merkwürdige Leere herrschte an diesem Ort. Tagsüber turnte kein Vogel auf den Zweigen der Apfelbäume, kein Kater putzte und streckte sich oder träumte zusammengerollt auf der sonnenbeschienenen Mauerkrone. Weder Küchenabfälle noch Leckerbissen brachten die Hennen dazu, sich im Innenhof aufzuhalten. Sobald das Tor auch nur einen Fuß breit offen blieb, flohen sie gackernd hinaus. Nur Fliegen gab es hier mehr als irgendwo sonst. Es war, als laste irgendetwas auf diesem Haus.

Endlich stieg Madlen langsam zu ihrer Kammer hinauf. Dass ihr dabei Johan Melosers Augen folgten, ahnte sie nicht.

Am folgenden Morgen war es das gleiche Geräusch des zurückgeschobenen Riegels, welches sie, wie am Vortag schon, aufweckte. Und wieder folgte sie ihm hinaus. Wie am Tag zuvor fand sie sich am Rande des Tobels wieder, doch diesmal lief sie bergab, bis sie ganz unten im Talgrund angelangt war. Hier waren unbehauene Stämme über den Wildbach geworfen worden. Madlen balancierte hinüber zur anderen Seite des Tobels und stieß zwischen Nagelfluhfelsen und schwarzdunklen Fichten auf jenen Pfad, der zum Schiff führte.

Aufgeschreckt brachen zwei Rehe durchs Buschwerk und

flohen vor ihr. Ein Eichkätzchen warf eine Nuss, ungerührt lief daneben ein Kleiber kopfüber den Stamm entlang. Auf dieser Seite des Tobels gab es nur Nadelbäume, und obwohl heute kein Nebel vom Talgrund aufstieg, sah der Weg wie ein düsterer Tunnel nach oben aus. Der Pfad war glatt und rutschig von Tannennadeln und Madlen musste ihre ganze Aufmerksamkeit darauf richten, nicht vom Weg abzukommen. Endlich stand sie zwischen den majestätischen Fichten, die den Waldweg wie das hohe Tor einer Festung zum Graben hin öffneten. Zu ihren Füßen lag die Brücke zum Schiff. Friedlich beschien eine freundliche Morgensonne die verlassenen Planken. Kein Mensch war zu sehen, auch ließ sich weder ein Pochen noch Hämmern hören.

Eigentlich hatte sie es sich vorgenommen, an Deck zu gehen, doch eine unklare Scheu hielt sie zurück. So blieb sie auf der Mitte der Brücke stehen, ließ ihre Blicke über die backbordseitigen Planken schweifen und wartete. Aber nichts rührte sich. Einmal glaubte sie, sie höre ein Knacken, wie es ein Schritt auf Reisig verursachte, doch das Geräusch kam vom Hang, und als sie sich umwandte und durch das Fichtentor in das dunkle Gewölbe spähte, lag der Waldgrund verlassen da.

Als sie zurückging, hörte sie Äxte schlagen, dann fiel krachend ein Baum. Es war weiter nördlich, dort, wo der Weg nach Liebenthann führte, zur Burg, die die mächtigste Festung der Kemptischen Äbte war. Trotz des Sonnenscheins, in dem die Zinnen und Türme zu dieser Stunde lagen, standen die Mauern düster und drohend über dem Tal.

Der dritte Morgen verlief wie die beiden vorherigen. Doch diesmal überwand Madlen ihre Scheu und lief über die schwankende Brücke zum Schiff. Eben legte sie ihre Hand auf die Reling, als es in ihrem Rücken laut polterte.

»Nicht!« Die Warnung klang dringlich. Erschreckt ließ sie los. »Das ist streng verboten!« Vor Eifer verschluckte die kindliche Stimme sich fast.

»Pass lieber auf, dass du nicht runterfällst!«, sagte Madlen, als sie in dem herbeistürzenden Kind die kleine Magd aus dem Haus erkannte. Doch Nelli achtete Vorsicht gering. Wie ein Pfeil schoß sie auf Madlen zu, um sie aufzuhalten.

»Schon gut«, beschwichtigte sie den schmächtigen Zerberus, der sich vor ihr aufbaute, als ob er zu allem entschlossen wäre. »Du bist also die Wache hier?«

Prompt wurde die Kleine verlegen. Offenbar handelte es sich um eine Überschreitung ihrer Befugnisse. »Nein«, gab sie kleinlaut zurück. »Eigentlich ... Aber ich habe mich einmal oben erwischen lassen, und er hat gesagt, wenn das noch mal passiert, gibt es Strafe.«

»Und das hast du mir ersparen wollen? Nett von dir. Wer ist denn ›er‹?«

»Meloser natürlich.«

»Natürlich. Gehört ihm das Schiff?«

Nelli zuckte die Achseln und wurde immer verlegener. Vielleicht regten sich in ihr Zweifel, ob sie tatsächlich im Sinne des Pachtherrn gehandelt hatte. »Gebaut hat er es.«

»Was? Das Schiff hier?«

»Natürlich mit Arbeitern.«

»Natürlich.«

»Ich muss jetzt gehen. Wenn ich noch später komme, werde ich Haue kriegen.« Die Kleine hüpfte von einem Fuß auf den anderen. Offenbar befand sie sich in einer Zwickmühle. Was, wenn sie Madlen ihren Rücken zuwandte und die ging dann doch auf das Schiff?

»Würde es helfen, wenn ich mitkomme und der Köchin sage, dass ich dich gebraucht habe?«

Die Köchin Martha hatte wenig Geduld mit der kleinen Magd, so viel hatte Madlen schon mitbekommen.

»Ich weiß nicht ... aber es könnte schon sein.«

»Gut, dann gehen wir.«

Eine Weile liefen sie schweigend hintereinander her. Dann wurde der Pfad breiter und Madlen hielt Nelli, die immer schneller bergab eilte, am Ärmel der Bluse fest. »Bist du gestern auch schon hinter mir hergegangen?«, fragte sie.

Nach einem kurzen Blick in ihr Gesicht nickte Nelli. »Und vorgestern auch.«

»Jetzt sag mir die Wahrheit: Hat dir das jemand aufgetragen?«

»Aufgetragen?«

»Hat dir jemand gesagt, dass du das tun sollst? Und dich gefragt, was du gesehen hast?«

Verständnislos sah Nelli sie an. »Nein. Ich hab das nur so gemacht.«

»Aha. Und warum?«

»Ich hab wissen wollen, was Ihr im Wald macht ... und auf Euch aufpassen wollen.«

»Wozu aufpassen?«

»Weil der Tobel nicht ganz geheuer ist. Und dass Ihr nicht auf das Schiff geht. Meloser kann fürchterlich wütend werden.«

Es war ganz unmöglich, ihr nicht zu glauben. Sie war ein argloses Kind. Unterdessen kamen die beiden schon am Hoftor an. Vorsichtig lugte die Küchenmagd durch den Spalt zwischen den Torflügeln. Dabei zog sie die Schultern hoch, als fröstelte sie. »Alles in Ordnung«, flüsterte sie. »Martha ist noch nicht auf.«

»Woher weißt du das?«

»Sie hat noch kein Wasser geholt. Der Eimer steht noch auf der Mauer, wie ich ihn hingestellt hab. Sie lässt ihn immer unten hängen. Aber das find ich nicht gut.« Nelli zögerte kurz. »Weißt du, der Brunnen ist auch nicht geheuer. Es wäre besser, wenn man ihn nachts zudeckte, hat meine Großmutter gesagt.«

Sie strich sich die mausbraunen Haarsträhnen hinter die abstehenden Ohren. Dann sah sie Madlen direkt in die Augen und flüsterte verschwörerisch leise und mit einem Ausdruck von Wichtigkeit: »Ich würde Euch gern was erzählen ... aber ich weiß nicht, ob ich es soll. Ich komm nach dem Frühstück noch mal. Seid Ihr dann wieder im Garten?«

Belustigt nickte Madlen. Um sich zu beschäftigen, hatte sie angefangen, den verwilderten Kräutergarten umzugraben und herzurichten. Das Gärtlein lag unter Laub und Winden versteckt im Süden des Anwesens. Nur ein paar Stauden der wichtigsten Küchenkräuter ragten wie Haarbüschel aus der verfilzten Mähne heraus. Sie ließen die Blätter hängen, als nähmen sie sich die Schimpftiraden zu Herzen, die die Köchin bei ihrem Anblick stets ausstieß, bevor sie mit angewiderter Miene an ihnen herumzupfte. Auf den Gedanken, sie regelmäßig zu gießen, kam Martha nicht. Das lag nun mal nicht im Bereich ihrer Aufgaben.

Der Flecken war windgeschützt, warm an der Steinmauer, mit Hecken von ungeschnittenen Beeren- und Haselnusssträuchern östlich und westlich davon. Ein großer Steintrog zum Gießen stand bis zum Rand voll mit Regenwasser. Im feuchten Schatten darunter konnte man Salamander finden.

Zuerst hatte Madlen Engel fragen wollen, ob sie sich dort beschäftigen dürfe, aber dann sagte sie sich, dass der Garten ihrer schönen Schwägerin sowieso gleichgültig war.

Seit ihrer Ankunft war ihr die junge Frau rätselhaft. Sie hatte Madlen zwar mit großer Selbstverständlichkeit aufgenommen, aber sie sprach kaum mit ihr, genauso wenig wie mit allen anderen. Selten verließ sie das Haus, und wenn sie sich in der düsteren Wohnstube sehen ließ, wirkte sie leidend – ein stummer Vorwurf an alle, die fröhlich waren. Vielleicht war das eine der Ursachen, weshalb das Haus so leblos erschien.

Auf eine mitfühlende Frage Madlens hatte Engel sie nur verständnislos angesehen und dann gemeint, dass ihr nichts fehle. »Es ist halt einfach ein sehr ruhiges Leben hier«, sagte sie, bevor sie die Augen zerstreut auf dem fiebernden Wolff ruhen ließ. »Er wird doch nicht sterben?«, fragte sie gleichmütig und drehte sich um, noch bevor den anderen eine beruhigende Antwort einfiel.

Madlen schaute auf, als sie Nellis hüpfenden Schritt hörte.

»In Günzburg ist heute Markt. Martha muss Salz kaufen. Die ist nicht so bald wieder da ...« Ihr breites Lachen ließ keinen Zweifel daran, dass dies eine der bestmöglichen Nachrichten war. Interessiert sah sie sich um.

»Wieso macht Ihr denn das? Kommt, ich helf Euch ein bisschen. Macht Euch die Sonne nichts aus? Nein? Engel Meloser kann sie nicht aushalten. Die Haywanger sagt, dass das schon immer so war. Wißt Ihr, als die Hausfrau ein Kind war – damals hat sie noch in dem Haus gewohnt, das jetzt die Haywanger von ihr gepachtet hat, es gehört nun Engel, nachdem ihre Großmutter tot ist –, da hat sie mit den anderen Kindern draußen gespielt und sie ist krank geworden. Seitdem geht sie nicht mehr raus, wenn die Sonne scheint, weil sie nämlich so zart ist. Damals hat die Ursula Haywanger sie wieder gesund gemacht, weil, das war Engel Melosers Kinderfrau, und die Ursula war auch die Tante von Barbara Haywanger. Und die Tochter von Ursula Haywanger, das ist Engel Melosers Amme gewesen, als sie noch ein Säugling war, aber die ist dann gestorben, die Tochter …« Nicht einmal verlor Nelli bei ihrem Vortrag den Faden.

»Und du meinst, dass sie deshalb immer im Haus bleibt?«

Heftig nickend riss Nelli an einer Wurzel. Sie hatte sich neben Madlen hingekniet und rückte den Winden mit einem Feuereifer zuleibe, der das Unkraut mit Schrecken erfüllen musste. »Die Haywanger sagt, das kommt davon, wenn man so fürchterlich vornehm und hellhäutig ist.«

»Die Arme«, sagte Madlen und fiel nach hinten, weil die Wurzel, an der sie mit allen Kräften gezogen hatte, in dem Moment auseinander riss.

»Oh. Den Rest müssen wir ausgraben, sonst kommt das wieder. Großmutter sagt, dass die Winden bis hinunter zum Grundmeer wachsen.«

»Zum Grundmeer?« Madlen fühlte ihr Herz klopfen, wie damals, als sie ein Mädchen war.

»Ja. Tief unter der Erde. Vater sagt, das ist nur ein Märchen. Aber dass die Winden gleich wieder da sind, wenn man nicht alles herausbringt, ist sicher.«

»Na gut, dann müssen wir halt graben … aber nicht bis zum Grundmeer hinunter«, sagte Madlen lächelnd.

»Manche sagen aber, dass die Hausfrau nur unglücklich ist, weil sie kein Kind hat«, plapperte die Kleine weiter. »Wisst Ihr, den Johan Meloser hat sie schon vor mehr als zwei Jahren geheiratet und dann war sie bald schwanger, aber das Kind ist nicht zur Welt gekommen. Jedes Mal, wenn es hieß, dass es wieder einmal so weit wäre, hat sie es gleich nach wenigen Wochen verloren. Die Haywanger sagt, dass so was eine Frau schwermütig macht.« Wissend, als sei sie mit solchen Dingen völlig vertraut, nickte die Kleine und schob sich die Haare hinter die Ohren.

Dazu ein Ehemann, der weitab vom Wasser ein Segelschiff baut …

Als habe Nelli erraten, was Madlen durch den Kopf ging, setzte sie einen Engerling auf ein Blatt und ließ ihn im Wassertrog schwimmen. »Ich wünschte, ich könnte zur See fahren«, sagte sie mit verträumter Stimme. »Wenn ich ein Bub wäre … Es gibt nichts Schöneres als dieses Schiff, findet Ihr nicht?«

Madlen ahnte, dass sich die Schwärmerei nicht auf das leicht schwankende Blättchen unter dem Wurm bezog. Während sie noch überlegte, wie sie ihre Zweifel daran, dass das Boot jemals ein Meer sehen würde, ausdrücken konnte, ohne Nelli zu kränken, war das Kind schon dabei, sie über die Vernunft hinter dieser Angelegenheit aufzuklären. »Meloser hat es für die Sintflut gebaut.«

»Die Sintflut?«

»Na, Meloser sagt, dass es natürlich gar keine Sintflut geben wird.«

»Natürlich. Aber das Boot hat er dafür gebaut?«

»Mein Vater hat auch dran gearbeitet und manchmal durfte ich mitgehen. Er hat mir alles erklärt. Es ist fast so ein Schiff wie das, mit dem Kolumbus gefahren ist, bloß viel kleiner, natürlich. Die Portugiesen und Spanier bauen solche. Halt riesig viel größer. Aber Meloser hat einen Plan von England mit hergebracht – weil die Engländer, die haben auch Schiffe. Als Meloser dort war, haben sie eins gebaut, einen Zweidecker, der gleich vier Masten hat …« Die Größe von Nellis Augen schien sich dabei der Größe des Engländers anzugleichen.

»Und wem gehört das Schiff für die Sintflut, die es nicht geben wird?«

»Dem Adam von Stein natürlich!«

»Natürlich. Und wer ist Adam von Stein?«

Mit einer lässigen Kopfbewegung deutete Nelli nach Norden. »Wisst Ihr, wo Ronsberg ist? Günzabwärts, nach Liebenthann und dann noch ein kleines Stück, man kann über die Höhe laufen. Dort ist Burg Stein. Er ist sehr reich und er hat das Schiff bauen lassen. Großvater sagt, es ist nicht sicher, ob Adam von Stein mehr Geld hat oder mehr Angst.«

»Passt auf, dass Ihr Euch keinen Sonnenstich holt!«

Madlen und das Kind drehten sich um.

»Die Sonne im Herbst unterschätzt man leicht.« Es war Barbel Haywanger, die wohl nach Wolff geschaut hatte. Sie nahm ihren Korb wieder auf, den sie abgesetzt hatte, richtete ihren eindringlichen Blick noch einmal auf Madlens helles Gesicht und machte sich auf den Weg nach Hause.

Als Nelli die Frau sah, war ihre Fröhlichkeit plötzlich verschwunden, als sei sie an etwas Ungutes erinnert worden. »Eigentlich ...«, murmelte sie, nachdem die Haywanger außer Sichtweite war, »eigentlich habe ich Euch ja was fragen wollen ...« Sie kaute ein wenig an ihrer Unterlippe, dann schob sie die Haarsträhnen zweimal entschlossen hinter die Ohren und holte tief Luft. »Findet Ihr es sehr schlimm, wenn man jemanden verrät?« Dabei bohrte sie verlegen mit dem Zeigefinger an einer Stelle nach Wurzeln, wo schon längst alles heraußen war.

»Nun ja« – Madlen überlegte ernsthaft. »Ich finde es schon schlimm.«

»Immer?« Mit einem Seufzer schaute Nelli sie an.

»Also, schön ist es nie. Aber ...«

»Wenn man jemanden warnen will – vor jemand anderem, und wenn man etwas gesehen hat ...«

»Also, ich denke, das kommt darauf an, ob man das überhaupt ›jemanden verraten‹ nennen kann«, ließ Madlen der Kleinen einen ehrbaren Ausweg offen.

»Na, egal.« Die kleine Magd überging diese Spitzfindigkeit. »Auch wenn ich sie verrate ... ich kann die Haywanger eh nicht leiden. Ich hab nämlich gesehen, wie sie in Eurer Kammer war...«

»In meiner Kammer? Hat sie mich gesucht?«

»Sie hat in Euren Sachen gekramt. Die Martha hat mich hinter ihr hergeschickt, weil sie einfach die Treppe hochging, und die Martha sagt, dass man dem Hurenweib nicht für 'nen Heller vertrauen dürfe. Da hab ich gesehen, wie sie bei Euch geklopft hat, und als keine Antwort kam, ist sie einfach reingegangen. Ich hab mich erst nicht näher getraut, aber dann doch ... und da hat sie in Eurer Truhe gewühlt und hat etwas herausgezogen. Und in dem Moment ist die Hausfrau plötzlich neben mir aufgetaucht und sie hat auch in die Kammer geschaut und gesagt: ›Was machst du denn da?‹ – nicht zu mir, sondern zur Haywanger. Und die ist ganz erschrocken und dann hat sie statt einer Antwort ein paar Ledersachen aufs Bett gelegt. Hosen und einen Kittel, Männerzeug. Und sie hat so hingedeutet, als ob das irgendwas Schlimmes wäre, und dann hat sie gesagt: ›Ich finde, dass an Eurer Schwägerin irgendwas merkwürdig ist. Schaut Euch an, was sie für Sachen trägt.‹ Und die Hausfrau hat nur den Kopf geschüttelt und hat gesagt, was das für ein Blödsinn wäre, das wären natürlich Thomans Sachen und sie solle sich unterstehen und noch einmal im Haus herumschnüffeln ... und dass ihre Pacht schon zwei Tage über der Zeit wäre. Aber die Haywanger ist gar nicht verlegen gewesen – ›Die kratzt gar nichts‹, sagt Martha –, sondern sie hat nur gelacht und gesagt, dass sie gemeint habe, man könne den Pachtzins mit der Behandlung von Thomans Knecht verrechnen. Und dann hat Engel Meloser genickt und hat bloß noch gesagt: ›Dass du alles wieder wie vorher zusammenräumst!‹ ... Und ich hab es Euch halt erzählen wollen, weil ich glaube, die Haywanger mag Euch nicht ... und man sagt, dass die einen verwünschen kann und vielleicht hat sie dafür etwas mitgenommen ...« Reichlich unsicher schaute Nelli Madlen an, so als käme ihr ihr Verdacht selbst nicht mehr sehr begründet vor.

An Adam von Stein gab es buchstäblich nichts, was nicht schlaff aussah. Von den Wangenlappen über die mutlos wirkenden Schultern bis zu den knochenlos anmutenden Händen, die zu keiner bestimmenden Geste je fähig schienen. Das speckige Seidenbarett fand auf dem Kopf keinen Halt und seine Gewänder schlugen dermaßen tiefe Falten, dass man sich fragte, ob sich darunter tatsächlich ein Körper befinden konnte. Jedes Mal, wenn Johan Meloser den Adligen sah, dachte er an ein Segelschiff, das in einer endlosen Flaute trieb.

Wenn es galt, eine Entscheidung zu treffen, war es besonders schlimm. Dann schlafften auch alle Stirnfalten ab.

»Wie viel, sagtet Ihr noch mal, würde der Mast kosten? ... Ja, ja, ich erinnere mich ... aber Ihr meint, dass wir auch drauf verzichten könnten?«

»Das kommt darauf an, ob Ihr das Schiff manövrieren möchtet. Ansonsten ankert Ihr bloß – das Schiff wird von der Flut, falls sie kommt, angehoben, bleibt aber an Ort und Stelle, bis der Wasserspiegel wieder gefallen ist.«

»Falls sie kommt, falls sie kommt ... Da gibt es nicht den geringsten Zweifel für einen gebildeten Christenmenschen! Die Gestirne irren sich nicht! Ihr werdet noch an mich denken, Meloser, gebe Gott, dass es dann nicht zu spät für Euch ist. Wieso baut Ihr Euch nicht selbst so ein Schiff? Ja, ja das Ganze ist natürlich teuer ... viel zu teuer, für meinen Geschmack ...« – ein ungewöhnlich lebendiger Blick traf den Schiffsbauer. Nach Adam von Steins Überzeugung hatte Meloser sich Pläne und Arbeit üppig bezahlen lassen. »Aber etwas Kleines ... ein Flößchen ... Ihr werdet noch an mich denken müssen! Habt Ihr übrigens auch schon gehört, dass Ulrich von Hutten an der französischen Krankheit gestorben sein soll?« Seit Johan Meloser nach dem Tod seines Vaters wieder aufgetaucht war – drei Jahre war das jetzt her –, gab es Gerüchte, er hätte mit diesen verfluchten Empörern zu tun. Steins zahlreiche Andeutungen entlockten ihm aber nicht einmal ein Wimpernzucken. »Ach ja, das Segel ... Dafür muss ein Mast her, sagtet Ihr, nicht wahr?«

Unter von Steins hängenden Lidern lugte die Trauer über das Unmaß der Kosten hervor. Seufzend trat er zwischen die Zinnen des Wehrgangs und blickte ins Tal hinunter. Er liebte es über die Maßen, sich Vorkehrungen für seine Sicherheit auszudenken. Dreimal täglich – nach den wichtigsten Mahlzeiten – drehte er seine Runde, um sicherzugehen, dass nichts versäumt wurde.

»Und wenn wir darauf verzichteten? Aber wer weiß schon, wie weit eine Sintflut steigt? Was, wenn unsere Ankerkette zu knapp bemessen wäre? Die Flut erreicht die Gebirgsspitzen ... Denkt nur an Noahs Arche und an den Berg Ararat ... Oder wenn der Sturmwind das Boot losreißt? Nein, nein, unmöglich, ohne Segel, das wäre zu unsicher.« Er schüttelte sich, wobei alle Falten verrutschten und seine Schultern noch weiter nach vorn fielen.

»Also dann ein Lateinersegel ...«

»Gut, gut, besorgt alles an Leinwand, was dafür notwendig ist. Wie ich mir habe sagen lassen, kann man es auch farbig machen? Mit Wappen darauf?« Die Stirnfalten glätteten sich bei dieser Aussicht, soweit ihnen das bei ihrer grundsätzlichen Schlaffheit gegeben war. Sogar der weichliche Mund spannte sich, als wollte Adam von Stein ein fröhliches Liedchen pfeifen. Er sah sich bereits der Katastrophe davoneilen.

Während sie in den Burghof hinunterstiegen, deutete Stein

auf zwei verlauste Gestalten, die mit ausgestreckten Armen und Beinen auf einem Strohhaufen in der wärmenden Sonne dösten. Sie bildeten einen auffallenden Gegensatz zu der rastlosen Geschäftigkeit, die hier sonst zu herrschen pflegte. »Seeleute«, sagte er schmatzend, als spreche er von besonderen Leckerbissen. »Vorgestern angekommen. Habe sie mir von einem Handelsfreund meines Schwagers vermitteln lassen. Ja, ja, ich habe an alles gedacht.« Vor Zufriedenheit wurde sogar seine Stimme ganz schlapp.

Am Tor entließ er Meloser mit einer müden Handbewegung. Das sollte andeuten, dass ihn die Geschäfte erschöpft hatten. Der Schiffsbauer warf einen amüsierten Blick auf die »Seeleute«, die glücklich betrunken der großen Sintflut im Frühjahr entgegenschliefen, dann machte er sich auf den Heimweg. Mit dem Geld für den Mast würde er endlich die Pferdeställe in Ordnung bringen können. Wenn ihm das einer vorausgesagt hätte, er hätte ihn ausgelacht.

Allmählich wurde Wolff wieder gesund. Mit Hilfe von Holzkrücken fing er an, aufzustehen und mühsam herumzuhumpeln. Martha murrte und schimpfte immer ungehaltener über die Haywanger, die gar nicht daran dachte, ihre täglichen Krankenbesuche aufzugeben. Im Gegenteil, sie schien es zu genießen, im Haus ungestört ein- und auszugehen. Meistens kam sie zur Zeit der gemeinsamen Mahlzeiten und ließ sich, wie selbstverständlich, auch eine Schüssel reichen. Weder die derben Scherze der Knechte noch Marthas spitze Bemerkungen beirrten sie. Unaufhörlich streifte ihr Blick durch den Raum, kroch in jede Ritze, in jedes lichtlose Eck, und dabei lauschte sie, ob sie aus Engels Kammer oder vom ersten Stock droben Geräusche und Stimmen hörte.

Dass ihre unverhohlene Neugier alles andere als harmlos war, wurde Madlen schlagartig klar, als eines Morgens beim

Frühstück der Großknecht eine besonders böse Bemerkung in Barbels Richtung machte. Die Haywanger antwortete mit einer Anspielung, die Madlen nicht verstand. Der Knecht jedoch wurde blass und verstummte sofort.

Später, im Hof, sah Madlen die beiden in einen Streit vertieft, der damit endete, dass Barbel ein Geldstück nahm. Offensichtlich besserte sie ihre Börse mit einer kleinen Erpressung auf. Als sie die Münze unter die Schürze schob, sah sie aus, als ob sie am liebsten vor Wonne geschnurrt hätte. Überrascht beobachtete Madlen, wie die Frau es genoss, welchen Hass sie in dem Mann auslöste.

Wie jedes Mal, wenn Madlen am Brunnen vorbeiging, bewegte sie etwas, an seinen Rand zu treten. Meist widerstand sie der Regung, doch diesmal, ganz in Gedanken an das Gehabe der Haywanger, blieb sie im Schatten der jungen Kastanie stehen und starrte den Eimer an, der an der Mauer lehnte. Manchmal sehnte sie sich nach ihren heimlichen Streifzügen. Madlen sah in den lichtlosen Schacht hinunter, und als sie wieder aufblickte, schimmerte ein unwillkürliches Lächeln in ihren grünen Augen. In dem Moment begegnete sie dem lauernden Blick Barbel Haywangers und ihr Lächeln gefror.

Vierzehn

Es ging auf Ende Oktober zu und Madlen rechnete täglich damit, dass sie nach Kempten zurückkehrten. Trotz des Knochenbruchs, der nur langsam verheilte, konnte Wolff es kaum noch erwarten, vom Hof wegzukommen. Er beklagte sich nie, doch Madlen sah ihm an, dass ihm die Situation zu schaffen machte.

Sie selbst hätte sich ebenfalls auf die Abreise freuen sollen. Dennoch schnürte ihr etwas die Kehle zu, wenn sie an die Rückkehr dachte. Doch darüber wollte sie lieber nicht nachsinnen. Seit ihrer ersten Begegnung hatte Johan Meloser nicht mehr Worte mit ihr gewechselt, als unvermeidlich waren. Er schien ihr geradezu aus dem Weg zu gehen. Zwar wusste Madlen aus Äußerungen von Nelli, dass er sich nie viel im Haus aufhielt, »aber jetzt gerade hat er wohl Hummeln im Hintern … also, das hat mein Vater gesagt, entschuldigt.« Es war also nicht allein ihr aufgefallen.

Madlen zwang sich, nicht über ihn nachzudenken, aber ein Blick, eine kurze Begegnung genügten, dass sie keine Ruhe mehr fand. Dummerweise hätte sie diese Verwirrung um nichts auf der Welt missen mögen. Sie musste sich eingestehen, dass sie gern in seiner Nähe war. Schließlich hoffte sie fast genauso wie Wolff auf ihre baldige Heimkehr – und zugleich wurde ihr Herz dabei schwer.

Wieder war es ein herrlicher Tag zwischen den Hügelkämmen, wo die roten und goldenen Herbstfarben aufglühten, als wollten sie Feuer fangen. In vielen Windungen suchte der Fluss seinen Weg durch das Tal, beinahe widerstrebend, als könne auch er sich nicht von etwas trennen, was ihn gefangen hielt. Doch das Wasser ließ sich nicht aufhalten.

Madlen streifte unruhig am Ufer entlang. Bald fand sie sich am Fuß der kemptischen Festung wieder. Das Mühlrad der von der Günz getriebenen Schlossmühle klapperte, es wurde gearbeitet und niemand beachtete sie, als sie den Weg bergauf wählte. Auf halber Höhe, mitten im Wald, tauchte ein Weiher auf. Dunkel war das Wasser, beinahe schon schwarz, obwohl der Himmel darüber in Seidenblau schimmerte. Der Ort war so still wie der Hof vor Johan Melosers Haus. Madlen sah sich um. Weit und breit schien kein Mensch zu sein. Wer nicht bei der Obsternte half, ließ sein Korn mahlen oder trieb das Vieh auf die Weide, bevor die ersten Frosttage den Wiesen den Saft nahmen. Der glatte Spiegel des Teiches zog sie magisch an.

Zögernd machte sie ein paar Schritte zum Ufer hin, bückte sich und tauchte mit einer Hand in die reglose Oberfläche. Trotz der schon kühlen Nächte empfand sie das Wasser noch nicht als kalt. Nur ein paar Schritte weit wollte sie in den Weiher hineinwaten. Also zog sie die Schuhe aus. Allmählich erkannte sie Schlingpflanzen, die unter Wasser trieben, und unter den Fußsohlen spürte sie Kieselsteine und Sand. Auf einmal wurde die Sehnsucht in ihr riesengroß. Am liebsten hätte sie sich, so wie sie war, ins Wasser hineingeworfen. Sie machte eine Bewegung – doch dann erstarrte sie. Am Weg, der zum Weiher führte, war Barbel Haywanger aufgetaucht. Womöglich war sie ihr gefolgt! Bei ihrem Anblick fühlte Madlen einen so starken Widerwillen, dass es ihr Angst machte.

Als sorge sie sich um die junge Frau, eilte die Haywanger näher und streckte die Hände aus. »Um Himmels willen!

Wieso seid Ihr denn da hineingestiegen!? Passt auf! Das ist ein ganz tückisches Wasser. Es greift nach Euch und hält Euch, dass Ihr Euch nicht mehr befreien könnt... Soll es Euch wie Johan Melosers Bruder gehen? So eine Unvernunft!«

Wider Willen spürte Madlen einen Wunsch, sich zu rechtfertigen, eine Erklärung zu geben, die nicht verfänglich erschien. »Mir ist... mir ist ein Kamm hineingefallen. Ich habe gedacht, ich könnte ihn rausholen«, log sie, doch so, wie die Haywanger sie ansah, glaubte sie ihr kein Wort.

»Nun kommt schon. Gebt mir Eure Hand! Was für ein Glück, dass ich ausgerechnet jetzt zu einer Geburt nach Ollarzried muss!«

Widerstrebend folgte Madlen und dann trafen sich ihre Blicke, die ihre Feindseligkeit nicht verbergen konnten.

In Barbel Haywangers dunklen Pupillen glänzte es. Sie war sich so sicher! Madlen spürte das Wasser und wusste, es würde sehr tief hinuntergehen...

Ein Pferd schnaubte hinter ihnen und jemand fragte: »Wollt ihr Fische fangen? Das würde ich bleiben lassen. Die Rechte gehören dem Fürstabt. Der fackelt nicht lang.«

»Hört auf, Euch über uns lustig zu machen, und helft mir lieber. Madlen bringt ihren Fuß nicht nach oben. Womöglich steckt er ja in einer Fischreuse.«

Verblüfft folgte Madlen der Erklärung der Haywanger. Beim Klang von Melosers Stimme war sie zusammengefahren, als würde sie plötzlich wach und wüsste noch, dass sie eben einen unguten Traum gehabt hatte.

»Es geht schon. Lass nur...«, wehrte Madlen Johans Hilfe ab. Unbeholfener, als es notwendig war, tappte sie ans Ufer zurück. Sie spürte, wie er sie dabei beobachtete.

»Du kannst das Pferd haben«, sagte er nach einem Blick auf ihre tropfenden Röcke.

Die Situation war so lächerlich und sein ungerührt scheinender Blick war ihr so unangenehm, dass sie am liebsten davongelaufen wäre.

»Ich kann nicht reiten«, musste sie zugeben. Wieder, wie bei ihrer ersten Begegnung, hatte sie einen unklaren Eindruck, als habe sie etwas Falsches gesagt.

»Nun«, erwiderte er, »das kleine Stück wird es wohl gehen. Du musst dich eben gut festhalten.«

Bevor sie noch einmal widersprechen konnte, spürte sie seine Hände auf ihrer Taille und fühlte sich hochgehoben. Ihr blieb nichts anderes übrig, als es zuzulassen. Um nicht gleich wieder runterzufallen, klammerte sie sich an der Mähne des Pferdes fest. Johan gab dem Tier einen Klaps und ließ den Zügel los. Daraufhin trottete es mit Madlen auf dem Rücken zum Stall zurück.

Schweigend folgte Meloser dem Pferd, bis sie am Hoftor waren. Noch bevor er ihr helfen konnte, war Madlen an der Seite heruntergerutscht. Dann lief sie ins Haus.

Was hatte die Haywanger mit ihrer Bemerkung über Johan Melosers Bruder gemeint? Madlen wrang ihre Röcke aus und ärgerte sich, dass sie nicht gefragt hatte.

Waren das Hügelkuppen? Oder doch Meereswellen? Sie konnte darüberlaufen, aber mit jedem Schritt verwandelte sich das, was sie sah. Das sanfte Land bäumte sich auf und drohte über ihr zusammenzuschlagen. Tiefe Klüfte brachen ganz plötzlich ins Dunkel ab und der Himmel drehte sich hell über ihr. Wieder schwamm sie im versunkenen See. Ganz allein unter dem Erdhimmel. Die Luft schwappte träge über die Hügelwangen, ihr schwindelte. Dann sah sie ihn unter Wasser treiben. Entsetzt starrte sie in sein Gesicht. Und wollte ihn festhalten …

Mit einem Ruck fuhr sie hoch. Jemand befand sich im Zimmer und ihr Herz klopfte wie wild. Eine Hand streifte ihr Haar... Endlich begriff sie, dass sie in Sicherheit war. Im schwachen Sternenschein erkannte sie Engels schöne Gesichtszüge und sie ahnte das tiefe Blau ihrer Augen, die sie mit einem eigenartigen Ausdruck betrachteten.

»Du hast einen schlimmen Traum gehabt. Ich habe dich schreien gehört. Hoffentlich habe ich dich nicht zu sehr erschreckt. Schon gut... es ist nichts passiert.«

»Ich habe geglaubt, dass er ertrunken ist... Aber er war es nicht...«

»Madlen... aber Madlen, weine doch nicht! Es ist nur ein Traum gewesen.«

Am nächsten Morgen erwachte Madlen erst, als die Sonne schon hoch über den Hügeln stand. Während ihr Blick den Lichtkringeln über die Wand neben dem Bett folgte, fiel ihr wieder ein, dass sie schlecht geträumt hatte und dass ihre Schwägerin deswegen in ihre Kammer gekommen war. Doch so sehr sie sich auch bemühte, sie konnte sich einfach nicht mehr daran erinnern, was sie im Schlaf derart erschreckt hatte, dass sie laut schreien musste. Noch immer meinte sie, einen dumpfen Schmerz zu spüren, einen Kummer, für den es keine Erklärung gab. Sie fühlte sich niedergeschlagen und müder als am Abend zuvor.

In Obergünzburg war Markttag und Madlen ging in den Ort hinunter, um Abschiedsgeschenke für ihre Gastgeber einzukaufen. An diesem letzten Montag des Monats Oktober schien alles, was Beine hatte, einander im Weg zu stehen oder, wie ein losgelassener Kreisel, das, was im Wege stand, umzurennen. Vor dem nahenden Winter galt es vor allem, sich mit Salz und Gewürzen für die bevorstehenden Schlachttage einzudecken. Auch Geschirr war gefragt. Um die Ladenbuden, die man an der mächtigen Kirchhofsmauer direkt unterm Wehrgang eng aneinander gezimmert hatte, drängte sich das Publikum. Zahlreiche Händler aus Kempten, Isny und Memmingen stapften im Flecken umher, um Garne und Leinen von denen zu ordern, die noch keine festen Verträge mit Verlegern geschlossen hatten.

Im Marktgetümmel entblößten biedere Mienen Begehrlichkeit. Ein Gekreisch aus Versprechungen, Feilschen und Klagen mischte sich mit dem Lachen und Schreien der Kinder, dem Brüllen der Tiere, lautem Krähen und Gackern und Gänseschnattern. Wie Ratschentöne durchdrangen einzelne Stimmen den Lärm. Staub reizte die Kehlen und neben den Ochsen am Viehmarkt stießen sich streitsüchtig die ersten Betrunkenen an.

Madlen hatte die Einkäufe in ihrem Korb verstaut. Am Kornhaus vorbei schlenderte sie zum Uferweg an der Günz und ging auf die südlich vom Marktplatz gelegene Stattmühle zu. Das letzte Haus vor der Mühle war ein geducktes hölzernes Anwesen, dessen Balken sich unter der Last von Generationen gebogen hatten. Wie ein zerschlissenes Polster, auf dem sich ein Riese gerekelt hatte, war das Dach in der Mitte eingesunken. Eine beträchtliche Unruhe herrschte rund um den Hof.

Vor der Haustür stand Nelli, in den Händen ein Stapel von Holztellern, und als sie Madlen erkannte, rief sie mit einer Miene, als habe man ihr ein Pfund Heller geschenkt: »Die Sau hat sich den Fuß gebrochen! Sie haben sie abgestochen!«

Nun war infolge des Schicksalsschlags Schlachtfest. Die Sau gehörte dem Vater der Küchenmagd. Gleich darauf sah sich Madlen eingeladen.

Statt sich über den Unfall zu grämen, war die Stimmung auf dem winzigen Pachthof der Erharts hervorragend. Ein

Dutzend Kinder purzelte lachend und schreiend durchs Haus, Nachbarn und Freunde rückten in Scharen mit Beilagen und guten Ratschlägen an und jedes Schnuppern am Kesseldampf überzog die entzückten Gesichter mit fettigem Glanz. Der indische Pfeffer, den Madlen aus ihrem Korb kramte, wurde breit lächelnd angenommen, und der Ton, mit dem er Verwendung fand, klang wie ein Jubelschrei aus dem weich gekochten Rüssel des Unglücksschweins.

Hinterm Haus hatte man Holzböcke aufgestellt und darauf Bretter gelegt. Provisorische Bänke entstanden und in der ungewöhnlich warmen Oktobersonne fingen nicht nur der Kessel, sondern auch Nasen und Wangen an zu glühen. Die ersten Portionen waren verteilt und zwischen den dampfenden Tellern vergaß auch Nellis Mutter die Tränen, die sie am Morgen über der toten Mastsau vergossen hatte.

Ihre schmächtigen Glieder, das mausbraune Haar und die abstehenden Ohren hatte die Tochter von ihr geerbt. Nellis strahlendes Lächeln dagegen stammte von ihrem Vater, einem breiten, kräftigen Bauern und Wagenmacher, dem kein Missgeschick und kein noch so kläglicher Alltag die Zuversicht rauben konnte.

Der Duft der Dunggrube im Rücken der Festgesellschaft mischte sich mit dem Aroma eines gespendeten Fässchens voller Apfelmost. Einhellig, wenn auch mangels zuverlässiger Zeugnisse ein wenig einseitig, wurde geurteilt, dass dieses köstliche Schweinefleisch besser als jedes Wildbret des Fürstabts schmecke. Das gemeinsame Glück verklärte die sonnenverbrannten Gesichter. Allmählich wurde das Fässchen leerer und die Gespräche laut.

Madlen überlegte, welche der alten Frauen, die dem Apfelmost kräftig zusprachen, wohl Nellis Großmutter sein mochte.

»Die Großmutter? Du meine Güte! Gerade heute muss sie

krank werden! Sie hat noch geholfen, beim Krauthobeln, und das Feuer hat sie selbst angemacht, das will sie sich nicht nehmen lassen, ›zu irgendetwas bin ich doch auch noch nütze‹, sagt sie immer, wenn man ihr helfen will, ja, und auf einmal, da ist sie ganz weiß geworden und sie ist zusammengesackt. Wir haben sie ins Bett tragen müssen. Da liegt sie jetzt und schimpft vor sich hin, weil sie das Fest verpasst. Aber aufstehen, das kann sie noch nicht ... Der Großvater hat ihr gerade was vom Fleisch gebracht.«

Noch mehr Fleisch, noch mehr Apfelmost wurden Madlen Becherer aufgedrängt und langsam versank sie in einem Gefühl wohliger Trägheit und Gleichgültigkeit. Nur noch am Rande bekam sie mit, worüber sich die anderen unterhielten.

Seit einiger Zeit schon hatte der Hausherr besorgt auf die Regenwolken geschaut, die sich über der westlichen Höhe zusammenzogen. In diesem Moment war die Sonne verschwunden und ein Windstoß trieb Staub und getrockneten Mist durch den Hof.

»Na, das wird nicht mehr lange dauern ...«

Schon fielen die ersten Regentropfen und alle sprangen auf. Da nicht daran zu denken war, dass man die ganze Gesellschaft in der Zwergendiele der Erharts zusammenpferchte, bot der Stattmüller an, man solle die Tische nach nebenan in die Mühle tragen. Zwei Mann packten den Kessel, einer schleppte ein neues Fass heran, auch die Kinder, bis zu den Allerkleinsten, die noch kaum laufen konnten, griffen nach Tellern und Kannen, um mitzuhelfen, und im Handumdrehen saß alles wieder im Trockenen.

Das Halbdunkel drinnen, wo der flackernde Lichtschein kaum über die Tische und Bänke drang, der Mehlstaub und das Prasseln des Regens hoch über ihnen hüllte die Männer, Frauen und Kinder wie eine behagliche Decke ein. Während

Madlen unentschlossen darüber nachsann, ob es wohl besser wäre, das Ende des Wolkenbruchs abzuwarten oder lieber gleich aufzubrechen, folgte sie stumm der Unterhaltung um sich herum.

Es ging wieder einmal um jene Klagen, die die stiftkemptischen Bauern dem Fürstabt von Breitenstein nach seiner Wahl unterbreitet hatten. Zwar hatte man ihnen versprochen, dem nachzugehen, doch bei den Verhandlungen war für sie immer noch nichts herausgekommen. Im Gegenteil, rücksichtslos verfolgte das Stift weiter sein Ziel, die Rechte der Bauern möglichst weit einzuschränken. Es war stets Allgäuer Brauch gewesen, dass Kinder dem Stande der Mutter folgten – was hieß, dass sie Freie blieben, wenn ihre Mutter frei war, auch wenn diese eine Ehe mit einem Leibeigenen schloss. Nunmehr verlangte der Fürstabt eine solch hohe Zahlung dafür, dass sich die Frauen fast immer gezwungen sahen, der eigenen Leibeigenschaft zuzustimmen. So wurden auch ihre Kinder unfrei.

Um Druck auszuüben, schreckte das Fürststift nicht einmal davor zurück, den Menschen die Sakramente vorzuenthalten, bis sie sich seinem Willen ergeben hatten.

Allerlei Taxen wurden erhöht und es gab immer mehr Dienste, zu denen die Bauern von den Vögten des Stifts gezwungen wurden. Besonders empört war man über jene Strafen, die ganz nach Willkür verhängt wurden, auch Folter und Kerkerhaft. Dabei traf es die armen Leute am härtesten.

Immer wenn die Nachbarn zusammenkamen, gab es ein paar neue Geschichten, die man sich in hilfloser Wut zu erzählen wusste. Auch diesmal wurde es laut.

Einer behauptete, ein Memminger Priester habe bewiesen, dass durch die Heilige Schrift keinerlei Zehnter begründet sei.

Daraufhin wurde sofort gerufen: »Wir hätten dem Breitenstein eben nicht huldigen dürfen!«

»Das hab ich doch gleich gesagt!«

»Jetzt hat es schon vier Tagungen mit ihm gegeben, und nichts, aber auch gar nichts ist dabei herausgekommen.«

»Weil wir uns alles gefallen lassen!«

»Beim letzten Mal ist der Dicke einfach davongeritten und hat gebrüllt, dass alles beim alten bleibt!«

»Wer hat denn gemeint, dass man denen trauen könnte? Und dass wir schwören sollen?«

»Und was wäre gewesen, wenn wir uns geweigert hätten? Habt ihr vergessen, wie es 92 ging?« Bei diesen Worten blickten sich manche erschrocken um. Die meisten Gesichter erstarrten in tiefer Erbitterung, Frauen pressten ihre Lippen zusammen und ihre Männer stießen grimmige Formeln aus.

»Ewig das gleiche Geschwätz«, brummte ein Greis, der schon in der Mühle gesessen hatte, als alles hereindrängte. Keiner beachtete ihn.

»Das ist ein Verwandter vom Stattmüller, wisst Ihr, der kann fast nichts mehr sehen und er ist nicht mehr ganz richtig im Kopf«, flüsterte Nelli Madlen ins Ohr.

»Aber hören kann ich noch was.« Sein zahnloser Mund verzog sich zu einer Fratze und Nelli erschrak. Im nächsten Augenblick gluckste er. Es klang wie ein Lachen, das ihn zu ersticken drohte. Nach kurzem Zögern lachte das Mädchen mit.

Einer war aufgesprungen.

»Dreinschlagen muss man! Es gibt keinen anderen Weg!« Polternder Beifall antwortete ihm.

»Und dann? Was wollt ihr dann tun?« Es war keine laute Frage und es lag keine Erregung darin, doch augenblicklich wurde es still im Raum.

»Nun, Johan Meloser, das musst du doch am besten wissen!«

Unbemerkt von Madlen war er eingetreten. Ohne auf den herausfordernden Tonfall zu achten, erwiderte er ruhig: »Wenn es nur einer weiß, wird nicht viel dabei rauskommen.«

Man rückte schweigend beiseite, er setzte sich.

»Du meinst wohl, dass wir zu feige sind?«

»Nein, das meine ich nicht.« Meloser sprach immer noch leise, doch jedes andere Gespräch war inzwischen verstummt.

»Was willst du dann sagen?« Der Fragende stand auf, die Fäuste vor sich auf den Tisch gestemmt. »Dass wir nicht kämpfen können? Dass wir zu sehr am Leben hängen?«

Meloser blieb sitzen und sah zu ihm auf. »Auch das meine ich nicht«, antwortete er. Sein Ton blieb freundlich und er lächelte. »Ich weiß, dass du tapfer bist und dass dir die anderen darin nicht nachstehen. Ihr seid bereit, euer Leben zu opfern, das Glück eurer Frauen und Kinder, die Höfe, auf denen schon eure Väter geschuftet haben ... Alles würdet ihr hergeben. Nur eines natürlich darf man von euch nicht verlangen: nämlich, dass ihr auch nur ein einziges Härchen am Kopf eurer Fürsten krümmt!«

»Was redest du da?«

Ohne auf das abweisende Raunen zu achten, sprach Johan Meloser im gleichen Ton weiter, nicht anders, als ob er ihnen erklärte, wie man einer Schiffswand die passende Biegung verleiht. »Denkt nur an die Ereignisse im Jahre 1491. Noch bevor der erste Streich getan war, sind die so genannten Empörer auf Knien vor ihrem gnädigen Herren gerutscht. Das Recht haben sie angerufen, man soll sie zurechtweisen, wenn sie im Irrtum wären. Und man hat sie zurechtgewiesen ... Ist das nicht wahr, Holtzer?« Er wandte sich an den

Alten, der nach Nellis Urteil nicht mehr ganz richtig war, den er jedoch achtungsvoll anredete.

Der Greis nickte und sah Meloser aus trüben Augen an. »So war es, genau.«

»Und wenn ihr ehrlich seid: Wollt ihr nicht auch, dass man euch *schenkt,* was ihr haben wollt, und dass man euch die *Frechheit,* ein *Recht* einzufordern, gnädig verzeiht? Wollt ihr nicht in Wahrheit von eurem Fürsten wie von einem Vater gelobt und getadelt werden? Nichts ohne sein Einverständnis! Ihr *glaubt* doch daran, dass er und seinesgleichen weit über euch steht! Ihr *fühlt* euch ihm untertan! Egal, was für ein Schwachkopf er ist. Solange ihr innerlich auf dem Bauch vor ihm liegt, werdet ihr euch immer wieder und wieder ins Joch beugen!«

Erst nach einer Weile räusperte sich Nellis Vater und sagte: »Es sind nicht alle so.«

Meloser nickte. »Nicht alle, da hast du Recht, Erhart.«

Als habe sich damit die Spannung gelöst, brandete das Gespräch wieder auf.

»Ja, ja, zurechtgewiesen«, murmelte der Alte vor sich hin. Meloser hatte sich umgewandt. Derweil er ihm sanft auf die Schulter klopfte, sagte er: »Du hast es nicht wissen können.«

Zu ihrer Bestürzung bemerkte Madlen, dass der alte Mann weinte. Unwillkürlich machte sie eine Bewegung auf ihn zu und er wurde aufmerksam. Obwohl er als beinahe blind galt, hatte sie das Gefühl, dass er sie musterte.

»Dich kenne ich nicht.«

»Ich bin Madlen Becherer. Ich bin mit Engel Melosers Bruder verheiratet.«

»So, deine Schwägerin ist sie, Meloser. Bring sie mal etwas näher zu mir!« Madlen stand auf und setzte sich ihm gegenüber hin. Eine Weile lang hielt er den runden Schädel gesenkt. Als er wieder aufsah, schien ihn etwas zu streifen, was ihn erschauern ließ. »Du erinnerst mich aber an jemanden... Es sind deine Augen, ja... Komm noch etwas näher und lass dich anschauen...« Endlich ließ er den Kopf wieder sinken. »Schlimm, schlimm...«, murmelte er und dann noch etwas, das Madlen nicht verstehen konnte.

Noch einmal legte ihm Johan Meloser die Hand auf die Schulter. »Pass auf dich auf«, sagte er, dann sah er Madlen an. »Thoman wartet auf dich. Morgen in aller Früh will er nach Kempten zurückfahren.«

Draußen hatten Regen und Wind ein wenig nachgelassen. Dafür war es inzwischen pechschwarze Nacht. Madlen dachte nicht darüber nach, wie merkwürdig es anmuten musste, wenn sie sich ohne Laterne und Umhang allein auf den Weg machte. Kaum hatte sie einen Schritt ins Freie getan, fühlte sie sich in ihr vergangenes Leben zurückversetzt, und die Freiheit, die sie dabei empfand, war für ein paar Augenblicke beglückend. Sie trat in eine Pfütze.

»Warte...« Es war Meloser, der hinter ihr herkam. »Hast du keinen Mantel?«

Wieder reichte er ihr seinen eigenen Umhang, ohne darauf zu achten, dass sie sagte: »Danke, aber den brauche ich gar nicht.« Wortlos schritt er neben ihr aus. Als sie um die Hauswand bogen, hörten sie jemanden hinter sich herlaufen.

»Martha wird schimpfen.« Nelli hatte sich wieder daran erinnert, dass sie nicht um Erlaubnis gefragt hatte, bis in die Nacht auszubleiben.

»Wenn du möchtest, kannst du ruhig zu Hause schlafen.« Man konnte Johans Lächeln geradezu hören.

Das Licht von Melosers Laterne fiel auf ein glänzendes Augenpaar. Nelli biss sich auf die Lippen und überlegte. Doch dann schüttelte sie ihr dünnes Mäusehaar. »Ich geh lieber mit Euch.«

Über den Kopf des Mädchens hinweg sah Madlen zu ihrem Schwager hinüber. Der konzentrierte sich auf den Weg. »Passt auf, hier ist es rutschig.«

Prompt glitt Nelli aus. Sie konnten sie gerade noch auffangen. Unbeeindruckt fing die Kleine an zu plaudern. »Meiner Großmutter geht's schon wieder besser. Ich hab ihr von Euch erzählt, und sie hätte Euch gern gesehen. Wenn Ihr das nächste Mal da seid...«

Doch es gab keinen Grund, hierher zurückzukehren. Der Weg wurde schmaler. Madlen wandte die Augen nicht mehr von Johan, der jetzt schräg vor ihr ging. Plötzlich war ihr Schmerz groß.

»Warum«, fragte Nelli und hielt Meloser am Kittel fest, »warum hat der Holtzer vorhin geweint?«

»Weil ich ihn daran erinnert habe, wie seine Frau und seine Tochter gestorben sind. Es quält ihn, dass er sie nicht hat retten können. Er verzeiht es sich nicht... sich, und den anderen.«

»Der schimpft bloß immer... Was ist denn mit ihnen passiert?«

»Das war beim Bauernaufstand. Du warst noch nicht auf der Welt und ich war noch ein Säugling. Damals ist das Korn so teuer geworden, dass die Leute gehungert haben. Dennoch wollte der Fürstabt ihnen noch eine neue Steuer abfordern. Es hat eine Versammlung gegeben – in Leubas, du weißt, wo das ist?«

»Vor Kempten«, murmelte Nelli unsicher.

»Ja«, fuhr Meloser fort. »Und die Bauern haben sich einen Hauptmann gewählt, der hieß Jörg Hug und kam aus Untrasried. Doch statt zu kämpfen, haben die Männer beim Abt um ihr Recht gefleht. Erst ist vom Schwäbischen Bund eine so genannte Versöhnung gestiftet worden, dann haben die Bauern gemerkt, dass es denen nur darum ging, dass sie die Waffen niederlegten. Und sie haben beim Kaiser gegen den Fürstabt Johann von Riedheim geklagt. Aber der erste Bote, der mit der Klage zum Gericht ritt, ist spurlos verschwunden.«

»Das war der Heinrich Schmied, davon hat mir der Großvater erzählt.«

»Und wie ging es weiter?«

Nelli musste den Kopf schütteln. »Weiß ich nicht mehr.«

»Der zweite Bote ist durchgekommen und das Hofgericht hat den Bauern auch Recht gegeben und den Abt für schuldig erklärt. Doch das Urteil war keinen Heller wert. Als der Abt beim Schwäbischen Bund Klage erhob, hat der sich auf seine Seite geschlagen und Truppen geschickt. Im September 1492 überfielen die Landsknechte Dörfer, plünderten und steckten Höfe in Brand. Daraufhin haben die Bauern entmutigt ihr Bündnis aufgegeben und ihre Anführer wurden gefangen, wenn ihnen die Flucht in die Schweiz nicht gelang.«

»Und der Holtzer?«

»Sein Dorf ist verwüstet worden. Er war mit anderen in Kempten, wo die Bauern einige Unterstützung fanden. Als man die Rauchschwaden bemerkte, ist er zurückgelaufen. Und als er den eigenen Hof schon sah, wurde er von Soldaten gestellt. Sie haben ihn festgehalten und verprügelt und er hat gesagt, dass er nach Hause will. ›Na, dann bringt ihn an seinen Herd‹, soll der Anführer der Kerle gesagt haben. Sie haben ihn hinter sich her bis zum Stall gezerrt und den an allen vier Ecken zugleich angezündet. Lichterloh muss es gebrannt haben, die Kühe brüllten, ein Pferd stand auch drin … Er wollte hinein, die Tiere herausholen, doch sie haben gelacht und ihn festgehalten, egal, wie er tobte … und dann ist es passiert. Seine Frau und die Tochter sind aus dem Haus gelaufen und in den schon lichterloh brennenden Stall hinein. Er muss wie von Sinnen geschrien haben, doch sie haben nicht auf ihn gehört, wollten im letzten Moment noch das Vieh retten. Die Soldaten haben bloß zugesehen und den Holtzer noch immer nicht losgelassen. Und dann krachte der Stall zusammen und seine Frau und die Tochter wurden unter den Balken begraben. Als man sie herauszog, waren sie beide tot.«

»Wie alt war das Mädchen?«, fragte Madlen.

»Sie war siebzehn. All ihre Geschwister waren schon jung gestorben.«

Über ihnen tauchten die Mauern des Anwesens auf. Nelli war schweigsam geworden. Die Augen wollten ihr zufallen.

»Ich würde dich gern etwas fragen ...«, fing Madlen endlich zögernd wieder an.

»Ja?« Meloser blieb stehen und wandte sich zu ihr um.

»Gestern, an diesem Weiher unterhalb Liebenthann, da hat die Haywanger eine Bemerkung gemacht. Und ich wüsste gern ... Also, ich stand in dem Wasser« – falls sie errötete, würde er es im Dunkeln nicht sehen können – »und sie hat mir wohl helfen wollen, und da hat sie gesagt: ›Soll es Euch wie Johan Melosers Bruder gehen?‹ Was hat sie damit gemeint?«

Johan fuhr sich durchs Haar. »Das heißt, dass mein Bruder in dem Weiher ertrank.«

»Was?«

Schlaftrunken entzog Nelli ihr die Hand und tappte durchs Tor. Vermutlich hoffte sie, ungesehen ins Bett zu kommen.

»Ja, in dem Tümpel. Eines Tages trieb er ertrunken darin. Niemand weiß, wie das passieren konnte.«

Madlen schluckte. Am liebsten hätte sie ihn, wie vorhin Nelli, an seinem Hemd festgehalten. Sie wollte nicht, dass er sich wieder wegdrehte. Jetzt kam ein Lichtschein näher und sie hörten die Stimmen von Thoman und Wolff.

»Wir gehen besser hinein«, sagte er.

Fünfzehn

Zwei Tage zuvor war eine Dame in Katherin Wassermanns Laden getreten, die trotz eines warmen, sonnigen Herbstabends die Kapuze ihres pelzgefütterten Umhangs nicht abstreifte. Vielmehr trug sie sie tief ins Gesicht gezogen. Nachdem sie sich umgeschaut hatte, deutete sie zur Tür und sagte: »Schließt bitte!«

Wortlos kam die Handschuhmacherin ihrer Aufforderung nach. Ohne Eile räumte sie Waren und Blumen von ihrer Auslage, klappte den Laden vors Fenster, schob dann die Riegel vor und zog endlich den Türflügel zu. Im Raum wurde es beinahe Nacht.

»Möchtet Ihr mit nach oben kommen?«

»Nein. Gebt mir einen Stuhl!«

»Ich nehme an, Ihr seid nicht gekommen, um Handschuhe zu kaufen?«

Die Dame betrachtete ihre spitzen, blutleeren Finger. Es war die vornehme Kundin, die Madlen vor Monaten einmal im Laden getroffen hatte. Wieder zeugte der Blick, mit dem sie Katherin musterte, von unverhohlener Feindseligkeit. »Nein.«

Katherin holte zwei Stühle und nahm ebenfalls Platz.

»Wisst Ihr, wer ich bin?«, fragte die Frau und legte, als habe sie eben bemerkt, wie warm es im Laden war, ihren Umhang ab.

»Natürlich. Ihr seid die Frau von Bleichermeister Flach.«

Als interessierte sie sich für die Räumlichkeiten, musterte Flachs Frau das Deckengewölbe, dann die Bodenfliesen und die gotisch geformten Türstöcke.

»Hervorragende Steinmetzarbeit ... Wie hoch ist noch einmal der Mietzins, den Ihr meinem Mann zahlt?«

»Möchtet Ihr meinen Zins erhöhen? Ich dachte, dass das Haus Eurem Mann gehört?«

»Gewiss. Natürlich bin ich nicht wegen dem Mietzins da. Aber ich nehme doch an, dass Ihr Euch vielleicht denken könnt, weshalb?«

Katherin schwieg. Durch die offene Werkstatttür drang etwas Tageslicht ein. Die Strahlen spielten mit ihrem hellen, lockigen Haar. Sie sah bildhübsch aus und jünger, als sie eigentlich war. Für einen Moment spürte die Flach ein Schwindelgefühl, Übelkeit und einen schlechten Geschmack im Mund. Ihre regelmäßigen Züge verloren den beherrschenden Ausdruck von Distanz. Gleich darauf zeigten die schmalen, wohlgeformten Lippen sich wieder ungerührt.

»Nun, ich will Euch nicht überfordern. Man hat an mich herangetragen ...« Sie stockte, als wäre die Sache allzu unangenehm. Dann, nachdem sie noch einmal hörbar Atem geschöpft hatte, ließ sie ihre Worte wie Tropfen fallen: »Dass Ihr, sagen wir, mit Eurer Gunst freigiebig seid.« Noch immer blieb Katherin stumm. Nach einer Pause fuhr ihre Besucherin fort: »Also ... Euer Betragen kann nicht geduldet werden. Ich warne Euch! Ich werde nicht zulassen, dass Ihr uns in ein schiefes Licht rückt. Daher verlange ich, dass Ihr ihn aufgebt.«

Katherin verschränkte die Hände und lächelte. »Und wenn er nicht will?«

»Ihr missversteht mich. Er wird schon wollen. Ihm kommt

es sowieso nicht darauf an... Er wird sich davontrollen, wenn er keine Gelegenheit mehr hat.«

»Tut mir leid, aber so einfach ist das nicht.«

»Was soll dabei nicht einfach sein? Ich verlange von Euch, dass Ihr den Jörg Schmied nicht mehr wiederseht. Und falls Ihr Euch nicht daran haltet, dann erzähle ich meinem Mann von der Sache.«

»Den Jörg Schmied... aber...« Katherin wurde es heiß und kalt. Die Flach wollte sie gar nicht von ihrem Ehemann fern halten! Es ging ihr um Jörg. Fassungslos sah sie sie an.

Ohne auf eine Antwort zu warten, war die Frau des Bleichermeisters aufgestanden. Mit ein paar Handgriffen richtete sie ihr schönes, aschblondes Haar. Erst jetzt fiel es Katherin auf, dass sie auf einen Mann durchaus anziehend wirken konnte.

»Ich denke, dass wir uns verstanden haben? Ihr lasst die Finger von Schmied... und ich werde meinem Mann über Euch nicht die Augen öffnen.«

Mit einer anmutigen Bewegung zog sie ihre Kapuze wieder über den Kopf und verließ den Laden.

Über Nacht war es kalt geworden und ein eisiger Wind wehte. Noch bevor sie Eschers erreichten, fing es an zu schneien. Bis zur Höhe war Thoman dem Wagen gefolgt, dann hatte er ungeduldig gemeint, er wolle lieber vorausreiten. Diesmal sei ja wohl nicht zu erwarten, dass sie sich wieder verirren würden. Gleich darauf war der Vorhang aus wirbelnden Flocken hinter ihm zugefallen.

Dass es um diese Jahreszeit schneite, war durchaus nicht ungewöhnlich. Schon am vergangenen Abend waren sie davor gewarnt worden, und Engel hatte vergeblich versucht, Thoman dazu zu bewegen, mit ihrer Heimkehr zu warten, bis sich das Wetter wieder gebessert hatte. Aber ihr Bruder hatte gelacht und gemeint, dass die Wege in ein paar Tagen womöglich ganz unpassierbar wären. Also waren sie aufgebrochen. Diesmal hatte Wolff vorgesorgt und den vorderen Teil ihres Fuhrwerks mit Lederplanen überspannt, sodass sie verhältnismäßig geschützt auf dem Kutschbock saßen, solange der Wind weiterhin von der Seite kam. Noch war der Schnee zu nass, als dass er sie ernsthaft behinderte.

»Bis der liegen bleibt«, sagte Wolff, »sitzen wir schon zu Hause am Herdfeuer.« Wenn er gefragt worden wäre – ihn hätte nicht einmal ein Schneesturm von dieser Fahrt abgehalten.

»Du freust dich schon darauf«, stellte Madlen mit einem kleinen Seufzer fest.

»Natürlich ... also, nicht, dass ich mich beklagen wollte. Die haben mich wieder zusammengeflickt und ich bin gemästet worden, als wär ich ein Spanferkel ...«

»Aber?«, nahm Madlen den unausgesprochenen Vorbehalt auf.

»Na ja ... wenn ich das so sagen darf ... Also irgendetwas ist ungut dort. Ich weiß nicht recht, wie ich es ausdrücken soll ... So, als ob einem irgendwas immer im Nacken säße ... Na, egal. Jetzt geht es nach Haus. Euer Mann hat seinen Meistertitel und er wird wohl so viel zu tun haben, dass er uns nicht noch einmal in diese Wildnis jagt.« Bei diesen Worten warf er einen besorgten Seitenblick auf die junge Frau neben sich. Wolff war ein guter Beobachter.

Sie passierten ein Fischwasser. Madlen beugte sich so weit hinaus, dass sie nass wurde. »Hast du davon gehört, dass Melosers Bruder in solch einem Weiher ertrunken ist?«, fragte sie, während sie sich wieder setzte und einige Flocken von ihrem Umhang strich.

»Natürlich – dank Marthas immer währender Unterhaltung. Ich fürchte, ich kenne jedes nur halbwegs erwähnenswerte Habersberger Ereignis, das stattfand, seit die Gute geboren wurde. Und das ist ja schon etwas länger her.« Sein melancholischer Ausdruck vertiefte sich.

»Würdest du ... würdest du mir davon erzählen?«

Wieder warf er ihr einen forschenden Seitenblick zu. »Was wollt Ihr wissen?«, fragte er.

»Erzähl mir alles. Ich habe ja nicht mal gewusst, dass Meloser noch einen Bruder hatte.«

»Einen Moment noch. Ich muss erst ...« Unversehens zog Wolff die Zügel an und kletterte umständlich von seinem Kutschbock. Das Bein machte ihm sichtlich noch immer zu schaffen. Hinkend lief er nach vorn, bückte sich und zog einige kräftige Äste vom Weg.

Madlen half ihm wieder hinauf. »Das nächste Mal lässt du mich das machen.«

Er verzog grinsend den Mund. »Ich fürchte, da würde uns wohl der Schnee begraben. So ... seht Ihr? Alles in Ordnung ... Ja, was hab ich sagen wollen? Nun, die Sache mit diesem Bruder ... War übrigens der jüngere von den beiden. Aber der Johan, sagt die Martha, hat schon als Kind kein Interesse am Hof gehabt. Wer immer ihm den Floh in den Kopf setzte: Er hat davon geträumt wegzugehen. Als Bub wollte er natürlich ein Ritter sein, wie seine Vorfahren, und er träumte von Abenteuern, und als er älter wurde, da hat er sich aufs Studieren verlegt, und er war so hartnäckig, dass sein armer Vater ihn schließlich hat ziehen lassen. Nach Prag ist er zuerst gegangen, hat dort an der Universität gelernt. Und sein jüngerer Bruder, der sollte den Hof nehmen. In Prag ist er wohl nur für eine Weile geblieben, ist dann nach Leipzig, und schließlich hat man sich erzählt, dass er mit einem Ritter nach England gegangen sei und auch durch die Niederlande und Frankreich reiste. Später ist er dann wohl noch einmal allein nach England rüber ... Also ... ich hatte den

Eindruck, die Köchin weiß das auch nur vom Hörensagen. Na, jedenfalls ist er in all den Jahren nicht einmal nach Hause zurückgekehrt. Der Steffan, sein Bruder, hat mit der Wirtschaft noch weniger Glück als sein Vater gehabt. Anscheinend stand der Hof eine Zeit lang ziemlich schlecht da. Der Vater lebte zwar noch, aber er hat sich kaum noch bewegen können. Die Knochen waren krank, er lag Tag für Tag hinter dem Ofen, im gleichen Bett, in dem ich jetzt lag, und hat sich nur noch berichten lassen, was draußen so vor sich ging. Er hat wohl mitbekommen, dass nicht alles zum Besten stand, aber ihm erging es selbst nicht viel besser ... und der Steffan hat ihn wohl immer wieder recht aufgemuntert, muss ein hübscher und wohlgelittener Junge gewesen sein. Man hat immer gesagt, er suche ein reiches Mädchen zum Heiraten. Sorgen hat er sich wohl nicht gemacht und es war ja auch eigentlich genügend zum Leben da ... ich meine, das sieht man ja, auch wenn's jetzt wieder besser geht ...«

Wolff schwieg für eine Weile, ganz auf den an dieser Stelle schmalen und schwierigen Weg konzentriert. Da ihnen gerade hier ein Holzfuhrwerk entgegenkam, mussten sie vorsichtig ausweichen.

»Und was ist dann passiert?«, kam Madlen anschließend wieder auf seine Erzählung zurück.

»Ja ... also, das weiß niemand. Es muss ein sehr schöner Maitag gewesen sein. Man hat den Steffan gesehen, wie er an der Günz entlang lief. An der Schlossmühle hat er mit dem Müller ein paar Worte gewechselt. Soll ganz so wie immer gewesen sein – also nicht etwa niedergeschlagen oder unruhig oder verwirrt – was man danach alles vermutet hat. Bestens gelaunt, so wie immer, hat der Müller gesagt, und die Bauern, die gerade bei ihm zum Mahlen waren, haben ihm Recht gegeben. Jedenfalls ist er danach bergauf gelaufen und von da an ist er nicht mehr lebendig gesehen worden. Er ist nicht nach Hause gekommen, man hat sich zwar Sorgen gemacht, aber doch nicht allzu ernsthafte – ist ja ein junger Kerl gewesen, da kann so was mal vorkommen. Na, und am nächsten Morgen ist er gefunden worden. Von ein paar Holzknechten. Hat mit dem Gesicht nach unten im Weiher getrieben ... vollständig angezogen ... Die Köchin sagt, erst hat das keiner recht glauben wollen, dann hat man Angst gehabt, dass er sich doch was angetan hat, aber er ist ein ausgezeichneter Schwimmer gewesen, und dieser Tümpel ... also absichtlich kann man da unmöglich ... Na, jedenfalls ist der Fall untersucht worden, und man hat geurteilt, dass es ein Unfall war. Womöglich sei er in einer Fischreuse hängen geblieben. Obwohl kein Mensch dort 'ne Reuse gefunden hat ... Vorsicht jetzt!«

Der Weg brach steil in die Börwanger Steige ab und bis sie den Ortsrand erreicht hatten, sprachen weder Wolff noch Madlen ein Wort. Hinter dem Dörfchen ging es ruhig weiter, nach Leubas, das an einem Fluss gleichen Namens lag.

»Ja, das war ein schreckliches Unglück und der alte Meloser muss ganz untröstlich gewesen sein. Er ist dann sehr krank geworden, aber zuvor hat er noch alles, was er vermochte, bewegt, um seinen älteren Sohn zu finden. Ein Vierteljahr soll es gedauert haben. Unterdessen wurde der Alte immer noch schwächer und schließlich, an einem heißen Augustabend, tat er den letzten Atemzug. Zwei Wochen später ist Johan Meloser in Habersberg eingetroffen. Es soll ihn bekümmert haben, dass er den Alten nicht mehr lebend gesehen hat ... aber er hat nie davon gesprochen, sondern sich an die Arbeit gemacht, als wäre er nur ein paar Wochen lang weggewesen und hätte nie etwas anderes tun wollen. Im folgenden Frühjahr heiratete er Engel Becherer. ›Ein sehr schönes Paar‹, hat die Martha gesagt, und alle seien darüber sehr froh gewesen.«

Sie hatten die Brücke über die Leubas erreicht und Wolff

zog die Zügel an. Beim Geräusch der anrollenden Räder war der Zollwächter schon aus seiner Bude gekommen. Während Wolff zahlte, starrte Madlen in das bleigraue Flusswasser und dachte an jenen Augenblick, als sie sich noch einmal umgedreht hatte, um aus dem fahrenden Wagen zurückzuschauen.

Vor dem offenen Tor war das halbe Hauswesen versammelt gewesen, Nelli hatte gewunken und sogar Engel war, trotz der sehr frühen Stunde, herausgekommen. Meloser hatte seinem Schwager die Hand gereicht, dann trat er neben seine im kalten Wind frierende Frau und legte den Arm um sie. Sein Blick jedoch war dabei Madlen gefolgt. Das war das Letzte, was sie von ihm hatte sehen können.

Kurz vor Kempten verwandelte die Straße sich endgültig in ein Gemenge aus Matsch und Schlamm. Dreimal blieben sie stecken, dreimal schoben hilfreiche Hände das Fuhrwerk wieder hinaus. Unter tief hängenden Wolken verwischten sich die Konturen der Türme und Stadtmauern vor ihnen, Himmel und Erde versanken im nassen Grau.

Als sie endlich zu Hause durchs Eingangstor rollten, entdeckte Madlen nebenan Katherin an ihrem Fenster im ersten Stock. Erschrocken bemerkte sie dabei ihr verändertes Aussehen. Schwach lächelte sie zu den Ankömmlingen hinunter, so als ob sie sich dazu zwingen müsste.

Im Haus war es warm und Elsa hatte ein Abendessen gekocht. Habersberg lag eine Tagesreise weit hinter ihnen. Dennoch blickte Madlen mehrmals auf, wenn die Tür ging, ganz so, als könne jeden Augenblick jemand ganz Bestimmtes eintreten. Außer Wolff fiel es niemandem auf. Aufgekratzt und zufrieden, wieder in Kempten zu sein, bestritt Thoman die Unterhaltung beinahe allein. Nach dem Essen ging er noch aus. Auch Madlen warf ihren Mantel um und trat vor die Tür.

Kaum hatte sie angeklopft, öffnete sich schon die Pforte am Nachbarhaus und Katherin zog sie herein. Sie wirkte verweint. Ihr Kleid hatte sie nachlässig übergestreift und ihr Blick war zerstreut, als ob sich ihre Gedanken immer wieder verirren wollten. Doch sie bat Madlen mit hinauf. Bisher hatte sie nie mit ihr über Jörg Schmied gesprochen – oder über die Rolle, die Bleichermeister Flach in ihrem Leben spielte. Aber an diesem Abend wollte sie reden. Anfangs fiel es ihr schwer. Sie erzählte von Jörg.

Er stammte aus Leubas. Beim Aufstand der Bauern im Jahre 1491 war es sein Vater, Heinrich Schmied, gewesen, der als ihr Gesandter beim Kaiser für sie gegen den Fürsten klagen sollte. Auf dem Weg dorthin wurde er abgefangen und tauchte nie wieder auf. Daran, dass ihn der Fürstabt ermorden ließ, zweifelte hier niemand. Schmieds Vermögen zog der Abt ein.

Das Schicksal des Vaters hatte auch Jörg geprägt.

Katherin liebte ihn. Doch sie wusste, dass es in seinem Leben Dinge gab, die ihr verschlossen blieben.

»Manchmal erwähnt er seltsame Pläne. Und überallhin hat er Verbindungen. Wenn ich jedoch genauer nachfrage, lächelt er nur.«

Stockend erzählte sie weiter, bei manchen Sätzen dachte sie zuerst lange nach. Sie konnte nicht alles in Worte fassen. Aber Madlen verstand sie auch so.

Bleichermeister Flach schätzte Jörg mehr, als es bei einem Knecht üblich war. Die beiden pflegten einen beinahe vertraulichen Ton. Doch Katherin war bereits aufgefallen, dass Jörg sie über ihre Gespräche mit Flach ungeniert ausfragte. Einmal, in einer ganz schwarzen Stunde, war es ihr in den Sinn gekommen, ob er wohl nur mit ihr schlief, weil sie die Geliebte des Bleichermeisters, des Stadthauptmanns, war? Doch das war unsinnig, er hatte sie gern. Jörg war ein kundiger Liebhaber, der sie respektvoll und zärtlich behandelte. Nur die Maßlosigkeit ihrer eigenen Gefühle für ihn machten ihr manchmal Angst. Verzweifelt sah Katherin Madlen an, als sie dies erzählte. Dann kam sie auf den Besuch von Flachs Frau zu sprechen. Je länger sie sprach, desto rascher sprudelte alles aus ihr heraus.

»Am gleichen Abend, nachdem die Flach hier war, hatte er eigentlich kommen wollen und ich habe gewartet und gewartet. Es war schon lange nach Mitternacht, aber er ist nicht aufgetaucht, auch nicht am nächsten und auch nicht am dritten Tag. Ich hab nichts mehr essen können, nicht schlafen, nur horchen, ob ich ihn nicht klopfen höre ... Aber es ist nur mein Herz gewesen, was immer lauter und lauter und lauter geschlagen hat.« Katherin schluchzte auf – ein kurzer, trockener Ton, so als habe sie auch dazu kaum mehr die Kraft. »Ich habe es einfach nicht glauben können ... Am Ende war mir alles egal und gestern Abend bin ich zu ihm. Ich weiß, wo er sich immer mit seinen Freunden trifft.«

Sie barg ihr Gesicht in den Händen und brach in Tränen aus. Wie ein Kind nahm Madlen sie tröstend in den Arm und strich ihr durchs Haar. Allmählich beruhigte Katherin sich und nach einer Weile trocknete sie ihr nasses Gesicht und fuhr fort: »Er war sehr verlegen, als er mich sah. ›Gehn wir ein Stück‹, hat er gesagt – man hat kaum die Hand vor Augen gesehen, weil es so geregnet hat. Ich solle verstehen, dass er es sich nicht leisten könne, sich Flachs Vertrauen zu verscherzen. Da ginge es schließlich um Wichtigeres als um seine Gefühle ... Flach werde bald Stadtammann sein und er werde ihn brauchen ... ›zum Wohle von allen, außer dem Fürstenpack‹. Er hasst die Äbte, weißt du ...« Katherin stockte und streifte Madlen mit einem betretenen Blick.

»Keine Angst, ich sag zu niemand ein Wort.«

»Ja, also ... ich habe gemeint, dann müssen wir eben noch vorsichtiger sein als bisher, aber da hat er gelacht und gesagt, dass die Flach sich nicht so wie ihr Ehemann täuschen ließe.« Wieder schluchzte Katherin auf. »O Madlen, kannst du dir das vorstellen? Er hat sich an dieses Weibsstück verkauft! Direkt auf den Kopf hab ich es ihm zugesagt ... aber da ist er wütend geworden ... ich solle den Mund halten ... und ich ... ich hab nur noch gebettelt, Madlen.« Sie weinte so sehr, dass sie nach Atem rang, doch sie konnte sich nicht mehr beruhigen. »Er hat mich weggeschickt!«

Das Herz tat Madlen weh, als sie ihren verzweifelten Kummer sah, aber sie fand keine Worte, um sie zu trösten. Als handle es sich um eine Kranke, hüllte sie Katherin in eine Decke ein und wärmte ihr etwas Brühe, die sie ihr einflößte. Am Ende rollte die junge Frau sich zusammen, vom langen Weinen erschöpft. Fast sogleich schlief sie ein.

Dass Thoman vor Mitternacht heimkam, war nicht zu erwarten. Also entschloss sich Madlen, noch zu bleiben, und nach etwa zwei Stunden wachte Katherin wieder auf. Nachdem sie durstig den mit Wasser gemischten Wein, den Madlen ihr hinhielt, getrunken hatte, wirkte sie deutlich gefasster, und ihre Augen irrten auch nicht mehr umher. Mit beiden Händen fuhr sie durch ihr Haar, um es ein wenig in Ordnung zu bringen, und strich sich ihr Kleid glatt.

»Ich will nicht mehr an ihn denken«, murmelte sie. Wenn Madlen auch kein rechtes Vertrauen in die Ernsthaftigkeit dieses Vorsatzes hatte, hielt sie ihn doch für klug. »Und ich will diesen Flach nicht mehr sehen müssen ... kein einziges Mal mehr ... Ach, Madlen, ich will einfach nicht mehr.« Als konzentriere sich all ihre Wut auf den Stadthauptmann, knüllte sie ein Kissen zusammen und schleuderte es aus dem Fenster hinaus.

»Nun ... dann lass es ihn wissen.«

Katherins Gesicht rötete sich. »Wenn das so einfach wäre...«

»Was soll da nicht einfach sein?«

Voller Unruhe war Katherin aufgesprungen und lief im Raum hin und her. Dann blieb sie starr stehen.

»Schwörst du mir, dass ich dir vertrauen kann? Dass du unter gar keinen Umständen jemandem davon erzählst?«

»Aber natürlich... Worum geht es denn?«

»Flach weiß was von mir... darüber, wie ich geboren wurde.«

»Wie du geboren wurdest?«

»Nun ja...«

Sie sei in Wahrheit das uneheliche Kind einer Magd, beichtete Katherin. Mit zehn Jahren kam sie als Hilfe zu einer Näherin, die ausschließlich Handschuhe fertigte. Ihre Kunden waren vornehme Nürnberger Bürger. Natürlich gab es für sie keinen Lehrvertrag, ohne eheliche Geburt war sie von der Zunft ausgeschlossen. Doch sie war begierig zu lernen und sie war fleißig und sehr geschickt dazu. Nach einigen Jahren war sie mit allem vertraut, was eine gute Handschuhmacherin wissen musste.

»Ich hab wirklich alles gemacht... Die schwierigen Aufträge hat die Näherin nur mir gegeben. In dieser Zeit haben ihre Augen sehr nachgelassen. Ich hab geschuftet, mehr als es jede Gesellin muss... und das für schlechtes Essen und einen Kleiderfetzen.«

In Nürnberg hatte der Bleichermeister sie kennen gelernt. »Er hat mir einen Meisterbrief und einen Laden versprochen. ›Gar kein Problem‹, hat er gesagt, ›wenn man sich an die richtigen Leute wendet‹. Er hat mir Urkunden beschafft und sie bezeugen lassen und so bin ich nach Kempten gekommen. Erst hier hab ich erfahren, dass ich einen uralten, schwer kranken Greis heiraten muss, um den Laden und das Verkaufsrecht zu erben. Ich hab es gemacht, es war ja keine richtige Ehe – der Mann ist nach ein paar Wochen gestorben und ich hab mich wirklich bemüht, dass er noch ein paar schöne Tage hat. Von Anfang an hat Flach mich heimlich besucht – schließlich war das der Grund für sein Arrangement gewesen. Ich hab ihn auch gern gehabt, er hat mir zu allem verholfen, was ich mir gewünscht hatte, war immer freundlich zu mir ... Und dann bin ich Jörg begegnet. Seitdem war ich wie zerrissen. Und immer die Angst, dass Flach was erfahren könnte ... Aber jetzt ... jetzt kann ich einfach nicht mehr.«

»Sag ihm, dass du es beenden willst. Du musst nur einen Grund finden ...«

»Und wenn er mich bloßstellt? Wenn er alles aufdeckt? Er kann mich vernichten, Madlen.«

Nachdenklich schaute Madlen Katherin an. »Wieso sollte er das denn tun? Er würde sich dabei doch selbst belasten. Und er müsste die Leute beschuldigen, die ihm geholfen haben, sonst hätte er doch keine Beweise für seine Behauptungen. Glaub mir, er wird vielleicht wütend sein, aber er wird seinen Mund halten.«

»Und wenn er ihn doch nicht hält? Ich hab einfach Angst davor.«

»Er muss das Gefühl haben, dass du es nicht gern tust ... dass es dir schwer fällt ... Hast du Schulden bei ihm?«

Katherin schüttelte ihren Kopf. »Ich zahle den Mietzins pünktlich. Da ist alles in Ordnung. Darauf hab ich immer Wert gelegt.«

»Gut ...«

Nachdem sie sich Madlens Vorschlag angehört hatte, war Katherin immer noch unentschlossen. Doch endlich stimmte sie zu. »Du hast vielleicht Recht. Eigentlich kann da nichts schief gehen. Ich will es versuchen, wenn du mir hilfst.«

Sechzehn

Seit Stunden saß er schon in dieser Staubwolke, die ihn zum Niesen reizte und wie ein Schleier über dem Licht seiner Öllampe hing. Bei jedem Blatt, das er hervorkramte, kroch neuer Staub aus der Tiefe der Holztruhe und der war so fein, dass ein Hüsteln genügte, um ihn aufzuwirbeln wie trockenes Laub. In diesem Teil des Klosterarchivs, in das man alles hineingestopft hatte, was rechtlich und wirtschaftlich ohne Bedeutung erschien, bezeugte jeder widerwillige Atemzug, dass die Kammer kaum jemals geöffnet und niemals gelüftet wurde. Den Wänden entströmte ein muffiger Schimmelgeruch. Mancher Ledereinband fühlte sich feucht an.

Freiberg hasste den Raum. Dennoch, getrieben von seinem Ehrgeiz, etwas über das Grundmeer herauszufinden, vergrub er sich täglich in Drucken und Handschriften, bis alles vor seinen Augen verschwamm und ihm vor Kopfschmerzen übel wurde.

Dabei gab es auch Überraschungen. So war er reichlich verblüfft gewesen, als er zahlreiche Machwerke gelehrter Unruhestifter gefunden hatte. Seit Jahrzehnten breiteten sich diese Schriften in fast schon epidemischer Weise aus. Aber dass sie auch hier ins Kloster gelangt waren ... Sauber in einem Pult aufeinander gelegt, fand er die »Reformation Kaiser Sigmunds« von 1439, die »Reformation Kaiser Friedrichs III.« von 1441, den »Oberrheinischen Revolutionär«, der, auf 400 Folioseiten, zu Beginn des Jahrhunderts entstanden war, den erst zwei Jahre alten »Neuen Karsthans« des Martin Butzer und »Die 15 Bundesgenossen« des Franziskanerpaters Johann Eberlin von Günzburg. Da wurde von Freiheit gefaselt und davon, dass die Leibeigenschaft Unrecht sei, Abgaben wolle man nur an den Kaiser zahlen, vereinzelt wurde sogar zum bewaffneten Kampf aufgerufen.

Aus einem Fach zog Freiberg mit spitzen Fingern ein Exemplar des »Lichtenbergerschen Prognostikons«, das der Heiligen Mutter Kirche das Schlimmste vorhersagte, und im hintersten Winkel lag prompt auch ein »Spiegel natürlicher himmlischer und prophetischer Gesichte«, den der Winkeladvokat Joseph Grünpeck vor 15 Jahren verbrochen hatte.

Es gab Flugblätter stapelweise, mit Prophezeiungen, wie die von der Sintflut im kommenden Frühjahr, die Benzer so über die Maßen beunruhigt hatte, und eine Fülle von astrologischen Berechnungen, die ihm leider um keinen Deut weiterhalfen. Seit Wochen schon wühlte er sich durch diesen Dreck.

Draußen läutete eine Glocke zum Stundengebet. Dabei drang der dünne Ton kaum durch den Sturm. Freiberg legte einen der privaten Briefe, die er gerade durchstöberte, weg und griff nach einem neuen Stapel. Ein flüchtiger Blick zeigte ihm, dass es sich um Briefe einer Kaufbeurer Klosterfrau an ihren Bruder handelte, der vor vielen Jahren Kastenvogt von Johann Rudolf von Raitnau gewesen war. Freiberg spürte hämmernde Kopfschmerzen und wenn er seine verspannten Schultern bewegte, tat ihm jeder Muskel weh.

An diesem Morgen hatte ihn ein Bote von Benzer erreicht. Der Augsburger Kaufmann sei erst vor kurzem zu einer Reise nach Lissabon aufgebrochen. Vor dem kommenden Sommer erwarte man ihn nicht zurück. Es war, als ob sich alles verschworen hätte ...

Hinter ihm öffnete sich leise die Tür. »Man hat mir gesagt, dass ich Euch hier finden würde.«

Freibergs Miene hellte sich auf, als er Thoman Becherer eintreten sah.

An einem der folgenden Abende, knapp ein Woche nach ihrer Rückkehr vom Land, saß Madlen wieder bei Katherin. Besorgt musterte sie ihre Freundin, die noch immer zerstreut wirkte und so müde, als ob sie kaum ein paar Stunden geschlafen habe.

Fünf Tage lang hatte die Handschuhmacherin sich nirgendwo sehen lassen. Ihr Laden blieb zu, ohne dass es dafür eine Erklärung gab. Am Abend des zweiten Tages, kurz vor dem Vesperläuten, war ein Priester zu der verschlossenen Tür geeilt. Er klopfte und man öffnete ihm. Als er nach einiger Zeit aus dem Hausflur trat, wurde bereits geflüstert, Katherin Wassermann sei mit der Heiligen Ölung versehen worden. Sie sei womöglich todkrank. Und eine Nachbarin erzählte an einem der folgenden Morgen, sie habe bemerkt, wie der Stadtarzt des Nachts im Haus der Handschuhmacherin Einlass fand.

Doch dann war der Laden wieder geöffnet worden und Katherin hatte so fleißig gearbeitet, wie sie es immer tat.

Jetzt versuchte Madlen geduldig, ihr zuzureden. »Du solltest wenigstens einen Bissen probieren«, sagte sie.

»Lass nur, ich bring noch nichts runter ... ist auch ganz gut so. Meine Magd darf guten Gewissens behaupten, dass ich kaum etwas essen kann«, sagte Katherin und schob die angebotene Speise zur Seite. Dann erklärte sie mit einem Seufzer: »Weißt du, ich glaube, ich war überzeugend.«

»Der Bleichermeister ist also nicht lange geblieben?«, fragte Madlen.

»Nein ... Ich glaube, es war ein richtiger Schock für ihn. Er hat nur gesagt, es täte ihm leid ... dass er aber nicht länger kommen könne. Er müsse an seine Frau und an seinen Ruf denken. Viel Vertrauen ins Beichtgeheimnis hat er offenbar nicht.« Bei diesen Worten nahm Madlen in Katherins Augen ein winziges Lächeln wahr. »Dass ein Priester da war, hat sich ja gleich herumgesprochen. Dass Flach kam, um nach mir zu schauen ... also, das hätte mich um ein Haar umgestimmt ... aber ich bin bei meiner Geschichte geblieben ... dass ich etwas Schlechtes gegessen hätte und dass ich dachte, ich müsste sterben ... dass ich angesichts dessen meine Sünden bereut und alles gebeichtet habe ... und dass der Priester darauf bestand, ich solle ihm auch den Namen des Liebhabers sagen ... dass ich mich weigerte, unter sehr vielen Tränen, und dass er mir schließlich nachgab ... dabei musste ich jedoch schwören, dass ich, falls ich genese, nicht weiter sündige ... und sollte es nur noch einmal geschehen, würde ich eine erneute Vergebung nur um den Preis jenes Namens erfahren können ... Offenbar sah Flach darin nichts Merkwürdiges. Jedenfalls ergriff ihn ganz offen die Angst, ich könne einem Kemptener Priester seinen hoch angesehenen Namen zusammen mit unkeuschen Einzelheiten ins Ohr flüstern ... So weit will er es nicht kommen lassen ... Er ist dann bald aufgebrochen. Ich glaube, du hattest ganz Recht.«

»Aber du hast dem Pfarrer nicht wirklich ...?«

»Nein, nein, natürlich nicht ... Obwohl ich glaube ... für einen Augenblick war ich tatsächlich versucht, ihm zu sagen, dass ich um die Beichte bitte ... Es war so ein Gefühl ... Irgendwie hab ich mir vorgestellt, damit ließe ich alles hinter mir ... Aber dann ist mir eingefallen, wie die Männer und Frauen vom ›Bundschuh‹ verraten wurden, bloß weil einer der Aufständischen beichtete, und da habe ich wieder gewusst, dass ich es doch lieber lasse. Also habe ich nur gesagt, dass es mir um eine Spende ging, und habe ihm zwanzig Gulden gegeben, und der Herr Vikar schied hocherfreut und mit zahlreichen Segenswünschen. Ich bin mir sicher, dass er mich nach einer Beichte nicht halb so lauteren Herzens gesegnet hätte ...« Noch einmal glomm ein Funken ihrer einstigen Fröhlichkeit auf. Aber das Essen rührte sie trotzdem nicht an. Stattdessen begann sie von neuem zu weinen.

Wieder saß der Stiftsherr von Freiberg bereits seit dem Morgen an seinem Tisch im Klosterarchiv. Gerade legte er gähnend ein weiteres Blatt auf den schon beachtlichen Stapel vor ihm. Rund ein Dutzend der Briefe, die die Kaufbeurer Nonne an ihren Bruder geschrieben hatte, hatte er bereits durchgelesen. Dabei festigte sich in ihm die Überzeugung, er müsse der Erste sein, der sich dieser Qual je unterzogen hatte.

Sie schrieb: »Manchmal frage ich mich, ob nicht das Maß unserer Prüfungen irgendwann überläuft? Ich habe dir schon von den ständigen Klagen berichten müssen, mit denen die Weberzunft uns überhäuft. Bisher hat die Oberin noch alles abgewiesen, aber wenn es so weitergeht ... Ich sehe den Tag kommen, an dem uns die Stadt den Verkauf unserer Webwaren nicht mehr erlauben wird ...«

Die Frau erging sich in endlosen Wiederholungen.

»Die Habgier dieser dickbäuchigen Handwerker kennt keinerlei Grenzen und sie selbst kein Schamgefühl. Und wenn sie sich irgendwann wimmernd auf ihren Totenbetten zusammenkrümmen, dann glauben sie wohl, mit ein paar Gulden für wohltätige Stiftungen sei alles abgegolten. Und was sie uns damit aufladen! Der Abschaum des Menschengeschlechts wird bei uns angeschwemmt ...« Rasch glitt Freibergs Blick über die Zeilen hinweg.

»Vorgestern erst hat man uns wieder so eine ›Waise‹ gebracht, eine grünäugige Kleine, so verstockt, dass man kaum ein paar Worte aus ihr herausbekommt, aufgegriffen als Diebin. Sie kann kaum mehr als zwölf Jahre alt sein, hat sich jedoch schon mit Burschen herumgetrieben. Du wirst es nicht glauben, wie sie erwischt wurden: Sie hatten sich ein Versteck angelegt, unter der Erde, und man musste erst durch einen Tümpel hindurchtauchen, um hinzukommen...«

Auf einmal war Freiberg hellwach.

»Du kannst dir denken, dass ihre Verfolger nicht wenig gestaunt haben, als die drei plötzlich in einem Weiher verschwinden wollten. Das Mädchen ist als Erste hineingesprungen und gleich so tief hinuntergetaucht, dass man sie nicht mehr gesehen hat, dabei war das Wasser ganz klar. Dann sind die zwei Buben ihr hinterdrein. Einer hat es auch fast geschafft, aber die hatten einen sehr guten Schwimmer dabei, der hat ihn noch am Fuß gepackt, und den anderen haben sie gleich noch am Ufer dingfest gemacht. Aber wie an die kleine Kröte herankommen? Mit Schlägen hat man die Burschen nicht dazu bewegen können, die Zuflucht der Schlange preiszugeben. Also hat man den Kleineren kurzerhand von einem Boot aus ins Wasser getaucht, natürlich an einem Strick festgemacht, immer wieder hat man ihn nach unten geschickt, aber nicht losgelassen. Der hat gezappelt wie ein Fischchen am Trockenen, viel Luft hat er nicht abbekommen. Und nach einer Weile hat er geschrien vor Angst, na, und da ist die Kröte heraufgekommen und hat sich gestellt. Und das war wohl der Grund, weshalb man sie anschließend uns vermachte. Den Richter hat sie mit ihrer scheinbaren Unschuld täuschen können, und dass sie freiwillig aus dem Versteck kam, muss den dummen Alten gerührt haben. Also hat man nur die zwei Burschen verurteilt und das Mädchen, mit ein paar Stiftungsgulden versehen, in unsrer leidgeprüften Gemeinschaft abgeladen...«

Es folgten noch einige Seiten an Klagen über den Preisverfall für gebackene Hostien. Der Brief schloss mit den üblichen Formeln, ohne dass die Waise noch einmal erwähnt worden war.

Hastig griff Freiberg zum nächsten Schreiben.

»Ein paar meiner Mitschwestern sind ganz vernarrt in das Kind. Aber für mich hat es etwas von Grund auf Böses an sich. Man sagt, dass die Augen der Spiegel der Seele sind, und die Augen der Kleinen sind von solch einem Grün – ich mag sie nicht ansehen. Sie behauptet, getauft zu sein, aber woher will sie das wissen, wo sie sich doch an ihren christlichen Namen und ihre Eltern kein bisschen erinnern kann? Und nichts weiß von Glaubensdingen? Man hat sie als Anna Lena in die Gemeinschaft aufgenommen... Für meine Begriffe verwöhnt man das Mädchen in einer Weise, die nicht mehr gebührlich ist. Als wäre es eine Patrizierin. Vor ein paar Tagen hat unsere Oberin selbst angeordnet, dass es eine Kammer für sich allein zum Schlafen bekommt. Weil die Kleine nämlich die Ruhe der andern stört. Fast jede Nacht träumt die Herumtreiberin, fängt dann an zu schreien, zu weinen und spricht wirres Zeug. Mehrmals ist sie im Schlaf sogar aufgestanden, hat andere wachgerüttelt, dabei hemmungslos schluchzend. Anstatt ihr die Allüren auszutreiben, wird sie mit einer eigenen Kammer belohnt! Es wird zu nichts Gutem führen, da kannst du sicher sein!«

Es folgte diesmal die detaillierte Beschreibung eines gestickten Altartuchs, an dem die Nonne seit längerem arbeitete. Sie klagte darüber, dass sie wohl noch drei weitere Jahre damit beschäftigt sein werde.

Die nächsten Briefe enthielten nichts Fesselndes. Dann aber stolperte Freiberg wieder über das Mädchen.

»Ich hab es ja gleich geahnt, dass an diesem Kind etwas seltsam ist. Man hat die Kleine erwischt, wie sie statt in ihrem Bett in einem mit Wasser gefüllten Waschzuber lag. So hat sie geschlafen ... Und stell dir vor, was heute Morgen geschah: Anna Lena ist nicht zur Morgenandacht gekommen. Man sieht in der Kammer nach. Nichts. Man sucht sie im Haus, in den Scheunen, im Garten. Nirgends auch nur eine Spur von ihr. Das Tor war wie in allen Nächten verschlossen. Schwester Benigna war außer sich – und dann ist Anna Lena aufgetaucht, im wahrsten Sinne des Wortes. Schwester Alfonsa tritt in das Brunnenhaus und lässt den Eimer hinab, da sieht sie, wie sich unten etwas bewegt und sich langsam nach oben schiebt. Es ist das Mädchen, nass wie ein Laubfrosch kriecht es aus diesem Brunnen. Die arme Alfonsa hat sich gleich setzen müssen. Und statt die Kleine empfindlich zu strafen, hat man sich wieder beschwatzen lassen. Nur unser Brunnenhaus, das wird jetzt abgesperrt. Wohin soll so etwas führen?«

Hier brach der Briefwechsel ab. Ungeduldig suchte von Freiberg nach einer Fortsetzung. Aber vergeblich. Es war das letzte Blatt mit dieser Handschrift. Er schaute noch einmal auf das Datum. August 1512. Natürlich. Wenn er sich richtig erinnerte, hatte der Kastenvogt kurz danach einen Unfall gehabt und war nach wenigen Tagen verstorben.

Noch einmal las er Zeile um Zeile: Anna Lena und Madlen Kolman. Dann stand er auf und vertrat sich die Beine. Es mochte ein Zufall sein. Aber innerlich spürte er, dass er auf der richtigen Fährte war.

Siebzehn

Die Weihnachtstage waren vorbei, und jetzt, kurz vor dem Jahreswechsel, sah es so aus, als wolle Kempten endgültig im Schnee versinken. Als sie aus der Taverne traten, in eine Dunkelheit, gegen die das Licht der Laterne nichts ausrichtete, fanden sie das Ende der Gasse fast bis in Mannshöhe zugeweht. Zu so später Stunde lag Madlen sicher schon lange im Bett. Daher hatte Thoman auch nicht widersprechen wollen, als Anthoni Hall, der ihn begleitete, meinte, er komme noch kurz mit ihm hinein. Unsicher hantierte er mit seinem Schlüssel am Tor, das unter Eisschichten kaum zu erkennen war, dann stieß er den Flügel weit auf, sodass der Schnee in die Werkstätte stob, verbeugte sich scherzhaft und bat den Freund einzutreten. Dass noch einige Leuchter brannten, fiel ihm gar nicht auf.

»Neue Aufträge?« Ein wenig steifbeinig ging Hall auf eine Werkbank zu und betrachtete einen halb fertigen Lautenkorpus. Wer ihn nicht sehr genau kannte, merkte es kaum, wenn er betrunken war.

»Freibergs Verdienst. Bei einem Bankett hat er mein Meisterstück so lange herumgereicht und natürlich auch spielen lassen, bis sich ein halbes Dutzend gut betuchter Adeliger zu einer Bestellung entschloss.«

»So! Welch huldvolle Aufmerksamkeit... und welche

Ehre für dich.« Anthoni drehte sich um. »Sag mal, was will der Mann eigentlich von dir?« In seinem Tonfall lag eine plötzliche Schärfe, die Thoman zum Lachen reizte.

»Wieso? Was soll er denn wollen?«

»Na, du glaubst doch wohl nicht, dass er ein Menschenfreund ist, der alle Welt mit deinen Lauten beglücken möchte und dich nebenbei wohlhabend macht?« In Halls dunklen Augen lag jetzt ein leidenschaftlicher Glanz. Noch hatte sein Lebenswandel die charaktervollen Konturen seines Gesichts nicht verwischen können. Gewöhnlich waren es Züge von Spott oder Nachdenklichkeit und einer stets überlegten Zurückhaltung, die den schmalen Kopf mit den geschwungenen Lippen prägten. Nun aber kämpften sie gegen andere starke Empfindungen.

Thoman zuckte die Achseln. Er sah den Freund nicht an. »Jedenfalls ist er nie langweilig. Du kannst über alles mit ihm reden. Und er ist kein Feigling. Bricht mitten im Winter zu einer Reise auf, bei diesen Stürmen! Er wünscht sich im Übrigen, dass er bald deine Bekanntschaft macht ... Ich habe dich lobend erwähnt, wie du siehst.«

»Ah ja? Und wozu?«

Nachdem er sich einen Schemel geangelt hatte, setzte Thoman sich schwerfällig hin. »Wozu ... wozu ... Ich schätze, dass er sich dann und wann auch amüsieren möchte.«

»Na, mir ist schon zu Ohren gekommen, was dieser Stiftsherr als besondere Vergnügungen schätzt ... Aber ich habe ganz sicher nicht vor, dass ich mich daran beteilige.« Es war, als verlöre Anthonis Stimme bei diesen Worten ihre gewöhnliche Sicherheit.

Jäh traf sich ihr Blick.

In dem Augenblick öffnete sich plötzlich die Tür vom Kontor und Madlen kam herein. In der Hand hielt sie das Hauptbuch. Sie wirkte zerstreut. »Oh ... du bist schon zurück?«, fragte sie, als sie Thoman sah. »Ich hab mich doch gleich heute Abend noch hingesetzt ...« Offenbar hatte sie Anthoni Hall nicht bemerkt, der seitlich von ihr vor der Tür des Lagerraums stand. Ohne dass Thoman zu Wort kam, fuhr sie fort: »Ich hab den Fehler gefunden. Du hast dich nur verrechnet, warte, ich zeige es dir ...«

Da machte Hall einen Schritt auf sie zu. Vor Schreck fiel Madlen das Buch aus der Hand. Er ging zu ihr und hob es auf. Dabei ruhte sein Blick auf einem Zettel mit Anmerkungen, der zwischen zwei Seiten steckte. »Welches Geschick ...«, sagte er und schaute sie an.

»Du solltest endlich zu Bett gehen, Madlen.« Thomans Stimme war sein Ärger nicht anzumerken. Mit einer lässigen Geste nahm er Hall den Band aus der Hand, klappte ihn zu und sagte wie nebenbei: »Das ist eine kleine Marotte von ihr.«

»Soll ich nichts zu essen richten?«, fragte Madlen, entschlossen, so zu tun, als habe sie nichts bemerkt.

»Nein, danke. Wir kommen allein zurecht.«

Stumm ging sie hinauf. Kurz darauf hörte sie unten die Tür schlagen.

Es dauerte eine Weile, bis Thoman in ihre Schlafkammer trat, doch sie lag noch wach und schaute ihm zu, wie er sich leicht schwankend im Schein einer Kerze entkleidete. Er wirkte so jung und zutiefst niedergeschlagen. Unwillkürlich war sie versucht, ihm zu sagen, dass sie von der Wette wisse. Und dass es ihr Leid tue, ihn bloßgestellt zu haben.

Ihm fehlte jedes Interesse für das Kontor und seit sie wieder in Kempten waren und der Geschäftsumfang wuchs, hatte er sich daran gewöhnt, dass sie ihm half. Thoman liebte seine Bequemlichkeit und drängte alles, was ihn dabei stören könnte, aus seinen Gedanken hinaus.

»Aber ich will nicht, Madlen, dass du eine von diesen großartigen Kaufmannsfrauen wirst. Behalt deine Fähigkeiten lieber für dich. Nach außen hin führe nur ich den Laden«, hatte er mehrmals gesagt und da sie wusste, weshalb das so wichtig war, hatte sie bis zu diesem Abend peinlich genau darauf geachtet.

Aber nun... Hall war kein Trottel. Wie sollte man ihn überzeugen können, dass sie tatsächlich nur eine »kleine Marotte« hatte – und in Wahrheit vom Rechnen so viel wie eine Maus verstand?

Thoman trat neben das Bett und betrachtete sie. Ihre Haut schimmerte fast so weiß wie der frisch gefallene Schnee draußen. Wenn er ihr trauen könnte... Doch das war unmöglich. Nein. Keine Frau würde die Kränkung verzeihen, die diese Wette bedeutete. Noch dazu, wenn sie so klug war wie Madlen. Auf einmal spürte er eine seltsame Zärtlichkeit, die sowohl Anthoni als auch Madlen umfing. Unwillkürlich stöhnte er auf. Er sah das Glitzern, das in ihren Augen war, und bemerkte, dass sie etwas sagen wollte. Doch er wollte nichts hören. Stattdessen begann er, sie hungrig zu küssen, und schließlich liebte er sie, bis sich seine Gedanken verwirrten.

Als er am Morgen erwachte, war Madlen schon aufgestanden. Im kalten Licht dieses Wintertages dachte er nur noch daran, wie er sich Anthonis Freundschaft wieder versichern konnte.

Madlen hörte, wie er nach unten ging und ohne Frühstück das Haus verließ. Wenn dieser Hall nur ein wenig vernünftig war... Nun, sie konnte kaum an seine Haustür klopfen und sagen: »Entschuldigt, ich bin wirklich weit dümmer, als es den Anschein hat.« Sie konnte nur still sein und abwarten. Nachdem die Verwirrung der Nacht überstanden war, hatte sie zudem beschlossen, dass sie über die Wette weiterhin schweigen würde. Während sie in das immer noch andauernde Schneetreiben sah, wanderten ihre Gedanken nach Norden. Dort schlugen jetzt die weißen Wogen über dem Schiff zusammen …

Diesmal kam Thoman beinahe pünktlich zum Abendessen. Er lobte freundlich, was sie ihm vorsetzte, dann sprach er von neuen Aufträgen.

»Sobald es aufhört zu schneien, muss ich noch einmal nach Habersberg. Meloser hat einige sehr schöne Stämme, die ich als Klangholz gebrauchen kann. Er hat mir zugesagt, dass ich sie schlagen kann. Jetzt ist die günstigste Zeit dafür. Ich werde dich mitnehmen.« Aufmerksam sah er Madlen an. Er hatte erwartet, dass sie sich weigern würde, aber er irrte sich.

»Dann fange ich am besten gleich an zu packen«, sagte sie ungerührt und stand auf. »Wie lange werden wir bleiben?«

»Das weiß ich noch nicht. Kommt ganz darauf an, wie das Wetter wird und wie gut die Pferde beim Holzrücken sind.«

Die Lösung war ihm auf dem Heimweg von Anthoni eingefallen. Er musste Madlen einfach aus der Stadt haben … Er war sich ganz sicher, dass Hall ihm vertrauen wollte. Man durfte ihn nur nicht geradezu zwingen, die Wahrheit zu sehen. Doch wenn Madlen so weitermachte …

Nebenan in ihrer Kammer lehnte Madlen sich an die Tür. Ihr Herz klopfte heftig. Obwohl sie sich dagegen wehren wollte, wurde sie von einem Gefühl überschwemmt, welches sie zugleich glücklich machte und zutiefst ängstigte. Schwach fühlte sie sich, als ob die Knie sie nicht länger tragen wollten. Sie rutschte nach unten und blieb kauernd sitzen, bis sie sich wieder gefangen hatte. Draußen tobte der Sturm noch ärger als in den Nächten zuvor. Während Madlen seinem Heulen lauschte, hoffte sie inständig, es möge bald aufklaren.

Die eisigen Böen warfen sich mit einer Wucht auf ihn, dass es ihn fast vom Rücken des Pferdes trieb. Anfangs hatte er noch versucht, in die Richtung zu reiten, die er nach seinem Dafürhalten nehmen musste, doch da kam der Schneesturm von vorn und legte sich wie eine unerbittliche Hand auf Nase und Mund.

Dass er in dieser Nacht sterben könnte, kam Freiberg nicht in den Sinn. Nur der Gedanke an das Leiden des Pferdes marterte ihn. Es war ein Araberhengst, von einer Schönheit, die ihm, als er ihn das erste Mal sah, das Wasser in die Augen getrieben hatte. Nie hätte er ihn für eine Reise zu dieser Jahreszeit auswählen dürfen. Und es war ein Irrsinn, dass er bei dieser feindlichen Witterung das Kloster überhaupt zu verlassen gewagt hatte. Doch er hatte einfach keine Geduld mehr gehabt.

Natürlich hatte er zuerst einen Brief nach Kaufbeuren geschickt – an jene Nonne, die vor elf Jahren an ihren Bruder geschrieben hatte. Nach langem Warten erhielt er eine Antwort der Oberin: Schwester Aurelia sei leider erkrankt, man hoffte zwar, dass sich ihr Zustand bald bessere und sie in der Lage sein würde, ihm persönlich zu schreiben, was sicher in ihrem Sinne wäre, doch noch zeige sich keinerlei Hinweis darauf, und man teile ihm diese Entwicklung jetzt mit, damit er nicht länger ohne jegliche Antwort bleibe.

Dann hatte er abgewartet, ob Benzer noch vor dem Hochwinter nach Kempten zurückkehrte. Es wäre ihm lieb gewesen, wenn ihn der Säumer nach Kaufbeuren begleitet hätte. Doch Woche um Woche verging ohne Nachricht, und endlich war er an einem ruhigen, sonnigen Wintertag doch allein aufgebrochen.

Das gute Wetter hielt gerade mal sechs Stunden lang an. Dann kam das Schneetreiben und er fand in Wolkenberg Aufnahme. Doch die Tage in dieser Burg vergingen in solch einer Langeweile, dass er am Ende glaubte, er müsse dabei verzweifeln. An diesem Morgen hatte es etwa zwei Stunden lang nicht geschneit. Trotz aller Warnungen war Freiberg sogleich aufgebrochen.

Solange es noch nicht ganz dunkel war, hatte er seine Hoffnung, auf irgendein Dorf zu stoßen, nicht aufgegeben. Immer wieder hatte er sich und dem Reittier im schwachen Schutz einer Baumgruppe ein wenig Ruhe gegönnt. Doch das Grau wurde dunkler, dann schwarz, und er musste sich eingestehen, dass er im Schneetreiben nicht nur die Straße verloren hatte, sondern dass er inzwischen ohne jedes Orientierungsgefühl sinnlos herumirrte. Offenbar war er in eines der trostlosen Moore hineingeritten. Zwischen Kaufbeuren und Kempten zogen sie sich über viele Meilen weit hin. Wenn es dumm ausging, fand man tagelang nicht mehr hinaus – falls man nicht gar vom Weg abkam und in einem der grundlosen Polster langsam zu versinken begann. Jetzt schien der wässrige Boden jedoch bis in die Tiefe gefroren zu sein. Die Gegend war flach. Hier bot kein Hügel auch nur einen dürftigen Windschatten und die wenigen Weiden und Birken waren von Eis überzogen, als wären es Glassplitter.

Er fühlte die Schneeschicht auch auf dem Pferdefell und marterte sich mit der Frage, wie lange das Tier es noch ertragen würde. Selbst spürte er nichts, weder die Eiskristalle, die ihm ins Gesicht stachen, noch jene Kälte, die ihm erst die Finger und Zehen, dann auch seine Hände und Füße zu lähmen begann. Irgendwann war es ihm, als verdichte sich vor ihm das Schwarz. Instinktiv suchte das Pferd seinen Weg dorthin. Ein aufgeschichteter Stapel … von irgendwas. Hoch genug, dass der Sturm gerade über den Kopf pfiff, wenn man sich daranschmiegte. Freiberg rutschte seitlich aus seinem Sattel, doch stehen zu bleiben vermochte er nicht. Zusammengesackt wie ein Bündel lag er zwischen dem Stapel und seinem

Pferd. Vergeblich suchte er eine Hand danach auszustrecken, er wollte die Decke aus Schnee von ihm wegwischen. Das Tier schüttelte sich, dann stand es ganz still. Immer noch fühlte sein Atem sich wärmend an.

Nur wenige Schritte entfernt stand eine Hütte von Torfstechern. Fenster und Tür waren vom Schnee beinahe zugeweht, nur das Kaminloch oben verband die Bewohner noch mit der Außenwelt. Das Paar drinnen schlief. Auf einmal fing die Frau laut an zu wimmern. Ihr Mann wachte auf und schüttelte sie, bis ihr Alptraum gewichen war. Mit großen Augen starrte sie in die Ofenglut. Da hörte sie draußen ein Pferd schnauben.

Das Erste, was Freiberg sah, als er wieder zu sich kam, war ein gerötetes Mondgesicht, das ihn gespannt anstarrte. Dann tauchte daneben ein zweites, bärtiges auf. Beide sahen gleich zottig aus, was von der verfilzten Haartracht kam und auch von den Kitteln, die eher eine fettige Schmutzschicht als das Gewebe zusammenhielt.

Er drehte den Kopf. Schwarze Balken. Viel Ruß. Ein Pferdeapfel. Als habe er den suchenden Blick verstanden, fasste der Mann ihn unter den Achseln an und hob ihn sanft, sodass er zum Sitzen kam. Jetzt sah er den Araber. Sie hatten das kostbare Tier mit in die Hütte bugsiert. Vor ihm lag Hafer, offensichtlich ein Teil ihres Wintervorrats. Im Gesicht spürte er einen brennenden Schmerz, doch als er Wangen und Nase betasten wollte, hielt der Bärtige ihm seine Hände fest. Zornig wollte Freiberg auffahren, doch ihm fehlte die Kraft.

»Nicht hinlangen. Sind lauter Blasen. Die müssen eintrocknen. Sonst kennt Ihr Euer Gesicht nicht wieder«, brummte der Mann. »Wenn mein Weib nicht schlecht geträumt hätte, wärt Ihr jetzt ein Eisblock, Herr. Sie hat das Pferd gehört.«

Der glatte Mond grinste und zeigte dabei eine Zahnlücke.

»Es soll euer Schaden nicht sein«, sagte Freiberg und hoffte, dass sie sich nicht schon an seiner Börse bedient hatten.

Doch den beiden lag jede Unehrlichkeit fern. Als sie ihn hereingeschleift hatten und fanden, dass in ihm noch Leben war, hatten sie sich darüber herzlich gefreut.

»Ist noch nie vorgekommen, dass hier einer im tiefsten Winter herkam ... solange ich denken kann. Kommt auch sonst selten einer ...«

»Kannst du mich hier rausbringen?«

Misstrauisch bemerkte von Freiberg das Zögern, das seiner Frage folgte. Der Mann zupfte verlegen an seinem wirren Bart. »Ja, schon ... Das Schneien hat aufgehört. Aber ich fürchte ... also, Ihr werdet noch etwas bleiben müssen.«

Wieder wollte Freiberg ärgerlich auffahren, doch seine Schwäche hinderte ihn. Jetzt trat die Frau näher an seine Füße heran. Die Stiefel hatten sie ausgezogen und ihn in eine Decke gehüllt. Sachte schlug sie den Wollstoff zur Seite und er sah seine Zehen, dunkel verfärbt. Im ersten Moment glaubte er, dass es der Dreck von dieser Decke wäre. Doch dann begriff er, was er tatsächlich sah. Unwillkürlich stöhnte er auf. Sofort begann die Frau ihn zu trösten.

»Der hat sich die Zehen auch schon erfroren«, sagte sie und deutete auf die Beine des Ehemanns. »Und sie sind immer noch dran. Ihr müsst abwarten ... Betet!«

»Ja«, nickte ihr Mann. »Sie hat das gut hingekriegt. Wie mit rohen Eiern ist sie damit umgegangen. Manchmal, natürlich, da spüre ich sie, aber das kann man aushalten.«

Noch einmal blickte von Freiberg sich um. Dann machte er mit großer Mühe ein Kreuzzeichen und ließ den Kopf wieder niedersinken. Hoffentlich hatten sie wenigstens Hafer genug.

». . . wer 1524 nicht im Wasser verdirbt . . .«

Achtzehn

Als sie das Hoftor erreichten, versank eine blutrote Sonne bereits hinter dem westlichen Höhenrücken. Hier im Schatten schützten die Mäntel nur unvollkommen gegen den eisigen Wind. Dennoch zögerten sie einen Moment lang einzutreten und blickten noch einmal zurück.

Im Tal drunten lösten sich die Konturen schon auf. Doch über der schneeweißen Bergkette, viele Meilen weit hinter ihnen, glühte der Himmel noch in einem heißen rötlichen Gold und auf einige Gipfel senkte sich eben ein rosenfarbener Hauch. In diesem Moment fühlte Madlen ein starkes Bedauern, dass ihre Reise zu Ende war, und ihr Herz klopfte bange. Aber da hatte Thoman den Torflügel schon aufgestoßen und zog sie mit sich in den Innenhof. Johan Meloser kam aus dem Haus.

Madlen merkte kaum, was sie redete, nur dass sie, als sie endlich am Feuer saßen, todmüde war. Engel, die sie mit undurchdringlicher Miene begrüßt hatte, führte sie bald in ihre Kammer hinauf.

Schon am folgenden Morgen gingen Johan und Thoman ins Holz und während der beiden kommenden Wochen blieben sie stets von der Früh bis zur Nacht draußen. Unter dem frostklaren Winterhimmel waren die Teiche dick zugefroren. Wasserfälle wurden zu Eis, sogar auf der Günz bildete sich eine gläserne Haut. Aus den Fichten hatte der Saft sich so weit zurückgezogen, dass man sie als Bauholz gebrauchen konnte – oder zum Lautenbau. Melosers Knechte und einige Pächter halfen. Mit Ochsen und Pferden wurden die Stämme bewegt. Sie hatten Glück, denn es gab keine Unfälle. Trotz Kälte und Schnee kamen sie zügig voran und Mitte des Monats war bereits alles heruntergebracht und in einer der Scheunen gut eingelagert.

Madlen verträumte die Tage am Herdfeuer. Einmal wollte sie mitgehen – Thoman hatte gelacht und gemeint, sie solle die Arbeit ruhig kennen lernen. Doch schon nach einer Stunde hatte Meloser sie heimgeschickt. Einer der Knechte hatte sie dabei begleiten müssen. Bei jedem Schritt versank sie bis zur Hüfte im Schnee und mehrmals strauchelte sie. Der Mann hatte sie geduldig immer wieder herausgehoben. Es war ein wortkarger Alter gewesen, mit einem Kopf wie ein Wurzelstock.

»Da hacke ich lieber stundenlang Holz«, hatte sie ihn abends brummen gehört, »weil das zumindest nicht rumzappelt.«

An diesem Tag war ihr zum ersten Mal aufgefallen, dass das ganze Tal vom Krachen gefällter Baumstämme widerhallte. Als sie Engel danach fragte, hatte die nur gesagt: »Im Winter wird nun einmal Holz geschlagen.«

»Aber doch nicht so viel«, brummte Martha.

Dabei sollte es nunmehr von Tag zu Tag zunehmen, gerade als bräche ringsum in den Wäldern ein Fieber aus. Erst gab es nur einige Krankheitsherde, doch bald hob ein Wüten an, das immer schlimmer wurde, je näher das Ende des Winters kam. Täglich schwoll das Hallen der Äxte, das Krachen der fallenden Bäume an, bis es war, als ob sich der Wald mit Getöse lichtete, und immer noch wurde Stamm nach Stamm erbarmungslos umgetan.

»Sind die denn alle verrückt geworden?«, fragte die Köchin, wenn sie mittags am Herd stand und meinte, die Erde bebte. Es sah in ihren Augen zumindest ganz danach aus.

»Das ist alles wegen der Sintflut«, flüsterte Nelli. »Mein Vater sagt, dass der Fürstabt das Holz für viel Geld an reiche Leute verkauft. Jeden Tag kommt ein Bote mit neuen Aufträgen. Alle Männer im Flecken sind draußen beim Holzfällen.«

»Wenn die Sintflut im Frühjahr schon kommt, wird die Zeit aber zum Schiffe bauen nicht reichen«, gab Madlen, die beim Kochen half, zu bedenken und lächelte über der Ernst der Magd, die sichtlich zwischen ihrem Vertrauen in Johan Melosers Wort, dass keine Sintflut kommen werde, und der zunehmenden Aufregung, die die Menschen im Tal ergriff, hin und her schwankte.

»Wir sind alle in Gottes Hand«, ließ sich derweil Martha vernehmen und blickte kritisch auf Madlens ruhenden Kochlöffel. »Passt auf, gleich brennt der Mehlbrei an!«

»Sie wollen Flöße haben. Unser Nachbar, nicht der Stattmüller, sondern der auf der andern Seite, der ist ein Seiler, und er sagt, dass er sich nicht daran erinnern kann, dass er jemals so viel zu tun hatte. Aber seine Frau ist schon halb tot vor Angst und bestürmt ihn immer, er solle ihnen doch auch ein Floß bauen – wenigstens ein ganz kleines – aber er sagt, dass er sich das nicht leisten kann, und wenn wirklich das Wasser kommt, müsse man halt auf die Hügel hinauf, und ansonsten müsse man eben in Gottes Willen ergeben sein. Dem solle man besser nicht dreinpfuschen. Das sagt meine Großmutter auch, weil sonst bloß Unheil entstehen täte. Zu viel Klugheit und List, sagt sie, führe direkt zur Verdammnis. Es gebe Beispiele ... Aber wenn der Vater das hört, lacht er bloß. Er freut sich, dass er was verdienen kann. Weißt du, dass die meisten auch Segel wollen? Meine Mutter hat gar keine Zeit, Angst zu haben, weil, die sitzt immer am Webstuhl und meine Schwestern auch ...«

Doch es konnte nicht ausbleiben, dass auch in Melosers Haus eine zunehmende Unruhe spürbar wurde. Je öfter man über die drohende Sintflut sprach, desto mehr glaubten die Leute daran.

»Wer würde dermaßen viel Geld ausgeben, wenn es nicht sicher wäre, dass das Wasser auch kommt? Die Reichen sind doch nicht verrückt geworden!«

»In den Gestirnen ist das Ende vorherbestimmt. Gestern hat mir mein Vetter ein Blatt gezeigt. Er hat es mir vorgelesen: Die Mächtigen wollen die allgemeine Gefahr nicht bekannt machen.«

»Ist doch ganz klar ... die haben doch Angst, dass man ihre Flöße stürmt!«

»Schuld daran sind nur die, die mit ihren Schiffen über die Kante der Erde fahren!«

»Dummheiten! Schuld sind die Reichen ... und die gierigen Stiftsherren, mit ihren Sünden und ihrer Liederlichkeit!«

Vor allem Margret, die Jungfer, sog jede Neuigkeit auf, als ob es die Offenbarung sei. Da Engel, seit ihr Bruder zu Gast war, abends nicht mehr in ihrer Kammer verschwand, vergaß auch die junge Frau ihre Berührungsängste und lauschte mit ungeniert großen Augen dem Raunen der Pächter und Hofleute.

Aber noch waren es lediglich Worte, vor denen man sich am sicheren Herdfeuer recht wohlig fürchten konnte. Noch war der Frühling mit seiner Schneeschmelze und den heftigen Regenstürmen weit weg.

»Wenn das Wasser nicht gar von unten kommt ...«, bemerkte die Haywanger, die immer noch ungeniert im Haus ein- und ausging, obwohl man nach Wolffs Genesung ihre Dienste kaum noch in Anspruch nahm. Ein paar Erkältungen, ein paar böse Frostbeulen – doch das genügte ihr als Vorwand.

»Wieso denn von unten?«

»Wer weiß ...«, sagte sie nur. In Johan Melosers Haus ließ sie sich auf keine Erklärungen ein. Er hatte einmal gedroht, sie rauszuwerfen, als eine der jungen Mägde sich vor ihren Geschichten dermaßen fürchtete, dass sie nicht mehr schlafen wollte und in den Nächten weinend herumirrte.

Doch es fiel Madlen auf, dass auch Barbel Haywanger etwas mit sich herumtrug, was sie nicht ruhen ließ. Ihr derber Humor wich einer Gereiztheit, die auffallend war.

»Ohne Mann geht die ein«, sagte der Großknecht und lachte anzüglich.

Die Frau hatte es gar nicht gehört. Geistesabwesend starrte sie in die Glut. Obwohl Madlen sie nicht mochte, empfand sie in dem Moment Mitleid mit ihr.

Auch Thoman wirkte an diesem Abend in sich gekehrt. Sonst vertrieben sie sich fast immer mit Kegelspielen die Zeit. Lachend forderte er normalerweise seine Frau, seine Schwester und sämtliche Knechte und Mägde so lange zum Mitmachen auf, bis es so lustig zuging, dass man die lastende Stille, die für gewöhnlich hier herrschte, beinahe vergessen konnte. Manchmal überredete er auch seinen Schwager dazu, der sich noch seltener als im vergangenen Herbst zu Hause aufhielt. Er habe zu viel zu tun, sagte Meloser. Nach Adam von Steins sorgsam erbrüteten Vorgaben baute er nun das Schiffsinnere aus. Trotz der eisigen Kälte arbeitete er mit einigen Männern im Schein großer Fackeln bis weit in die Nächte daran.

Doch diesmal war Thoman nicht zum Spielen aufgelegt. Stattdessen mäkelte er über den endlosen Winter, der nördlich der Alpen herrschte, und schwelgte in sentimentalen Erinnerungen. Er schilderte das venezianische Klima, das Meer, die Paläste, den Zauber der vielen Vergnügungen. Dabei wurde er immer ernster. Man konnte die Sehnsucht in seinen Augen sehen. Schließlich fing er auch noch an, ein trauriges Lied zu singen. Seine Schwester stimmte leise mit ein, woraufhin Martha aufschluchzte, um dann hingerissen in wohligem Schmerz vor sich hin zu weinen.

Engel hatte eine bezaubernde Stimme, die jeden entzückte, der sie einmal gehört hatte. Im Raum wurde es still und alle lauschten den beiden mit einer Andacht, die sie wie ein wärmender Mantel umfing.

Dann knallte die Tür, Schritte nahten und Johan Meloser kam in einer Wolke von Kälte herein. Aber auch er wollte die beiden nicht stören und setzte er sich gleich auf die Ofenbank, neben Madlen, die er im ersten Moment gar nicht bemerkt hatte. Sie wandte den Kopf und schaute ihn an. Das feuchte Haar fiel ihm in die Stirn, er sah sehr müde aus.

Dann verstummten die Stimmen und er stand auf.

»Sieht so aus, als würde das gute Wetter nicht mehr lange anhalten. Ich denke, dass wir noch einmal ordentlich Schnee bekommen.«

Inzwischen nahm Nelli ihm seinen gefrorenen Umhang ab und Martha, die den Strom ihrer Tränen getrocknet hatte, reichte ihm einen Teller.

»Dann sollte ich vorher aufbrechen«, murmelte Thoman, doch es klang unentschlossen. »Sonst stecke ich hier bis zur Sintflut fest.« Bei diesen Worten fing er an zu grinsen. Und als habe er eben einen befreienden Einfall gehabt, hob er den Kopf, fasste Madlen bei der Hand und fragte leichthin: »Was meinst du, mein Herz, kann ich dich hier lassen?«

Verblüfft begegnete sie seinem lächelnden Blick. »Hier lassen? Aber wieso denn?«

»Nur, bis das Reisen wieder bequemer ist. Sobald wieder Wagen fahren, hole ich dich.«

Einen Moment lang zögerte sie. »Ja, aber... Ich kann doch nicht einfach... Meinst du nicht, dass du von Engel und Johan ein wenig viel verlangst?«

Ihr letzter Satz war so leise gesprochen, dass ihn außer Meloser niemand verstand. Für einen Augenblick sah er sie an, dann wandte er sich an Thoman: »Du kannst ganz sicher sein, dass wir gut auf sie aufpassen.«

Am nächsten Morgen, noch bevor es ganz hell war, brach Thoman auf. Nachdem er Madlen und seine Schwester flüchtig geküsst hatte, versprach er, bald wieder zurückzukehren.

Zwei Tage später begann es von neuem heftig zu schneien.

Nach Thomans Abschied fiel wochenlang Schnee, bei Tag und bei Nacht. Man hatte die Haustüren und die kurzen Wege zum Vieh mühselig freigeschaufelt. Weiße Wände entstanden, die mehr als mannshoch hinaufragten. Je länger es dauerte, desto größer wurde die Furcht. Irgendwann musste die Schneeschmelze einsetzen.

Und dann wurde es März. Es schneite nicht mehr. Nun wurden die während des Winters entstandenen Flöße nach Kempten gebracht. Auch wenn sie gut über die harschigen Flächen glitten, so sanken doch die, die sie zogen, bis über die Hüften im alten Schnee ein. Es war gar nicht daran zu denken, das Vieh dafür einzuspannen. So bahnten sich die Schlepper lediglich mit Schaufeln einen Weg.

Eines Abends spielte Nelli am Fischteich und brach im Eis ein. Zwar packte der Pächtersohn, mit dem sie herumgealbert hatte, sie geistesgegenwärtig am Kittel und hielt sie so lange fest, bis Hilfe kam, doch die Kälte hatte das Kind schon beinahe umgebracht. Am nächsten Morgen sah es zwar so aus, als würde sie glimpflich davonkommen, doch dann fing sie an zu fiebern. Von den Männern war keiner im Haus. Also kämpfte Madlen sich allein durch den Schnee. Sie brauchte mehr als zwei Stunden, bis sie am Gehöft der Erharts ankam.

Erschrocken sah Nellis Mutter sie an. Natürlich wäre sie am liebsten gleich zu ihrer Tochter geeilt, doch sie musste sich auch um die Großmutter kümmern, die krank im einzigen Bett des Hauses lag.

»Es steht nicht sehr gut mit ihr«, sagte Nellis Mutter ratlos. »Und der Großvater schafft das nicht mehr. Ich kann sie unmöglich allein lassen ... gerade heute ... wo alle die Flöße wegbringen ...«

»Ich kann doch hier bleiben«, bot Madlen ihr an.

»Die Kinder werden Euch sicherlich keine Mühe machen ... also, die sind das gewohnt ... die kümmern sich selbst ...« Atemlos redete Nellis Mutter auf Madlen ein. Sie war fast zu aufgeregt, um sich richtig anzukleiden. Schon halb aus dem Hof, kehrte sie noch einmal um. »Fast hätte ich ihn vergessen«, murmelte sie und schloss ihre Finger um einen Rosenkranz.

Hoffentlich kommt die Frau heil in Habersberg an, dachte Madlen. Es war niemand da, der sie begleiten konnte.

Nachdem Nellis Mutter das Haus verlassen hatte, stopfte Madlen alle Ritzen der Eingangstür zu. Jetzt war sie mit den beiden Alten allein.

»Lauter Gauner und Halsabschneider!«, begann der Großvater unvermittelt mit einer Schimpftirade. »Sollen anständig leben, dann brauchen sie auch keine Angst zu haben ... Hat man so etwas schon mal gehört? Eine Sintflut ... in einem christlichen Land! Über uns alle wird einmal Gericht gehalten ...« Sein Kopf fiel nach vorn und er schlief ein.

In dem warmen Ofenwinkel, wo er auf seinem Schemel saß, war es so dunkel, dass ihn Madlen nicht bemerkt hätte, wenn er nicht ab und zu zwischen zwei Schnarchtönen Brocken von Sätzen gestammelt hätte. Trotz seiner Nickerchen schien er nichts zu verpassen, was um ihn gesprochen wurde. Ganz so, als ob er sich in einer Art kräftesparenden Wachschlafs befand.

Jetzt fuhr er wieder auf. »Als wären es Ameisen!« Verächtlich spuckte er aus. Mit seiner zittrigen Stimme allein gelang ihm der nötige Nachdruck nicht mehr.

Wie Ameisen, ja. Dabei konnte der Alte die dunkle Spur gar nicht gesehen haben, die sich durch das Tal, in die Höhe und immer weiter in Richtung Südwesten zog. Über den Schnee hinweg. Menschen, die Flöße schleppten, eine schier endlose Reihe, in schwarze Flecken ausschwärmend manchmal, dann wieder wie an einer Schnur.

Nellis Großmutter betete. Auf sie fiel der kräftige Schein des lodernden Herdfeuers. Von draußen drang kein Schimmer des Tageslichts herein. Halb aufgerichtet und mit rosigen Wangen saß sie im Bett, war ihrer Schwiegertochter, solange sie noch da war, mit Blicken gefolgt und hatte genickt, als sie sich verabschiedete. Seit Beginn des Winters konnte sie nicht mehr aufstehen. Zweimal hatte man schon den Priester geholt. Doch ihr Geist war so rege wie je. Verlegen schaute Madlen zu ihr hin. Sie wollte die Kranke nicht stören. Vielleicht war es besser, wenn sie nach den Kindern sah.

Gerade als sie sich abwandte, sagte die Alte: »Die Kleine ist zäh. Das hat sie von mir.« Madlen ging zögernd zu ihr. »Setzt Euch ... gleich hier aufs Bett ... kommt, hierher ... Ihr glaubt doch auch, dass sie es schafft, oder? Da muss man mehr Angst haben, dass ihre Mutter sich nicht im Schnee verirrt. Keine Gelassenheit ... zu wenig Gottvertrauen ...«

Madlen wurde immer verlegener. »Nelli hat Fieber, sie hat nach ihrer Mutter geweint.«

»Ja... natürlich... Ist das nicht merkwürdig? Heute Nacht habe ich von meiner Mutter geträumt. Sie hat so viel Kummer gehabt... aber ich hab sie nie jammern hören... Wie ist das mit Eurer Mutter?«

Unbehaglich schaute Madlen in ihren Schoß. »Ich weiß nicht... sie ist schon so lange tot...«

»Sie ist die Schwägerin von Engel Meloser, Ohmchen«, mischte der Alte im Winkel sich ein. Offenbar fand er, dass sich eine solche Frage nicht schickte.

»Ja, natürlich. Meinst du, ich weiß das nicht?« Zum ersten Mal schaute die alte Frau Madlen direkt in die Augen und lachte dabei. »Er hält mich für 'ne ärmliche Huberin und Euch für eine vornehme Dame. Am liebsten wäre es ihm, wenn ich Euch gar nicht anreden täte. Jetzt ist er so alt geworden und immer noch ein dummer Junge. Aber ich wollte Euch um etwas bitten, wegen des Brunnens...« – Madlen wusste gleich, von welchem Brunnen sie sprach – »vielleicht könnt Ihr dafür sorgen... Nein, was sind wir unhöflich! Utz, hör mal her. Bring dem Mädchen doch etwas zu trinken. Wir reden und reden und sie hat einen ganz schlimmen Weg hinter sich.«

Fürsorglich wurde Madlen mit einem Becher Wasser versorgt. Als sie daran nippte, lächelten die beiden Alten.

»Na also... ja, im Grunde waren die Brunnen...«

»Gebt bloß nichts darauf«, sagte der Alte. »Sie redet zu gern darüber und meint, das müsse alle anderen auch interessieren.«

»Misch dich nicht ein, Utz. Du bist und bleibst ein ungläubiger Thomas.«

»Als ob deine Geschichte was Christliches wär!«

»Ja, ja, schon gut... Er hat immer Angst vor dem Pfarrer ... Also, was wollte ich sagen? Ja, ich bin recht froh, dass Ihr gekommen seid, auch wenn es ... nun, Nelli wird wieder gesund ... sie hat mich darauf gebracht, wisst Ihr? Als sie von Euch erzählt hat. Eigentlich wollte ich längst schon einmal mit Engel Meloser reden, immer wieder hab ich's mir vorgenommen – als ich noch ganz gut zu Fuß war –, aber dann hab ich es wieder und wieder verschoben, wie das so ist, nicht wahr? Und die junge Frau ist auch ... nun, nicht, dass ich mir etwas anmaße ... also, sie lebt so zurückgezogen ... Ich meine, ich weiß nicht, ob sie mir überhaupt zugehört hätte. Und Johan Meloser hätte mich ausgelacht. Deshalb bin ich jetzt froh ... ich meine, dass Ihr dafür sorgen könnt ...«

»Ihr müsst es ihr nachsehen.« Madlen ahnte Utz Erharts Kopfschütteln mehr, als sie es sah.

»Vielleicht hat Gott, der Herr, mich nur deshalb noch nicht zu sich gerufen, damit ich gegen das Unheil angehen kann.« Bei diesen Worten setzte die alte Frau sich aufrechter hin. »Also, worum ich Euch bitte: Der Brunnen, direkt vor Melosers Haus, unter der jungen Kastanie im Innenhof ... Sorgt dafür, dass man ihn zudeckt! Wenigstens nachts. Natürlich ist nicht gesagt, dass das ausreicht ...«

»Warum soll man das tun?« Madlen bemerkte den unnatürlichen Eifer der Frau. Das Rot ihrer Wangen hatte sich weiter vertieft. Hoffentlich regte sie sich nicht allzu sehr auf.

Jetzt lehnte sie sich mit einem Seufzer zurück. »Ja, natürlich ... wieso ... das wollt Ihr wissen. Also, ich werde Euch alles erzählen, was ich darüber weiß ... Wenn Ihr mir versprecht, Engel Meloser sehr ernsthaft um das Verschließen des Brunnens zu bitten, egal, ob Ihr mir glauben könnt.«

Der Alten lag offenbar viel daran. Also nickte Madlen. Die Frau war schließlich alt und krank. Und sie wollte ihre Geschichte hören.

»Ich fange am besten mit dem an, woran ich mich selber erinnern kann. Ich war elf Jahre alt, als mein Vater spurlos verschwand. Am Abend treibt er das Vieh auf die Nachtweide … und am nächsten Morgen kommt er nicht heim. So war das damals. Könnt Ihr Euch so etwas vorstellen?«

Obwohl Jahrzehnte dazwischenlagen, klang ihre Stimme bei diesen Worten immer noch aufgeregt.

»Keiner hat etwas gewusst. Hätte ja sein können, dass er einem Nachbarn was gesagt hätte … Nein. Man hat natürlich nach seiner Leiche gesucht. Kein Stück Vieh hat gefehlt, aber von ihm keine Spur. Dort ist ein Tobel, neben der Weide, jeden Stein unten im Bach drehte man um. Und meine Mutter! Man hat Angst gehabt, dass sie den Verstand verliert. Ist nur durch den Ort gelaufen und hat jeden gefragt – manche zehnmal –, so durcheinander war sie. Dann ist sie krank geworden, hat Fieber gekriegt. Und wie sie wieder gesund war, daran erinnere ich mich, da hat sie zu uns Kindern gesagt: Euer Vater ist tot. Ihr müsst für ihn beten. Danach hat sie ihn nie mehr erwähnt.«

»Da tätest du auch besser dran«, brummte ihr Mann.

Die Alte hörte nicht hin.

»Aber im Flecken ist natürlich noch lange darüber gesprochen worden«, fuhr sie ungerührt fort. »Ich hab mal zwei Weiber gehört, die haben sich gegenseitig ein um das andere Mal versichert: ›Das hat ja so kommen müssen, das hab ich ja ewig vorausgesehen.‹ – Vor unserem Fenster haben sie sich ihre Mäuler zerrissen, mit zusammengekniffenen Mündern, Ihr wisst schon, als kauten sie Sauerampfer und fänden Geschmack daran. Na, damals habe ich nicht recht verstanden, worum es da eigentlich ging … Ich bin bloß verwirrt gewesen. Aber dann bin ich älter geworden und fing an zu fragen. Einige Antworten habe ich auch bekommen. Es gibt sogar Sachen, an die ich mich selbst erinnern kann.«

»Wieso fängst du nicht gleich bei Adam und Eva an?« Obwohl die Anläufe des alten Erhart, sie zu unterbrechen, vergeblich waren, blieb er in seinem Winkel sitzen und hörte ihr weiter zu.

»Ermüde ich Euch?«

Madlen schüttelte eilig den Kopf. Insgeheim fragte sie sich allerdings, ob die alte Frau nicht einfach ein wenig aus ihrer Kindheit und Jugend erzählen wollte. Je länger sie sprach, desto lebendiger wirkte sie.

»Also, zwei Jahre bevor mein Vater verschwunden ist, ging alles los. Damals war noch Johan Melosers Großvater in Habersberg Pachtherr. Dessen jüngerer Bruder hieß ebenfalls Johan, aber zu dem hat man Jan gesagt. Das war ein gelehrter Mann, war eben aus Paris nach Hause zurückgekommen, wo er viele Jahre studiert und auch unterrichtet hatte, wie man sich erzählte. Na ja, jedenfalls so lange, bis er so viele Schulden hatte, dass er Hals über Kopf abgereist ist. Nicht, dass er ein ausschweifendes Leben führte ... Nein, der hat alles Geld, das er auftreiben konnte, in teure Schriften und Bücher gesteckt und in allerhand merkwürdige Dinge, Gerätschaften ... Einen Teil davon hat er mit nach Hause gebracht. Einmal habe ich durch das Fenster ins Waschhaus geguckt, da habe ich ein bisschen was sehen können ...«

Versonnen blickte die alte Frau vor sich hin. In ihren Gedanken mochte sie noch einmal dort vor dem Waschhaus stehen, auf Zehenspitzen, und heimlich hineinspähen ... Aber sie schwieg nur kurz.

»Was er damit machte, weiß ich nicht. Ich erinnere mich nur noch, dass da sehr viele Hämmer und kupferne Tiegel waren, manche mit gelbem Sand gefüllt. Das Zeug hat mich angezogen, vielleicht weil alles so furchtbar geheimnisvoll war. Einmal hab ich gehört, wie jemand sagte, dass den Jan Meloser eine ›Ehrfurcht gebietende Aura‹ umgeben würde.

Das war es wohl, was auch mein Vater empfand. Der hat ihm bei seiner Arbeit geholfen, aber er hat nie etwas darüber erzählt. Es war ein großes Geheimnis, womit die beiden beschäftigt waren. Bald zogen sie auch in den Nächten los …«

Die Alte räusperte sich.

»Gib mir doch auch einen Becher mit Wasser, Utz!«

Umständlich stand ihr Mann wieder auf, tappte zum Krug und kam ihrer Bitte nach. Nach ein paar Schlucken hatte sie sich wieder erholt.

»Aber natürlich kann auf Dauer nichts vor den Menschen verborgen bleiben … Ich selbst bin ihnen oft nachgeschlichen und habe mit angesehen, wie sie sich in die Erde zwängten. Wie sie in jede Spalte gekrochen sind, die sie in einem Steilhang gefunden haben. Sie haben nach Höhlen gesucht. Verborgene Quellen haben sie aufgegraben. Na, und schließlich stiegen sie auch in die Brunnen ein …«

Ihr Blick verdüsterte sich.

»Die Leute haben dagegen einen heftigen Abscheu gefasst. Sie sind deswegen sogar ein paar Mal bedroht worden. Bald hat Meloser es nur noch heimlich gewagt … mit langen Leitern und einer rußgeschwärzten Laterne … in dunklen Neumondnächten. Mehr als einmal sind sie dennoch dabei gesehen worden. Ich weiß noch, wie viele damals gewarnt haben: ›Das ist doch gottlos und frevelhaft!‹ Aber niemand hat so recht sagen können, weshalb. Mehr als ein Jahr ging das so.«

Die alte Frau stieß einen Seufzer aus.

»Das war die Zeit, wo meine Eltern sehr viel gestritten haben. Denn meine Mutter wollte, dass Vater nicht mehr zu Meloser geht. Das Gerede der Leute hat sie halb verrückt gemacht. Sie war nämlich sehr ängstlich. Dauernd hat sie ihn gedrängt, dass er ihr sagen soll, was sie eigentlich finden wollten. Sonst müsse sie glauben, dass sie beide vom Teufel besessen wären.«

Sowohl der alte Erhart als auch seine Frau bekreuzigten sich.

»Eines Abends hat er es wohl nicht mehr ausgehalten und es ihr anvertraut ... ›Unter dem Siegel des Schweigens‹, wie sie hat schwören müssen. Er hat ihr erklärt, dass Jan Meloser nach unterirdischen Wegen suche. Schon in Paris soll er danach geforscht haben. ›Die Erde, so ist in alten Schriften zu lesen, ist in Wahrheit von kugeliger Gestalt. Will man also in sehr weit entfernte Länder reisen, so muss es eine kurze Verbindung geben: quer durch das Erdinnere.‹«

Mit blassen Fingern malte die alte Frau einen Kreis auf die Bettdecke und verband dann zwei Punkte darauf mit einer Linie durch das Kreisinnere.

»Er hat es ihr aufgemalt. Indem er weiße Asche vom Herd auf den Tisch streute. Ich weiß es noch wie heute ... ich habe natürlich gelauscht, statt zu schlafen. Seht her, so sah das aus! Und ich erinnere mich auch noch an sein Gesicht dabei: völlig entrückt ... ›Und das Grundmeer?‹, hat meine Mutter nach einer Weile gefragt. Mein Vater hat nur gelacht und gespottet: ›Man wird es sicher befahren können.‹«

Dabei musste Madlen unbewusst lächeln. Sie erntete einen sehr strengen Blick dafür.

»Nun«, sagte die Alte mit gewichtigem Tonfall, »unter der Erdkrume, die uns trägt und ernährt, breitet sich schließlich ein riesiger Ozean aus. Zwar hat ihn noch niemand gesehen – oder, wenn er zurückkam, darüber berichten können. Außer den Wasserfrauen ...«

Sie schluckte hörbar.

»Die kommen manchmal nach oben und richten viel Unheil an. Dabei sind sie besessen von einem einzigen Ziel: den Mann, den sie wollen, um jeden Preis in ihre Gewalt zu bringen. Sie brechen die Ehe, zerstören Familien und bringen ihn völlig um seinen Verstand. Bis er sich nicht mehr anders zu helfen weiß, als der Nixe nachzugeben. Er vergisst Frau und Kinder und folgt ihr unter die Erde ... wo sie ihn mit zum Grundmeer nimmt. Dort stirbt er dann.«

»Weibermärchen.« Diesmal spuckte der Alte wieder weit aus.

»Und Euer Vater?«

Am liebsten hätte Madlen sich sofort auf die Zunge gebissen. Bei ihrer zögernden Frage glich das Gesicht der Kranken mit einem Mal einem greinenden Säugling, aufgelöst in einem grundlosen Schmerz.

Doch Nellis Großmutter fing sich wieder, und ohne auf Madlens Einwurf einzugehen, fuhr sie mit gepresster Stimme in ihrer Erklärung fort: »Manchmal wird behauptet, das Grundmeer würde erst von der Sintflut stammen, aber das ist nicht wahr. Es ist so alt wie die Erde selbst. Allerdings hat die Sintflut im Tal einen See gelassen, genau da, wo wir jetzt sind. Passt einmal auf, an den Tagen, an denen die Schatten sehr kräftig sind, kann man die ehemaligen Ufer sehen. Sie fallen steil in das Becken ab.«

Madlen erinnerte sich tatsächlich daran.

»Nun, dass mein Vater so respektlos über das Grundmeer sprach, hat wohl gezeigt, wie verblendet er war ... was ich mit meinen zehn Jahren natürlich noch nicht verstanden habe. Als meine Mutter immer noch keine Ruhe gab – ›Bitte geh nicht mehr zu dem Gelehrten!‹, hat sie ihn angefleht, ›damit es kein Unglück gibt.‹ –, da habe ich ihn nur lächeln gesehen. ›Das wäre dumm«, hat er zu ihr gesagt. Gerade jetzt hätten sie nämlich herausgefunden, dass von einigen Brunnen aus Wege nach unten führten. Und zwischen denen gibt es ein ganzes Geflecht ... Und als sie nicht locker ließ, hat er ihr gesagt, dass sie durch den Brunnen im Hof von Meloser bereits tief hinunter gestiegen waren. ›Es ist nicht gefährlich‹, hat er behauptet. ›Also, weine nicht, Liebes, sondern habe Geduld. Unsere Kinder werden es besser haben als wir.‹«

Wieder war die Kehle der alten Frau trocken geworden, sie hustete und verschluckte sich prompt, als sie einen Schluck Wasser nahm. Es dauerte eine Weile, bis sie wieder zu Atem kam.

»Tja... Kurze Zeit später ist der Jan Meloser vom Hof seines Bruders mit einem Mal abgereist. Man hat gemunkelt, dass es ein Zerwürfnis gab. Denn Johans Großvater ist ein gläubiger Mann gewesen, der die Gebote vorbildlich achtete und verbotene Wege verabscheut hat. Jetzt hätte meine Mutter eigentlich froh sein müssen. Aber mein Vater behielt seine neuen Gewohnheiten bei. Viele Nächte lang blieb er draußen... was natürlich sehr bald zu neuem Gerede hat führen müssen. Man will ihn gesehen haben, mit einer merkwürdigen Schönen. Die soll in finsteren Nächten aus Melosers Brunnen gekommen sein. Mehrmals hat man sie beobachtet...«

Mit einem Räuspern meldete sich ihr Mann wieder zu Wort. »Lauter dummes Gewäsch. Was wird schon gewesen sein? Dem hat ein junges Ding seinen Schädel verdreht... und er hat nicht widerstehen können. Aber für deine Mutter war es wohl leichter, wenn's eine Nixe war.«

Bei diesen Worten ergriff die Kranke den Becher, den Madlen neben sich gestellt hatte, und warf ihn nach ihrem Gatten. Sie traf ihn an der Brust, worauf er aufgeregt hustete. »Blödes Geschwätz!«

Böse starrten die beiden sich an. Dann stand Nellis Großvater auf. Mit schlurfenden Schritten trat er an das Bett der Alten und beugte sich vor.

»Das solltest du bleiben lassen. Wenn du dabei stirbst, war die letzte Beichte umsonst.«

Er drehte sich zu Madlen um. »Also, Ihr könnt Euch denken, was nach seinem Verschwinden geredet wurde: Die Nixe habe ihn runter zum Grundmeer gezerrt. Vernünftige Leute haben stattdessen angenommen, dass er mit seiner Liebschaft geflohen ist, vor seiner Frau und der Herrschaft, wahrscheinlich in eine Stadt. Dort wird er wohl als freier Mann später gestorben sein. Der Jan Meloser ist übrigens bald darauf wieder in Habersberg aufgetaucht. Diesmal direkt aus dem Schuldturm. Er ist dann geblieben, hat keine Frau jemals angeschaut, ein komischer Kauz, bis er, im Jahr 1500 erst, starb.«

»Eigentlich habe ich an die alte Geschichte kaum mehr gedacht.« Inzwischen wirkte die Kranke ziemlich erschöpft. Das lange Reden musste sie sehr ermüdet haben. »Aber nun hat der junge Meloser das Schiff gebaut – also, natürlich ist der Adam von Stein dran schuld. Aber trotzdem ... es hat etwas Ungutes ... direkt in dem Tobel drin ... Und man weiß nie, was in ihm vorgeht ... Also, ich will ganz ehrlich sein: Wegen dem Johan Meloser würde ich mir keine Sorgen machen. Aber mein Sohn ... manchmal hat mich der Eifer, mit dem er für ihn arbeitet, daran erinnert, wie furchtbar begeistert damals mein Vater war. Ich weiß, es gibt keinen Grund, anzunehmen ... Aber der Ulrich ist Tag für Tag auf dem Hof. Und ich muss ständig an diesen Brunnen denken. Manchmal kommt er spätnachts erst heim. Bittet Engel Meloser, sie soll den Brunnen nachts abdecken! Wahrscheinlich hat sie die alten Geschichten irgendwann auch gehört. Sie wird mich für ein wenig versponnen halten, aber sie wird doch wohl nichts dagegen haben.«

Utz Erhart zuckte die Achseln. Und Madlen versprach es. Auch wenn es sinnlos war.

Obwohl das dunkle Wasser sich immer noch träge bewegte, war es jetzt so still, als sei die Luft aus Gallert. So weit, wie sie sehen konnte, reichte die felsige Uferlinie. Und die Steinkuppel droben ahnte sie nur. Vor ihr lag das Meer.

Ihre Decke war nass geschwitzt. Madlen tastete nach der hölzernen Wand, fühlte den eisigen Luftzug von der winzigen Fensteröffnung. Sie hatte wieder geträumt. Daran war die Geschichte von Nellis Großmutter schuld.

Neunzehn

Bis zum April blieb es kalt. Dann erwärmte die Luft sich beinahe schlagartig. Zwei Tage lang tobte ein Sturm, und der trieb eine Front schwarzdunkler Regenwolken heran. Am Morgen des dritten Tages hingen sie dermaßen tief, dass es aussah, als lasteten sie auf den Baumkronen. Über den Dächern stockte der Rauch. Ein paar Stunden lang blieb alles still.

Die ersten Tropfen fielen, als Freiberg gerade das Tor der Reichsstadt Kaufbeuren durchritten hatte. Obwohl er bis zum Kloster nur mehr ein paar Minuten brauchte, fand er sich, als er an die Pforte klopfte, bereits völlig durchnässt. Sofort ließ man ihn ein. Bei solch einem Wetter hätte man nicht einmal einen Bettler lang warten lassen. Vorsichtig stieg der Stiftsherr von seinem Pferd.

»Passt auf!«, rief er, als die Schwester das Tor zuschlug. Der Türflügel schrammte nur knapp an seinem rechten Stiefel vorbei. Unter dem langen gemauerten Torbogen hallte sein Ausruf unangenehm. Erschrocken schaute die Franziskanerin auf. Freiberg musste tief durchatmen.

»Verzeiht mir«, murmelte er. »Ich habe mir kürzlich alle zehn Zehen erfroren ... und bin noch nicht ganz wiederhergestellt.«

Während er mühsam hinter ihr her humpelte, fragte er

sich, ob es irgendwas geben konnte, was die vergangenen Monate wert sein mochte. Und als ihn die Schwester schüchtern zu mustern wagte und dann leise fragte, ob er vielleicht zunächst warmes Wasser wolle, man könne ihm einen Zuber in seine Kammer stellen, nickte er. Auf ein paar Stunden kam es nun auch nicht mehr an.

Es war kaum zu glauben, in welch kurzer Zeit nichts von den Schneebergen übrig blieb. Erst saugte die Erde sich voll. Dann fing an der Oberfläche das Wasser wie aus tausenden winziger Quellen zu sprudeln an. Nach den ersten heftigen Regenschauern, die sich mit Blitz und Donner entladen hatten, gingen die Niederschläge in ein gleichmäßig kräftiges Rauschen über, das manchmal ein wenig leichter war, dann wieder prasselte, doch niemals ganz aufhörte. Himmel und Erde versanken in einem nassen, alles verschlingenden Nebelgrau. Und wenig später im Schlamm.

Im Verlauf einer Woche schwoll jeder winzige Bachlauf an. In ihren Häusern saßen die meisten Menschen ganz still. Wer eben noch die Gefahr einer Sintflut wichtigtuerisch ausgemalt hatte, machte sich nun zum ersten Mal klar, was ein verheerendes Hochwasser in Wirklichkeit für ihn bedeuten würde. Und mancher, der über die Untergangsprophezeiung der Astrologen gelacht und gelästert hatte, wurde mit einem Mal leise und schlich alle paar Minuten ans Fenster, um sinnend hinauszusehen. Dieses unbehagliche Schweigen hielt ein paar Tage lang an.

Dann trat die Günz über die Uferkante. Das kam fast in jedem Jahr vor. Doch diesmal erfasste ein Schauder die Menschen, als es soweit war. Sie sahen die zahllosen Rinnsale, die in ihre Weiden und Gärten strömten. Viele Äcker und Wiesenflächen waren bereits von kleinen und größeren Seen bedeckt. Das Wasser stieg stetig. Und der Regen hörte nicht auf.

Von denen, die eben noch großspurig tönten, dass der Weltuntergang nahe sei, um sich in schrecklichen Bildern genüsslich zu suhlen, packten die Ersten das Lebensnotwendige ein und suchten sich zitternd an einen vermeintlich sicheren Platz zu retten. Selbst wer, wie die Mehrheit, sonst keinen Gedanken an dunkle Prognosen verschwendete, der verlangte mit einem Mal eifrig nach Bittgottesdiensten und Glockenläuten.

Dann drang das Hochwasser in die der Günz am nächsten gelegenen Häuser ein und über Nacht brach eine fieberhafte Geschäftigkeit aus. Wie bei einem Ameisenhaufen, auf den man einen Eimer voller Wasser geschüttet hatte. In der Nähe des Flusses wurden die Dielen der Häuser in Windeseile geräumt. Man kroch unters Dach. Das Vieh wurde auf die Höhen im Westen und Osten hinaufgetrieben. Wer in den Dörfern droben Verwandte hatte, tauchte dort eines Morgens mit Sack und Pack auf.

Meloser schüttelte nur den Kopf über die wachsende Aufregung. »Ein paar Überschwemmungen sind doch kein Grund, sich derart zu ängstigen.« Außer den Männern, mit denen er arbeitete, hörte kaum einer auf ihn. Stattdessen malte man sich auch auf dem Hof ein unaufhörliches Steigen der Fluten aus.

»Dabei hat in den Bergen die Schneeschmelze noch gar nicht eingesetzt«, flüsterte Martha ein um das andre Mal ahnungsvoll. Insgeheim hatte sie schon einen Holzzuber für sich auf die Seite gebracht, den sie im Falle des Falles als Kanu zu nutzen plante.

Um nur ja nicht allein zu sein, rief sie sogar Barbel Haywanger zu sich herein. Die strich trotz des Dauerregens wie eine unruhige Katze ums Haus. »Wo sind die denn alle?«, fragte die Hebamme, obwohl sie es ganz genau wusste, da ihr in weitem Umkreis keine Bewegung entging.

»Beim Schiff. Der Adam von Stein soll schon ganz aus dem Häuschen sein. Der lässt ganze Karawanen vom Schloss zu seiner Arche ziehen und stopft alle wertvollen Sachen rein. Statt dass er Christenmenschen drin retten würde! Am Ende wird er es überladen und untergehen.« Martha leckte sich ihre Lippen dabei.

»Das hier ist eh bloß ein Vorgeschmack. Hörst du das Grollen unten? Da steigen die Fluten des Grundmeers an … das uns alle verschlingen will …«

Martha nickte und machte das Kreuzzeichen. War da nicht tatsächlich ein Donnern, das tief aus der Erde kam? Sie musste sich hinsetzen.

»Bald wird es hervorbrechen. Und jeden ertränken, der nicht gerüstet ist. Er wird zurückgewiesen wie die fünf törichten Jungfrauen. Wie sie wird er rufen: ›Herr, Herr, mach uns auf!‹ Und der Herr wird ihm antworten: ›Wahrlich, ich kenne euch nicht.‹ … Du kennst das Gleichnis?«

Die Köchin nickte verwirrt.

»Es ist beängstigend …« Die Haywanger seufzte, als ringe sie schwer mit sich. Dann fixierte sie Martha scharf. »Es gibt natürlich etwas, was helfen kann … So wie das Lampenöl, das die fünf klugen Jungfrauen bei sich tragen.«

Hoffnungsvoll richtete Marthas gebeugtes Haupt sich wieder auf. »Aber das ist natürlich sehr kostbar … und man muss sich hüten, irgendjemandem auch nur ein Wort davon anzuvertrauen. Er würde alles dransetzen, es einem abzujagen. Und es gibt nur sehr wenig davon.«

»Was ist es?«

»Nun ja … Versprichst du, dass du es niemandem sagen wirst? … Ja, also … Ich habe mich fast ruiniert dafür …« Blitzschnell zog sie einen Flicken aus Leder hervor, in den ein fettiger Batzen gewickelt war. Martha starrte ihn ehrfurchtsvoll an.

»Wenn man sich damit die Stirn, die Brust, die Hände und Füße salbt, kann einem das Wasser nichts anhaben.«

»Woher … woher hast du das denn?«

»Das ist ein Geheimnis … Also, willst du etwas?«

Sprachlos nickte die Köchin. Sie sollte gerettet werden …

»Gib mir fünf Gulden, und du kriegst genug davon.«

»Fünf … aber das … Wo soll ich fünf Gulden hernehmen?« Martha sah wie ein verschrecktes Kätzchen drein.

»Du hast doch Ersparnisse.«

»Ja, aber …« Seit sie mit zwölf Jahren als Küchenmädchen den ersten Pfennig geschenkt bekam, legte sie jedes Jahr etwas dazu. Es war alles, was ihr je gehört hatte. Das Geld hatte sie für eine regelmäßige Messe nach ihrem Tod bestimmt. Damit ihre Seele gerettet wurde. Wenn sie doch einmal in die Versuchung kam, sich irgendetwas zu gönnen, stellte sie sich nur vor, wie der Priester das Hochamt sang … Das fromme Werk … gegen das Fegefeuer … sie hatte niemanden sonst, der für sie beten würde.

Lange rang Martha mit sich. Das ewige Leben gegen das irdische. Immerhin gab es ja auch noch den Holzzuber. Doch wenn sie die Flut überlebte, konnte sie noch einmal anfangen … Endlich schlich sie in ihre Kammer hinauf. Und wenig später barg ihre Börse einen winzigen Fettbrocken anstelle der Geldstücke, die sie über die Jahre wie ihre Augäpfel gehütet hatte.

Die Haywanger lachte entspannt. Während Martha ihr umständlich ihr ganzes Vermögen vorzählte, das zufällig gerade fünf Gulden betrug, hatte sie sich etwas Wein eingeschenkt. Jetzt war sie zum Plaudern recht aufgelegt. »Ihr habt den Brunnen draußen verschlossen?«, fragte sie und nahm einen tiefen Schluck. »Sieht recht kräftig aus, mit den beiden Riegeln dran. Aber ich glaube nicht, dass das viel helfen wird, wenn erst das Grundmeer aufsteigt. Das zerschmettert das Holz mit einem einzigen Schlag.«

In der neuen Gewissheit, dass sie kein Grundmeer zu fürchten brauchte, konnte Martha sich diesem Problem sachlich nähern. »Woher willst du das wissen, dass die Flut aus dem Innern der Erde kommt?«

»Das Böse ist unten. Das weiß jedes Kind. Gott hat keinen Grund, eine neue Sintflut zu schicken. Und es gibt zahlreiche Hinweise ... aber das würde dich nur erschrecken.«

Nach ihrem Handel konnte Marthas neues Vertrauen nichts mehr erschüttern. »Also, der Deckel, der hat jedenfalls nichts mit der Sintflut zu tun.«

»Oder man hat's euch nicht sagen wollen.«

Die Köchin zuckte die Achseln. So verwickelt dachte sie nicht. »Ist jedenfalls fürchterlich umständlich. Jedes Mal muss man ihn runterheben. Engel Meloser hat den Brunnen abdecken lassen, damit kein Kind reinfallen kann. Wegen was anderem hätte ihr Mann das nicht zugelassen. Aber nach Nellis Unfall im Fischweiher ...«

»Na, die würde ja kaum in einen Brunnen fallen. Soll letzthin ja ordentlich Fieber gehabt haben. Wieso hat mich da eigentlich keiner geholt?«

Dass die kleine Magd Rotz und Wasser heulte, sobald man die Haywanger auch nur erwähnt hatte, traute sich Martha nicht sagen. Also erwiderte sie nur: »War halb so schlimm. Ging ihr gleich besser, als ihre Mutter da war. Zwei Tage später ist sie wieder herumgesprungen, als ob nichts gewesen wäre.«

Kurz darauf brach Barbel Haywanger auf. »Also vergiss nicht: Am besten machst du's wie ich und trägst jeden Morgen die Salbe auf. Es reicht schon ein Hauch.« Sie breitete ihre Arme aus. »Wir beide werden uns wiedersehen, egal, was geschehen wird!«

Martha nickte gerührt und Barbel Haywanger trat in den Regen hinaus. Das Pflaster im Hof war bereits eine einzige Pfütze. Hinter ihr schlug die Tür zu. Aus alter Gewohnheit ging sie nicht gleich zum Tor, sondern drückte sich an der Wand vom Waschhaus entlang. Eines der Fenster war nicht verhängt. Sie lehnte sich mit dem Rücken gegen die Steinmauer. Es drangen keine Stimmen heraus, aber sie konnte ein Plätschern hören... Auf einmal war ihre Lebhaftigkeit fort.

Wie lange war das schon her? Es musste eine Ewigkeit sein. Zwischen den Quellen mit Benzer... Warum kam er nicht mehr? So sehr sie sich marterte, sie fand keine Erklärung dafür. Eine Zeit lang war sie jede Nacht voller Zorn aufgewacht. In ihrer Vorstellung war er so nah! Tagsüber war sie ständig hinausgelaufen, hatte gemeint, ihn von weitem zu sehen, war fast verrückt geworden vor Wut und Verlangen nach ihm. Manchmal konnte sie nicht aus dem Haus gehen, saß nur still da und dachte an ihn... alles... sie meinte, dass sie ihn beinahe spüren könne... sie versuchte, ihn mit Beschwörungen herzuzwingen. Hunderte Mal hintereinander sprach sie den Namen laut vor sich hin.

Im vergangenen Herbst, kurz vor dem Schnee, war sie nach Kempten gelaufen und hatte sich durchgefragt, nach diesem Gasthof, in dem er sonst schlief. Der Wirt hatte bloß augenzwinkernd gemeint, er würde gern aushelfen. Dieses dämliche Schwein! Sie war freundlich geblieben, hatte gehofft zu erfahren, wann er den Säumer wieder erwartete. Aber es war dabei nichts herausgekommen. Manchmal hasste sie ihn. Irgendetwas musste ihr einfallen. Wenn er erst da war... wenn er nur wieder einmal mit ihr... sie würde ihn nicht noch einmal so gehen lassen. Und wenn er tatsächlich von dieser Nixe besessen war...

Aus dem Fenster quoll Dampf. Sobald er sich lichtete,

näherte Barbel sich langsam der Öffnung und spähte hinein. Es war recht duster drinnen. Gegenüber dem Fenster stand ein halb voller Waschzuber. Und die Frau, die aus einem Eimer Wasser hineinkippte ... Unwillkürlich sog Barbel die Luft mit einem scharfen Laut ein. Sofort duckte sie sich. Nein ... Licht und Schatten spielten ihr einen Streich. Oder ihre Vorstellungskraft. Sie musste noch einmal ganz genau hinschauen ... Solange sie ihre Ruhe nicht wiedergefunden hatte, wartete sie. Dann schob sie sich, unendlich vorsichtig, von neuem heran. Und schaute durchs Fenster hinein. Sie konnte sie sehen, wie sie ins Wasser stieg. So nackt, wie Gott sie geschaffen hatte. Nein, nein, nicht Gott ... Die dort war nicht von Gott geschaffen ... Von der weißen Haut ihres Schenkels hob sich blutrot das Mal eines Froschfußes ab. Mit einer heftigen Bewegung duckte die Hebamme sich.

Irritiert hob Madlen ihren Blick.

»Und? Wie hoch?« Mit hängenden Mundwinkeln hörte Adam von Stein sich die stündliche Meldung des Wasserstands an. »Hätte erwartet, dass das ein wenig rascher geht ...« Sein Blick fiel auf eine Kiste, die eben über den schwankenden Holzsteg auf Deck gebracht worden war. »Was ist da drin?«

»Die Sachen der Köchin, der Magd und der beiden Knechte ... und die von den Seeleuten«, gab ihm einer der Träger schwer atmend Auskunft.

»Also, so geht das nicht. Die können doch nicht ihren gesamten Hausstaat hier mitbringen! Ich überlade das Schiff doch nicht! Bringt sie runter. Na los doch ... wieder zurück ... Was sie brauchen, sollen sie auf dem Leib tragen. Können froh sein, dass sie unter den Überlebenden sind ...«

Jetzt war ein rollender Wagen zu hören. Nach wenigen

Augenblicken tauchte er auf dem Höhenweg auf. Vier Mann waren damit beschäftigt, einen riesigen Stuhl, eine Art Thron, übersät mit Verzierungen und gepolstert mit Seidenkissen, abzuladen, den sie mit einer ledernen Plane sorgsam verschnürt hatten. Obwohl sie das Monstrum so zart behandelten, als wäre es das rohe Ei eines Riesenvogels, sprang Adam von Stein unruhig von einer Seite des Bootes zur anderen.

»Ja, könnt ihr denn nicht aufpassen ... die Lehne! Ein Ast hat das Polster gestreift ... Blöde Gestalten! Jetzt stellt euch nicht an, als ob ihr alle taub wärt! Vorsichtig!«

Unter diesen aufmunternden Sätzen des Schiffseigners tasteten sich die Knechte über das Brücklein hinüber zu ihm. Einen Blick in die Tiefe zu werfen, wagte keiner von ihnen. Als sie endlich drüben waren, waren sie nicht nur vom Regen, sondern auch von ihrem Schweiß völlig durchnässt.

»Da rein!« Von Stein deutete auf die Tür zum Heckaufbau.

Gehorsam hoben die vier ihre Last wieder an und setzten sie drei Schritte weiter stumm wieder ab. Direkt vor der Öffnung. Der Stuhl war etwa eine Elle breiter als sie.

»Meloser!« Bei der letzten Silbe kippte die Stimme um.

Es fiel dem Schiffsbauer schwer, nicht zu grinsen, als er den Grund für die Aufregung sah. »Ihr hättet uns sagen sollen, dass Ihr ein so breites Möbel braucht ...« Bei diesen Worten ruhte Johan Melosers Blick anzüglich auf den faltenumflossenen Hüften Adam von Steins.

Derweil hatten die Knechte sich umgeschaut. Es gab auf der Bugseite einen Verschlag. Dort schleppten die vier den Thron hinein.

»Halt!«, schrie von Stein. »Sofort damit aufhören! Doch nicht in den Stall!«

»Ihr wolltet doch nur Eure zwei Streitrosse mit auf das Schiff nehmen. Da wäre ausreichend Platz...« Meloser blieb immer noch ernst.

»Macht gefälligst die Tür zu meiner Kabine breiter!... Wartet! Sagt mir erst Eure Meinung, Meloser, wie viel wir noch laden können.«

»Nun...«, sinnend betrachtete Johan die Truhen und Möbelstücke, die noch auf Deck warteten. »Ihr könnt beruhigt sein...« Dann hatte er eine Idee. »Aber wie sieht es mit den übrigen Tieren aus?«

»Was für Tiere?«, fragte von Stein mit einiger Unruhe.

»Na ja, wenn hier alles zu ertrinken droht... Ich meine, Ihr habt doch irgendwie auch Verpflichtungen... Von jeder Sorte ein Paar... hieß das nicht so?«

Hinter Steins Rücken feixten die Knechte. Meloser sah den Mann aufmunternd an.

»Ihr meint...?«

»Wenigstens einige...«

Steins Schultern sanken ein Stückchen weiter nach vorn. »Also, ich habe auch schon daran gedacht... Vielleicht ein Taubenpaar?« Meloser nickte und wartete. »Und meine Jagdhunde. Katzen, ja, falls einer der Leute nicht aufgepasst hat, und es sind doch Mäuse da...« Jetzt ließ Adam von Stein auch noch den Kopf hängen. Dann fasste er einen Entschluss. »Also gut... wir nehmen auch eine trächtige Milchkuh mit. Dann muss ich eben auf einen der Knechte verzichten. Wir lassen den Dickeren da.« Er seufzte. Sein Blick ging in die Weite dabei. »Wenn wir nur genug Zeit haben...«

Bei jedem Schritt bespritzte der Matsch ihr die Röcke und Schenkel, doch Barbel Haywanger wich den schlammigen Pfützen nicht aus. Wie von Furien gehetzt rannte sie schnurstracks hinunter ins Dorf. Erst am Ortszaun kam sie wieder zum Stehen und stützte sich schwer atmend auf. Noch immer zitterte sie am ganzen Leib. In ihrem Kopf gab es nur einen Gedanken: Benzer musste von ihrer Entdeckung erfahren, und das so schnell, wie es nur möglich war. Doch wer würde jetzt noch nach Kempten laufen? Einen Augenblick lang dachte sie daran, selbst zu gehen ... aber was war, wenn der Säumer zufällig dann gerade durch Obergünzburg kam? Sie durfte ihn nicht verpassen, auf gar keinen Fall. Marthas fünf Gulden fielen ihr ein. Sie konnte den Boten bezahlen. Noch konnte man sich irgendwie durchschlagen.

Den ganzen Nachmittag lang lief sie durch den Flecken, aber ohne Erfolg. Das Einzige, was den Leuten im Augenblick wichtig schien, war das steigende Flusswasser. Wenn sie versicherte, dass sie für den Gang nach Kempten gut zahlen würde, sah man sie nur verächtlich an. Fast jeder schien von der Angst infiziert. Viele betrugen sich so, als könnten ein paar löchrige Holzplanken sie tatsächlich vor einer Sintflut retten. So rissen manche ihre windschiefen Schuppen nieder und fügten uralte Fichtenbretter zu Flößen zusammen, die so erbärmlich waren, dass man keinen Hund guten Gewissens darauf setzen konnte. Fuhrwerke wurden ihrer Räder und Deichseln beraubt und verwandelten sich in schwerfällige Kähne, die sofort sinken würden, wenn das Wasser sie nur einmal belecken durfte. Misstrauisch musterte Barbel das ganze Gerümpel, das sich in den Höfen vermehrte wie Unkrautstängel.

Während sie sich ihre Gedanken über die Dummheit der Leute machte und ihr Blick neugierig in jedes Dreckloch kroch, entdeckte die Frau einen doppelten Flaschenzug, der eben ganz oben am Kirchturm befestigt wurde.

»Was soll das denn werden?«, fragte sie einen der Männer, die pausenlos Strohsäcke, Decken und Vorräte ins Innere des Gebäudes schafften.

»Das ist für die, die nicht mehr laufen können und in den Booten nicht Platz haben. Wenn die Flut kommt, ziehen wir sie hinauf. Vielleicht steigt das Wasser nicht so weit nach oben. Und wenn aber doch ... dann schützt sie womöglich die Weihe des Gotteshauses ...«

Ein schöner Gedanke, dort oben, über der Glockenstube, zusammengepfercht und bewegungslos darauf zu warten, dass man wie ein Kätzchen im Sack ertrank.

Am nächsten Morgen beim Bittgottesdienst war die Kirche noch voller als sonst. Es war ein Sonntag und in solch schwierigen Zeiten wurden Gottes Gebote peinlich genau erfüllt. Inbrünstig klangen die Bittgebete, manche Leute weinten sogar dabei.

In der vergangenen Nacht hatte die Haywanger kaum etwas Schlaf gefunden. Wenn sie bis zum späten Vormittag immer noch keinen Boten hatte, würde sie selbst gehen. Die Messe war aus. Alles drängte nach draußen, wo der Dauerregen noch schwerer als vor einer Stunde fiel.

»Du brauchst wen, der was nach Kempten bringt?«, hörte sie neben sich eine raue Stimme und wandte sich hastig dem Fragenden zu. Vom Sehen kannte sie ihn. Ein Leibeigener, der sich als Holzknecht verdingen musste. Jeden Heller, den er in die Finger bekam, setzte er noch am gleichen Abend beim Kartenspiel um. Besonders Vertrauen erweckend wirkte er nicht. Doch sie hatte nun mal keine Wahl.

»Für eine dringende Nachricht, ja.«

»Gegen gute Bezahlung ...«

Neben dem Torturm der Kirchhofmauer blieben sie stehen und wurden rasch handelseinig. Während die Menge sich um sie herum langsam auflöste, sprach sie dem Mann mehrmals eindringlich vor, wohin er gehen sollte und wem er was sagen musste.

Endlich wiederholte er es: »Dass du den Wechselbalg, von

dem er dir einmal erzählt hat, durch den Willen der Vorsehung und durch einen Zufall gefunden hast. Und dass er rasch kommen soll.« Von hinten stubste jemand ihn an. Er schaute sich um. Es war nur ein Kind, das schnell weiterlief.

»Und wenn du ihn nicht antriffst?«

»Bitte ich seinen Wirt, Moritz Benzer die Worte ganz genau auszurichten.«

»Wenn du alles richtig machst und Benzer trifft bald hier ein, dann bekommst du den Zuschlag, den ich dir versprochen habe«, gurrte die Haywanger, während sie dem Boten die vereinbarten Münzen in seine Hand zählte. Dann tat sie einen Schritt rückwärts und fauchte drohend: »Aber falls du auch nur ein Wort davon weiterträgst, belege ich dich mit einem schrecklichen Fluch!«

Er kannte den Ruf, den sie genoss. Das würde ausreichen, damit er auch schwieg.

Es wurde den ganzen Tag nicht recht hell. Von dem schießschartenartigen Fenster in der Besucherzelle sah man auf einen winzigen Ausschnitt des Innenhofs. Obwohl außer schimmligen Mauern, einem verhungerten Efeu und ein paar Pflastersteinen, über die ununterbrochen das Wasser lief, nichts zu entdecken war, wanderte Freibergs Blick immer wieder hinaus. Wann würde der Regen wohl endlich aufhören? Solange es weiter so goss, war an seine Rückreise gar nicht zu denken. Selbst in der Stadt wurden die unbefestigten Straßen langsam zu Schlammlöchern. Unwillkürlich seufzte er auf.

Ihm gegenüber saß Schwester Aurelia. Als er ihr nach seiner Ankunft zum ersten Mal gegenübergetreten war, war er überrascht gewesen, mit welch lebhafter Freude sie ihm entgegensah. Nun, nach einer langen Reihe gleichförmiger Tage in diesem Zellentrakt, konnte er sich vorstellen, dass man allein von der Aussicht, einmal einen anderen Menschen als die wenigen Schwestern zu sehen, selbst von einer schweren Krankheit genas.

Anfangs war er beeindruckt von einer Fülle genauer Erinnerungen. Dann hatte er festgestellt, dass sie sich wiederholte, wie auch in ihren Briefen schon. Ihr Stoff reichte nicht weit. Bald schon fing er an zu zweifeln, ob sich das, wovon sie erzählte, überhaupt alles während Anna Lenas Aufenthalt im Kloster abgespielt haben konnte. Ihm schien es eher, als ob ihr dabei einiges durcheinander geriet. Dinge aus ihrer eigenen Kindheit, die Zeit ihrer ersten Jahre im Kloster, endlose Krankheiten. Es war mehr als ermüdend für ihn.

Nur Schwester Aurelia selbst war nie in Gefahr, darüber einzunicken. Kerzengerade saß sie vor ihm auf der Bank. In der Mitte der Kammer, zwischen Freiberg und ihr, befand sich ein schmuckloser Betschemel. Die Tür gegenüber vom Fenster führte in einen feuchtkalten Gang. Stets blieb sie sperrangelweit offen stehen. Daher zog es unangenehm.

Wieder ertappte er sich dabei, dass er auf den Winkel im Hof starrte. Wahrscheinlich wollte er nur nicht auf ihren Mund schauen. Der war hässlich und schlaff. Ihn länger anzublicken, während die Lippen sich schlossen und öffneten, überforderte ihn.

»Wenn ich mir vorstelle, dass ich tatsächlich die Einzige bin, die hier noch übrig ist... Dabei sind kaum mehr als zehn Jahre vergangen, seitdem sie hier auftauchte. Aber: Staub ist der Mensch, Staub ist er gewesen, und zu Staub wird er wieder... wie Schwester Benigna. Sie war damals unsere Oberin. Die Pest hat sie in der Blüte der Jahre dahingerafft. Es war ein großer Verlust für uns. Oder Schwester Alfonsa, die in einen Starrkrampf fiel.« Und Schwester Cäcilie, die eines Tages spurlos verschwunden war, was Schwester Aurelia ihm erst dann atemlos zuflüsterte, nachdem sie sich selbst überzeugt hatte, dass der Gang vor der Tür nach beiden Seiten hin leer wie ein ausgeblasenes Hühnerei war.

»Natürlich spricht man nicht über solch ein verirrtes Lamm ... obwohl ... wie ich gehört habe, ziehen in Memmingen ehedem fromme Ordensleute jetzt schon in Scharen aus ihren Klöstern aus ... Man sagt« – sie senkte die Stimme noch etwas mehr, sodass Freiberg sich vorbeugen musste, um noch mitzubekommen, wovon sie eigentlich redete – »man sagt, es wurde sogar eine Ehe geschlossen ... zwischen einem Karthäuser aus Buxheim und einer Nonne vom Elisabethenkloster.« Schwester Aurelias Zunge schnellte dabei rasch vor und Freiberg zuckte zurück. »Alles die Schuld von diesem Antichristen, diesem entsprungenen Mönch namens Luther, sagt man. Allerdings ist das mit Schwester Cäcilie schon vor zehn Jahren passiert ...«

Seine Mahlzeiten nahm Freiberg im Refektorium immer allein ein. Nur die Oberin gestand sich unbekümmert die Freiheit zu, sich währenddessen zu ihm zu setzen. Sie war kaum dreißig, hatte ein großflächiges, dabei hübsches Gesicht, eine sinnliche Stimme und zeigte eine lebhafte Neugier für alles, was außerhalb der Mauern des Klosters lag. Mit ihrem Eintritt in den Konvent hatte sie ein Gebot ihrer Familie erfüllt. Dafür waren die Werte der frommen Gemeinschaft um erkleckliche Kapitalien vermehrt worden.

Ihre Nähe machte Freiberg nervös. Wenn sie ihm die neuesten Geschichten aus der Stadt Memmingen vortrug, ihn offen anlächelnd und von den Ereignissen scheinbar sehr angeregt, fühlte sich Freiberg wie ein Vogel im Weidenkäfig. Er wartete förmlich darauf, dass sich ein Deckel öffnete und eine Hand nach ihm tastete. Während dieser Gespräche kroch eine Gänsehaut ihm oft bis zum Nacken hinauf.

Von ihr erfuhr er vom Kirchenbann, der den Memminger

Prediger Schappeler im Februar traf, und davon, dass der Stadtrat sich auf dessen Seite gestellt hatte. Seitdem ginge dort alles drunter und drüber. Unter dem Schleier der Frau lugten ein paar flaumige Locken hervor. Freiberg dachte daran, wie anregend seine Gespräche mit Thoman zu sein pflegten. War das etwa ihr Fuß da unten? Halb satt stand er auf.

Und Schwester Aurelias Geschichten kannte er langsam auswendig. »Schwester Lucia natürlich, die hat ein biblisches Alter erreicht. Wir haben immer gesagt, wenn die nicht bald stirbt, muss man sie totschlagen ... also, das war nur ein Scherz, natürlich ... Ja, und dann die Schwester Ottilia ...« Die von schwerer Krankheit genesene Nonne Aurelia war die einzige im Kloster Verbliebene, die Anna Lena tatsächlich gekannt hatte. »Ich würde sie wiedererkennen, da gibt es gar keinen Zweifel. Natürlich, es sind wohl ein paar Jahre vergangen, seitdem sie uns verlassen hat, sie war damals siebzehn. Doch ich habe ein gutes Gedächtnis ... und so ein Gesicht verändert sich auch nicht mehr sehr. Vor allem die Augen ... Die waren das Auffallendste an diesem Ding. In meinem ganzen Leben habe ich niemals mehr solches Grün gesehen.« Was nicht viel heißen will, dachte von Freiberg, hier drin wirkt das allermeiste verblasst.

»Und auch das Haar. Oder der Ausdruck, mit dem sie mich angeschaut hat. Die kenne ich wieder. Und Ihr glaubt wirklich, dass sie eine Betrügerin ist? Also das wundert mich nicht. Im Gegenteil. Alles andere als Diebstahl, Betrug oder Unzucht würde mich überrascht haben.«

Bei seiner Frage, ob sie der Frau gegenübertreten und deren niedere Herkunft bezeugen würde, hatte Schwester Aurelia so breit gelächelt, dass Freiberg Angst bekam, sie würde gleich »schnapp« machen und ihn voller Wonne verspeisen, so wie ein Frosch eine Fliege verschlang. Er hatte lange überlegt, ob es eine Möglichkeit gab, Madlen Becherer hierher nach Kaufbeuren zu locken. Aber ihm war nichts eingefallen. Schließlich rückte er mit seinem Ansinnen heraus und traf auf rückhaltlose Begeisterung.

»Und Ihr meint, dass Eure Gesundheit die Reise tatsächlich zulässt, Schwester Aurelia?«

Es würde keine Probleme geben. Sie würde mit ihm nach Kempten fahren und ihre Pflicht erfüllen. In Begleitung der Oberin. Bei dieser Aussicht wurde ihm der Kragen eng. Vielleicht hätte er Benzers Ansicht, wie das Problem rasch zu lösen wäre, damals bedenken sollen. Aber nach allem, was geschehen war ... Die Reise war ausgemacht.

Sobald die Schleusen des Himmels sich wieder geschlossen hatten, würden sie aufbrechen. Melancholisch blickte von Freiberg auf die wieder dichter werdenden Regenschleier. Ihm fiel Benzers Flugblatt mit der angekündigten Sintflut ein.

Zwanzig

Es war jetzt die zweite Nacht, seit der Holzknecht sich aufgemacht hatte, und noch war er nicht wieder zurückgekehrt. In ihrem Haus saß Barbel Haywanger zusammengekauert auf einem Schemel mitten im Flur. Ab und zu stand sie auf und öffnete einen Schieber in der oberen Hälfte der Tür, um hinauszuspähen. Doch sie sah dabei nichts als das finsterste Dunkel. Sie hörte den Regen am Dach, das Rauschen des Wildbachs, der sich seit kurzem durch ihren Garten wühlte, manchmal ein Schmatzen, von dem sie nicht wusste, woher es stammen konnte ... Sonst hörte sie nichts.

Nachdem sie sich wieder gesetzt hatte, starrte sie weiter unverwandt auf die abgeschlossene, doppelt verriegelte Tür. Mit ihrer schwersten Truhe, der aus gehärteter Eiche, hatte sie sie verstellt. Und alles mit Bohlen verkeilt. Noch nie in ihrem Leben hatte sie solch eine furchtbare Angst gefühlt. Obwohl es nicht kalt war, zitterte sie.

Bis zu dem Augenblick, als der Holzknecht vor ihr den Kirchhof verließ, war sie lediglich aufgeregt gewesen. Doch dann, als sie selbst durch den Torturm trat und das Gewimmel von Menschen sah und mittendrin dieses eine blasse Gesicht, da raubte ihr eine plötzliche Panik den Atem. Ein Hitzeschwall stieg in ihr auf und ihr Herz raste. Sie bekam kaum noch Luft. Ihr schwindelte und sie musste sich gegen die Mauer lehnen. Vor ihren Augen verschwamm alles. Es war reine Todesangst. Irgendwie hatte sie es bis nach Hause geschafft.

Sie versuchte, nicht daran zu denken. Oder sich einzureden, dass Benzer bald kommen würde. Ihr Blick wanderte über die mit Läden verschlossenen Fenster. Mit kräftigen Schnüren hatte sie sie von innen verzurrt. Und den Kamin hatte sie mit Säcken voller Stroh und Getreide verstopft. Auf einmal musste sie an die Mühle von Liebenthann denken. Und an den Teich. Dabei fiel ihr zu ihrem Entsetzen noch etwas anderes ein.

Der Herd stand ganz hinten im Flur. Es gab vorn eine Stube, in der sie meistens auch schlief, mittendrin eine Leiter nach oben, wo sich noch zwei licht- und luftlose Zimmerchen unter den Speicher zwängten, und eine Speisekammer. Gleich neben ihr. Mit bebenden Händen machte sie die Tür auf. »Au!« Erschrocken schaute sie ihren blutenden Daumen an. Sie hatte sich einen Schiefer hineingezogen.

Im Raum war es zu dunkel. Daher stieß sie die Tür noch etwas weiter auf und ein wenig Licht floss auf den Steinboden. Wie hatte sie bloß den Brunnen vergessen können ... Die Klappe, die ihn verschloss, eine Art Kellerfalle, war wohl seit Jahrzehnten schon nicht mehr bewegt worden. Barbel hatte immer nur drübergefegt und nie dran gedacht, sie einmal hochzuheben ... Langsam gewöhnte sie sich an die Schatten im Raum.

Der kalte Schweiß brach ihr aus. Sie brauchte was Schweres, etwas, das sie gerade noch rücken konnte. Und mit einem Mal fürchtete sie, es blieb kaum noch Zeit. Die wieder aufwallende Panik erdrückte sie fast. Kopflos und heulend vor Angst lief sie durchs Haus. Ein Balken, der lang genug war, um ihn zwischen die Decke der Kammer und diese Falle zu kriegen ... Aber woher? Barbel stürzte die Leiter hinauf. Mit bloßen Händen versuchte sie, eines der Bodenbretter herauszustemmen, aber sie brach sich dabei nur die Nägel ab.

Der Regen schluckte alle Geräusche ringsum. Niemand würde sie schreien hören. Sie rannte wieder nach unten. Dann fiel ihr Blick auf die Bettlade. Wenn sie die aufstellte? In dem Moment hörte sie in der Speisekammer einen gurgelnden Laut. Sie zuckte zusammen, drehte sich um. Vor Entsetzen erstarrt, stierte sie auf den Brunnen. Unter der Klappe drang Wasser hervor.

Alles schien ihr nun unendlich langsam.

Der Regen hörte nicht auf. Unbeeindruckt davon krochen zwei junge Männer durchs Unterholz. Einer der beiden spuckte das Blatt aus, auf das er gerade gebissen hatte.

»Nass wie ein Schwamm …«, schimpfte er.

Vor ihm lief sein Bruder, geduckt. Das Wasser, in dem sie inzwischen bis über die Knie tief wateten, beirrte ihn offenbar nicht. Von oben tropfte es. Alles war nass. Himmel und Erde satt bis zum Platzen. Bald würde es um sie herum keine Luft mehr zum Atmen geben.

»Pscht!« Der Fischdieb blickte nach oben, dann sah er sich um. Ein Ufer war nicht mehr auszumachen. Nur daran, dass es hier keine Baumkronen gab, ließ sich der Umriss des Schlossteichs erkennen.

»Also, ich wette mit dir, da ist längst alles rausgeschwommen.«

»Quatsch … da sind Karpfen drin. Die bleiben schön unten. Jetzt halt deinen Mund.« Alex machte den Kescher fertig. Es war seine Idee gewesen. »Die Knechte vom Fürstabt machen sich doch ihre Füße nicht nass. Die hocken in ihrer Burg und saufen. So eine Gelegenheit lass ich mir doch nicht entgehen. Wenn du solchen Schiss hast, dann hättest du eben daheim bleiben müssen.«

Sein Bruder schluckte. Natürlich war es verlockend. Er durfte bloß nicht daran denken, was auf Fischfrevel stand...

Vorsichtig watete Alex ein Stück weiter. Sofort sank er tief ein. Jetzt reichte die schlammige Brühe ihm schon bis an die Brust.

»Nicht weiter!« Unwillkürlich hob der Jüngere seine Stimme.

»Nun mach dir nicht gleich in die Hose. Ich passe schon auf. Wieso muss dieser Tümpel bloß so fürchterlich dreckig sein?« Der Fischdieb sah kaum die Hand vor Augen. Also schwenkte er langsam den Kescher. Vor und zurück. Dann rund um sich. »Also, da war gerade was... ja... na, aber kein Karpfen... Das Ding bleibt am Fleck... Warte... ich streck mal die Hand aus... O Himmel!« Plötzlich machte er einen Satz und wühlte sich dann, wie wild geworden, durchs Wasser zu seinem Bruder hin. Der wurde ganz weiß vor Schreck.

»Was ist denn?«, flüsterte er und ließ den Blick angstvoll rund um den Weiher schweifen. »Vogtknechte?«

Statt einer Antwort würgte Alex sein Frühstück heraus. Dann richtete er sich mit verzerrtem Gesicht wieder auf. Sein Bruder starrte verständnislos auf die Bescherung.

»Da schwimmt wer drin.«

»Was? Wer soll da schwimmen?«

»'ne Leiche, du Schlauberger. Und ich hab sie angelangt.« Er musste sich noch einmal umdrehen.

»'ne Leiche? Von wem?«

»Woher soll ich das wissen? Hat sich nicht vorgestellt. Und es war etwas dunkel da drin... Los, komm schon. Oder willst du hier Wache schieben?«

»Ja, aber... was machen wir denn jetzt? Bist du dir ganz sicher, dass es ein Mensch war? Den können wir doch nicht einfach drinlassen ... Ich meine ... es wäre doch eine Sünde, nicht?«

»Jetzt komm schon ... Ich sag's dem Ammann.«

»Aber der wird doch wissen wollen, wie du die Leiche gefunden hast ...«

»Na und? Eins von den Lämmern ist in dem Tümpel getrieben, ertrunken, und ich hab es rausgeholt. Und falls er es sehen will, zeigen wir ihm das Lamm, das uns gestern Abend ersoffen ist.«

Zwei Stunden später starrten die Männer auf schwarze Haare und weißes, aufgequollenes Fleisch.

»Und?«, fragte der Ammann.

»Da gibt's keine Zweifel. Es ist die Haywanger ... und es sieht so aus, als ob sie ertrunken ist.«

»In Ordnung. Ihr könnt es bezeugen. Und jetzt bringt die Leiche weg.« Er rümpfte dabei die Nase.

»Also, so was hab ich noch nicht gesehen ...«

»Wie soll das gegangen sein? Treibt glatt zwei Ellen weit unterm Wasserspiegel ... und hängt mit 'm Fuß in so 'ner windigen Fischreuse ... Was hat das Weib in dem Weiher verloren?«

Vier Männer schleppten sie fort. Mit einer Bahre war es nicht einfach, sich zwischen den Stämmen hindurchzuzwängen. Dazu konnte man wegen des stehenden Wassers nicht sehen, wohin man eigentlich trat. Alle zwei Schritte strauchelten sie. Einmal wäre sie ihnen ums Haar noch mal abgetaucht.

Wie üblich, sollte die Tote in ihrem Haus aufgebahrt werden. Um alles Weitere würden sich dann die Nachbarn kümmern.

Als sich die Männer dem Anwesen näherten, hörten sie ein Krachen, gefolgt von wüstem Gebrüll.

»Was macht denn der Lederer da?«

Der Mann trat gegen die Tür. Dann hatte er wohl in seinem Rücken etwas gehört, denn er fuhr herum und schaute den anderen mit einem wütenden Ausdruck entgegen. Dabei entdeckte er die tote Frau. Entsetzt starrte er abwechselnd auf seinen Fuß, mit dem er eben noch ihre Haustür eintreten wollte, und auf die Leiche. Unter der Schmutzschicht auf seinem Gesicht wurde er abwechselnd rosig und blass.

»Ich wollte ... ich wollte eben zu ihr ...«, brachte er stammelnd heraus.

»War schwerlich zu übersehen. Muss ja recht dringend gewesen sein.«

»Ja ... nein ... das heißt ... Also, das ist ja jetzt wohl nicht mehr wichtig ...«

»Was hast du von ihr gewollt?«

»Ich hab ... ich hatte noch Geld von ihr zu kriegen.« Stotternd berichtete er von seinem Botengang.

»Und was hast du ausgerichtet?«

Lederer schaute auf Barbels totes Gesicht. Ihr Fluch fiel ihm ein. Man konnte nie wissen. »Das ist ... das war vertraulich ... ich hab es eh nicht verstanden ...«

»Und die Tür ist nicht offen?«

Bereitwillig trat der Holzknecht zur Seite. Die Tote trug noch den Gürtel, an dem alle Schlüssel hingen, und man fand auch den richtigen, dennoch ließ sich die Tür nicht bewegen.

»Muss von innen verriegelt sein.«

»Dann wäre doch noch jemand drinnen.« Sie pochten heftig gegen das Holz, aber kein Mensch machte auf.

»Wer sollte auch da sein ... ihr Mann ist doch längst fort.«

»Wenn drinnen der Riegel vorgeschoben ist, wie ist sie dann rausgekommen? Schaut mal ums Haus. Irgendwo muss ein offenes Fenster sein.«

Man fand das Haus wie eine Festung verriegelt.

»Also, jetzt reicht's.« Einer holte die Axt.

Kurz darauf sahen die Männer sich drinnen beklommen um. »Das verstehe, wer will...«

»Der Boden ist nass.«

»Die muss sich vor wem verbarrikadiert haben... Schau dir mal die Fenster an... und sogar im Kamin... Keine Maus wär da mehr reingekommen.«

»Aber wieso geht sie dann raus?«

»Tja... vor allem, wie? Ist doch alles von innen versperrt geblieben...«

Daraufhin beschloss man, den Ammann noch einmal zu holen.

»Man hat die Haywanger ertrunken im Schlossteich gefunden.«

»Die Haywanger... ertrunken?« Martha hatte eben die Schüssel mit Kraut und geräuchertem Fleisch auf den Tisch gestellt, als Meloser mit der Nachricht nach Hause kam. »Das... das ist ja entsetzlich«, flüsterte sie so betroffen, dass alle sie ganz überrascht ansahen. Wie ein Sack ließ sich die Köchin auf einen Schemel fallen. Ihr Atem ging flach. »Ist das ganz sicher... ich meine, dass sie ertrunken ist? Kann es nicht sein, also, ich meine, dass sie an etwas anderem starb?«, fragte sie.

Mit knappen Worten schilderte Johan die Leichenbergung und den merkwürdigen Zustand, in dem sich das Haus befand.

»Ich hab es vom Ammann selbst erfahren. Er ist davon überzeugt, dass sie im Wasser starb.« Bei diesen Worten ruhte sein Blick auf der Köchin. »Nelli, hol mal 'nen Birnenbrand«, sagte er.

»Ertrunken...« Obwohl aller Augen auf sie gerichtet

waren, sagte Martha nicht mehr. Stattdessen schlug sie die Hände vor ihr Gesicht und brach in Tränen aus. »Die Lügnerin!«, schluchzte sie. »Sie hat doch die Salbe gehabt. Wie hat sie dann ertrinken können? Meine fünf Gulden…« Bebend zeigte sie den teuer bezahlten Fettklumpen vor.

»O Martha!« Nelli erschütterte Marthas Verlust weit mehr als die tote Haywanger in ihrer Fischreuse.

»War es ein Unfall?«, fragte Engel und sah Johan aufmerksam an.

Ihr Mann zuckte die Achseln. »Also, das weiß man noch nicht. Der Ammann hat erst mal den Holzknecht verhört, aber der hätte ja wohl kaum die Frau umgebracht, um dann lautstark gegen die Tür zu schlagen, weil er an sein Geld will. Von dem, wozu sie ihn nach Kempten geschickt hat, hat er nichts rausgelassen. Die Haywanger habe ihm mit 'nem Fluch gedroht, sagt er, falls er nicht schweigt. Und er könne nicht wissen, wo der Geist der Toten jetzt sei. Jedenfalls hat er mehr Angst vor ihr als vorm Ammann.«

Madlen zerbröckelte schweigend ihr Brot. Seit Monaten lebte sie nun auf dem Hof. Sie hatte keinerlei Vorstellung, wann Thoman sie holen wollte – und ob er das überhaupt vorhatte, nach ihrem letzten Zusammentreffen mit Anthoni Hall… Womöglich suchte er schon nach einem Vorwand, sie weiterhin hier zu lassen. Aber sie wollte nicht länger unter Johan Melosers Dach bleiben.

Bisher hatte Madlen nichts gesagt. Doch nun wandte sie sich plötzlich an Engel.

»Das ist doch dein Haus, wo die Haywanger war? Dann steht es jetzt leer, nicht? Also, ich würde es gern von dir mieten.«

Wenn sie laut gesagt hätte: »Ich habe die Frau in dem Tümpel ertränkt«, ihre Schwägerin hätte sie nicht fassungsloser anschauen können.

»Aber …«, stammelte Engel und schaute Hilfe suchend zu Johan hin, »sie ist doch noch nicht mal begraben … Also, ich finde … dass wir damit doch noch ein klein wenig warten sollten … Und du … du bist doch willkommen hier … solange du willst, Madlen …«

Madlen spürte Melosers befremdeten Blick. »Wenn dir so viel daran liegt, wird Engel sicherlich nichts dagegen haben«, sagte er kühl. »Im Moment allerdings würde ich dir nicht zu solch einer Eile raten.«

Vor Scham schlug Madlen ihre Augen nieder. Was mache ich bloß, dachte sie.

Benzer wusste, dass es nicht mehr weit war. Unten im Tal, jenseits der Baumkronen, ahnte er einen trägen, schlammigen Strom. Sollte er den Weg über Immenthal nehmen? Der war gut ausgebaut und mochte dem Regen noch widerstanden haben. Doch das würde ihn durch Obergünzburg und damit in Reichweite des angeschwollenen Flusses bringen. So kurz vor dem Ziel wollte er nichts mehr riskieren. Schon beim Überqueren der Leubas war er um Haaresbreite ertrunken. In den Bergen hatte die Schneeschmelze eingesetzt. Es gab in Kempten Gerüchte, auf die Stadt komme eine riesige Flutwelle zu. Überall stieg das Grundwasser an. Er musste vorsichtig sein.

Um gerade zwei Tage hatte ihn Barbels Bote verfehlt. Gestern Abend erst war er zurückgekommen. Trotz seiner Erschöpfung hatte ihn ihre Nachricht nicht schlafen lassen. Beim ersten Tageslichtschimmer war er wieder aufgebrochen.

Er entschloss sich, über die Höhe zu gehen. Wie erwartet, fand er die Weiler oben von Menschen und Vieh überfüllt. Das Gewimmel zerrte an seinen Nerven. Er war froh, als endlich auch Hartmannsberg hinter ihm lag. Noch zwei Kehren ... Dort lag Barbel Haywangers Haus. Das Herz klopfte ihm bis zum Hals. Er hatte sich vorgestellt, sie würde ihn sehnsüchtig erwarten, ihm schon entgegenlaufen. Doch die Fenster waren verriegelt und ringsum blieb alles merkwürdig still. Bis auf das Rauschen des Wassers. Mit einem Mal wusste er, dass etwas geschehen war.

Als er über die Schwelle trat – die Haustür stand offen –, war er bereits darauf gefasst, was er sah. Ja, da lag sie ... schon zur Beerdigung angekleidet. Man hatte sie auf ein Brett gelegt. Ihr schwarzes Haar glänzte. Die Augen waren geschlossen. Benzer fasste den Rocksaum und schlug ihn nach oben um. Sein Blick glitt über die weißen, fülligen Schenkel. Dann deckte er sie wieder zu. Erst in diesem Moment merkte er, dass er nicht allein im Haus war. Neben ihm stand ein Mädchen. Die Tür zur Speisekammer war angelehnt. Außerdem musste jemand unterm Dach oben sein. Er hörte Frauenstimmen.

»Wie ist ...« – er musste sich räuspern – »wie ist das passiert?«

Nachdem sie sich gemessen zwei Haarsträhnen hinter die abstehenden Ohren gestrichen hatte, entschloss sich die Kleine zu einer Antwort. »Das tut man nicht«, sagte sie, wobei sie auf den Rock der toten Frau deutete. »Sie ist ertrunken.«

»Wann?«

»Vorgestern schon. Hast du sie gekannt?«

»Ja.« Er sah die Leiche so merkwürdig an, dass das Mädchen zurückwich. »Nein. Warte! Wie heißt du?«

Zögernd erwiderte es: »Nelli Erhart. Und du?«

»Moritz Benzer. Ich bin ... ich war ein Freund von ihr.«

Hellsichtig musterte Nelli den Mann. »Bist du der, dem der Lederer die Nachricht hat bringen sollen?«

»Wieso? Was hat dieser Lederer denn erzählt?«

»Erzählt hat der gar nichts, weil er nicht verflucht werden will. Ich hab nur gedacht ...«

»Jetzt sag mir rasch, was passiert ist. Ich hab nicht viel Zeit.«

Als sie Miene machte, davonzulaufen, hielt er sie fest. »Du brauchst keine Angst zu haben. Du hast Recht, der Bote hat wirklich zu mir gewollt. Aber er hat mich nicht angetroffen. Ich habe ... ich habe sie gern gehabt.«

»So?« Nelli ließ ein paar schweigsame Augenblicke verrinnen. Dann gab sie nach. »Na gut ... ich erzähle es dir ...«

Oben polterte es. Wahrscheinlich Nachbarinnen. Eine Leiche ließ man nicht einfach im Haus allein.

Benzer hörte Nelli angespannt zu. Am Ende wollte er wissen, wo man sie gefunden hatte.

»Unter der Burg ... nicht im Mühlteich, weißt du«, sagte Nelli, »sondern im Fischweiher, ein Stückchen oberhalb.«

»Zwischen der Mühle und Liebenthann, oder?«, vergewisserte Benzer sich noch einmal. Er kannte den Ort. Oben schob sich ein Fuß auf die Leiter. Undeutlich sah er den Saum eines Frauenkleids. Es gab keinen Grund für ihn, länger zu bleiben. Ohne ein weiteres Wort schob er sich hinaus.

Nelli hatte sich nur kurz umgedreht. Als sie dann noch etwas zu Benzer sagen wollte, merkte sie, dass er verschwunden war. »Das war aber seltsam«, bemerkte sie, zu Madlen gewandt, die über die Leiter herunterkam. »Hast du den Mann gesehen?«

Inzwischen war das ganze Tal überflutet. Häuser und Ställe, die Mühlen, der Kirchhof, die Spitzen des Dorfzauns und Baumkronen ragten aus dem trüben Wasser heraus. Bisher glich die Fläche einem ruhenden See. Doch langsam setzte eine immer heftiger werdende Strömung flussabwärts ein.

Durchs Tal kam er nicht mehr. Er musste sich seinen Weg

quer durch den Hang bahnen. Unfähig, einen klaren Gedanken zu fassen, rannte er los. Bald zwang ihn ein Tobel, bis zur westlichen Höhe hinaufzuklettern. Oben schwindelte ihn. Seit dem Morgen hatte er nicht mehr ans Essen, ans Trinken oder auch nur an eine Rast gedacht. Benzer hätte nicht sagen können, weshalb es so wichtig war, dass er zum Fundort der Toten kam. Aber irgendwie wusste er, dass er erwartet wurde. Der Hunger und die Erschöpfung weckten in ihm die ewig gleichen Empfindungen.

Während des endlosen Winters hatte er Tag und Nacht vor sich hin gegrübelt. Jetzt gab es nicht einmal den Hauch eines Zweifels mehr. Er war dazu auserwählt, dass er die Schlange zertrat. Wenn er an sie dachte, wurde ihm heiß. Er fühlte fast schon, wie sie sich unter ihm winden würde. Seit er sie das erste Mal gesehen hatte, hatte er es gespürt. Alles fügte sich für ihn zusammen.

Benzer rannte wieder. Einmal sah er undeutlich ein Schiff, ein Stück unterhalb, zwischen den Bäumen liegen. Dabei fühlte er keine Verwunderung. Nur eine übermütige Regung, sodass er beinahe gerufen hätte, dass sie die Arche nicht brauchen würden. Aber was ging es ihn an? Es gab nur noch eines zu tun. Jetzt musste er wieder bergab. Hoffentlich lag der Weiher noch über dem Spiegel des Flusswassers. Der Tag neigte sich schon und mit der Dunkelheit wurde der Wind immer kräftiger.

Endlich stand Benzer am Teich. Noch war es nicht Nacht. Er brauchte nicht lange zu warten.

Dann tauchte sie auf.

Er sah das Mal. Und die Frau. Von einer Schönheit, dass es ihn schmerzte, als wäre er wund. Sie kam auf ihn zu, und sie lächelte. Erst war er verwirrt, bewegte sich rückwärts, langsam und merkwürdig unbeholfen. Dann endlich begriff er.

Sie streckte die Hand aus. Er zitterte. Tat einen ersten zögernden Schritt auf sie zu. Ihr Blick war wie eine Liebkosung. Wie hatte er sich getäuscht.

Nach dem Versiegen des Regens wurde es sofort schwülheiß. Sobald sich die Fluten wieder verlaufen hatten, begrub man die Haywanger. Aus der Trauergemeinde drang ein Gerücht an das Ohr des Obergünzburger Ammanns, welches besagte, dass der Empfänger von Barbels Botschaft in deren Haus aufgetaucht war. Inzwischen hatte der Name des Mannes sich im Ort schon herumgesprochen und einige kannten den Säumer sogar.

Melosers Großknecht hatte behauptet, er habe den Blonden einmal im Wald überrascht. Mit der Hebamme.

»Ich hab gleich wieder weggeschaut … aber dass die zwei da Unzucht getrieben haben, war eindeutig.«

Eines Morgens, gut zehn Tage nach dem Ende der Regenfälle, suchte der Ammann Johan Meloser auf. Er fand ihn im Hof. Nachdem der Boden gut abtrocknete, sollten die Pferde und Rinder rasch wieder auf die Weide hinaus. Das Brüllen der ungeduldigen Tiere hallte laut von den Mauern wider. Meloser führte den Besucher ins Haus. Sie sprachen über die Schäden, die durch die Überschwemmung entstanden waren.

»Das dürfte der erste Frühling sein, den ich als Ammann erleben darf, wo sich keiner bei mir beschweren kann, dass er nicht lang genug wässern durfte.« Das Überfluten der Talwiesen mit Günzwasser, das den Bauern als Düngung diente, war immer wieder von der Gemeinde geregelt worden. Taggenau war alles eingeteilt. Dennoch gab es beim Wässern jedes Jahr Streit. Kaum eine Nachbarschaft unter den betroffenen Bauern, die nicht deswegen verfeindet war.

»Am schlimmsten trifft es wohl den Adam von Stein. Wie

man mir erzählt hat, hat er die Arche erst gestern verlassen wollen. Die unnötige Ausgabe muss ihn schwer getroffen haben.« Der Ammann lachte.

»Ja, das war wirklich eine große Enttäuschung für ihn. Bis zum Schluss hat er gehofft, er sieht unsere Leichen doch noch an sich vorbeitreiben. Als ich ihm versichern musste, dass wirklich keine Gefahr mehr besteht, war das ein harter Schlag. Er hofft jetzt, dass man sich verrechnet hat und dass die große Flut ein wenig später kommt.« Die Fältchen in Johans Augenwinkeln vertieften sich zwar, aber ansonsten war ihm kein Spott anzumerken.

»Leider sieht es so aus, als könnte doch noch einer ertrunken sein«, sagte der Ammann darauf. »Es geht um den Mann, der im Haus von der Haywanger war. Gret Erhart hat zugegeben, dass er mit ihrer Tochter gesprochen hat. Sie selbst, sagt sie, habe nichts davon mitgekriegt, sie sei unterm Dach oben gewesen. Der Tod von der Haywanger war dermaßen ungewöhnlich … also, ich kann das nicht auf sich beruhen lassen. Der Säumer Benzer wäre womöglich ein wichtiger Zeuge für uns. Aus dem Lederer krieg ich kein Wort über die Nachricht heraus. Na, und ich kann weiter nichts machen, weil er ja selbst nicht verdächtig ist. Natürlich hab ich einen Mann nach Kempten geschickt, um Benzer vorzuladen. Aber in seiner Herberge ist er nicht wieder aufgetaucht. Auch sonst wusste keiner das Mindeste. Hier will ihn niemand am Abend des Unwetters gesehen haben. Keine Ahnung, wo er geschlafen hat. Wenn sich weiterhin keine Spur von ihm findet, müssen wir annehmen, dass er womöglich ins Wasser fiel. Dann müssten wir nach seiner Leiche suchen. Nun, weshalb ich hier bin … Meloser, ich möchte einmal mit deiner Küchenmagd reden.«

Meloser begleitete den Ammann zum Haus der Toten. Dort half Nelli Madlen dabei, den verwüsteten Garten notdürftig aufzuräumen. Der Wildbach war wieder versiegt. Sie gruben Steine und Holz aus dem Schlamm.

Bereitwillig beantwortete das Kind alle Fragen. Offenbar bereiteten ihr nur ihre erdigen Hände Kopfzerbrechen. Nachdem ihr Versuch, sie an ihrer Schürze zu säubern, nichts fruchtete, suchte sie ungeschickt, sie so zu halten, dass man den Schmutz daran nicht so sah.

»Und er hat zu dir gesagt, dass er Moritz Benzer heißt?«

Nelli nickte. Sie war nicht eingeschüchtert. Madlen dagegen stocherte mit einem Spaten in der Erde herum. Meloser beobachtete sie.

»Wie hat der Mann ausgesehen?«, fragte der Ammann Nelli.

»Nass und schmutzig. Er hat den Rock von der Haywanger dreckig gemacht.«

»Ich meine, ist er alt oder jung gewesen, groß oder klein? War irgendetwas Besonderes an ihm?«

Nelli überlegte nur kurz. »Alt war er nicht ... und normal groß. Aber er hatte ganz helle Haare, so weißblond, und seine Augen, die waren auch so komisch.«

»Hellblau?«

»Vielleicht. Oder grau. Das kann ich Euch nicht sagen.«

Der Ammann nickte gedankenvoll. So war Moritz Benzer auch von seinem Wirt in Kempten beschrieben worden.

»Und Ihr?«, wandte er sich an Madlen. »Habt Ihr den Mann auch gesehen?«

»Ich? ... Nein. Ich hab jemanden reden gehört. Aber ich hab nichts verstanden. Und als ich herunterkam, war er schon fort. Nelli hat mir von ihm erzählt ... Mir und den anderen, die zu dem Zeitpunkt im Haus waren.«

»Ihr habt die Beschreibung gehört. Ihr kommt doch auch aus Kempten. Kann es nicht sein, dass Ihr uns über den Mann etwas sagen könnt?«

»Ich ... ich kenne ihn nicht. Den Namen habe ich nie vorher gehört.«

Der Ammann, der sie nicht kannte, bemerkte vermutlich nicht, wie sie sich wand. Aber Meloser spürte genau, dass sie etwas verbarg.

Am Nachmittag rückten vier Männer mit Erlaubnis des Vogtes zum Schlossweiher aus. Schweigend suchten sie ihn mit Stangen ab. Zur Erleichterung des Ammanns fanden sie nichts. Ihm genügte, wenn er einen seltsamen Todesfall klären musste.

Madlen konnte nicht schlafen. Geistesabwesend warf sie etwas Reisig ins Herdfeuer. Dabei dachte sie über Johan Meloser nach. Es reichte nicht aus, in Engels Pachthaus zu ziehen, um ihrem Schwager nicht mehr zu begegnen. Erst wollte sie es sich nicht eingestehen. Dann verwünschte sie ihre Unvernunft, schließlich die Schwäche, die es ihr unmöglich machte, sich aus der Verwirrung zu lösen. Mit jedem Tag, den sie wieder in Habersberg war, war es schlimmer geworden. Inzwischen empfand sie ihre Gefühle für ihn wie einen übermächtigen Gegner, bei dem an eine Geste der Abwehr nicht einmal zu denken war. Nichts bisher hatte sie so durcheinander gebracht.

Auch an diesem Morgen ... Erst als er wieder gegangen war, hatte sie über die Fragen des Ammann in Ruhe nachgedacht.

Trotz der Hitze, die tagsüber herrschte, war der Steinboden im Erdgeschoss kalt. Das feuchte Holz brannte nicht gut. Madlen suchte nach trockenen Scheiten. Irgendetwas musste sie tun. Das Haus wirkte leer. Barbel Haywangers Habseligkeiten hatte ein entfernter Verwandter am Tag des Begräbnisses abgeholt. Da Nelli sich hier nach Sonnenuntergang fürchtete, schickte Madlen sie stets rechtzeitig heim.

Wieder gingen ihre Gedanken zu Johan zurück. Sie beschloss, möglichst bald abzureisen. Obwohl Thoman sie nicht gern in Kempten sah.

Nachdem Madlen auch die Läden geschlossen hatte, zündete sie mehrere Kerzen an. Dann fing sie an, hin und her zu gehen, durch die Stube, den Flur, in die Speisekammer. Ihr Blick fiel auf die Bodenfalle. Sie kniete sich hin, hob sie hoch und betrachtete prüfend den Hausbrunnen.

Einundzwanzig

In seinem ganzen Leben hatte sich Freiberg noch nicht so gepeinigt gefühlt. Für den Fall, dass ihn doch niemand am Kutschbock erkannte, gelobte er ernsthaft, eine pfundschwere Kerze für den Altar zu stiften. Je näher sie Kempten kamen, desto tiefer zog er die Kapuze in seine Stirn. In Anbetracht der herrschenden Sommerhitze erntete er manchen verwunderten Blick dafür.

Schwitzend saß er über der Deichsel eines von Ochsen gezogenen Gabelfuhrwerks, hinter ihm die zwei Nonnen und im Schlepptau des Wagens sein Pferd. Vergeblich hatte er bei den Ordensfrauen Verständnis für seinen Wunsch gesucht, sie möchten sich unter die Plane hocken. Stattdessen hatten die beiden, kaum dass das Tor von Kaufbeuren durchfahren war, ungeniert ihre Schleier vom Kopf gezerrt und ihre Füße entblößt. Als er einmal nach hinten sah, war er so schockiert gewesen, dass er fast den Wagen umwarf. Das hatte die Oberin sehr amüsiert.

Schwester Aurelia wirkte um Jahre verjüngt. Dabei war ihr altes Gesicht nun von der Junisonne verbrannt und deshalb noch faltiger. Pausenlos plapperte sie, stellte sinnlose Fragen und gab keine Ruhe, bis er sie zufrieden stellend beantwortete. Da die Räder laut knirschten, war er nur schlecht zu verstehen und musste sich ein um das andere Mal zu ihr nach hinten drehen. Inzwischen nahm er den schamlosen Anblick ungerührt hin.

Am Spätnachmittag schlief die Oberin ein. Den Mund halb geöffnet, schnarchte sie sanft vor sich hin. Nun konnte von Freiberg die halb nackten Beine mit einem zufälligen Blick streifen, ohne dass er damit gleich ein schelmisches Lächeln heraufbeschwor. Schwester Aurelia zeigte noch keinerlei Anflug von Müdigkeit. Die Aussicht, im Stift zu logieren, das für seinen Wohlstand berühmt war, sowie das Verderben, in das sie die Betrügerin stürzen würde, wirkten belebend auf sie.

Dass sie so würdelos reisten, hatte einen betrüblichen Grund. Die Franziskanerinnen kämpften mit Geldnöten. Beschwerden der Weberzunft hatten dazu geführt, dass die Schwestern nur noch für den Hausbedarf weben durften. Damit entfiel eine wichtige Einnahme. Zudem sollten sie neuerdings Steuern zahlen.

»Zwanzig Gulden. Stellt Euch das vor! Wir müssen es uns vom Munde absparen. Das ist alles das Werk dieser reformatorischen Neider im Rat! Wir haben den Wagen kürzlich verkaufen müssen. Wenn Schwester Aurelia ein wenig besser zu Fuß wäre ...«

Dann hätten sie wohl acht Tage gebraucht. Also hatte von Freiberg ein Fuhrwerk angemietet. Eigentlich war es ausgemacht, dass sie der Besitzer nach Kempten kutschieren sollte. Doch bei der Abfahrt hatte er sich vor Trunkenheit nicht in der Lage gezeigt, auf den Bock zu steigen. Wie einen Sack hatte von Freiberg ihn hochgehoben, worauf der Kerl sofort das Bewusstsein verlor. Unterwegs wurde er bei jedem Schlagloch wie ein lebloses Bündel herumgeworfen. Doch er wachte während des ganzen Tages nicht auf. An die elende Herberge, wo sie zu übernachten gezwungen waren, dachte Freiberg lieber nicht mehr. Am nächsten Morgen war sein zuverlässiger Kutscher noch betrunkener als am Tag vorher.

Als er den Kirchturm des Münsters schon vor sich sah, traktierte der Stiftsherr ihn schließlich mit ein paar saftigen Maulschellen. Daraufhin ließ sich der Säufer herbei, gähnend aufzuwachen. Die Drohung, ihn noch mehr zu prügeln, half schließlich. Schwankend stieg er auf den Kutschbock, sackte zusammen und ließ die Ochsen selbst ihren Weg suchen. Freiberg löste den Strick seines Pferdes und ritt der Gesellschaft voraus. So kam er nach mehr als fünf Monaten wieder im Kloster an.

Am nächsten Morgen erlitt Schwester Aurelia einen Schwächeanfall.

Zur gleichen Stunde betrat Madlen den Hof von Meloser, um sich zu verabschieden. Sie hatte so lange gewartet, bis sie ihn fortreiten sah. Daher fand sie nur Engel im Haus, die sie, nachdem Madlen ihr versichert hatte, dass sie mit dem Stattmüller fuhr, der Mehl auf den Kemptener Markt brachte, ohne Widerspruch gehen ließ.

Kaum war die Nonne wieder halbwegs zu sich gekommen, wurde sie von Freiberg mit Branntwein und Leckereien traktiert. Er ließ stark duftende Kräuter streuen, bis keiner mehr in die Nähe der Schlafkammer kam, ohne dass er zu niesen begann. Tatsächlich weckte diese Behandlung Schwester Aurelias Lebensgeister. Als Freiberg am späten Vormittag noch einmal nach ihr sah, war sie bei Bewusstsein. Nur ihr rechter Mundwinkel hing seltsam herab und zu reden fiel ihr sehr schwer. Auf Freibergs Frage, ob sie sich zu einer Begegnung mit der Beschuldigten in der Lage fühle, nickte sie nur. Ihr Gurgeln verstand Freiberg so, dass es ihr eine Freude wäre.

Auf der Stelle schickte er den Sekretär in die Stadt. Kurz nach Mittag sah er ihn allein über den Hof kommen.

»Sie ist nicht da.«

»Was soll das heißen, nicht da?«

»Sie ist bei Verwandten, in Habersberg. Das hat mir die Köchin gesagt. Und ihr Mann ist in Füssen.«

»Habersberg? Was will sie denn schon wieder da? Das Weibsstück muss her, sage ich dir!« Wütend schleuderte Freiberg einen Schemel gegen die Wand.

Ohne sich davon beirren zu lassen, fuhr sein Sekretär fort: »Ich habe bereits einen Schüler beauftragt, das Haus zu beobachten. Sobald sie auftaucht, erfahre ich es.«

»Und wenn sie so bald nicht zurückkommt? Wer weiß, wie viel Zeit wir haben! Noch so ein Anfall und ich kann meine Zeugin vergessen. Du wirst sofort losreiten. Spätestens morgen zu Mittag will ich dich wieder hier sehen... aber mit ihr!«

Warum nur stieß er allenthalben auf Schwierigkeiten? Gestern Abend hatte er gleich noch nach Benzer geschickt und erfahren, dass der Säumer spurlos verschwunden war. Der Ammann von Obergünzburg habe sich nach ihm erkundigt. Günzburg. Also war er doch diesem Weib nachgereist. Wie irgendein Köter... Nein, er wollte nicht darüber nachdenken. Die Nonne musste am Leben bleiben. Er würde den Arzt holen lassen, auch wenn das kostete.

Von Obergünzburg nach Kempten brauchte man einen Tag, gleichgültig, ob mit einem Wagen oder zu Fuß. Wer reiten konnte, kam auch schneller voran. Vorausgesetzt, die Wege ließen es zu.

Die Hitze, die auf die Überschwemmungen folgte, hatte den Schlamm so stark eingetrocknet, dass die Fahrt so bequem wie auf einer Steinstraße war.

»Da kommen wir noch vor dem Vesperläuten zur Stadtwaage«, stellte der Stattmüller fest.

Madlen sprach nicht viel. Trotz der brütenden Sonne ging sie lieber vorn neben den Zugochsen her.

Vor ihnen flirrte die Luft. Wegen der Hitze tranken sie viel. Kurz vor Leubas schüttelte der Stattmüller den letzten Tropfen aus seiner Lederflasche. Am Dorfbrunnen hielten sie an. Die Ochsen wurden getränkt und Madlen füllte den Wasservorrat. Derweil traf der Stattmüller auf zwei Bekannte, die in die Taverne wollten. Er schloss sich ihnen an.

»In der allergrößten Mittagshitze muss man ja nicht auf der Straße sein«, rief er Madlen noch zu.

Der Wagen wurde in den Schatten zweier Kastanien gelenkt. Madlen legte sich hinter den Bäumen ins Gras, wo sie ungestört dösen wollte. Es dauerte keine Minute, da war sie schon eingeschlafen. Wenig später ritt der Sekretär des Konventsherrn von Freiberg an dem rastenden Fuhrwerk vorbei, den Blick starr auf den Weg gerichtet. Die junge Frau in der Wiese daneben bemerkte er nicht.

Als Madlen aufwachte, stand die Sonne bereits ein gutes Stück westlicher. Wenn sie Kempten erreichen wollten, bevor die Stadttore schlossen, würden sie sich beeilen müssen.

Sie fand den Stattmüller beim Würfelspiel. Dass es spät war, beeindruckte ihn offenbar nicht. »Das schaffen wir schon«, behauptete er gut gelaunt.

Doch damit irrte er sich. Als sie ans Tor kamen, war es schon zu und sie waren gezwungen, bis zum nächsten Morgen zu warten, um in die Stadt zu kommen.

»Das hätte der Bader genauso gekonnt.« Mit zusammengekniffenen Augen starrte von Freiberg die Nonne an. Vor seinen Augen schwand sie dahin – wie Wasser, das langsam verdunstete. Wenn er sie ansprach, hob sie kaum noch den Blick.

Außer, dass er die Patientin zur Ader ließ, war dem Stadtarzt nichts eingefallen. Er hatte nur über ihr dickes Blut schwadroniert und das schwüle Wetter beklagt, das ihm selbst zu schaffen mache. Dafür durfte er nunmehr der Oberin bei einem kräftigen Abendessen Gesellschaft leisten. Das hielt von Freiberg zumindest den Rücken frei – oder die Brust, an die sich die Frau beim Anblick der Kranken bereits erschüttert geworfen hatte.

Draußen wurde es dunkel. Noch atmete sie. Sie musste die Nacht überstehen und noch den morgigen Vormittag. Dann hatte er Madlen Kolman, wo er sie haben wollte. Aber die Dunkelheit endete nicht. Ab und zu schreckte Freiberg hoch, trat neben das Bett, beugte sich über den Mund der Alten und spürte dabei ihren kaum merkbaren Atem. Einmal überwand er sich so weit, ihre kraftlose Hand zu tätscheln. Irgendwann nickte er ein.

Das ferne Signal zum Öffnen der Tore weckte ihn auf. Entsetzt sah er vor sich Schwester Aurelias starres Gesicht. War sie ... Da schlug sie die Augen auf. Vor Erleichterung musste er lachen. Sie nickte und lächelte auch. Langsam erwachten das Stift und die Stadt.

Jetzt hörte er auf seiner Treppe polternde Schritte. Gespannt ging er zur Tür und stutzte. Hustete sie? Mit einem Satz war er wieder bei ihr. Half ihr, den Kopf zu heben. Auf einmal wurde ihr Körper ganz schlaff. Jemand klopfte, machte die Tür auf. »Hol sofort den Arzt!«, fuhr Freiberg den Jungen an. Erschrocken sprang dieser zwei Schritte zurück. »Nein, warte... sie atmet nicht mehr«, hielt Freiberg den Schüler mit plötzlich ermüdeter Stimme auf. »Was gibt es?«

»Sie ist gerade heimgekommen.«

»Madlen Becherer?«

»Ja. Gleich nach dem Öffnen der Stadttore. War wohl gestern zu spät dran.«

Aufstöhnend lehnte der Stiftsherr sich gegen die Wand. Sie hatte die Nacht ganz in der Nähe verbracht. Es wäre nur eine Sache von ein paar Minuten gewesen ... Jetzt war seine Zeugin nicht mehr am Leben und er war so weit wie zuvor. Einen Moment lang knirschte er vor Wut mit den Zähnen.

Als Madlen bei ihrer Heimkehr von der Köchin erfuhr, dass sich der Hausherr gerade in Füssen aufhielt, war sie zunächst erleichtert. Nach einem Frühstück, bei dem sie Elsa lachend von ihrer erzwungenen Übernachtung am Stadttor berichtete, ging sie ins Kontor und sah die Bücher durch. Offenbar hatte ihr Mann den Schriftkram seit ihrem Abschied von Kempten nicht angerührt.

Sie hatte sich alles genau überlegt. Die Tür zur Werkstatt blieb angelehnt. Noch einmal würde sie sich nicht von Anthoni Hall überrumpeln lassen und außer von ihren Schwiegereltern und Katherin wollte sie keinen Besuch empfangen.

Am Nachmittag fiel Elsa ein, dass der Sekretär des Stiftsherrn von Freiberg sich nach der Hausfrau erkundigt hatte. Sie ging hinunter ins Erdgeschoss und fand Madlen an ihrem Schreibpult.

»Gestern, sagst du? Und was hat er gewollt?«

Elsa zuckte die Achseln. »Als ich ihm sagte, dass Ihr beide nicht da seid, ist er wieder gegangen.«

»Wahrscheinlich ging es ihm nur um eine Bestellung. Falls er wieder vorspricht: Ich kann ihm nicht helfen. Er soll auf die Rückkehr meines Mannes warten.« Das Unbehagen, das Madlen bei Freibergs Erwähnung verspürte, war ihr nicht anzumerken. Sie warf nur rasch einen Blick in den sonnigen Hof, als erwartete sie draußen jemanden zu sehen. Dann nahm sie das Blatt und fuhr in der Rechnung fort.

Gegen Abend goss sie mit der Magd zusammen den Garten. Nebenan rührte sich nichts. Aber Katherins Hoftor stand offen. Madlen ging hinüber und rief in den dunklen Hausflur hinein. Im Haus war nichts zu hören. Sie wollte schon umkehren, als oben eine Tür ging und Katherin auf die Treppe trat. Verwundert folgte Madlen ihren gedämpften Bewegungen, bemerkte das einfache Kleid und die eng gebundene Haube, unter der alles Haupthaar verschwunden war. Statt der kräftigen Farben, wie Katherin sie eigentlich mochte, trug sie nun Grau. Ihr Gruß war so leise, als schiene jede vernehmliche Freude ihr unpassend. Erst als Madlen sie mit einer Umarmung begrüßte, ließ sie ein flüchtiges Lächeln ahnen.

Auch Katherins Wohnung war nicht mehr bunt. Anstelle behaglicher Tapisserien befand sich nun in der Stube ein Tafelbild. An einen Baum gefesselt, bekleidet nur mit dem Lendenschurz, starb St. Sebastian, von Pfeilen durchbohrt, den Märtyrertod. Madlen brauchte kein zweites Mal hinzusehen, um festzustellen, dass seine Züge Jörg ähnelten. An der gegenüberliegenden Wand hing ein großes Kreuz und davor stand ein beweglicher Betschemel. Madlen hatte den Eindruck, er wäre dort fehl am Platz. Zwei blasse Stellen im Holzboden zeugten davon, dass er sonst vor dem Heiligen stand.

Zunächst blieb Katherin ungewohnt einsilbig. Auf die Frage, wie es ihr ginge, antwortete sie: »Gut«, und als Madlen wissen wollte, was es in der Zwischenzeit Neues gegeben hatte, behauptete sie, es sei alles wie immer. Erst nachdem Madlen eine Weile so unbefangen wie möglich geplaudert hatte, taute die Handschuhmacherin wieder ein wenig auf. »Wieso bist du so lange geblieben?«, fragte sie schließlich.

Madlen seufzte, dann sagte sie ehrlich: »Weil es Thoman so haben wollte. Er weiß nicht einmal, dass ich jetzt zu Hause bin. Ich bin ihm im Weg.« Sie erzählte von ihrer Begegnung mit Hall. »Er hat natürlich Angst, dass es Ärger gibt.«

»Männer…«, murmelte Katherin und Madlen brauchte nach Jörg nicht zu fragen.

»Flach hat es inzwischen zum Stadtbaumeister gebracht«, erzählte ihr Katherin dann. »Du müsstest mal sehen, wie seine Frau neben ihm zur Messe stolziert. Die feine Nase hoch droben… Wenn die Leute wüssten, was diese Metze tatsächlich treibt… Aber wie heißt es? Wir sollen auch unsere Feinde lieben. Ich gehe am Sonntag nicht mehr nach St. Mang, ich besuche lieber in St. Lorenz das Amt. Wegen dem Waibel, dem Prediger. Hast du ihn schon mal gehört? Wie der über die Bibel spricht… Und er sagt, dass man nicht unbedingt beichten muss. Man kann Vergebung von Gott erflehen.«

»Aber die Heiligenbilder… lehnen denn die die Reformatoren nicht ab?«

Katherin folgte Madlens Blick auf den gemalten Sebastian. Sie schauten sich an. Und dann mussten sie beide lachen, bis Katherin ein wenig verlegen sagte: »Aber es hilft mir.« Und dann fuhr sie ernst fort: »Sei froh, dass du nicht weißt, wie das ist.«

Madlen biss sich auf die Lippen und schwieg.

Es hat ganz harmlos angefangen. Wie immer am Montag trafen sich Abt und Konventsherren im unbequemen Kapitelsaal. Zunächst berichtete Breitenstein von seinem Zusammentreffen mit einigen Herren von Adel und mehreren Kirchenfürsten.

»Wir sind uns einig gewesen: Man darf die wachsende Unruhe nicht auf die leichte Schulter nehmen. Bisher hat sich der Aufruhr immer nur vereinzelt gezeigt. Aber das, was sich jetzt in Memmingen abspielt… Schappeler hetzt jeden Hungerleider gegen die überkommenen Ordnungen auf. Von den Kanzeln wird Hass gepredigt. ›Suppenfinken‹ hat dieser Reformer die gläubigen Priester genannt. Und was man sonst so hört ... Es scheint, als könne inzwischen jeder leibeigene Trottel sich zum Herrn seines Lebens und seines Glaubens berufen fühlen. An allen Ecken und Enden des Reiches gärt es bereits. Wir müssen gerüstet sein.«

Hier gähnte von Freiberg und er hatte das Pech, dass es Breitenstein sah.

»Ich habe daher einer Vereinbarung zugestimmt, die uns zur Waffenhilfe verpflichtet und uns im Gegenzug Hilfe gewährt, wo immer in unserem Landstrich sich Aufständische gegen einen der Unterzeichnenden wenden wollen. Ebenfalls unterschrieben haben der Bischof von Augsburg, der Bischof von Konstanz, Wilhelm und Georg von Waldburg ...«

So ging es fort. Wie erwartet, stieß das Handeln des Fürstabts auf keinerlei Widerspruch. Gestritten wurde, als es um die Verteilung von einigen neu erworbenen Pfründen ging. Hier setzte Heinrich von Stetten sich durch. Anschließend las Reischach das Protokoll der letzten Tagfahrt des Abtes nach Obergünzburg vor. Es hatte wie immer kein Ergebnis gegeben. Auch dies fand allgemein volle Billigung.

Von Breitenstein war bereits aufgestanden, womit die Sitzung üblicherweise beendet war. Da hob Heinrich von Stetten noch einmal die Hand. »Nachdem wir nun alle wieder in Kempten sind, halte ich es für den richtigen Zeitpunkt, die Wahl des Dekans endlich durchzuführen.«

Von Freiberg atmete hörbar aus. Das durfte nicht wahr sein ... Seit Breitenstein Fürstabt geworden war, war dieses Amt vakant. Wenn sie jetzt wählten, war seine Niederlage schon ausgemacht. Er sah von Reischachs überhebliches Lächeln. Ganz offensichtlich hatte er Heinrich von Stetten inzwischen auf seine Seite gebracht. Aber Dekan musste der Stiftsherr von Freiberg werden. Der Titel war das mindeste Sprungbrett für ihn.

Kolmans Geld hatte nicht ausgereicht, um gegen Breitensteins Wahl etwas auszurichten. Es war gerade genug gewesen, den Custer von Stetten dazu zu bewegen, ihn für den Dekan vorzuschlagen. Doch Eck von Reischach hatte sich quergestellt. Da es von Breitenstein natürlich gelegen kam, wenn sie sich untereinander nicht einig waren, hatte er damals die Wahl des Dekans einfach aufgeschoben. Doch das ging natürlich nicht unbegrenzt. Und jetzt erwischten sie ihn eiskalt.

Freiberg hob seine Hand. »Bevor ich mich entscheide, ob ich für das Amt noch zur Verfügung stehe, muss ich mich informieren können, welche Veränderungen sich seit meiner Abreise bezüglich Pfründen und Pflichten ergeben haben. Daher bitte ich um eine Vertagung der Wahl.«

Eck von Reischach fuhr auf.

»Nun, immerhin haben wir fast sechs Monate auf Eure Rückkehr gewartet, nicht wahr? Wobei wir lange nicht wussten, ob Ihr überhaupt noch unter den Lebenden weilt. Ich finde, dass Ihr Euch nicht über mangelnde Rücksicht beklagen könnt.«

Das Wort Rücksicht aus Eck von Reischachs ehrgeizigem Mund zu hören hatte etwas Erheiterndes. Manche lächelten jedenfalls. Von Freiberg dagegen, dem der Widerspruch galt, verzog keine Miene.

Er sah Breitensteins mahlenden Unterkiefer und blickte nacheinander in die Gesichter der anderen. Er musste nur etwas Geld auftreiben... Breitenstein wartete immer noch. Da ließ sich von Reischach hinreißen. Er sagte: »Ich verlange eine sofortige Wahl.«

Daraufhin ging der Fürstabt zum Saalausgang. »Ich denke, dass wir sie noch einmal vertagen können«, beschied er.

Vier lange Wochen hielt Madlen es in Kempten aus. Als Thoman am Ende der ersten Woche nach Hause gekommen war, hatte er seine Augen nur kurz zusammengekniffen, als er sie auf der Treppe sah. Ansonsten war ihm nichts anzumerken. Er umarmte und küsste sie, und es gelang ihm, sich zu verhalten, als wäre er von ihrer Rückkehr sehr angetan.

Madlen hatte darüber nachgedacht, wie sie Thoman dazu bewegen könnte, ihr zu vertrauen und sie nicht wieder fortzuschicken. Nun war sie entschlossen, ihm endlich zu sagen, dass sie von der Heiratswette erfahren hatte.

Sie wartete bis zum Abend damit. Erst als sie nebeneinander lagen, fing sie zögernd an zu sprechen. Schon nach den ersten Worten fuhr er empört auf.

»Was sagst du da?«

Aber sie wollte sich nicht unterbrechen lassen. Ohne auf seine wütende Miene zu achten, die ihr zu verstehen gab, wie überrascht und verletzt er war, erklärte sie ihm, dass sie genau wisse, warum seine Wahl damals auf sie gefallen war.

»Du hast gewettet, du würdest das dümmste Mädchen von Kempten nehmen.«

Er wollte laut widersprechen.

»Nein! Lass mich ausreden!«

So ruhig, wie Madlen es vermochte, versuchte sie ihm zu erklären, dass sie ihm deswegen nicht böse war.

»Ich bin deine Frau. Was dafür der Grund war, ist mir inzwischen egal. Du kannst dich darauf verlassen, dass ich dir immer zur Seite stehe.«

Thoman schaute sie ungläubig an. Während er viel zu verblüfft war, um etwas zu sagen, fuhr Madlen damit fort, ihm zu versichern, dass sie peinlich genau darauf achten würde, wie sie Anthoni Hall künftig begegnete.

»Solch einen Fehler wie im vergangenen Winter, als ich mit dem Hauptbuch zu dir in die Werkstatt kam, mache ich niemals mehr, das verspreche ich dir!« Verlegen fügte sie hinzu:

»Ich kann ja nun wirklich nichts dagegen machen, dass ich nicht so dumm bin, wie es mein Vater aller Welt und sich selbst einredete. Aber ich will auf gar keinen Fall, dass du deswegen Probleme bekommst.«

Thoman hatte sich wieder gefasst. Er zog ihre Hand an seinen Mund und flüsterte in ihren Handteller. Weil es kitzelte, lachte sie.

»Das ist nicht dein Ernst?«, fragte er.

»Doch. Meinst du, ich kann das nicht?«

»Ich weiß, dass du alles kannst... Aber du wirst diesen Unsinn doch nicht tatsächlich geglaubt haben? Wer um alles in der Welt hat dir das denn erzählt?«

Obwohl sie immer noch lachte, machte sein Leugnen sie wütend. Vor ihrem Zorn kapitulierte er. »In Ordnung. Es stimmt. Ich habe mich schlecht benommen.« Er fing wieder an, sie zu küssen. »Aber du... du bist ganz unglaublich, weißt du das? Ich meine, du bist ja nun mal alles andere als dumm...«

»Was dir lieber wäre.«

»Nun, ja.« Thoman grinste verlegen.

Endlich nahm sie ihm das Versprechen ab, dass er sie nicht wieder aufs Land schicken würde.

»Aber vielleicht willst du selbst bald zurück. Irgendwann wird es dir langweilig werden, wenn du dich immer im Haus einschließt.«

Und er sollte Recht behalten, wenn auch aus anderen Gründen, als er sie voraussagte. Nachdem Madlen endlich begriffen hatte, dass es ein Fehler war, in Johans Nähe zu bleiben, hatte sie glauben wollen, sie könne ihre Verwirrung vergessen, wenn sie nur weit genug fort von ihm war. Irgendwann würde sie aufwachen und nur noch das für ihn empfinden, was man seinem Schwager gegenüber eben empfand. Sie sehnte sich nach einem ruhigen, sicheren Leben, nicht mehr und nicht weniger. Den Blick, mit dem Meloser sie mustern würde, wenn sie ihre Gefühle verriet, konnte sie sich gut vorstellen. Und die Verachtung, mit der ihr danach alle andern begegnen würden ... Aber sie hielt es nicht aus, auch nicht entfernt von ihm. Jeder Tag schien ihr noch leerer als der vorherige. Von Stunde zu Stunde wurde es schwerer, sich zu beschäftigen. Schließlich saß sie nur noch am Fenster und starrte hinaus.

Eines Abends kam Thoman blendend gelaunt zu ihr hinauf. »Heute war der Stattmüller mit einer Fuhre Mehl auf dem Markt«, sagte er. »Meine Schwester hatte ihm einen Brief für mich mitgegeben. Sie will wissen, ob sie das Haywangerhaus anderweitig verpachten soll oder ob wir es brauchen. Und da hatte ich einen hervorragenden Einfall ...«

Durch Freibergs Vermittlung war er mit seinen Gitarren und Lauten gut ins Geschäft gekommen. Tatsächlich erhielt er mehr Aufträge, als er allein bewältigte. Doch weder in Kempten noch in Füssen, wo er sich unlängst eingehend umgeschaut hatte, hatte er einen Gesellen gefunden, wie er ihn brauchen würde.

»Gerle hat mir schon im vergangenen Winter eine Zusammenarbeit angeboten. Seine Gesellen gibt er natürlich nicht her. Wenn ich mir aber dort eine Werkstatt einrichten kann ...« Dazu wollte er Engels Pächterhaus nehmen. »Dort brauchst du dich nicht vor meinen Freunden zu verstecken. Und wenn ich dabei bin, wird es für dich auf dem Land doch erträglich sein. Wir lassen einfach ein wenig Gras über diese Geschichte mit meiner Wette wachsen.«

So kam Madlen vier Wochen nach ihrem Abschied von Engel wieder in Habersberg an. Und als sie bei der Begrüßung in Johan Melosers Augen sah, hatte sie es nur ihrem

Glück zu danken, dass niemand sich über diesen Blick wunderte.

Diesmal tauchte Benzer nicht wieder auf. Nachdem Freiberg erfahren hatte, dass es einen Boten gab, der wusste, was der Säumer in Obergünzburg gesucht hatte, schloss er sich dem Fürstabt an, der zur nächsten Verhandlungsrunde mit seinen Untertanen nach Liebenthann reiste.

Obwohl der Juli inzwischen zu Ende ging, hatte von Stetten nicht wieder versucht, die Wahl des Dekans gegenüber Breitenstein durchzudrücken. Fürs Erste hatte von Reischach es sich mit dem Fürstabt verscherzt. Wenn er nicht unterliegen wollte, musste er abwarten, bis Breitenstein wieder in günstiger Stimmung war. »Es ist nur eine Frage der Zeit«, sagte von Stetten zu ihm.

»Und wenn wir von Freiberg jetzt zwingen, die Kandidatur zurückzuziehen?«

»Der ist aalglatt. Der entwischt uns, bevor wir uns umsehen. Nein. Wir müssen ihn überraschend treffen, wie wir es besprochen haben. Unmittelbar bei der Wahl. Warten wir bis zum Herbst.«

Inzwischen zeigte Freibergs Reise nach Liebenthann sich gleich in mehrfacher Hinsicht Erfolg versprechend. Bei einem Abendessen mit Adam von Stein, der sie geladen hatte, um die politischen Absichten Breitensteins zu sondieren und ihn darin zu bestärken, der Unverschämtheit der Bauern nicht nachzugeben, kam die Rede auch auf das Hochwasser und auf das Schiff, das seitdem nur kostete.

»Ich muss es bewachen lassen, sonst finde ich eines Tages nur noch ein Holzgerippe. Und ich gehe doch davon aus, dass ich die Arche noch brauchen werde. Möglicherweise ein Rechenfehler, eine Konstellation, die man übersehen hat – aber irgendwann kommt die Flut.«

Eine Fehlinvestition würde Stein sich nicht verzeihen können. Beim Gedanken daran hing seine Nase traurig herab. Da war es ein Trost für ihn, dass Freiberg sich anerkennend über die ungewöhnliche Weitsicht des Gastgebers äußerte und um eine Schiffsbesichtigung bat. Steins Laune hob sich noch mehr bei von Breitensteins Andeutungen, er wolle Liebenthann in den nächsten Monaten weiter befestigen. Stein versprach sich für seine eigene Sicherheit sofort einen Zugewinn.

Als er am nächsten Morgen das Schiffsdeck betrat, empfand Eberhard von Freiberg ein fast schon euphorisches Glücksgefühl. Er blickte hinauf in die silbrige Himmelskuppel. Glitzernder Tau wurde zu Edelsteinen, die Sonne ein riesiger Goldklumpen.

Wie er wusste, hielt Madlen sich wieder in Habersberg auf, und er erwartete ungeduldig die Nachricht, dass der Kaufmann Hans Manlich nach Augsburg zurückgekehrt war. Obwohl Freiberg keinen Augenblick daran glaubte, dass die Frau eine Nixe war, erschien ihm doch Benzers Verschwinden in einem dunklen Zusammenhang. Wie ein Hinweis darauf, dass er bezüglich des Grundmeers die Wahrheit sagte. Je länger er nachdachte, desto schlüssiger schien es ihm.

Am selben Abend fand er sich in dieser Ansicht noch mehr bestärkt. Gleich bei seiner Ankunft im Schloss hatte er angeordnet, man solle den leibeigenen Boten, der vom Ammann erfolglos verhört worden war, auf der Stelle zu ihm bringen. Es hatte ein wenig gedauert, ihn aufzutreiben. Man fand ihn schließlich beim Würfelspiel und wenig später stand er dreckig, schwitzend und alles andere als nüchtern vor Freiberg, der ihn schweigend warten ließ.

Erst nachdem der Stiftsherr sein Essen beendet hatte – er speiste diesmal in seiner Kammer, allein –, richtete er einen langen, forschenden Blick auf den Mann. Es gab verschiedene Wege, wie man einen Menschen zum Sprechen bekam. Um diese Quelle zum Sprudeln zu bringen, brauchte er keine Gewalt. Ein halber Gulden genügte, und dazu der ernsthafte Hinweis, dass er sich auf den Schutz eines Kirchenmannes verlassen könne, wenn es um die Abwehr von Flüchen ging.

Der Betrunkene grinste schlau. Kein Geld zum Spielen zu haben, war für ihn bei weitem erschreckender als jede Bedrohung, die aus dem Jenseits kam. »Für einen ganzen Gulden überlege ich's mir.«

»Ein halber. Nimm dir einen Stuhl! Ein halber Gulden, und es kann sein, dass ich für weitere Dienste Verwendung habe.«

Er bot dem Mann seinen eigenen Weinbecher an. Nach ein paar kräftigen Schlucken rülpste der Holzknecht, dann würgte er Bröckchen für Bröckchen die Botschaft der Haywanger an Moritz Benzer heraus.

»Und die Frau wurde kurz darauf aufgefunden? Ertrunken, hat man mir gesagt?«

»Man weiß nicht recht, wie es zuging. Also, wenn Ihr mich fragt ... Ich glaube, dass es der Wechselbalg war ...« Jetzt war der Lederer doch etwas blass geworden. »Man sagt, dass diese Nixenbrut wieder zurückmuss, unter die Erde, wenn sie entlarvt worden ist ... Doch wenn die, die wissen, wer's ist, nichts mehr sagen können ...«

»Hm ... Aber wer der Wechselbalg sein soll, davon hat die Haywanger nicht gesprochen?«

»Nein.« Unwillkürlich bekreuzigte Lederer sich.

»Und keinen Hinweis an Benzer mehr? Nur, dass er kommen soll?«

»Ja, also ... doch. Etwas hat sie schon noch gesagt. ›Falls er dir nicht glauben will, sag ihm, dass ich das Mal mit meinen eigenen Augen gesehen habe. Am linken Schenkel oben. Groß, rot wie aus Feuer und wie ein Froschfuß geformt.‹«

»Am Oberschenkel?« Wie einen heftigen Blutandrang spürte von Freiberg das unverhoffte Triumphgefühl. Jetzt hatte er sie ...

»Tja« – der Holzknecht fuhr sich mit der Zunge über die Lippen und grinste schmierig – »man müsste den Frauen die Röcke heben.«

»Du würdest sie warnen. Wenn dir dein Leben lieb ist, wirst du dich weiter vor diesem Fluch fürchten und deinen Mund halten. Bis ich dir sage, dass du ihn wieder aufmachen sollst.« Gedankenvoll sah er den Leibeigenen an. Ein verkommener Kerl. Kein Ersatz für den Säumer ... aber berechenbar. »Ich reite morgen nach Kempten zurück. Und du kommst mit. Du wirst Geld zum Trinken und Spielen haben, solange du das, was du mir erzählt hast, für dich behältst. Und tust, was ich anordne.«

Verwirrt, aber willig nickte der Mann. Freiberg gab ihm die Kanne und ließ ihn im Gang vor der Kammer schlafen.

Auf den ersten Blick wirkte das Pächterhaus wie eine Baustelle. Dann bemerkte Madlen, was schon alles geschafft worden war. Der Garten war eingezäunt und bereits wieder mit Obstbäumen und Beerensträuchern bepflanzt. Neben dem Haus wurde ein lang gezogener Schuppen, wie Thoman ihn wünschte, gebaut. Als sie ankamen, richtete Johan mit einigen Männern eben das Dach auf. Noch brannte die Sonne vom Himmel, aber die Luft war gewittrig und nicht nur Madlen schien nervös zu sein.

Diesmal war es von Anfang an klar, dass sie bleiben wollten. Zwei Wagen mit Möbeln hatte Thoman vorausgeschickt. Noch an diesem Abend richteten sie gemeinsam das Wichtigste ein. Martha kam mit einer Mahlzeit vom Hof herüber und sie aßen in der von Wein beschatteten Laube hinter dem Haus. Das war der erste in einer langen Reihe von herrlichen Sommertagen. Schon in der Morgenkühle fingen sie jeweils an zu arbeiten. Nachdem Schuppen und Werkstatt zu Thomans Zufriedenheit fertig gestellt waren, widmete er sich wieder dem Lautenbau. Ein paar Tage lang hatte Engel ihm wie gebannt zugeschaut. Das überraschte Madlen, da sich ihre Schwägerin sonst kaum sehen ließ. Das komplizierte Zusammenwirken der Materialien und Formen, die sich unter Thomans geschickten Händen in Instrumente verwandelten, mochte sie fesseln. Vielleicht liebte Engel doch wenigstens die Musik und begegnete nicht allem im Leben vollkommen gleichgültig. Wenn sie zu einer Laute sang, legte Meloser draußen den Hammer oder die Axt aus der Hand und auch Madlen und Nelli lauschten verzaubert, bis Engel lächelnd geendet hatte.

Mittags, wenn es am heißesten war, rollte Nelli sich einfach unter dem Waschtisch zusammen und schlief. Einmal stiegen Madlen und ihre Schwägerin in die Kammer hinauf und ruhten sich nebeneinander aus. In der Hitze schien die Luft im Haus reglos und dick wie Sirup zu sein.

Unvermittelt begann Engel Madlen zu erzählen, wie sie Thoman einmal besucht hatte, als der bei Endres Gerle in Immenthal lernte.

»Ich war zwölf oder dreizehn damals. Es war auch Sommer, wie jetzt, und ich bin einfach losgelaufen. Als ich ankam, hat erst mal keiner gewusst, wo Thoman war. Nun, ich hab ihn gesucht, und zum Schluss bin ich auch in den Schober hinein. Da habe ich ihn dann gefunden. Mitten im Futter hat er gelegen. Halb nackig und nicht allein ... Mit einer Milchmagd. Ich weiß es wie heute.« Sie lachte. »So eine niedliche, dralle ... Da war er fünfzehn.« Doch nach diesen Worten versiegte Engels Gesprächigkeit wieder.

In jenem Sommer verbrachten sie alle vier sehr viel Zeit miteinander. Madlen nahm diese Wochen nur unklar als eine Mischung aus Hitze und flüsternden Nächten wahr, aus gemeinsamer Arbeit und schattigen Nachmittagen. Auf eine Weise wollte es ihr als ein beinahe vollkommenes Glück erscheinen – wenn sie nur Johans Nähe hätte vergessen können. Manchmal hielt sie es bloß für ein körperliches Verlangen. Doch es gab Augenblicke, wenn sie sein Lächeln sah, oder sein Zögern, bevor er eine Entscheidung traf, da nahm ihr eine fast körperlos zärtliche Zuneigung zu ihm den Atem.

Wenn er dann aufsah und sich ihre Blicke trafen, schlug sie verlegen die Augen nieder. Noch sah sie sich vor, auch wenn sie oft vor sich hinträumte. Dann starrte sie in eine eben geöffnete Blüte – und sie erschrak darüber.

Zweiundzwanzig

Bis weit in den Herbst blieb es sonnig und warm. Wie Riesenspinnweben waren jetzt überall in den Gärten zwischen Schuppen, Bäumen und Holzstangen zahllose Schnüre und Fäden gespannt, an denen Apfelschnitze und Birnen und Pflaumen wie alte Haut schrumpelten. Wochenlang wurden Obstmus und Pasten gekocht und dabei lag ein süßherber Duft in der Luft. Noch beim Erntedankfest ließ man wegen der Hitze die Kirchentüren weit offen stehen.

Inzwischen zogen in immer mehr Gotteshäuser die Lehren der Reformatoren ein. Dabei bekam das aus dem Evangelium begründete »göttliche Recht« nach und nach einen magischen Klang. Auch in Obergünzburg neigten die beiden Kapläne zu Neuerungen. Einer tat sich besonders hervor. Wenn er auf der Kanzel von Freiheit sprach, den Blick in die Ferne gerichtet, die Hände vor sich auf der Brüstung geballt, schien sich sein kräftiger Brustkorb noch mehr zu weiten und seine Stimme bekam einen tieferen Ton. Er träumte vom Kampf um Gottes Gerechtigkeit. Aber um offen darüber zu reden, war es noch nicht die Zeit.

Am Tag, als man Georg Stattmüllers jüngsten Sohn über das Taufbecken hielt, wurde bekannt, dass der Fürstabt eine neue Steuer erlassen habe, um damit Zahlungen an den Schwäbischen Bund zu leisten. Die Erregung darüber war sofort groß. Zwar waren die meisten immer noch willens, das abzuliefern, was rechtmäßig schien. Doch wurde von Breitenstein vorgeworfen, dass er mehr Kriegssteuern kassierte, als er selbst zahlen sollte. Nach erregten Debatten, bei denen sich einige Obergünzburger besonders erbittert zeigten, beschlossen die Bauern, dass sie die Steuer verweigern würden. Aber noch wurde verhandelt. Noch wollte man glauben, dass es auch dem Fürstabt um Frieden ging.

An einem der letzten Oktobertage schaute Nellis Mutter erbost einem Fremden nach, der eilig und ohne anzuhalten in Begleitung von zwei Bewaffneten durch Obergünzburg in Richtung Liebenthann trabte. Einer der Hünen hatte sich kurz von seinem Pferd gebeugt und die Frau nach dem richtigen Weg gefragt. Sie war sich nicht sicher, ob er die Antwort verstanden hatte, so rasch war er weitergestürzt. Der Mann in der Mitte hatte die Mütze tief in die Stirn gezogen und die untere Hälfte seines Gesichts mit einem Umhang verhüllt. Während sie ihm nachsah, mit bebender Unterlippe, empört, dass sie für ihre Auskunft nicht einmal ein ›Danke‹ bekam, traf eine Windbö die Kappe, riss sie ihm vom Kopf und wirbelte sie schnurstracks über die Straße und mitten hinein in die Günz. Erschreckt bedeckte der Mann seine wenigen Haare mit beiden Händen zugleich, als stünde zu fürchten, dass auch sie ihn ansonsten verlassen würden. Gret Erhart lachte laut.

»Ein ungehobeltes Volk«, knurrte Hans Manlich kurze Zeit später, als ihn von Freiberg allein in der stiftkemptischen Festung willkommen hieß. Ungnädig ließ sich der Augsburger Kaufmann eine Mahlzeit servieren und war nicht gewillt, über Geschäfte zu reden, bevor er geschlafen hatte. Insgeheim verwünschte er seine Nachgiebigkeit. Eigentlich hatte er ablehnen wollen, als er Freibergs Einladung erhielt. Natürlich hatte er sich erkundigt und festgestellt, wie es um das Vermögen des Chorherren stand. Sich um solche Kleinigkeiten zu kümmern war reine Zeitverschwendung. Andererseits schien es doch möglich, dass Freiberg in Wahrheit im Auftrag des Fürstabts verhandelte. Das mochte schon interessanter sein, und da Manlich auf einer Reise über Kaufbeuren, Ottobeuren und Memmingen sowieso durch Obergünzburg kam, hatte er schließlich zugesagt.

Freiberg war es gleichgültig, wie kurz angebunden sich Kolmans einstiger Fürsprecher gab, denn diesmal fügte sich alles, wie er es seit langem erhofft hatte.

Es war noch Nacht, als Madlen aufwachte. Sie blinzelte. Durch die schmale Luke im Dach sah sie einen Stern. Dabei war der Morgen schon nah. Der Wind hatte zugenommen, nur im Haus war die Luft immer noch drückend und warm.

Eine Zeit lang war sie versucht, wieder einzuschlafen. Nelli würde heute erst später kommen und es gab nichts, was sie zwang ... Doch immer, wenn sie gerade ein wenig eingenickt war, weckte irgendein Laut sie wieder auf. Ein abgerissener Ast, der auf das Hühnerhaus fiel. Unten war einer der Fensterläden bloß angelehnt, er klapperte. Dann wurde er plötzlich weit aufgedrückt und eine Holzschüssel knallte vom Brett. Die Katze miaute erschreckt.

Also stand Madlen schließlich auf. Im Hemd tastete sie sich durchs Haus, über die Leiter ins Erdgeschoss, wo sie, barfuß auf dem feuchtkalten Steinboden, die Glut im Herd anfachte. Sie trat vor die Tür. Noch war die Sonne nicht aufgegangen. Nacheinander zog sie die Läden auf und machte sie fest. Erst holte sie Wasser herauf, dann wusch sie sich gleich an dem Eimer im Hof. Weit und breit war kein Mensch zu sehen.

Vor fünf Tagen war Thoman wieder einmal aus Habersberg abgereist. Er fuhr jetzt regelmäßig für ein oder zwei Wochen nach Kempten, wo er die meisten Lauten verkaufen konnte. Wenn er nicht in der Stadt war, kümmerte sich sein Vater darum. Diesmal hatten Engel und ihre Jungfer ihn begleitet. Seine Schwester hatte erklärt, sie würde ihre Eltern besuchen und in der Stadt einiges einkaufen. Seit sie gefahren waren, sah Madlen auch Johan nicht mehr. Früher hatte sie oft wochenlang mit keiner Menschenseele geredet. Es hatte sie nie gestört. Doch jetzt fühlte sie sich auf einmal allein. Vielleicht fand sie einen Grund, hinunter ins Dorf zu gehen, doch um Melosers Hof würde sie einen Bogen machen. So lange, bis Engel wieder zurückgekehrt war.

In einer Steinschüssel weichte sie Trockenobst auf und goss etwas Milch darauf. Die hob sie inzwischen unter der Falle des Hausbrunnens auf, denn dort blieb sie auch im Hochsommer kühl. Madlen brauchte nur einen Topf an einem Seil tief hineinzuhängen. Der Schacht war sehr weit abgegraben worden. Im Sommer lag der Wasserspiegel um Etliches unter dem Haus. Die Katze rieb ihren Kopf an Madlens linkem Bein. Sie bückte sich und streichelte sie. Dann richtete sie ihr das Fressen. Inzwischen war auch ihr eigenes Obst weich geworden und Madlen aß die Schüssel im Stehen leer. Endlich zog sie sich an, griff nach dem Korb und verließ wieder das Haus. Eben stieg die Sonne vor ihr über den östlichen Hügelrücken und sie musste geblendet die Augen schließen.

Über den Hof kamen zwei Leute auf sie zu. Erst nahm Madlen nur eine Bewegung im Schatten wahr, was sie bewog, mit zusammengekniffenen Augen zu warten. Dann fühlte sie eine gewisse Besorgnis, als sie entdeckte, dass es bewaffnete Stiftsknechte waren, doch sie dachte zunächst, die beiden wollten sie nur nach dem Weg fragen. Die Kemptener Männer kannten sich meistens in der Gegend nicht aus.

Schweigend baute der jüngere, größere sich vor ihr auf, die Daumen in seinen Gürtel gehakt. Der andere hatte die rechte Hand am Griff seines Schwerts. Auch er sah keinen Anlass zu grüßen. »Wir bitten Euch, mitzukommen«, sagte er nur. Dabei zeigte sein mageres, graues Gesicht keine freundliche Regung.

Madlen setzte den Korb ab, aufrichtig verblüfft. Angst hatte sie immer noch nicht. »Mitkommen? Wohin denn? Was wollt Ihr eigentlich hier?«

»Wir bitten Euch höflich. Mehr kann ich Euch nicht sagen.«

»Dann komme ich auch nicht mit.« Mit scheinbarer Ruhe nahm Madlen ihren Korb wieder auf, drehte sich um und schickte sich an, zurück ins Haus zu gehen.

Schon beim zweiten Schritt stand der Bewaffnete wieder vor ihr. Diesmal hatte die Hand das Schwert halb herausgezogen. »Falls Ihr mich nicht richtig verstanden habt: Ihr werdet auf jeden Fall mitgehen.«

»Dann sagt mir, weshalb.«

Der Ältere schwieg. Hinter Madlen wippte der andere auf seinen Fersen. »Ihr werdet schon wissen, worum es sich dreht. Die Herrschaften haben wohl ihre Steuer nicht pünktlich gezahlt.«

»Unsinn«, sagte Madlen. »Wir schulden dem Stift keinen Gulden. Dies ist freier Grund. Also schert Euch endlich fort.« Blitzschnell trat sie zur Seite und wollte an dem Soldaten vorbei. Doch ebenso schnell hatte der seine Waffe ganz aus der Scheide gezogen und hielt sie quer vor Madlen. Der andere trat so knapp hinter sie, dass er ihr seinen Atem in ihren Nacken blies.

Madlen ließ den Korb fallen und duckte sich. Mit einem

Satz schnellte sie auf die Haustür zu. Es gelang ihr, sie aufzustoßen, hindurchzuhuschen und sie hinter sich zuzuschlagen. Doch dann waren die beiden schon da. Sie warfen sich mit solchem Schwung gegen das Tor, dass Madlen durch die Diele flog und sich das linke Knie aufschlug. Wie einem Gegner, den er besiegt hatte, hielt ihr der Junge sein Schwert unters Kinn. Sie zitterte jetzt vor Schreck, Wut und Furcht. »Ich blute. Lasst mich etwas zum Säubern holen«, versuchte sie es noch einmal, stand auf und legte die Hand auf die Klinke der Speisekammer.

Der Blick des Älteren fiel auf ein Tuch über dem Henkel des Wasserkessels. »Nehmt das.« Er warf es ihr zu. »Und wenn Ihr Faxen macht, knote ich es Euch selbst um den Fuß.« Es blieb ihr nichts übrig, als sich zu fügen.

Auch ihre Hoffnung, dass sie auf dem Weg jemandem begegnen würden, wurde von den beiden zunichte gemacht. Sie verließen den Fußpfad und drängten sie durch das Gebüsch in den Wald. Madlen bemerkte Nelli nicht mehr, die ein Stück weiter unten gerade zum Haus heraufkam. Die Magd war stehen geblieben und starrte erst Madlen, dann die Rücken der beiden Bewaffneten an. Glücklicherweise hielt das Mädchen geistesgegenwärtig den Mund. Es drehte sich um und rannte den Weg zum Hof von Meloser zurück. Da Nelli barfuß lief, hörten die Männer sie nicht.

Offenbar kannten die beiden den Weg. Ohne zu zögern drängten sie Madlen in Richtung Norden voran. Wenn sie an einen Tobel kamen, liefen sie so weit bergab, bis sie auf einen Steg trafen oder ihn umgehen konnten. Dabei achteten sie immer noch sorgsam darauf, dass niemand sie sah. Schließlich trafen sie auf einen Fahrweg und dahinter auf einen Fußpfad, der sehr steil bergauf bis unter die Mauern der Burg Liebenthann führte. Hier steckten die beiden die Schwerter endlich in ihre Scheiden zurück.

Sie erreichten die Höhe, wo sich im Westen zwischen Mauern und Gräben die weitläufige Vorburg mit dem Bauhof des Schlosses befand. Dort standen die Schmiede und verschiedene Werkstätten. Madlen sah rechts und links von der Straße zum südlichen Burgtor Tuffsteinhaufen hoch aufgeschichtet. Die Quader wurden gerade auf Karren geladen und in den Burghof gezerrt. Dabei herrschte ein furchtbarer Lärm. Besondere Wachsamkeit wurde hier nicht gepflegt. Der Abt war in Kempten und sein Vogt konzentrierte sich darauf, die Bauarbeiten so rasch als möglich voranzubringen. Neben der Toranlage wurden die Mauern erhöht, ringsum die Zinnen verstärkt. Die beiden massigen Rundtürme direkt vor dem Wohnhaus wirkten so drohend wie je.

Auch in der Küche an der südlichen Mauer herrschte Betrieb. Niemand beachtete die Neuankömmlinge. Mit einer Kopfbewegung wies ihnen der ältere Stiftsknecht den Weg. Madlen trat zwischen den Männern in das zwar schmale, aber sehr hohe Hauptgebäude. Rasch wurde sie über die neben dem Eingang gelegene Wendeltreppe bis hinauf ins dritte Stockwerk geführt und dort, mit einem Mal ehrerbietig und unter Verbeugungen, in einen großen, holzgetäfelten Raum geleitet. Dann war sie allein. Die Tür fiel ins Schloss und Madlen schaute sich um.

Das Zimmer war kahl, nur mit zwei Truhen, einigen Bänken und Hockern möbliert. Nacheinander trat sie an die zwei Fenster. Schießscharten nur. Die Öffnungen liefen nach außen schmal zu. Ihr Blick ging auf einen der Türme hinaus. Die Mauern des Hauses waren so dick, dass Madlen weder nach unten noch zur Seite sehen konnte. Endlich bemerkte sie in der Täfelung neben sich eine zweite, kaum sichtbare Tür. Sofort lief sie hin. Es gab keine Klinke daran, doch sicher ließ sich ein Mechanismus finden ... Gebückt tastete Madlen den Holzboden rechts und links davon ab. Plötzlich schwang die Tür auf. Madlen sah hoch – und blickte direkt in von Freibergs Gesicht.

Diesmal schrak sie zusammen, als habe sie ahnungslos ein Reptil angefasst. Wieder bemerkte sie, dass ihr Unbehagen Freiberg Vergnügen machte. So würdevoll, wie es ihr möglich war, richtete sie sich vor ihm auf. Dann trat sie zur Seite. Mit einem Lächeln kam der Stiftsherr auf sie zu. Wie bei ihrer letzten Begegnung trug er weltliche Kleidung, ein Wams, das seine breiten Schultern betonte, dunkel und elegant. »Ich freue mich sehr«, sagte er.

»Ich nicht«, erwiderte sie.

»Natürlich. Ich muss mich für die Männer entschuldigen...«

»Weshalb bin ich hier?«, unterbrach ihn Madlen.

Ungerührt deutete Freiberg auf einen gepolsterten Schemel. »Wollt Ihr Euch nicht setzen, Madlen? Ich lasse Euch eine Erfrischung kommen. Mögt Ihr Wein?« Bei diesen Worten machte er Miene, zur vorderen Tür zu gehen.

»Nicht nötig«, hielt sie ihn auf. »Ich habe keineswegs vor, mich hier einzurichten. Sagt mir, worum es bei dem Überfall ging, oder sagt gar nichts und lasst mich einfach wieder nach Hause gehen.«

»Überfall?« Er sah tatsächlich verärgert aus. »Was für ein Überfall denn?«

»Das wisst Ihr ganz genau. Eure Knechte haben mich gewaltsam gezwungen...«

»Gewaltsam gezwungen?«

»Ich bin verletzt worden. Mein Knie...«

»Euer Knie? Lasst mich mal sehen... Es ist das linke, nicht wahr?«

Madlen fuhr zurück. Lässig setzte er sich. »Nun, wenn Ihr weiterhin stehen wollt... Natürlich bedaure ich Euer schmerzliches Missgeschick. Ihr seid gestürzt, hat man mir gesagt. Aber in Habersberg gibt es doch eine Hebamme, die mit Wunden Erfahrung hat ...«

Worauf wollte er bloß hinaus? Madlen drehte sich um und ging zu der vorderen Tür.

»Bleibt doch. Ich habe doch schon gesagt, dass ich mich entschuldige. Es ist unverzeihlich ... Doch es gibt eine einfache Begründung dafür: Man hat Euch mit jemand anderem verwechselt. Es ging um Steuerschulden. Hubgeld, das nicht pünktlich gezahlt worden ist. Die Knechte haben nicht aufgepasst und sind an Euch geraten. Ein dummes Missverständnis, Madlen.« Wieder lächelte er.

»Nun, dann ist ja alles geklärt. Auf Wiedersehen.«

»Einen Moment noch, Madlen.« Er sprach ihren Namen aus, als ob er ihn kostete.

Sie hörte nicht hin und zog an dem Türring. Aber nichts rührte sich. »Würdet Ihr mir bitte aufsperren?«

»Gewiss.« Sie merkte, wie er hinter sie trat. »Aber zunächst bitte ich Euch, mir kurz zuzuhören.« Dabei fasste er nach ihrem Arm und zwang sie, sich mitten im Raum hinzusetzen. »Ich brauche Eure Hilfe, Madlen.« Als er sah, dass sie wieder aufstehen wollte, hob er warnend die Hand. »Und ich bin sicher, dass Ihr sie mir gewähren wollt ...«

»Weshalb sollte ich Euch wohl einen Gefallen tun?«

»Weil ich über Euch Dinge weiß, die Euch sehr schaden würden, wenn ich sie bekannt werden ließe, Madlen.«

»Du meine Güte ... was für Dinge denn?« Trotz ihrer Bedrängnis freute sie sich, dass ihr Ton spöttisch klang.

»Gleich. Ein wenig Geduld, Madlen. Fangen wir erst mit meinem Anliegen an. Ihr werdet sehen, ich möchte nichts, was Ihr nicht guten Gewissens erfüllen könntet. Zum einen: Ihr bestätigt schriftlich, dass Jakob Kolman, den Ihr Euren Vater nennt, vor seinem Tod 170 Goldgulden aus der Schatulle des ehemaligen Fürstabts erhalten hat ... und zwar aus meiner eigenen Hand ...«

Madlen sah ihn ungerührt an.

»Und zum zweiten wünsche ich mir, dass Ihr mir einen Weg zeigt – den Weg unter die Erde, genauer gesagt. Ich möchte zum Grundmeer, Madlen. Und ich will alles darüber wissen, was Ihr mir berichten könnt. Es soll Gold und Silber dort unten geben ... Warum lacht Ihr denn?«

»Das ist nicht Euer Ernst!«

Freibergs Miene verfinsterte sich. »Also kehren wir erst mal zu Euch zurück. Ich weiß, dass Ihr keineswegs Kolmans Tochter seid. Die ist an der Pest gestorben. Pech, dass die Leiche kurz darauf wieder aufgetaucht ist.«

»Was soll das? Ihr behauptet einfach, dass eine unbekannte Frauenleiche Madlen Kolman sein soll? Und das, obwohl jeder weiß, dass ich Madlen bin? Also, mit dieser Enthüllung wird man Euch doch bloß auslachen ... und an Eurem Verstand zweifeln.«

»Ihr seid frech, doch das wird Euch nichts helfen, Madlen. Natürlich gibt es inzwischen Beweise dafür.« Lächelnd bemerkte er, dass ihre Hände unruhig wurden. Sie strich sich über den Rock, dann schlang sie die Finger so ineinander, dass sie ganz verkrampft wirkten.

»Ich hatte einen Kurier. Der Name wird Euch inzwischen nicht unbekannt sein. Moritz Benzer hieß er. Der hat über eine bemerkenswerte Begegnung mit Euch berichten können ... unter der Erde, Madlen. Übrigens war er überzeugt davon, dass Ihr eine Nixe seid ... Keine Sorge, ich bin mir sicher, Ihr seid in Wahrheit aus Fleisch und Blut. Da braucht Ihr mir nicht einmal Euer aufgeschlagenes Knie zeigen. Obwohl es ganz interessant wäre, am linken Bein, nicht wahr? Da gibt es ein Mal, einen roten Froschfuß, genauer gesagt, mit dem ich beweisen kann, dass Ihr nicht die seid, die

Ihr zu sein vorgebt. Benzer hat dieser Hebamme aus Eurem Habersberg – Barbel Haywanger war wohl ihr Name – vom Mal eines Wechselbalges erzählt... und die hat das Mal entdeckt und ihm eine Nachricht geschickt. Er hat Euch verraten wollen, Madlen. Aber nun ist er verschwunden. Und die Frau ist getötet worden, ertrunken, sagt man. Ein merkwürdiger Zufall, nicht wahr? Aber es gibt einen Zeugen, Madlen, einen Zeugen, der alles beschwören kann und der sich davor nicht scheuen wird. Damit habt Ihr wohl nicht gerechnet, als Ihr die beiden ermordet habt...«

»Jetzt reicht es«, fuhr Madlen auf. »Ihr seid ja verrückt!«

»Nur ruhig, ich habe gesagt, dass es unter uns bleiben kann. Ihr könnt das Mal nicht verschwinden lassen...«

»Nun hört schon endlich auf mit Eurem Mal. Damit Ihr es wisst: An mir findet Ihr keins.«

»So? Lasst sehen, Madlen!«

»Da könnt Ihr lange warten. Mit diesem Quatsch wollt Ihr mir wirklich Angst einjagen?«

»Wie Ihr wollt, Madlen. Ich dachte, wir könnten uns unter uns einigen. Aber wenn Ihr darauf besteht... Dann werde ich Euch mit einem Mann konfrontieren, der Kolmans Tochter aus Augsburg kennt. Zunächst ohne Zeugen. Aber wenn Ihr dann immer noch bei Eurem Starrsinn bleibt... Ich fürchte, dass ich dann nichts weiter für Euch tun kann. Ein Betrug und zwei Morde, um den Betrug zu vertuschen, Madlen...«

Langsam wich ihre ungläubige Wut einer lähmenden Angst. Wenn sie tatsächlich jemand erwartete, der die Kolman persönlich gekannt hatte... Was sollte sie tun? Sie sah den Glanz in Freibergs Augen. Vielleicht bluffte er nur...

Mit wachsender Ungeduld schaute Hans Manlich hinaus in den Hof. Wo blieb Freiberg nur? Es war höchste Zeit, dass er aufbrach und seinen Aufenthalt hier schleunigst vergaß. Damit, dass ihr Gespräch nichts erbringen würde, was für ihn geschäftlich bedeutsam war, hatte er ja gerechnet. Nicht aber mit dem, was sich an diesem Morgen tat. In aller Frühe bereits hatte der Stiftsherr vor seiner Tür gestanden, noch ehe er richtig erwacht war, und hatte ihn dann allen Ernstes gebeten, er solle ihn zu einem Schiff begleiten.

»Ein Schiff? Hier in der Gegend?«

Er hatte tatsächlich kurz überlegt, ob es in der Nähe einen größeren Fluss oder Binnensee gab.

»Nun ja, ein kleines. Nur eine Stunde von hier. Ich möchte Euch einen sehr interessanten Vorschlag machen ...«

Daraufhin hatte Hans Manlich fassungslos Freibergs Plänen gelauscht.

»Unter der Erde?«, fragte er schließlich ächzend. »Und Ihr erwartet, dass ich mich beteilige? Mit Kapitalien? Eine Schiffsexpedition ausrüste? Die ... habe ich Euch tatsächlich richtig verstanden? ... die ein Meer unter der Erde erkunden soll? Um irgendwelche sagenhafte Schätze zu finden?« Er ächzte noch einmal und wischte sich mit einem Seidentuch über die Stirn. Dabei sah er sich um, als müsse er sich vergewissern, dass es einen Fluchtweg gab.

»Ihr findet das abwegig? Nun ja. Wir beide wissen, dass auch Christoph Columbus verlacht wurde ... und nun wird jenseits des Ozeans, dort, wo der Rand unserer Erde vermutet wurde, das Goldland gesucht. Von bodenständigen Kaufleuten. Von Männern, die keinen Heller ausgeben, wenn sie sich davon nicht einen Gewinn versprechen. Wieso sollte, wenn es Wege rund um die Erde gibt, nicht auch ein Weg *durch* die Erde zu finden sein? Ich habe Gewährsleute, die mir versicherten, dass an den Ufern des Grundmeers Gold und Silber wie Muscheln liegen. Es mag ja ein Risiko sein. Aber auf der anderen Seite: welche unfassbaren Möglichkeiten ...«

Hans Manlich ächzte gleich noch einmal. »Dann könnt Ihr auch unter den Alpen graben ... nach Zwergengold. Ihr glaubt doch nicht, dass ich Geld in das Geschwätz alter Weiber stecke? Wo habt Ihr das denn nur her? Aus einer Kunkelstube?«

Schweigend musterte Freiberg ihn. Sein Blick erfüllte den Kaufmann mit einigem Unbehagen. Doch dann hellte sich die Miene des Stiftsherrn wieder auf.

»Ich sehe schon«, sagte er in plötzlich unernstem Ton, »Ihr wollt Gewissheiten. Ihr seid keiner, der sich in Visionen versteigt. Nun gut. Wie gesagt, das Schiff wäre vorhanden. Wir müssten es uns nur rechtzeitig sichern, doch das wäre wohl das geringste Problem. Und was die Gewissheit angeht ... Ihr wollt Beweise haben und die werde ich liefern. Reden wir dann noch einmal. Fürs Erste danke ich Euch für Euren Besuch. Ich werde Anweisung geben, dass man die Pferde richtet. Frühstückt noch ... Ich bin gleich wieder zurück.« Damit war er verschwunden und Manlich hatte innerlich Dankgebete gesprochen.

Doch der Mönch ließ ihn warten. Ungeduldig ging der Kaufmann im Raum auf und ab. Er hasste es, wenn er sich verspätete. Eben hatte er wieder das Kopfende des Tisches erreicht, als er hörte, wie die Tür hinter ihm ging. Eilig wandte Hans Manlich sich um und sah zu seinem Unwillen, dass der Stiftsherr eine junge Frau in seiner Begleitung hatte. Zu weiteren Höflichkeiten war Manlich nun nicht mehr bereit. Mit einer knappen Verbeugung wollte er sich verabschieden.

»Oh«, sagte Freiberg, »Ihr seid natürlich in Eile ... aber es dauert nicht lang.« Dann schien er zu zögern. Sein Blick wanderte mehrmals von seinem Gast zu der Frau. »Wollt Ihr Euch denn nicht begrüßen? Ihr kennt Euch doch?«

»Natürlich«, sagte Madlen und lächelte den vornehmen

Mann mit der schütteren Haarpracht zurückhaltend an. War das ein Trick? fragte sie sich dabei. Womöglich hatte er bloß einen Stallknecht in ein teures Gewand gesteckt.

Der Kaufmann warf einen unsicheren Blick auf sie. Man sah ihm förmlich an, wie er in seinem Gedächtnis kramte.

»Helft mir«, sagte er dann. »Ich meine auch, dass wir uns schon begegnet sind. So ein hübsches Gesicht, das vergisst man doch nicht ...«

»Ihr wart mit meinem Vater bekannt. Jakob Kolman, aus Augsburg ...«

»Aber natürlich ... Madlen?«

Innerlich fluchte Freiberg. Er hätte sie daran hindern müssen, dass sie sich vorstellte. Er sah doch, dass Manlich sich keineswegs sicher war. Dem konnte sie alles einreden, wenn sie ihn weiter so anlächelte.

»Würdet Ihr uns kurz entschuldigen?«, sagte er daher und schob Madlen kurzerhand durch eine Tür in den abgeschlossenen Nebenraum. Sie würde es schon nicht wagen, wieder hereinzukommen. Den befremdeten Blick seines Gastes ignorierte er.

»Ich habe nur noch ein winziges Anliegen«, fing er, scheinbar zögernd, an. »Es wird Euch vielleicht etwas merkwürdig vorkommen ...«, Manlich war fast versucht zu sagen, ihm würde jedes Anliegen weniger merkwürdig anmuten als eine Erdmeeresexpedition, aber er schwieg, um das Verfahren wenigstens abzukürzen.

»... doch es scheint mir ein glückliches Zusammentreffen. Die junge Frau habt Ihr ja gesehen ... Nun ... wollt Ihr Euch nicht noch einmal setzen? Nein? Also dann, es geht darum ... sie ist mit einer Forderung zu mir gekommen. Sie behauptet, dass sie die Tochter des Jakob Kolman sei. Und dessen Erbin. Das Stift schuldet dem verstorbenen Kaufmann noch einen hohen Betrag und ich will der rechtmäßigen Erbin das Geld natürlich ausbezahlen. Aber einige Umstände lassen mich zweifeln, ob diese Frau wirklich diejenige ist, die sie zu sein vorgibt. Die Details interessieren Euch sicherlich nicht. Nun, unglücklicherweise hat sie kein Schreiben, das sie als Madlen Kolman ausweisen kann, und ohne einen einzigen Zeugen... Also, es geht um fast zweihundert Gulden. Ich möchte schon sichergehen, dass ich die nicht an eine Betrügerin zahle, und die rechtmäßige Erbin geht leer aus dabei. Kurz und gut... da ich zufällig weiß, dass Ihr ein guter Bekannter der Kolmans in Augsburg wart, bitte ich Euch, mir zu bezeugen, dass die junge Frau Madlen Kolman ist. Wenn Ihr für die rechtmäßige Übergabe des Geldes geradesteht...«

Verdrießlich starrte Hans Manlich den Kirchenmann an. Er konnte kaum an einen Zufall glauben. In welche Geschichte sollte er da verwickelt werden? Natürlich konnte das Mädchen die Kolman sein. Es war ja schon einige Zeit seitdem vergangen, und in diesem Alter... Andererseits... solch eine Bürgschaft... Wenn sie nicht Jakob Kolman erwähnt hätte, hätte er sie dann erkannt? Irgendwie kam sie ihm ganz anders vor... auch wenn die Züge sehr ähnlich waren...

Erfreut merkte von Freiberg, wie Manlich zögerte.

»Wenn Ihr mir andererseits aber sagen könntet, dass die junge Frau nicht Madlen Kolman sein kann...«, begann er erneut.

Ratlos schaute Hans Manlich ihn an. Dann wanderte sein Blick durch die Fensteröffnung zum Hof. Plötzlich verzog sich sein Mund zu einem Lächeln breiter Erleichterung. »Schaut«, sagte er, mit einem Mal gut gelaunt, »ich möchte ganz sicher sein. Und ich habe die junge Frau schon einige Zeit nicht mehr gesehen...«

»Dann stellt ihr ein paar Fragen. Dinge, die Madlen Kolman auf jeden Fall wissen muss...«

»Nun, ich denke, dass wir uns solch eine unangenehme Prozedur sparen können. Eben ist draußen ein Mann vom Pferd abgestiegen, der Madlen Kolman ganz ohne Zweifel für Euch identifizieren kann. Ich weiß, dass er sie aus Augsburg gut kennt ... nicht so wie ich, der das Mädchen nur ein paar Mal gesehen hat.«

»Wie?«, fragte von Freiberg verdutzt und schaute zum Fenster.

Derweil hörten sie Schritte im Gang, die Tür wurde aufgerissen und Johan Meloser trat ein. Als er den Kaufmann sah, grüßte er höflich, dann wandte er sich an den Stiftsherrn. Doch noch bevor er etwas sagen konnte, stürzte Hans Manlich auf ihn zu wie auf seinen Erretter.

»Ihr kommt uns wie gerufen! Befreit uns aus einer großen Verlegenheit! Ihr kennt die Tochter des Augsburger Kolman, Madlen Kolman, nicht wahr, und daher ...«

Einigermaßen verblüfft machte Meloser sich aus der Umarmung des Kaufmanns frei. »Natürlich. Sie ist meine Schwägerin«, sagte er.

Manlichs gute Laune schlug Purzelbäume. »Die Schwägerin!«, krähte er, als könne er sich gar nicht mehr fassen vor lauter Begeisterung. »Na, das ist ja hervorragend. Dann mache ich jetzt diese Tür auf ...« – bevor Freiberg ihn hindern konnte oder auch nur zu Wort kam, hatte er sie schon aufgezogen – »und Ihr sagt uns beiden, ob dieses Geschöpf Madlen Kolman ist!«

Madlen starrte Johan Meloser an. Er ging auf sie zu und fasste sie bei der Hand. »Natürlich«, sagte er. »Was soll die Frage?«

Manlich wollte seine Befreiung ganz auskosten. »Und Ihr versichert dem Stiftsherrn von Freiberg, dass Ihr dieses Mädchen aus Augsburg kennt, dass Ihr sie, übrigens unter stadtbekannten Umständen, dort kennen lerntet, und dass Ihr sie im Haus ihres Vaters, des Jakob Kolman, eines hervorragenden Weinhändlers, gesehen habt ... und dass es daran nicht den Hauch eines Zweifels gibt?«

»Aber das wisst Ihr doch. Und Ihr kennt sie auch. Würdet Ihr mir verraten, Manlich, weshalb meine Schwägerin von bewaffneten Knechten des Stiftes verschleppt worden ist?«

Manlichs närrisches Lächeln gefror. »Verschleppt?«, ächzte er. »Aber ... ich hatte ja keine Ahnung ... Ich fürchte ... Reden wir draußen weiter. Kommt!« Energisch ging er auf die Tür zu und ließ den konsternierten von Freiberg nicht mehr zu Wort kommen. Im Laufschritt, laut nach seinen Knechten rufend, verließ Manlich den Burghof.

Auch Meloser hielt sich nicht auf. Er folgte dem Kaufmann hinaus und hob Madlen auf sein Pferd.

Erst als sie auf der Straße waren, blieb Hans Manlich stehen, um auf seine Begleiter zu warten und kopfschüttelnd zu Johan Meloser zu sagen: »Wenn ich das vorher gewusst hätte ... Dieser Mann ist nicht bei Verstand ... oder noch schlimmer ...« Dann wandte er sich an Madlen. »Ich kann nur hoffen, dass man Euch nicht ... also, es tut mir fürchterlich Leid ... und ich muss mich vielmals entschuldigen ... obwohl ich eigentlich, also, obwohl ich ja gar nichts dafür konnte ... Ich bin ganz einfach, also, ich bin überrumpelt worden ... von diesem Stiftsherrn. Aber fragt mich nicht, was das alles bedeuten sollte.« Nach einem weiteren Kopfschütteln hatte der Kaufmann seine Fassung wiedererlangt. Jetzt holten ihn auch seine Knechte ein. Er sprang auf sein Pferd, schüttelte Johan Meloser die Hand, verbeugte sich höflich vor dessen Schwägerin und ritt eiligst davon.

Nachdem Manlich hinter der nächsten Wegkehre verschwunden war, rutschte Madlen vom Pferd. »Ich habe dir doch schon gesagt, dass ich nicht reiten kann«, sagte sie müde.

»Nun, wenigstens hast du gewartet, bis Manlich es nicht mehr mitbekommen hat«, erwiderte Johan ruhig und fuhr in einem harmlosen Plauderton fort, als merke er gar nicht, wie bestürzt und verlegen sie war: »Madlen Kolman fand, dass sie eine gute Reiterin sei. Darauf hat Manlich auch angespielt, als er die Umstände meiner ersten Begegnung mit ihr ›stadtbekannt‹ genannt hat. Sie hatte es sich in den Kopf gesetzt, ihr Pferd solle über einen mit Wasser gefüllten Graben springen. Es war Ostersonntag und das Ganze spielte sich an einem gut besuchten Spazierweg unterhalb der Stadtmauer ab. Als man ihre Absicht erkannte, winkte und rief alles, um sie davon abzuhalten, aber sie blieb ungerührt, spornte das Tier an und sprang. Was sie leider nicht wusste, war, dass sich am anderen Ufer des Grabens kein fester Boden befand. Es war sumpfiger Grund. Ihr armer Wallach rutschte zur Seite und merkte in panischer Angst, wie er zu versinken begann. Er suchte sich aufzubäumen und warf dabei Kolmans Tochter mitten hinein in den Matsch. Also watete ich in den Graben und half ihr heraus. Ich wurde danach von ihrem Vater des Öfteren eingeladen ... und sie saß dann bei Tisch, schwieg und starrte mich aus staunenden Augen die ganze Zeit an.« Bei diesen Worten streifte er seine Schwägerin mit einem Blick.

Während er sprach, hatte Johan Madlen wiederum bei der Hand genommen und sie in unauffälliger Eile auf einen schmalen Fußpfad geführt, der von der Straße aus bereits nach wenigen Schritten nicht mehr zu sehen war. Teilnahmslos lief sie neben ihm her. Sie nahm gerade noch wahr, dass seine Stimme beruhigend klang. Immer wieder sah sie sich um, doch hinter ihr trottete nur Johans Pferd. Laub raschelte. Sonst blieb alles ruhig. Schweigend legten sie etwa eine halbe Wegstunde zurück. Dann tauchte Madlen nach und nach aus ihrem Schockzustand auf. Erleichtert bemerkte Meloser, dass ihr Schritt wieder sicher wurde. Als ihre Hand nicht mehr zitterte, entzog sie sie ihm.

»Du hast es gewusst...« Sie war stehen geblieben und schaute ihn an. Weil ihr die Sonne in die Augen schien, musste sie blinzeln. Verlegen wandte sie ihren Blick wieder ab. Die Lichtung, auf der sie sich gerade befanden, war fast kreisrund. Ringsum dichter Wald, Buchen vor allem, die Blätter golden verfärbt. Und Ahorn, blutrot. Zwischen Beerenranken und Sträuchern wuchs hohes Gras. Madlen lehnte sich an einen Stamm. Ihr Herz klopfte entsetzlich.

»Natürlich. Ehrlich gesagt, ich habe nicht schlecht gestaunt...« Mit einem spöttischen Lächeln sah Johan sich um und setzte sich schließlich auf einen Baumstumpf. Die Arme verschränkt, die Beine vor sich mit gekreuzten Füßen ganz ausgestreckt, wirkte er abweisend, als vergewissere er sich von neuem einer gewollten Distanz.

Jetzt fiel es Madlen wieder ein. ›Ihr könnt doch nicht Thomans Frau sein?‹, hatte er bei ihrem ersten Zusammentreffen gesagt. Nach einer verlegenen Pause wollte sie wissen: »Wie hast du erfahren, dass man mich nach Liebenthann gebracht hat?« Die Frage, warum er ihr geholfen hatte, verschluckte sie eben noch.

»Nelli war auf dem Weg zu dir. Sie hat die beiden Männer beobachtet, gerade, als sie mit dir von der Straße verschwunden sind. Und sie hat auch erkannt, dass sie vom Stift waren. Sie ist sofort zurückgelaufen und hat mich gesucht. Dummerweise war ich gerade beim Vieh draußen, daher ist etwas Zeit vergangen. Es schien mir nicht sehr wahrscheinlich, dass die zwei Knechte auf eigene Faust handelten. Drum bin ich zuerst nach Liebenthann. Im ersten Moment habe ich ja gedacht... na, egal...«

»Jedenfalls habe ich Glück gehabt«, murmelte Madlen.

Dass Johan Meloser sie nicht verraten hatte, machte sie immer noch fassungslos.

Es war jetzt fast Mittag und die Sonne schien trotz der Jahreszeit warm. Mit einem Mal fühlte Madlen sich erschöpft. Sie setzte sich einfach ins Gras. Es gab keinen Zweifel daran, dass Johan jetzt eine Erklärung erwartete, aber sie zauderte noch. Sie verbarg ihr Gesicht in den Händen und kämpfte lange mit sich. Schließlich seufzte sie auf. Es half nichts, sie musste sich fügen und ihm ihr Schicksal anvertrauen. Sie wagte jedoch nicht, ihn dabei anzuschauen.

Madlen ließ ihren Blick über die Baumkronen wandern und fing an zu erzählen.

Meloser hörte ruhig zu. Ab und zu fragte er etwas oder er nickte nur. Jetzt saß er nach vorn gebeugt, mit angewinkelten Knien, die Hände auf seine Beine gestützt, und schaute sie unverwandt an. Madlen erzählte ihm ihre ganze Geschichte, seit sie als Kind auf einer Wiese aufgewacht war. Alles, bis auf ein paar Einzelheiten – wie zum Beispiel Freibergs Verlangen, sie solle ihn hinunter zum Grundmeer führen, die Erwähnung des roten Mals und Freibergs Beschuldigung, sie sei eine Mörderin. Auch Thomans Wette vor ihrer Hochzeit blieb unerwähnt. Es war eigentlich leicht. Sie zitterte nur bei dem Gedanken, Johan Meloser könnte bemerken, dass ihr allein seine Nähe jegliche Ruhe nahm.

Er sah, wie sie am Ende errötete, und schrieb es ihrer Erbitterung über von Freiberg zu. Nachdenklich sagte er: »Ich glaube nicht, dass er es noch einmal wagt. Aber wenn doch … Du könntest dieses Schriftstück, das er unbedingt haben will, doch unterschreiben. Nur, wie ich ihn einschätze, fasst er es als Freibrief auf. Er wird dich dann womöglich um jeden Heller erpressen, den du aufbringen kannst. Und man sagt, dass er Frauen hasst. So, wie er dich angeschaut hat … Wir müssen wohl vorsichtig sein.«

Dieses ›Wir‹ schnürte Madlen die Kehle zu. Sie blickte zu Boden. Nach einer Weile fragte sie dann: »Woran hast du gemerkt, dass ich nicht wirklich die Kolman bin? Ich meine, natürlich hätte ich dich als alten Bekannten begrüßen müssen ... Aber es war nicht nur das, oder?«

»Du bist ganz anders, Madlen. Natürlich siehst du ihr ähnlich, ja, sehr sogar. Aber das fiel mir zuerst gar nicht auf. Allein wie du jemanden anschaust, der Ausdruck deines Gesichts, wie du sprichst und auch was du sagst ... Selbst wenn du von unserer Bekanntschaft gewusst hättest, du hättest mich keinen Augenblick täuschen können. Außerdem hatte sie braune Augen ... und deine, Madlen, die sind unverwechselbar ...« Er lächelte. »Und es gibt noch ein Dutzend anderer Gründe. Ich war bloß froh, dass ich, als Engel erzählte, wen Thoman heiraten wollte, nur kurz erwähnt habe, dass mir der Name Madlen Kolman was sagt. Sonst würde sie sich wohl gewundert haben, dass du unsere Bekanntschaft so völlig vergessen hast. Aber ich hätte Thomans Wahl damals nicht gern kommentiert ...« Er lachte.

»Ich habe gar nicht gewusst, dass du auch in Augsburg warst.« Madlen kniff ihre Augen zusammen und sah zu ihm auf.

»Doch, vor gut vier Jahren etwa, nachdem ich aus England zurückgekehrt war. Ich habe mit dem Gedanken gespielt, bei einer Fahrt nach Ostindien oder zu den neuen Inseln im Westen anzuheuern. Die Welser-Vöhlins haben damit viel Geld verdient und weitere Expeditionen waren in Planung. Sie wollten bei der Ausrüstung der Schiffe nicht allein auf die Portugiesen bauen. Das war der Grund, weshalb ich für sie und einige andere Kaufleute arbeitete. Dann habe ich durch einen Zufall vom Tod meines Bruders erfahren und Augsburg verlassen.« Er erhob sich und ging, um nach dem Pferd zu sehen. Auch Madlen stand auf und schüttelte Spinnen und

Strohhalme von ihrem Rock. Aber als Johan sich anschickte aufzubrechen, hielt sie ihn noch einmal zurück. Es fiel ihr nicht leicht. »Danke«, sagte sie endlich, und dann: »Wieso ... wieso hast du eigentlich nichts gesagt?«

»Nun ...« – er zögerte und seine Stimme veränderte sich – »ich hätte es nicht übers Herz gebracht.« Er schaute Madlen forschend an. »Aber vielleicht«, fuhr er im nächsten Augenblick scherzend fort, »bin ich ja auch einfach bezaubert worden. Du kennst ja die Nixengeschichten ...«

Madlen sah zu ihm auf. Er erwiderte ihren Blick und für einen Moment war sie erschrocken. Sie fuhr sich durchs Haar. »Es wird kühler«, sagte sie schwach. Die Sonne versteckte sich. »Wir sollten nach Hause gehen.« Sie drehte sich um und lief voraus.

Als er sie einholte, hatte sie sich wieder gefasst. Johans Vorschlag, bis zu Thomans Rückkehr aus Kempten wieder in die sicheren Mauern des Hofes zu ziehen, lehnte sie ab. »Das ist nicht nötig. Glaub mir, ich habe allein keine Angst.«

»Dann lass wenigstens einen der Knechte über der Werkstatt schlafen.«

Darüber ließ er nicht mit sich reden, und schließlich gab Madlen nach.

Dreiundzwanzig

Freibergs Hände und Füße schmerzten, so kalt war ihm. In dem Augenblick, als Manlich den Raum verließ, hatte der Stiftsherr begonnen zu frieren. Es war, als fließe das Blut ihm kühl durch das Herz. Seit einer Stunde schon saß er reglos am Tisch und starrte nur vor sich hin. Nachdem er einen Knecht angezischt hatte, er möge verschwinden, traute sich niemand mehr einzutreten.

›Sie ist kein Geschöpf Gottes‹, hatte Benzer gesagt und langsam glaubte er selbst daran. Denn sogar ihm waren einen Moment lang Zweifel gekommen, ob er sich nicht doch irren könnte, mit seinem Verdacht gegen sie. Meloser war sehr überzeugend gewesen. Und sie ... Doch je länger Freiberg darüber nachsann, desto sicherer war er wieder. Madlen hatte den Mann dazu gebracht, dass er log, und mit solch einem Bürgen war sie nicht anzutasten. Aber – unwillkürlich stöhnte er auf – er würde sie kriegen, das schwor er sich. Zunächst aber beschloss er, wieder nach Kempten zurückzukehren.

Gleich am ersten Morgen nach seiner Ankunft weckte ihn sein Sekretär mit der Nachricht, dass die Dekanwahl für diesen Vormittag angesetzt war. Mühsam kam Freiberg zu sich und setzte sich auf. Was war das? Er strich sich die Haare aus dem Gesicht. Heute schon? Und er hatte keinen Kredit bekommen …

Obwohl es in der Kürze der Zeit aussichtslos schien, gelang es ihm, noch vor der Versammlung mit jenen Chorherren zu reden, auf deren Stimme er hoffen musste. Ein eindeutiges Ja oder Nein erhielt er von keinem von ihnen, und was konnte er bieten, außer Versprechungen? Doch er hatte den Eindruck, dass sie ihm ganz gern glaubten. Womöglich hatte von Reischach gemeint, er brauche mit gar nichts zu locken. Freiberg sah in diesem Versäumnis keinerlei Sinn.

So fühlte er nur eine belebende Spannung, als er wenig später in den Kapitelsaal trat. Nachdem Sebastian von Breitenstein, offenbar wohlwollend, in seine Richtung genickt hatte, wuchs seine Zuversicht noch. Falls ihm der Fürstabt gewogen war … Er straffte sich. Nein, es konnte wahrhaftig nicht sein, dass man ihm gleich den ersten Schritt auf den Stufen nach oben verwehren wollte. Er hatte doch Ziele, von denen die kleinlichen Krämer in dieser Runde nicht einmal träumen würden.

In aufrechter Haltung und mit einer Stimme, die sicher und voller Zuversicht klang, meldete also der Konventsherr von Freiberg seine neuerliche Bewerbung um das Amt des Stiftsdekans an.

Wie erwartet, erhob Eck von Reischach sich gleich danach. Er räusperte sich und sah jeden Mann in der Runde an. Dann sagte er in einem Ton höchster Wichtigkeit: »Ich spüre eine Verantwortung, der ich mich nicht entziehen kann. Es gilt ja doch wohl, Ansehen und Würde, Reichtum und Einfluss des Stiftes zu mehren und den persönlichen Vorteil dabei hintanzustellen. Falls Ihr das genauso seht, bitte ich Euch, mich zu wählen.« Und mit einer Verbeugung setzte er sich.

Freiberg blieb nichts übrig, als ebenfalls wieder Platz zu nehmen.

»Kommen wir also zur Abstimmung«, sagte der Abt. Mit einer Handbewegung deutete er zu Heinrich von Stetten hin. Er selbst wartete ab. Er mochte seine eigene Stellung nicht ohne Not durch die Niederlage des Mannes seiner Wahl schwächen.

»Ich stimme für den Stiftsherrn von Reischach.« Stettens Gesicht zeigte bei diesen Worten keinen Ausdruck. Aber kaum wollte der Fürstabt mit dem neben ihm Sitzenden weitermachen, ergriff der Custer noch einmal das Wort.

»Und ich stelle den Antrag, dass der Konvent, bevor die Wahl fortgesetzt wird, noch über einen gewissen Punkt aufgeklärt wird – ein bestimmtes Geschäft betreffend.«

»Kann das nicht warten, bis wir damit zu Ende sind?«, fragte der Abt. Ihn ermüdeten Stettens ständige Winkelzüge. Wenn der etwas wollte, war er nie in der Lage, es sachlich kurz anzusprechen.

»Ich denke nicht, nein. Denn es geht um den Leumund eines der Männer, über die hier gerade abgestimmt wird. Wenn Ihr gestattet, will ich auf den 13. Mai des vergangenen Jahres zu sprechen kommen...«

Mit einer resignierenden Geste gab der Fürstabt sein Einverständnis. Wenn schon gewählt werden musste, dann wollte er in der Folge mit den Umständen dieser Entscheidung nicht mehr belästigt werden. Und Stetten gab niemals Ruhe, solange er eine Möglichkeit sah. War Freiberg tatsächlich blass geworden? Und was machte der Custer denn jetzt?

Heinrich von Stetten war aufgestanden und schritt zur Tür. Rasch zog er sie auf und schaute hinaus. Offenbar war er einverstanden mit dem, was er sah, denn er nickte zufrieden, trat kurz zur Seite und ließ einen Jungen eintreten, mager und rot wie ein Fuchs. Dann wies er ihn an, zum Kopfende des Tisches zu gehen, wo der Halbwüchsige zögernd stehen blieb. Auf Freiberg warf er nur einen scheuen Blick, und als der ihn mit zusammengekniffenen Augen erwiderte, senkte er erschrocken den Kopf.

»Du brauchst dich nicht fürchten«, beschwichtigte von Stetten den Stiftsschüler. »Niemand wird dich wegen der Wahrheit behelligen. Du stehst unter dem Schutz des Konvents. Du brauchst nur noch einmal das zu sagen, was du mir schon berichtet hast.«

Der Abt presste die Kinnbacken fest aufeinander. Mit düsterer Miene sah er dem Custer nach, der wieder zu seinem Platz zurückging, sich jedoch nicht setzte, sondern mit ausgestrecktem Zeigefinger auf den eingeschüchterten Jungen deutete. »Erzähle den Herren, was du am 12. Mai 1523 zu tun hattest.«

»Ich sollte den Kaufmann Kolman von Kempten ins Stift bestellen. Zum Fürstabt, der damals noch ...«

»Schon gut, zu von Raitnau, der fünf Tage später gestorben ist. Und wer hat dich mit der Botschaft zu Kolman geschickt?«

»Der Herr von Freiberg. Ich mache oft Botendienste. Das war ...«

»Du sollst nicht abschweifen. Wie hieß die Nachricht genau, die du dem Jakob Kolman hast bringen sollen?«

»Also ... wortwörtlich kann ich es nicht mehr sagen ... aber so sinngemäß: dass er sich gleich am kommenden Morgen melden soll, im Vorzimmer des gnädigen Fürstabts ... Wegen einer Rechnung, die offen war.«

»War das alles, was du dir hast merken sollen?«

»Nein, noch etwas: Er solle dabei von den orientalischen Drogen mitbringen. Und zwar, das hat der Herr von Freiberg mir eingeschärft, und zwar für genau 17 Gulden. Nicht mehr und nicht weniger, hat er gesagt.«

»Und?«

»Ich habe es ausgerichtet.«

»Und weiter?«

»Am nächsten Morgen sollte ich ihn gleich im Hof empfangen – was ich auch getan habe – und ihn hinaufbringen, wo der Herr von Freiberg gewartet hat ...«

»Ist das denn richtig, dass Ihr an diesem 13. Mai unserem verblichenen Fürsten zu Diensten standet?«, wandte sich Stetten, den Jungen knapp unterbrechend, an Freiberg, der ihm mit grimmiger Miene entgegnete: »Das wisst Ihr doch. An diesem dreizehnten so wie an jedem Tag. Er hat mich geschätzt.«

»Ja, ja ... Bis zu seinem Tod, nicht wahr?«

»Ist es tatsächlich notwendig, uns hier mit nebensächlichen Einzelheiten zu langweilen?« Breitenstein schnarrte schon ungeduldig.

»Verzeiht. Gleich werdet Ihr besser verstehen ... Fahr fort!«

Gehorsam hob der Schüler wieder zu sprechen an. »Ich habe den Händler gleich hochgeführt, in das Vorzimmer, und als wir hineintraten, kam gerade der Stiftsherr von Freiberg durch die andere Tür, die, die zur Kammer des Fürstabts führte ... und ich ... ich habe den Kranken stöhnen gehört ...«

»Was ist dann passiert?«

»Nun ... es sah komisch aus ... Also der Kaufmann, der ist ganz nass gewesen, weil es nämlich in Strömen geregnet hat. Und wie der Stiftsherr ihn sah, hat er die Tür zur Schlafkammer zugezogen und ist auf den Weinhändler Kolman zugegangen, ganz so, als ob er ihn umarmen wolle. Ich habe gesehen, dass der ganz verwirrt war davon. Der Herr von Freiberg trug Handschuhe, als er von nebenan kam – was mich gewundert hat – und er hatte was in der Hand. Es sah wie ein Schweißtuch aus, und dann gab er dem Kaufmann das Tuch und sagte, er solle sich damit abtrocknen, und das hat der dann auch gemacht, obwohl er ganz seltsam geguckt hat dabei ...«

»Also, das reicht. Wir haben nicht vor, uns des Langen und Breiten über die Reinigungsrituale eines unbedeutenden Kaufmanns berichten zu lassen«, polterte Breitenstein los. »Sagt uns, was Ihr beabsichtigt!«

Ob der Ungeduld seines Abtes seufzend, gab von Stetten ein klein wenig nach.

»Ich wollte nur nicht, dass ein Detail, das vielleicht wichtig ist, einfach verschwiegen wird.«

»Und weshalb, darf ich Euch fragen, soll ein abgetrockneter Schädel wohl wichtig sein?«

»Tja ... dieser Kaufmann, der Jakob Kolman, der ist sechs Tage später auch an der Pest gestorben ...«

»Na und?« Jetzt lachte Freiberg scheinbar belustigt auf. »Was soll das heißen? Damals herrschte, wie wir uns wohl alle erinnern, eine Epidemie in der Stadt. Und selbst wenn ihn hier im Stift die tödliche Seuche ergriffen hätte ... Was hat denn das mit meiner Wahl zum Dekan zu tun?«

»Nichts. Nein. Das hat natürlich gar nichts mit Euch zu tun ...« Böse blickte von Stetten den lachenden Freiberg an. »Habt Ihr Eure Drogen erhalten, damals? Für 17 Gulden genau?«

Mit hochgezogenen Brauen schüttelte Freiberg den Kopf. »Keine Ahnung. Keine Ahnung, ob ich jemals von diesem Kaufmann irgendetwas bekommen habe. Vielleicht. Vielleicht nicht. Das ist schon mehr als ein ganzes Jahr her. Ich erinnere mich überhaupt nicht daran.«

»Fahr fort!«, forderte der Custer den Stiftsschüler auf, der vor Verlegenheit die Zähne kaum noch auseinander bekam. »Was war mit der offenen Rechnung?«

Breitenstein hob beide Hände und schlug damit laut vor sich auf den Tisch. Aber er machte keinen weiteren Einwand.

Offenbar hatte er sich damit abgefunden, dass diese Angelegenheit noch dauern würde.

»Nachdem er das Schweißtuch beiseite gelegt hat, zog der Kaufmann seine Börse heraus. ›Ihr wolltet die Rechnung des Abts begleichen, hat man mir gesagt.‹ So oder ähnlich hat er sich an den Herrn von Freiberg gewandt. Weil der mir bedeutet hat, ich solle hinausgehen, bin ich zur Tür, aber da ist die aufgegangen und der Säumer Benzer ist eingetreten. Der Stiftsherr von Freiberg hat ihn getadelt, wo er so lange gewesen sei, und hat nicht mehr auf mich geachtet. Deshalb bin ich herinnen geblieben … ich dachte, wenn ich den Kaufmann wieder nach unten führe, bekomme ich vielleicht einen Pfennig von ihm …«

»Weiter. Ist diese Rechnung beglichen worden?«

»Nein, obwohl der Kolman doch eben deswegen hat kommen sollen. Als der Herr von Freiberg ihm sagte, dass er das Geld doch nicht erhalten würde, er müsse noch warten, bis der Fürstabt wieder genesen sei, da hat sich der Händler ganz fürchterlich aufgeregt, bis sich der Benzer vor ihn hingestellt hat. Der ist … war … sehr stark, ich weiß von einem, dem er einen Armknochen gebrochen hat, und ich hab gesehen, dass der Kaufmann sich vor ihm ängstigte. Er wurde nämlich ganz still und wollte davon. Aber der Herr von Freiberg hat ihn noch nach den orientalischen Drogen gefragt und ihm dabei siebzehn Goldgulden vor sich auf den Tisch gezählt. Ganz überrascht hat der Kolman das Geld angestarrt. Er hat die Münzen in seine Börse gestrichen und dem Herrn von Freiberg ein Päckchen gegeben, aus seiner Gürteltasche. Dann hat ihm der Herr noch ein Papier hingelegt. Und der Jakob Kolman hat nur ganz kurz darauf gesehen und mit der Feder, die ihm der Herr hinhielt, rasch seinen Namen geschrieben. Dann ist er richtig hinausgestürzt. Man hat gesehen, dass er sehr ärgerlich war. Ich bin ihm noch hinterher, aber er hat mich gar nicht mehr angeschaut ... und mir nichts gegeben.« Der Junge zuckte ob dieser mangelnden Freigiebigkeit die Achseln.

»Das ist eine unverschämt freche Lüge, für die Ihr den Jungen bezahlt habt!«, fauchte von Freiberg den Custer von Stetten feindselig an. »Selbstverständlich erhielt Jakob Kolman die 170 fälligen Goldgulden! Von Raitnau hatte mich angewiesen ... und ich habe die Rechnung daher bezahlt. Bei diesem Besuch ist es keinen Augenblick um eine Lieferung an mich selbst gegangen. Alles erfunden, damit Ihr Euch mit von Reischach zusammentun könnt ... wenn der Dekan würde ... gegen unseren gnädigen Fürsten und Abt.« Bei jedem Wort klang Freibergs Stimme noch eisiger. »Im Übrigen«, fuhr er dann ein wenig entspannter zu Sebastian von Breitenstein fort, »im Übrigen wurde der Erhalt der geschuldeten Summe von Kolman quittiert. 170 Gulden, nicht mehr und nicht weniger. Ihr braucht nur in die Akten zu sehen. Schickt doch jemanden zum Kontor.«

»Ah ja?« Mit triumphierender Stimme hob Stetten ein Blatt. »Eine Quittung, nicht wahr? Haben wir hier. Ja, tatsächlich. Am 13. Mai 1523 wurde sie ausgestellt, und über eins sieben null Gulden, einhundertsiebzig in Worten, hervorragend. Es gibt da nur eine winzige Auffälligkeit ... Sagt mir, verehrter Stiftsbruder«, wandte er sich an den neben ihm Sitzenden, »Ihr kennt Euch doch bestens mit Rechnungen aus: Wie lassen wir eine Zahlung des Stiftes bestätigen?«

Kopfschüttelnd setzte der Angesprochene sich in seinem Sessel zurecht. »Wieso? Wir lassen bloß unterschreiben, dass der Empfänger einen bestimmten Betrag vom Fürststift erhalten hat.«

»Und wenn nicht der Abt selbst das Geld übergibt?«

»Na, das kommt doch jeden Tag vor. Der Kanzlist, oder meinetwegen ein Stiftsherr, erhält den Betrag aus den Händen des Kastenvogts, mit einem Zeichen im Buch. Und dann bringt er die Quittung zurück.«

»Kann es sein, dass ein Stiftsherr Geld aus der Kasse erhält, aber der Gläubiger eine Zahlung des Stiftsherrn, nicht des Stiftes oder des Abtes bestätigen muss?«

»Nein, natürlich nicht. Unsre privaten Geschäfte werden doch nicht vom Stift finanziert!«

»Aha. Dann schauen wir uns doch die Quittung vom 13. Mai letzten Jahres an. Hier steht geschrieben, dass der Kaufmann Kolman die 170 Goldgulden aus den Händen von Freibergs erhalten hat. Nicht etwa vom Fürststift, auch nicht von Raitnau, sondern von diesem Herren persönlich. Wie also gibt es das?«

Freiberg war weiß geworden. »Hört auf! Das ist nicht mehr als eine winzige Unachtsamkeit. Ich habe die Quittung nicht völlig korrekt ausgefüllt. Was macht das schon für einen Unterschied?«

»Das will ich Euch gleich sagen, mein Mitbruder.« Von Stetten hatte den Platz am Tisch wieder verlassen und schritt jetzt gelöst im Saal auf und ab. Dabei dozierte er: »Ihr betrogt den Kaufmann und Ihr betrogt das Stift. Ihr bereitetet nämlich die Quittung über nur 17 Gulden für Kolman vor, daher diese Bestellung, die der Schüler dem Kaufmann ausrichtete. Es musste etwas Kleines sein, das er leicht mitbringen konnte, also kamen für diesen recht hohen Betrag doch nur teure Gewürze in Frage, die Ihr kaum benötigt, oder eben orientalische Drogen, von denen man annehmen kann, dass Ihr sie verwenden würdet. Ihr habt Kolman unter dem Vorwand, die lange fällige Rechnung zu zahlen, ins Stift bestellt. Was dann geschah, haben wir eben von diesem Buben gehört. Nun, Ihr legtet dem Mann die Quittung über die 17 Goldgulden hin, er war sehr erregt, sah nur kurz auf den Betrag und unterschrieb. Wenn er sich nicht dermaßen über die verweigerte Zahlung der 170 Gulden geärgert hätte, hätte er vielleicht nicht übersehen, dass die siebzehn in Worten noch nicht auf dem Zettel stand. Nun, Ihr musstet danach lediglich noch eine 0 an die 1 und die 7 fügen sowie den Betrag in Worten darunter schreiben ... und fertig war die gefälschte Bestätigung. Nur dass Ihr dummerweise darauf Euren eigenen Namen nanntet, nicht den des Fürststifts. Hier bitte ... Seht selbst!« Jeden der Herren ließ Heinrich von Stetten den eben beschriebenen Zettel begutachten.

»Das sind doch bloß Spekulationen.« Freibergs Stimme war wieder eiskalt. »Außer einem unglaubwürdigen Zeugen habt Ihr nichts in der Hand.«

»Und was ist mit dem Schreiben, das Madlen Kolman an Sebastian von Breitenstein richtete?« Lange hatte Eck von Reischach geschwiegen und Stetten agieren lassen. Aber nun hielt es ihn nicht mehr. Er schrie Freiberg geradezu an. »Ihr habt es ebenso wie das Geld unterschlagen wollen!«

»Das Schreiben? Von dieser dummen, verwirrten Frau? Also, ich bitte Euch! Das ist längst geklärt worden. Sie hat sich nicht ausgekannt. Inzwischen weiß sie, dass ihr Vater das Geld sehr wohl bekommen hat.«

»Ja dann ...« Als müsse er sich bei diesem Streit mühsam zurückhalten, presste von Breitenstein seine Worte hervor, sodass sie kaum noch zu verstehen waren. »Hier steht ja wohl eine Aussage gegen die andere ... Wobei die des Kindes kein Gewicht haben kann. Also, um endlich zu einem Schluss zu kommen: Es dürfte nicht schwer sein, die Wahrheit herauszufinden. Wir brauchen ja nur die Tochter des Weinhändlers selbst zu fragen. Bringt uns Eure Zeugin, Freiberg. Danach wird sich von Stetten entschuldigen. Aber ... bis die Sache ganz ausgeräumt ist ... Wir werden die Wahl nochmals verschieben müssen.« Er erhob sich, mit dem Ausgang der Angelegenheit nicht unzufrieden.

Vierundzwanzig

Mit raschen Schritten durchmaß Wolff die Werkstatt und schob die Riegel am Tor und an den Fenstern zurück. Er klappte den großen Laden herunter und machte ihn fest, dann öffnete er daneben die Eingangstür. Der Morgen war kühl, aber noch keineswegs frostig, und die frische Luft mischte sich wohltuend mit den warmen Aromen von Lakken und Holz. Draußen am Marktplatz war noch nichts los. Wolff ging nach hinten, um auch die Flügel vom Hoftor weit aufzustoßen. Dabei fand er den Hausherrn, das Gesicht starr nach oben, ausgestreckt auf einer Werkbank, regungslos wie ein Stück Holz. Auf dem Steinboden unten lagen in einer Pfütze Scherben verstreut.

Im ersten Moment dachte der Knecht an einen Unglücksfall und fasste erschrocken nach Thoman Becherers Hand. Nein, Gott sei Dank, sie war nicht kalt. Dann sah er den Mann gleichmäßig atmen. Also schlief er. Vielleicht hatte Wolff unbewusst einen Laut ausgestoßen, jedenfalls eilte Elsa sofort aus der Küche herbei. Als sie den scheinbar Leblosen sah, fasste sie sich an die Kehle und hustete. Es klang wie ein Schnappen nach Luft.

»Alles in Ordnung«, beruhigte der Knecht die Frau. »War wohl betrunken und hat nicht mehr hinauf in sein Bett gefunden. Fass mal mit an.«

Aber als die beiden Thoman behutsam bewegen wollten, um ihn vom Tisch zu heben und ihn womöglich hinauf in den ersten Stock zu tragen, wachte er auf.

»Was ist... was macht ihr denn da?« Noch reichlich verwirrt sah er sich um. »Wozu habt ihr mich denn auf die Werkbank getan?« Nur langsam kam er zu sich.

Elsa war rasch in die Küche geeilt und kehrte mit einem Becher voller Wasser und etwas Weißbrot wieder. Durstig trank Thoman, doch das Brot wollte er nicht. Nach einer Weile schwang er die Beine vom Tisch und stand schließlich steifbeinig und unsicher auf. Wolffs Hilfe lehnte er ab, stattdessen stakste er mühsam allein die Treppe hinauf.

»Ich habe wohl gestern doch etwas viel erwischt«, sagte er kleinlaut. »Wobei ich gedacht habe... Na, ich habe mich eigentlich vollkommen nüchtern gefühlt. Aber was ist...« Mit einem Mal blieb er stehen und horchte in sich hinein. Offenbar kam die Erinnerung an die vergangene Nacht allmählich zurück. Wolff sah, wie sich erst ein Ausdruck großer Betroffenheit und dann, für einen winzigen Augenblick nur, ein strahlend glückliches Lächeln auf Thomans Gesicht zeigten. Geistesabwesend schaute er sich um, verlegen und zweifelnd. Dann seufzte er. Es klang so zufrieden, dass Wolff Elsa bedeutungsvoll anblickte.

»Muss ja was Nettes erlebt haben«, raunte der Knecht ihr zu.

Die Köchin musterte den jungen Hausherrn ebenfalls aufmerksam. »Richtig entrückt sieht der aus«, flüsterte sie. »Der träumt wohl noch... So hat der noch nie ausgeschaut...«

Mit beiden Händen fuhr Thoman sich durch das Haar. »Ich nehme ein Bad«, murmelte er.

»Wolltet Ihr nicht heute Vormittag nach Obergünzburg zurückfahren?«, wagte Wolff vorsichtig nachzufragen.

»Es reicht mir, wenn das Wasser bloß lauwarm ist... Schick die Magd hinüber zu meinem Vater und lass meiner Schwester sagen, dass ich sie erst gegen Mittag abholen kann. Wir reiten. Das wird ihnen eh lieber sein. Du bringst uns den Wagen nach, sobald der neue Firnis geliefert ist.«

Bis alles gerichtet war, stand Thoman am Fenster der Schlafkammer und schaute hinaus. Aber er nahm nicht das Mindeste wahr. Er dachte an die vergangene Nacht und daran, wie er sie erlebt hatte. Das Geschehen entzog sich den üblichen Maßstäben. Er war überwältigt gewesen – von einer so außergewöhnlichen Liebe, dass er beim bloßen Gedanken daran auch jetzt noch erschauderte.

›Zutiefst glücklich kann uns nur machen, was uns am strengsten verboten wurde‹, hatte ihm Freiberg einmal gesagt und er hatte Recht gehabt.

Obwohl Madlen und ihr Schwager den Vorfall mit Freiberg als bloßes Missverständnis um Steuerschulden geschildert hatten und sie versicherte, dass man sich dafür bei ihr entschuldigt habe, trug das Geschehen im Ort noch zur Erbitterung über das Fürststift bei. Nicht nur Ulrich Erhart, der Vater von Nelli, nahm es als neuen Beweis für die Willkür der Herren, die inzwischen fast schrankenlos schien. Die nächste Verhandlungstagung mit ihrem Fürstabt war nun für Januar angesetzt, doch wurden die Stimmen allmählich lauter, die radikalere Lösungen forderten. Immer wieder erinnerten sie an die Schweizer, die sich vor einem Vierteljahrhundert aus der Unterdrückung der Habsburger Vögte befreit hatten. »Frei wie die Schweizer«, sagten die Männer und nickten bedeutungsvoll. Vom Südschwarzwald hörte man mittlerweile, dass es dort Aufstände gab.

Vier Tage nach Madlens Begegnung mit Freiberg kehrten Thoman und seine Schwester aus Kempten zurück. Sicherer fühlte Madlen sich deswegen nicht. Wie sie es schon gewohnt war, teilte ihr Mann nur selten ihr Bett. Lieber schlief er inzwischen über der Werkstatt, wo er zunächst den Strohsack, auf dem Melosers Knecht ein paar Nächte verbrachte, gedankenverloren betrachtet hatte. Kurz darauf baute er an der Stelle für sich einen Alkoven. Doch auch wenn er neben ihr lag… Es war ihr bewusst geworden, dass sie sich von ihm keinen Schutz versprach, im Gegenteil. Es war ihr unmöglich, ihm so zu vertrauen, wie sie Johan Meloser vertraute. Dabei konnte Madlen aber nicht sagen, weshalb das so war. Sie spürte es nur.

Bei ihren wenigen kurzen Begegnungen unter vier Augen hatte Meloser kein Wort mehr darüber verloren, was sie auf der Lichtung gesprochen hatten. Es war, als ob sich gar nichts verändert hatte. Einerseits bewunderte sie seine Gelassenheit, aber der ungerührt sachliche Blick, mit dem er ihr wieder begegnete, quälte sie auch.

Langsam wurde es kalt. Zwar schneite es nicht, aber es gab viele Regentage und oft lag dichter Nebel von der Früh bis zur Nacht über dem Tal. Eines Abends, es war bereits Ende November, tauchte auf der Straße zum Pachthof ein Fuhrwerk auf. Da die Wolken fast bis zum Boden reichten, bemerkte Madlen kaum mehr als die Umrisse. Erst als der Wagen direkt vor ihr stand, erkannte sie Wolff, und neben ihm, unter der Plane, sah sie Katherin Wassermann. Sie trug einen auffallenden Mantel, dessen Rot durch den Nebel drang, und hatte das lockige Haar nicht mehr unter eine enge Haube verbannt. Bevor Madlen sich noch wundern konnte, war die Frau schon vom Kutschbock gesprungen und hatte sie lachend umarmt.

»Ich hoffe, dass Ihr nichts dagegen habt. Ich habe Wolff einfach gebeten, mich mitzunehmen«, sagte sie an Thoman gewandt, der, als er den anrollenden Wagen hörte, ebenfalls aus der Werkstatt gekommen war.

»Madlen freut sich sicherlich sehr über Euren Besuch«, sagte er höflich, bevor er die Ladung von Firnis und Eibenholz musterte, die unter der ledernen Plane lag.

»Gut siehst du aus«, sagte Madlen und zog Katherin mit sich ins Haus. »Aber dass du dich entschlossen hast, den Laden allein zu lassen ...«

»Ich erzähle dir alles, nur ...« Katherin sah sich nach Thoman um, der mit dem Abladen des Wagens beschäftigt war.

»Gib mir den Mantel. Du bist ja ganz nass. Kein Wunder, bei diesem Novembernebel.« Madlen schloss die Tür. Nelli war bereits fort. »Hier sind wir ungestört. Wie lang kannst du bleiben? Warte einen Moment, ich mache dir etwas Wein warm. Sicherlich wirst du Hunger haben.« Emsig lief sie hin und her, bis Katherin mit einem wollenen Umhang und einer Mahlzeit versorgt war. Erst dann setzte sie sich zu ihr.

»Wird er nicht jeden Augenblick eintreten?«

»Thoman?«

»Entschuldige. Ich weiß, es ist nicht sehr freundlich von mir, aber es wäre mir lieber, wenn du ihm nicht sagen würdest, weshalb ich gekommen bin.«

»Weshalb du gekommen bist?« Madlens Lächeln verblasste. »Ist etwas passiert? Hat es ... hat es mit Flach zu tun?«

»Nein, nein.« Ein Blick auf Katherins Grübchen bewies, dass es keinerlei Grund zur Besorgnis gab. »Natürlich wollte ich dich gern besuchen und dir erzählen, wie selig ich bin. Aber es gibt da noch etwas ...«

»Du bist ... hast du ... ich meine ... geht es um einen Mann?«

»Natürlich, was sonst? Was sonst könnte mich denn wohl glücklich machen?« Katherin kicherte, doch ihr Ton war nicht ohne Selbstironie.

»Du hast doch nicht ... nein ... Katherin, sag, du hast dich doch nicht etwa *mit ihm* versöhnt?«

»Doch. Stell dir vor, er ist zurückgekommen. Vor einer Woche, da stand er plötzlich wieder bei mir vor der Tür. Na ja« – ein wenig verlegen sah sie Madlen an – »natürlich wollte ich ihn erst nicht hereinlassen. Er hat mich ja damals, ich meine ... ach, weißt du, Madlen, ich habe ihn angeschaut ... und ich war so ... Das mit der Flach, also, das ist ein für alle Mal aus. Er hat mich gebeten, ihm zu verzeihen. Und wir werden heiraten ... wenn erst einmal alles vorüber ist.« Plötzlich brach Katherin wieder einmal in Tränen aus. »Ich bin so ... also, ich kann es noch gar nicht glauben, dass ich ihn wiederhabe.«

»Das freut mich für dich.« Madlen meinte es ehrlich, auch wenn sie nicht dagegen ankam, dass sich in ihre Gefühle leise Besorgnis mischte. Katherin hatte die Tränen schon wieder getrocknet. Sie sah tatsächlich vor lauter Seligkeit geradezu strahlend aus, ganz anders als vor ein paar Monaten.

»Aber was meinst du damit: Wenn alles vorüber ist?« Madlen bemerkte das Zögern der Freundin und ihren Blick zur Tür. Tatsächlich ging sie in dem Augenblick auf und Thoman kam herein, gefolgt von Wolff. Stumm erhob sich Madlen, um auch für ihren Mann und den Knecht etwas herzurichten, aber Thoman bemerkte nur kurz:

»Ich bringe Wolff drüben bei Johan unter. Wir essen gleich dort. Kommt ihr beide mit?«

»Katherin ist ziemlich müde.«

Auf Madlens fragenden Blick nickte sie. »Ja, es wäre mir lieber ...«

»Na schön. Dann gute Nacht.«

Ganz offensichtlich hätte sich Wolff ganz gern noch aufgewärmt. Doch er erhob sich ohne ein Wort, lächelte Madlen freundlich zu und ging wieder in den feuchtkalten Nebel hinaus. Mit großen Schritten lief Thoman voraus. Unbewusst seufzend schloss Madlen hinter ihnen die Tür.

»Abends sind wir meistens auf dem Hof meines Schwagers drüben. Aber das wirst du ja morgen sehen. Also ... ich mach noch schnell die Läden zu.«

Nachdem das Feuer hell angeschürt war und sich die Wärme im Haus wohlig ausbreitete, holte Madlen noch einmal Wein, dazu Nüsse, getrocknete Früchte und Honigkuchen. Dann berichtete Katherin, weshalb sie gekommen war.

»Jörg hat mich gebeten, für ihn in Obergünzburg ein paar Leute zu treffen.« Bei diesen Worten sah sie ihre Freundin unsicher an. Madlen begriff auch ohne weitere Worte, dass es um einen möglichen Aufstand gegen den Fürstabt ging. Jörg Schmied hasste ihn, das hatte Katherin ihr anvertraut. Er machte Pläne und er hatte überallhin Verbindungen. Es überraschte Madlen nicht, dass der Bleicherknecht seine Geliebte als heimliche Botin schickte. Frauen hatten auch den Verschwörern des Bundschuhs als Helferinnen gedient.

»Ich nehme an«, sagte Madlen leicht stockend, »dass du das nicht allzu auffällig machen sollst.«

Katherin nickte nur. »Jörg ist sich so sicher«, sagte sie leise, »und sie sind doch im Recht, nicht wahr?«

Es war Madlen nicht anzusehen, was sie davon hielt. »Aber weshalb schickt Jörg dich?«, fragte sie endlich. »Das ist doch gefährlich.«

»Nein, nein. Wer wird mich schon beobachten? Es weiß ja niemand, dass ich mit ihm ... Ich würde gern viel mehr für ihn tun.«

Das Feuer brannte langsam herab. In stummem Einvernehmen sprachen sie beide nicht länger über das Thema. Bevor Katherin zu Bett ging, sagte sie nur noch entschuldigend: »Ich will deinem Mann nichts unterstellen, Madlen, aber man sagt, er sei sehr häufig beim Konventsherrn von Freiberg zu Gast. Du wirst ihm nichts sagen, nicht wahr?«

»Um Gottes willen!« Es klang heftiger, als Madlen es beabsichtigte. »Ganz sicher nicht.«

Thoman ... sehr häufig bei Freiberg zu Gast. Madlen sah Katherin nach. Auf einmal fröstelte sie. Was verband ihren Verfolger und ihren Ehemann? Waren es nur die kostbaren Lauten – und Thomans Musik? Das Geld, das ihr Mann durch seine adeligen Kunden verdienen konnte? Als Katherin bereits schlief, starrte Madlen noch lange ins Dunkel draußen. In dieser Nacht schien die Welt undurchdringlich und schwarz.

Auch an den folgenden Tagen wurde es selten recht hell. Dunkelgrau fiel der Regen. Manchmal peitschte der Wind ihn fast waagrecht durchs Tal. Kaum jemand hielt sich im Freien auf und daher schien es auch niemandem aufzufallen, dass Katherin mit ihrem Aufenthalt mehr als nur den Besuch einer Freundin verband. Jörg musste sie gut unterrichtet haben, denn sie brauchte Madlens Hilfe nicht ein einziges Mal.

Am zweiten Abend gingen sie beide mit Thoman hinüber zum Hof. Obwohl die Nacht schon hereinbrach, war Johan noch nicht zu Hause, als sie dort eintrafen.

»Der kommt sicher bald«, sagte Engel ohne erkennbare Sorge, nachdem sie Katherin flüchtig begrüßt hatte. »Weil es nicht aufhört zu regnen, ist an einer der Viehweiden der Hang ein Stück abgerutscht. Man sollte doch meinen, dass es im Frühjahr genug geregnet hat.«

Madlen war beunruhigt, auch wenn Engel ganz sorglos klang. Wenn es womöglich einen weiteren Bergrutsch gegeben hatte ... Indessen mahnte Martha bereits, dass man mit dem Essen nicht länger warten solle. Seit dem frühen Morgen hatte sie eingepökelt und gekocht und gebraten, bis sie selbst wie ein Stück frisch geschlachtetes Fleisch duftete. Unwillkürlich rückte Wolff näher an sie heran.

»Dann fangen wir an.«

Am Tisch und ringsum an den niedrigen Wänden waren zahllose Kerzen und Lichter verteilt. Daher ergoss sich über die Tafel ein festlicher Glanz. An diesem Abend lag ein seltsamer Übermut in der Luft. Es wurde viel mehr gegessen als sonst und sehr viel mehr Wein getrunken. Selbst Engel gluckste glücklich und laut. Margret, ihre Jungfer, lächelte schüchtern, Thoman grinste in seinen Becher hinein, Katherins Grübchen wollten gar nicht mehr verschwinden und Martha lachte so schallend, dass es sogar Wolff ansteckte. Nur Madlen schaute ständig zur Tür. Schließlich ging sie hinaus.

Es war sinnlos. Sie wusste nicht einmal, wohin. Immer noch regnete es. Unter den Füßen platschten die Wasserpfützen und im Dunkeln stolperte sie über den Eimer, der neben dem Brunnen stand. Dabei bemerkte sie, dass der schwere Holzdeckel nicht ganz auf dem Brunnenrand lag. Um einen Spaltbreit war er verschoben worden. Man musste vergessen haben, ihn zuzuriegeln. Sie dachte an Nellis Großmutter, die im September gestorben war, und griff nach dem feuchten Brett, um es zurechtzurücken.

Hinter ihr ging die Haustür und jemand trat in den Hof. Madlen wandte sich um und für einen Augenblick war sie verwirrt. Woran erinnerte sie ...? Doch dann hörte sie leise die Stimme von Thoman: »Was machst du denn da?«

»Ich habe zufällig gesehen, dass der Brunnen noch offen war.«

Kopfschüttelnd half er ihr und beugte sich dabei über sie.

Plötzlich hörten sie einen Laut wie ein Knurren und Thoman wurde nach hinten gezerrt – mit solch einer Wucht, dass es ihn niederschlug. Erschreckt schrie Madlen auf und sah Johan Meloser vor sich, hilflos, wütend. Fassungslos richtete Thoman sich in einer Drecklache auf. Madlens Schrei erstarb in einem halb schluchzenden, halb lachenden Laut. Meloser bemerkte den Irrtum sofort. »Du meine Güte... Und ich habe geglaubt...«

Katherin kam mit einer Kerze aus dem Hausgang gelaufen. Das schwache Licht reichte aus. Endlich fand Johan Madlens helles Gesicht. Sie schauten sich an... und Madlen begriff. Er hatte sie über dem Brunnen gesehen und eine Gestalt über ihr. Der Umriss von Thomans Mantel sah genauso aus wie Freibergs Umhang.

»Tut mir sehr leid. Ich habe dich mit jemand anderem verwechselt, Thoman«, erklärte Meloser knapp, als er sich wieder umwandte.

»Sehr gut kannst du auf den jedenfalls nicht zu sprechen sein«, murmelte Thoman, der sichtlich mit seinem Ärger kämpfte. Selbst im Licht der einzelnen Kerze war zu erkennen, mit welchen Gefühlen die beiden Männer sich musterten. Die Hand, die Meloser ihm reichte, um ihm beim Aufstehen behilflich zu sein, nahm Thoman nicht. Doch als seine Schwester ebenfalls aus dem Haus kam, lachte er schon wieder.

Überrascht hatte Katherin Wassermann das Ganze mit angesehen. Als sie beim Hineingehen in Madlens Augen sah, lag in ihrem Blick so viel Verstehen, dass Madlen rot wurde. Immer noch zitterte sie. Sie war Katherin dankbar, dass sie darüber schwieg.

Drei Tage später fuhr die Handschuhmacherin wieder mit Wolff nach Kempten zurück.

»... wer 1525 nicht wird erschlagen ...«

Fünfundzwanzig

»Schau mal. Was ist denn da?«

»Komm von dem Weiher fort.«

Aber Nelli ließ sich nicht wegzerren. Stattdessen beugte sie sich noch weiter über den Fischteich, bückte sich dann nach einem Stecken und rührte damit in dem schlammgrauen Wasser herum. »Sieht wie ein Säckchen aus. Peter, bleib da! Da zappelt doch was!«

»Wenn du noch mal in das Wasser fällst, wird mich mein Vater verdreschen, dass ich nicht mehr sitzen kann. Du bist so was von dickköpfig, man könnte verzweifeln.« Mit einer resignierenden Geste fuhr sich der Nachbarsbub durchs Haar.

Nelli drehte sich um und sah ihn aus großen Augen vorwurfsvoll an. »Peter, da drinnen ertrinkt was.«

Ihrer flehenden Stimme musste er nachgeben. »Dann geh mal zur Seite ... So wie du das anfängst, kriegst du es niemals hier raus.« Prüfend sah er sich um. Obwohl es erst Nachmittag war, wurde es schon wieder dunkel. Er musste die Augen zusammenkneifen, um zu erkennen, dass das Hoftor geschlossen und niemand sonst in der Nähe war.

»Du musst dich beeilen. Ich glaube, es rührt sich kaum noch.«

Es war ein eiskalter Januartag. Zwar lag nicht viel Schnee,

aber der Boden war beinhart gefroren. Seit Wochen schon blieb die Sonne verschwunden, erschien höchstens einmal als heller Schein am weißgrauen Winterhimmel. Der Junge streifte die filzigen Lappen von seinen Füßen ab. Solange es nass war, boten sie kaum einen Schutz, doch jetzt, bei dem trockenen Frost... Das Bündel war Nelli entglitten und trieb immer weiter vom Ufer fort. Also watete er mit zusammengebissenen Zähnen in das eiskalte Wasser hinein. Ein Griff, und er hatte den Rupfenbeutel. Mit einem Ruck warf er ihn Nelli zu.

»Ich krieg ihn nicht auf.« Die Schnur war zu fest verknotet. Also nagte Nelli sie durch – so eilig wie ein Kaninchen, das hungrig war. Auf Peter, der sich bibbernd die Füße rieb, verschwendete sie dabei keinen Blick. »Oh...« Aus dem Beutel purzelten fünf tote Kätzchen heraus, alle nicht größer als Nellis Hand. Bestürzt legte sie die ertrunkenen Tierchen in ihren Schoß und streichelte sie, als könne ihre eigene Wärme sie wieder ins Leben bringen.

»Die kannst du nur noch vergraben«, sagte der Bub. »Aber, schau...« Er griff noch einmal in den Beutel hinein und holte ein weiteres Kätzchen heraus. Die blauen Augen weit aufgerissen, sah es ihn an.

»Es lebt noch«, flüsterte Nelli entzückt.

Vorsichtig, nur mit dem Zeigefinger, strich Peter über das winzige Katzenköpfchen. »Hör nur... es schnurrt. Soll ich es mit zu mir nach Hause nehmen?«

»Nein. Das will ich behalten.« Glücklich lächelnd drückte Nelli den Winzling an sich.

Kurz nach dem Dreikönigstag war eine Gruppe vornehmer Herren in Obergünzburg eingetroffen. Seitdem hatten Sebastian von Breitenstein mit seinem Adelskonvent sowie eine Reihe Vermittler und Unterhändler, die aus Wangen, Kaufbeuren und natürlich aus Kempten kamen, im Ort getagt.

Dabei war über die seit langem bekannten Beschwerden der Bauern verhandelt worden.

Nun schwangen die Herren sich wieder auf ihre Pferde und ritten, einer hinter dem anderen, eilig davon. Nellis Vater beobachtete, wie Sebastian von Breitenstein sich auf seinen Gaul wuchtete, und das Tier tat ihm Leid, denn es musste den fetten Mann bis nach Kempten tragen. Als Erhart die Miene des Fürstabts sah, musste er sich beherrschen, um sich nicht vor Wut auf ihn zu werfen.

Stattdessen sah er ihm stumm nach. Wieder war alles umsonst gewesen. Fast eine Woche lang hatten die Bauern sich um ein Ergebnis bemüht, doch für sie war nichts außer Kosten bei der Verhandlung herausgekommen. Ihre Proteste dagegen, dass man Hunderten widerrechtlich die Freiheit nahm und sie in die Leibeigenschaft zwang, ihr Widerstand gegen immer höhere Abgaben, für die es keine Grundlage gab, und ihre gerechte Empörung über die zahllosen Fälle von willkürlicher Kerkerhaft, Block, Ketten und grausamen Folterungen, die vor allem die Ärmsten trafen, hatte Sebastian von Breitenstein achtlos vom Tisch gewischt – während er fraß und soff. Am Ende hatten die Bauern nur noch darum gebeten, dass es ein weiteres Treffen nach Ostern gab. Selbst das lehnte der Abt rigoros ab. Er machte gar kein Hehl daraus, dass er seine Untertanen verachtete.

Für einen Augenblick wurde es Erhart schlecht. Noch nie hatte er einen Menschen gehasst. Aber wenn er an den Fürstabt dachte … Er musste tief durchatmen.

Schlaftrunken tastete Nelli nach ihrem Kleiderbündel. Dann lächelte sie. Gleich würden die Finger das weiche Fell ihres grauen Kätzchens fühlen, vielleicht auch die Zähnchen oder die Krallen, ganz zarte Nadelspitzen … Aber das Tier war nicht da. Enttäuscht starrte sie auf die Kuhle, in die sie es am

Abend gebettet hatte. Es war schon spät gewesen, sie war sofort eingeschlafen. Im Dämmerlicht suchte Nelli ringsum den Boden ab, griff unter den Strohsack, lief auf Zehenspitzen durch den Raum. Im Winter schlief sie immer gleich neben dem Herd. Unterm Dach oben, wo die anderen Mägde lagen, wurde es nachts bitterkalt. Sie spähte unter den Ofen, strich über die Bettstatt, schaute unter die Bänke und drehte sogar alle Tiegel um. Noch länger durfte sie nicht herumtrödeln. Gleich würde Martha herunterkommen und dann musste das Feuer brennen. Draußen hörte Nelli schon, wie der Großknecht den Deckel vom Brunnen abnahm.

Als sie wenig später den Wassereimer hinunterließ und ihn dann gefüllt wieder nach oben holte, bemerkte sie einen klagenden Laut. Hoffnungsvoll sah sie sich um und stellte den Eimer ab. Da ... da war es gleich noch einmal. Der Hof lag noch im Halbdunkel, aber vielleicht hatte sie Glück.

Sie entdeckte das Kätzchen am Tor. Verzweifelt kratzte es an einem Spalt, versuchte, am Holz nach oben zu klettern, und wenn es wieder nach unten rutschte, schrie es erbarmungswürdig. »Da bist du ja!« Erleichtert hob Nelli ihren Ausreißer auf, doch als sie wieder aufs Haus zuging, wand sich das schwache Geschöpf mit heftiger Anstrengung aus ihrer Hand. Es fiel auf das Pflaster und krabbelte schnurstracks zum Hoftor zurück. Ratlos schaute die Magd auf das widerspenstige Katzenkind. Es hatte alle Essensreste verschmäht, auch ihren Rockzipfel, den sie sorgsam mit Milch tränkte, wollte es nicht. Stattdessen war es wieder und wieder unbeholfen zur Tür gelaufen. Einmal wäre der Großknecht beinahe daraufgetreten und Martha hatte geschimpft. Nelli seufzte. Katzen gefiel es hier auf dem Hof von Meloser nicht. Aber sie hatte gehofft ...

»Also gut«, flüsterte sie. »Wenn du jetzt brav bist, nehme ich dich nachher zum Pächterhof mit.«

Madlen musste lachen, als sie das Kätzchen sah. Kaum hatte Nelli es aus dem Korb gehoben, stellte es seinen winzigen Schwanz senkrecht nach oben und tappte unerschrocken ringsum durch Diele und Flur. Neben dem Herd lag der Hauskater. Prompt fauchte das Kleine ihn an. Dann stürzte es sich auf das Schälchen mit Milch, das neben dem Großen stand, und schlapperte den Rest darin aus. Ein paar Fleischbröckchen fraß es Madlen aus der Hand. Dann rollte es sich behaglich zusammen, gähnte zufrieden und schlief erschöpft ein – keine zwei Handbreit vom Kater entfernt. Der schaute ein wenig verblüfft und schüttelte sich. Dann zog er sich ein paar Schritte zurück, nahm wieder Platz und döste von neuem neben dem hell brennenden Herdfeuer ein.

»Martha sagt, sie hat schon viermal tote Kätzchen so in dem Weiher gefunden. Und einmal einen ganz kleinen Hund. Immer in einen Sack eingeschnürt …« Um die Schlafenden nicht zu stören, wagte Nelli nur leise zu flüstern. Ihr kleines Gesicht war vor Empörung ganz blass.

Nachdem der Fürstabt mit seinen Vermittlern Obergünzburg verlassen hatte, war von Vertretern der Bauern aus allen Pfarreien des Kemptischen Landes zu einer Versammlung gerufen worden. So kam es, dass gegen Ende des Monats eine riesige Menschenmenge auf eine Wiese bei Leubas zog.

Hier wurden die Beschwerden der Bauern und der Wortlaut der gescheiterten letzten Verhandlung laut vorgelesen. Ein Sprecher sagte, man wolle den Weg des Rechtes gehen, doch wer Gewalt plane, den solle man anzeigen. Zwei Spieße wurden gegeneinander gelehnt. Wer darunter hindurchschritt, erklärte sich mit einer Klage gegen den Fürstabt einverstanden.

Nicht ein einziger schloss sich dabei aus.

Wenn Ulrich Erhart an diesen Augenblick dachte, fiel ihm

wieder die Gänsehaut ein, die er unter den Spießen gespürt hatte. Auch an das unbewegte Gesicht des Jörg Schmied von Leubas, den viele Knopf nannten, erinnerte er sich besonders gut.

Wenige Tage nach der Versammlung waren Schmied und einige andere zu Vertrauensleuten der Bauern gewählt worden. Der Schulmeister der Stadt Kempten hatte ein Schreiben mit ihren Beschwerden verfasst. Es wurde dem Schwäbischen Bund übergeben, den man wieder einmal um Beistand gegen den Fürstabt bat.

Inzwischen war es schon Februar. An diesem Morgen hatte Erhart erfahren, dass auch vom Fürstabt beim Schwäbischen Bund eine förmliche Klage erhoben wurde. Darin beschuldigte er seine Untertanen, ein widerrechtliches Bündnis gegen das Gotteshaus eingegangen zu sein. Nellis Vater war sehr besorgt.

Bis zum frühen Abend hatte der Rat des Schwäbischen Bundes in Ulm getagt. Es war natürlich um die Bauern gegangen und darum, wie man ihren Beschwerden begegnen sollte. Im ganzen Reich wuchs mittlerweile die Unruhe, doch einige Adelige und Kirchenfürsten waren noch gegen ein blutiges Bauernstrafen. Als er das sah, hatte auch der bayerische Kanzler für Verhandlungen mit den Sprechern der Bauern gestimmt und diese Gespräche waren beschlossen worden.

Anschließend hatte der Kanzler Leonhard von Eck sich in ein Dampfbad zurückgezogen. Er hatte vier andere Ratsherren dazu eingeladen und ihnen eine üppige Mahlzeit in Aussicht gestellt. Im Augenblick schwitzen sie.

Eck war fest entschlossen, dafür zu sorgen, dass nur zum Schein über die Forderungen der aufsässigen Bauern verhandelt wurde. In Wahrheit hätte ihn nichts daran hindern können, auf der Stelle die Waffen zu ziehen, und gern hätte er all diese Bauernteufel zum Henker geschleift – aber zu seinem Bedauern musste er Zeit gewinnen. Die Truppen des Schwäbischen Bundes standen immer noch in Württemberg, wo sie erst einen anderen Feldzug erfolgreich beenden mussten. Aber sobald dies erledigt wäre, würde er losschlagen.

So lange, sagte sich Eck, mussten die Bauern beruhigt und getäuscht werden. Sie waren ja blöd wie die Lämmer, wenn man sie tätschelte und ihnen Gehör versprach. Und falls nur jene Räte von seinen wirklichen Absichten wussten, die einen bewaffneten Kampf gegen die Bauern rückhaltlos billigten, würde nichts durchsickern. Einige Bundesgenossen brauchte der Kanzler nun einmal für seinen Plan, denn mit der Rüstung gegen die unruhigen Bauern musste ohne zu zögern begonnen werden.

Leonhard von Eck schaute sich um. Im Dampf des Bades verschwanden die nackten Körper der anderen Männer genauso wie vor einer Weile im Nebel über den Ufersteinen. Dicht nebeneinander waren sie vorhin ins eisige Wasser der Donau getaucht. Der Dicke neben ihm keuchte laut. Es war langsam Zeit aufzuhören. Der rasche Wechsel von der tropfnassen Hitze im Badhaus in die alles erstarrende Februarkälte und wieder zurück hatte seine erwartete Wirkung getan.

Genüsslich rieb sich der Kanzler die sehnigen Arme und Beine mit einer Bürste ab. Noch ein paar Minuten, dann waren die vier, die er für seine Absichten brauchte, so gar wie die Krebse, die nebenan warteten. Er hatte die Mahlzeit sorgsam zusammengestellt. Und seine Weine … Leonhard von Eck lächelte boshaft und er konnte dies ungeniert tun. In der Mitte des Dampfbads sah man inzwischen nicht mehr die Hand vor Augen.

Für ein paar Momente gab er sich nochmals den Vorstellungen hin, die ihn, wenn er sich entspannte, am liebsten beschäftigten. Vorhin gerade, da hatte er einen so guten Einfall gehabt, dass er sich unter Wasser vor Lachen beinahe verschluckt hätte. Den Dicken hatte er wenige Handbreit von sich entfernt gewusst. Ihm war der Gedanke gekommen, wie es wohl wäre, wenn er sich rasch bückte, nach den blaugeäderten Knöcheln des anderen griffe und ihn mit einem einzigen kräftigen Ruck rücklings zum Fallen brächte. Mit beiden Händen hätte er zugepackt. Fast spürte er schon dessen fleischige Masse unter den Fingerspitzen. Keiner würde es sehen und einen Schrei auszustoßen, dazu käme der Mann überhaupt nicht.

Der Dicke hatte vorhin schon zu viel gegessen und deutlich über den Durst getrunken. Dazu war er unbeweglich und ungeschickt. Eck brauchte nur lang genug festzuhalten... und ihn dann treiben lassen. Aber heute wäre es schade um ihn. Er gehörte nun einmal zu denen, mit denen er rechnen konnte. Der Dicke und die drei anderen.

Leonhard von Eck fing an, sich abzutrocknen. Als er sich über sein Hinterteil fuhr, fielen ihm die zwei Briefe ein, die nebeneinander auf seinem Schreibtisch lagen. Beide hatten ihn an diesem Morgen erreicht, wenn auch auf ganz verschiedenen Wegen, was ihn amüsiert hatte. Der eine war von dem Kemptner Konventsherrn von Freiberg, der andere von Eck von Reischach. Ihr Ton schien sich zwar völlig zu gleichen, doch gab es in der Darstellung der Tatsachen erhebliche Unterschiede, was der Kanzler bemerkenswert fand. Die Antwort auf die beiden Schreiben hob er sich als Betthupferl auf.

Schon bei den ersten Schlägen fing Martha an zu zittern. Auf der Stelle schob sie den Kessel vom Feuer und lief vor das Hoftor. Ihr folgten die Knechte, die Jungfer, und selbst Johan Meloser ließ das Holz, das er spaltete, liegen und kam mit Ulrich Erhart heraus. Sie spähten ins Tal. Die Sturmglocken hörten gar nicht mehr auf zu läuten. Das Dröhnen hallte nicht nur von unten herauf, sondern kam auch von Osten und Westen, über die Hügelrücken. Es war der 26. Februar.

Nellis Vater biss sich auf die Lippen, dann rief er: »Bundestruppen! Es wird geläutet, wenn sie uns angreifen. Meloser, ich muss hinunter ins Dorf. Ist Nelli beim Becherer, Martha?« Und schon lief er los. Am Vortag bereits hatte es Gerüchte gegeben, ein Heer des Schwäbischen Bundes werde gegen die Bauern ziehen.

Nelli stand neben Madlen vor der Türe des Pächterhauses.

»Wahrscheinlich Bundestruppen«, antwortete Erhart auf die unausgesprochene Frage der Frau. »Im Dorf ist es sicherer.« Der Lärm machte es nötig, dass er fast schrie. Plötzlich verstummte das Läuten und seine letzten Worte rief er in die Stille hinein. Nelli begann deshalb zu lachen. »Das ist kein Spaß«, sagte er. Das Entsetzen über einen möglicherweise drohenden Angriff war ihm ins Gesicht geschrieben. Er war so außer Atem, dass Madlen ihn nötigte, sich wenigstens hinzusetzen. Kurz darauf sah sie Johan Meloser über den Hof kommen.

»Wahrscheinlich hat es ja nichts zu bedeuten, aber es wäre mir lieber, wenn du und Thoman mit rüberkommt«, sagte er. »Immerhin ist vorgestern der Pfarrhof in Oberdorf drüben geplündert worden und die Kirche hat man auch aufgebrochen. Womöglich wird es den Herren zu bunt.«

Nachdem es in den Verhandlungen keinerlei Fortschritte gegeben hatte, hatten die stiftkemptischen Bauern vor gut einer Woche erklärt, dass sie sich nunmehr allein dem Evangelium und Gottes Wort unterwerfen wollten. Dabei schlossen sie sich mit ihrem Ruf nach dem göttlichen Recht dem wachsenden Aufstand in anderen Teilen des Landes an. In

Oberdorf traten auch die Untertanen des Augsburger Bischofs dem Bund der Allgäuer Bauern bei. Der Pfarrvikar aber hatte die Schlüssel zum Pfarrhof nicht freiwillig hergegeben.

»Wirst du uns helfen?«, fragte Erhart den Pachtherrn.

»Falls ihr den Etter befestigt, natürlich. Falls ihr kämpfen wollt, nein.«

Erhart zuckte die Achseln und schob seine widerspenstige Tochter vor sich auf den Weg zum Dorf. Meloser folgte ihm mit den Augen, bis sie zwischen den Bäumen verschwunden waren.

»Warum ...«, fing Madlen zögernd an.

»Man wird sie vernichten, Madlen. Die, denen es ernst ist, werden nicht mit dem Leben davonkommen. Wer Glück hat, wird vielleicht fliehen können ... sie haben gar keine Chance gegen die Fürsten und ihre Bundestruppen.«

»Aber es sind doch so viele! Und die Städte scheinen doch auf der Seite der Bauern zu sein. Die Landsknechte werden sich weigern, gegen ihre Verwandten zu kämpfen ... Es gibt Ritter, die für den Bauernbund sind.«

»Ja, es sind so viele ... und ebenso viele Ziele haben sie auch. Die andere Seite dagegen, die weiß genau, was sie will. Und sie kennt kein Mitleid. Sie ist ungleich entschlossener.«

»Die Bauern wollen doch nur für ihr Recht kämpfen.«

»Und zum Kämpfen wird man sie zwingen, das ist es eben. Madlen, keiner der Fürsten würde wie sie für irgendetwas sein Leben geben. Lieber lassen die Herren Tausende sterben, bevor sie erlauben, dass man auch nur ein paar ihrer Privilegien in Frage stellt.« Er strich sich mit einer Hand über die Stirn, als ob er es müde wäre. »Ich wünsche wirklich, dass ich Unrecht habe. Gebe Gott, dass es anders kommt. – Nun, willst du etwas zusammenpacken? Ist Thoman gar nicht da?«

Bevor Madlen etwas erwidern konnte, kam ihr Mann aus der Werkstatttür. Er hatte während des Läutens nicht einmal hinausgeschaut, so als ließen die Sturmglocken ihn vollkommen kalt. Aber ihr Gespräch hatte er wohl mit angehört.

»Es gibt nicht den mindesten Anlass, dass wir uns verkriechen sollen. Wir haben nichts zu befürchten. Oder sind wir etwa ungehorsame Untertanen und Aufrührer? Irgendwelche Bauern haben wir auch nicht geknechtet. Also werden die armen Teufel uns wohl genauso in Ruhe lassen ...«

»Wenn tatsächlich Truppen kommen, werden die nicht danach fragen, wie unbeteiligt du dich vielleicht fühlst. Und wenn dir schon alles egal ist, dann sorge wenigstens dafür, dass deine Frau leidlich sicher ist.«

Mit einem spöttischen Lächeln legte Thoman den Arm um Madlen. »Deine Hilfe brauche ich dafür gewiss nicht. Meine Frau wird sich nicht in deine Arme flüchten ...« Seine Augen waren bei diesen Worten ganz schmal geworden und sein Tonfall war eine Mischung aus Hohn und aus Feindseligkeit.

»Thoman!« Madlen konnte sich nicht erklären, was in ihn gefahren war. Daraufhin lachte er. Es klang völlig unbefangen und fröhlich, als habe er eben einen harmlosen Scherz gemacht. »Mach was du willst, meine Liebe«, sagte er freundlich. »Aber du darfst mir glauben: Dieses Glockengeläute bedeutet, dass die Bauern sich grundlos in ihre Hosen machen.« Er drehte sich um und ging in die Werkstatt zurück.

»Tut mir Leid«, sagte Madlen leise. ›Meine Frau wird sich nicht in deine Arme flüchten ...‹ – wie gern hätte sie es getan.

»Thoman ist reichlich dünnhäutig. Ihr solltet besser zurück nach Kempten gehen. Aber im Augenblick hat er wohl Recht. Nichts weist darauf hin, dass tatsächlich ein

Angriff droht. Noch kämpft der Schwäbische Bund drüben in Württemberg.« Unvermittelt streckte Johan seine Hand aus, als wolle er ihr über die Wange streifen. Aber er ließ sie gleich wieder sinken und ging allein zurück.

Es dauerte nicht einmal eine Stunde, bis die Obergünzburger Bauern mit Spießen und Schwertern bewaffnet waren und losmarschierten. Sie zogen nach Dietmannsried, das ein Stück weiter westlich lag. Danach wurde es still im Ort, allerdings nicht für lange. Am frühen Abend bereits kehrten die ersten zurück. Sie zuckten die Achseln. Weit und breit gab es keinerlei Hinweis auf einen Angreifer. Die Glocken waren vorschnell geläutet worden. Offenbar hatte ein Gerücht für den grundlosen Alarm gesorgt. Die, die vorsichtig waren, wollten noch bis zum kommenden Morgen wachen, doch alle anderen schliefen erleichtert auf ihren heimischen Strohsäcken ein.

Madlen hatte gehofft, Thoman werde nach dem Abendessen im Haus bleiben, aber er war noch einmal an seine Arbeit zurückgekehrt. Ihr fielen die Augen zu. Sie wollte gerade nach oben in ihre Kammer gehen, als ihr Blick auf die pelzgefütterte Schlafdecke fiel, die auf der Bank vor dem Fenster lag. Als sie an diesem Morgen den Alkoven über der Werkstatt gerichtet hatte, war ihr ein langer Riss aufgefallen, dort, wo die Seide auf der Oberseite der Decke zerschlissen war. Bis ihr Vater sie holte, hatte Nelli daran herumgestichelt. Die Kleine arbeitete flink und so war der Riss schon wieder geflickt. Wenn Thoman drüben im Schuppen schlief, hatte er nur eine Wolldecke gegen die empfindliche Kälte der Nacht. Gegen Morgen würde er frieren. Madlen nahm das Fell und ging damit über den Hof. Das Licht in der Werkstatt brannte nicht mehr, also schlief er wohl schon.

Leise, um ihn nicht zu stören, zog sie die Brettertür auf. Drinnen roch es nach frisch aufgetragenem Lack … und nach noch etwas anderem: ein feiner Duft, der Madlen irritierte, als wäre er in dem Schuppen irgendwie fehl am Platz. Sie wartete, bis sich ihre Augen ans Dunkel gewöhnt hatten, dann tastete sie sich zur Leiter vor, um auf den Bretterboden hinaufzusteigen. Da hörte sie etwas, ein dumpfes Geräusch, als habe Thoman sich umgedreht und sich an der Holzwand des Alkoven angestoßen. War er vielleicht wach? Madlen wollte schon rufen, da wiederholte sich der Laut … und ging in ein rhythmisches Pochen über. Ein lustvolles Stöhnen … kam es von Thoman oder von einer Frau? Jedenfalls konnte es keinen Zweifel geben, was oben vor sich ging.

Madlen ließ die Decke sinken. Im ersten Moment blieb sie ganz ruhig. Sie schämte sich, als wäre es schlimmer, den beiden oben heimlich still zuzuhören, als sich seinem Begehren so rückhaltlos hinzugeben, wie es in dem Augenblick Thoman tat. Was hatte sie denn erwartet? Wenn sie nur nachgedacht hätte, sie hätte es ahnen können.

Dieses Mädchen dort oben musste allerhand Mut haben. Oder sie war so verliebt, dass sie nicht davor zurückschreckte, sich in einer Nacht, in der viele vor Furcht nicht schliefen, hier herauf und in die Werkstatt hineinzuwagen. Wie oft hatte sie es wohl zuvor schon getan? Seltsamerweise regte sich in Madlen zuallererst Ärger, weil Thoman damit das Mädchen bedenkenlos in Gefahr brachte. Erst dann kam das Gefühl der Demütigung und eine heftige Wut. Aber noch schlimmer, als hier im Dunkeln das wollüstige Stöhnen und die Bewegungen der beiden zu hören, wäre es wohl gewesen, wenn sie nichts ahnend oben erschienen wäre. So zog Madlen niedergeschlagen die Brettertür wieder auf und trat ins kalte Mondlicht hinaus.

Niemals bisher hatte von Freiberg erlebt, dass ihn Sebastian von Breitenstein aufsuchte. Es war noch allerfrühester Morgen, als sein Sekretär den Fürstabt überstürzt ankündigte. Noch während der Mann in der offenen Tür stand, schob ihn von Breitenstein zur Seite und trat, von den steilen Stufen im Haupthaus der Festung schwer atmend, in Freibergs Kammer ein. Nachdem das halbe Archiv der Abtei, dazu Geld, Silbergeschirr, kostbarer Hausrat und Kirchenschätze schon sicher in Liebenthann waren und die Burg reichlich mit Proviant und mit Waffen versehen worden war, hatte sich der Konvent hier verschanzt. Auf Breitensteins Wunsch waren sie über Ostenberg, Eschers und Freien geritten, den Kemptener Höhenweg. Vor der Entscheidung, durch Obergünzburg zu ziehen, war der Fürstabt zurückgeschreckt.

Ohne Hast verließ Freiberg sein Schreibpult und rückte für seinen Gast ehrerbietig den Sessel zurecht. Weshalb kam von Breitenstein selbst und ließ ihn nicht holen ... und hatte sich nicht einmal angekündigt?

»Wo seid Ihr schon wieder gewesen?«, bellte von Breitenstein, sobald er zu Atem gekommen war, barsch und streckte die Beine aus. Auf einen Wink Freibergs brachte sein Sekretär dem Fürsten einen gepolsterten Fußschemel. Dann zog er sich lautlos zurück. »Eure Mitbrüder meinen, dass Eure zahlreichen Ausflüge sich ein wenig merkwürdig ausnehmen.« Breitenstein lächelte ohne Freude. Freiberg neigte den Kopf. Der Tonfall des Abtes wurde noch polternder: »Ich könnte es ebenso sehen. Stört Euch das nicht?«

Freiberg schwieg weiter. Ihm war klar, dass sein Besucher gar keine Antwort hören wollte. Offenbar war seine Stimmung noch schlechter als sonst. Lag es nur an der brisanter werdenden politischen Lage, an den aufgrund der fehlenden Steuern knapper werdenden Geldmitteln? Oder kam heute noch etwas anderes dazu? Wahrscheinlich. Freiberg hörte Breitenstein ganz deutlich mit den Zähnen knirschen.

»Bei der Zusammenrottung des ganzen Gesindels dort draußen frage ich mich, ob das notwendig ist.«

Freiberg verbeugte sich: »Adam von Stein lässt sich Euch empfehlen. Er hat mich gebeten, mit Euch zu reden. Da er unsere Festung für sicherer hält als seine eigene Burg, fragt er, ob er bei uns Schutz finden kann – mit einigen Kostbarkeiten. Euer Einverständnis vorausgesetzt, habe ich es ihm zugesagt.«

Breitenstein nickte beiläufig. An Adam von Steins beträchtlichen Sicherheitssorgen war er nicht interessiert.

»Ich will, dass man den Bauhof und auch den Ziegelstadel heute noch niederbrennt. Das sind lauter Verstecke. Ich will um die Burg freien Raum«, murmelte Breitenstein.

Innerlich lächelte Freiberg über dessen offenkundige Furcht. Dabei hatte der Abt eben erst wieder einmal den Vertretern der Landsgemeinde von Leubas höhnisch gedroht und alle Verhandlungswünsche zurückgewiesen.

»Sie schlagen jetzt Pfähle vor die Häuser von allen, die sich ihnen nicht anschließen«, ließ der Konventsherr den Fürstabt wissen.

»Pfähle? Wozu?«

»Wer dem Bund nicht beitritt, wird kurzerhand aus der Dorfgemeinschaft ausgeschlossen.« Es gefiel Freiberg, dass er die Befürchtungen Breitensteins schüren konnte. Anfangs hatte der noch prophezeit, dass das Bündnis der Bauern keine zwei Wochen lang halten werde. Für Freiberg hatte die Situation ihren Reiz. Natürlich glaubte er keinen Augenblick daran, dass sie wirklich gefährdet waren. Aber zurzeit war es hier wie ein Seiltanz – zwischen dem normalen Leben und einem Absturz in offene Feindseligkeit.

Der Abt schwieg und Freiberg hing seinen Gedanken nach. Es war jetzt fast ein Jahr her, dass Moritz Benzer verschwunden war. Der Holzknecht, der ihm Barbel Haywangers Botschaft verraten hatte und den er seitdem tränkte und fütterte, hatte um keinen Preis wieder nach Liebenthann gewollt. Es war vielleicht besser so. Eines Tages hatte man Benzers ehemaligen Wirt gefunden – in seinem Blut. Der Mörder blieb unentdeckt. Seitdem traute der Holzknecht sich auch nicht mehr in die Stadt.

Minutenlang hatte Breitenstein stumm vor sich hingebrütet. Jetzt hob er den Kopf und fragte, als sei er Freibergs Gedanken in die Reichsstadt gefolgt: »Was haltet Ihr davon? Die Kemptener wollen auf einmal mit mir verhandeln. Seuter, der Altbürgermeister und Rat beim Schwäbischen Bund, hat mir signalisiert, die Stadt wolle unsere Rechte ablösen. Womöglich für mehr als nur einen Batzen Geld.«

»Und Flach? Der ist Ammann von Kempten und in seinem Haus berät sich der Schmied mit den anderen Aufrührern ...«

»Womöglich denkt Flach sich, dass es nichts schaden könne, wenn man weiß, was das Gesindel so plant. Ich glaube nicht, dass den reichen Bürgern von Kempten und denen, die etwas zu sagen haben, ein Sieg der Bauernteufel gelegen käme. Die werden schön dafür sorgen, dass in der Stadt Ruhe herrscht.« Breitenstein zögerte. Dann kam er zum Punkt. »Aber, weshalb ich gekommen bin, Freiberg: Ich habe ungute Neuigkeiten.«

Mit zusammengezogenen Brauen sah Freiberg auf.

»Also«, fuhr der Abt fort, »ich habe vom Schwäbischen Bund einen Brief erhalten.« Jetzt ächzte die Stimme. Breitenstein schien voller Bitterkeit. »Man hat mir zwei ›Mitregenten‹ empfohlen ... und wir beide wissen, was hier ›Empfehlung‹ heißt. Zum einen Wolfgang von Grünenstein, den hat man uns wohl nur diesem Zweck in den Konvent geschoben, und zum anderen den Dekan der Abtei. Und da das Amt ja verwaist ist, hat man gleich Eck von Reischachs Wahl zum

Dekan als geschehen vorausgesetzt. Das heißt, wir werden noch heute Nachmittag in diesen sauren Apfel beißen müssen.«

Breitenstein wuchtete sich aus dem Sessel hoch.

»Wer hat das angeordnet? Von wem ist der Brief?«

Dass diese Neuigkeit selbst den überheblichen Freiberg erschütterte, hörte von Breitenstein mit Genugtuung. Er schmatzte lautlos. »Leonhard von Eck«, sagte er.

Daraufhin öffnete Freiberg ihm nur noch stumm die Tür.

Sechsundzwanzig

Den ganzen März über blieb es ruhig. Allmählich taute der Frost und nach den Schneeglöckchen blühten die Märzenbecher. Morgens, wenn Madlen die Läden aufschlug, dachte sie manchmal, es habe noch einmal geschneit, so dicht wuchsen die Frühlingsblumen hinter dem Haus. Seit dem Tag, an dem die Sturmglocken geläutet hatten, schlief sie nicht mehr gut. Häufig wachte sie auf und lauschte auf Geräusche im Hof. Ab und zu hörte sie dann, wie die Werkstatttür schlug. Manchmal ging Thoman fort. Manchmal meinte sie auch, es sei jemand eingetreten. Doch sie sah niemals nach.

Gemeinsame Abende gab es nicht mehr. Engel schien menschenscheuer denn je, und wenn Madlen ihrer Einsamkeit leid war, gab es nur Martha, mit der sie sich unterhalten konnte, denn auch Engels Jungfer blieb meist unsichtbar. Oder sie gab ihr einsilbig Auskunft und blickte zu Boden, wenn sie mit ihr sprach. Johan sah Madlen in diesen Wochen kein einziges Mal.

Ohne Nelli, die jeden Morgen pünktlich ins Pächterhaus kam, hätte sie kaum etwas darüber erfahren, was sich draußen tat. Auch wenn die Magd nicht alles verstand, worüber ihr Vater mit seinen Freunden bei zahllosen nächtlichen Treffen im Erharthaus sprach, so hörte sie doch auf ihrem Strohsack hinter dem Ofen aufmerksam zu, bis ihr die Augen irgendwann zufielen. Oder sie fuhr erschreckt hoch, wenn sich die Männer lautstark ereiferten, und schnappte dabei so manches auf.

Am nächsten Tag konnte sie Madlen dann gähnend berichten, was es wieder Neues gab: In Memmingen war die »Christliche Vereinigung« aus dem Allgäuer, dem Baltringer und dem See-Haufen gegründet worden und das Bauernparlament hatte eine Bundesordnung verfasst. Oberste, Hauptleute und Räte waren ernannt worden. Die Allgäuer Bauern hatten sich einen ehemaligen Landsknecht zum Obersten gewählt.

Gegen Ende des Monats brachte Nelli Madlen stolz etwas mit. Umständlich zog sie ein zusammengefaltetes Blatt aus ihrer Kitteltasche. »Die Zwölf Artikel«, sagte sie feierlich.

Der Feldschreiber des Baltringer Haufens hatte die wichtigsten Forderungen der Bauern in Memmingen aufgeschrieben. Und nachdem man sie nach Ulm gebracht und dem Schwäbischen Bund unterbreitet hatte, wurden sie in Windeseile gedruckt und von den Bauern im Land verteilt. Da Nelli kaum die Buchstaben kannte, las Madlen ihr das Wichtigste vor: Dass die Leute die freie Wahl ihrer Priester wollten und dass sie forderten, dass man die Leibeigenschaft abschaffe. Jagd und Fischfang sollten für alle frei werden und jeder solle Holz aus dem Gemeindewald schlagen dürfen. Die Steuer im Todesfall dürfe nicht mehr erhoben werden. Man werde nichts fordern, was sich nicht mit der »Heiligen Schrift« ehrlich begründen lasse.

»Möchtest du lesen lernen?«, fragte Madlen, als sie Nelli das Blatt wiedergab, und das Gesicht des Mädchens leuchtete auf.

Als Johan Meloser an einem Tag Anfang April gegen Abend ins Pächterhaus kam, fand er Nelli, die Wangen vor Eifer gerötet, buchstabierend über der Bibel vor. Überrascht bat Madlen ihn herein. Zwei Stunden zuvor war Thoman fortgeritten. Er müsse zu Gerle und werde wahrscheinlich gleich dort über Nacht bleiben, hatte er ihr nur knapp mitgeteilt. Dass sie von seiner Untreue wusste, hatte Madlen ihm nicht gesagt. Sich mit ihm auseinander zu setzen, schien ihr sinnlos zu sein. Er tat, was er tun wollte. Es gab keine Autorität, der er sich gebeugt hätte. Und im Grunde war es ihr auch gleichgültig.

Da es bald dämmern würde, schickte Madlen Nelli heim. Unschlüssig sah Johan sich um.

»Komme ich ungelegen?« Auf ihr Kopfschütteln hin setzte er sich und fuhr zögernd fort: »Ich war gerade beim Stattmüller. Ulrich von Württemberg wurde besiegt. Jetzt rücken die Truppen vom Schwäbischen Bund heran. Gestern griffen sie bei Leipheim schon Bauern an. Du kannst dir vorstellen, welche Stimmung im Dorf unten jetzt herrscht. Sie merken langsam, wie man sie verkauft. Aber anstatt vernünftig zu werden, träumen sie davon, Liebenthann einzunehmen. Ein paar von ihnen hätten sich am liebsten gleich auf der Stelle blutige Köpfe geholt. Ist Thoman eigentlich in der Werkstatt drüben?«

»Thoman? Nein. Wenn du ihn brauchst ... Er hat gesagt, dass er nach Immenthal reitet. Allerdings ...«

»Gut. Ich möchte nicht, dass du ihm von dem, was ich dir jetzt sage, erzählst.«

Wie immer machte Madlen Johans Nähe nervös. Sie mischte Wasser mit Wein und stieß prompt die Kanne um. Verlegen wischte sie die Pfütze auf. Am liebsten hätte sie noch nach einer anderen Arbeit gesucht, aber da griff er nach ihrer Hand. »Komm, setz dich. Es ist wichtig, Madlen.« Er zog einen Stuhl heran.

Da ihr keine Ausrede einfiel, folgte sie ihm. Erst jetzt fiel ihr auf, dass er schwarze Kleidung trug – von den Stiefeln, die fast bis zu den Knien reichten, bis zu dem ledernen Wams mit der Kapuze, das ähnlich aussah wie ein Kettenhemd. So konnte man sich im Dunkeln bewegen, ohne dass man gesehen wurde. Unbewusst senkte Madlen ihren Blick.

»Wann kommt Thoman zurück?«

»Nicht vor morgen Vormittag. Wenn er sich nicht anders besinnt…«

»Hat er dich jemals ausgefragt?«

»Ausgefragt? Weswegen? Wie meinst du das?«

»Also nicht. Gut. Wenn er es täte, wüsstest du's schon.«

»Ich bin doch keine Idiotin. Verwechsle mich nicht mit der andern Madlen.«

Johan lächelte. Seine Stimme klang beinahe zärtlich. »Ich vergesse keinen Moment, wer du bist.«

Sie rückte ein Stück von ihm weg.

»Also, hör zu.« Sofort sprach er wieder sachlich, fast kühl. »Morgen wird Liebenthann von allem abgeschnitten. Man wird alle Straßen und Wege sperren und zudem einen Ring von Bewachern rund um die Burg legen. Es ist ihnen ernst. Ein offener Angriff hat keine Aussichten. Der Abt hat Geschütze und Stuckbüchsen, aber eine Belagerung… Natürlich hat Breitenstein vorgesorgt. Wein und Verpflegung reichen wahrscheinlich für Monate und so lange wird die Streitmacht des Schwäbischen Bundes nicht zuschauen. Aber der alte Holtzer hat einen Gedanken gehabt: Die Wasserleitung zum Brunnen der Festung wurde mit Männern vom Flecken gebaut. Man kennt die Quelle und man kennt den Leitungsweg. Es wird kein Problem sein, das Wasser der Burg abzugraben. Zwar gibt es eine gefüllte Zisterne, aber wenn es nicht allzu stark regnet, bleibt ihr Nutzen beschränkt. Doch es gibt eine Unwägbarkeit und das ist der Grund, weshalb ich zu dir komme.«

Er hatte sich vorgebeugt und sprach am Ende so leise, dass Madlen ihn kaum noch verstehen konnte. Fragend sah sie ihn an.

»Ich fürchte, es ist eine ziemliche Zumutung, und wenn du nicht willst oder kannst, sag es ruhig. Allerdings schwöre ich dir, dass es niemand erfahren wird. Du brauchst keine Angst zu haben.«

Sie musste sich räuspern. »Wovon redest du denn?«

»Als ich dich damals in der Festung gesucht habe, ist mir bei den Bauarbeiten im Hof etwas aufgefallen: ein frisch zugeschütteter Graben vom Brunnen zur nördlichen Burgmauer. Die Wasserleitung, die man im Ort unten kennt, führt aber von Liebenthann aus nach Süden. Die Quelle liegt unweit vom Wiefelebach, am Hang zwischen uns und dem Ort Berg. Es könnte sein, dass sie im vergangenen Herbst eine zweite Quelle zum Brunnen geleitet haben, ohne dass jemand vom Flecken etwas erfahren hat.«

»Und wenn jetzt die Bauern nur eine der Leitungen kappen, dann hilft euch das nichts.«

»Falls ich Recht habe, ja.«

»Also müsste man sehen, ob es die Verbindung von einer nördlichen Quelle zum Brunnen tatsächlich gibt.« Das also wollte er. Unwillkürlich stand Madlen auf und ging im Raum hin und her. Meloser wartete. »Gut«, sagte sie. »Ich werde gleich heute Nacht gehen.«

»Ich komme mit, Madlen.«

Sie sah richtig erschrocken aus. »Du? Du warst noch nie unten. Du hast gar keine Ahnung, was dich erwarten würde ...«

»Ich komme mit – oder du gehst nicht, Madlen.«

»Wie willst du mich hindern?«

Er lächelte.

»Kannst du überhaupt schwimmen?«, fragte sie ihn.

»So leidlich. Wir müssen ja nicht bis zum Grundmeer tauchen. Warum willst du nicht, dass ich mit hinunterkomme?«

Madlen sah ihn nur an und schwieg.

Noch nie hatte er sich so ausgeliefert gefühlt. Es war nicht einmal Angst, was er spürte, sondern eine Erregung, die einem sinnlichen Glücksgefühl nahe kam. Eine Sehnsucht, vor der alles andere verschwand.

Als sich die Falle über dem Brunnen des Haywangerschen Hauses hob und Johan Meloser die gemauerten Wände betrachtete, wäre er am liebsten zurückgewichen. Aber er folgte Madlen.

Der Schacht war sehr tief, doch er war so gebaut worden, dass es genügend vorspringende Ziegel gab, um daran hinabzusteigen. Erst unmittelbar über dem Wasserspiegel öffnete sich ein Durchbruch in der gemauerten Brunnenwand. Dahinter lag ein befestigter Gang. Vorsichtig tastete Madlen sich vom Schacht aus hinein. Johan brauchte einige Augenblicke, bis er sich so weit überwunden hatte, dass auch er den unterirdischen Stollen betrat.

Zunächst war das Schlimmste die alles erstickende Nacht. Zwar hatte Madlen eine Fackel entzündet, die sie eingehüllt bei sich trug, doch das Licht machte die Finsternis um sie herum umso spürbarer. Sie ging ohne Zögern und rasch. In Hosen und ein ledernes Hemd gekleidet, wirkte sie noch schmaler als sonst.

Allmählich merkte er, dass da noch etwas anderes war. Er spürte einen plötzlichen Schrecken, wie einen Schritt, den er ins Leere tat. War es die Art, wie sie sich hier unten bewegte – oder der kühle Ernst ihres Gesichts? Er fand sie sehr schön. Ein düsterer Glanz war um sie. Als er stockte, sah sie sich nach ihm um. Ihre Augen... Fast wäre er auf eine Ratte getreten. Er taumelte. Madlen berührte kurz seine Hand. Er wollte ihre Finger an seine Lippen ziehen und nur der traurige Rest seines Verstandes hielt ihn davon ab.

Binnen kurzem hatte er keine Vorstellung mehr, wo sie sich befinden mochten. Ihm war, als ob sie immer weiter nach unten liefen. Mehrmals kreuzten sie Höhlen und Gänge, dunkle Buchten nur, an denen Madlen ohne zu zögern vorüberging.

Plötzlich blieb sie stehen. In einer ungewohnt vertraulichen Geste legte sie ihm für einen Augenblick ihre Hand auf den Mund. Dann schwammen sie durch einen Ring – er sah einen Himmel hoch über ihnen – und traten von neuem in einen Gang.

»Das war der Brunnen in eurem Hof«, flüsterte sie. Warum war er heute Nacht nicht verschlossen?

Wenn Meloser die Arme ausstreckte, spürte er Stein. Wieder öffnete sich neben ihnen eine lichtlose Bucht. War da ein Luftzug? Von unten? Eiskalt. Er hatte mit einem Mal das Gefühl, dass Madlen sich davor ängstigte. Der Weg zog sich hin. Immer wieder mussten sie auf allen vieren kriechen, einmal zwängte er sich nur noch mit Mühe voran. Wusste sie noch, wo sie war? Plötzlich blieb sie vor ihm stehen und lauschte. Da – etwas, das wie leichte Schritte klang. Irgendwo hinter ihnen?

»Sicher bloß Wassertropfen«, flüsterte sie. In der dumpfen Stille hier unten nahm vieles andere Bedeutungen an.

Melosers Zeitgefühl schwand. Wieder tastete sie nach seiner Hand. »Jetzt müssen wir vorsichtig sein. Bis zur Burg ist es nicht mehr weit. Wenn jemand im Hof steht, kann er uns vielleicht hören. Der Brunnen trägt die Geräusche womöglich zu ihm hinauf.«

Sie führte seine Hand etwas nach oben. Er tastete Holz. »Das ist die Wasserleitung von Süden. Sie führt knapp über den Gang. An manchen Stellen ist etwas heruntergebröckelt. Da liegt sie dann blank.«

Ganz nah stand sie bei ihm. Für einen Moment roch er den Duft ihrer Haut. Und dann wäre er fast in das Wasser gefallen, so plötzlich tat sich der Brunnenring vor ihnen auf. Tief, dass ihn kein Sternlicht erreichen konnte. Aber als sie beide nach oben schauten, hatte Meloser den Eindruck, als kauere dort eine dunkle Gestalt. Ein Umriss, kaum merklich schwärzer als die übrige Nacht. Er spürte Madlens Schaudern.

Es gab tatsächlich eine nördliche Brunnenleitung. Lautlos schwamm Madlen hin, schöpfte mit ihren Händen rasch von dem strömenden Wasser und kostete es. Danach wich sie sofort zurück in den Gang, durch den sie gekommen waren. Zu Melosers Erstaunen behauptete sie, sie kenne die Quelle des Brunnenwassers, und beschrieb ihm den Ort, den er suchte, genau. Konnte das irgendein Mensch? Er glaubte ihr nicht.

Ihm fiel auf, dass sie fror. Je näher sie auf ihrem schweigenden Rückweg dem Brunnen in seinem Hof kamen, desto mehr zitterte sie. Jetzt fühlte auch er wieder denselben eiskalten Hauch. Unwillkürlich zuckte er diesmal zurück, als er die Leere spürte, die sich vor ihm öffnete. Madlen stand mit dem Rücken zu ihm. Anstatt weiterzugehen, starrte sie in die Dunkelheit vor sich und plötzlich ahnte Meloser, dass es dort weit in die Tiefe ging. Er trat hinter sie. Als er sie bei den Schultern fasste, wehrte sie sich.

»Komm«, sagte er und seine Stimme klang rau. Ohne auf ihre Abwehr zu achten, folgte er ihr, als sie zwei weitere Schritte tat. Er nahm ihre Hand und sie beugte sich über den finsteren Krater, den sie beide mehr ahnen als sehen konnten. Ihm war, als ob er unendlich weit unter ihnen die Brandung von Wasser hörte... Und, ganz in der Nähe, wieder das leichte Geräusch eines Schritts. Mit einer raschen Bewegung ließ Madlen ihre Fackel fallen. Er sah die Flamme kleiner und kleiner werden, ohne dass sie erlosch. Johan wurde fast übel bei dem Gedanken, wie tief es hinunterging. Um sie war Dunkelheit. Wenn sie nur eine falsche Bewegung machte… Und da spürte er, wie sie sich an ihn lehnte. Er zog sie fester an sich und auf einmal schien ihm nichts mehr wichtig, als dass… Im nächsten Moment hatte sie sich aus seinen Armen gelöst.

»Beeilen wir uns.« Als ob sie das Licht der Fackel gar nicht vermissen würde, führte sie ihn sicher zurück.

Nachdem Madlen die erloschenen Kerzen im Pächterhaus wieder entzündet hatte, wollte sie, dass er ging.

»Ich will nicht, dass Engel sich sorgt«, sagte sie. Sie sah noch verlegener aus als vorhin.

Sie nahm seine Hand und dachte daran, wie es sich anfühlen würde… Aber sie durfte nicht zögern. Vor ihr lag das Meer. Er schaute hinab. Nein, sagte er. Aber ja, widersprach sie lächelnd. Ich halte dich fest. Und dann hörten sie beide das Donnern vom Grundmeer. Lauter und lauter, die Steinkuppel hallte und um sie herum schwankte alles. Sie hielt ihn ganz fest. Dann stürzten sie ab.

Ungläubig starrte Johan Meloser am nächsten Morgen die Quelle an, die er genau an der Stelle fand, die Madlen ihm beschrieben hatte – offenbar erst vor kurzem gefasst.

»Alle Achtung«, sagte der Stattmüller und die Männer fingen an zu graben. Meloser hatte behauptet, er habe einen Stiftsknecht bestochen, ihm den Ort zu verraten. Aber sie alle hatten daran gezweifelt.

Kurz danach lag der Brunnen von Liebenthann trocken.

Leonhard von Eck. Wie ein Schlag in den Magen hatten Breitensteins Worte auf Freiberg gewirkt. Verrat war alltäglich, nie hatte er ihn bisher überrascht. Aber dass der, auf den er seine Hoffnungen gesetzt hatte, ihn wie einen Spielstein beiseite schob ... Ihm wurde so übel, er hätte brechen können. Hass würgte ihn, als habe er madiges Fleisch im Mund.

Reischachs Wahl zum Dekan war ohne Gegenstimme erfolgt. Scheinbar gelassen hatte von Freiberg ihm gratuliert. Natürlich hatte er sich beherrschen müssen, als der Mann ihm dabei gönnerhaft auf die Schulter schlug. In fast übermenschlicher Anstrengung hatte er kühl gesagt, dass es nun gelte, sein Augenmerk auf den gemeinsamen Feind zu richten. Am liebsten wäre er selbst auf der Stelle hinausgeritten und hätte die ersten Bauern verstümmelt, auf die er traf. Stattdessen hatte er scheinbar lässig seine Wut verbergen müssen, wenn man ihn fragte, weshalb er von Reischach nun doch den Vortritt ließ.

Gut einen Monat war das nun her. Um sich zu betäuben, hatte er sich in diesen Wochen jedes Begehren, das ihm in den Sinn kam, erfüllt. Es wurde vieles geflüstert und mehr denn je ging man ihm aus dem Weg.

Als er in dieser Nacht Anfang April in den Burghof getreten war, hatte er geschwankt. Er war zum Brunnen getaumelt und hatte hineingestarrt. Einen Moment lang spürte er die Versuchung, sich fallen zu lassen, dieses endlos elende Leben in einer Geste der Rachsucht ganz einfach wegzuwerfen. Seine Lippen verzerrten sich dabei zu einem Lächeln. Es würde womöglich ein Weilchen dauern, bis sie ihn fänden. Ein Selbstmord. Das schlimmste Verbrechen. Im einzigen Brunnen der Festung würde sein Körper sich auflösen.

Und dann sah er auf einmal tief unten das helle Gesicht ... Madlen, dachte er.

Später im Bett hatte er wachgelegen. Es war seinen Feinden gelungen, ihn kaltzustellen. Aber ihm blieb ja noch ein anderer Weg. Er musste endlich hinunter zum Grundmeer. Gold –

Gold und Silber. Madlen. Er wollte keine Rücksicht mehr nehmen. Es galt nur noch zu warten, bis der Krieg, der bevorstand, geführt worden war. Alle Widerstände würden gebrochen werden, in einem langen Akt der Gewalt. Wen würde es da noch kümmern, was mit einer einzelnen Frau geschah?

Der größte Teil des bewaffneten Bauernhaufens hatte die Nacht zum Palmsonntag in den Liebenthann gegenüber liegenden Wäldern am östlichen Hang des Günztals verbracht. Teufelsküche wurde der Ort von den Leuten genannt, wo man unverhofft zwischen turmhohen, durcheinander geworfenen Felsblöcken stand. Bis ins Tal zog sich das Lager der 8000 Mann mit den Tross.

Katherin fror. Obwohl sie sich am vergangenen Abend einen Platz auf einem Wagen erstritten hatte, wo sie unter Planen und zwischen zwei Säcken schlief, war ihr bis zum Morgengrauen die Kälte unter die Haut gekrochen. Sie merkte, dass ihre Decke verschwunden war. Und ihr Rücken tat weh. Auch wenn es schon Anfang April war und tagsüber manchmal die Sonne warm schien, so blieben die Nächte doch feucht und sehr kühl. Am liebsten wäre sie weiter nach hinten gerückt, hätte die Augen geschlossen und die Hände auf ihre Ohren gedrückt. Sie wollte nichts sehen und hören, sie hatte genug davon.

Draußen ging das Geschrei wieder los. Konnten die Leute denn nie ihre lärmenden Stimmen dämpfen? Jeder brüllte so laut, als müsse man ihn bis zum anderen Ende des Lagers hören.

Vor dem Wagen wurde gejohlt und gelacht. Katherin konnte das Kreischen der ältlichen Hure vernehmen, die unweit von hier zwischen den riesigen Felsen am Fuße des Steilhangs ihrem Gewerbe nachging – ungeachtet der Feldordnung, die sich der Allgäuer Haufen gegeben hatte. Demnach war den Metzen der Zutritt zum Heer streng untersagt, genauso wie das Gotteslästern und Fluchen verboten wurde, das Spielen und Zutrinken ... Stattdessen sollten jeden Tag Predigtgottesdienste gehalten werden.

Katherin verzog ihren Mund. Zwar waren die meisten um eine fromme Lebensführung bemüht und zeigten sich daher mit strenger Zucht einverstanden. Sie stritten für Recht und Gottes Gerechtigkeit und das meinten sie auch so. Aber natürlich gab es auch andere Gesinnungen. Und nun, nach den Geschehnissen in der vergangenen Woche, waren die Rechtschaffenen seltsam geschwächt, wie von den niedergetrampelten Grenzen bis zur Lähmung erschreckt. Die, die in ihrem bisherigen Leben nichts zu verlieren gehabt hatten, und die, die nichts und niemanden achteten, bekamen trotz ihrer bei weitem geringeren Zahl auf einmal die Überhand.

Im Halbdunkel unter der Lederplane tastete Katherin nach ihrem Kleiderbündel. Als sie nicht gleich fand, was sie suchte, wurde sie ganz aufgeregt. Das war doch nicht möglich ... Seit sie beim Tross war, wurde sie in den Nächten beklaut. Anfangs hatte sie sich immer wieder beklagt. Aber Jörg ... Er hatte ihr ja gesagt, was sie erwarten würde. Inzwischen war ihr Schlaf nur noch leicht. Dennoch war ihr in der letzten Nacht nicht nur die Decke gestohlen worden, sondern auch ihr letztes Paar Handschuhe, aus einem herrlichen Kalbsleder, gefüttert mit Samt. Diese dreckigen Diebe! Wütend rutschte sie unter der Plane hervor und sprang von der Wagenfläche. Sofort versuchte einer der Kerle, sie aufzufangen. Fast hätte sie ihm ins Gesicht gespuckt – aber das war ihr nicht anzuraten.

Vor zwei Tagen hatte sie schaudernd mit angesehen, wie eine Frau von einem der Zotenreißer und Trinker verprügelt wurde. Keiner war eingeschritten und als Katherin hinging, um die Frau fortzuziehen, hatte auch sie ein Schlag auf den

Wangenknochen getroffen, dass sie getaumelt war. Es tat immer noch weh.

An diesem Morgen aber genügte ihr giftiger Blick, dass der Kerl schweigend zurückwich und sie in Ruhe ließ. Als sie zum Feuer ging, machten alle ihr Platz. Nur eine der Metzen, ein junges, rosiges Ding, blieb vor ihr stehen und starrte sie an. Achtlos wollte Katherin an ihr vorbeigehen, da sah sie zwischen den Fingern der Dirne ihre eigenen Handschuhe. Als die bemerkte, wie Katherins Blick daran hängen blieb, grinste sie. Und das war zu viel. In der linken Hand trug Katherin ihr Bündel, aber die Rechte war frei. Sie holte weit aus, gab dem Weib eine klatschende Ohrfeige und riss ihr Eigentum wieder an sich. Die Dirne war so verblüfft, dass sie sich nicht einmal wehrte. Rundum brach alles in brüllend vergnügtes Gelächter aus. Ohne sich umzudrehen, ging Katherin an dem Feuer vorbei und verschwand hinter aufgestapeltem Brennholz und Lastkarren. Dann erst bemerkte sie, dass sie wie Espenlaub zitterte. Sie zog ihren roten Umhang enger um sich und ignorierte die Blicke, die sie neugierig musterten. Ohne lang nachzudenken, lief sie bergab. Sie wollte nur weg.

Katherin rannte jetzt fast. Wortlos hastete sie an den Wachen vorbei. Dann einige Schritte durch dichtes Gebüsch. Danach kam freies Feld. Sie besann sich nur kurz.

Gleich darauf entdeckten die Späher der belagerten Festung eine rotgekleidete Frau auf dem Weg durch die lang gezogene Senke des Günztals. Sie hatte den Fluss fast erreicht, als ein Mann aus dem Schatten des Lagerwalds trat. Er sah sich kurz um, dann ging er ihr nach.

Zunächst merkte Katherin gar nicht, dass jemand hinter ihr war. Die Wiese am Ufer war sumpfig, oft sank sie knöcheltief ein und sie dachte nur daran, einen Steg über die Günz zu finden. Immer wieder versperrten ihr dicht gewachsene Weiden den Blick. Wenn sie allen Windungen folgte, kam sie nur sehr langsam voran. Als sie den Mann endlich hörte, war er schon nah. Natürlich hätte sie warten können, aber sie tat es nicht. Stattdessen sprang sie ins Wasser, watete an das andere Ufer, zog sich an Zweigen hinauf und rannte, als hetzten sie Hunde, auf den gegenüberliegenden Waldrand zu.

Er setzte ihr nach und er war schneller als sie. Selbst wenn sie das schützende Dickicht erreichen konnte ... ihre Füße flogen beinah. Für ein paar Augenblicke hörte sie nur die unglaubliche Stille, die an diesem Morgen über der Senke lag. Dann kamen seine Schritte dazu. Umschauen konnte sie sich nicht. Sie trat in ein Erdloch und strauchelte. Aber sie fing sich wieder, schlug einen Haken und sah den Weg nach Obergünzburg und dahinter den Wald vor sich. Und dann stolperte sie über ein Wässerungsbrett. Mit ihren Knien und einer Schulter prallte sie auf dem Boden auf. Erst nahm der Schmerz ihr die Luft, dann roch sie Erde und Gras. Schon kniete der Mann neben ihr.

»Hau ab!«, erscholl es plötzlich vom Weg.

Vorsichtig hob Katherin den Kopf und entdeckte ein paar Schritte entfernt Thoman Becherer. Er hatte einen Dolch in der Hand. Zugleich bemerkte sie, dass ihr Verfolger keine Waffe besaß. Er zögerte kurz, dann lief er davon.

Thoman steckte den Dolch in seinen Gürtel zurück und bückte sich, um ihr aufzuhelfen. »Verletzt?«, fragte er.

Katherin streckte sich vorsichtig. »Nein.« Der nasse Boden war weich.

Mit dem Kopf deutete Thoman in Richtung des Mannes, der eben die Günz querte. »Einer vom Haufen?«

Sie nickte und spürte seinen nachdenklichen Blick auf sich. Es war klar, was er dachte. Sie straffte die Schultern. »Ich wollte Madlen besuchen.« Es klang ziemlich kümmerlich.

»Wie kommst du darauf, dass dir der Mann etwas tun wollte?« Madlen schob Katherin einen weiteren Teller mit Honig und Haferbrei hin. »Ich meine, du bist Jörg Schmieds Geliebte, nicht wahr? Und dann läufst du direkt auf die Festung des Fürstabtes zu ...«

Katherin seufzte. Sie wirkte mager und blass. Obwohl sie beim Herd saß, in ihren Mantel fest eingewickelt, sah es aus, als ob sie immer noch fror. »Ich weiß nicht. Ich war so erleichtert, als Thoman mit einem Mal vor mir stand.« Dass sie ihm bisher misstraut hatte, schien nicht mehr wichtig zu sein.

Madlen sagte ihr nicht, dass sie sich fragte, was ihr Mann um die frühe Stunde dort unten gewollt hatte. Er hatte Katherin nur bis zum Haus gebracht und war sofort wieder gegangen. Obwohl Madlen anfangs beschlossen hatte, gar nicht wissen zu wollen, mit wem Thoman schlief, fiel es ihr mit der Zeit immer schwerer, nicht darüber nachzugrübeln. Manchmal, wenn er sie ansah, kam es ihr so vor, als ob sie für ihn eine Fremde wäre. Nicht nur sein Körper schien ihr besessen von jemand anderem.

»Weshalb bist du überhaupt in dem Lager gewesen? Soviel ich weiß, hat Jörg Schmied im Ort sein Quartier. Im Haus vom Stattmüller.«

»Ja. Aber wir sind nicht verheiratet.« Es dauerte eine Weile, bis Katherin leise weitersprach. »Er hat überhaupt nicht gewollt, dass ich mitgehe. Richtig wütend war er. Was ich mir vorstelle? Wie es meiner Meinung nach zugeht beim Tross, wollte er wissen. Und ich habe geglaubt, er malt viel zu schwarz. Ich wollte unbedingt bei ihm sein, so lange es möglich ist. Aber dann, als unsere Leute das Stift besetzt und geplündert haben, da habe ich schon gemerkt, dass er Recht hat. Es sind welche darunter, denen wirklich nichts heilig ist. Was die, ohne nachzudenken, zerstört haben ... Die schönen

Gewänder, die Wäsche, die Bücher und Bilder, sogar die Altäre, die kostbaren Kirchenfenster ... Schmalzkübel haben sie aus den Fenstern gekippt und alles beschmiert. Und anstatt die erbeuteten Vorräte einzuteilen, haben sie damit furchtbar gehaust. Dafür geht ihnen schon jetzt die Verpflegung aus ... Zudem hat der Jörg doch immer darauf gehofft, dass die Stadt auf der Seite der Bauern steht. Aber die haben die Tore geschlossen und die Mauern besetzt. Deswegen konnte ich auch nicht mehr zurück. Die beiden Weinfässer vom Klosterkeller, die man ihnen schicken wollte, haben die Kemptener sofort zurückgewiesen. Ach, Madlen! Jeden Tag habe ich Angst ...«

Alle wussten bereits, dass vor fünf Tagen der Baltringer Haufen bei Leipheim von den Truppen des Schwäbischen Bundes niedergemacht worden war. Hunderte, vielleicht sogar tausende Bauern, die ohne Gegenwehr flohen, waren ermordet worden. Die Anführer wurden kurzerhand hingerichtet.

Katherin war dabei gewesen, als die Allgäuer Bauern einige Herrschaftssitze verwüstet hatten, Wolkenberg ausgeraubt und dann niedergebrannt hatten. Noch hatte sie den Brandgeruch in ihrer Nase und meinte das Feuer zu hören, das in den Mauern getobt hatte. Aber den Vögten hatten die Aufrührer dabei nicht nur kein Haar gekrümmt, sie hatten sie auch noch in ihre Zufluchtsorte begleitet und ihnen ihr Eigentum nachgeschickt.

Bei Katherins letzten Worten war Thoman eingetreten. »Ihr solltet nach Hause gehen«, sagte er freundlich. »Im Augenblick ist um Kempten herum alles ruhig. Die Stadttore sind auch wieder auf. Ich bringe Euch hin.«

»Gleich?«, fragte Katherin und stand auf.

»Wenn Ihr wollt«, antwortete Thoman und lächelte. »Falls wir gleich reiten, sind wir nachmittags da.«

Madlen konnte ihre Bedenken nicht mehr in Worte fassen, als sie Katherins Erleichterung sah. Schon kurze Zeit später brachen die beiden auf. Mit seltsam gemischten Gefühlen sah Madlen ihrem Mann und Katherin Wassermann nach.

Die Entscheidung fiel vor der Tür des Aborts. Mit verkniffenen Hinterbacken trafen sich hier, an diesem taufrischen Aprilmorgen, alle Konventsherren, bis auf von Wernau, der noch seinen Rausch vom vergangenen Abend ausschlief. Vor zwei Tagen hatten die Bauern dem Abt förmlich den Krieg erklärt. Seltsamerweise hielt Sebastian von Breitenstein ihren Fehdebrief selbst noch in diesem zugigen Flur in der Hand, ganz so, als brauche er ihn nach Verrichtung der Notdurft zum Zwecke der Säuberung.

Wolfgang von Grünenstein fand sich in seinem Eindruck bestätigt, dass der Fürstabt noch immer nicht völlig begriff, wie weit der Ungehorsam der Untertanen gediehen war. Schon vor fünf Tagen, als die Aufständischen ihm das Vieh und die Pferde von seiner Weide holten, hatte er beim Erhalt dieser Nachricht einen verwirrten Eindruck gemacht. Bei den Verhandlungen mit den Vertretern des Bauernhaufens wechselten sich Breitensteins Wutausbrüche dann mit kleinlautem Schweigen ab und auch die städtischen Ratsherren, die zur Vermittlung zwischen den beiden Parteien mehrmals aus Kempten kamen, hatten eine gütliche Lösung bisher nicht fördern können.

Von Grünenstein hätte es sich durchaus zugetraut, einen Sturmangriff gegen die Festung zurückzuwerfen. Zwar hatte der Allgäuer Haufen inzwischen Geschütze erbeutet, aber wenn man Liebenthann nur entschlossen verteidigte... Schon bei den ersten Kanonenschüssen von den Mauern der Burg würden die kampfunerfahrenen Bauern wie die erschrockenen Hasen laufen. Auch eine lange Belagerung wäre trotz der Wasserknappheit kein großes Problem. Bei jedem Regen füllte sich die Zisterne wieder und mit Disziplin und den vorhandenen Weinvorräten ... Allerdings müsste der Wasserbehälter zunächst gesäubert werden. Nachdem der Brunnen versiegt war, hatte das faule Zisternenwasser ihnen allen nicht gut getan. Das war auch der Grund dafür, dass man sich ständig hier vor dem Abort traf.

Grünenstein war es allerdings klar, dass es nicht in seinem Interesse lag, wenn er Breitensteins Stellung stärkte – und das wäre bei einem zu raschen Sieg über die Bauern der Fall. Es wäre seinem persönlichen Ehrgeiz weit dienlicher, wenn der Kirchenfürst Schwäche zeigte, noch bevor Georg von Waldburg mit den Truppen des Schwäbischen Bundes ihnen zu Hilfe kam.

»Wer hockt da so lang?«, brüllte der Abt.

Um sich herum sah er nur graue Gesichter und Achselzucken. Wie sollte man verhindern, dass sich der Dicke ganz einfach vordrängte, obwohl er als Letzter kam?

Der Abt barst schon fast. Er dachte daran, Erleichterung in einer Ecke des Stalls zu suchen. Nichts hasste er mehr als schlechtes Essen und eine Beschränkung seiner Bequemlichkeit. Und was er hier ertragen musste ... Es gab kein gut gebackenes Weißbrot mehr. Den Jungen, den er vor einer Woche mit Geld in den Ort reiten ließ, hatten die Obergünzburger ausgelacht. Sie hatten das Pferd gestohlen und auch das Geld behalten. Auch ein gutes Fischgericht hatte er seit Tagen nicht mehr gesehen. Und weil man das brackige Wasser aus dieser verdreckten Zisterne nicht trinken konnte, soffen alle von seinem Wein. Er hatte angeordnet, dass es für Soldaten und das Gesinde keinen mehr gab, aber man hatte ihm klargemacht, dass niemand kämpfen oder bedienen kann, wenn seine Gedärme ihn ununterbrochen in kauernder Stellung halten.

An diesem Vormittag sollte noch einmal mit den Empörern verhandelt werden. Sie verlangten die Übergabe der Burg. Breitenstein dachte an Mandelkuchen und saftige Fleischpasteten. Und dann überfiel ihn wieder die Furcht. Für einen scheußlichen Augenblick meinte er sicher zu wissen, wie es sich anfühlen würde, wenn ihm der Spieß eines Bauern in seine Kehle fuhr. Dieses Angstgefühl, das ihn immer öfter und öfter wie ein schrecklicher Krampf befiel, wirkte sich jetzt auf den verheerenden Drang in seinem Inneren aus.

»Raus hier! Egal, wer da drin ist! Auf der Stelle hier raus!« Mit beiden Fäusten trommelte er gegen das Holz. Dann drehte er sich schwer atmend rum, Mund und Augen weit aufgerissen. Er brüllte: »Und damit Ihr es alle wisst, ich habe beschlossen, dass wir uns in den Schutz der Stadt Kempten begeben!«

Bei diesem Satz ging die Tür auf und Adam von Stein wankte heraus. Sein Beinkleid schlug Falten, als habe er es in der gebotenen Eile nicht mehr ganz hochgezogen. Seine hängenden Wangen wirkten wie eingetrocknet und die Spitze der Nase rollte sich deutlich nach innen. »Nein!«, rief er erschüttert aus. »Mein ganzes Silbergeschirr!« Dann stutzte er und machte wieder einen Schritt zurück. Er schlug die Tür des Aborts erneut hinter sich zu und schob, für alle deutlich vernehmbar, drinnen den Riegel vor.

»Zwei Pferde, zehn silberne Becher, sein Bettzeug und 300 Gulden hat er behalten dürfen. Alles andere blieb da. Sogar seinen Stab hat der Abt ihnen lassen müssen. Der Adam von Stein soll geweint haben, wegen dem Silberzeug. Statt dass er sich gefreut hat, weil man ihn und die anderen am Leben lässt! Jetzt hocken sie allesamt sicher in Kempten. Die Städter haben's ja fürchterlich wichtig mit ihnen gehabt.« Missbilligend schüttelte die Köchin Martha den Kopf.

Sie war da, um »nach dem Rechten zu schauen«, weil Ulrich Erhart darauf bestand, dass Nelli bei ihrer Mutter blieb, solange die Wege nicht sicher waren. Also nahm Martha an diesem Nachmittag mit wichtiger Miene neben dem Ofen im Pächterhaus Platz. Da keine dringenden Arbeiten warteten, nutzte sie ihren Besuch, Madlen stattdessen das Neueste mitzuteilen. Damit sie nichts vergaß, zählte sie an ihren Fingern mit.

»Den ganzen Tag haben die Bauern gestern die Burg ausgeräumt. Allein die Monstranzen und die Reliquienschreine sollen um 60 000 Gulden wert sein. Die haben sie in die Kirche gebracht, nachdem sie auch dort die Geldtruhe geplündert hatten – man sagt übrigens, der Hilfsvikar laufe in einem farbigen Kittel wie ein Landsknecht herum. Na und dann: 500 Malter Getreide, viel Mehl und auch Salz und zehn Fuder Wein. Allein 33 Betten und Bettladen! Urkunden, Register, Briefe und Bücher vom Stift. Der Jörg Schmied soll sich nur um die Waffen gekümmert haben: Hellebarden und Harnische, Büchsen, sogar sechs Geschütze waren da. Und drei kostbare Streitrosse. Die Wertsachen werden verkauft und an die Pfarrgemeinden verteilt.« Martha seufzte schwer. »Wenn ich an meine fünf Gulden denke ... Am liebsten wäre ich auch mit zur Burg gelaufen. Aber man weiß ja, was die Kerle anschließend treiben wollen, wenn sie erst mal betrunken sind.«

Madlen hatte Mühe, nicht zu lächeln. Sie stellte sich Martha unter den Plünderern vor. Wahrscheinlich hätte die Köchin schreiend die Flucht ergriffen, wenn sie hätte mit ansehen müssen, was die Eroberer mit dem guten Getreide und dem kostbaren Wein taten.

Nachdem sie alles berichtet hatte, stand Martha auf. Während sie sich noch einmal prüfend im Haus umsah, sagte sie: »Warum zieht Ihr nicht zu Eurem Schwager, bis wieder Ruhe einkehrt? Dauernd sagt der zu Eurem Mann, sie beide wären auf dem Hof weit besser aufgehoben. Wer soll Euch schützen, wenn etwas passiert? Und für Eure Schwägerin wäre es auch gut. Immer nur dieses verdruckte Geschöpf, diese Margret, um sich …« Die Köchin hatte über die Jungfer schon immer den Kopf geschüttelt. »Ein Blättchen im Wind. Hat keinen Wert«, urteilte sie.

Als Madlen nichts erwiderte, nahm Martha das Kätzchen auf, das auf der Ofenbank schlief. Es streckte sich und stieß dabei die winzigen Krallen in ihre Armbeuge.

»So ein Luder«, empörte sie sich und ließ es rasch los. Dann glättete sich ihre Miene wieder. »Ich glaube«, sagte sie, während sie ihre Wurstfinger über der fülligen Körpermitte gefaltet hielt, »also ich könnte mir vorstellen, dass Eure Schwägerin schwanger ist.«

Madlens Herz stolperte.

»Sie hat nichts gesagt«, fuhr Martha fort, »aber … also, sie hat so einen Ausdruck an sich … Ich finde, dass es für Engel Meloser das Beste wäre, wenn sie Euch bei sich hätte. Gebe Gott, sie verliert ihr Kind diesmal nicht.«

Da in diesem Moment Thoman das Haus betrat, fiel Martha Madlens seltsamer Blick nicht auf. Durch die Öffnung der Tür drang ein unnatürlicher Lichtschein herein.

»Was ist los?«, fragte Madlen ihren Mann. Ihre Lippen fühlten sich trocken an.

»Sie haben die Burg angesteckt.«

»Die Festung brennt?«

Auf die Entfernung konnte man das Krachen nicht hören, mit dem die Ställe und Lagerschuppen und die Zwischendecken des Haupthauses einstürzten. Man sah nur den blutigen Feuerschein, der hoch in den Abendhimmel reichte. Aber sie rochen den Rauch.

Martha musste sich setzen, weil ihr die Aufregung über das

Feuer die Luft wegnahm. »Wenn es sich ausbreitet!«, rief sie in klagendem Ton. Wie immer malte sie sich gleich das Schlimmste aus.

»Der Wald ist zu nass«, erwiderte Madlen geistesabwesend.

»Was glauben die eigentlich? Dass sich die Herren nicht rächen werden?«, hörte sie die Frau weiterjammern.

Diese Angst teilte Madlen allerdings. »Johan will, dass wir mit Engel nach Kempten gehen. Vielleicht hat er Recht«, murmelte sie.

»Ja, sicher«, bemerkte Thoman unbeeindruckt. »Er allein weiß, was das Richtige ist. Nicht allein, dass dieser gefühllose Bauer meine Schwester unglücklich macht, jetzt meint er auch noch, er könne über dich und mich bestimmen. Ich habe dir schon gesagt, wir sind nicht in Gefahr.« Sein ärgerlicher Ton milderte sich, als er den Blick vom Feuerschein abwandte und den beklommenen Gesichtsausdruck seiner Frau sah. »Madlen, ich verspreche es dir!«

Aber wie konnte er das? Natürlich, er hatte Katherin sicher nach Kempten gebracht. Als er am darauf folgenden Abend zurückkam, hatte er einen Brief für Madlen dabei. »Von deiner Freundin«, sagte er. Aber Katherin konnte kaum schreiben und Madlen sah, dass es Thomans Handschrift war. »Sie hat mich gebeten, es für sie aufzuschreiben.«

›Wir sind sicher angekommen. Hier ist alles ruhig. Morgen früh öffne ich meinen Laden wieder. St. Sebastian habe ich gegen die Wand gedreht.‹ Madlen verzog belustigt den Mund.

»Was meint sie damit?«, hatte Thoman gefragt und auf den letzten Satz gedeutet. »Sie hat es mir nicht sagen wollen.«

»Nur ein Scherz zwischen uns.« Also war alles gut gegangen. »Danke, dass du sie begleitet hast.« Madlen war so erleichtert gewesen, dass sie Thoman umarmen musste.

»War doch nichts dabei«, hatte er abgewehrt.

Angesichts der brennenden Festung zögerte Martha, sich auf den Weg zu machen. Überall konnte man auf Bewaffnete stoßen, und dass manchen nichts heilig war, sah man ja. Aber Thoman wollte eh noch hinunter zum Hof. »Auf schöne Frauen muss man in diesen Zeiten gut aufpassen«, sagte er ernsthaft und bot der glucksenden Köchin seinen Geleitschutz an.

Madlen blieb allein zurück. Sie konnte die Augen nicht von dem riesigen Feuer wenden. Sie dachte an Johan und Engel ... ein Kind ... Und wenn hier alles in Flammen aufging? Es war seit langem das erste Mal, dass sie sich danach sehnte, einfach zusammenzupacken und wegzugehen. Aber wohin? Ins Dunkel zurück? Lieber sah sie im Licht ihrer strahlenden Sonne die Welt in Stücke gehen.

Der kleine Kater war hungrig und schrie. Also holte Madlen etwas Milch aus dem Haus und stellte die Schüssel mit klein geschnittenen Resten von kaltem Geflügel zu ihren Füßen hin. Merkwürdigerweise genügte es schon, das Tierchen hingebungsvoll trinken zu sehen, dass es ihr besser ging.

Es war der erste warme Abend in diesem Jahr. Die Luft war von einer erstaunlichen Milde und aus den Sträuchern stiegen Wolken von Honigduft auf. Den Pächterhof umgaben keine Mauern aus Stein, sondern ein Halbrund von dornigen Heckenrosen, Eschen, Ahorn und Vogelbeerholz. Davor standen, ein wenig verstreut, das Haus und der lang gezogene Werkstattschuppen, dazu die Brennholzlege, zwei kleine Scheunen, ein leeres Hühnerhaus. Der einfache Ziehbrunnen mitten im Hof hatte kein Dach. Nach vorn, zum Weg hin, neben dem Obstgarten, gab es gehackte Beete für das Gemüse und Frühlingsblumen.

Weil sie noch nicht hineingehen wollte, setzte Madlen sich

auf den Brunnenrand. Es war inzwischen dunkel geworden. Das tiefe Blau des Abendhimmels wurde zur Nacht. Unter dem Feuerschein glühte das Licht der Sterne nur schwach. Vom Dorf her drangen Stimmen herauf. Seit vor zwei Tagen die Burg gefallen und der Abt mit seinem Gefolge eilig nach Kempten geflohen war, gab es für die Leute keinen Gedanken an Schlaf.

Madlen gähnte und bemerkte zwischen den Bäumen lautlose Eulenschwingen. In der Hecke neben ihr raschelte es. Sie wandte sich um und nahm dabei einen ungewöhnlichen Schatten am Rande des Hofes wahr. Er wirkte bewegungslos und das war seltsam, denn im Wind dieses Frühlingsabends wiegten die Zweige der Bäume und Sträucher sich sanft auf und ab. Mit einem Mal wachsam, starrte sie hin. Plötzlich kam der Schattenriss näher, und obwohl sie sein Gesicht im Dunkeln nicht sehen konnte, erkannte sie Johan Melosers Gestalt.

Er setzte sich neben sie auf den Brunnenrand. Sie konnte ihn spüren.

»Morgen will Schmied weiter flussabwärts ziehen. Ein Teil seiner Leute geht aber nicht mit. Die meinen, sie haben fürs Erste genug hinter sich, und besuchen noch einmal das Stift. Viele wollen auch auf ihre Felder zurück«, sprach er in die Nacht vor sich.

Madlen fragte hastig und ohne Zusammenhang: »Martha meint, dass Engel ein Kind bekommt?«

Überrascht hob Johan den Kopf und schaute sie an. »Wie kommt sie darauf?«

»Dann ist es nicht wahr?«

»Ist es nicht, nein.« Warum war es bloß so wichtig für sie?

Der Mond stieg über die Kuppe des Hangs und tauchte den Hof in sein Licht. Sie schauten sich an. Und da wusste Madlen, dass er es erriet. Als sie sich hastig erhob, rutschte das Milchschälchen, das sie vorhin neben sich abgestellt hatte, über den Brunnenrand. Erschrocken griff sie danach. Vergeblich, es verschwand in dem Schacht.

Auch Johan war aufgestanden. »Da kann man nichts machen«, sagte er leise zu ihr. Ihre Gesichter streiften sich fast. Ein letztes, atemloses Zögern. Und dann küssten sie sich, wider jede Vernunft. Es war nur ein kurzer, zarter Moment, eine scheue Berührung, die Entzücken und Angst in sich barg. Gleich darauf hörten sie Schritte am Weg.

Siebenundzwanzig

»Es wird nicht mehr lang dauern, meinst du?«

»Bestimmt nicht. Waldburg ist auf dem Weg hierher.« Margret zitterte, als ob sie frieren würde. Aber die Kammer war warm.

Engel Meloser nahm ihrer Jungfer den Krug aus der Hand. »Na ... was hast du denn?«

»Verzeiht.« Margret blickte ihre Herrin nicht an. Was hätte sie sagen sollen? Dass die meisten in diesen Tagen vor lauter Angst kaum noch atmen konnten? Nachdem Georg von Waldburg, den man inzwischen den Bauernjörg nannte, in Franken und Württemberg Abertausende abschlachtete? Und Martin Luther, der Reformator, zu dem viele hingeblickt hatten, nun ›wider die mörderischen und räuberischen Rotten der Bauern‹ schrieb? Oder dass immer wieder von entsetzlichen Gräueln berichtet wurde ... und davon, wie nach den Siegen des Schwäbischen Bundes der Henker erbarmungslos unter den schreckensstarren Besiegten wütete? Überall, auch im Elsass, auch in Thüringen, war der Aufstand schon blutig beendet worden. Jetzt, ganz zuletzt, war das Allgäu dran. Jeder wusste das doch.

Natürlich, sie konnte einfach die Wahrheit sagen ... Das Gesicht zum Boden gewandt, verzog Margret mit einem bitteren Lächeln den Mund. Sie zweifelte daran, dass Engel

Meloser ihre Gefühle hätte begreifen können. Vielleicht hätte sie sie getadelt, wahrscheinlich aber hätte sie nur genickt, gleichgültig, mit ernstem Gesicht, wie immer in ihren Gedanken weit weg. Was kümmerte diese mit sich selbst beschäftigte Frau, was in ihrer Jungfer vorging? Sie hatte sich so weit von allem zurückgezogen ... Und dabei war sie so schön, dass es rührte, sie anzusehen, in diesem mit kostbaren Stoffen ausgeschlagenen Raum, der seine Bewohner in Tapisserien und Polster, in Samt und Seiden geradezu einhüllte. Wie in einem weichen Alkoven ruhte man hier.

»Komm her«, sagte Engel und strich der jungen, ein wenig linkisch wirkenden Magd über das rötliche Haar. Flüchtig fiel ihr darin ein neues Seidenband auf. »Ich möchte ein freundliches Lächeln sehen.«

Der schmeichelnde Ton wirkte sofort. Margret ermahnte sich, dankbar zu sein. Was wurde von ihr schon verlangt? Dummerweise hatte sie nicht das einfache, frische Gemüt, das vielleicht geeignet gewesen wäre, ihre zurückhaltende Herrin ein wenig aufzuheitern. Aber vor ihr hatte Engel Meloser alle anderen Mädchen nach kurzer Zeit fortgeschickt. Nur mit der schüchternen Margret schien sie zufrieden zu sein.

»Ich dachte, dass diese Bauern mühelos siegen werden und dass dann wieder Ruhe einkehrt. Glaubst du, dass Meloser ... ich meine, dass wir uns fürchten müssen?« Es war seit langem das erste Mal, dass Engel sie aufmerksam musterte. Oft dämmerte sie tagelang nur vor sich hin, ging früh schlafen, rief Margret erst am späten Vormittag wieder, damit sie ihr beim Waschen und Ankleiden half. Und schien keinen Gedanken darauf zu verschwenden, was in der Welt draußen vor sich ging.

Hilflos schaute die Jungfer sie jetzt an. »Ich weiß es nicht.«

Engel seufzte. Gleich würde sie sich wieder in ihrem gepolsterten Sessel zurücklehnen und in die Flammen der Kerzen starren. Also begann Margret hastig zu sprechen: »Es ist so viel passiert, seit dem Brand, wisst Ihr ...«

Engel hatte die blonden Flechten gelöst und ihr Haar lag wie ein Umhang über dem Sesselrücken. Spielerisch fuhr sie immer wieder mit den Händen hindurch, während sie, scheinbar um Anteilnahme bemüht, in das angespannte spitze Gesicht vor sich sah. Wie sie es gern tat, hatte sich Margret auf einen mit Fell überzogenen, niedrigen Fußschemel dem Sessel gegenüber gesetzt. Sie kniete beinah und schaute von unten zu Engel auf.

»Seit dem Brand von der Burg, ach ja ...« Als ob sie es längst wieder vergessen hatte! Nun, so weit sich Margret erinnern konnte, war ihrer Hausfrau der gigantische Feuerschein keinen Blick wert gewesen. Sie hatte sich an jenem Abend lediglich sinnend zurückgelehnt, so wie jetzt, und erklärt, dass sie sich nicht wohl fühle.

»Kurz danach ist doch die Nachricht gekommen, dass sich die Wurzacher Bauern ergeben haben. Sie haben fliehen wollen, aber viele sind erstochen worden oder sind im Moor ertrunken ... Von Waldburgs Gefangenen sollen einige hundert spurlos verschwunden sein ... Dann hat man uns erzählt, dass die Seebauern am Ostermontag vor Waldburg auf die Knie gefallen sind. Und seinem Vertrag haben sie zugestimmt. Die Westallgäuer und die vom Oberallgäu sollen sich auch unterworfen haben. Bloß Jörg Schmied hat weitergemacht. Durchs Mindeltal ist er hinaufgezogen und hat eine Burg nach der andern zerstört. Bis er kein Glück mehr hatte ... Aber die hiesigen Bauern hat er doch noch einmal umgestimmt. Die sind wegen ihm vom Weingartner Vertrag wieder abgefallen ... Ich habe es Euch erzählt, erinnert Ihr Euch?«

Engel gähnte hinter einer vorgehaltenen Hand und Margret brach ab. Lächelnd beugte die Hausfrau sich vor. »Rede ruhig weiter. Ich bin nur etwas müde. Aber ich möchte gern alles wissen...«

Gehorsam fuhr Margret fort: »Dann gab es da noch einen anderen Vertrag. Den hatte der Bruder des Kaisers mit den Allgäuer Bauern, als sie Anfang Mai alle vor Füssen lagen, schon abgeschlossen. Aber der Schwäbische Bund hat ihn abgelehnt.« Margret seufzte. »Dafür sind die Bundestruppen nach Memmingen eingezogen und viele Aufständische sind auf dem Marktplatz enthauptet worden. Der Prediger Schappeler, sagt man, habe allerdings entkommen können... Die Bauern wollten die Bundestruppen aushungern. Die Wasserleitungen haben sie abgegraben, sogar den Stadtbach haben sie umgeleitet. Der Obergünzburger Haufen und der Jörg Schmied waren dabei. Aber dann hieß es: Der Georg von Waldburg kommt. Und der Georg von Frundsberg hat bei Mindelheim droben tausende Landsknechte für den Schwäbischen Bund angeworben. Deshalb haben die Bauern die Belagerung von Memmingen abgebrochen. Sie hatten auch keine Verpflegung mehr...«

»Nun... aber... Was will Waldburg dann hier?«, fragte Engel verständnislos.

»Den Aufrührern endgültig den Garaus machen. Es gibt eine Schlacht, und zwar sehr bald.« Johan Meloser stand unvermittelt in der Kammertür. Ihm war die Ungeduld über Engels Gleichgültigkeit anzumerken. »Die Bauern sind wieder zu den Waffen gerufen worden.«

»Ach«, sagte seine Frau und hob ihren Kopf, um ihn flüchtig anzuschauen. »Aber wir haben damit doch gar nichts zu tun? Du bist doch kein Leibeigener.« Beim Blick in Melosers undurchdringliche Miene schwang in ihrer trägen Stimme plötzlich Besorgnis mit.

Er unterdrückte den Ärger darüber, dass sie nicht auf ihn hatte hören wollen, als er vor Wochen versucht hatte, sie dazu zu bewegen, dass sie zu ihren Eltern nach Kempten ging. Dass sie einfach nichts wahrnehmen wollte, was ihr entrücktes Dasein womöglich gefährdete, erbitterte ihn. Deshalb ging er jetzt auf ihre Bemerkung nicht ein.

»Ich möchte, dass du mir hilfst«, sagte er stattdessen. Mit großen Augen schauten sowohl seine Frau als auch die Jungfer ihn an. »Es gibt Gerüchte, dass man Waldburg befehlen wird, er soll Obergünzburg niederbrennen.« Margret stöhnte auf. Johan warf einen kurzen Blick auf sie. »Man kann den Ort kaum verteidigen. Und die einzelnen Höfe, auf die das Bundesheer stoßen wird, die sind noch schlechter dran. Aber sie werden sich nicht damit aufhalten, gegen ein ummauertes und bewaffnetes Anwesen anzurennen. Ich möchte daher, dass du zu deinem Bruder gehst und ihn bittest, dass er und seine Frau sofort herkommen. Auf mich hört er nicht, aber vielleicht auf dich. Mach ihm klar, dass das für uns alle sicherer ist.«

»Ja... wenn du meinst... Aber ich kann doch nicht allein...«

»Nein, natürlich nicht. Der Großknecht begleitet dich. Und, wenn du möchtest, auch noch ein zweiter Mann.«

Es war schon dunkel draußen. »Wenn du meinst, dass das notwendig ist...«

Als Johan nicht antwortete, schickte Engel Margret mit tonloser Stimme nach ihrem Mantel und begann langsam, ihr Haar zu flechten. Mit einer groben Geste griff er nach ihrer Hand. »Dazu ist jetzt keine Zeit. Zieh eine Haube über und geh!«

Ihr Blick machte deutlich, was sie von seinem Benehmen hielt. Aber mit duldsamer Miene folgte sie ihm. Zögernd lief Margret hinter ihr her.

Weder die beiden Knechte noch Engel oder die Jungfer hatten Madlen hinter dem Brennholzstapel bemerkt. Sie waren gleich ins Haus getreten, ohne sich erst im Hof umzusehen. Obwohl sie neugierig war, warum sie gekommen waren, warf Madlen erst noch ein paar Scheite in ihren Korb. Dann schleppte sie ihn zur Tür, schob sie auf und bat den Großknecht, der ihr zu Hilfe eilte, das Holz unter den Herd zu räumen. Schließlich wischte sie ihre Hände an einem Lappen ab. Etwas Harz klebte daran. Madlen schnupperte. Neben dem würzigen Holzduft roch sie schwach noch etwas anderes im Raum.

»Engel möchte, dass wir mit ihr zum Hof gehen. Für ein paar Tage, bis diese Bauern ihre Schlacht endlich geschlagen haben und wieder Ruhe einkehrt.«

Mit gemischten Gefühlen hörte Madlen zu. Zum einen war sie erleichtert, dass Thoman die nahe Gefahr endlich zur Kenntnis nahm. Während alle in den vergangenen Monaten in immer verzweifelterer Anspannung gelebt hatten, schien er von der Entwicklung des Krieges vollkommen unberührt zu sein. Er schloss sich in seine Werkstatt ein und schuf immer neue, nie gesehene Lautenmuscheln. Oder er schnitzte an seinen Rosetten, bis sie zarter als Flechtwerk waren. Dabei wirkte er ungewöhnlich zufrieden und heiter. Doch offenbar war es nun seiner Schwester gelungen, ihn endlich aufzuwecken, denn zum ersten Mal sah er besorgt aus.

Aber Madlen fühlte sich Engel gegenüber befangen und bei dem Gedanken, in ihrem Haus Schutz zu suchen, war ihr nicht wohl. Seit jenem Abend, als sie und Johan sich geküsst hatten, hatte sie sorgsam vermieden, noch einmal mit ihm allein zu sein. Die Schritte auf dem Weg waren damals gleich wieder verstummt und niemand war gekommen. Trotzdem hatte Johan den Hof und den Weg abgesucht. »Keiner da«, hatte er festgestellt. Fast drei Monate war das nun her. Seitdem hatte Madlen sich oft gefragt, wer sie wohl gesehen hatte.

Während Thoman rasch in der Werkstatt Instrumente und Werkzeug zusammenpackte und die Sachen gemeinsam mit den zwei Knechten auf einen Karren lud, halfen Engel und Margret Madlen im Haus. Als die beiden mit ihr nach oben gingen, um das Bettzeug und einige Kleider zu einem Bündel zu rollen und einzuschnüren, stieg Madlen erneut der Duft in die Nase, den sie schon vorher bemerkt hatte.

Ihr fiel plötzlich jene Nacht ein, als sie mit Thomans Decke in seine Werkstatt gekommen war ... die beiden Liebenden, die sie gehört hatte. Unwillkürlich starrte sie Margret an. Jener Duft in der Werkstatt war der gleiche gewesen wie jetzt der hier im Raum. Und dann fiel ihr noch etwas auf. Im rotblonden Haar der Jungfer steckte ein fein ziselierter silberner Kamm. Madlen war sich fast sicher, dass sie ihn schon einmal gesehen hatte – als sie mit den anderen Frauen in dieses Haus kam, wo Barbel Haywanger aufgebahrt lag. Die anderen waren gleich nach oben gegangen, aber sie selbst hatte erst in die Speisekammer geschaut. Der Kamm hatte neben der Bodenfalle gelegen, die den Brunnen verbarg. Doch als sie ihn später holen wollte, um ihn zu den Sachen der Toten zu legen, war er nicht mehr da gewesen.

Während Madlen Margrets eifrige Handgriffe beobachtete, schnürte ihr etwas die Kehle zu.

Nichts regte sich draußen, außer dem Tröpfeln des Sommerregens. Während sie schweigsam zu Abend aßen, hatte es angefangen zu regnen. Aber die Luft war noch längst nicht abgekühlt. Madlen hörte, wie in einem der Schuppen mit lautem Krach eine Luke aufging. Meloser hatte bestimmt, dass die Männer sich abwechselten, damit die Wege zum Hof auch im Dunkeln bewacht würden.

Es war die Nacht auf den 11. Juli. Am kommenden Morgen würden alle, die Waffen trugen, nach Leubas ziehen. Dort wollten die Aufständischen den anrückenden Feind erwarten.

Engel hatte nicht mitgegessen. Ihrem Mann, der sie erleichtert mit ihren Verwandten zurückkommen sah, hatte sie keinen einzigen Blick geschenkt. Nach Marthas missbilligend zusammengepressten Lippen zu schließen und daraus, wie die Köchin Meloser streng musterte, musste er seine Frau empfindlich gekränkt haben.

Gleich nach dem Essen war Madlen in die Gästekammer hinaufgestiegen. Seit rund einer Stunde kauerte sie nun auf dem niedrigen Bett. Eigentlich hatte sie sich längst hinlegen wollen. Aber ihr ging Engels Jungfer nicht aus dem Sinn. Was war es? Eifersucht? Das Mädchen wirkte so demütig. Konnte dieses unscheinbare Geschöpf Thoman bezaubert haben? Und weshalb war sie selbst so beunruhigt beim Gedanken an sie?

Dieser silberne Kamm ... Margret mochte ihn im Haus der toten Haywanger gestohlen haben, als sie alle gemeinsam dort aufräumten ... Oder sie war es, die ihn zuvor in der Speisekammer verlor. Wenn das der Fall war, was hatte sie dort getan?

Madlen wurde bewusst, dass sie Margret noch nie recht beachtet hatte. Neben Engel verschwand sie völlig im Hintergrund. Sie war still, sprach kaum etwas. Jemand, der aufmerksam alle anderen beobachtete – jedenfalls kam es Madlen jetzt so vor. Sie wusste überhaupt nichts von ihr ... Ob Engel schon schlief? Da sie sowieso noch nicht müde war, konnte sie ebenso einmal nachsehen.

Unten war Martha neben dem Herd eingenickt. Sie fuhr hoch, als sie Madlen leise an Engels Kammertür klopfen hörte, und nickte verschlafen. Gut, dass sich jemand um die junge Frau kümmerte. Wie unglücklich Engel Meloser an diesem Abend wieder ausgesehen hatte ... Ihre Schwägerin würde sie bestimmt aufmuntern.

Engel war wach. In einen seidenen Mantel gehüllt, zündete sie gerade zwei frische Kerzen aus Bienenwachs an. Auf einem niedrigen Tisch lag Honigkuchen. Es roch zuckrig im Raum, und auch nach Sommerblumen. Madlen entdeckte in einer Ecke einen üppig blühenden Strauß. Da nur mehr der Leuchter vor Engel brannte, rückten die Schatten ringsum sehr nahe heran.

Eigentlich hatte sie sie gar nicht fragen wollen, aber dann rutschte ihr fast gegen ihren Willen heraus: »Hattet ihr Streit, du und Johan?«

»Komm, setz dich. Hier, nimm den Sessel. Ich hole mir ein paar Kissen her. – Also, Streit kann man dazu nicht sagen«, Engel seufzte fast unmerklich. »Er war einfach unfreundlich. Nicht weiter bedeutsam. Magst du Kuchen? Etwas zu trinken?«

Madlen atmete auf. Engel schien keine Ahnung zu haben ...

»Eigentlich wollte ich mich nur noch ein wenig mit dir unterhalten, weil ich noch nicht schlafen kann.« Sie schaute sich im Zimmer um. »Leistet dir Margret heute gar nicht Gesellschaft?«

»Ach, sie hat so viel gegähnt, dass ich sie ins Bett schickte.« Engel lächelte auf ihre undurchschaubare Art. Neben ihr auf dem Boden lag eine Laute. Ein hübsches Stück. Thoman hatte sie erst kürzlich gemacht.

»Ich wusste gar nicht, dass du auch spielst!«, sagte Madlen und strich mit den Fingern über den Lautenhals. Das Holz fühlte sich fein wie die Seide von Engels Mantel an.

»Das tue ich auch nicht. Margret begleitet damit meinen Gesang.«

»Ach, Margret ... Wo hat sie das denn gelernt?«

»Zu spielen? Keine Ahnung. Eines Abends hat sie mich damit überrascht. Sie wollte mir wohl eine Freude machen. Du hast sie wahrscheinlich noch nicht gehört, aber sie singt auch recht schön. Sie hat eine ganz eigenartige Stimme, irgendwie ungewöhnlich. Nur, wenn jemand zuhört, traut sie sich meistens nicht.«

»Ist sie schon lange bei dir?«

»Seit ich mit Johan verheiratet bin. Die meisten vor ihr konnten den ganzen Tag ihren Mund nicht halten. Eine hab ich sogar beim Stehlen erwischt.«

Obwohl ihr nicht wohl dabei war, fragte Madlen: »Margret trug vorhin solch einen hübschen silbernen Kamm! Weißt du, woher sie den hat?«

Für einen kurzen Moment wirkte Engels Stimme verändert, als irritierte die Frage sie. »Den Haarschmuck? Keine Ahnung. Warum?«

»Nun ... also ich habe in Barbel Haywangers Haus nach ihrem Tod in der Speisekammer neben dem Brunnen einen ähnlichen Kamm gesehen. Kurz darauf war er verschwunden. Aber damit will ich nicht sagen ...«

Ungläubig sah Engel ihre Schwägerin an. »Dass ihn Margret ...? Du irrst dich, Madlen. Sie ist das ehrlichste Ding, das ich kenne. Sicher war es ein anderer Kamm.« Engel sprach mit ungewöhnlicher Festigkeit. Abwehrend. »Nein«, wiederholte sie noch einmal. »Und wenn es der gleiche Kamm wäre ... dann kannst du sicher sein, er hat ihr gehört.«

»Ist das nicht seltsam? Woher hat sie das Geld für solch einen Schmuck?«

»Ach du meine Güte, sie ist doch ein ganz nettes Ding. Von einem Mann, nehme ich an. Am besten fragst du sie selbst.« Es war ganz deutlich, dass Engel das Thema nicht weiter vertiefen wollte.

Madlens Mund wurde trocken. »Weißt du von einem Mann?«

»Wieso interessiert dich das so? Meinst du, ich sollte über die sittliche Tugend unserer Mägde wachen?« Engel lächelte fein. Es war der erste Anflug von Spott, den Madlen je an ihr bemerkt hatte.

Sie griff den unernsten Ton dankbar auf. »Natürlich! Findest du nicht, dass das die wichtigste Pflicht einer Hausfrau ist?«

»Also gut.« Engel schien endlich nachzugeben. »Ich bin nicht ganz so blind, wie es vielleicht wirkt. Ich bin mir eigentlich ziemlich sicher, dass es da jemanden gibt – wahrscheinlich irgendeiner der reicheren Bauern im Ort. Oder einer der Händler. Ich glaube nicht, dass sich Margret mit einem der Knechte einlässt. Bitte erzähl es nicht Johan, denn ehrlich gesagt ist es mir ziemlich egal. Soll sie doch ihr Vergnügen haben. Ich hoffe bloß, dass sie nicht so bald heiraten will. Aber es scheint keiner zu sein, der sie zur Ehefrau machen möchte... sonst bräuchte sie sich nicht nachts heimlich davonzuschleichen.«

»Was?« Madlen zwang sich zu lachen, als habe sie Spaß an ein wenig Klatsch.

»Ja, wirklich« – auch Engel begann zu lachen – »ich hab sie schon zweimal gesehen. Weißt du, früher schlief sie in einer der Mägdekammern unter dem Dach. Aber vor einiger Zeit fing sie an zu klagen. Es gäbe andauernd Streit, die anderen wären zu laut und zu ihr recht unverschämt... Ich habe ihr daher erlaubt, in den Raum oben im Waschhaus zu ziehen. Da ist sie natürlich für sich, kann spätnachts kommen und gehen, wie es ihr gefällt. Wahrscheinlich steigt sie irgendwo über die Mauer oder durch eine der Scheunenluken... Also, jetzt weißt du alles von meiner unentschuldbaren Nachlässigkeit.«

»Keine Sorge, ich verrate dich nicht.« Madlen beugte sich vor und nahm sich ein Stück Kuchen. Um nicht weiterreden zu müssen, biss sie herzhaft hinein.

Das Wasser drang in sie ein. Verzweifelt versuchte sie noch, sich dagegen zu wehren. Trat um sich. Strampelte. Aber sie hatte die Kraft nicht mehr. Ihre Lungen drohten zu bersten. Sie musste doch atmen! Sie versuchte zu schreien, aber es wurde ein hilfloses Gurgeln, es tat furchtbar weh. Langsam sank sie nach unten. Sah die endlose Tiefe. Wollte nicht sterben, schlug um sich, trat. Dabei wurde ihr Widerstand schwächer und schwächer. Bis sie sich dem Tod endlich ergab.

Achtundzwanzig

Der Alptraum endete mit dem erstickten Schrei einer Frau. Madlen fuhr im Bett auf. Sie schwitzte. Es war immer noch Nacht. Sie wusste sofort, dass sie nicht im Pächterhaus war. Johan. Sein Hof. Sie tastete neben sich. Wie immer war Thoman nicht da. Was hatte sie aufgeweckt? Diese erstickte Stille, die auf dem Haus lastete … Es war etwas Grausames. Wasser, der Tod.

Mit bebenden Händen suchte Madlen nach einem Licht. Als die kleine Laterne endlich hell brannte, warf sie ihr Unterkleid und einen Mantel über. Den Gürtel schlang sie rasch um die Taille, bevor sie aus ihrer Kammer rannte und über die Leiter nach unten hastete. Da war Engels Tür. Sie klopfte, doch niemand antwortete. Als sie öffnete, schlug ihr das Herz bis zum Hals. Es war fast dunkel im Raum. Das Licht ihrer Laterne fiel auf den Alkoven, leer, und dann sah sie die Pforte, die aus der Kammer ins Freie führte, weit offen stehen.

Wasser. Das Waschhaus. Es waren nur ein paar Schritte dorthin. Die Tür, die sich nur von außen verriegeln ließ, war nicht verschlossen.

Das Wasser stand in dem riesigen Holzzuber mitten im Raum. Es schwappte noch. Haarsträhnen trieben darauf. Madlens Knie wurden weich. Aber sie zwang sich, hinzugehen. Dann griff sie hinein. Tastete eine Achsel, den Arm. Versuchte, das arme Geschöpf, so weit sie es konnte, herauszuziehen. Zerrte am Haar, um in ihr Gesicht zu schauen.

Voller Entsetzen erkannte sie Margrets leblose Züge.

Da hörte sie einen zögernden Schritt. Wandte den Kopf. Engel. Nackt – und von oben bis unten tropfnass. Noch bevor Madlens Lippen eine Frage zu formen wussten, wurde ihr klar, was geschehen war. Sie schrie. Jemand kam über den Hof gerannt.

»Was ist passiert?«

Es war Johan. Hastig stürzte er auf Madlen zu und half ihr, das Mädchen aus der Wanne herauszuheben und auf den Boden zu legen. Er drehte es auf die Seite, ganz vorsichtig. Wischte das nasse Haar weg, das sich zwischen den blauen Lippen verfangen hatte. Wasser lief Margret aus Nase und Mund.

Engels Stimme klang heiser. Sie flüsterte nur: »Sie hat sie ertränkt. Ich hab es gesehen. Aber ich konnte nichts tun.«

»Was sagst du da?« Außer Atem vom Laufen war auch Thoman hereingekommen. Verwirrt starrte er Engel an.

Die sagte noch einmal, jetzt laut: »Es ist Madlen gewesen. Sie hat das getan. Sie hat Margret so lange unter Wasser gedrückt, bis sie ertrunken war. Ich habe es nicht mehr geschafft, ihr zu helfen.«

»Was?« Johan stand auf.

Madlen hatte plötzlich keine Kraft mehr. Es war, als ob es im Raum unvermittelt dunkler wurde. Engel stand da und zeigte auf sie. Madlen sah ihre schöne, nackte Gestalt und dann, wie Thoman zu ihr ging, ganz langsam. Er zog Engel in seine Arme ... auf eine Art ... Eine überdeutliche Geste. Die Zärtlichkeit des Geliebten, des Liebhabers, nicht der Schutz eines Bruders, niemals.

»Zieh dir was an«, sagte Meloser zu seiner Frau. Er nahm

Martha, die nun, gefolgt vom Großknecht, ebenfalls in der Tür stand und stumm ihre Hände rang, den formlosen Umhang ab und warf ihn Engel zu. Die fing ihn nicht auf. Der Stoff glitt an ihren Schenkeln hinab. Über ein Mal. Rot. Es sah wie ein Froschfuß aus.

Madlen schluckte. Sie schaute das Mal an und sah Barbel Haywanger vor sich, im strömenden Regen, wie sie hastig zusammenfuhr, sich unter das Fenster des Waschhauses kauerte. Madlen hatte damals im Eingang von einem der Schuppen Kräuter zum Trocknen auf eine Schnur gefädelt. Von der Bewegung der Frau irritiert, hatte sie aufgeschaut und sich gewundert, dass Barbel Haywanger weglief, als hetzten sie Furien. Sie musste Engel beobachtet haben. Die hatte im Waschhaus gebadet. Und Freiberg hatte geglaubt...

»Der Wechselbalg«, sagte sie tonlos und wusste im selben Moment, dass niemand ihr glauben würde.

Da begann das leblose Mädchen am Boden zu husten. Engel wich erschrocken zurück und Martha bekreuzigte sich.

Während Madlen behutsam den Kopf des keuchenden Mädchens stützte, das würgte und einen Schwall Wasser erbrach, war Martha ungewöhnlich behände in Margrets Kammer hinaufgestiegen. Mit Decken und einem trockenen Unterkleid kam sie zurück. Nachdem Meloser in dem großen Kamin, der sich über die ganze rückwärtige Breite des Waschhauses zog, ein Feuer entfacht hatte, bückte er sich zu der Jungfer, die spuckend und hustend allmählich zu sich kam. Er hob sie auf und trug sie zu einer Bank, die sich linker Hand an der gemauerten Wand befand. Martha hatte bereits eine Decke darüber gelegt. Margrets Hemd war völlig zerfetzt. Mit Madlens Hilfe zog Martha es ihr vorsichtig aus, trocknete sie ab, so gut es ging, und zog ihr das Unterkleid an. Kraftlos, immer noch vom Husten geschüttelt, versuchte die Jungfer sich aufzurichten. Martha nahm sie in den Arm. Margret sah niemanden an, sondern ließ ihr erschöpftes Gesicht an Marthas Schulter sinken.

»Mein Gott«, sagte Thoman erschüttert. »Wie konntest du das bloß tun?« Er bückte sich, hob das Tuch auf und hüllte Engel in den Umhang der Köchin ein.

Madlen musste sich zwingen zu antworten. »Wieso glaubst du ihr? Sie ist eine Lügnerin. Aber das wird dich wohl nicht stören. Du findest ja auch nichts dabei, wenn du mit deiner Schwester das Lager teilst.« Ihr Ton war böse. Er sah aus, als hätte sie ihn ins Gesicht geschlagen. Das Echo auf ihre Worte war ein einziger Seufzer, ein Stöhnen, das von allen Lippen gemeinsam kam. Alle, bis auf die Jungfer, starrten Madlen an. »Du musst krank sein. Fieber haben ...« Doch Thomans Stimme klang unsicher.

»Ich weiß es. Ich weiß, dass sie deine Geliebte ist. Ich weiß, wie oft du sie heimlich getroffen hast. Erinnerst du dich an das Sturmläuten, Thoman? Weißt du noch, was für ein Tag das war? In der Nacht bist du mit Engel zusammen gewesen. Ich war in der Werkstatt. Und ihr beide im Alkoven ...«

Sie sah, dass er verzweifelt nach einer Ausrede suchte. Doch sie wusste, dass sie ihn hatte. Er bewegte die Lippen. Erschreckt presste ihm Engel ihre Hand auf den Mund. Aber er schob sie beiseite.

»Nein!«, stieß Engel aus. Es war ein Schrei wie aus Todesangst.

Aber Thoman konnte nicht mehr schweigen. »Engel ... ist nicht meine Schwester«, brachte er stockend heraus. Und nach einer endlosen Pause fuhr er fort: »Ich wusste es nicht. Im vergangenen Herbst, als wir gemeinsam in Kempten waren, hat sie es mir gesagt. Ich habe es ihr erst nicht glauben wollen. Es kam mir so seltsam, so sinnlos vor. Es hat mich ... verwirrt. Schließlich habe ich meinen Vater gefragt. Er sagte, er wäre sich vollkommen sicher gewesen, dass Engel davon keine Ahnung hatte.«

»Thoman. Du hast es geschworen!« Engels Flehen erstarb. Nur Madlen konnte das Maß ihrer Verzweiflung begreifen.

Thoman lehnte sich mit dem Rücken gegen die Wand. Während er weitersprach, sah er Johan Meloser an. »Zwei Jahre nach meiner Geburt hat meine Mutter wieder ein Kind bekommen. Ein Mädchen. Vater hatte sie hierher nach Habersberg zu seiner Mutter gebracht, weil er glaubte, sie wäre bei ihr besonders gut aufgehoben. Aber die Niederkunft ... Meine Mutter verlor viel Blut und schlief halb bewusstlos ein. Der Säugling wurde versorgt und gewaschen, und dann hat die Amme ihn im Haus hin und her getragen. Was dann geschah, war ein Unglücksfall. Man hatte vergessen, den Hausbrunnen in der Speisekammer zuzudecken. Die Amme war so mit der Kleinen beschäftigt, dass sie es übersehen hat. Sie ist mit dem Kind im Arm in den Schacht gestürzt. Mein Vater und Großmutter haben die Frau heil herausgebracht, aber der Säugling war nicht zu retten. Vater hat Großmutter und der Amme verboten, zu irgendjemandem auch nur ein Wort von dem Unglück zu sagen, und ist in seiner Verzweiflung einfach davongeritten, über die Höhen nach Westen ... Und dann passierte ein seltsamer Zufall. Just an dem Tag wurde am Ufer der Iller ein verlassenes, neu geborenes Kind entdeckt. Ein Mädchen. Er hat es mitgenommen. Das fremde Kind lebte. Meine Mutter aber ist nicht mehr aufgewacht. Wahrscheinlich haben der Schock und der Kummer sein Urteil getrübt, jedenfalls brachte er das Findelkind nicht zum Gericht, sondern gab es als seine Tochter aus. Wobei Großmutter und die unglückliche Amme schwören mussten, dass sie es niemandem jemals verraten würden. Auch nicht dem Kind.«

»Das gibt es nicht«, flüsterte Martha und machte das Kreuzzeichen. Sonst sagte niemand ein Wort.

Thoman fuhr fort: »Vier Wochen später ist auch die Amme gestorben, an einem Fieber, das von der Brust ausging. Man hat das Kind auf den Namen Engel getauft. Vater wollte es nicht mit nach Kempten nehmen. Daher wuchs die Kleine bei Großmutter auf. Erst als ich fünfzehn Jahre alt war und in Immenthal lernte, sind wir uns über den Weg gelaufen. Da hatte Vater schon meine Stiefmutter Clara geheiratet. Zur Taufe von meinen jüngeren Schwestern ließ man Engel nach Kempten kommen. Zweimal für zwei Tage. Erst bei meiner Hochzeit habe ich sie wiedergesehen. Sie war für mich meine Schwester – bis sie mir sagte, dass sie ein Findelkind ist. Dann ... von einem Moment auf den anderen hatte sich alles verändert. Jene Nacht ...« – er stockte. Vielleicht fiel ihm ein, dass er zu ihrem Ehemann sprach.

Meloser schaute von Thoman zu Engel, aber er sagte kein Wort. Was er dachte, sah man ihm nicht an. Er musste sich räuspern, bevor er bemerken konnte: »Damit wissen wir jedoch immer noch nicht, wer Margret fast umgebracht hat.« Er bückte sich und berührte die Jungfer leicht an der Schulter. Die zuckte zurück. Aber sie hob ihr verweintes Gesicht.

»Ihr müsst mich schützen«, flüsterte sie. »Ich weiß nicht warum ... Aber sie wird es noch einmal versuchen. Glaubt mir, ich weiß nicht, warum sie mich hasst.« Über ihre Wangen flossen unaufhörlich die Tränen und ihr Körper war vor Angst völlig verkrampft.

»*Wer* hasst dich, Margret? Wer wollte dich töten?«

Margret schaute zu Boden. »Ich hab schon geschlafen, da hab ich sie unten rufen gehört. Ich sollte kommen, ihr helfen, sie wolle ein Bad nehmen. Ich habe mir nichts dabei gedacht. Bloß, als ich runterkam, war im Zuber schon Wasser, das fand ich merkwürdig. Sie hat sich ausgezogen und zu mir gesagt, ich sollte schauen, ob das Wasser nicht etwas zu kalt wäre. Also bin ich auf den Schemel gestiegen« – Margret deutete auf eine Fußbank neben der Wanne – »und habe hineingegriffen. Ich bin ganz erschrocken. ›Eiskalt‹ habe ich zu ihr gesagt. Und in dem Moment hat sie mich kopfüber hineingestoßen. Sie hat mich hinuntergedrückt und mich nicht mehr hochgelassen ... obwohl ich mich mit aller Kraft wehrte. Dann weiß ich nichts mehr.«

»Und wer, Margret, *wer* hat dich hineingestoßen?«, fragte Meloser ganz ruhig.

Margret seufzte noch einmal. »Es war Eure Frau«, sagte sie. Sie konnte Engel Meloser nicht ansehen.

»Das ist doch Wahnsinn.« Engels Stimme klang kühl, als ginge das Ganze sie gar nichts an. »Ich habe das Mädchen noch nie schlecht behandelt. Es gab keinen Grund, sie zu strafen. Warum sollte ich so etwas tun?«

»Weil Margret mir hätte sagen können, woher sie den silbernen Kamm hat, den sie heute trug«, sagte Madlen.

Engel griff nach Thomans Hand.

»Der Kamm?«, fragte das Mädchen verständnislos. »Aber wieso ... Ich habe ihn von ihr geschenkt bekommen.«

»Von Engel?«

Margret nickte. »Ja.«

»Und wann? Kannst du dich noch daran erinnern?«

»Natürlich. Das weiß ich noch. Es war bei dem schrecklichen Hochwasser. Die Haywanger war im Schlossteich ertrunken und wir mussten ins Pächterhaus, wo sie aufgebahrt war. An dem Abend haben wir alle uns furchtbar gefürchtet, wegen der Sintflut, die kommen sollte, und da hat sie mir den silbernen Kamm geschenkt. Ich habe gedacht ... ich meine, ich habe sie immer so gern gehabt ...« Margrets Tränen, die eben erst versiegt waren, flossen erneut. Dann erschauerte sie. »Bitte…«, sagte sie schluchzend, »bitte, glaubt mir.«

Während Engel sich mit unbeteiligter Miene im Raum umsah und Johan Meloser sie nicht aus den Augen ließ, setzte Madlen sich neben die Jungfer. »Jetzt hat sie keinen Grund mehr, dir etwas zu tun. Jetzt wissen wir es ja alle. Es tut mir sehr leid, Margret, dass ich Engel heute Abend nach diesem Kamm fragte und sie damit unabsichtlich auf die Gefahr, die ihr drohte, aufmerksam machte. Wenn ich nur geahnt hätte…«

»Würdest du uns vielleicht jetzt erklären…?« Thomans Versuch, den Kopf oben zu halten, war kläglich. Sein unglückliches Gesicht strafte den forschen Ton Lügen.

Madlen schaute auf. »Der silberne Schmuckkamm hat an dem Hochwassertag neben der Bodenfalle in der Speisekammer gelegen und Engel wusste, wenn jemand erführe, dass er ihr gehörte, würde er sich verwundert fragen, wie er dort hinkam. Und weil sie ihn da verlor, als sie die Haywanger tötete, wäre ihr solch eine Frage nicht recht gewesen.«

Martha ließ ein lautes Ächzen hören.

Rasch fuhr Madlen fort: »Ich weiß, dass die Haywanger Engel hier im Badhaus beobachtet hat, und dabei hat sie wohl das rote Mal an ihrem Schenkel gesehen. Und Barbels Geliebter, der Säumer, hatte ihr von einem Zeichen in der Form eines Froschfußes erzählt. Er hielt es für das Mal eines Wechselbalgs. Eines untergeschobenen Nixenkinds.« Sie sah Engel an und bemerkte zum ersten Mal, dass sie schauderte. »Die Haywanger schickte einen Boten nach Kempten, um Benzer, den Säumer, zu holen. Der war besessen davon, den Wechselbalg zu entlarven. Ich nehme an, Engel hatte bemerkt, wie die Haywanger durch das Fenster des Waschhauses sah. Und sie hat sie nach der Sonntagsmesse belauscht, wie sie dem Boten, dem Lederer, die Nachricht für

Benzer anvertraut hat. Damit war Barbel Haywangers Schicksal besiegelt. Engel drang durch den Hausbrunnen ins Pächterhaus ein – es gibt eine Verbindung zwischen dem Schacht hier im Hof und dort droben – und tötete sie. So wie sie es heute Abend mit Margret versucht hat. Als Benzer ins Pächterhaus kam, waren wir alle oben unter dem Dach.« Madlen hielt inne und runzelte die Stirn. »Das heißt, alle, bis auf Nelli und Engel. Engel ist da wohl gerade in der Speisekammer gewesen, um ihren Kamm zu suchen. So konnte sie Benzers Gespräch mit Nelli belauschen. Wir haben uns damals gewundert, dass sie einfach ging, ohne jemandem Bescheid zu sagen. Der Mann hatte sich nach dem Ort, wo seine Geliebte gefunden wurde, erkundigt.« Madlen warf Engel einen undurchdringlichen Blick zu. »Ich nehme an... Nun, vermutlich hat sie ihn dort erwartet. Seitdem ist Moritz Benzer spurlos verschwunden.«

»Woher willst du wissen, wie die Botschaft lautete, die der Lederer ausrichten sollte?«, fragte Thoman in einem Ton, der ihre Behauptung als Rachsucht abtun sollte. »Er wollte sie nicht mal dem Ammann sagen.«

»Aber er hat sie jemand anderem verraten.«

Wieder machte Engel eine unbewusste Bewegung.

»Und wieso wurde die Haywanger im Teich gefunden, wenn man sie im Brunnen ertränkt hat?«

Madlen seufzte. »Ich habe es doch schon gesagt, es gibt da unterirdische Wege. Die Großmutter von Nelli Erhart hat mir davon erzählt...«

»Du willst uns glauben machen, dass Engel gemordet hat? Um sich vor einer Entlarvung zu schützen, die ihr doch gar nicht schaden würde? Sie kann schließlich nichts dafür, dass mein Vater...«

»Halt endlich den Mund, Thoman! Begreifst du denn nicht, dass *du* mich verraten hast?« Engel lächelte bitter.

»Dann hör jetzt gut zu: Natürlich habe ich dieses grässliche Weib ertränkt! Sie hat sich vor Angst beinahe selbst ins Wasser gestürzt, weil sie schon wusste, was ihr bevorstand. Und ihr Geliebter, der ist vor Wonne beinahe zerflossen, als ich ihn mit hinunternahm. Was schaust du mich so an, Johan? Als ob du nicht wüsstest, dass man nicht immer nur das begehrt, was man ohne Sünde begehren darf... Soll ich dir auch etwas sagen? Weißt du, wie ich auf den Geschmack kam? Es war dein Bruder. Im Schlossteich. Hat mir Vergnügen bereitet.«

Bevor Meloser sich auch nur regen konnte, hatte Engel sich schon blitzschnell herumgeworfen. Im nächsten Moment krümmte sich der Großknecht von ihrem Tritt in den Leib auf dem Boden. Engel schnappte nach Thomans Hand. Die Tür flog auf und sie rannte mit ihrem Geliebten ins Freie. Johan bückte sich noch, um dem stöhnenden Großknecht zu helfen, da schlug die Tür wieder zu, und sie hörten von außen den Riegel. Im ersten Moment waren sie alle vor Schreck wie erstarrt. Dann stürzte Meloser über die Leiter nach oben. Im Dunkeln stolperte er, die anderen hörten, wie etwas umfiel. Dann quietschten Scharniere und die Holztür der Dachluke klappte zurück. Johan sprang hinunter aufs Pflaster. Seine Schritte entfernten sich, aber nur kurz. Gleich darauf öffnete sich von außen die Tür.

Der Knecht konnte noch nicht aufrecht stehen. Angstvoll aneinander geklammert, rührten die Köchin und Margret sich ebenfalls nicht vom Fleck. Nur Madlen lief hinaus.

»Sie sind nicht mehr da«, sagte Johan. »Warte hier. Ich will die Wache fragen, ob man gesehen hat, dass sie über die Mauer stiegen. Das Tor ist noch von innen verschlossen.« Er lief quer über den Hof.

Unsicher machte Madlen ein paar Schritte. Ihr Blick wurde plötzlich von der Kastanie und dem Brunnen darunter angezogen. Jäh wurde ihr heiß, alles Blut schien ihr zum Herzen zu strömen.

Der Deckel war fort. Madlen beugte sich über den Brunnenrand. Mein Gott!

»Thoman!«, rief sie verzweifelt. Ohne zu überlegen stieg sie über den Rand. Es war glattes Mauerwerk. Vor Aufregung zitternd, suchte sie hastig mit ihren Füßen nach einem Halt. Überstehende Steine ... einen eingemauerten Ring ... Dabei übersah sie den Schatten, der sich ihr näherte. Ein harter Griff packte sie.

»Lass mich!«

»Komm raus!«

»Sie ist mit ihm nach unten!«

»Madlen!«

Obwohl sie sich wehrte, hob Johan Meloser sie kurzerhand hoch und trug sie ins Haus. Sie versuchte, sich loszureißen, aber er schleppte sie bis in ihre Kammer und schlug die Tür hinter sich zu.

»Sie nimmt ihn mit hinunter zum Grundmeer! Du kannst ihn nicht sterben lassen!«

»Hör damit auf! Es gibt kein Grundmeer, Madlen!«

»O doch! Ich hab es gesehen! Was weißt du denn schon?«

»Du bleibst jetzt hier.« Johan verließ den Raum und sperrte sie ein. Madlen trommelte gegen die Tür, aber niemand öffnete ihr.

Nach einer Weile, die ihr endlos erschien, kam Johan wieder zurück.

»Hast du dich beruhigt?«, fragte er sanft, als er eintrat und sie auf dem Bett sitzen sah. Sie schwieg und sah ihn nur an. »Die Wache hat nichts von den beiden bemerkt. Wir haben im Brunnen gesucht. Ich bin mit einer Leiter hinuntergestiegen. Gefunden haben wir nichts. Sie sind jedenfalls nicht hineingestürzt ...«

»Du hast doch gehört, was sie ist!«

»Wenn man sie fasst, wird sie verurteilt werden.«

»Sie ist ein Wechselbalg, Johan!«

»Bitte, Madlen! Das ist dummer Aberglaube. Wer hat dir das mit dem Mal erzählt?«

»Freiberg. In der Festung damals. Er wusste es von dem Boten, dem Holzknecht, den die Haywanger nach Kempten schickte. Er hat ... er hat eigentlich mich verdächtigt ... und mich beschuldigt, dass ich, um nicht entdeckt zu werden, die Haywanger und Moritz Benzer ermordete.«

»Und Thoman und Engel? Wie lange verschweigst du mir das schon?«

»Um Gottes willen, Johan, ich hab es nicht gewusst! Ich habe nur mitbekommen, dass er mit einer anderen Frau zusammen war – in der Nacht nach dem Glockenläuten, wie ich es sagte. Bloß habe ich damals die Frau nicht gesehen. Es war nur ... ein Duft, der im Raum hing ... Heute Abend habe ich ihn wieder bemerkt und geglaubt, dass er von Margret kam. Ich wäre doch nie auf den Gedanken gekommen ... Erst in dem Augenblick, als Engel im Waschhaus nackt neben mir stand, mit diesem Fleck wie ein Froschfuß auf ihrem Oberschenkel, da sah ich plötzlich die Wahrheit ...«

Johan setzte sich neben sie. Eine Weile lang schwieg er. Dann sagte er nachdenklich: »Sie wusste also, dass sie nicht Joß Becherers Tochter ist und dass er daraus ein Geheimnis machte. Und dann erfährt sie, dass man sie aufgrund eines Males als Wechselbalg brandmarken will. Sie hat die beiden getötet, um sich zu schützen. Um das zu erklären, braucht es keinen Aberglauben.«

»Und woher weiß sie von den unterirdischen Wegen?«

»Nun, woher weißt du es, Madlen? Wir beide sind ebenfalls unten gewesen. Mein Großonkel hat wie besessen nach

Wegen im Innern der Erde gesucht. Sicherlich gibt es irgendwo alte Pläne von ihm und Engel hat sie durch Zufall gefunden. Und jetzt ist sie mit Thoman in den Brunnen gestiegen und dadurch entkommen ...«

»Und dein Bruder? Warum hat sie ihn ermordet, wenn nicht aus Grausamkeit?«

Meloser fuhr sich mit seiner Hand über die Stirn. Mit einem Mal wirkte er grau und erschöpft. »Das hat sie doch nur gesagt, um mich zu treffen. Sie wollte mich ablenken, damit ihr mit Thoman die Flucht gelang.«

»Du glaubst nur das, was du ertragen kannst.«

»Madlen, ich ...« Er lauschte. Unten waren Männerstimmen zu hören. »Ich muss jetzt hinunter. Martha wollte keine Stunde länger hier bleiben, und weil es wohl auch für Margret besser so ist, habe ich sie mit dem Großknecht und einer der Wachen zum Stattmüller hinuntergeschickt. Anscheinend hat Martha nicht viel Zeit verloren, um ihre Neuigkeit zu verbreiten. Ich höre die Stimme des Amman. Ihm ist es offensichtlich egal, ob Krieg ist oder ob Obergünzburg in Flammen aufgeht, er hat immer noch einen Todesfall aufzuklären.« Es gelang Johan sogar, bei seinen Worten zu lächeln. »Versuche, etwas zu schlafen. Morgen früh gehst du zu Gret Erhart. Es gibt neue Nachrichten: So wie es jetzt aussieht, ziehen die Truppen des Bundes weiter westlich vorbei ... Aber falls sie doch noch versuchen sollten, den Ort niederzubrennen, sieh zu, dass du rechtzeitig rauskommst.«

»Aber du bist doch da ...« Madlen sah ihn verständnislos an. Dann sprang sie auf und griff nach seinem Arm.

»Ich habe gestern Morgen versprochen, dass ich mit nach Leubas ziehe.«

»Nein! Johan ...« Die Zeit stand sekundenlang still.

Kurz darauf schlug eine Faust gegen die Tür. »Meloser!«

Er schob Madlen zurück. Küsste sie noch einmal. Dann

ging er hinaus. Sie hörte, wie er den Ammann mit ruhiger Stimme begrüßte und wie sie gemeinsam nach unten gingen. Füße trampelten über das Pflaster. Tore wurden entriegelt und aufgerissen. Offensichtlich durchsuchten die Männer des Ammann den ganzen Hof. Der Lärm versetzte das Vieh in den Ställen in Unruhe.

Madlen starrte ins Dunkel und wartete. Der Morgen dämmerte schon. Als sie vor der Tür wieder Johans Schritt hörte, war es im Hof unten noch immer nicht still.

»Es wird Zeit«, sagte er.

Sie musste noch das Bündel mit ihren Sachen zusammenschnüren. Er nahm es ihr ab und sie ging voraus. Der Ammann begleitete sie. Er konnte es offensichtlich nicht fassen, »dass sie längst über alle Berge ist ... oder noch schlimmer ...«, und er redete ununterbrochen, wohl um seine eigene Furcht vor den kommenden Tagen so gut es ging wegzudrängen. Stumm gingen Madlen und Johan nebeneinander hinunter ins Dorf. Es regnete immer noch. Alles war längst auf den Beinen, bleich, übernächtigt. Viele Frauen, auch Männer, verweint.

Georg Stattmüller, der vor Erharts Hof wartete, umarmte Johan Meloser und tätschelte Madlen verlegen die Hand. Gefolgt von seiner schluchzenden Frau, verließ Ulrich Erhart sein Haus. Sie formierten sich nicht zu einer Truppe, sondern zogen jeweils in Gruppen los. Dazwischen Karren mit Verpflegung und Decken. Eine Feldschlange. Und Munition. Nicht allzu viel.

Madlen konnte nichts sagen, als Johan noch einmal zu ihr trat. »Bete für mich«, sagte er. Sie nickte und er küsste sie auf die Wange. Dann machten die Männer sich auf den Weg.

Es war schon dunkel draußen, die Kinder schliefen bereits, und gleich würde Gret Erhart die Tür verriegeln. Madlen hüllte sich so in den Umhang ein, dass man das lederne Hemd und die Hose darunter nicht mehr erkennen konnte. Das letzte Mal hatte sie diese Kleidung getragen, als sie mit Johan die zweite Quelle der Festung suchte, und davor ... Madlen hatte das Unwetter wieder vor Augen, das tobte, als sie in der Nacht vor ihrer Hochzeit am Brunnen im Hof ihres Kemptener Hauses stand. Wenn sie nur tatsächlich gegangen wäre ... Nein, sie wollte aufrichtig sein: Es war kein ehrlicher Wunsch. Damals war sie stattdessen vom Regen durchnässt zurück in ihre Kammer geeilt und hatte gewartet, bis es schließlich Morgen wurde. Ihr Hochzeitstag. Jene Nacht vor Thomans Heirat hatte Engel in Kempten verbracht. Und plötzlich erinnerte Madlen sich auch wieder daran, dass in den folgenden Tagen über den seltsamen Unfall eines Fischknechts des Stiftes geredet wurde: dass der Mann während dieses Gewitters in einem Weiher verschwand ...

Madlen legte den Geldgürtel an. Am Nachmittag war sie noch einmal zum Pächterhaus hinaufgegangen, hatte die Katzen geholt, ihre lederne Kleidung und einige Vorräte, die in einen Beutel passten. Dann schaute sie noch am Hof von Meloser vorbei. Dort schien unter dem Großknecht alles seinen gewohnten Gang zu gehen.

»Notfalls sollen wir das Vieh aus den Ställen lassen«, erklärte er ihr, als sie schon im Torbogen stand und noch einmal zurückschaute. Sie hatte genickt. Es war an alles gedacht.

Ins Haus der Erharts zurückgekehrt, hatte Madlen ihren Korb mit den zwei Katern vor Nelli hingestellt und das Mädchen gebeten, die beiden gegen einige Heller in Kost und Logis zu nehmen. Das lockte bei der Kleinen endlich wieder ein Lächeln hervor. Und als der Kater, den Nelli im Winter vor dem Ertrinken gerettet hatte, zuerst eine Pfote, dann sein gestreiftes Gesicht mühsam durch einen Spalt zwischen dem

Korb und dem Deckel zwängte, um sie scheinbar bittend, in Wahrheit beleidigt, recht kräftig anzumaunzen, hatte sie sogar lachen müssen.

»Der hat's hier so gut, der wird gar nicht wieder zurückwollen«, versprach sie Madlen.

Im Haus war es still. Madlen stieg vom Dachboden. Gret Erhart hatte eben die Glut am Herd zu einem Häufchen zusammengekehrt. Als sie Madlen hörte, fuhr sie zusammen und drehte sich zu ihr um. »Was habt Ihr denn vor?«, fragte sie fassungslos. »Ihr wollt doch jetzt nicht mehr ausgehen?«

Leise, um die Kinder nicht aufzuwecken, flüsterte Madlen zurück: »Ich gehe nach Kempten, Gret.«

»Aber ... das geht doch nicht!«

Wenn es zum Schlimmsten kam, konnte sie Johan nur in der Stadt helfen, als Kemptener Bürgerin. Auch wenn niemand wusste, ob die Mauern der Reichsstadt vor den Bundestruppen letztlich sicherer als ein Obergünzburger Dorfzaun waren. Madlen gab Nellis Mutter die Hand.

»Um Gottes willen! Überall können die Truppen stehen ... Wollt Ihr Euch denn umbringen? Und selbst wenn Ihr es schafft, wie wollt Ihr denn in die Stadt kommen? Wenn gekämpft wird, werden die Tore verschlossen sein!«

Madlen konnte ihr nicht erklären, dass sie sich davor nicht fürchtete. Mochte Gret glauben, sie habe über dem Schock der vergangenen Nacht ihren Verstand verloren.

»Ihr braucht Euch um mich nicht zu sorgen.« Madlen hätte Nelli gern mitgenommen, aber sie wusste, dass ihr das Gret Erhart nie im Leben erlaubt hätte. Sie konnte nur hoffen, dass Johan Recht behielt und dass die Truppen des Schwäbischen Bundes vorbeizogen. Rasch zog sie die Tür auf und trat mit ihrem Bündel hinaus. »Pscht ...«, sagte sie noch, als die Frau protestieren wollte, und im nächsten Moment hatte die Nacht sie verschluckt. Nellis Mutter gehorchte und hielt ihren Mund. Nachdem sie noch eine Zeit lang gewartet hatte, schloss sie die Pforte und legte den Riegel vor.

Es war für Madlen keine Kunst, aus dem Ort zu kommen. Natürlich konnte sie nicht den kürzesten Weg über Leubas nehmen. Im Westen bestand die Gefahr, dass sie auf Landsknechte stieß, aber wenn sie in einem östlichen Bogen lief, würde sie keine zwei Nächte brauchen. Außerdem war es von Vorteil, dass aus Angst vor Soldaten nach Einbruch der Dunkelheit so gut wie niemand mehr sein Haus verließ. Der Regen war nur noch ein Nieseln und die Luft frischer als in der vergangenen Nacht. Schwarz und feucht. Madlen schritt kräftig aus.

Gegen Morgen suchte sie sich einen Schlafplatz im Wald, mitten im dichten Gebüsch. Weit und breit war kein Weg. Als später die Sonne durchkam, wurde es auch im Schatten rasch brütend heiß. Madlen wachte auf, weil sie schwitzte, aber sie blieb, wo sie war. Dösend verbrachte sie den Nachmittag, während nur wenige tausend Schritte entfernt von ihr die Aufständischen ihr Lager auf der Höhe über der Leubas befestigten. Erst als es dunkel war, brach sie wieder auf.

Ohne nur einmal zu zögern, nahm sie ihren verborgenen Weg und niemand bemerkte sie. So kam es, dass sich in jener Julinacht kurz nach Mitternacht schließlich eine schmale Gestalt vom Brunnen im Hof des ehedem Kolmanschen Hauses löste. Ringsum war kein Fenster erhellt, alles lag ganz still. Madlen huschte beinahe lautlos zum Tor. Zu ihrer Erleichterung fand sie es wiederum unversperrt vor.

Neunundzwanzig

Sowohl auf dem Marktplatz als auch in den angrenzenden Straßen drängte sich eine erregte Menschenmenge. An diesem Morgen waren die Kemptener Tore kurz nach ihrer Öffnung wieder geschlossen worden. Hinter dem Metzgertor stand die bewaffnete Bürgerschaft in Schlachtordnung aufgestellt, alle Mauern und Türme waren mit Soldaten besetzt. Es war Dienstag, der 16. Juli und der Himmel über der Stadt verdunkelt von Rauch. Ringsum gingen Höfe und Dörfer in rascher Folge in Flammen auf. Zu allem entschlossen, drang Georg von Waldburg gegen die letzten Widerstände der Aufrührer vor.

Madlen stand am Fenster und schaute über den Platz. Als sie Katherin auf der Treppe hörte, drehte sie sich angstvoll um.

»Und?«, fragte sie.

In den vergangenen Tagen hatte die Freundin ihr jede neue Nachricht eilig gebracht. Schmied hatte sehr viele Anhänger, auch in der Stadt. Erst hatte es hoffnungsvoll ausgeschaut, denn das Bauernheer hatte sich in strategisch günstiger Stellung verschanzt. Mehr als zwanzigtausend Männer waren zum Kampf gegen die Herren zusammengeströmt. Gegenüber den Bundestruppen, die inzwischen am anderen Ufer der Leubas bei Heising lagerten, waren sie in einer deutlichen Überzahl.

Zunächst gab es nur kurze Gefechte und Kanonaden. Der Geschützlärm war bis in die Stadt zu hören. Aber Waldburg war ein erfahrener Mann. Er widerstand allen Finten, parierte die Vorstöße, wartete, bis am Abend des 14. Juli Georg von Frundsberg mit weiteren 3 000 Mann des Schwäbischen Bundes eintraf.

Was dann geschah, darüber wurde anschließend nur vermutet. Sicher war, dass in der Nacht auf den 15. Juli ein Bauernhaufen unter Walter Bachs Führung aus dem gemeinsamen Lager abzog. Man sprach von Verrat, von Bestechungen. Schließlich war Bach einer der Männer, die unter Frundsberg im italienischen Feldzug dem Kaiser gedient hatten. Das Pulver der Bauern war inzwischen fast völlig aufgebraucht. Es hieß auch, der Vorrat wurde absichtlich in Brand gesteckt. Jedenfalls löste sich die Ordnung im Lager gegen Morgen nahezu vollkommen auf. Waldburgs Truppen verfolgten die Fliehenden. Viele wurden erstochen, viele entkamen auch. Der Kern der Aufständischen zog sich noch einmal in straffer Ordnung unter Schmieds Führung Richtung Süden zurück, bis auf den Kohlenberg. Aber es waren nur noch einige tausend Mann.

»Die Bundestruppen haben verlangt, man solle ihnen die Stadt lassen. Damit sie wie in Leipheim drin wüten können … Aber Kempten ist schließlich Mitglied im Schwäbischen Bund. Seuter, der Rat, hat jetzt ausgehandelt, dass Waldburgs Truppen friedlich und ohne Schaden anzurichten durch die Vorstadt in Richtung Durach ziehen. Die Stadttore werden jedenfalls nicht geöffnet. Die Leute draußen, in der Vorstadt und in der Brennergasse, sind natürlich trotzdem halb tot vor Angst. Aber bis jetzt verlief alles ruhig.«

Katherin setzte sich an den Küchentisch. Die rechte Hand hatte sie zu einer Faust geballt und an ihren Mund gepresst.

Unbewusst biss sie in ihre Fingerknöchel. »Die Bundesräte haben Waldburg Befehl gegeben, dass er mit dem Brennen der Höfe und Dörfer aufhören soll. Er hat angeblich erwidert, sie dürften selbst ins Feld ziehen, wenn sie ihn beim Kriegführen belehren wollten. Er würde dann gern behaglich in Kempten sitzen. Die Bauern werden nicht zusehen, wie man ihre Häuser anzündet und ihre Frauen und Kinder vertreibt. Es sollen bis jetzt fast 200 Höfe gewesen sein ... In Leubas und südlich davon. Obergünzburg ist also nicht dabei.«

»Weißt du ... etwas von Johan?«

»Nein. Tut mir Leid.« Katherin vergrub ihr Gesicht in den Händen, dann sah sie mit einem Ruck wieder auf. »Wenn er gefallen wäre, hätte man ihn gefunden.«

Madlen setzte sich neben sie. Es war unmöglich, einander zu trösten. Sie waren beide vor Furcht wie erstarrt. Als Madlen drei Tage zuvor plötzlich bei der Freundin aufgetaucht war, war die zwar überrascht gewesen, doch da die Tore nur streng bewacht, jedoch tagsüber noch nicht geschlossen gehalten wurden, war die Verwunderung, sie in der Stadt zu sehen, nicht übergroß. Katherin hatte nur ihren Mut bewundert, dass sie allein gekommen war. Fassungslos hatte sie dann Madlens Bericht gelauscht.

»Thoman und Engel ... und dass sie die Frau und den Säumer ermordet hat ... Also, ich kann es kaum glauben, Madlen«, sagte sie immer wieder.

Madlen hatte gehofft, Thoman hätte sich in die Reichsstadt geflüchtet. Als sie ihn zu Hause nicht antraf, ging sie zu seinen Eltern, doch sie hatten keine Nachricht von ihm. Aufrecht saßen sie nebeneinander am Tisch in der Stube, so wie sie auch bei Madlens erster Einladung dagesessen hatten. Ihr Schwiegervater sah noch etwas hagerer aus, sein Haar war sehr grau geworden. Clara dagegen wirkte unverändert. Es kam Madlen vor, als hätte sie damals sogar das gleiche Kleid getragen.

Erst hörten die beiden sich stumm Madlens Schilderung von Engels und Thomans Verschwinden an. Danach war Clara wie vor den Kopf geschlagen. Dass Engel nicht Joß Becherers leibliche Tochter war, hatte sie nicht gewusst.

»Das kann gar nicht sein«, wiederholte sie ständig. Der alte Becherer tätschelte seiner Frau geistesabwesend die Hand, während er murmelte: »Ich habe geahnt, dass es schlimm enden würde. Von dem Moment an, als er mich fragte, ob das, was Engel behauptete, wahr sein könne ... Nein, eigentlich immer schon. Ich hätte sie wie mein eigenes Kind lieben sollen ... aber ich habe es einfach niemals gekonnt.«

Später hatte er Madlen Wolff zur Begleitung mitgegeben. »Du kannst in dem Haus nicht allein sein«, hatte er gesagt. Als sie ging, war Joß Becherer mit vor die Tür getreten und hatte sie kurz und förmlich umarmt.

»Und wenn wir es auf der Burghalde versuchen?«, wandte Madlen sich wieder an Katherin. »Vielleicht lässt uns einer der Wachen doch auf die Mauer hinauf.« Es war unmöglich, nur stillzusitzen.

Als sie tatsächlich wenig später von einem der Türme nach Süden schauten, färbte das Land sich auch dort flammend rot.

Der Kampf war verloren, sie wussten es. Ein Ring aus Feuer und Schrecken hatte sich um das Lager gelegt. Aber noch zögerten sie.

»Wie damals ...«, sagte der Mann neben ihm. Meloser sah Georg Stattmüller nachdenklich an. »Ja. Wie es schon der Holtzer beschrieb. Das wirksamste Mittel.«

»Gut, dass der es nicht mehr mitbekommt. War zum

Schluss schon recht durcheinander, der Alte.« Stattmüller sprach langsam, mit seinen Gedanken war er ganz woanders. Aber irgendetwas zu reden war besser, als auf die Geschütze des Feindes zu hören. »Weißt du, was er behauptet hat? Von deiner Schwägerin ... Immer wieder hat er davon gefaselt, sie würde ihn an etwas erinnern. Die Augen, es sind ihre Augen, hat er gesagt.«

Hinter ihnen entstand eine wachsende Unruhe. Als Georg Stattmüller sich umwenden wollte, hielt ihn Meloser zurück. »Und?«, fragte er.

»Na, irgendwann hat meine Frau von ihm wissen wollen, was er eigentlich damit meine. Und da hat er behauptet, dass Thomans Frau das Kind eines Freundes wäre, der damals, 1492, mit ihm in die Schweiz floh und, nach mehr als zwölf elenden Jahren dort, gemeinsam mit ihm und einigen anderen wieder nach Osten ging. Sie waren ja mittellos ... Die Frau seines Freundes sei ein junges, recht wildes Ding gewesen und ihr kleines Mädchen, die habe fast wie ein Fischotter tauchen und schwimmen können. Nach so langer Zeit habe er nur ihren Namen vergessen. Die beiden hatten anscheinend Madlens grüne Augen. Über ein Jahr sind sie damals ziellos herumgezogen. Und dann geschah etwas Schreckliches. Sie verbrachten das Frühjahr im Schwarzwassertal, haben dort in einer Höhle gehaust. Wahrscheinlich lebten sie halt vom Wildern. Und dann, eines Nachts, ohne Vorwarnung, stürzte die Höhle ein und Wasserfluten haben die Schlafenden mit in die Tiefe gerissen. Holtzer hat nur überlebt, weil er in dieser Nacht nicht mit drinnen war. Er hatte lieber im Freien schlafen wollen. Das Donnern des Einsturzes weckte ihn auf. Als alles vorbei war, hat er verzweifelt nach seinen Freunden gesucht, aber der Boden der Höhle war inzwischen ein tiefer See. Vergeblich hat er sich bemüht, in das kalte Wasser hinunterzutauchen.« Stattmüller seufzte tief auf, dann fuhr er fort: »Schließlich musste er aufgeben. Keiner der Toten wurde in den folgenden Tagen ans Ufer gespült. Am Ende hat er es dort nicht mehr ausgehalten und hat den Ort allein verlassen. Er hat natürlich geglaubt, dass alle ertrunken wären, oder von den Felsen erschlagen.«

Der Mann hielt erneut inne und lächelte dann. »Als du ihm deine Schwägerin vorgestellt hast, sah er plötzlich das sechsjährige Mädchen vor sich. Deine Schwägerin schaut ihrer Mutter ähnlich, hat er gesagt. Davon, dass sie das Unglück irgendwie überlebte, ließ er sich nicht mehr abbringen. Immer wieder hat er Madlen danach fragen wollen ... Gott sei Dank war er ja schon ziemlich vergesslich und meine Frau hat ihn immer wieder davon abgehalten, deine Schwägerin aufzusuchen oder zu anderen davon zu reden. Na ja, er war verwirrt und ein alter Mann.«

Ulrich Erhart, der keuchend angelaufen kam, unterbrach seine Erzählung. »Wir kapitulieren bedingungslos!«

»Was?«

»Wir müssen schauen, dass wir noch wegkommen!«

Georg Stattmüller rannte los. Nach ein paar Schritten drehte sich noch einmal um. »Worauf wartest du?«

Johan Meloser war stehen geblieben und starrte nur schweigend in den immer dichter werdenden Rauch.

Madlen lief durch die Stadt. Mit jeder Minute wuchs ihre Angst, am Ende zu spät zu kommen.

Zunächst hatten sie von der Kapitulation erfahren: dass sich die meisten auf Gnade und Ungnade ergeben hatten, nachdem Waldburg drohte, er werde sonst alles anzünden und Frauen und Kinder ins Elend schicken. Gegen den Schwur, die Waffen abzuliefern, dem Fürstabt von neuem zu huldigen, sich niemals mehr zu verbünden, der alten Religion treu zu bleiben, alles Geraubte zurückzugeben, Brandsteuer und Entschädigungen zu zahlen und die Anführer an den Schwäbischen Bund auszuliefern, seien die meisten nach Hause entlassen worden. 70 Männer jedoch, die als Rädelsführer bezeichnet wurden, hatte Georg von Waldburg in der Kirche von Durach zusammengesperrt und bereits angekündigt, dass sie alsbald enthauptet würden.

Dann hatte einer die Liste der Namen gebracht. Katherin war vor Erleichterung weinend zusammengebrochen. Jörg Schmied stand nicht darauf. Er habe entkommen können, war ihr versichert worden. Wie betäubt hatte Madlen derweil auf den Namen Johan Meloser gestarrt.

Und jetzt lief sie zum Stift. Hinter dem Klostertor stockte einen Moment lang ihr Schritt. Noch waren die Spuren der Plünderungen vom 3. April und von Karfreitag nicht wieder alle beseitigt worden. Die Arbeiten an dem verwüsteten Gotteshaus waren in vollem Gang. Vor dem Kirchentor lagen noch Reste der beiden zerschlagenen Orgeln. Die Räume der Klosterherren dagegen waren bereits neu ausgestattet – wie man behauptete, schöner und reicher als jemals vorher.

Durch den Vertrag, den der Konvent am 6. Mai mit der Stadt Kempten geschlossen hatte, waren dem Stift 30 000 Gulden für die Preisgabe all seiner Rechte und Güter im Stadtgebiet zugeflossen. Der Kemptener Rat handelte rasch. Nachdem Liebenthann aufgegeben und der Konvent nach Kempten geflüchtet war, hatte man auf den Großen Kauf gedrängt. Zu dem Zeitpunkt waren die Truppen des Schwäbischen Bundes weit entfernt festgehalten. Den Kaufbrief auszustellen dauerte jedoch einige Zeit, sodass das Blatt sich allmählich zu wenden begann. Offenbar erfasste den Fürstabt daher die Reue über den schnöden Verkauf und er suchte vergeblich – man sagte, er habe sich als Narr verkleidet – aus den Mauern der Stadt zu kommen. Daraufhin hatte man alle

Schritte des Abts überwacht, bis der ausgehandelte Abschluss schriftlich bestätigt war.

Ohne einen Blick auf die erneuerte Pracht zu werfen, eilte Madlen durch die Höfe zu Freibergs Haus. Da das Tor offen und Flur und Treppe verlassen waren, stieg sie unbeachtet die Stufen hinauf. Auch ihr Klopfen an Freibergs Kammertür blieb unbeantwortet. Also ging sie einfach hinein.

Ärgerlich sah der Kirchenmann von seinem Schreibtisch auf. Beim Anblick der jungen Frau schob er sichtlich verdutzt den Stuhl zurück.

Der Raum war seit Madlens Besuch vor zwei Jahren nicht im Geringsten verändert worden. Freiberg jedoch wirkte noch hasserfüllter und verbitterter.

Auch diesmal wäre Madlen am liebsten zurückgewichen. Aber sie blieb. »Ihr habt gesagt, dass Ihr meine Hilfe braucht.«

Freiberg hob die Augenbrauen. »Tatsächlich? Das muss schon sehr lange her sein.«

Er machte keine Miene, aufzustehen oder ihr einen Stuhl anzubieten.

»Ich werde bestätigen, dass mein Vater von Euch 170 Gulden erhielt, und ich will Euch einen Weg unter die Erde zeigen, von dem ich glaube, dass er zum Grundmeer führt. Wenn Ihr mir dafür ebenfalls einen Gefallen tut.«

»Ah so? Das kommt überraschend, nicht wahr? Im vergangenen Herbst wäre Euer Entgegenkommen noch wichtig gewesen, aber inzwischen ...« Mit zusammengekniffenen Augen musterte er die reglose Miene, die sie vor ihm beibehielt. Sein Blick untersuchte ihr weißes Gesicht, die zarte Gestalt. Er sah, dass sie zitterte. Endlich lächelte er. »Nun ja, lasst Euren Vorschlag trotzdem hören.«

»Ich werde Euch die Quittung sofort unterschreiben, auch vor Zeugen, wenn Ihr darauf Wert legt. Und was das Grundmeer angeht ... Ich hab keine Ahnung, ob es dort Gold oder Silber gibt. Aber ich kenne den Weg.«

»Wieso wisst Ihr dann über die Schätze nichts?« Jetzt war Freiberg aufgesprungen. Er wirkte wie neu belebt.

»Weil ich nur einmal ... weil ich es nur einmal gesehen habe. Ich wurde hinuntergezogen. Damals hatte ich Todesangst ...«

»Und woher wisst Ihr dann, dass man auf dem Weg, den Ihr kennt, dort hingelangt?«

»Ich weiß es eben. Es gibt im Übrigen viele Wege. Wenn Ihr wollt, werde ich Euch den zeigen, der sich unter der Stadt befindet.«

Freiberg starrte sie an, mit geöffnetem Mund. In dem Moment sah er weniger Furcht einflößend als töricht aus. Tatsächlich dachte von Freiberg an Benzer. Er war doch davon überzeugt gewesen ... Das Grundmeer. Unter der Stadt. Er musste an sich halten, um nicht aufzustöhnen. »Und was ist die Gegenleistung?«

»Dass Ihr Johan Meloser aus der Duracher Kirche holt und in mein Haus bringt.«

»Was?« Freiberg lachte hell auf.

Madlen wartete stumm. Endlich trat der Stiftsherr ans Fenster und schaute hinaus. »Es könnte schon möglich sein«, murmelte er nach einer Weile, die Madlen endlos erschien. Dann straffte er seine Schultern und zeigte die alte Selbstsicherheit. »Ich werde mit Euch sofort zu Heinrich von Stetten gehen. Dort werdet Ihr sagen, dass Ihr Euch nicht ausgekannt habt und dass sich das Geld Eures Vaters gefunden hat. Ihr werdet Euch förmlich entschuldigen und die 170 Goldgulden schriftlich quittieren. Dann führt Ihr mich zu dem Weg ...«

»Nein. Wir werden es Zug um Zug machen. Wenn ich mit Euch bei Stetten war, warte ich, bis mein Schwager mein

Haus betritt. Als freier Mann. Und dann werde ich mit Euch hinuntergehen.«

»Wenn er unter Waldburgs Gefangenen ist, brauche ich dafür Bestechungsgelder. Waldburg selbst gibt ihn mir niemals heraus. Man muss ihm zur Flucht verhelfen, das ist der einzige Weg.«

Madlen nahm ihren Gürtel ab und schüttelte ein Häufchen Gulden heraus. »Mehr kann ich Euch nicht geben.«

Prüfend sah Freiberg sie an, dann nickte er. »Ausgemacht.«

Er wusste so gut wie sie, dass es galt, keine Zeit zu verlieren. Wenig später bereits schloss der verwunderte Custer von Stetten hinter ihnen die Tür. Während er gedankenvoll über die Quittung der Becherer strich, überlegte er, welche Wirkung dieses Papier auf die Entscheidungen Breitensteins haben würde.

Sie mussten bis zum darauf folgenden Abend warten. Mit jeder Stunde wuchs die Gefahr, dass das Urteil bereits vollstreckt worden war. Katherin suchte vergebens, Madlen zu beruhigen, die sich ziellos beschäftigte und alle Augenblicke ans Fenster lief.

Es wurde schon dunkel, als endlich ein Gabelfuhrwerk vor ihrem Haus anhielt. Noch bevor Madlen unten war, hatte Wolff die Torflügel aufgezogen und hieß den Kutscher, den Wagen hereinzulenken. Er schob die Tische beiseite und machte ihm Platz. Dann schlug er das Tor wieder zu. Der Wagen war mit Säcken beladen und mit einer Rupfenplane bedeckt. Als der Mann auf dem Kutschbock seine Kapuze abnahm, erkannte Madlen zu ihrem Erstaunen den Stiftsherrn.

»Wo ist er?«, fragte sie atemlos.

Freiberg deutete hinter sich.

»Johan?«

Wolff half ihnen, die Plane zurückzuschlagen. Johan Meloser lag regungslos auf einer Decke. Katherin schrie entsetzt auf, doch Madlen erfasste mit einem Blick, dass er noch atmete und dass er unterhalb der linken Schulter verwundet war. Das Blut war verkrustet, unter dem aufgerissenen Hemd sah die ganze Seite tiefrot entzündet aus. Die Wunde selbst war nicht einmal groß.

»Die Gefangenen sind nicht versorgt worden«, sagte Freiberg. »Er lag zwei Tage lang so in der Kirche. Ich konnte ihm nur etwas Wasser einflößen. Er braucht den Bader oder den Arzt.«

Katherin stand schon an der Pforte. »Ich hole ihn.«

Madlen war auf den Wagen gestiegen und kauerte sich neben Johan. Stirn und Wangen glühten vom Fieber, aber als ihre kühle Hand ihn berührte, schlug er die Augen auf. Obwohl er nichts sagte und gleich danach wieder das Bewusstsein verlor, wusste sie, dass er sie erkannt hatte.

»Bringen wir ihn hinauf«, sagte Wolff. Seine seltsam belegte Stimme erschreckte Madlen mehr, als es Johans Anblick getan hatte.

Als Wolff ihn sachte vom Wagen hob, wollte sie mithelfen, aber von Freiberg schob sie zur Seite und fasste mit an. Behutsam, die Decke als Bahre nutzend, trugen die Männer Meloser über die Treppe in Madlens Schlafkammer. Als sie ihn absetzten, riss ihn der Schmerz für Momente aus seiner Ohnmacht heraus. Sein entsetzlicher Schrei ließ sie erbleichen.

»Hol Leinwand ... und mach Wasser heiß«, sagte Madlen mühsam beherrscht zu Wolff. Als sie selbst in die Küche wollte, um einen Krug zu holen, hielt sie Freiberg zurück.

»Gehen wir«, sagte er.

»Was? Ich kann nicht ... ich kann ihn jetzt unmöglich

allein lassen. Wir gehen morgen ... ich ... ich schwöre es.« Sie unterdrückte das Schluchzen, das aus ihrer Kehle brach.

»Kommt nicht in Frage. Wir haben eine Vereinbarung. Erfüllt sie, oder ich bringe ihn wieder zurück.«

Von Freiberg unbemerkt, war Wolff hinter ihn getreten. Fragend sah er Madlen Becherer an.

»Nein, Wolff ... Ich bin ... ich bin bald zurück.«

In der Werkstatt griff sie nach einer Laterne, dann lief sie so schnell in Richtung St. Mang, dass ihr Freiberg kaum folgen konnte.

Da es inzwischen ganz dunkel war, begegneten sie niemandem auf ihrem Weg. Auch der Kirchplatz war menschenleer. An der Kapelle vorbei hasteten sie zu der seitlichen Kirchentür und traten dann schweigend in das nächtliche Gotteshaus. Madlen durchquerte die Apsis und bewegte das mannshohe Epitaph. Freiberg ließ sich sein Erstaunen nicht anmerken, als er dahinter die Stufen sah. Die Eisenpforte. Den Brunnenschacht.

»Jetzt müssen wir klettern. Und dann durch Wasser tauchen. Könnt Ihr das? Es ist nicht sehr tief.«

»Natürlich. Macht schon.« Er keuchte fast, so erregt war er.

Während sie die Kerze in der Laterne löschte und sie in einen ledernen Beutel schob, wäre er am liebsten vor ihr hineingestiegen.

Über dem Wasserspiegel tastete sie nach seiner Hand. »Ihr müsst nur mitschwimmen.«

Furchtlos folgte er ihr. Aber als sie die Stufen zur ersten Kaverne erklommen hatten, musste er sich übergeben. Offenbar hatte er reichlich Wasser geschluckt. Madlen entzündete ihre Laterne wieder, wrang kurz die Röcke aus. Lange liefen sie anschließend nur noch bergab. Dann kam ein

Fluss. Verwundert betrachtete Freiberg die kräftige Strömung.

»Tut mir Leid, wir werden schwimmen müssen«, sagte Madlen.

Mit Müh und Not schaffte er es. Hätte sie ihn nicht festgehalten und am gegenüberliegenden Ufer herausgezogen, wäre er abgetrieben. Diesmal atmete Freiberg nur ein paar Mal tief durch.

Irgendwann brach der Gang ab, wie vor dem Nichts. Madlen kniete sich an seinen Rand und leuchtete über die Umrisse. Es ging fast senkrecht hinab. Ein kalter Luftstrom zog durch den tiefen Kamin, dessen Grund Freiberg im schwachen Licht nicht erkennen konnte. Aber er sah, dass es Stufen gab, schmale Absätze, die man benutzen konnte, wenn man verrückt genug dazu war. Da Madlen keine Miene machte, hineinzusteigen, wurde er ungeduldig.

»Los, weiter ... Je schneller Ihr vorwärts macht, desto eher seid Ihr wieder zurück.« Er erschrak selbst über den unheimlichen Hall.

»Weiter gehe ich nicht.«

»Wie? Ihr habt gesagt, Ihr würdet mich hinunter zum Grundmeer führen.«

»Ich habe gesagt, dass ich Euch den Weg zeige. Hört Ihr?«

In der Finsternis unter ihnen gab eine Brandung. Er lauschte. Ja. Das musste es sein.

»Ihr könnt so nicht hinuntergehen«, fuhr Madlen fort. »Ihr müsst wenigstens Seile haben. Und Fackeln. Dieses Licht reicht nicht mehr weit. Kommt mit mir zurück. Ihr habt doch Zeit. Niemand sonst weiß von dem Weg ...«

»Mich interessiert Eure verdammte Spitzfindigkeit nicht.« Freiberg brüllte fast. »Ich will jetzt da runter, noch in dieser Minute! Und Ihr kommt mit!«

Er griff nach ihrem Arm und wollte sie vor sich auf die Stufen zwingen. Um ein Haar hätte er sie in den Abgrund gerissen. Aber Madlen fing sich wieder. Sie ließ die Laterne fallen und sprang so plötzlich zur Seite, dass er den Halt verlor und auf die Knie stürzte. Als er wieder aufsah, war sie verschwunden, irgendwo jenseits des Lichtscheins, in der lauernden Dunkelheit.

»Nun kommt schon!«, rief sie noch mal.

»Verdammtes Weibsstück ...«, fluchte er nur.

Aber er hatte ja ihre Laterne noch. Er würde nicht umkehren und mit zurückgehen, so unmittelbar vor dem Ziel. Er band das Licht an seinem Gürtel fest und tastete sich in den Schacht. Sie konnte ihn nicht daran hindern.

Als Madlen endlich bei ihrem Haus angelangt war, ging von innen die Pforte auf und mit gesenktem Kopf trat ein schwarz gekleideter Priester heraus. Beim Anblick der dunklen Gestalt fuhr er erschrocken zusammen und verzog, als er sie erkannte, mitleidig sein Gesicht. Madlen Becherer war offensichtlich nass bis auf die Haut. Bevor er zu einer angemessenen Frage fand, war sie schon an ihm vorbeigelaufen und im Haus verschwunden. Also schloss er ohne ein Wort die Tür hinter ihr und ging.

»Ist er ...?« Madlen schob Katherin, die ihr aus der Kammer entgegenkam, einfach beiseite und stürzte hinein. Ohne daran zu denken, dass das Wasser an ihr herunterrann, kauerte sie sich neben das Bett und griff nach Johans Hand. Sie fühlte sich kühler an als vorher und das Blut pochte schwach.

»Nein ...«, flüsterte sie und schluchzte vor Erleichterung auf. Mit ihren nassen Fingern strich sie ihm über den Mund. Neben ihm stand eine Waschschüssel. Das zerrissene Hemd war verschwunden, die Wunde sorgsam verbunden worden.

»Der Bader war da ... und auch der Arzt.« Katherin fragte nicht, wo die Freundin gewesen war. Mit flehenden Augen sah Madlen zu ihr auf.

»Hat er ... den Priester gewollt?«

Mühsam erwiderte Katherin: »Der Arzt hat gemeint, dass er womöglich ... Beistand braucht. Er hat kaum etwas mitbekommen. Erst zum Schluss ... den Leib ... den Leib des Herrn hat er empfangen können.« Und nach einer Pause fuhr sie fort: »Komm, lass dich abtrocknen.« Teilnahmslos hielt Madlen still.

»Könntet Ihr ...« Wolff war in der Kammertür erschienen. Zögernd trat Katherin neben ihn. Nach einem Blick auf Madlen, die, in eine Decke gehüllt, wieder neben dem Schlafenden kniete, zog sie die Tür hinter sich zu.

Wasser tropfte Madlen aus dem Haar. Es rann ihm über die Schläfe, über den Hals.

»Madlen ...« Johan wurde wach. Sie zwang sich zu einem Lächeln und sah, wie sein Gesicht sich entspannte. Zärtlich berührte er sie. »Du siehst ... genauso aus, wie damals, als ich dich in dem Graben fand ... Wie du mich angeschaut hast ... Ich hab dich vom ersten Moment an geliebt ...«

Sie wischte sich über die Augen, damit er die Tränen nicht sehen konnte. »Ich liebe dich auch«, flüsterte sie.

Er wollte sich aufsetzen, aber sie sah ihm die Schmerzen an und hielt ihn zurück. »Bleib liegen ... bis es dir besser geht.«

»Der Priester war da. Aber ich war zu schwach, ihm zu sagen, dass ich nur eines bereue ... dass ich ... die Sünde, nach der ich mich sehnte, niemals beging ...«

Madlen barg ihr Gesicht in seiner Hand.

»Ich muss dir etwas erzählen ...«, sagte er, kaum noch vernehmlich. Das Fieber stieg von neuem an.

»Morgen. Du kannst es mir morgen sagen.«

»Nein ...« Und dann verlor er erneut das Bewusstsein.

Freiberg schrie triumphierend auf. Die Euphorie, die er

fühlte, riss ihn entzwei. Vor sich sah er wieder die silbrige Himmelskuppel, die glitzernden Edelsteine. Und das Gold. Fließend wie Staub, wie ein Wasserfall. Er hatte es wirklich geschafft. Tat einen Schritt, und noch einen.

Aber das Gold hielt nicht still. Er starrte auf blondes Frauenhaar, einen Kopf, der sich umwandte. Das helle Gesicht. Dann erst bemerkte er vor seinen Füßen den Wasserwirbel. Merkte, dass Wellen wie hungrige Tiere an ihm zerrten. Er fing an zu wimmern.

Es gab kein Licht, keine Luft, kein Oben und Unten mehr. Nur noch endloses Schwarz.

Madlen schreckte auf. Sie lag zusammengerollt auf dem Boden neben dem Bett, spürte seine heiße, fiebrige Hand auf ihrem Gesicht. Vorsichtig streckte sie sich, rollte zur Seite, stand auf. Sie beugte sich über ihn. Er atmete flach. Nur eine einzige Kerze war noch nicht ausgegangen. Wieder wurde die Angst in ihr übermächtig. Dieses schwarze Viereck nach draußen musste sie zuhängen. Und Licht brauchte sie. Er durfte nicht in diesem Dunkel bleiben. Sie wollte ihn atmen sehen.

Hastig holte sie aus der Küche Lampen und Wachskerzen, so viel sie nur finden konnte. Sie stellte sämtliche Leuchter auf. Mit fliegenden Händen tastete sie nach den Dochten, zündete einen am anderen an. Nach und nach erhellten die Flammen den Raum.

Wenn Madlen Johans Hand in die ihre nahm, spürte sie Fieberschauer. Dann Kälte. Sie weinte. Unter dem Schüttelfrost bäumte sein bewusstloser Körper sich auf.

Johan starb gegen Morgen des 19. Juli, noch bevor der Tag dämmerte. Ein Luftzug bauschte die Leinwand vom Fenster. Geduldig hatte der Tod die Stunde erwartet, in der unsere Seelen schutzlos sind.

»... der mag von Wunder sagen!«

Epilog

Jörg Schmied wurde in den letzten Julitagen auf dem Weg in die Schweiz bei Rankweil gefangen genommen und im Januar 1526 bei Probstried gehängt.

Georg Stattmüller und Ulrich Erhart gelang die Flucht.

Für seine Verdienste erhielt Georg von Waldburg den Titel »des Heiligen Reiches Erbtruchsess«. Die Ernennung zum Statthalter von Württemberg sicherte ihm hohe Einkünfte.

Pfarrvikar Matthias Waibel, der sich in der Stadt Kempten aufhielt, wurde durch Verrat aus der Stadt gelockt und auf Betreiben des Fürstabts gehängt.

Im Februar 1527 überließen Dekan Eck von Reischach und Konventsherr Wolfgang von Grünenstein dem Fürstabt Sebastian von Breitenstein durch freiwilligen Rücktritt wieder die alleinige Verwaltung des Stifts, 1534 wurde Wolfgang von Grünenstein Abt. Breitenstein starb im darauf folgenden Jahr.

1699, Bayerischer Wald. »Teufelsbuhlinnen« treffen sich nachts bei einem Monolithen aus grauer Vorzeit und feiern Orgien über verschollenen Gräbern. Die heißblütige Afra ahnt nichts von der großen Gefahr, in der sie schwebt: Corbinian Wenkh, ein besessener Mönch, dessen Herkunft von einem furchtbaren Geheimnis überschattet wird, hat sich auf die Spur der vermeintlichen Hexe geheftet. Aber erst, als nach Hetzjagd und Folter die Hexenfeuer brennen, zeigt Satan sein wahres Gesicht. Erfolgsautor Manfred Böckl zeichnet ein mitreißendes Szenario des barocken Lebens vor 300 Jahren. Farbig, derb und schillernd beschreibt er jene Zeit der schärfsten Konfrontation zwischen Inquisition und geknechteten Hörigen, die sich auf ihre Weise gegen die Unterdrückung zu wehren versuchen.

Manfred Böckl

Der Hexenstein

Roman

Econ | ULLSTEIN | List